1188 in der Wachau: In einer Hütte im Schatten der Burg Dürnstein wächst Uta auf. Die Schranken ihrer Stellung als Unfreie kann sie nicht akzeptieren, auch nicht das Unrecht, das der grausame Graf Kuenringer ihrem Jugendfreund Karl antut. Wenn sie nur lesen lernen dürfte, glaubt Uta, könnte sie frei sein. Aber ihre Rebellion scheitert. Da fasst Uta einen ungeheuren Plan: Sie behauptet, dass sie adelig geboren wurde. Die Täuschung gelingt, Uta betritt die prachtvolle Welt des Adels, lernt selbst Richard Löwenherz kennen. Aber gibt es einen Preis, den sie für ihre Lüge zahlen muss?

Petra Welzel wurde 1962 in Düsseldorf geboren. Nach ihrem Studium war sie als Sozialarbeiterin tätig, bis sie zum Drehbuchschreiben kam und zahlreiche Serien und TV-Movies schuf.

Weitere Bücher der Autorin:
»Hildegards Lied«
»Kaiserin von Gottes Gnaden«

Weitere Informationen finden Sie bei www.fischerverlage.de

Petra Welzel

Die Lumpenprinzessin

Historischer Roman

Fischer
Taschenbuch
Verlag

MIX
Papier aus verantwortungsvollen Quellen
FSC
www.fsc.org
FSC® C014496

2. Auflage: Oktober 2011

Veröffentlicht im Fischer Taschenbuch Verlag,
einem Unternehmen der S. Fischer Verlag GmbH,
Frankfurt am Main, Juli 2011

Die Erstausgabe ist im Krüger Verlag erschienen

Druck und Bindung GGP Media GmbH, Pößneck
Printed in Germany
ISBN 978-3-596-18012-7

Für Uli.

Erstes Buch

Kapitel 1

Uta hielt das Messer ganz dicht an das braune, seidig schimmernde Fell, unter dem man die Auswölbung der Ader erkennen konnte. Sie setzte die Klinge an. Ein wenig Druck würde ausreichen, um das Blut in die hölzerne Schale fließen zu lassen. Doch anstatt zuzustechen, ließ sie ihren Arm sinken.

»Was soll das, Uta? Ich kann ihren Kopf nicht ewig festhalten«, protestierte Karl.

Er hatte das mächtige Haupt der Kuh an den Ohren gepackt, doch die versuchte immer unwilliger, ihn abzuschütteln.

»Ich kann ihr nicht wehtun«, erklärte Uta.

»Ach? Willst du lieber verhungern?«

Karl ließ das Tier los und trat an Utas Seite. Der vierzehnjährige junge Mann überragte sie um einen Kopf. Seine Schultern waren breit, sein Körper muskulös. Die Hungersnot in diesem Winter des Jahres 1188 hatte lediglich in dem von hellen Locken eingerahmten Gesicht Spuren hinterlassen. Die Wangen waren eingefallen, doch seine blauen Augen schienen dadurch nur noch mehr zu strahlen. Er nahm Uta das Messer ab. »Dann hältst du sie fest.«

Uta ging gehorsam nach vorne und stellte sich direkt vor dem Tier auf. Sie sah in seine großen, feucht schimmernden Augen. Die Kuh leckte ihr mit der warmen, rauen Zunge über das Gesicht. Uta kicherte.

»Uta, hast du vergessen, für wen ich das hier mache?«

Jetzt klang Karl richtig ärgerlich. »Ich habe noch ein paar Vorräte. Du bist es, die hungert.«

Uta biss sich auf die Lippen. Er hatte recht. Ihre Mutter und sie lebten und arbeiteten auf dem Finsterhof als Mägde. Sie hatten kein Land wie Karls Familie, das sie bewirtschaften konnten. Auch wenn es seinem Vater nicht gehörte, sondern er es nur als Lehen erhalten hatte, stand er sich in Zeiten wie diesen immer noch besser. Im letzten Sommer hatten langandauernde Regenfälle das Korn auf dem Feld verfaulen lassen. Und nun herrschte Mangel an allem. Weder Mensch noch Tier wurden satt. Es würde erneut Sommer werden, bis alle ihre Mägen wieder einmal so richtig füllen konnten, jedenfalls die, die bis dahin überlebt hatten.

Uta blickte an sich herab. Das braune Kleid hing ihr lose um den ausgemergelten Körper. Dabei hatte sie beim letzten Johannifeuer bereits frauliche Rundungen an sich entdeckt. Sie dachte an ihre Versuche, sich so geschickt im Schein des Feuers aufzustellen, dass auch Karl sehen musste, wie sie mit ihren zwölf Jahren langsam erwachsen wurde. Daran, dass ihr blondes Haar widerspenstig, die Nase spitz und ihre Lippen dünn waren, konnte sie nichts ändern, aber wenigstens leuchteten ihre Augen grün wie die hier in der Wachau weitverbreitete Smaragdeidechse.

Uta griff beherzt nach den weichen Ohren der Kuh. Auch wenn ihre Arme dünn wie Stöcke aus den Ärmeln ragten, würde sie den Kopf halten, sodass Karl etwas von dem Blut abzapfen konnte, das dann mit Gerste zu einem dicken Brei eingekocht wurde. Uta wusste nicht, was sie mehr ekelte: Geschmack oder Farbe des Gemisches, aber sie hatte keine Wahl, wollte sie das diesjährige Johannifest überhaupt noch erleben.

Sie spürte, wie die Kuh zusammenzuckte. Karl hatte den Schnitt gemacht. Die Schale füllte sich schnell mit dem warmen Blut. Karl stellte sie ab, und presste einen alten Lumpen fest auf die Wunde, bis der Blutstrom langsam nachließ. Er tätschelte der Kuh beruhigend den Hals. »Brav, altes Mädchen.«

Als er sich bückte, um die Schale aufzuheben, fielen ihm die Locken ins Gesicht. Uta runzelte die Stirn. »Deine Haare sind viel zu lang geworden.«

Sie strich ihm eine Strähne aus der Stirn.

»Na und?«

Karl zog unwillig den Kopf weg.

»Ich werde sie dir schneiden.«

Sie besaß eine Schere und nutzte diesen Schatz, um ihrem Freund regelmäßig die Haare zu stutzen. Damit würde sie wenigstens ein bisschen wiedergutmachen, dass er ihrer Mutter und ihr stets zur Seite stand. Und außerdem gefiel es ihr, wenn Karl so nah bei ihr saß und stillhalten musste, bis sie ihm erlaubte, den Kopf wieder zu bewegen.

»Ich werde mein Haar von jetzt an länger tragen«, stellte Karl knapp fest, während er seine Locken schüttelte.

Ein versonnenes Lächeln machte sich auf seinem Gesicht breit. »Das gibt mir etwas Geheimnisvolles.«

Uta lachte laut heraus. »Du und geheimnisvoll! Wer sagt denn so was?«

Sie konnte sich gar nicht mehr beruhigen.

»Das geht dich nichts an.« Karl wandte sich brüsk von ihr ab. »Ich muss ins Haus, Fine will bald mit dem Kochen beginnen.«

Fine war, direkt nach Karl, die Zweitälteste der fünf Geschwister und erledigte den Großteil der Arbeiten im Haus, seitdem die Mutter vor einigen Jahren beim Wäschewaschen im nahen Bach ertrunken war.

Karl zog einen Becher aus seinem Umhang und füllte ihn mit dem Blut aus der Schale, bevor er ihn Uta in die Hand drückte. »Hier, das hätte ich beinahe vergessen.«

Das Mädchen blickte verblüfft auf das Behältnis. »Was? Das ist alles? Ich dachte, du gibst mir die Schüssel.«

»Die brauche ich. Wenn ihr das Blut ordentlich mit der Gerste streckt, könnt ihr euch einige Male satt essen.«

Damit wandte er sich zur Tür. Uta wollte ihm nach, doch dabei schwappte ein wenig von ihrer ohnehin schon kleinen Portion Blut aus dem Becher. Warm rann es an ihrer Hand hinab. Sie zuckte mit den Achseln. Sollte er doch gehen. Wahrscheinlich war er eingeschnappt, nur weil sie über ihn gelacht hatte. Aber Karl und geheimnisvoll, das passte so gar nicht zusammen. Er war viel zu offen und geradeheraus, als dass er etwas verbergen konnte, schon gar nicht vor ihr. Sie sah ihm nach, als er plötzlich eine andere Richtung einschlug. Die Schale mit dem Blut vorsichtig balancierend, ging er anstatt zu seinem Haus zum nahen Wäldchen hinüber, das sich nicht weit von hier einen sanft ansteigenden Berg hinaufzog.

Uta brauchte nicht lange zu überlegen. Sie stellte den Becher vorsichtig ab, eilte dann ebenfalls aus dem Stall hinaus und folgte dem Freund.

Die Berge, auf deren Hängen viel Wein angebaut wurde, fielen sanft zur Donau hin ab, die sich grün schimmernd durch die gesamte Wachau schlängelte. Doch Uta hatte kein Auge für ihre Umgebung. Sie interessierte sich nur für die niedergetretenen Gräser, die ihr zeigten, wo Karl entlanggegangen war. Sie kannte die Richtung, in die die Spur führte. Dort ging es zu der höher im Berg gelegenen Höhle, in der sie es sich so oft mit weichem Moos und Laub gemütlich gemacht hatten. Doch dann brachte Karl immer weniger Zeit für solche ›Kindereien‹ auf, wie er das neuerdings nannte. Uta verzog die Nase. Der Geruch von beißendem Rauch lag in der Luft. Jemand hatte ein Feuer mit nicht gut getrocknetem Holz entzündet. Uta musste lächeln, als sie daran dachte, wie Karl sie immer dafür gescholten hatte, wenn sie mit den erstbesten Zweigen, die sie gefunden hatte, mehr für Qualm als für Wärme gesorgt hatte.

Uta war jetzt unterhalb der Höhle angelangt und stieg die kleine Anhöhe hinauf. Sie war diesen Weg so oft gegangen, dass sie mühelos die losen Steine mied und nur auf die Stellen trat, die ihr festen Halt boten. Dann stand sie vor der Felswand. Wer es nicht besser wusste, musste denken, dass der Weg hier zu Ende war. Dabei schlängelte er sich in einem Knick noch weiter, direkt in den Berg hinein.

Uta folgte dem Pfad, der in die Höhle mündete. Obwohl das qualmende Feuer nur wenig Licht spendete, erkannte Uta dennoch die Felsvorsprünge, die sich so vortrefflich als Bank oder Bettstatt nutzen ließen. Sie entdeckte sogar den dicken Baumstumpf, den Karl und sie mit vereinten Kräften hier hineingehievt hatten. Nur

Karl konnte sie zu ihrer großen Verwunderung nicht sehen. Was, wenn doch jemand anderer das Feuer entzündet hatte? Uta blickte forschend in Spalten und hinter felsige Auswüchse. Als eine Fledermaus im Sturzflug auf sie zukam, reichte es Uta. Erschreckt machte sie kehrt. Sie lief auf den Ausgang zu, als sie fast über ihn stolperte. »Karl!«, schrie Uta.

Er hatte sich in eine Nische ganz nah an den kalten Fels gedrückt.

»Warum versteckst du dich vor mir? Und überhaupt, was machst du hier?«, wollte Uta von ihm wissen.

Karl hielt etwas in den Armen. Im Halbdunkel sah es fast aus wie ein Tier mit braunem, weichem Fell. Aber dann erkannte Uta einen Menschen, eine Frau, und noch dazu eine sehr schöne. Dunkle, schwere Locken fielen ihr ins Gesicht, doch konnten sie nicht den Glanz der braunen Augen verdecken.

»Wir dachten, es sind die Häscher«, ließ Karl sich vernehmen.

Dieses ›wir‹ ging Uta durch Mark und Bein. »Welche Häscher? Wer ist diese Frau? Und warum versteckt ihr euch hier in der Höhle?«

Die Frau sah sie an. Ihr voller Mund verzog sich zu einem sanften Lächeln. »Lebhaft und ungestüm, genauso hat Karl dich beschrieben.«

Es beruhigte Uta etwas, dass ihr Freund von ihr erzählt hatte. Trotzdem platzte sie fast vor Neugier, als sie zusah, wie Karl die junge Frau vorsichtig zu einem der mit Moos gepolsterten Felsvorsprünge trug und sie daraufsetzte. »Sie sind hinter uns her. Die Leute des alten Kuenringers. Sie wollen Magdalena zurück.«

Dann trat er an die Feuerstelle und rührte Brei in einem Kessel um. Vorsichtig nahm er die Schale mit Blut, die daneben stand, und goss einen Schwall hinein. Er lächelte die junge Frau an. »Bald ist es fertig, meine Liebe. Dann kannst du dich so satt essen wie noch nie in deinem Leben.«

»Iss du nur. Ich habe gar keinen großen Hunger«, gab Magdalena zurück.

Karls Gesicht verfinsterte sich. »Das kann nicht sein. Jeder hat

Hunger, jeder außer diesen feinen Herren in ihrer Burg, die sich den Wanst vollschlagen, während wir darben.«

Magdalena legte ihren Finger an die Lippen. »Sprich nicht so, mein Lieber. Es nützt keinem, wenn sie uns zur Gesellschaft auch noch hungern.«

»Aber sie müssen uns nicht unnötig leiden lassen.«

Magdalena konnte nicht antworten, da sie von einem rasselnden Husten geschüttelt wurde. Sofort war Karl bei ihr und nahm sie in seine Arme.

Jetzt mischte sich Uta ein. »Was hat sie getan, dass der alte Hund sie sucht?«

Sie war es nicht allein, die ihren Burgherrn so ungebührlich titulierte. Er selbst bezeichnete sich und seine Familie oft als die Hunde von Kuenring, was nicht nur auf seine Jagdleidenschaft schließen ließ.

»Sie hat gar nichts getan«, gab Karl unwirsch zurück. »Außer, dass sie nicht mehr für ihn als Magd arbeiten wollte.«

»Wie soll das gehen? Wenn sie eine Magd ist, bleibt sie eine Magd. Genau wie ich.«

»Nein, sie ist nicht wie du«, entgegnete Karl, bereits wieder mit leichter Ungeduld in der Stimme.

›Sie ist viel schöner, das weiß ich auch‹, dachte Uta bei sich, als Karl auch schon fortfuhr: »Magdalena ist meine Frau.«

Uta stand starr.

»Gib mir die Kelle«, bat Karl, während er auf das Utensil deutete, das neben Uta auf dem als Tisch dienenden Baumstamm lag.

Doch Uta reagierte nicht. »Sie ist was?«

»Meine Frau. Wir haben uns am letzten Sonntag trauen lassen. Du bist die Erste, die es erfährt. Und jetzt gib mir endlich die Kelle.«

Uta reichte sie ihm. »Ihr habt heimlich geheiratet?«

»Was blieb uns denn übrig? Der alte Hund wollte sie auf keinen Fall gehen lassen.«

Uta betrachtete erneut das schmale Gesicht Magdalenas. »Aber warum? In ihrem Zustand ist sie keine große Hilfe.«

Karl schnaubte. »Er hatte sie für …« Er zögerte kurz. »… andere Dinge vorgesehen.«

Magdalena schaute schnell zu Boden, während Karl ihr tröstend übers Haar strich.

»Er wollte sie … als … ich meine«, stotterte Uta verlegen.

Karl nickte. »Ja, sie sollte ihm im Bett dienen. Aber daraus wird nichts. An ihr wird er sich nicht mehr vergreifen.«

Der junge Mann zitterte vor Wut. Magdalena legte ihm beruhigend die Hand auf den Arm. »Du musst ihn nie mehr wiedersehen, mein Kohlköpfchen.«

Uta horchte auf. So hätte sie Karl bestimmt nie nennen dürfen. Magdalena wandte sich an Uta. »Wir gehen in die Stadt, nach Enns. Dort werden wir Freie, wenn wir lange genug dort leben.«

»Nach Enns?«

Uta wurde ganz komisch bei dem Gedanken, dass Karl bald nicht mehr da sein würde.

»Der Hof reicht ohnehin nicht aus, um uns alle zu ernähren. Es ist das Beste, wenn ich gehe.«

»Aber deine …« Es kostete Uta einige Mühe weiterzusprechen. »… deine Frau kann doch in diesem Zustand unmöglich reisen! Weißt du, wie weit es bis Enns ist?«

»Wir haben keine Wahl. Aber wenn du dich schon so um uns sorgst, dann tu mir den Gefallen, und bleib ein wenig bei Magdalena. Ich muss kurz nach Hause, damit keiner Verdacht schöpft.«

Karl schöpfte den mit dem Blut angereicherten Gerstenbrei in zwei Schalen und reichte sie Uta, bevor er aus der Höhle verschwand.

Uta sah ihm etwas hilflos nach, bevor sie die eine Schale an Magdalena weitergab. Die nahm zwei Löffel von einem Stein, reichte einen Uta, und dann begannen die beiden jungen Frauen den Brei zu essen. Obwohl Uta sehr hungrig war, löffelte sie ihre Schale nur langsam aus. Sie wandte sich an Magdalena. »Wo habt ihr euch kennengelernt?«

»Auf dem Markt vor der Burgmauer. Ich wollte Gemüse kaufen, den letzten Weißkohl. Aber Karl hat ihn mir weggeschnappt.«

»Und deshalb wolltest du ihn gleich heiraten?«, wunderte sich Uta.

Magdalena schüttelte lächelnd den Kopf. »Nein, ich habe mich geärgert. Für unverschämt und frech habe ich ihn gehalten.«

Uta war froh, dass auch dieses sanfte Wesen zu solchen Regungen fähig war. Magdalena fuhr fort. »Aber dann merkte ich, wie der Händler ihn dreist übers Ohr hauen wollte, weil Karl den Kohl so dringend brauchte.«

»Aber wieso?«

»Für seinen Vater. Der hatte sich mit der Axt ins Bein gehackt, und Karl wollte die schlimme Wunde mit Umschlägen aus den Gemüseblättern lindern.«

Magdalena sah versonnen vor sich hin. Uta wurde ungeduldig. »Und? Wie ist die Geschichte ausgegangen?«

»Während die beiden noch um den Preis stritten, habe ich dem Kohlkopf einen kleinen Schubs gegeben, sodass er den ganzen Abhang bis zur Donau runtergekullert ist. Der Händler hat vielleicht geflucht! Aber Karl und ich sind hinterhergerannt.«

»Und habt ihr ihn wiedergefunden?«, fragte Uta, als Magdalena schon wieder in Gedanken versank.

»Ja, das haben wir.«

»Deshalb nennst du ihn ›Kohlköpfchen‹!«

Magdalena nickte. »Ja, seit dieser Nacht, in der wir uns so gut unterhalten haben.«

»Nur unterhalten?«, konnte Uta sich nicht verkneifen zu fragen.

»Na ja, irgendwann legte er dann den Arm um mich. Ich habe mich ganz fest an ihn gedrückt. Es war so schön. Und mir war gar nicht mehr kalt.« Sie sah Uta an. »Du musst wissen, dass der alte Kuenringer im Winter fast das ganze Brennholz für die Beheizung des Hundestalls verwendet.«

»Für was?«

»Du hast richtig gehört. Seine Jagdhunde gehen ihm über alles. Und wir anderen müssen frieren.«

Magdalena hustete. Uta zog entschlossen ihren Umhang aus und legte ihn der jungen Frau um die Schultern. »Hier nimm. Ich gehe rasch ein wenig trockenes Holz sammeln.«

Uta blickte auf die spärlich züngelnden Flammen. »Dann machen wir es uns hier richtig gemütlich, du wirst sehen.«

Magdalena lächelte sie an. »Danke, Uta, das ist sehr nett von dir.«

Uta trat nach draußen. Sie war ganz durcheinander von dem, was sie erfahren hatte. Karl war verheiratet. Ihr bester Freund gehörte jetzt zu einer anderen Frau. Das fühlte sich komisch an, tief in ihrem Bauch. Ein Ziehen, ähnlich wie Hunger, aber noch viel schwerer zu stillen. Uta seufzte. Andererseits, Magdalena war wirklich lieb und hübsch noch dazu. Vielleicht sollte sie es einfach so sehen, dass sie jetzt einen Freund hatte und eine neue Freundin dazu. Uta sprang wohlgemut über den Bach. Sie wollte sich mit dem Holzsammeln eilen. Wäre doch gelacht, wenn sie die Höhle nicht warm kriegen würde.

Aber ihr Tatendrang bekam rasch einen Dämpfer. Der Schnee war vor noch nicht allzu langer Zeit geschmolzen und hatte das Holz feucht und klamm zurückgelassen. Uta zweifelte langsam, ob sie mehr Erfolg haben würde als Karl. Aber sie wollte nicht aufgeben. Magdalenas rasselnder Husten klang ihr noch im Ohr. Die junge Frau brauchte Wärme, wollte sie sich nicht ein Leiden zuziehen, das selbst die wenigen guten Bader, die in der Gegend umherzogen, nicht mehr heilen konnten.

Doch überall glänzten die Äste dunkel vor Nässe. Uta blickte bis hoch in die Spitzen der Bäume, als ihr das Nest auffiel. Als sie genauer hinschaute, entdeckte sie auch in den anderen Bäumen verlassene Amselnester, die sicher in den Ästen eingebettet die Winterstürme überstanden hatten. Es schien Uta, als wenn sie geradezu auf sie warteten. Sie erklomm eine Tanne. Das Nest hing recht hoch, aber Uta war geschickt im Klettern, und so hatte sie ihr Ziel bald erreicht. Neugierig tastete sie das kunstvolle Gebilde aus Zweigen und dicken, stabilen Halmen mit den Fingern ab. Die Nässe hatte nur den äußeren Teil des Geflechts erreicht, das meiste war trocken geblieben. Uta freute sich bei dem Gedanken, wie die Flammen hell auflodern würden, wenn sie das Nest hineinwarf. Vorsichtig robbte sie auf dem schon recht dünnen Ast ein Stückchen vorwärts, um es aus der Spitze zu lösen, als sie plötzlich Hufgetrappel hörte.

Uta spähte nach unten und entdeckte auch bald drei Reiter, die ihre Pferde wie ziellos mal hierhin, mal dorthin lenkten. Dann sah sie, dass sie vier prächtigen Hunden folgten, die, die Nasen am Boden, aufgeregt hin und her liefen. Uta runzelte die Stirn. Es war keine Jagdzeit. Zwei von ihnen waren mit einfachen, aber ordentlichen Beinlingen, Kitteln und Mänteln bekleidet, der dritte aber fiel durch seinen aus vielen verschiedenen Fellen zusammengenähten Pelzüberwurf auf. Bald waren die drei so nah, dass Uta ihre Gesichter erkennen konnte. Sie erschrak, als sie das des Vornehmen erblickte. Blutunterlaufene Augen blickten unablässig von einer zur anderen Seite. Die Mundwinkel wie Lefzen nach unten gezogen, machte er seinem Ruf alle Ehre: Sie hatte keinen anderen als den alten Burgherrn, den Hund von Kuenring, vor sich. Uta hatte ihn schon bei Festlichkeiten gesehen, aber immer nur von weitem, und auch jetzt legte sie keinen Wert darauf, ihm noch näher zu kommen. Aber leider hielt er plötzlich an. Seine beiden Burschen taten es ihm nach.

»Die Hunde werden immer toller. Ich wette, sie ist hier in der Nähe«, sagte der Jüngere und Kleinere, der aber Uta sicher immer noch um einen Kopf überragte.

»Aber wo soll sie sich hier verstecken? Wenig Gesträuch, viele Felsen, wir müssten sie doch sehen«, antwortete der Ältere, der eine heisere Stimme hatte.

»Dann hört auf zu lamentieren und sucht«, dröhnte die laute Stimme des Kuenringers.

Die beiden Burschen zogen vor Angst die Köpfe ein, wofür sie nun erst recht jeder einen ordentlichen Hieb mit dem ledernen, nietenbesetzten Handschuh ihres Herrn erhielten. »Ihr sollt Ausschau halten!«

Beide blutend, der eine an der Stirn, der andere am Kinn, setzten sie sich wieder aufrecht in ihre Sättel und spähten umher.

Uta lag bäuchlings auf dem Ast und verhielt sich mucksmäuschenstill, als ein Rabe auf dem Baum landete und von Ast zu Ast hüpfte. Argwöhnisch beobachtete sie, dass er immer näher kam. Sie wagte nicht, ihn mit einer Handbewegung zu verscheuchen, da sie Angst hatte, den Halt zu verlieren. Und ein Geräusch wollte sie natürlich erst recht nicht machen. So musste sie hilflos mit ansehen, wie das große Tier ausgerechnet auf den Ast hüpfte, der schon an ihrem Gewicht schwer zu tragen hatte. Der plumpe Körper des Raben war denn auch zu viel, der Ast gab nach, und Uta rutschte nach vorne. Während der Vogel lärmend davonflatterte, versuchte Uta sich an den Zweigen festzuhalten, doch ihre Hände glitten an den glatten Nadeln ab. Sie purzelte mehr, als sie fiel, von Ast zu Ast nach unten. Unsanft landete sie direkt vor den drei Reitern, die sie verblüfft anstarrten.

Der Kuenringer machte eine kurze Kopfbewegung in ihre Richtung. »Packt sie euch!«, worauf die beiden anderen von ihren Pferden sprangen und sie unsanft auf die Beine zerrten. Sie hielten ihre Handgelenke umklammert.

»Was machst du hier?«, fragte ihr Herr sie.

»Ich ... ich war nur dabei Holz zu sammeln.«

»Seit wann macht man das in schwindelnder Höhe?«

»Hier unten ist alles nass, deshalb bin ich auf den Baum geklettert.«

»Hast du ein Mädchen gesehen? Etwas älter als du, spindeldürr, dunkle Haare.«

Uta hatte sich auf die Frage schon gefasst gemacht. »Nein, hier so weit weg vom Hof ist kein Mensch außer mir.«

Sie wagte nicht, ihn anzusehen, doch da er schwieg, schöpfte sie Hoffnung, dass er ihr glaubte. Auch die beiden Burschen lockerten schon ihren Griff, als der Alte erneut anhob. »Und warum suchst du dann ausgerechnet hier nach Holz? Hier, wo kein Mensch ist, um dir zu helfen, es nach Hause zu bringen?«

Uta suchte noch nach einer Antwort, als er schon abstieg und drohend auf sie zukam. »Weil du es gar nicht nach Hause bringen willst.«

»Ja aber, wohin denn sonst?«, versuchte es Uta.

Jetzt war sie es, die des Burgherrn Handschuh zu spüren bekam. Ihr ganzes Gesicht brannte, und sie hatte noch nicht einmal eine Hand frei, um sich das Blut abzuwischen, das warm von ihrer Nase zum Mund rann.

»Zu einer Hütte, einem Stall oder sonst irgendetwas, wo man sich verstecken kann«, folgerte ihr Peiniger. »Sprich endlich!«

Drohend erhob er erneut den Handschuh.

»Ich weiß wirklich nicht, was Ihr meint, Herr! Bitte glaubt mir«, flehte Uta, wenn auch mit wenig Hoffnung. Sie wappnete sich innerlich gegen einen zweiten Hieb.

Da kam einer der Hunde angerannt und blieb schwanzwedelnd und kläffend vor ihr stehen. Er schnupperte immer wieder an ihrem Rock. Wenigstens ließen die beiden Burschen sie jetzt los. Doch auch ohne ihre Umklammerung wagte Uta sich nicht zu rühren. Hilflos betrachtete sie, wie der Hund seinen Sabber, der ihm von den Lefzen hing, auf dem Saum des Überkleides verteilte.

Der eine Bursche sah erstaunt vom Hund zu seinem Herrn. »Es war ihre Spur, die sie verfolgt haben, nicht die Eurer Magd.«

»Unsinn«, knurrte der Kuenringer. »Sie wissen genau, nach wem sie zu suchen haben. Schließlich haben sie das hier gerochen.«

Er nahm einen Lumpen aus seiner Satteltasche und hielt ihn hoch. Er entpuppte sich als Hemd, das anscheinend Magdalena gehörte. Uta ergriff ungefragt das Wort. »Schweiß und Mist, wir riechen alle gleich.« Sie roch an ihrem Ärmel. »Alle Mägde und Burschen stinken nach der Mühe und Plackerei ihres Tagwerks.«

Der Burgherr Hadmar runzelte die Brauen. »Meine Hunde haben feine Nasen. Keiner kann so gut jagen wie sie.«

»Rebhühner und Hirsche. Aber Eure edlen Hunde sind nicht dazu da, Lumpengesindel wie das Mädchen, nach dem Ihr sucht, aufzuspüren.«

Der Kuenringer überlegte und schnupperte kurz an dem Stoffstück, das er in den Händen hielt. Angewidert verzog er das Gesicht. Uta fuhr ermutigt fort. »Vielleicht ist eure Magd schon längst wieder reumütig nach Hause zurückgekehrt. So dünn und mit dem schlimmen Husten kommt sie ohnehin nicht weit.«

Uta stöhnte innerlich auf, doch es war zu spät. Der Burgherr sprang vom Pferd, packte sie an den Schultern und schüttelte sie. »Also doch, du hast sie gesehen! Wo ist sie! Sprich, oder du wirst es bereuen, mir jemals über den Weg gelaufen zu sein.«

Das bereute Uta schon jetzt. Sie presste ihre Lippen so fest sie konnte aufeinander. Der alte Kuenringer schleuderte sie ärgerlich auf den Boden, als er merkte, dass sie nicht reden wollte. Uta bemühte sich, den Schmerz nicht zu beachten, und versuchte sich aufzurichten, als plötzlich einer der Hunde über ihr war. Jetzt triefte der Sabber direkt auf ihr Gesicht. Sein Herr kam näher. Für einen Moment hatte Uta die Hoffnung, dass er den Hund am Halsband zurückzerren würde. Doch stattdessen beugte auch er sich über sie.

»Euch eint nicht nur der gleiche, erbärmliche Gestank, sondern ihr seid auch alle gleich niederträchtig und feige.«

Utas Herz schlug so hart gegen ihre Rippen, dass es sie fast schmerzte. Sie hatte den unbändigen Drang, sich unter dem Tier wegzurollen, aufzuspringen und davonzulaufen.

Der Kuenringer sah sie verächtlich an. »Hör auf zu zittern. Die Hunde haben anderes zu tun, als dich in Stücke zu reißen. Da du mir nicht sagst, wo Magdalena steckt, muss ich die Hetzjagd fortsetzen.«

Hadmar schüttelte fast schon bedauernd den Kopf. »Die Hunde sind gut erzogen, aber wenn das dumme kleine Ding auch nur eine Bewegung macht … Ich kann für nichts garantieren.«

Jetzt zerrte er den Hund am Halsband zurück, sodass Uta sich halb aufrichten konnte.

»Ob Ihr sie nun umbringt oder Eure Hunde, was macht das für einen Unterschied?«, stieß Uta hervor.

Der Burgherr sah sie erstaunt an. »Ich sie umbringen? Sie gehört mir, und mit meinem Eigentum gehe ich pfleglich um.«

»Aber jetzt gehört sie einem anderen.«

Der Kuenringer stutzte. »Ich wüsste nicht, dass ich sie verkauft habe.«

»Sie hat geheiratet.«

Für einen kurzen Moment umspielte ein Lächeln die Lippen des Mannes, doch noch bevor Uta sich darüber klar werden konnte, ob es tatsächlich Freude war, war es schon wieder verschwunden.

»Warum hat sie mir das nicht gesagt? Dann hätte ich mir nicht solche Sorgen gemacht.«

»Sorgen?«

Uta sah ihn ungläubig an.

»Natürlich. Solange sie mir gehört, muss ich mich um sie kümmern. Aber jetzt …«

»Dann sucht Ihr sie nicht mehr?«

»Doch natürlich. Sie hat mir treu gedient, und ich möchte sie dafür entlohnen. Einen Sack Getreide, eine Kuh und was ein junges Paar sonst noch so brauchen kann.« Er sah Uta an. »Na, führst du mich jetzt zu Magdalena?«

Uta überlegte. Der Kuenringer lächelte. »Du traust mir nicht, stimmt's?«

Das Mädchen zögerte. »Karl hat gesagt, Ihr wolltet Magdalena für Euch, als Eure …«

»Geliebte, sprich es nur aus. Sie ist ein hübsches, junges Ding, das einen Mann schon mal in Versuchung führen kann. Aber da wusste ich ja auch noch nicht, dass sie heiraten wollte.«

Uta schwieg. Der Kuenringer hob erneut an: »Und was ist, wenn ich es dir schwöre? Wenn ich schwöre …« Er überlegte einen Moment, bevor er fortfuhr. »Wenn ich schwöre, dass ich das junge Paar niemals trennen werde. Ganz im Gegenteil, durch meine Hilfe sollen sie für immer verbunden bleiben.«

Uta schwieg immer noch, doch dann stand sie auf und gab den Männern ein Zeichen, ihr zu folgen.

Uta hatte den Deckel der einfachen Holztruhe aufgeklappt und kramte darin herum. Sie nahm mal ein wollenes Tuch, mal ein Säckchen mit Salz heraus, um es dann unentschlossen wieder zurückzulegen. Sie wusste auch nicht, warum sie sich so schwer tat, ein passendes Geschenk für Karl und Magdalena aus den wenigen Habseligkeiten, die ihrer Mutter und ihr gehörten, auszusuchen.

Dabei hätte sie sich doch freuen müssen, dass alles so gut ausgegangen war. Der Kuenringer hatte Wort gehalten und Magdalena nichts angetan, sondern sie für ihre Dienste entlohnt. Und jetzt hatte er sogar noch ein kleines Fest auf der Burg für die beiden ausrichten lassen, eine nachträgliche Hochzeitsfeier.

»Zieh dich an, wir müssen gleich los«, ließ sich ihre Mutter von der Tür vernehmen.

Gertrud hatte sich bereits zurecht gemacht, aber ihr feingeschnittenes Gesicht mit dem schön geschwungenen Mund kam, selbst wenn sie ihren ältesten Kittel trug, noch zur Geltung. Sie ging zur Wand, nahm ihre gute Haube vom Haken und ließ ihr dunkles, glänzendes Haar darunter verschwinden. Dafür leuchteten jetzt ihre braunen Augen umso wärmer. Uta seufzte. Sie hatte so gar nichts von ihr. Stattdessen kam sie wohl vollkommen auf den Vater, den sie nie kennengelernt hatte. Er war kurz nach ihrer Geburt weggegangen. Gertrud sprach nie über ihn. Sie musste ihn hassen.

Uta strich ihr altes Kleid glatt. »Ich bin fertig. Es ist doch einerlei, wie ich aussehe. Keiner wird mich beachten.«

»Aber Uta, du bist Karls beste Freundin!«

»Aus Kindertagen. Was bedeutet das schon?«

Gertrud sah sie an. »Aber ohne dich gäbe es kein Fest. Die beiden wären auf der Flucht, in eine ungewisse, wenn nicht gar elende Zukunft.«

»Er weiß es nicht.«

Gertrud sah sie fragend an. »Er weiß was nicht?«

»Dass ich den Alten zur Höhle geschickt habe.«

»Aber warum hast du es ihm nicht gesagt?«

»Wie denn? Er war seitdem nicht mehr hier.« Uta zuckte betont gleichmütig mit den Achseln. »Sicher hat er als verheirateter Mann jetzt viele andere Dinge im Kopf.«

Gertrud kam näher und legte Uta den Arm um die Schulter. »Das ist es! Du hast Angst, ihn zu verlieren.«

Sie drückte die Tochter. »Aber es ist ganz normal, dass er jetzt keine Zeit für dich hat. Magdalena und er sind frisch verliebt, alles ist noch neu und aufregend …«

»War das bei dir und Vater auch so?«, versuchte es Uta.

Sicher würde Gertrud das Thema gleich wieder wechseln, wie sie es immer tat, wenn Uta etwas von ihrem Vater wissen wollte.

»Ja, wir waren sehr verliebt. Und das Besondere war, dass es nicht aufhörte. Es ging nicht vorbei.«

Als Uta ein kleines Lächeln auf Gertruds Gesicht sah, fasste sie Mut, weiter zu fragen. »Aber warum nur ist er dann weggegangen?«

Gertruds Miene verschloss sich, und Uta fühlte die Enttäuschung schon in sich hochsteigen, als ihre Mutter doch noch Worte fand: »Es war nicht seine Schuld. Er konnte nicht anders.«

»Dann bist du nicht böse auf ihn? Du hasst ihn nicht?«

Gertrud schüttelte verwundert den Kopf. »Ihn hassen? Es vergeht kein Tag, an dem ich nicht wünschte, ihn wiederzusehen.«

Uta wurde es ganz warm, als sie das hörte. Die Mutter fasste sie am Kinn. »Auch du wirst einmal jemanden treffen, den du liebst. Und dann machst du es besser. Jetzt zieh dich um.«

Uta zögerte nicht mehr länger, sondern streifte sich das Kleid vom Kopf und schlüpfte in das gute, das sie vom Haken nahm. Sie kämmte sich schnell das Haar und trat dann noch kurz vor die Truhe. Jetzt wusste sie, welches Geschenk sie den beiden machen würde. Sie nahm das kleine Holzkästchen heraus und öffnete den Deckel. Die Schere glänzte. Ab jetzt würde eine andere Karl die Haare schneiden. Aber deswegen würde er sie nicht vergessen.

Uta folgte ihrer Mutter zur Tür des Schlafsaals. Draußen herrschte schon geschäftiges Treiben. Alles, was Beine hatte, war unterwegs zur Burg.

Uta war außer Atem, als sie oben ankam. Sie war den Weg, der sich den Berg hochschlängelte, mehr gehüpft als gegangen. Die Schere klapperte in dem Kästchen, das in ein Tuch eingeknotet an Utas Gürtel hing. Das Mädchen ging auf das Burgtor zu, bei dem zwei Wachen die Hereinströmenden musterten. Es waren die beiden Männer, die den alten Kuenringer bei der Hatz auf Magdalena begleitet hatten. Doch an diesem sonnigen Tag machten sie Uta keine

Angst. Sie ging an ihnen vorbei auf den Burghof, wo schon Tische und Bänke für das Festmahl aufgebaut waren.

Die Bauern, die Handwerker, die Knechte und Mägde fanden sich in Grüppchen auf dem Hof, um Neuigkeiten auszutauschen. Uta wurde auf ein paar bunt gekleidete Männer aufmerksam, die sich merkwürdig benahmen. Einer warf in rascher Folge kleine Bälle in die Luft und fing sie wieder auf, ohne auch nur einen auf den Boden fallen zu lassen. Ein anderer stand plötzlich auf seinen Händen anstatt auf den Füßen. Überraschend schnell bewegte er sich auf Uta zu und wollte, auf nur noch einer Hand stehend, ihren Rock lüpfen. Doch das Mädchen sprang zurück, ohne nach hinten zu schauen, und trat prompt jemandem auf die Füße.

»Kannst du nicht aufpassen?«, herrschte sie eine Jungenstimme an.

Als sie sich umdrehte und eine Entschuldigung murmelte, stand sie dem jungen Kuenringer gegenüber, den sie bisher immer nur von weitem gesehen hatte. Er war ungefähr in ihrem Alter, aber das war auch schon alles an Gemeinsamkeit. Balduin war in Samt und bestes Leinen gekleidet. Sein Gesicht mit den braunen Augen, umrahmt von dunklem glänzendem Haar, war geradezu schön, und seine Haltung hatte etwas Unbeugsames. Doch nur so lange, bis seine Mutter Eufemie ihn mit schriller Stimme schalt: »Balduin, wie sehen denn deine Stiefel aus? Ich habe sie extra polieren lassen!«

Sie betrachtete missbilligend das staubbedeckte Schuhwerk.

»Das war sie!«, erwiderte ihr Sohn und zeigte auf Uta.

Unwillig wandte sich die Burgherrin an das Mädchen. »Dann auf die Knie, und zwar rasch!«

Uta sank auf den Boden und begann, das Leder mit dem Saum ihres Kleides vom Staub zu befreien. Verstohlen versuchte sie dabei, das Gesicht der Kuenringerin zu betrachten. Obwohl sie beileibe keine Schönheit war, zogen Eufemies unregelmäßige Züge mit der spitzen Nase und den schmalen Lippen Uta doch in ihren Bann. Schon schubste die Mutter ihren Sohn weiter in Richtung der kleinen Tribüne, von der aus sie und ihr Mann das Treiben beobachten würden. Uta erhob sich aus dem Staub.

Noch ganz in Gedanken, wurde sie nach hinten gedrängt. Knechte machten die Mitte des Hofes frei. Uta sah, dass dort Holzbretter als Tanzfläche ausgelegt waren. Einige Musikanten hielten ihre Instrumente bereit, als der alte Kuenringer in die Mitte trat. Sofort kehrte Stille ein. Er richtete sich zu seiner vollen Größe auf, bevor er anhob: »Heute wollen wir feiern, dass sich zwei aus unserer Mitte gefunden haben.«

Er nickte aufmunternd, und Magdalena und Karl traten, Hand in Hand, aus der Menge. Magdalenas Gesicht war nicht mehr ganz so blass und ausgezehrt, sodass sie noch schöner wirkte. Karl lächelte seiner Frau zu, bevor beide wieder dem Burgherrn lauschten.

»Und obwohl sie es anfangs gegen meinen Willen taten …«

Hadmar machte eine kurze Pause, während deren ein Raunen durch die Menge ging und Karl beschützend den Arm um Magdalenas Schultern legte. »… habe ich Großmut gezeigt und sogar versprochen, alles dafür zu tun, damit sie für immer vereint sind.«

Einige lachten und applaudierten, doch der Kuenringer verschaffte sich mit einer Handbewegung Ruhe. »Vereint bis zum Tod und über den Tod hinaus. Und damit ihr alle Zeugnis davon ablegen könnt, seid ihr heute hier versammelt.«

Wieder klatschten einige, doch erneut erbat der Burgherr sich Ruhe. »Und weil ich den beiden ihren sehnlichsten Wunsch erfüllen werde, ist es nicht mehr als recht und billig, wenn auch sie mir einen Wunsch erfüllen.«

Er ging auf das Paar zu und wandte sich dann an Karl, der Magdalena immer noch mit dem Arm umfing.

»Ich möchte nicht mehr und nicht weniger als den ersten Tanz mit deiner Frau.«

Der Kuenringer streckte der jungen Frau seine klobige Hand entgegen und lächelte. Uta stellte erneut die Ähnlichkeit seiner Lippen mit den Lefzen seiner Jagdhunde fest. Doch als Karl seine Liebste, wenn auch zögernd, frei gab, schüttelte sie den Gedanken ab und fiel in das rhythmische Klatschen der Menge ein, das die aufspielenden Musikanten begleitete.

Hadmar hielt Magdalena an beiden Händen fest, während er sie in die Mitte des Bretterbodens führte. Dort begann er sie im Kreis um sich herum zu drehen, bis ihr Rock sich bauschte und die Bänder der Haube in der Luft flatterten. Magdalena sah etwas unsicher zu Karl, doch der nickte ihr beruhigend zu, sodass sie sich bald ganz der Musik hingab und sich in den Hüften wiegte.

Fast keiner sah das leise Kopfnicken des Alten in Richtung der beiden Wachen, die ihren Posten am Tor verlassen hatten. Einzig Uta nahm es wahr, doch sie konnte sich keinen Reim darauf machen. Und dann ging alles sehr schnell, viel zu schnell. Die beiden Wachen bückten sich und rissen einige der losen Bretter zur Seite, unter denen sich ein großes Loch auftat. Gerade in dem Moment schleuderte der Kuenringer Magdalena besonders wild, nur dass er sie diesmal mitten in der Bewegung losließ. Ihre Füße suchten Halt, doch sie fanden ihn nicht. Es war, als ob sich die Erde auftat und die junge Frau verschlang.

Schreie wurden laut, und Karl stürzte in die Mitte, geradewegs an den Rand der Grube. Er beugte sich hinab. »Magdalena! Magdalena, so sag doch etwas!«

Alles, was aus der Grube kam, war ein leises Wimmern. Karl drehte sich zu dem Kuenringer. »Warum habt Ihr das getan? Sie ist verletzt. Sicher hat sie sich was gebrochen!«

Er wollte auf den Burgherrn losgehen, doch der ältere der beiden Wachmänner hinderte ihn daran. Der Kuenringer trat nun auch an das Loch. »Ja, das könnte gut möglich sein. Der Sturz war recht tief.« Er blickte zu Karl. »Es sieht aus, als wäre es ihr Bein.«

Karl heulte auf. »Du Bestie! Ich muss zu ihr!«

Der Kuenringer lächelte. »Nichts einfacher als das.«

Er nickte dem Wachmann zu, der Karl daraufhin einen festen Stoß gab, sodass auch er in die Tiefe fiel. Schreie gellten durch die Menge. Ein jeder wollte nach vorne, um das Unfassbare mit anzusehen. Uta wurde immer weiter nach hinten abgedrängt. Doch sie hörte die Stimme des Kuenringers: »Er hat es so gewollt. Er und sein Liebchen sind nun für immer vereint, bis zu ihrem Tode und darüber hinaus. Ihr seht, ich halte mein Wort!«

Er lachte laut. Doch dann mischten sich andere Geräusche darunter, die Uta erst nicht erkannte. Es war wie ein Schürfen von Metall an Geröll, worauf etwas dumpf in die Tiefe plumpste. Uta rätselte noch, was da vor sich ging, als sie die Schreie der Leute hörte: »Er begräbt sie! Er begräbt sie bei lebendigem Leibe!«

Uta drängte nun mit aller Kraft nach vorne und schaffte es wenigstens so weit, dass sie etwas sehen konnte. Die beiden Knechte stießen Schaufeln in den Boden und warfen dann das Gemisch aus Erde und Geröll in die Grube. Der Schweiß lief ihnen bereits von der Stirn, so hart arbeiteten sie unter dem wachsamen Blick ihres Herrn. Uta konnte zwar nicht in das Loch hineinsehen, doch sicher war es bereits halb gefüllt. Sie schrie laut auf: »Nein!«

Uta versuchte, zu den Knechten zu gelangen, wollte ihnen die Schaufeln aus der Hand reißen und Karl und Magdalena befreien. Doch sosehr sie sich auch anstrengte, sie kam nicht weiter vorwärts. Verzweifelt wandte sie sich um. Selbst Eufemie und ihrem Sohn, die das Geschehen von der Tribüne aus betrachteten, stand das Entsetzen ins Gesicht geschrieben. Nur einer kostete jeden Moment aus: Der alte Kuenringer hatte es sich auf einer der Bänke regelrecht bequem gemacht.

Uta verspürte große Wut. Mit neuer Kraft stieß, schob und schubste sie sich in Richtung von Karl und Magdalena. Endlich kam sie voran. Doch die Reihen lockerten sich ohnehin. Nach und nach verlief sich die Menge. Die beiden Knechte hatten ihr Werk vollendet und waren bereits dabei, die Oberfläche mit den Schaufeln zu glätten. Abschließend stampften sie den Boden fest, bevor auch sie den Hof verließen.

Uta stand allein auf dem Burghof, wo bis vor nicht allzu langer Zeit noch Freude und Ausgelassenheit geherrscht hatten. Auch die Tribüne war verwaist, was bedeutete, dass sich der Alte sicher war, sein Werk vollendet zu haben.

Uta stürzte zur Mitte, kniete auf dem festgestampften Boden nieder. Das durfte nicht sein. Sie mussten einfach noch leben. Sie fragte sich, wie viel Zeit vergangen war, ob sie noch Luft bekommen konnten. Uta versuchte, mit den Händen den Boden zu lockern, doch die Oberfläche war zu hart. Da fiel Uta die Schere ein und sie nestelte sie schnell aus dem Kästchen. Mit der Spitze kratzte sie nun, so schnell sie konnte. Sie grub einen Stein aus, den sie als Hacke benutzte. Wieder und wieder verletzte sie sich an dem scharfkantigen Werkzeug, doch sie beachtete das Blut nicht, das sich mit dem Dreck vermischte. Sie grub auch dann noch, als sie längst kein Gefühl mehr in den Armen hatte.

Doch das untere Erdreich war lockerer, und so hatte sie bald ein beachtliches Loch geschaufelt. Schließlich war die Grube wieder so weit ausgehoben, dass sie darin stehend selber schon kaum noch über den Rand sehen konnte. Doch je länger sie grub, desto mehr kamen ihr Zweifel, ob es die richtige Stelle war. Aber um noch einmal an einer anderen Stelle so weit vorzudringen, dafür fehlte ihr die Kraft. Blind vor Tränen stolperte sie und fiel hin. Sie merkte, wie rundum das Erdreich begann auf sie herabzurieseln. Es war ihr egal. Im Grunde war es ihr sogar recht, wenn auch sie nun hier ihr Grab fand. Sie lag ganz still, als sie das leichte Beben spürte. Erst dachte sie, sie hätte sich getäuscht, doch dann spürte sie es erneut. Dicht unter ihr regte sich etwas. Sie kniete sich hin und grub vorsichtig weiter. Bald stieß sie auf etwas Weiches. Es war Karls Körper. Wie besessen scharrte sie die Erde beiseite. Sie befreite Nase und Mund von Erdkrumen, bis er röchelnd Luft holte. Uta bot all ihre Kraft auf, um ihn unter der Erdlast herauszuziehen. Schließlich hielt sie ihn in den Armen, als sie unter ihm Magdalenas Gesicht erblickte. Schnell lehnte sie Karl an die Erdwand und wischte auch seiner Frau die Erde vom Gesicht, damit sie wieder atmen konnte. Doch es geschah nichts, kein Röcheln, kein Stöhnen. Karl, der wieder zu sich kam, richtete Magdalenas Oberkörper auf und nahm sie in seine Arme. Doch sie rührte sich immer noch nicht. Er küsste die letzten Erdkrümel von ihrem Mund, streichelte ihre Wangen und flüsterte immer wieder: »Magdalena, wach auf, es ist vorbei.«

Doch sie gab kein Lebenszeichen von sich. Uta zupfte Karl am Ärmel, doch er schüttelte sie ab. »Lass mich.«

Es fiel Uta sehr schwer zu sprechen. »Karl, es hat keinen Sinn. Magdalena ist tot.«

Karl wiegte sie noch lange in seinen Armen, bevor er sich an

Uta wandte. »Ich weiß«, sagte er. »Ich war es, der ihr den Atem genommen hat.«

Uta schüttelte den Kopf. »Du doch nicht! Du kannst nichts dafür!«

»Ich wollte sie mit meinem Körper schützen.«

Er blickte Uta unendlich traurig an. »Aber ich habe sie erstickt.«

Uta wusste es besser. Sie hatte diesen Teufel zu Magdalena geführt, sie und keine andere. Aber das durfte Karl nie erfahren.

Kapitel 2

Beim doppelt gehörnten Teufel!«, keuchte Uta.

Gut, dass ihre Mutter sie nicht hörte. Aber es war wirklich nicht einfach, das schmale Band so fest zu ziehen, dass die Tür wieder gerade in der Öffnung hing. »Soll der dunkle Dämon dich fressen!«, fluchte Uta erneut, diesmal aus Ärger über ihre ungeschickten Hände.

Dabei musste es doch schnell gehen. Sie konnte sich immer nur kurz vom Finsterhof wegstehlen, um sich um Karls Kate zu kümmern. Sein Vater war längst tot und seine beiden Schwestern aus dem Haus. Und Karl selber schien jeden Lebensmut bei den schrecklichen Ereignissen auf der Burg, die nun drei Winter zurücklagen, verloren zu haben.

Einzig Uta mit ihren nun vierzehn Jahren stemmte sich dem ständigen Verfall entgegen.

Sie hatte das Lederband mehrmals durch das mit Lehm verputzte Flechtwerk der Wand gezogen, damit es hielt. Die Feuchtigkeit hatte den Boden schon fast bis zur Mitte der Behausung aufgeweicht. Die Bretter und Strohsäcke, auf denen Karl und seine beiden jüngeren Brüder schliefen, hatte sie auf die trockene Seite geschoben. Doch auch die wenigen Schemel, die Truhe und der Tisch würden früher oder später leiden. Wenigstens war die Schweinsblase, mit der das einzige kleine Fenster bedeckt wurde, noch dicht.

Uta zog, so fest sie konnte, an den beiden Enden und hatte endlich genug Band, um einen Knoten machen zu können. Schnell setzte sie einen zweiten obenauf. Zufrieden betrachtete sie ihr Werk. Jetzt konnte es in diesem zwar warmen, aber auch nassen

Frühjahr des Jahres 1190 noch so sehr schütten, die Tür würde standhalten.

Schnell machte sie zur Sicherheit noch einen dritten Knoten. Dankbar strich sie über das Leder. Es war die Haut von Goldhörnchen, der Kuh, deren Blut sie in dem harten Winter vor zwei Jahren zu einem Brei gekocht hatten.

Plötzlich spürte Uta Tropfen auf ihrem Haar. Sie hob den Kopf. Es war Regen, der anfangs noch langsam, doch schon bald immer stärker durch das Dach drang. Auf dem Boden bildete sich ein Rinnsal, das in Richtung der Bettstätten floss. Uta schrie auf, packte sich einen der Strohsäcke und sah sich nach einem trockenen Fleckchen um. In dem Moment ging die Tür auf, und Karl trat ein.

»Karl, gut, dass du kommst, das Dach ist undicht!«

Flüchtig blickte er auf das Loch, durch das nun unablässig der Regen rann. »Die Stelle ist schon seit einiger Zeit morsch.«

Uta ließ den Strohsack fallen und stemmte die Hände in die Hüften. »Du wusstest es?«

Karl zuckte mit den Schultern. »Ich habe kein Schilf, um es abzudichten.«

»Ja, dann besorg es dir. Oder nimm halt Stroh oder ... tu einfach irgendwas!«

Uta sah ihn fest an. Ihre Empörung wich Mitleid, als sie ihn so dastehen sah. Karl wirkte müde. Die hellen Locken standen ihm wirr vom Kopf, und Uta konnte die Läuse darin herumkrabbeln sehen, so zahlreich waren sie. Sein Gesicht war schmal und seine Haltung die eines alten Mannes. Sie ging auf ihn zu und nahm Karl, der sie um einen Kopf überragte, in den Arm. »Ach, wie konnte es bloß so weit kommen?«

Karl schob sie von sich. Sein Gesicht bekam einen harten Zug. »Bist du fertig?«

»Aber Karl, du holst dir hier den Tod.«

Für einen Moment sah man ein kurzes Flackern in Karls stumpfen Augen, was Uta zutiefst beunruhigte. »Ich gehe nicht eher, bis das Loch gestopft ist«, beharrte sie.

Jetzt wurde Karl wütend. Uta erkannte es daran, dass er die

Stirn krauste, bis die Falten über der Nasenwurzel ein »U« bildeten. »U« wie »Uta« und gleichzeitig der einzige Buchstabe, den sie kannte.

Eine alte, einbeinige Seherin, die vor vielen Jahren durch das Dorf gekommen war, hatte den Buchstaben vor ihr mit einer ihrer Krücken in den Dreck gemalt und dann gesagt, dass damit ihr Name anfange und sie Uta heiße. Uta war sehr beeindruckt gewesen. Es war selten, jemanden zu treffen, der Gesichte hatte, aber noch seltener war es, jemanden zu treffen, der eine Beinamputation überlebt hatte. Die Alte lachte über das staunende Kind. »Eines Tages wirst du lesen können, und zwar nicht nur einen Buchstaben, sondern alle.«

Wieder lachte sie schallend, aber nur so lange, bis Utas Mutter drohend auf sie zukam. Uta hatte sie gar nicht bemerkt, wie aus dem Boden gewachsen hatte sie plötzlich neben ihr gestanden. »Lass mein Kind in Ruhe. Nimm deine Krücken und verschwinde von hier!«

Die Alte starrte Utas Mutter an. »Du weißt, dass sie was Besonderes ist. Du kannst es nicht verhindern, dass auch sie es eines Tages erkennt.«

Zu Utas Überraschung war ihre Mutter dann handgreiflich geworden, sodass die Alte nicht weitersprechen konnte. Es war das erste und einzige Mal gewesen, dass Uta gesehen hatte, wie ihre Mutter jemanden schlug. Sie konnte es der Alten nicht verübeln, dass sie wutentbrannt davonhumpelte, anstatt weiter in Utas Zukunft zu sehen.

Karl nahm Uta den Strohsack, der als Schlafunterlage diente, aus der Hand. »Na schön, du gibst ja ohnehin keine Ruhe!«

Er riss ihn auf, nahm Stroh heraus, griff sich einen Schemel und schritt nach draußen. Uta folgte ihm schnell und sah, wie er im strömenden Regen darauf stieg und begann, das Loch auf dem niedrigen Dach zu stopfen. »Zufrieden?«, rief er Uta zu.

Zufrieden würde sie erst sein, wenn dieses merkwürdige Flackern aus Karls Augen verschwunden war.

Uta betrat den großen, niedrigen Raum. Es war wenig Platz zwischen den ungefähr zwanzig Schlafstätten, aber wenigstens war der Boden hier trocken. Befriedigt stellte sie fest, dass keine der Mägde sich hier zu schaffen machte. Alle waren, wie sie es angenommen hatte, bei der Arbeit, wohin auch sie sich gleich sputen musste.

Uta schritt schnell auf ihr Lager zu und bückte sich, um den Strohsack aufzuheben, als sie Schritte hinter sich hörte. Erschrocken fuhr sie herum. Doch es war nur ihre Mutter, die vor ihr stand.

»Was machst du hier? Der Verwalter hat dich schon vermisst.«

»Ich muss nur noch einmal zu Karls Hütte.«

Gertrud sah prüfend vom Strohsack zu Uta. »Du willst ihm doch nicht etwa deine Unterlage bringen?«

Uta zuckte mit den Schultern. »Warum nicht? Sein Stroh hat er für das Dach gebraucht.«

»Uta, das geht nicht! Du schuftest nun schon seit zwei Wintern in seinem Haushalt, schau dich doch an! Wie eine alte Frau siehst du aus!«

Uta sah an sich herab. Ihr Körper war immer noch mager, ihre Bewegungen ungelenk. »Ich bin deine Tochter«, stieß Uta trotzig hervor. »Dann hättest du mir etwas von deiner Schönheit abgeben sollen.«

Gertrud hatte nach wie vor damit zu tun, die Mannsbilder abzuwehren, auch wenn sie die Blüte ihrer Jahre längst überschritten hatte. Ganz im Gegensatz zu Uta. Doch im Grunde war es ihr ganz recht, dass noch keiner der jungen Knechte oder gar einer der älteren, dessen Frau gestorben war, sich für sie interessierte. Es gab nur einen, der ihr wichtig war. »Sag mal, Mutter, weißt du eigentlich von jemandem, der eine große Sünde begangen hat?«

Gertrud sah sie verwundert an, dann lachte sie hell auf und ließ dabei eine Reihe schöner, ebenmäßiger Zähne sehen. Keine einzige schwarze Lücke trübte den Anblick. Fast so selten wie eine Frau mit einem Bein, schoss es Uta durch den Kopf.

»Kind, frag mich lieber, ob es jemanden gibt, der keine begangen hat.«

Uta schüttelte den Kopf. »Nein, Mutter, ich meine nicht solche Sünden, ich meine etwas richtig Schlimmes, eine Todsünde.«

Gespannt sah Uta Gertrud an.

»Du meinst, dass jemand sich selbst … sich im Weiher ertränkt oder sich das Messer in die Brust sticht.«

Uta nickte, während Gertrud sich bekreuzigte. An ihrem inneren Auge zogen Bilder vorbei, düstere Bilder. Es war üblich, die Leichen der Männer und Frauen, die sich selbst entleibt hatten, wie die Lebenden zu verurteilen und noch einmal hinzurichten. Viele der im Tode erstarrten Körper wurden vorher noch gerädert, um die Gliedmaßen zu brechen. Man wollte ganz sichergehen, dass sie ihren Gräbern nicht mehr entsteigen konnten, um Rache an den Lebenden zu nehmen. Manchmal begnügte man sich auch damit, die Toten zu fesseln oder mit Dornen zu bestreuen, bevor man sie wie einen Esel verscharrte.

Gertrud fand, dass es nicht recht war, diese Menschen an der Rückkehr zu hindern. Nacht für Nacht wartete sie darauf, von ihrem Mann geweckt zu werden. Hannes, der sie so sehr liebte, dass er sie verlassen musste. Und von dem sie seit jenen Ereignissen damals nichts mehr gehört hatte. Sie versuchte immer wieder, das als gutes Zeichen zu deuten. Aber die Furcht war stärker. Die Furcht, dass er sich etwas angetan haben könnte. Sie hoffte von ganzem Herzen, dass sein Körper dann den Weg zu ihr finden würde, um sich wenigstens im Tod mit ihr zu versöhnen.

Gertrud sah die Tochter an. »Es ist Karl, stimmt's? Du hast Angst um ihn.«

Uta nickte. Sie merkte, wie ihr Hals eng wurde, doch sie versuchte, ein Schluchzen zu unterdrücken. »Er hat manchmal so einen merkwürdigen Blick.«

Gertrud nickte. »Ja, ihm ist das Liebste genommen worden.«

Utas Hals zog sich noch enger zu. Gertrud fuhr fort. »Das ist wirklich nur sehr schwer zu ertragen.«

Gertrud holte tief Luft, um weitersprechen zu können. »Doch es gibt Hoffnung. Karl braucht jemanden, der diese Stelle einnimmt.«

Sie strich Uta liebevoll über das Haar. »Es hilft sehr, wenn jemand anderes die Leere füllt.«

Utas Gesicht hatte sich bei dem Wort »Hoffnung« kurz aufgehellt, doch jetzt verfinsterte es sich wieder. »Jemand anderes?«, sprach sie mehr zu sich als zu ihrer Mutter. Dann nickte sie. »Jemand anderes.«

Es war die einzige Möglichkeit, das sah sie jetzt ganz deutlich, auch wenn der Schmerz schier unerträglich war. Schnell nahm sie den Strohsack und eilte damit nach draußen, bevor ihre Mutter sie aufhalten konnte.

Gertrud sah ihrer Tochter nach. Sie hatte das Gefühl, dass Uta sie nicht richtig verstanden hatte, wie so oft in ihrem Leben. Sie war einfach zu anders, anders als die anderen Kinder und auch als die Erwachsenen. Gertrud hatte immer gehofft, dass Uta es nicht merken würde. Aber wahrscheinlich ahnte sie es, spätestens seit diese einbeinige Hexe aufgetaucht war. Energisch wandte sich Gertrud zum Gehen, während sie sich immer wieder sagte, dass alles gutgehen würde. Jedenfalls, solange sie das Kind von der Burg fernhielt.

Uta stand mit Gesine zusammen am Fluss. Mit den Füßen wateten sie im Wasser, die Röcke bis zur Hüfte hochgesteckt, um die Wäschestücke ausspülen zu können. Ihre Beine waren schon blau angelaufen, und sie zitterten am ganzen Körper, da das Wasser noch sehr kalt war. Uta beeilte sich und warf das Unterkleid, das sie in den Händen hielt, auf den großen Haufen hinter sich. Sie wären eigentlich längst fertig gewesen, wenn Gesine sich nicht so lange an ein und demselben Kleid, das noch dazu ihr eigenes war, aufgehalten hätte. Endlich wrang sie es aus, um es dann ganz nah an ihr Gesicht zu pressen.

»Es stinkt immer noch!«, rief sie verzweifelt, das Kleid wieder ins Wasser schleudernd. »Diesen elenden Küchengeruch werde ich auch in tausend Jahren nicht herauswaschen können.«

»Auf jeden Fall sind wir bis dahin erfroren«, erwiderte Uta.

»Und wenn schon! Was hat mein Leben für einen Sinn, wenn ich noch nicht einmal ein Kleid habe, mit dem ich zur Hochzeit gehen kann!«

Gesines Jammern ging in Schluchzen über. Uta konnte es nicht mehr hören. Keine der jungen Frauen sprach über etwas anderes als die bevorstehende Hochzeit des Verwalters.

»Man könnte fast meinen, du seiest die Braut«, versuchte es Uta.

»Was würde ich darum geben!«, jammerte Gesine weiter.

»Nichts!«, zischte Uta. »Nichts, weil du nichts hast. Meinst du, der Vogt heiratet eine Küchenmagd?«

Doch Gesine fing nur noch lauter an zu weinen. »Keiner wird mich nehmen. Ich werde nie einen Mann bekommen!«

Uta sann einen Moment über die Worte nach. Plötzlich war ihre Ungeduld verschwunden. Stattdessen fischte sie sogar das Kleid für Gesine aus dem Wasser. »Komm, wir waschen es noch einmal, zusammen.«

Sie hielt Gesine den Saum hin, und gemeinsam tauchten sie es ins Wasser, um es gründlich durchzuwalken. Uta strich sich mit nassen Fingern die Haare aus dem Gesicht und wandte sich der Magd zu. »Sag mal, du kennst doch Karl, den Sohn vom alten Heinrich.«

»Den mit dem irren Blick? Der seinem eigenen Grab entstiegen ist?«

Uta ließ das Kleid los und stützte ärgerlich die Hände in die Hüften. »Jetzt rede doch nicht einfach nach, was die anderen sagen.«

Es stimmte, Karls Schicksal hatte ihn nicht nur zu dem unglücklichsten Menschen werden lassen, den Uta kannte, sondern ihn auch noch zum Außenseiter gemacht. Den anderen war einer, der schon einmal unter der Erde war, nicht ganz geheuer.

»Willst du nun einen Mann oder nicht?«

»Einen Mann schon, aber keinen …« Gesine zögerte, sah sich um und flüsterte dann: »… keinen Wiedergänger.«

Sie schauderte, und auch Uta bekam eine Gänsehaut. Ärgerlich riss sie sich zusammen: »Wie kannst du Karl bloß in einem Atemzug mit diesen … diesen Geistern nennen?«

Gesine sah sie trotzig an. »Selbst wenn er keiner von denen ist, guck dir doch mal seinen jämmerlichen Hof an! Seitdem sein Vater tot ist, geht es bergab damit. Nein, dann ende ich lieber als alte Jungfer!«

Uta lächelte grimmig. Sie wusste, dass das gelogen war, denn Gesine hatte ihre Unschuld längst verloren. Zur Zeit hatte sie gerade ein Techtelmechtel mit einem der Knechte von der Burg. Im Grunde war sie ohnehin nicht gut genug für Karl. Uta seufzte. Das Problem war nur, dass ihr auch keine andere einfiel.

Laut schnatternd näherte sich jetzt eine ganze Gruppe Mägde den beiden Frauen. »Gesine, wir haben dich schon überall gesucht.«

»Warum?«, erkundigte sich Gesine.

»Wir brauchen Blei«, erklärte Ernhild, eine stattliche Erscheinung mit dicken schwarzen Zöpfen, die ihr über die breiten Schultern fielen.

»Blei? Woher soll ich das denn besorgen?«

»Na, von deinem Wölfchen«, kicherte jetzt Adelheid, die Kleinste und Zierlichste unter ihnen. »Er soll einfach einen der Trinkbecher aus der Küche der Burg schmuggeln.«

»›Mein‹ Wölfchen? Nur weil er mich ab und zu Arbeiten erledigen lässt?«

»Genau. Und wenn du das nächste Mal …« Ernhild machte eine kleine Pause und sah die anderen an. »… sein Schwert polierst … oder sollte ich eher sagen, seinen Speer?«

Jetzt prusteten alle los, nur Gesine wurde immer ärgerlicher. Aber Ernhild fuhr ungerührt fort. »Dann bring uns einen Becher mit.«

»Ach? Und warum sollte ich das tun?«

»Weil wir Bleiweiß brauchen, um unsere Gesichter zu schminken. Das wird bestimmt auch deinem Liebsten gefallen, wenn du schön wie eine Herzogin auf der Hochzeit erscheinst.«

Gesines Ärger verschwand sofort. »Bleiweiß? Ihr könnt euch auf mich verlassen.«

Sie schnüffelte noch einmal an ihrem Kleid. »Wenn ich geschminkt bin, ist es einerlei, dass ich rieche wie ein Räucherschinken.«

Die Magd stapfte ans Ufer.

Am Abend war Uta noch ermatteter als sonst, da sie alles hatte alleine auswringen müssen. Ihre Finger waren von dem kalten Wasser aufgesprungen, aber Uta war so müde, dass sie den Schmerz kaum spürte. Doch sie fand keine Ruhe, da sich alle jungen Frauen um Gesine versammelt hatten, die stolz den Becher aus den Falten ihres Rockes zog.

»Komm, wir stellen ihn hier rein«, forderte Ernhild auf und hielt ihr einen großen, tönernen Grapen hin.

Gesine stellte den Becher hinein, Adelheid gab ein Schälchen, das sie mit Essig gefüllt hatte, dazu, und Hadwig legte eine Holzscheibe als Deckel auf den Feuertopf. Nach einem kurzen Gerangel, wer das Behältnis tragen durfte, hielt Ernhild es in den Armen, während sie hocherhobenen Hauptes den Raum verließ. Wie bei einer Prozession folgten ihr die anderen Frauen bis auf Uta. Sie war froh, als die Ruhestörerinnen draußen waren, denn sie sehnte sich danach, auf ihr Strohlager zu sinken. Doch schon wieder ertönte lautes Geschnatter, als Adelheid die etwas plumpe und nicht gerade mit Schönheit gesegnete Hedwig, die sich den Mägden anschließen wollte, wegstieß. »Du bleibst hier! Oder glaubst du im Ernst, du bekommst auch nur das kleinste bisschen von dem Bleiweiß ab? Schau dich doch an, bei dir ist ohnehin jede Mühe vergeblich!«

Zur Sicherheit gab Adelheid der jungen Frau noch einen kräftigen Schubs, um dann schnell den anderen nach draußen zu folgen. Hedwig taumelte und ließ sich auf ihr Lager sinken. Sie bedeckte ihre große Nase und die weit auseinanderstehenden Augen mit den Händen und begann zu schluchzen. Uta setzte sich trotz ihrer Müdigkeit auf und ging zu Hedwig hinüber. Sie hockte sich vor die Weinende und betrachtete ihr stumpfes Haar und den kräftigen, eher männlich gebauten Körper. Dann zog sie ihr die Finger vom Gesicht, um auch dieses forschend zu mustern. »Hör auf zu weinen, Hedwig. Das brauchst du nicht.«

Hedwig sah Uta hoffnungsvoll an. »Du meinst, ich bin nicht so hässlich, wie die anderen sagen?«

»Doch«, erwiderte Uta, »sie haben recht.«

Hedwig begann erneut zu schluchzen, diesmal noch lauter als zuvor. Uta strich ihr über die Haare. »Aber wir haben ja noch etwas Zeit bis zur Hochzeit.«

Uta sah sie auffordernd an. »Setz dich gerade hin. Kopf hoch, Schultern nach hinten.«

Die junge Frau hatte sich im Laufe der Jahre eine gebückte Haltung zu eigen gemacht, um möglichst viel von ihrer unglücklichen Gestalt zu verbergen.

»Das ist schon viel besser. So will ich dich ab jetzt immer sehen.« Uta strahlte Hedwig an, auf deren Gesicht ein scheues Lächeln erschien.

Uta grub ihre Arme tief in den Misthaufen. Der warme Dampf stieg ihr ins Gesicht, während ihre Hände fast schon in der Mitte angelangt waren, wo das Stroh bereits weich und matschig geworden war. Endlich tastete sie mit den Fingern etwas Festes. Schnell schaufelte sie das Stroh zur Seite und zog den großen, tönernen Grapen heraus. Vorsichtig stellte Uta den Feuertopf auf dem Boden ab und hob den Deckel hoch. Neugierig sah sie hinein. Tatsächlich, auf dem Bleibecher hatte sich eine weiße Schicht gebildet. Schnell deckte sie den Topf wieder ab und wollte gerade damit verschwinden, als sie Stimmen hörte. Die Zeit reichte nur noch, um sich samt Grapen hinter die große, mit Metallreifen beschlagene Wassertonne zu flüchten, die direkt neben dem Stall stand.

Schon hatten Ernhild und Adelheid den Misthaufen erreicht. Letztere begann nun ebenfalls mit den Händen darin zu wühlen. Doch schnell zog sie die Arme, an denen nun das faulige Stroh klebte, heraus. »Komisch, da ist nichts!«

Ernhild drängte sich neben die Kleinere und grub nun selber mit ihren dicken, kräftigen Armen das Stroh um und um, ohne Erfolg.

Ernhild schüttelte den Kopf. »Das kann doch nicht sein. Hör mal, nicht, dass du …«

Sie stemmte ihre Arme in die Hüften. »Du hast es gestohlen!«

Adelheid betrachtete sie eingeschüchtert. »Warum sollte ich das tun?«

»Nun, da hätte ich schon eine Idee.« Ernhild lächelte grimmig. »Du bildest dir ein, du könntest so die Schönste auf der Hochzeit sein.«

Sie machte einen Schritt auf Adelheid zu. »Aber ich warne dich. So viel Bleiweiß kannst du dir gar nicht ins Gesicht schmieren, um alle blauen Flecken zu übertünchen, die ich dir gleich versetzen werde!«

Adelheid machte schnell ein paar Schritte rückwärts, drehte sich dann um und rannte, was das Zeug hielt. Ernhild beeilte sich nicht minder, ihr laut zeternd zu folgen.

Uta trat aus ihrem Versteck. Als sie ein Klatschen hörte, schrak sie zusammen. Es war unschwer zu erraten, dass Ernhilds kräftige Hand auf Adelheids schmale Wange getroffen war. Uta riss sich zusammen. Jetzt war keine Zeit, ihr Tun zu bereuen. Schließlich ging es um etwas viel Wichtigeres.

Uta trug den letzten Rest der Paste aus dem weißen Belag, der sich auf dem Becher gebildet hatte, auf Hedwigs Stirn auf und verrieb ihn sorgfältig. Sie trat einen Schritt von dem Schemel, auf dem Hedwig saß, zurück. Prüfend musterte sie die junge Frau.

»Wie sehe ich aus?«, fragte Hedwig erwartungsvoll.

So richtig zufrieden war Uta noch nicht. »Das Bleiweiß steht dir gut. Aber dein Gesicht ist zu dick. Kannst du die Wangen nicht ein bisschen einziehen?«

Sie drückte mit Daumen und Zeigefinger Hedwigs Wangen zusammen.

»Au!«, schrie Hedwig auf. »Lass das! Außerdem mögen Männer Frauen, die ein bisschen dicker sind.«

»Aber an den richtigen Stellen«, gab Uta zurück. Außerdem sollte Hedwig nicht wie irgendeine Frau aussehen. Uta fasste das lange dunkle Haar und ließ es leicht auf Hedwigs Schultern fallen. Doch nicht eine Locke wollte aufspringen, gerade wie Schnittlauch hing es herunter. Uta ging zum Kamin der Badestube. Dort hatte sie schon alles vorbereitet. Das Feuer war fast abgebrannt, der Eisenstab lag in der Glut. Uta zog ihn heraus.

»Aber pass bloß auf, dass er nicht zu heiß ist«, sorgte sich Hedwig.

»Keine Angst, ich werde ihn abkühlen.«

Sie hielt das Eisen in einen Bottich mit heißem Wasser, dass es zischte. Dann zog sie es heraus. »So, jetzt müsste es genau die richtige Temperatur haben.«

Sie schritt zu Hedwig hinüber, nahm eine Strähne ihrer Haare und drehte sie fest um das heiße Eisen. Augenblicklich stieg ihr der Gestank nach etwas Verbranntem in die Nase, und Hedwig schrie auf. »Meine Haare! Was hast du gemacht?«

Uta drehte den Stab schnell wieder heraus, aber es war zu spät. Sie hatte Hedwig die ganze Haarsträhne abgeflämmt. Uta schleuderte das Eisen ärgerlich beiseite und versuchte, Hedwigs Haare so zu richten, dass das Loch nicht so auffiel.

»Ich sehe aus wie ein gerupftes Huhn!«, jammerte Hedwig.

»Hör auf! Wenigstens kringeln sie sich an dieser Stelle etwas«, erklärte Uta, während sie Hedwig durch die Haare fuhr. »Steh auf!«

Hedwig erhob sich, und Uta betrachtete ihre Erscheinung. Sie hatte Hedwigs Kleid geschickt ein wenig gerafft, sodass ihre Mitte schlanker wirkte. Aber das war auch schon das Einzige, worin wenigstens eine entfernte Ähnlichkeit bestand. Uta seufzte. »Ich habe mein Bestes getan. Jetzt bist du dran.«

Damit schubste sie die junge Frau vor sich her nach draußen.

Die Helligkeit, die sie dort nach dem Halbdunkel der Badestube empfing, ließ sie beide einen Moment stillstehen, während um sie herum eifriges Treiben herrschte. In der Mitte des Hofes waren aus Brettern lange Tafeln aufgebaut, deren Balken sich bereits unter der Last der Schüsseln und Platten mit Fleisch, Fisch und Geflügel bogen. Und immer noch trugen die Frauen des Dorfes Speisen aus der Küche heran. Für einen Moment vergaß Uta all ihre Pläne und gab sich ganz dem köstlichen Geruch nach Gebratenem und Gekochtem hin. Doch dann riss sie sich zusammen und suchte mit den Augen die Menge ab. Alle waren sie gekommen, die Bediensteten des Hofes, der Schmied, der Gerber, der Fleischhauer und die anderen Handwerker aus dem Dorf sowie die Bauern von ringsumher.

Als Uta Karl an einem der Tische entdeckte, wo er gerade noch einen Platz fand, zog sie Hedwig ebenfalls dorthin und quetschte sie neben ihn. Doch als einige Leute ihren Unmut über die Enge äußerten, stand Karl, höflich wie er war, auf, um sich woandershin zu setzen. Stattdessen sah sich Hedwig Adelheid gegenüber, die misstrauisch ihr weißes Gesicht musterte, aber dann durch eine gebratene Gans abgelenkt wurde, die man direkt vor ihrer Nase auftischte.

Uta schüttelte verärgert den Kopf, doch bis das Mahl zu Ende war, würde es keine Möglichkeit mehr geben, Hedwig in Karls Nähe zu bringen. Zum Glück fielen alle regelrecht über das Essen her, sodass sich die Schüsseln und Krüge schnell leerten. Alle, bis auf Utas Mutter, die auch in dem größten Gelage noch eine gewisse Würde an den Tag legte, und außer Uta selbst, die viel zu sehr mit ihren Gedanken beschäftigt war, um auf das nagende Gefühl in ihrem Bauch zu achten.

Als die Gäste zufrieden rülpsten und sich Fett, Wein und Bier mit den Ärmeln vom Mund wischten, begannen die Musikanten mit Flöten und Schellen aufzuspielen. Sofort eilte Uta zu Hedwig und nahm ihr den Hähnchenschenkel, in den sie gerade genussvoll biss, aus der Hand. Sie warf ihn zurück auf die Platte mit den anderen Geflügelstücken. »Los, Hedwig, geh, fordere ihn zum Tanzen auf!«

Hedwig sah dem Fleisch bedauernd nach, als Uta sie auch schon am Arm hochzog.

»Aber er muss mich doch bitten. Ich bin die Frau!«, widersetzte sich Hedwig.

»Guck dir doch die anderen an! Da macht jeder, was er will.«

Die ersten Paare drehten sich um die Tafeln. Einige stolperten angetrunken über die Bänke und klammerten sich dabei nur zu bereitwillig an ihrem Gegenüber fest, ungeachtet, ob sie dabei den Hintern oder die Brüste zu packen bekamen. Sogar die Braut des Vogts fuhr während des Tanzes einem jungen Bauern zwischen die Beine, was der mit einem wollüstigen Stöhnen quittierte.

»Wenn Karl dir einen Korb gibt, dann sag ihm, dass das unhöflich ist. Er hat im Gegensatz zu den anderen Kerlen Ehre und Anstand im Leib.«

Sie warf den hin und her wogenden Leibern, die mittlerweile fast den ganzen Hof ausfüllten, verächtliche Blicke zu.

Hedwig begann zaghaft, sich den Weg durch die Tanzenden zu bahnen. Karl war damit beschäftigt, Tische und Bänke zur Seite zu rücken, als sie sich ihm näherte. Hedwig blickte noch einmal in Utas Richtung, die nickte ihr zu. Dann sprach Hedwig Karl an. Uta lächelte zufrieden, doch Karl schüttelte den Kopf. Jetzt kam es darauf an, wie hartnäckig Hedwig war. Zu Utas Erleichterung ließ sie nicht locker und redete mit einem für ihre Verhältnisse nahezu verführerischen Lächeln auf ihn ein. Doch wieder verneinte Karl. Er konnte aber auch ein Sturkopf sein! Uta bangte, ob Hedwig sich jetzt ins Bockshorn jagen ließ. Aber nein, sie tat etwas, was Uta nie erwartet hätte. Wie beiläufig schob Hedwig den Träger ihres Kleides nach unten, sodass Karl jetzt direkt die nackte Haut ihrer Schulter verheißungsvoll schimmern sehen konnte. Uta hielt den Atem an. Doch wie enttäuscht war sie, als Karl Hedwig den Träger wieder hochzog und einen der Männer neben ihm heranwinkte. Auf Karls Geheiß nahm der Hedwig an den Schultern und zog sie in die Mitte der Tanzenden. Der Kerl war kräftig, mit großen Händen, die genussvoll Hedwigs dralles Hinterteil kneteten.

Uta drängte sich durch die Menge, um ihr beizustehen. Sie zerrte von hinten am Hemd des Knechtes. »He, leg deine Pranken woanders hin!«

Der Mann drehte sich um und blickte verblüfft auf das junge Mädchen hinter sich. Dann wollte er Uta um die Mitte packen. Doch die biss ihm ärgerlich in die Hand und tauchte unter seinen Armen hindurch weg. Zusammen mit Hedwig eilte sie von der Tanzfläche. Atemlos blieben die beiden am Rand stehen.

»Dein Karl ist eine ganz schön harte Nuss«, beschwerte sich Hedwig. »Bist du dir sicher, dass er überhaupt eine Frau will?«

Natürlich wollte er, doch die Frau seiner Sehnsucht würde er nicht mehr finden, da nützte auch Bleiweiß, Lockenbrennen und das verführerischste Kleid nichts. Zu allem Überfluss wollte Karl das Fest offenbar bereits verlassen. Er stahl sich aus der Menge und schlug die Richtung zu seinem Hof ein. Energisch nahm Uta Hedwig am Arm. »Komm! Ein letzter Versuch!«

Die beiden Frauen waren den ganzen Weg gerannt, um noch vor Karl bei seiner Hütte zu sein, wo sie schnell alles vorbereiteten. Danach versteckte sich Uta draußen.

Schließlich war es so weit. Uta sah, wie Karl kam, die Holztür aufstieß und hineinging. Neugierig näherte sich Uta so weit, dass sie in das dämmerige Innere der Hütte spähen konnte. Sie sah Karls Umrisse, der stehen geblieben war. Sein Blick war durch das Bild gefangen genommen, das sich ihm bot, und auch Uta staunte, wie gut es wirkte, obwohl sie eben erst selbst alles so angeordnet hatte. Die Frau saß mit dem Rücken zur Tür gedankenverloren auf einem Schemel. Ihr langes, lose herabfallendes Haar ließ den Körper schmal erscheinen, wenn man wollte, schon fast zerbrechlich. Sie hatte den Kopf leicht auf die linke Seite gelegt, so als wäre sie etwas unsicher, schüchtern oder einfach in Gedanken versunken.

Uta hörte Karls Atem, der nun kurz und flach ging. Jetzt drehte sich die Frau ihm ein wenig zu. »Komm, mein Lieber, komm zu mir!«, flüsterte sie mehr, als dass sie es sprach.

Uta blickte gespannt auf Karl, der sich nicht rührte. Die Frau öffnete erneut den Mund: »Worauf wartest du noch, mein Kohlköpfchen?«

Jetzt kam Bewegung in den jungen Mann. Er ging auf die Frau zu und fasste sie heftig am Arm. Er zerrte sie dabei fast vom Schemel. »Wer bist du, dass du dieses Spiel mit mir treibst?«

Er sah ihr nun gerade ins Gesicht. »Hedwig?«, polterte er. »Wieso narrst du mich auf diese grausame Weise?«

Plötzlich ließ er sie los und sah sich wie einer Eingebung folgend um. »Uta? Uta, komm raus, ich weiß, dass du hier bist. Da steckst du doch dahinter!«

Und schon hatte er Uta entdeckt. Er ging auf sie zu, während Hedwig an den beiden vorbei verängstigt aus dem Raum huschte.

»Nur du weißt, wie sie mich genannt hat ... ›Kohlköpfchen‹ ...«

Seine Stimme wurde weich, aber gleich darauf schrie er Uta an: »Was hast du dir dabei gedacht? Sollte das ein Scherz sein? Dann hoffe ich, dass du es recht lustig fandest!«

Er ging auf sie zu, packte sie bei den Schultern und schüttelte sie. »Lach! Lach doch!«

»Hör auf, Karl!«, brachte sie nur mit Mühe heraus. »Ich habe es nur gut gemeint.«

»Und mir deshalb etwas vorgegaukelt?« Er blickte an Uta vorbei. »Du hast alles nur schlimmer gemacht.«

»Na gut, es war vielleicht etwas ungeschickt von mir. Und Hedwig kann auch nicht im mindesten mit ...« Uta zögerte, ihren Namen zu nennen, »... mit ihr mithalten.«

»Warum schleppst du sie dann in mein Haus? Was soll das Ganze?«

»Na, weil du eine Frau brauchst«, erklärte Uta.

Karl stieß Uta weg. »Was plapperst du da? Du bist immer noch wie ein kleines Kind, das nur Unfug im Kopf hat.«

Karl drehte sich um und machte sich an seinem Regal zu schaffen.

»Aber Karl, ich kann es dir erklären.«

Der junge Mann hatte offensichtlich gefunden, was er suchte. In der einen Hand einen Hammer, in der anderen einen Meißel, stand er vor Uta.

»Lass mich in Ruhe!«

Ohne ein weiteres Wort verließ er den Raum. Doch das war nicht das Schlimmste. Es war sein Blick, er hatte wieder dieses Flackern in den Augen. Uta zögerte nicht lange. Sie eilte hinaus.

Vor der Tür sah sie gerade noch Karls Umrisse, bevor er in der Nacht verschwand. Uta folgte ihm schnell. Die Dunkelheit machte Uta nichts aus, sie kannte hier jeden Schritt, und die Wegkreuzung, die bald kommen musste, war unschwer durch die große Linde zu erkennen, die dort stand. Doch etwas war anders. An einem der unteren Äste der ausladenden Krone hing der Körper eines Menschen. Der Schreck fuhr ihr durch Mark und Bein, aber dann rief sie sich zur Ordnung. Karl hatte keinen Strick, sondern einen Meißel mit. Der Mann, der da baumelte, war ein übler Dieb. Uta wusste von der Hinrichtung. Sie hatte auf dem Hof bleiben müssen, da alle anderen sich gedrängt hatten, dem Ereignis beiwohnen zu können. Uta beschleunigte ihren Schritt, um möglichst schnell an dem Gehängten vorbeizukommen. Und doch konnte sie es sich nicht verkneifen, einmal kurz hochzuschauen. Doch in dem Moment, als sie den verrenkten Kopf und die heraushängende Zunge sah, bereute sie es. Das brachte bestimmt Unglück, und davon hatte sie auch ohne den Gehenkten schon mehr als genug.

Endlich erreichte sie den Saum des Waldes. Von Karl war nichts mehr zu sehen, und es war auch unmöglich, in der Dunkelheit Spuren zu erkennen. Es gab jetzt nur noch die Hoffnung, dass er den Weg, den sie früher so oft gegangen waren, eingeschlagen hatte: den Weg zur Höhle. Andernfalls würde sie ihn nie finden.

Uta schritt rasch voran. Schließlich überwand sie die letzte, steile Anhöhe und stand vor der aufragenden Felswand mit dem versteckt liegenden Eingang. Uta betrat die Höhle, die sich nach hinten hin ausdehnte. Von dort drang ein schwacher Lichtschimmer. Karl war hier! Er hatte Feuer gemacht. Uta widerstand dem Drang, sofort zu ihm zu eilen. Sie durfte ihn nicht erschrecken. Nachher war sie es noch, die ihm den letzten Anstoß gab, sich des Meißels in einer Weise zu bedienen, für die er nicht gemacht war. An die Möglichkeit, dass sie bereits zu spät kam, wollte sie gar nicht erst denken.

Vorsichtig setzte sie einen Fuß vor den anderen. Doch dann hörte sie dumpfe Schläge durch die Höhle hallen. Es war der Hammer, der auf den Meißel schlug. Uta ließ alle Vorsicht fahren und lief weiter. Dann sah sie ihn. Karl drehte sich gerade zu ihr um. »Uta?«

Er lebte! Uta fiel ihm um den Hals. »Karl, mein lieber Karl!«

Karl stand etwas steif und unbeholfen da, Hammer und Meißel in den Händen. Uta löste sich von ihm, tastete ihm über Brust und Bauch. »Du bist nicht verletzt, Maria sei Dank!«

Karl trat stirnrunzelnd einen Schritt zurück. »Verletzt? Was willst du jetzt schon wieder?«

Uta war es etwas unangenehm, ihm zu erklären, welchen Verdacht sie hatte. Als sie noch nach Worten suchte, sah sie hinter Karls Rücken etwas im Gestein leuchten. »Was ist das, Karl? Was ist da im Stein?«

»Das geht dich nichts an. Lass mich allein.«

»Aber Karl, wir hatten doch nie Geheimnisse voreinander«, bettelte sie, als ihr einfiel, dass das nicht stimmte. Sie hatte ein Geheimnis vor ihm, das allerschlimmste, das sie sich vorstellen konnte. Nie sollte er von ihrer Schuld erfahren.

Karl überlegte. »Na gut, ich lasse es dich sehen, wenn du versprichst, dass du dann gehst.«

Uta nickte, und Karl trat zur Seite. Zum Vorschein kam ein Blinken und Funkeln, dass Uta ganz geblendet war. In allen Rottönen leuchtete es aus dem Stein. Doch damit nicht genug, es wirkte, als ob der Fels sie anschaute. Sie konnte deutlich Augen und Mund erkennen, Spuren eines Antlitzes, wie es schöner nicht sein konnte.

»Es gefällt dir?«, fragte Karl.

»Es ist einmalig«, flüsterte Uta.

»Einmalig wie sie«, fügte Karl an und lächelte. »Und doch kann es nie so schön werden, wie sie es war.«

Uta sah ihn an. »Was ist das für ein Stein?«

»Es ist Granat. Ich habe ihn durch Zufall entdeckt, in einer der vielen Nächte, als ich hier an sie gedacht habe.«

Uta staunte immer noch. »Aber wir waren doch so oft hier, wieso haben wir das niemals bemerkt?«

»Es wurde erst sichtbar, als Nässe den Stein bedeckte.«

»Nässe?«, fragte Uta, doch Karl sprach nicht weiter.

Plötzlich wurde es Uta klar. Es waren Karls Tränen gewesen, die den Granat haben schimmern lassen. Sie sah ihn vor sich, den Kopf an den kalten Stein gelehnt, mit bebenden Schultern.

»So viele Karfunkel! Karl, weißt du, was das wert ist?«

Karls Miene verfinsterte sich. »Kein Wort zu niemandem! Wenn du auch nur einem davon erzählst …«

Karl packte sie an den Schultern. Uta erschrak. So hatte er sie noch nie behandelt. »Natürlich sage ich nichts.«

Er ließ sie wieder los. Uta zog ihr Kleid zurecht. »Du bist reich, ein reicher Mann.«

Sie fuhr über die beiden besonders schön leuchtenden Steine, die die Augen bildeten.

»Nein! Die bleiben hier. Die gehören Magdalena!«

Uta sah ihn verständnislos an. »Aber Karl! Denk doch einmal an dich. Was kannst du für ein Leben führen!«

»Mir ist es egal, ob ich reich bin oder arm.« Er sah Uta an. »Ich habe einen großen Fehler gemacht, den ich mir nie verzeihen werde. Ich habe nicht auf sie aufgepasst. Meinetwegen musste Magdalena sterben.«

Er wandte sich ab, aber Uta hatte die Tränen in seinen Augen gesehen. Sie rang mit sich, versuchte den Mund zu öffnen, doch die Worte wollten ihr einfach nicht über die Lippen. Da fühlte sie die Strahlkraft der Augen aus dem Fels auf sich gerichtet, sie schienen nur sie anzusehen. »Ich war es! Ich habe Magdalena ihren Häschern ausgeliefert!«

Sie sah, wie Karl aufmerkte.

»Ja, ich habe diesen Hund von Kuenring zu ihr geführt. Aber ich wollte doch nur das Beste. Ich dachte, alles wird gut.«

Karl schüttelte ungläubig den Kopf. »Du hast das getan?«

»Ja, ich. Ich allein bin schuld.«

Karl sagte nichts, er stand still, wie erstarrt. Uta nahm ihn an den Schultern, schüttelte ihn. »Dich trifft keine Schuld, hörst du? Du kannst leben, heiraten, Kinder kriegen …«

Karl schüttelte sie ab. »Was redest du da? Mein Leben ist verwirkt, einerlei, was du gesagt oder getan hast. Ich habe sie nicht beschützt.«

Uta schüttelte verzweifelt den Kopf. »Aber versteh doch, du kannst nichts dafür.«

Karl sah sie mit leerem Blick an. »Geh!«

Uta klammerte sich an ihn. »Nein, ich gehe nicht. Ich lasse dich nicht alleine, nicht so.«

Karl lächelte, aber es war ein bitteres Lächeln. »Mach dir um mich keine Sorgen. Ich werde mir nichts antun. Das wäre zu einfach. Nein, ich werde diese Bürde weiter tragen, mein Leben lang.«

Karl wandte sich wieder dem Fels zu, setzte den Meißel an und hieb vorsichtig mit dem Hammer darauf.

Uta beobachtete ihn still. Tränen rannen ihr die Wangen herunter. Ihr blieb nichts anderes, als zu gehen.

Sie trat aus der Höhle. Wäre sie damals doch bloß kein Holz suchen gegangen, dann wäre sie diesem Hund nie über den Weg gelaufen. Wie oft hatte sie dafür gebetet, alles ungeschehen machen zu können. Doch stattdessen hatte Gott sie gestraft, genau wie er Karl gestraft hatte. Ihrer beider Leben war verwirkt, bevor es richtig begonnen hatte. Nur einer war ungeschoren davongekommen. Der alte Kuenringer hatte sogar genau das erreicht, was er wollte. Das konnte nicht Gottes Wille sein.

Uta fehlte die Kraft, um weiterzugehen. Sie ließ sich auf den Boden gleiten. Doch auch auf dem weichen Moos fand sie keine Ruhe. Das hässliche Antlitz des alten Kuenringers stieg vor ihr auf, wie er die Lefzen zu einem gemeinen Grinsen verzog. Uta wurde wütend, so wütend wie noch nie in ihrem Leben. Sie würde es nicht zulassen, dass dieser Hund triumphierte. Sie würde Karl beweisen, dass es weder seine noch ihre Schuld war, dass Magdalena sterben musste. Es gab nur einen, der sie auf dem Gewissen hatte.

Kapitel 3

Uta hatte das Gefühl, als wenn sie die Anhöhe nie erreichen würde. Vom Tal aus hatte der Weg gar nicht so weit ausgesehen, doch jedes Mal, wenn sie dachte, gleich oben angelangt zu sein, schien ihr Wunsch sie genarrt zu haben. Es war, als rücke der Gipfel jedes Mal ein Stückchen von ihr weg. Erst als sie schon nicht mehr damit rechnete, tauchte die kleine Brücke, die über die Schlucht führte, vor ihr auf.

Uta betrachtete die Holzkonstruktion aufmerksam, bis sie die in den Fels gehauenen Trittstufen unterhalb entdeckte, die auf einen schmalen Vorsprung führten. Das musste der Weg sein. Uta bemühte sich, nicht nach unten auf den kargen Bewuchs des steil abfallenden Hangs zu schauen. Sie konnte nur beten, dass sie, entkräftet wie sie war, nicht abrutschte. Doch wie durch ein Wunder gelangte sie heil und ohne einmal zu straucheln auf das kleine Plateau. Und dann sah sie die vergitterte Öffnung, die den Zugang zu der wie ein Bienenstock unter der Brücke klebenden Klause versperrte.

Vorsichtig beugte sie sich nach vorne, doch es war schwierig, in dem Halbdunkel etwas auszumachen. Sie kam den Gitterstäben so nahe, dass sie das harte Eisen schon fast fühlen konnte, als sie plötzlich aus dem Dunkel heraus etwas Kaltes berührte. Erschrocken wich sie zurück und geriet ins Taumeln. Uta schrie auf, während sie schon den Abgrund auf sich zukommen sah. Im letzten Moment fanden ihre Hände Halt an dem Gitter. Doch sofort spürte sie wieder die Berührung. Eine kleine, verhutzelte, vor ihrer Zeit gealterte Frau starrte sie mit feurigen Augen aus der Höhle heraus an. Ihre spindeldürren Finger, die jeden Knochen und jede Sehne deutlich erkennen ließen, schlossen sich fest um Utas Hände. »In welcher Gestalt näherst du dich diesmal, elender Versucher?«

Uta versuchte sich vergeblich aus der Umklammerung freizumachen. »Ich bin es nur, Uta, eine der Mägde vom Finsterhof.«

Die Alte sah sie prüfend an. »Was willst du?«

Endlich konnte Uta ihre Hände wegziehen. Der überraschend feste Griff der Frau hatte rote Male auf ihnen hinterlassen. »Euren Rat«, erklärte Uta. »Ich habe Euch auch etwas mitgebracht«, fügte sie schnell an, während sie ein Tuch aufknotete, das sie sich um die Hüften gebunden hatte.

Zum Vorschein kamen Brot, Käse und gemahlene Gerste. Doch die Miene der Alten wurde keineswegs freundlicher beim Anblick dieser Köstlichkeiten. »Bist du eine Diebin? Bist du deshalb hier, weil ich für all deine Sünden beten soll?«

Uta schüttelte den Kopf. »Nein, ich habe noch nie gestohlen.«

»Woher hast du dann die Sachen?«

»Ich habe sie mir vom Munde abgespart. Für Euch.«

»Dann gib schon her«, forderte die Alte, während sie bereits an dem Tuch zerrte, das Uta ihr nun durch das Gitter reichte.

Sie begann sofort Brot und Käse in sich hineinzustopfen. Ihre Fingerkuppen waren schwarz von den Erfrierungen, die die Inklusin regelmäßig im Winter davontrug. Die Nonne hatte schon vor vielen Jahren ihr Kloster verlassen, um sich hier einmauern zu lassen.

Nachdem sie ihren ersten Hunger gestillt hatte, beäugte sie Uta neugierig. »Wenn du keine Diebin bist, dann vielleicht eine Ehebrecherin?«

Uta schüttelte schnell den Kopf, aber die Alte war noch nicht überzeugt. »Die meisten Frauen kommen deswegen.«

Sie lachte laut auf. »Sie sind nicht nur wollüstig, sondern auch noch dumm! Als ob solch eine Sünde mit ein paar Gebeten getilgt wäre! Doch solange sie Essen bringen, soll es mir recht sein.«

»Aber ich bin gar nicht verheiratet«, erklärte Uta.

»Hmm«, überlegte die Alte, während sie sich am Kinn kratzte. »Dann hast du es vielleicht mit einem Priester getrieben?«

»Nein, ich habe etwas viel Schlimmeres getan.«

»Spann mich nicht länger auf die Folter.«

»Ich bin schuld, dass eine junge Frau sterben musste. Und dass ein Mann seinen Lebensmut verloren hat.«

»Ja, da schau an! Nicht schlecht für ein so junges Mädchen!«, erklärte die Nonne schon fast bewundernd.

»Was ich getan habe, bereue ich wirklich. Aber es geschah nicht aus bösem Willen. Ich wollte nicht, dass Magdalena stirbt.«

»Magdalena? Das schöne Kind, das lebendig begraben wurde? Davon habe ich gehört.«

»Ich wusste nicht, dass er so grausam sein würde. Sie war ihm zum Schutz anvertraut.«

»Du redest von ihrem Herrn?«

Uta nickte. Die Alte fuhr fort. »Er hat sie gestraft, dafür, dass sie ihm entfliehen wollte. Das war sein Recht.«

»Sagt Ihr das? Oder ist das auch Gottes Wille?«

»Du zweifelst an dem, was ich sage?«, erwiderte die Alte ärgerlich, als ihr Blick auf das Essen fiel, das Uta mitgebracht hatte.

Sie wandte sich in das Innere der Klause, und Uta hatte schon Angst, dass sie nicht mehr zurückkommen würde. Doch dann tauchte sie wieder auf, ein großes Buch in der Hand. Es hatte einen Einband aus dickem, braunem Leder, den die Alte nun vorsichtig aufschlug.

»Höre gut zu, denn ich werde dir nun Gottes Wort offenbaren.«

Uta stand ganz still und wagte kaum zu atmen. Die Alte legte einen Finger unter die erste Zeile. »Und Gott sprach: Die Menschen sollen wie eine große Kirche, in der ein jeder seinen Platz hat, zusammenleben. Die Bauern als Grundmauern, die Ritter als Pfeiler, und die Geistlichen, die bilden die Türme.«

Uta sah, wie die Nonne mit ihrem Finger immer weiterfuhr, während sie las. »Denn sie sind die Nächsten zu Gott, und ihnen soll größte Ehre erwiesen werden.«

Sie blickte hoch. Uta stand immer noch ganz still, doch sie merkte, wie sich ihr der Hals zuschnürte. Sie hatte Gottes Wort gehört.

Jeder hatte seinen Platz, an dem er fest und unbeweglich verharren musste. Karl hatte recht, es gab kein Entkommen.

Heiße Tränen verschleierten Utas Blick auf das Buch. Die geschwungenen Linien, die die Schrift formten, verschwammen vor ihren Augen. Uta versuchte, sich zusammenzunehmen. Ihr Blick hatte einen Buchstaben gefunden, an dem sie sich festhalten konnte. Sie erkannte ein »U« wie »Uta«. Aber etwas war anders. Uta überlegte, was es sein könnte, als es ihr plötzlich auffiel. Verwirrt blickte sie auf das Buch, dann auf die Alte, bevor sie sie anfuhr: »Du lügst! Das steht da gar nicht!«

Die Nonne fasste sich schnell. »Natürlich nicht. Die Worte sind in Latein geschrieben, aber ich übersetze es für dich. Oder willst du etwa sagen, du bist des Lateinischen mächtig?«

»Nein«, erwiderte Uta, »genauso wenig wie des Lesens. Aber so viel erkenne ich, dass Ihr das Buch verkehrt herum haltet.«

Das »U« war nicht oben offen wie ein Korb, sondern gebogen wie eine Brücke. »Ihr könnt genauso wenig lesen wie ich, weder Latein noch sonst irgendeine Sprache!«

Die Alte runzelte die Brauen, doch Uta fuhr schon fort. »Ich weiß nicht, welches Wort Ihr mir da verkündet habt, aber es war gewiss nicht das Wort Gottes!«

Damit wandte sie sich ab und erklomm, schnell und sicher wie eine Ziege, die in den Fels gehauenen Tritte. Erst oben auf der Brücke hielt sie an und rang nach Luft.

Alle Mägde des Finsterhofes hatten sich auf dem großen Platz vor den Ställen versammelt. Sie bildeten ein Rund, in dessen Mitte sie Adelheid genommen hatten. Die Magd sah aus wie ein Häufchen Elend. Am meisten trug wohl zu diesem Anblick bei, dass ihre langen Zöpfe abgeschnitten waren und stattdessen die kümmerlichen Reste ihres Haares wie abgefressen vom Kopf abstanden. »Und dann hat Balduin sein Messer gezückt. Ich dachte schon, jetzt ist alles zu Ende. Aber es war nur mein Haar, das er Strähne für Strähne abschnitt und in den Dreck warf.«

Adelheid konnte nicht weitersprechen, da ihr die Tränen die

Wangen hinabliefen. Uta trat näher. »Hast du seine Stiefel nicht blank geputzt oder ihm kaltes Wasser ins Bad gelassen?«

Adelheid lachte bitter auf. »Dazu bin ich gar nicht gekommen. Kaum war ich da, hat er mich schon wieder weggejagt. Und so ist es jeder vor mir ergangen.«

Ernhild nickte. »Was sagt der alte Kuenringer denn dazu?«

Adelheid machte eine wegwerfende Handbewegung. »Der ist doch noch schlimmer.«

Uta runzelte die Stirn. »Und warum gebietet die Burgherrin ihrem Sohn keinen Einhalt?«

»Sie hat nichts zu sagen, noch nicht mal beim eigen Fleisch und Blut. Dafür lässt sie alles an ihren Zofen aus«, erklärte Adelheid.

»Pscht!«, machte Ernhild erschrocken. »Wenn dich einer hört!«

Sie sah sich um, aber außer den Versammelten war niemand zu sehen.

»Und wenn schon! Was soll er mir jetzt noch antun?«, parierte Adelheid.

»Dir nicht, aber die Nächste wird es dann nur noch schwerer haben.« Ernhild sah in die Runde. »Euch ist doch klar, dass eine von uns gehen muss? Balduin will eine neue Magd, und zwar sofort.«

Ein Raunen ging durch die Menge. Utas Mutter, die alles auf eine Mistgabel gestützt mit angehört hatte, wandte sich wieder zum Stall, um mit der Arbeit fortzufahren. »Ich habe zu tun.«

»Drücken gilt nicht. Bleib hier, Gertrud!«, rief Ernhild.

Gertrud drehte sich langsam zu ihr. »Ich bin viel zu alt, als dass der Kuenringersohn mich nehmen würde.«

Ernhild nickte. »Aber deine Tochter ist jung.«

»Uta geht nicht auf die Burg!«, erwiderte Gertrud resolut wie selten. »Niemals, schlag dir das aus dem Kopf!«

»Warum? Im Grunde haben wir dir den ganzen Ärger zu verdanken, du hast ihn schließlich auf die Welt geholt.«

Gertrud sah Ernhild fast schon drohend an. »Das ist lange her.«

Uta wusste, dass ihre Mutter bei der Geburt des jungen Kuenringers geholfen hatte. Es war das letzte Mal gewesen, dass sie ihr Wissen als Hebamme eingesetzt hatte. Und noch in derselben Nacht war ihr Mann spurlos verschwunden. Uta wusste nicht, ob das eine mit dem anderen zu tun hatte, aber eins stand fest: Die Kuenringer brachten Unglück.

»Ich habe nur meine Pflicht getan«, erklärte Gertrud, wieder etwas beherrschter. »Und wenn Adelheid das auch getan hätte, dann wäre sie von Balduin bestimmt ordentlich behandelt worden.«

Einige machten ihrer Empörung Luft, aber Gertrud war schon auf dem Weg in den Stall.

Uta folgte ihrer Mutter. Sie musste blinzeln, als sie in den dämmerigen Raum trat, der von der Wärme der Kuhleiber erfüllt war. Die Tiere begrüßten sie mit einem dumpfen Muhen. »Mutter, das kann doch nicht dein Ernst sein«, wunderte sich Uta. »Du verteidigst diesen Kuenringer?«

»Adelheid war noch nie die Fleißigste.«

»Und wenn schon! Ist das ein Grund, sie so zu verunstalten? Und was ist mit den anderen? Gesine hat er verprügelt und Hedwig hungern lassen.«

»Er ist eben ein Herr. Er wird schon seine Gründe haben.«

Uta schüttelte fassungslos den Kopf. »Seine Gründe? Seine Gründe, um Menschen zu erniedrigen und zu quälen?«

Als Gertrud ihrer Tochter eine Antwort schuldig blieb, fuhr Uta fort. »Und was ist mit seinem Vater?« Es brach aus ihr heraus: »Er hat Magdalena lebendig begraben, nur weil sie geheiratet hatte. Ist das gerecht?«

Die letzten Worte brachte sie nur unter Tränen hervor.

»Nein, das war sehr grausam«, erwiderte die Mutter und strich Uta über die Wange.

Dann zog sie die Hand wieder weg. »Aber wir alle haben unseren Platz. Keiner verlässt ihn ungestraft. Das ist Gottes Wille.«

»Woher willst du das wissen?«, unterbrach sie Uta.

»Was soll der Unsinn? Es steht in der Bibel.«

»Hast du es gelesen?«

»Natürlich nicht. Du weißt, dass ich nicht lesen kann.«

»Eben. Du kannst es nicht wissen.«

»Aber der Pfarrer sagt es.«

»Und wer sagt, dass er lesen kann? Oder dass er die Wahrheit sagt?« Uta musste an die alte Inklusin denken. Sie war sehr aufgewühlt.

Ihre Mutter betrachtete sie besorgt. »Kind, ich weiß, dass du dich schuldig fühlst an Magdalenas Tod. Aber das musst du nicht. Es war ihre Bestimmung.«

Uta schüttelte den Kopf. »Nein, es war Rache, die Rache eines grausamen Mannes.«

»Was willst du, Uta? Du kannst es nicht ungeschehen machen.«

»Aber ich kann mich auch nicht damit abfinden. Nicht, solange ich es nicht verstehe.«

»Aber ich habe es dir erklärt.«

Uta schüttelte den Kopf. »Du weißt es auch nur von anderen. Ich will es selbst …« Sie sah ihre Mutter an, bevor sie fortfuhr: »… lesen.«

Ihre Mutter schlug die Hände über dem Kopf zusammen. »Du willst was?«

»Lesen. Ich will es lernen. Erst wenn ich es mit eigenen Augen sehe, werde ich glauben, dass Gott all dieses Elend wirklich gewollt hat.« Trotzig hob sie das Kinn. »Eher nicht.«

Gertrud zuckte die Achseln. »Ich kann es dir nicht beibringen. Und ich kenne niemanden, der es kann. Noch nicht einmal der Vogt.«

Uta überlegte. »Na gut, hier auf dem Hof beherrscht es keiner. Aber irgendwer muss es können.«

Gertrud nickte. »Natürlich, auf der Burg ist man im Schreiben und Lesen geübt.«

Sie biss sich auf die Lippen, als sie merkte, dass Uta aufhorchte. »Auf der Burg?«

»Na ja, die Burgherrin und vielleicht ihr Mann werden es können. Möglicherweise ihr Sohn. Mehr sicher nicht«, versuchte Gertrud abzuwiegeln.

Aber Uta lächelte. »Das reicht doch.«

»Wozu?«, fragte ihre Mutter misstrauisch. »Das nützt dir gar nichts.«

»Das würde ich nicht sagen«, erwiderte Uta.

Dann trat sie aus dem Dämmerlicht hinaus auf den Hof. Gertrud sah gegen das Sonnenlicht nur die dunklen Umrisse von Utas schmaler Gestalt. Aber sie hörte klar und deutlich, was sie den anderen Mägden verkündete: »Ihr braucht euch keine Gedanken mehr zu machen, wer Balduin dienen soll.«

Jedes Getuschel erstarb, es war mucksmäuschenstill, als Uta fortfuhr: »Ich werde es sein. Ich gehe auf die Burg.«

Gertrud schlug die Hände vors Gesicht. Sie konnte nicht glauben, dass eintrat, was sie immer zu verhindern versucht hatte.

Uta stand vor dem steil aufragenden Berg, der von der trutzigen Burg gekrönt war. Dichtes Buschwerk ging in grauen Fels über, auf den sich dann die Grundmauern türmten. Uta konnte nicht erkennen, wo sie endeten, da tiefhängender Nebel ihr die Sicht versperrte. Sie sah nur zu beiden Seiten beeindruckend dicke Türme, aus denen kleine schwarze Fenster sie wie Augen anblickten. Uta zog unwillkürlich den Kopf ein.

Sie hatte es sich einfacher vorgestellt, als sie von zu Hause aufgebrochen war. Keinen Einwand der Mutter hatte sie gelten lassen, während sie ihre wenigen Habseligkeiten in ein Tuch wickelte, das sie sich um die Schulter schlang. Auch während des Fußmarsches durch den Wald hatte sie keinen Gedanken daran verschwendet, ob ihr Unternehmen gelingen konnte. Erst jetzt, im Angesicht der schier uneinnehmbar wirkenden Burg, wurde ihr klar, wie wenig sie eigentlich nachgedacht hatte.

Doch sie wollte nicht aufgeben, noch nicht, und siehe da, als sie den Berg halb umrundet hatte, sah sie den Weg. Die Burgmauern waren weit hinuntergezogen, sodass Händler, Handwerker und Bauern bequem Einlass fanden. Innerhalb der Umfriedung konnte sie die Kapelle erkennen, etwas weiter oben den Palas, der längst nicht so groß war, wie er von der steil abfallenden Seite aus gewirkt hatte. Uta stieg langsam hinan. Sie hielt auf das imposante Burgtor zu, das von zwei Wachen flankiert wurde.

Uta erschrak, als sie in ihnen die beiden Schergen des alten Kuenringers erkannte, die mit ihm Magdalena gehetzt und schließlich begraben hatten. Sie riss sich zusammen. Wenn die Angst sie jetzt schon übermannte, wie würde es ihr dann erst in der Burg der Kuenringer ergehen? Sie versuchte ihre trockenen Lippen mit der Zunge zu befeuchten, sodass sie Auskunft geben konnte, wer sie sei und zu wem sie wolle. Doch zu ihrem großen Erstaunen nahm keiner der beiden Notiz von ihr. Das Augenmerk der Wachen war auf zwei junge Frauen gerichtet, die gerade die Burg mit leeren Körben verließen. Die Mägde warfen den Männern mehr oder weniger verstohlene Blicke zu und wiegten sich betont in den Hüften. Die Wachen gafften ihnen mit offenen Mündern nach und achteten nicht auf Uta.

Schnell schlüpfte sie durch das Tor auf den Burghof. Doch dann blieb sie wie angewurzelt stehen. Sie hatte schon gehört, dass auf der Burg ein reges Treiben herrschte, aber so hatte sie es sich nicht vorgestellt. So einsam und trutzig die Burg von außen wirkte, so bunt und lebhaft ging es im Innern zu. Überall waren Menschen bei der Arbeit. In einem Kräutergärtchen an der Burgmauer wurde Unkraut gejätet, aus einem Holzunterstand stoben die Funken, als der Schmied im Feuer ein Stück Eisen in die gewünschte Form brachte, Knappen führten Pferde zu den Stallungen, und einige Knechte und Mägde strebten mit totem Federvieh oder riesigen Kohlköpfen auf dem Arm dem Küchenhaus zu, aus dem dichter, beißender Rauch quoll. Uta sah sich verwirrt um. Sie würde jemanden fragen müssen, wie sie zu ihrem neuen Herrn gelangte. Doch zwei Versuche, die Hin- und Hereilenden anzuhalten, schlugen fehl. Erst eine ältere Magd, die wegen ihres gebeugten Rückens nur langsam mit dem Stapel getrockneter Wäsche auf einen der Wohntürme zugehen konnte, wandte sich ihr zu. »Du willst zu Balduin? Freiwillig?«

Uta nickte, und die Frau grinste. »Na schön, dann komm mit mir.«

Das Mädchen schluckte. Plötzlich nahm sie das Gewimmel und

das Stimmengewirr nur noch am Rande wahr. Vor ihr tauchte das Bild des alten Kuenringers auf, die hochgezogenen Lefzen und blutunterlaufenen Augen. Auch wenn sein Sohn schön von Angesicht war, in seinem Inneren konnte er seine Abstammung sicher nicht verleugnen. Noch war es Zeit. Ein paar Schritte, und sie war wieder draußen, dann nur noch den Berg hinunter und zurück durch den Wald. Die Alte winkte. Uta folgte ihr, ohne weiter nachzudenken.

*

Uta sah die blitzende Klinge auf sich zukommen. Und erst in dem Moment, in dem sie dachte, durchbohrt zu werden, zuckte das Metall wieder zurück. Doch die Zeit reichte kaum zum Aufatmen, als schon der nächste Angriff erfolgte. Das Schwert rückte ihr diesmal noch näher auf den Leib, so, als sollte sie Gelegenheit haben, die Schmiedearbeit der zweischneidigen Klinge und der eingearbeiteten Blutrinne in ihrer ganzen Kunstfertigkeit zu bewundern. Doch Uta war vollauf damit beschäftigt, auszuweichen und gleichzeitig den Handspiegel einigermaßen ruhig zu halten, sodass der junge Kuenringer sich während seines Kampfes darin bewundern konnte. »Hah!«, rief er, um seinem nächsten Schwertstoß noch mehr Schwung zu verleihen.

Doch dann krauste er ärgerlich die Stirn. »Du hältst den Spiegel falsch! Ich kann mich nicht richtig konzentrieren«, erklärte Balduin.

»Mit Verlaub, Ihr könnt Euch nicht konzentrieren, weil Ihr die ganze Zeit in den Spiegel schaut«, wandte Uta ein.

»Wer hat dich nach deiner Meinung gefragt?«, fuhr der junge Herr sie an.

Uta presste ärgerlich die Lippen zusammen. Sie war zwar erst seit gestern in seinen Diensten, aber Angst hatte sie längst keine mehr vor ihm. Selbst Balduins plötzlich aufflammender Jähzorn ging meist schnell vorbei. Er erinnerte sie an ein verwöhntes, ungezogenes Kind. Aber sie nahm sich fest vor, ihn das nicht allzu deutlich spüren zu lassen. Schließlich wollte sie ihn nicht verärgern.

Aber schon im nächsten Augenblick geriet ihr Vorsatz ins Wanken. Balduin hatte mit einem weiteren Übungsschlag einen Zinnbecher mit Wein vom Tisch gefegt. Uta schluckte ihren Ärger hinunter, griff zu einem alten Lappen und begann den Wein aufzuwischen. Aus den Augenwinkeln beobachtete sie, wie Balduin bei einem Ausfallschritt ein kleines Regal umriss und, noch während er um Gleichgewicht rang, mit der scharfen Klinge seines Schwertes ein samtbezogenes Kissen anritzte, worauf sofort Federn in alle Richtungen stoben. Balduin hielt erst inne, als die Tür geöffnet wurde.

Es war Pater Eugen, der in Balduins Schlafkammer trat und sich wenig begeistert umsah. »Meint Ihr, dass so ein geeigneter Ort zum Studieren aussieht?«, fragte er Balduin mit säuerlicher Miene.

»Die neue Magd ist etwas langsam.« Balduin drehte sich zu Uta, die immer noch auf dem Boden kniete und tatsächlich nichts tat, außer den Priester mit offenem Mund anzugaffen. Doch ihr Interesse galt weniger dem Gottesmann als dem dicken Buch, das er unter dem Arm hielt. »Beeil dich, oder ich mach dir Beine!«, fuhr Balduin sie an.

Er machte einen Schritt auf sie zu, um seine Äußerung mit einem kräftigen Tritt zu unterstützen, als er es sich plötzlich anders überlegte. Balduin wandte sich an den Priester. »Wisst Ihr was? Ihr habt vollkommen recht, in dem Durcheinander kann ich nicht lernen. Am besten lassen wir die Stunde heute ausfallen.«

Uta blickte verwirrt vom einen zum anderen, dann begann sie, wie besessen den Boden zu schrubben. »Nein, nein«, beteuerte sie, »das ist nicht nötig. Seht Ihr? Es ist kein Fleckchen mehr zu sehen.«

Schnell erhob sich Uta, um das kleine Regal wieder aufzustellen. »Gleich ist alles wieder wie vorher.«

Pater Eugen nickte. »Eure Mutter wird mir sowieso Vorhaltungen machen, wenn Ihr nicht endlich ein paar Fortschritte vorweist. Also schlage ich vor, dass wir beginnen«, forderte er Balduin auf.

Er ließ sich schwer auf einem der beiden Schemel nieder, die an dem einfachen Holztisch standen, während Balduin seiner neuen

Magd böse Blicke zuwarf. Doch Uta hatte nur Augen dafür, wie der Priester vorsichtig das schwere, in Leder eingebundene Buch auf die Tischplatte legte und darin blätterte, bis er es an einer bestimmten Stelle aufschlug. »Hier waren wir stehengeblieben. Die Genesis, der Sündenfall.«

Er sah Balduin auffordernd an, worauf dieser sich widerwillig auf dem zweiten Schemel niederließ. Sein Lehrer schob ihm vorsichtig das Buch hin, und Balduin starrte angestrengt auf die rechte Seite.

»Nein, nicht hier.«

Pater Eugen schüttelte den Kopf. Er deutete auf die linke. »Wir waren erst hier, leider. Wiederhole noch einmal den letzten Satz.«

Balduin starrte auf die ihm angegebene Stelle, doch sie schien sich ihm genauso wenig zu erschließen wie die erste. »Was bedeutet noch einmal dieser Buchstabe?«, wandte er sich hilfesuchend an Eugen.

Der seufzte. »Das ist kein Buchstabe, sondern ein Ausrufezeichen. Du musst am Anfang der Zeile beginnen.«

Der Priester stützte den Kopf auf den Arm, während Balduin es von Neuem versuchte. Doch es war zwecklos. Als er wieder von dem Buch aufsah, um den Priester um Hilfe zu bitten, sah er, dass dem bereits die Augen zufielen. Balduin sprach ihn nicht an, im Gegenteil, er verhielt sich mucksmäuschenstill, bis er den regelmäßigen Atem des Priesters hörte. Ganz leise stand er vom Tisch auf. Uta sah ihn an. Sie vergaß alle Zurückhaltung. »Aber Ihr sollt doch lesen.«

Balduin gab ihr zu verstehen, dass sie ruhig sein soll. Dann flüsterte er: »Ich habe Wichtigeres zu tun.«

Damit nahm er den Lappen, mit dem sie den Boden gewischt hatte, griff sich sein Schwert und fing an, hingebungsvoll die Klinge zu polieren. »Er schläft zum Glück immer schneller ein.«

Uta schüttelte verständnislos den Kopf. »Ja, aber wollt Ihr denn gar nicht lesen lernen?«, erkundigte sie sich, nun ebenfalls flüsternd.

»Auf keinen Fall«, gab Balduin zurück. »Je besser jemand sich auf das Lesen und Schreiben versteht, umso schlechter ist er im Kampf.

Bücher, das ist Weiberkram. Aber so ein Schwert ...« Bewundernd putzte er über die Blutrille. »... das will von einem Mann geführt werden. Und zwar von einem Ritter, nicht von einem Weichling, der seine Nase lieber in Bücher steckt.«

Er warf den Lappen zur Seite und drehte und wendete das Schwert so, dass es im Licht funkelte.

Uta blickte verzweifelt zu dem Priester, aber der sah nicht aus, als ob er bald wieder aufwachen wollte. Und ihn zu wecken, das getraute Uta sich nun doch nicht. Sie wollte sich gerade bücken, um die lose herumliegenden Federn aufzusammeln, als ihr ein besserer Gedanke kam. Sie griff nach dem Lappen und wandte sich damit dem Tisch zu. Wie beiläufig fuhr sie mit dem Tuch darüber, obwohl kein Stäubchen zu sehen war. Immer enger wurden die Kreise, und immer langsamer und sorgfältiger die Bewegungen, je näher sie dem Buch kam. Ihr Blick tastete sich von der Maserung des Eibenholzes bis zum Leder des Einbandes. Uta vergewisserte sich, dass der junge Herr noch mit seinem Schwert beschäftigt war, bevor sie es wagte, sich direkt über das Buch zu beugen. Doch noch bevor sie die Lettern und Zeichen bewundern konnte, ließ ein heftiger Knall sie zusammenzucken, und dann sah sie nur noch den dunklen Ledereinband des Buches vor sich. »Steh nicht dumm rum! Hol Nadel und Faden, um das Kissen zu flicken!«, befahl Balduin, der das Buch zugeschlagen hatte.

Jetzt schrak auch der Priester aus dem Schlaf. »Was? Bist du schon fertig?«

Balduin wandte sich ihm zu. »Ja, schon lange. Wir können die Stunde beenden.«

Der Priester nickte kurz, erhob sich noch etwas steifbeinig von seinem Schemel, um dann überraschend schnell aus der Tür zu gehen. Der Unterricht des jungen Balduin gehörte ganz offensichtlich nicht zu seinen Lieblingsaufgaben.

Kaum war der Pfaffe außer Sicht, nahm Balduin gutgelaunt sein Schwert wieder in die Hand. »So, ich werde es zum Schmied bringen. Er soll die Schneide noch einmal schärfen. Du weißt, was du zu tun hast«, wandte er sich an Uta, als sein Blick auf den Tisch fiel. »Jetzt hat er auch noch das Buch vergessen! Es wird immer schlimmer mit ihm.«

Voller Unmut betrachtete Balduin die Bibel. »Am besten, du bringst es gleich in die Kemenate, wenn du gehst.«

Uta sah ihn ungläubig an. Er wollte ihr solch eine Kostbarkeit anvertrauen? Doch da Balduin nichts mehr sagte, schien er es wohl tatsächlich so gemeint zu haben. Ganz langsam hob sie die Arme und streckte die Hände aus. Sie merkte, wie sie zitterten. Auch Balduin war das nicht entgangen. »Wen hat man mir da bloß geschickt?«, erklärte er unwirsch und fegte mit einem Schwertstreich das schwere Buch vom Tisch.

Uta stieß einen Schrei aus. Es gelang ihr gerade noch, es aufzufangen. Vorsichtig barg sie die Bibel in ihren Armen. Das Leder fühlte sich glatt und ein wenig kühl an.

»Jetzt geh endlich!«, befahl Balduin.

Uta sah nur kurz auf, bevor sie den Blick wieder dem Schatz an ihrer Brust zuwandte. Schnell verließ sie den Raum, um nicht wieder Balduins Ärger auf sich zu ziehen. Doch kaum stand sie im düsteren Flur, wurde ihr klar, dass sie keine Ahnung hatte, wo sich die Kemenate für die Kostbarkeiten der Burg befand. Andererseits war die Burg im Inneren viel kleiner, als sie immer gedacht hatte, geradezu eng. Sie würde einfach drauflosgehen und suchen. Beherzt schritt sie voran.

Uta gelangte zur Treppe, und während sie noch überlegte, ob sie hinaufsteigen oder weiter dem Gang folgen sollte, kam ihr ein anderer Gedanke. Keiner konnte es ihr verwehren, wenn sie sich einen Moment ausruhte.

Sie setzte sich auf die unterste der verschieden hoch gehauenen Treppenstufen und ließ das Buch auf ihren Knien ruhen. Diese Gelegenheit durfte nicht ungenutzt verstreichen. Uta hielt den Atem an, als sie mit der linken Hand den vorderen Einband anhob und umlegte. Gebannt blickte sie auf das erste Blatt, doch zu ihrer großen Verwunderung war nichts darauf zu sehen. Sie war leer, das gelblich weiße Pergament rein und unbefleckt. Uta atmete tief durch. Sie wollte es mit der nächsten Seite versuchen. Vorsichtig blätterte sie um. Schon während sie noch dabei war, konnte sie schwarze Linien und Bögen entdecken. Das musste die Schrift sein.

Utas Hände zitterten, und ihr Herz pochte, als es auch noch in ihren Ohren zu rauschen begann. Doch das war keineswegs ihrer Aufregung zu schulden, sondern stammte von Stoff, der an Stoff rieb. Zwei Frauen in edlen Gewändern näherten sich ihr eilig.

»Was machst du denn da?«, empörte sich eine schrille Stimme, die Uta schon einmal gehört hatte.

Auch das magere Gesicht mit der spitzen Nase und den schmalen Lippen kannte sie, und doch berührte sein Anblick sie aufs Neue. Es war keine andere als die Burgherrin selbst, die mit einer der Zofen vor ihr stand. Uta klappte die Bibel schnell zu.

»Wer hat dir erlaubt, das Buch anzufassen?«, kam auch schon die zweite Frage.

»Euer Sohn, Burgherrin. Ich diene ihm seit gestern.«

Eufemie sah kopfschüttelnd zu ihrer Zofe: »Einer hergelaufenen Magd unseren kostbarsten Besitz anvertrauen! Wozu gebe ich mir eigentlich so viel Mühe mit ihm?«

Ihre Begleiterin, die ein schlichtes, aber nichtsdestotrotz wertvolles Leinenkleid trug, sah auf Uta herab. »Wer sagt denn, dass sie die Wahrheit spricht? Vielleicht ist sie eine gemeine Diebin, die das Buch stehlen will!«

Uta traute ihren Ohren nicht. Sie hatte noch nie etwas gestohlen, wenn man von dem Bleiweiß mal absah. Die Herrin sah sie prüfend an, während sie weiter zu ihrer Zofe sprach. »Du meinst, sie ist in die Kemenate eingebrochen?«

»Aber nein«, widersprach Uta. »Ich weiß gar nicht, wo der Raum ist. Ich bin auf der Suche.«

»Und deshalb sitzt du hier herum?«

Eufemie sah sie streng an.

»Ich wollte doch nur einmal hineinschauen, weil ich …« Uta musste sich überwinden fortzufahren. »… weil ich lesen lernen möchte.«

Die beiden Frauen sahen sie einen Moment sprachlos an. Eufemie fasste sich als Erste wieder. »Das ist die unverschämteste Lüge, die ich jemals gehört habe!« Sie wandte sich zur Zofe: »Nimm ihr das Buch ab. Und dann weg mit ihr, ins Verlies.«

Uta wusste nicht, was sie mehr entsetzte, die Aussicht, eingesperrt zu werden, oder die, ihren Schatz wieder hergeben zu müssen, bevor sie noch einen Blick auf die Buchstaben hatte werfen können. Sie sprang auf. »Hier! Damit Ihr seht, dass ich die Wahrheit spreche, gebe ich es Euch freiwillig!«

Sie streckte der Zofe die Bibel entgegen, worauf die einen Schritt auf sie zu machte. Uta sah die Lücke, die sich dabei zwischen den beiden Frauen auftat, drückte das Buch wieder fest an sich und rannte, die beiden zur Seite drängend, los. So schnell es mit ihrer Last ging, eilte sie den Flur entlang, gefolgt von den spitzen Schreien der Frauen und dem Getrappel ihrer Füße. Schon sah sie Licht, der Ausgang lag direkt vor ihr. Sie blieb, geblendet von der Helligkeit, einen Moment stehen. Wie immer herrschte Gewimmel auf dem Hof. Diesmal schüchterte es Uta aber nicht ein, sondern erschien ihr ideal, um darin unterzutauchen.

»Haltet sie! Sie ist eine Diebin!«, hörte sie die Stimme der Zofe hinter sich.

Plötzlich wendeten sich alle Köpfe in ihre Richtung, und was ihr eben noch als willkommenes Versteck erschienen war, wurde im Handumdrehen zur Falle. Rasch wurde sie vom Gesinde in einem Halbkreis umschlossen, im Rücken die Burg und ihre beiden Verfolgerinnen. Sie musste etwas tun, und zwar sofort. Die Menge kam Schritt für Schritt näher, direkt vor ihr der Schmied, der drohend seinen großen Hammer schwang.

Gehetzt sah Uta sich um. Ihr Blick fiel auf das Buch, das sie vor die Brust gepresst hatte. Plötzlich, ohne nachzudenken, hob sie es hoch und hielt es wie ein Schild vor sich. Sie ging geradewegs auf den Schmied zu. »Du wirst es nicht wagen!«, sagte sie mit lauter Stimme.

Sie wunderte sich selbst, dass sie so klar und ohne Zittern sprechen konnte. »Du wirst es nicht wagen, deinen Schlag gegen die Heilige Schrift zu richten!«

Der Schmied blickte sie verblüfft an, dann ließ er tatsächlich den

Hammer sinken. Doch Utas Aufmerksamkeit ließ keinen Moment nach. Jetzt wendete sie sich an die neben ihm stehende Gruppe von Mägden. »Auch ihr werdet es nicht anrühren!«

Sie machte ein paar Schritte auf die sie umgebenden Menschen zu, die Bibel immer noch vor sich haltend. »Keiner darf sich an diesem Buch versündigen.«

Und tatsächlich, die Mauer aus Leibern tat sich auf. Uta stürzte los. Als sie an einem großen Fass vorbeikam, stieß sie es mit Schwung um, während sie gleichzeitig zu rennen begann. Befriedigt stellte sie fest, dass nicht nur das rollende Behältnis ein Hindernis für ihre Verfolger war, sondern auch sein Inhalt: Gülle ergoss sich auf den Boden. Bei dem Versuch, auszuweichen, brachten sich die Bauern und Mägde gegenseitig zu Fall.

Uta eilte weiter. Schon stand ihr die nächste Hürde bevor. Sie musste an den beiden Wachen des Tores vorbei, die schon neugierig die Hälse reckten, um zu sehen, was im Hof vor sich ging. Uta erinnerte sich, wie sie mit den Mägden geschäkert hatten. »Warum seid ihr nicht bei den anderen?«, rief sie den Wachen zu.

»Wir dürfen unseren Platz nicht verlassen«, erklärte der eine, während der andere anfügte: »Aber sag, was geht da vor?«

Uta winkte scheinbar gelassen ab. »Och, nichts Besonderes, es ist nur eine der Mägde, die meint, sich in unzüchtiger Kleidung sehen lassen zu müssen.«

Die beiden Männer sahen sich an, dann verließen sie ohne ein weiteres Wort ihren Posten und eilten in Richtung des Aufruhrs.

Uta schlüpfte durch das Tor und rannte, so schnell sie konnte. In ihrer Hast und Angst hatte sie nur noch einen Gedanken: Sie musste zur Mutter. Wenn es jemanden gab, der ihr aus diesem Schlamassel helfen konnte, dann war sie es.

Gertrud fuhr Uta mit der Hand über die zahlreichen Kratzer, die sie sich bei ihrer Flucht zugezogen hatte. Als Uta vollkommen aufgelöst auf dem Finsterhof angekommen war, hatte Gertrud sie sofort zur Badestube geführt. So spät abends waren sie hier ungestört. »Aber der junge Kuenringer hat dir nichts getan, oder?«

Sie sah Uta sorgenvoll an. Die zuckte mit den Achseln. »Außer, dass er mich bei seinen Übungen mit dem Schwert fast aufgespießt hätte …«

»Nun ja, es ist seine Aufgabe, ein guter Kämpfer zu sein.«

»Muss man sich deshalb benehmen wie ein Kindskopf? Ich verstehe nicht, warum er nicht lesen lernen will.«

»Ich bin überzeugt, dass Eufemie nicht zulässt, dass er unwissend bleibt. Jetzt lass uns lieber überlegen, wie wir das Buch zurückbringen.«

Uta sah ihre Mutter erschrocken an. »Zurückbringen?«

»Ja, natürlich, so schnell wie möglich. Vielleicht glaubt man uns dann noch, dass es kein Diebstahl war.« Gertrud blickte nachdenklich. »Am besten übernimmt das jemand anders. Dich werfen sie nachher noch in den Kerker, bevor du überhaupt ein Wort sagen kannst.«

»Aber wer soll das machen? Du?«

Utas Mutter schüttelte schnell den Kopf. »Nein, das wäre nicht gut.«

Sie sah Uta an. »Karl! Karl wird das Buch zurückbringen und ihnen alles erklären.«

Bevor Uta sich versah, hatte Gertrud ihr das Buch abgenommen. Sie sah, wie die Mutter vor die Tür schritt. Uta drängte es, ihr nachzulaufen, ihr die Bibel wieder zu entreißen. Doch sie tat es nicht. Natürlich hatte Gertrud recht. Das Buch musste zurück, und zwar so schnell wie möglich. Uta senkte schon den Kopf, als sie die Worte der Mutter hörte: »Es nieselt. Besser, Karl holt das Buch hier ab, damit es nicht unnötig nass wird.«

Sie trat wieder ein, um das Buch auf einen Schemel zu legen, bevor sie im Dunkeln verschwand.

Uta sah ihr noch einen Moment nach, dann stand sie auf und näherte sich dem Sitz. Es war fast, als ob das Buch sie zu sich rief. Uta hob abwehrend die zitternden Hände. Sie sollte einfach auf ihre Mutter hören und auf Karl warten. Er würde alles wieder in Ordnung bringen. In Ordnung? Was war das für eine Ordnung, in der manche Menschen morden durften und andere das still erdulden mussten? Plötzlich hörten ihre Hände auf zu zittern. Sie griff zu, nahm das Buch auf und drückte es an die Brust. Uta ging zur Tür und schaute hinaus. Sie musste sich beeilen, und doch zögerte sie. Wenn sie jetzt ging, würde sie weder ihre Mutter noch Karl so schnell wiedersehen. Vielleicht war es auch ein Abschied für immer. Aber sie konnte nicht anders. Uta lief hinaus in die Nacht, das Buch unter ihrem Kleid verborgen. Ihr war es egal, welche Richtung sie einschlug, denn sie hatte ohnehin keine Ahnung, wohin ihr Weg sie führen sollte.

Kapitel 4

Gertrud rannte mehr, als dass sie ging, obwohl es mittlerweile stockfinster war. Karl blieb nichts anderes übrig, als hinter ihr her zu stolpern, denn sie zog ihn am Ärmel mit sich. Erst das Getrappel von Hufen ließ Utas Mutter abrupt anhalten. Schnell drückte sie sich an die Bretter der Scheunenwand und gab Karl Zeichen, es ebenfalls zu tun. Die Reiter kamen näher, so nah, dass sie die Hitze der Pferdeleiber spüren konnten. Die Tiere waren anscheinend zu höchster Eile angetrieben worden. Gertrud und Karl wagten nicht zu atmen.

»Ich hoffe, wir müssen uns nicht die halbe Nacht um die Ohren schlagen«, ließ sich einer der Männer vernehmen.

»Dagegen hast du doch sonst nichts«, antwortete ihm die heisere Stimme des anderen.

»Ja, aber wenn schon, dann wegen einem drallen Weib und nicht so einem spindeldürren, kleinen Luder.«

Gertrud und Karl hörten, wie er vom Pferd sprang. »Die kann was erleben, wenn ich sie finde.«

»Mach dir keine Mühe. Der Alte wird sich sicher was Schönes für sie einfallen lassen.«

Der Heisere lachte, und auch der andere fiel ein.

Gertrud hatte genug gehört. Vorsichtig, aber bestimmt, tastete sie sich an der Scheunenwand entlang. Karl folgte ihr ebenso vorsichtig, bis sie die Badestube erreicht hatten. Schnell schlüpften sie durch die offen stehende Tür. »Uta«, wisperte Gertrud leise.

Als sie keine Antwort erhielt, versuchte sie es lauter. »Uta!«

Doch niemand antwortete. Gertrud konnte in der Dunkelheit

nichts erkennen. Doch im nächsten Moment schien es, als wenn jemand mit einem Kienspan den ganzen Raum ausleuchtete. In Wahrheit waren nur die Wolken aufgerissen und ließen den Vollmond hervortreten, der sein bleiches Licht in jeden Winkel der Stube schickte. Gertrud schrie auf, als sie entdeckte, dass der Raum leer war.

Karl versuchte noch, ihr die Hand vor den Mund zu halten, doch es war zu spät. Schon hörten sie Schritte näher kommen, so schwer und fest, wie sie nur von Reiterstiefeln stammen konnten. Schnell drängte Gertrud sich an den hinter ihr stehenden Karl, sodass sie jede seiner mageren Rippen spüren konnte. Sie zerrte an ihrem Kleid, damit es an der einen Seite von ihrer Schulter rutschte, und tastete nach Karls Hand, die sie auf ihre entblößte Brust legte. Der wollte protestieren, als plötzlich die Stube erneut verdunkelt wurde.

Zwei große Männergestalten standen in der Türöffnung und beobachteten die ältere Frau, die sich verführerisch an den jungen Mann schmiegte. »Was macht ihr da?«, polterte der mit der heiseren Stimme.

Gertrud funkelte ihn an. »Hast du keine Augen im Kopf? Nach was sieht das aus?«

»Komm, lass uns gehen. Hier ist sie nicht«, wandte sich der Jüngere an seinen Kumpanen.

Doch der rührte sich nicht, sondern starrte auf Gertruds nackte Brust. Sie zog ihr Kleid wieder hoch, was sie noch im selben Moment bereute, denn nun betrachtete er forschend ihr Gesicht.

»Nicht so vorschnell, mein Kleiner«, antwortete er dem anderen. »Das hier ist keine andere als die Mutter von dem Weibsstück, das wir suchen.«

Gertrud schrak kaum merklich zusammen, bevor sie sich wieder in der Gewalt hatte. Der junge Mann schüttelte ungläubig den Kopf.

»Ihre Mutter? Woher kennst du ihre Mutter? Jetzt sag nicht, du hast auch schon mal mit ihr …«

»Sie war früher bei uns, vor vielen Jahren, als Hebamme.« Er wandte sich an Gertrud. »Also nochmal: Was macht ihr da?«

Gertrud legte den Arm um Karls Hüfte. »Sag du's ihnen doch. Mir wollen sie nicht glauben.«

Doch Karl stieß sie von sich. »Nein, ich will keinen Ärger. Nicht wegen dir und schon gar nicht wegen deiner Tochter.«

Gertrud sah ihn ungläubig an, als er fortfuhr. »Natürlich war Uta hier unten. Sie ist als Erstes zu ihrer Mutter gerannt. Und die hat mich geholt. Ich sollte ihr helfen.«

Der Jüngere packte Karl am Kragen. »Und? Wo habt ihr sie hingebracht?«

Sein Kumpan riss ihn zurück. »Lass ihn reden.«

Er zuckte mit den Schultern. »Sie ist wohl wieder abgehauen.«

Gertrud schüttelte den Kopf. »Karl, wie kannst du nur ...«

Doch der sah sie kalt an. »Deine Tochter ist eine Diebin. Hast du wirklich gedacht, ich schütze sie?«

Er wandte sich an die beiden. »Wenn wir uns beeilen, holen wir sie bestimmt bald ein.«

»›Wir‹?«, fragte der Ältere. »Wer hat gesagt, dass wir dich mitnehmen?«

»Ich weiß genau, welche Wege sie nehmen wird.«

»Na gut«, nickte der Häscher. »Dann lass uns keine Zeit verlieren.«

Er gab Karl einen Stoß in den Rücken, worauf der voranstolperte. Die beiden Häscher folgten ihm. Als die drei Männer durch die Tür verschwunden waren, ließ Gertrud sich auf die Knie fallen und begann zu weinen. Der Vollmond verschwand hinter den Wolken.

Uta fror, obwohl die Sommernacht eigentlich nicht kalt war. Aber sie trug nur ihr Unterkleid. Das kittelartige Gewand hatte sie ausgezogen und zu einem Bündel geknotet, in dem sie das Buch nun über der Schulter trug. Sie war schon weit gekommen, was sie einerseits freute. Andererseits wurde ihr klar, dass sie damit die Grenzen des Gebietes erreicht hatte, das sie kannte. Sie wusste, dass sie sich in der Nähe der Höhle aufhielt. Doch sie musste weiter weg, viel weiter, wollte sie nicht gefunden werden. Denn sie war sich sicher, dass man sie suchte oder besser gesagt das Buch.

Hilflos stand sie an einer Weggabelung. Welche Richtung sollte sie nehmen? Sie war darauf angewiesen, bald zu einem Dorf oder wenigstens zu einem Gehöft zu kommen, da sie keinerlei Verpflegung mit sich trug. Unentschlossen blickte sie auf die beiden Wege. Die Dunkelheit machte die Wahl nicht leichter. Schließlich schlug sie den linken ein, der bergan führte. Doch kaum war sie ein Stück gegangen, merkte sie, wie das Gewicht des Bündels über ihrer Schulter zunahm. Uta hielt inne und spürte, wie das Buch geradezu an ihr zerrte. Es war, als wenn es ihr etwas sagen, sie leiten wollte. Uta drehte um und merkte sofort, wie das Gewicht erträglicher wurde, als sie leichtfüßig hinablief.

Sie schlug nun den anderen Pfad ein, der eben war und längst nicht so steinig, sodass sie gut vorankam, obwohl sie kaum etwas sah.

Fortan befrug sie stets das Buch, wenn sie nicht weiterwusste. Entschied es sich für den kleineren Pfad, so war das gewiss eine Abkürzung, bedeutete es ihr, auf dem Hauptweg zu bleiben, so war der andere wohl ein Irrweg. Uta wanderte voller Zuversicht die ganze Nacht im Licht des Mondes. Ihr Vorsprung würde am Morgen so groß sein, dass es immer schwieriger wäre, sie noch zu finden.

Als die Dunkelheit sich langsam zurückzog und einem schwachen Dämmerlicht Platz machte, erklomm Uta gerade eine kleine Anhöhe. Gespannt beschleunigte sie ihren Schritt, denn von dort aus würde sie einen guten Blick über die Umgebung haben. Das Gewicht der Bibel spürte sie kaum noch. Oben angelangt richtete sie sich hoch auf und sah sich um. Sie stutzte und betrachtete die Gegend dann ein zweites Mal, diesmal genauer. Uta schüttelte den Kopf, erst langsam, dann immer heftiger. Schließlich ließ sie sich auf die Knie sinken und barg ihr Gesicht in den Händen. Sie wollte die Weggabelung nicht mehr sehen, von der aus sie vor wenigen Stunden so frohgemut aufgebrochen war. Sie wollte nicht wahrhaben, dass sie die ganze Zeit im Kreis gelaufen war. Uta weinte. Sie war sich so sicher gewesen, dass das Buch ihr den richtigen Weg wies.

Aber dann stand sie wieder auf. Das Buch war ihr Ziel. Sie wollte lesen lernen, nichts anderes. Und dafür brauchte sie nicht weit zu laufen. Der beste Ort war ganz in der Nähe.

Karl ritt voran, während die beiden Häscher ihm missmutig folgten. Er hatte sie mal hier- und mal dorthin geführt, bisher ohne Erfolg.

»He«, rief der mit der heiseren Stimme. »Wo ist das kleine Miststück denn nun?«

»Immer mit der Ruhe. Ich habe euch gesagt, dass wir sie finden werden.«

»Aber leider nicht wann«, fiel der Jüngere unwillig ein.

Er wandte sich an den anderen. »Lass uns die Sache selbst in die Hand nehmen, Bertold.«

»Vielleicht hast du recht, Bruno«, erwiderte der, während er aufmerksam die Gegend betrachtete.

Karl wurde unruhig. »Kommt weiter. Hier haltet ihr euch nur unnötig auf.«

Er wollte seinem Pferd schon die Hacken in die Flanken schlagen, als Bertold auf die Berge deutete: »Vielleicht ist sie da oben.«

»Warum sollte sie? Der Aufstieg ist mühsam.«

Der Jüngere sprang vom Pferd und ging ein Stückchen in Richtung Waldrand. »Da, seht ihr? Der Farn ist umgeknickt. Hier ist jemand gegangen.«

Jetzt beeilte sich auch Karl abzusteigen. Er lief zu der Stelle, an der Bruno kniete, und bückte sich zu ihm. »Das sieht mir eher nach einem Wildschwein aus oder einem Reh.«

Er strich so durch den Farn, dass er sich wieder aufrichtete und man nichts mehr erkennen konnte. »Auf jeden Fall war das nicht Uta.«

Bertold war nun auch abgestiegen und kam heran. »Woher willst du das wissen?«

»Weil sie noch nie da oben war. Sie hat zu viel Angst.«

»Angst? Wovor denn?«, fragte Bruno.

»Nun, man erzählt sich so einiges über die Berge«, erklärte Karl. »Dass dort ein seltsames Wesen haust.«

»Ich sehe im Moment nur ein seltsames Wesen, und das bist du«, lachte Bertold auf.

Aber Bruno hakte nach: »Was für ein Wesen?«

Karl zuckte mit den Schultern. »Keiner hat es so richtig gesehen. Dafür ist es zu schnell.« Er hielt kurz inne, bevor er fortfuhr. »Denn es hat sechs Beine.«

»Jeder kleine Käfer hat sechs Beine«, winkte Bruno ab.

Karl schüttelte den Kopf. »Es ist viel größer, so groß wie der Schmied aus dem Dorf.«

Die beiden Häscher zuckten zusammen. Der Schmied war weithin der größte Mann, den je einer gesehen hatte. Bruno blickte hinter sich, und auch Bertold wurde unruhig. Karl lächelte die beiden an. »Aber das ist sicher nur Altweibergewäsch. Wenn ihr wollt, gehen wir da hoch.«

Bruno wehrte ab. »Ach was, nachher vertrödeln wir viel Zeit, und sie ist längst ganz woanders. Was meinst du, Bertold?«

Der zuckte mit den Schultern. »Also, ich will den Laden auch nicht aufhalten.«

Die beiden Häscher saßen wieder auf. Sie ritten voran, während Karl etwas langsamer folgte. Er warf einen Blick zurück zu dem Berg, wo sich die Höhle befand. Zu gerne hätte er jetzt dort hineingeschaut. Aber stattdessen musste er sich sputen, mit den beiden mitzuhalten, die plötzlich ein ganz erstaunliches Tempo an den Tag legten.

Uta hatte die Bibel auf den Felsvorsprung direkt unter das Antlitz gebettet, das Karl in die Felswand gehauen hatte. Die Höhle war nur notdürftig mit einem Feuer aus eilig zusammengesuchtem Reisig erhellt, doch es schien Uta, als ob Magdalenas Augen ihr glutrot Licht spendeten.

Sie fuhr mit den Fingerspitzen über das grob genarbte Leder des Einbands, über die beiden jeweils oben und unten verlaufenden hervorspringenden Linien, die mit Gold überzogen waren. Sie bemühte sich, die Verzierung beim Aufschlagen des Deckels nicht zu berühren, aus Angst, etwas von dem Goldbelag zu beschädigen.

Ganz langsam öffnete sie das Buch. Vor ihr breitete sich eine weiße Fläche aus. Uta mahnte sich zur Ruhe. Sie wusste, dass die Schrift erst auf dem nächsten Blatt begann.

Vorsichtig fasste sie das Pergament mit den Fingerspitzen, um es umzublättern. Kaum war die nächste Seite ganz aufgeschlagen, sprangen ihr alle Farben dieser Welt ins Auge. Rot, blau, violett und grün leuchtete ein verschlungenes Muster ganz zu Anfang, oben auf der Seite. Eingefasst war es in Gold, noch leuchtender als die dünnen Linien auf dem Einband. Stumm und ehrfürchtig betrachtete Uta das schöne Bild, das ihren Blick vollkommen gefangen nahm. Es schien eine kleine Ewigkeit zu dauern, ehe sie sich daran sattgesehen hatte.

Vielleicht zögerte sie aber auch nur den alles entscheidenden Moment hinaus, der ihr Leben mit einem Schlag verändern würde. Wenn sie der Kunst des Lesens mächtig war, konnte ihr keiner mehr etwas anhaben, selbst der alte Hund von Kuenring nicht.

Dieser Gedanke beruhigte sie etwas, sodass Uta es endlich wagte, ihren Blick weiter nach unten wandern zu lassen, dorthin, wo mit schwarzer Tinte auf das helle Pergament geschrieben worden war. Uta schaute genau hin, doch zu ihrer großen Verwunderung konnte sie nichts erkennen. Nichts, außer Linien, mal kürzer, mal länger, dann geschwungen, um schließlich gerade zu verlaufen. War es am Ende auch nur ein Bild? Aber selbst das konnte sie nicht darin erkennen.

Ungeduldig wollte Uta die nächste Seite betrachten. Sie zwang sich dazu, wieder mit größter Sorgfalt umzublättern. Dann hatte sie die nächste Doppelseite aufgeschlagen vor sich. Das bunt leuchtende Bild von der vorherigen Seite fehlte, stattdessen füllten diesmal ausschließlich eigenartige Zeichen die Leere. Uta sah genauer auf das Muster, konzentrierte sich auf eine Stelle. Doch so lange sie auch hinschaute, so wenig ergaben die Linien irgendeinen Sinn.

Jetzt konnte sie sich nicht mehr beherrschen, schnell schlug sie die Seite um, um die nächste zu betrachten, dabei prompt einen kleinen Knick in der unteren Ecke hinterlassend. Aber es war ihr egal, das konnte sie später wieder richten. Erst musste sie das Geheimnis der Buchstaben entdecken, die verborgene Welt. Doch wieder narrten sie nur schwarze Zeichen, die Uta bald auch nicht mehr erhaben und schön vorkamen, sondern fast schon beliebig aneinandergereiht. Und so ging es weiter und weiter, Seite um Seite, bis schließlich alles Schwarze vor ihren Augen verschwamm und zu kleinen Fratzen zusammenlief, die ihr geradezu ins Gesicht lachten. Sie hielt sich die Ohren zu, um nicht auch noch ihr teuflisches Geheul zu hören. Uta riss den Blick von der Bibel los und richtete ihn stattdessen flehend nach oben auf das steinerne Antlitz. Doch sie sah nur grauen, düsteren Fels. Selbst Magdalenas Augen waren erloschen.

Uta trat aus der Höhle. Es war bereits heller Tag. In der prallen Sonne erblickte sie nicht weit einen Brombeerstrauch, dessen reife Früchte die Äste bereits nach unten zogen. Uta spürte das Nagen des Hungers in ihrem Bauch, aber trotzdem wandte sie sich in die andere Richtung. Sie wollte keinen Augenblick länger bei der Höhle bleiben, bei dem Buch, in das sie so große Hoffnungen gesetzt hatte und das sie so enttäuscht hatte. Uta stolperte voran, blind vor Tränen. Es war ihr egal, dass sie einige Male hinfiel, der Schmerz lenkte sie sogar ab.

Plötzlich blieb sie stehen. Sie hatte etwas gehört. Es waren Schritte, die ihr auf dem Weg entgegenkamen. Sehen konnte sie noch nichts, da der Pfad eine Biegung machte. Aber für Uta stand ohnehin fest, wer es war. Ihr erster Gedanke war Flucht, aber dann entschied sie sich plötzlich anders. Sie begann, ihren Häschern entgegenzulaufen. »Nehmt mich fest! Ergreift mich!«, schrie sie laut.

Es hatte keinen Sinn mehr zu fliehen. Nichts mehr hatte einen Sinn. Sollten sie sie doch packen!

Doch zu ihrer großen Überraschung stand sie in der Biegung mitnichten den Männern des Burgherrn gegenüber, sondern einer Frau, die ihr, einen Knüppel schwingend, entgegensah.

»Wer bist du?«, fragte die Fremde sie barsch. »Was um Himmels willen machst du hier?«

Uta sah sie einen Moment verdattert an. »Das … das könnte ich dich auch fragen.«

Die Frau ließ den Knüppel sinken. »Ich laufe nicht wie eine Verrückte schreiend im Unterrock durch den Wald.«

Uta sah an sich herunter. Sie hatte ihr Kleid, in das sie das Buch eingewickelt hatte, in der Höhle vergessen. Ihre Arme und Beine waren dreckig, ihr Gesicht von Tränen verschmiert.

»Bist du eine Verbrecherin? Hast du jemanden umgebracht?«, fragte die Frau, ihren Knüppel wieder fester packend.

»Nein, nein«, wehrte Uta ab. »Ich habe nichts getan.«

»Und warum sollte man dich dann ergreifen wollen? Dir ist doch jemand auf den Fersen.«

Uta nickte, um Zeit zu gewinnen. »Zwei Knechte von unserem Hof haben mich bedroht«, begann sie. »Sie haben mich halb ausgezogen. Und nur, weil sie sich nicht einigen konnten, wer mir das Unterkleid vom Leib reißen darf, konnte ich fliehen. Ich bin gelaufen, so schnell ich konnte.«

Uta fand ihre Geschichte so echt, dass ihr selbst eine Gänsehaut über den Rücken lief. Und gleichzeitig beschlich sie ein seltsames Gefühl ob der Tatsache, dass ihr das Lügen so leicht über die Lippen ging. Sie veränderte sich, seit sie beschlossen hatte, sich nicht mit ihrem Schicksal abzufinden. War das Gottes Strafe?

Die Frau, älter als sie selbst, aber nicht so alt wie ihre Mutter, stellte keine weiteren Fragen. Stattdessen fasste sie Uta am Arm, um sie von allen Seiten zu betrachten. »Du bist ein bisschen mager«, urteilte sie. »Aber das kriegen wir schon hin.«

Sie schmiss den Knüppel weg und kramte stattdessen in einem Bündel, das sie um die Hüften trug. Zum Vorschein kam ein Kanten Brot, den sie Uta hinhielt. Die griff danach und verschlang ihn mit wenigen Bissen, obwohl das Brot schon recht hart war. Jetzt reichte ihr die Frau auch noch eine Flasche mit Wein. Uta trank. Dann wischte sie sich mit dem Ärmel über den Mund. Die Frau lächelte sie an. Ihr Körper war stämmig, und ihr Haar schimmerte rötlich in der Sonne. »Tut mir leid, dass ich dir nichts Besseres anbieten kann. Aber ich bin schon lange unterwegs. Ich habe ein prachtvolles Kleid erworben, das ich als Vorlage für Stoffmuster nehmen werde.«

Sie klopfte auf ein anderes Bündel, das sie ebenfalls umgeschnürt hatte.

»Ihr seid eine Weberin?«, fragte Uta.

Die Frau zögerte kurz, bevor sie nickte. »Ja, kann man so sagen. Und ich kann immer junge Frauen gebrauchen, die sich mit den Händen nicht allzu ungeschickt anstellen.«

Uta horchte auf. »Wo kommst du her?«

»Aus Enns«, antwortete die Fremde.

Uta riss die Augen auf. »Aus Enns? Aber das ist eine richtige Stadt.«

Die Frau lachte. »Deshalb lebe ich dort. Es gibt Arbeit, und ich muss mich nicht für fremde Herrn abrackern. Dort ist jeder seines Glückes Schmied.«

Uta wurde ganz aufgeregt, als die Frau fortfuhr: »Trotzdem musst du schuften, manchmal sogar mehr als auf deinem Hof.«

»Arbeiten kann ich.«

Die Frau lächelte, als sie Utas leuchtendes Gesicht sah. »Wolltest du dich nicht eben noch deinem Schicksal ergeben?«

Uta runzelte kurz die Stirn, dann machte sie eine wegwerfende Bewegung. »Das ist vorbei. Bitte, nimm mich mit!«

Die Frau spannte sie noch ein bisschen auf die Folter, bevor sie schließlich nickte. »Übrigens, ich heiße Gitte.«

Uta strahlte die neue Freundin an. Das Leben steckte voller Möglichkeiten, man musste nur zugreifen.

Enns war die dritte Stadt, die sie aufsuchten, seitdem Uta vor einer Woche geflohen war. Vor St. Pölten waren sie in Melk gewesen. Auch dort hatte Karl die Gassen und Gässchen unruhig durchkämmt, immer bemüht, den Häschern voraus zu sein. Er musste Uta auf jeden Fall vor ihnen finden, um sie zu beschützen.

Die Städte waren eigenartige Ansiedlungen, so eng bebaut, dass er das Gefühl hatte, kaum noch Luft zum Atmen zu haben. Und es war laut. Die vielen unterschiedlichen Stimmen, das Knirschen der

Handkarren und das Getrappel der Pferde machten es unmöglich, auch nur einen Vogel zwitschern zu hören.

Die beiden Leute des Kuenringers, die sich besser auskannten, amüsierten sich über Karls Staunen. In St. Pölten hatten sie darauf bestanden, ihm ein Webhaus zu zeigen. Karl wunderte sich über das Interesse der beiden Männer an Handarbeit, ging aber bereitwillig mit. Unterwegs schwärmten sie ihm von der Schönheit der Waren vor, die dort feilgeboten wurden. Und je mehr sie davon sprachen, umso weniger konnten sie es abwarten, dort anzukommen. Endlich klopften sie an die Tür eines großen Holzhauses. Eine dralle Frau öffnete. Die beiden Männer schubsten Karl nach vorne, der mit dem Gesicht zwischen ihren Brüsten landete. Ihr Fleisch fühlte sich warm und weich an, aber Karl riss sich los. »Entschuldigt, würdet Ihr uns die Stoffe zeigen? Meine beiden Begleiter sind sehr daran interessiert.«

Die Frau sah ihn erstaunt an.

»Sie reden schon den ganzen Weg von nichts anderem«, fügte er erklärend an.

Der breite Mund der Frau verzog sich zu einem Lachen. »So, so! Was du nicht sagst. Und was ist mit dir, mein Junge?«

Sie zog ihn zu sich, sodass er erneut ihre Wärme spürte. »Mal sehen, ob es dir auch gefällt.«

Ihre Hand wanderte seinen Arm hinab, blieb einen Moment auf seiner Hüfte liegen, bevor sie zwischen seine Beine fuhr. Er stöhnte auf.

»Na also«, rief sie zufrieden aus. »Da tut sich was!«

Karl stieß die Frau zurück. Durch die Türöffnung konnte er jetzt in den schummerigen Raum sehen. Dort saßen auf zerwühlten Betten noch mehr Frauen, die Leiber halb entkleidet. Sie gaben sich keine Mühe, ihre Blöße zu bedecken, sondern betrachteten die Szene teils amüsiert, teils gelangweilt.

Karl verstand, wohin ihn die beiden Kumpane geführt hatten. Es war ein Frauenhaus, wie es sie öfter in den Städten geben sollte. Er fuhr herum. »Was erzählt ihr mir von Webereien, wenn ihr mich zu den Huren bringt?«

Die Frau, die die Tür geöffnet hatte, mischte sich ein. »Sie haben nicht gelogen. Wir weben und spinnen. Immer dann, wenn nichts anderes zu tun ist.«

Sie deutete in den Raum, in dem Karl tatsächlich einen Webstuhl und einen Haufen Wolle ausmachte. Sie deutete auf ihren Rock. »Hier, schau, alles selbst gemacht.«

Sie hob den Rock am Saum hoch, damit er ihn von Nahem betrachten konnte. Als er zögerte, hob sie den Stoff noch höher, sodass er ihre Scham sehen konnte. Jetzt wandte er sich endgültig ab und ging mit schnellen Schritten fort von diesem Haus und fort von dem schallenden Gelächter.

Karl klang es jetzt noch in den Ohren, obwohl sie längst in einer anderen Stadt waren. Immer wieder sah er die wogenden Brüste der Frau vor sich, spürte die von ihr ausgehende Wärme und atmete ihren leicht säuerlichen Geruch ein. Fast spürte er wieder ihre Hand zwischen seinen Beinen, als er sich zur Ordnung rief. Wie konnte er an solch ein Frauenzimmer auch nur einen Gedanken verschwenden? Er hatte anderes zu tun. Es fiel ihm ohnehin schwer genug, bei den vielen Gesichtern, die in den vollen Gassen der Stadt bald vor, bald neben ihm auftauchten, nicht schwindelig zu werden. Karl versuchte sich das Mädchen ins Gedächtnis zu rufen, das er suchte: Klein, dünn, das blonde Haar abstehend, die schmalen Lippen meist zu einem Lächeln verzogen. Seine Freundin aus Kindertagen, die immer noch nicht so recht erwachsen geworden war.

Wieder betrachtete er die Vorbeihastenden. Er verstand nicht, wie man ständig so in Eile sein konnte. Fast dankbar ließ er seinen Blick an einer kleinen Gruppe Frauen nahe beim Brunnen ruhen, die miteinander schwatzten und lachten. Plötzlich fühlte er sich heimisch. Er sah genauer hin. Eine der jungen Frauen, fast noch ein Kind, drehte ihm den schmalen Rücken zu. Ihr zerzaustes Haar stand wirr vom Kopf. Mit ungelenken Bewegungen holte sie einen Eimer Wasser aus dem Brunnen hoch. Dabei verschüttete sie mindestens die Hälfte direkt wieder.

Karl machte einen Schritt in ihre Richtung. Das war sie, das musste sie sein, Uta, wie er sie kannte. Er ging schneller. Jetzt war er hinter ihr, streckte seine Hand aus und berührte sie an der Schulter: »Uta!«

Die Frau drehte sich, den Eimer noch in den Händen haltend, zu ihm um. Es war nicht Uta. Er blickte in ein fremdes, wutverzerrtes Gesicht. »Was streckst du deine dreckigen Finger nach mir aus?«, zeterte sie. »Da! Vielleicht werden sie dann sauber!«

Sie goss ihm das Wasser in einem Schwall über den Kopf. Er wischte sich das Gesicht ab, während einige Leute rund um den Brunnen lachten und ihn hämisch betrachteten.

Er sah Gesichter, die sich vor seinen Augen zu Fratzen verzogen. Nur eins blieb klar, geradezu schön. Es war das einer jungen Frau mit blondem, sich kräuselndem Haar. Sie war nicht groß und sehr schlank. Er wusste auch nicht, warum ausgerechnet sie aus der Menge stach. Vielleicht war es eine gewisse Würde und Entschlossenheit, die sie ausstrahlte.

Plötzlich verzog sich auch ihr Mund zu einem Lachen, doch nicht zu einem hässlichen, schadenfrohen, sondern zu einem freudigen. Ihr Gesicht wirkte jetzt geradezu schön. Erst als sie auf ihn zukam, erkannte er sie: Uta!

Karl konnte es nicht fassen. Er hatte nach einem Mädchen gesucht, dem Kind, das er nie ganz ernst genommen hatte. Stattdessen stand jetzt eine Frau vor ihm, noch jung, aber durchaus selbstbewusst. Und hübsch war sie noch dazu. Karl wunderte sich, denn so schnell konnte sie sich unmöglich entwickelt haben. Ihm schwante, dass der Kummer um Magdalena in den letzten Jahren nicht nur sein Herz, sondern auch seinen Blick getrübt hatte.

»Karl!«

Uta stand jetzt vor ihm und fiel ihm in die Arme. Ihren Überschwang hatte sie sich bewahrt. Dann löste sie sich wieder von ihm. »Was machst du hier?«

»Ich suche dich.«

»Hat Mutter dich geschickt? Sag, macht sie sich große Sorgen?«

»Nein, es war nicht Gertrud«, erklärte Karl.

Jetzt verschloss sich Utas Gesicht ein wenig. »Wer war es dann? Doch nicht etwa der alte Kuenringer?«

Ihre Stimme war leise geworden, als wenn sie mit seinem Namen auch gleich ihn heraufbeschwören würde.

Karl schüttelte den Kopf, und Uta atmete auf. Doch dann fuhr er fort: »Aber er hat zwei Häscher nach dir ausgeschickt. Ich bin gekommen, um dich zu warnen.«

Uta wurde ganz blass. »Gleich zwei?«

Karl nickte. »Ich tue mein Möglichstes, um sie abzulenken. Aber sie werden nicht so schnell aufgeben.«

Uta nahm ihn bei den Schultern. »Warum lassen sie mich nicht in Ruhe? Ich habe nichts getan. Es ist alles ein Missverständnis.«

»Das weiß ich, und das weiß deine Mutter. Aber niemand sonst wird es dir glauben.«

Uta schüttelte den Kopf. »Ich werde nicht aufgeben, nicht jetzt.«

Karl fasste sie um die Hüfte und blickte sie aufmunternd an. Von Nahem sahen ihre Lippen fast sinnlich aus. »Komm mit mir. Wenn du freiwillig zurückgehst, wird er vielleicht Milde walten lassen.«

»Der alte Hund?« Utas Stimme war schneidend scharf. »Das ist nicht dein Ernst.«

»Vertraue mir, ich werde mir etwas einfallen lassen.«

»Ich vertraue dir, ich vertraue dir wie keinem anderen Menschen. Aber ich gehe nicht zurück.«

»Aber wo willst du wohnen? Was willst du essen?«

»Eine Frau hat mich zu sich genommen. Sie gibt mir auch Arbeit. Gleich wird sie mich in Handarbeiten unterrichten.«

Karl schüttelte den Kopf. »Du weißt gar nicht, wie sehr ich dir wünsche, dass du das schaffst. Aber ich habe Angst, Angst um dich. Es ist nicht einfach.«

»Natürlich nicht. Aber wer nicht wagt, der nicht gewinnt.«

Karl sah sie lange an, bevor er antwortete. »Ich habe einmal viel gewagt und alles verloren.«

Utas Miene wurde weich, sie streckte die Hand nach Karl aus, legte sie sanft auf seinen Arm. »Ich weiß, mein Lieber. Und ich werde immer mit dir fühlen.«

Karl nickte. Er merkte, wie die Traurigkeit von ihm wich. »Auch ich möchte einen neuen Anfang machen.«

Uta sah ihn erfreut an. Karl nahm ihre Hand. »Mit dir. Du bedeutest mir sehr viel. Zusammen können wir es schaffen.«

Uta lauschte seinen Worten. Ihr wurde ganz warm. Und doch konnte sie es immer noch nicht ganz fassen. »Karl, hast du das wirklich gerade gesagt? Dass wir zusammen … Dass ich dir etwas bedeute …«

Karl schüttelte den Kopf, und Uta sah ihn schon für einen Moment enttäuscht an, als er antwortete: »Nicht etwas. Du bedeutest mir sehr viel, mehr als alles andere.«

Er legte einen Arm um ihren Nacken und streichelte über die sanfte Linie ihres Halses. »Ich war blind, blind vor Trauer um Magdalena. Aber jetzt weiß ich es, ich weiß es mit dem Herzen. Wir gehören zusammen.«

›Ja!‹, wollte Uta rufen, ›Ja‹ und nochmals ›Ja‹! Doch sie tat es nicht, sie fiel ihm nicht einmal um den Hals und schmiegte sich auch nicht an ihn. Sie verstand es selbst nicht. Uta trat einen Schritt zurück. »Ja, unsere Herzen sind eins. Aber unsere Wege haben sich getrennt.«

»Du brauchst nur mit zurückzukommen. Ich werde dich beschützen.«

Uta nickte. »Das glaube ich dir. Aber ich will es nicht, nicht mehr.« Sie spürte es jetzt ganz deutlich. »Ich will nicht mehr unter der Knute des alten Kuenringers leben.«

»Du weißt, dass auch ich ihn aus tiefstem Herzen hasse. Aber was soll ich tun?«, erwiderte Karl.

»Bleib bei mir, geh nicht zurück«, rief Uta. Ihr Gesicht leuchtete, während sie nach seinen Händen griff. »Hauptsache, wir sind zusammen. Wer sagt denn, wo wir leben müssen?«

Sie lachte ihn aufmunternd an, Karls Augen verdunkelten sich.

»Gott der Herr sagt, nein, befiehlt es uns. Wir alle haben unseren Platz.«

»Aber warum hat er mir dann die Möglichkeit gegeben, hier in der Stadt zu leben?«

»Das war nicht Gott. Du handelst gegen seinen Willen, und ich hoffe, dass du es nicht büßen musst.«

Uta fühlte sich plötzlich ganz schwach. Sie hatte die Mutter zurückgelassen, und auch Karl würde wieder gehen. »Ich kann nicht anders«, sagte sie mehr zu sich als zu ihrem Freund.

»Dann kommst du nicht mit zurück?«, fragte Karl, obwohl er die Antwort schon wusste. Er schloss die Augen, um Utas Kopfschütteln nicht sehen zu müssen. Als er sie wieder öffnete, hatte sie ihm bereits den Rücken zugekehrt und ging die Straße hinunter.

Uta war froh, endlich mit der Arbeit beginnen zu können. Die neue Aufgabe würde sie ein wenig davon ablenken, ständig an den Abschied von Karl zu denken. Sie trat erwartungsvoll in das dämmrige Zimmer. In der Ecke sah sie den großen Webstuhl stehen. Uta ging näher heran, um den bereits darauf gefertigten Stoff näher zu betrachten. Vorsichtig fuhr sie mit der Hand darüber, er fühlte sich wunderbar fein und glatt an. Sie drehte sich zu Gitte um.

»Soll ich wirklich an diesem schönen Stück die Kunst des Webens lernen? Nachher verderbe ich es.«

Gitte sah sie etwas seltsam lächelnd an. »Du wirst schon alles richtig machen. Ich glaube, du hast eine schnelle Auffassungsgabe.«

»Aber ich habe keinerlei Übung.«

»Die wirst du schnell bekommen«, antwortete die Freundin.

Uta wurde den Eindruck nicht los, dass Gitte sich ein wenig über sie lustig machte. Ihr wurde warm in dem stickigen Zimmer. Sie ging zum Fenster, das mit einem Sack verhängt war, und wollte ihn zur Seite schlagen. »Es ist so dunkel. Ich kann gar nicht sehen, was ich tun soll.«

Aber schon war Gitte neben ihr und hielt sie davon ab. »Für das, was du lernst, brauchst du kein Licht. Glaube mir, es ist sogar besser, wenn du nicht alles sehen kannst.«

Während Uta sich noch wunderte, trat ein Mann ins Zimmer. Vom Alter hätte er gut und gerne Utas Vater sein können. »Holla! Da hast du mir ja tatsächlich nicht zu viel versprochen!«, sagte er zu Gitte, während er seine Augen nicht von Uta wandte. »Jung und unverdorben«, lachte er.

»Schon gut«, erwiderte Gitte. »Hauptsache, du machst nicht zu lang. Die anderen warten schon.«

Damit ging sie nach draußen. »Was soll das?«, rief Uta ihr nach, doch sie bekam keine Antwort.

Kurzentschlossen raffte Uta ihr Kleid zusammen, um Gitte zu folgen, doch da stellte sich ihr der Alte in den Weg. »Halt! Wir haben eine Verabredung!«, krächzte er.

»Bestimmt nicht«, versuchte es Uta möglichst energisch, obwohl ihr die Angst im Nacken saß. »Ich bin hier, um zu lernen.«

Der Alte lachte lauthals, sodass sie all seine verfaulten Zähne sehen konnte. »Das kannst du, mein Schätzchen. Mehr, als dir lieb sein wird.«

Mit einem Schritt war er bei ihr und presste sie an sich. Sein Atem stank, als er seinen Mund auf den ihren presste. »Nein!«, schrie Uta, doch er drang mit seiner Zunge zwischen ihre Lippen. Kurzentschlossen biss Uta zu.

»Au!«, schrie er und ließ sie los.

Uta taumelte rückwärts, ihn nicht aus den Augen lassend. »Gitte! Hilfe!«, rief sie, so laut sie konnte.

Als die Freundin daraufhin tatsächlich in der Tür erschien, fiel sie ihr erleichtert um den Hals. »Gitte! Du kannst dir nicht vorstellen, was dieser Kerl mit mir machen wollte! Er wollte, er wollte …«

Sie scheute sich weiterzusprechen.

»Nicht mehr als das, wofür ich bezahlt habe«, lispelte der Alte, während er immer noch seine Zunge betastete.

»Und das wirst du kriegen«, versprach Gitte mit einem ärgerlichen Blick auf Uta.

Die wollte es noch nicht so recht wahrhaben. »Bezahlt? Er hat für mich bezahlt?«

»Und nicht zu wenig«, ließ der Freier sich vernehmen.

Uta beachtete ihn nicht, sondern stellte sich vor Gitte auf. »Aber ich sollte doch für dich arbeiten.«

»Dann fang endlich an.«

»Als … Dirne?«, fragte sie, immer noch ungläubig. »Ich soll Männern zu Willen sein?«

Gitte zuckte mit den Schultern. »Keiner hat dich gezwungen. Im Gegenteil, angefleht hast du mich.«

»Weil ich dachte, ich kann hier neu beginnen.«

»Eine Arbeit und ein Dach über dem Kopf, was willst du mehr?«

Uta hob den Kopf. »Freiheit. Ich will Freiheit.«

Gitte und der Alte sahen sich an, dann prusteten sie gleichzeitig heraus. Gitte beruhigte sich als Erste wieder. »Freiheit? Wer hat dir denn diese Flausen ins Ohr gesetzt?«

»Das sind keine Flausen«, beharrte Uta, obwohl sie unsicher wurde. »Ich bin nicht vor dem alten Kuenringer geflohen, um mich von dir knechten zu lassen«

»Ja, schau mal einer an! Also waren die beiden Burschen, die dir Gewalt antun wollten, erfunden.«

Uta biss sich auf die Lippen, aber Gitte fuhr schon fort: »Und ausgerechnet eine Lügnerin wie du will was Besseres sein? Du tust jetzt, was er von dir verlangt, oder du wirst mich kennenlernen!«

Sie verließ erneut den Raum. Uta sah ihr entsetzt hinterher. Wie hatte sie sich so in ihr täuschen können! Doch schon kam der Alte auf sie zu. Diesmal vermied er, wohl aus Angst um seine Zunge, sie zu küssen, sondern fasste ihr Kleid an den Schultern und zog es mit einem Ruck herunter. Uta stand starr vor Schreck, bis zur Hüfte entblößt. Schon spürte sie seine Hände auf ihren Brüsten. Unsanft machte er sich an ihnen zu schaffen. Uta zuckte vor Schmerz zusammen. Endlich ließ er von ihr ab, allerdings nur um seine Beinlinge herunterzuziehen. Dann begrapschte er sie erneut.

Es gelang ihm, sie zu Boden zu drängen. Sie spürte den kalten Stein unter sich. Die raue Oberfläche drückte sich in ihre Haut, als er sich mit seinem ganzen Gewicht auf sie legte. Er raubte ihr den Atem, und was noch schlimmer war, sie konnte sich kaum noch rühren. Nur mit Mühe gelang es ihr, die Arme, die unter seinem Bauch eingeklemmt waren, hervorzuziehen. Verzweifelt schlug sie ihm auf die Schulter, doch alles, was sie sich einhandelte, war eine saftige Ohrfeige. Dann griff er mit seiner Hand unter ihren Rock. So viel sie sich auch wand, es gelang ihr nicht, ihn daran zu hindern, mit seinen Fingern in sie zu dringen.

Uta versuchte, an etwas anderes zu denken, etwas, an das sie eine schöne Erinnerung hatte. Ihr fielen die Kinderspiele mit Karl ein. Hätte sie doch auf ihn gehört! Aber jetzt war er fort und sie diesem schrecklichen Kerl ausgeliefert! Sie hoffte nur, dass es schnell vorbei war. Doch plötzlich hörte sie wieder Gittes Worte: »Die anderen warten schon.«

Das Piksen der Steine in ihrem Rücken wurde unerträglich. Eine der Spitzen drückte sich so in ihre Schulter, dass sie glaubte, aufgespießt zu werden. Mit einem Ruck riss sie ihren Arm nach hinten, bekam den großen Stein zu packen. Sich dabei die Haut aufreißend, zog sie ihn mit aller Kraft unter ihrer Schulter hervor und schleuderte ihn mit Wucht auf den Kopf des Mannes. Der schrie so laut, dass Uta fürchtete, Gitte würde ihn hören. Doch dann sackte er ohnmächtig auf ihr zusammen.

Mühsam rollte sie ihn zur Seite und sprang, endlich von seinem Gewicht befreit, auf. Schnell sah sie sich um. Sie wollte auf keinen Fall Gitte in die Arme laufen. Also blieb ihr nur, den Raum durch die zweite Tür gegenüber zu verlassen.

Uta trat in einen dämmrigen kleinen Raum. Zu ihrer Enttäuschung hatte er keine weitere Öffnung außer einem kleinen Lichtschacht kurz unter der Decke. Sie saß in der Falle. Utas Blick wurde von Tränen verschleiert, sodass sie das Bündel vor ihr nicht sah und darüber stolperte. Unsanft landete sie auf dem Boden.

Der Mann schlug die Augen auf. Sein Kopf dröhnte, und etwas Warmes rann an seiner Schläfe herunter. Als er es wegwischen wollte, merkte er, dass es Blut war. Sofort wusste er wieder, was geschehen war. Dieses kleine Biest hatte ihm das eingebrockt. Aber noch einmal würde sie ihm nicht davonkommen. Er würde sie windelweich schlagen, das schwor er sich. Mühsam stand er auf und sah sich um. Er wankte in Richtung der angelehnten Tür, die ins Hinterzimmer führte.

Der Raum war dunkel, und seine Augen mussten sich einen Moment daran gewöhnen, bevor er etwas erkannte. Da sah er die Gestalt. »Komm her, du Hure!«, schrie er. »Wenn du nicht sofort kommst, kriegst du die doppelten Prügel!«

»Wer hat es dir erlaubt, so mit mir zu reden?«, antwortete die Gestalt.

Das konnte doch nicht sein, dass sie solch eine Dreistigkeit besaß! Er wankte auf sie zu. Mittlerweile gewöhnten sich seine Augen an das Dämmerlicht, sodass seine Schläge ihr Ziel genau treffen würden. Er hatte seine Hand schon erhoben und wollte gerade ausholen, als er verblüfft innehielt. Das war gar nicht die kleine Dirne von eben, die vor ihm stand! Es war eine hochgeborene Frau in einem samtenen Kleid. Spitze bedeckte züchtig den Ausschnitt. Sie hielt sich sehr gerade und schien auch größer zu sein. »Aber ...«, stotterte er, »aber ich dachte, du ... Ihr ... Ihr wärt eine ganz andere.«

»Du hast mich beleidigt!«

»Das wollte ich nicht, auf keinen Fall.«

Er fiel vor ihr auf die Knie und senkte entschuldigend sein Haupt. Sie kam näher. Er sah nur den bestickten Saum ihres kostbaren Kleides, da er es nicht wagte, aufzublicken.

»Dann lass das in Zukunft, oder du wirst es bitter bereuen.«

Sie versetzte ihm einen kurzen Tritt in die Seite. Er stöhnte auf, was prompt noch einen Hieb auf seinen ohnehin schon malträtierten Schädel zur Folge hatte. Er nahm sich zusammen, bis die vornehme Frau aus dem Raum war. Dann machte er seiner Wut mit einem ganzen Schwall an Flüchen Luft.

Uta begann erst jetzt zu zittern, als sie im Schutz der Stadtmauer haltmachte.

Im Nachhinein war es ein Glück, dass sie über das Stoffbündel gestolpert war. Sie hatte es als das Kleid erkannt, das Gitte als Vorlage für ihre Stoffe erworben hatte. Schnell war sie hineingeschlüpft. Und dann hatte alles wie am Schnürchen geklappt. Sie hatte erst den Alten täuschen können und dann auch Gitte, die nicht weit vom Ausgang wachte. Ehe sie Uta erkannte, war die schon an ihr vorbei.

Obwohl Uta sicher war, ihre Verfolger abgeschüttelt zu haben, sah sie sich nach allen Seiten um, bevor sie aus dem Schatten der Stadtmauer nach vorne zum Wassergraben trat, um ihr Gesicht zu kühlen. Uta ließ sich auf die Knie sinken und wollte gerade mit der Hand etwas von dem kühlen Nass schöpfen, als sie erstarrte.

Von der glatten Oberfläche blickte sie eine schöne, würdevolle Gestalt an. Das edle Gewand betonte die Schultern, und der grüne Stoff leuchtete mit smaragdenen Augen um die Wette. Es dauerte einen Moment, bevor Uta begriff, dass es niemand anderes als sie selbst war.

Kapitel 5

Eufemie stand in der bereits am Vormittag sehr warmen Sonne und blickte auf die Häuser von Dürnstein und die grün dahinfließende Donau hinab. Sie strich sich die Haare aus dem Gesicht, die der hier oben immer recht kräftig wehende Wind unter ihrem Schleier hervorzerrte, und machte sich an den Abstieg zu ihrem Weinfeld. Sie hatte es ursprünglich angelegt, um sich wenigstens ab und zu von der Burg und damit von ihrem Mann entfernen zu können. Sein Jähzorn und seine Unbeherrschtheit wurden immer schlimmer. Viele sagten, daran sei die schwarze Galle schuld. Aber sie wusste es besser. Es machte ihm einfach Spaß, die Menschen zu quälen. Und sie war keine Ausnahme. Im Laufe der Jahre hatte sie gelernt, dass es sinnlos war, sich zu wehren. Im Gegenteil, dann wurde alles nur noch schlimmer. Nur einmal, einmal hatte sie triumphiert, wenn auch nur im Geheimen, und ihm ihren Gehorsam verweigert. Er wusste nicht, was sie ihm damals, direkt nach der Geburt ihres Sohnes, ihrer ersten und letzten Schwangerschaft, angetan hatte. Und doch verschaffte es ihr jedes Mal stille Genugtuung, wenn sie daran dachte.

Mit den Jahren war Eufemie ihr kleines Stück Land richtig ans Herz gewachsen. Die vielen Weinstöcke drängten sich dicht an dicht. Zuerst fielen nur die kräftig grünen, gelb geränderten Blätter auf. Fast unscheinbar versteckten sich dazwischen die hellen Trauben. Eufemie sorgte dafür, dass sie nicht überwuchert wurden. Regelmäßig ließ sie die Reben nach unten an den Pfahl binden, der die ganze Pflanze stützte. Eufemie liebte die Form eines Herzens, die sie dabei bildeten.

Sie trat näher, um eine vorwitzige Ranke, die sich nach oben reckte, wieder an den für sie vorgesehenen Platz zu binden. Doch kaum versuchte sie, das Band fester zu ziehen, merkte sie, wie der Holzpfahl, der eigentlich Halt gewähren sollte, nachgab. Das Band drang mühelos in das faulige Geäst. Ärgerlich richtete Eufemie sich auf.

Heiß spürte sie die Sonne auf dem Nacken, als sie sich einen Weg durch ihr Feld bahnte, um die anderen Pfähle zu kontrollieren. Bei vielen musste sie feststellen, dass sie in einem genauso erbärmlichen Zustand waren. Als sie ein Dutzend davon gezählt hatte, blieb sie vor dem letzten stehen, um ihm einen kräftigen Tritt zu verpassen. Er brach mitten entzwei, was die Weinrebe sofort in sich zusammensinken ließ. Die Herzform war kaum noch erkennbar. Eufemie wischte sich die Schweißperlen über den Lippen weg und drehte sich zum Abhang hin, um wenigstens einen kleinen kühlenden Luftzug zu erhaschen.

Ihr Blick fiel auf einen Stapel mit frischen, fast noch saftig wirkenden Buchenstämmen. Sie waren bereits auf die richtige Länge eingekürzt und schienen nur noch darauf zu warten, in den Boden gerammt zu werden, um die alten, morschen Stützen zu ersetzen. Eufemie verstand nicht, warum diese Arbeit nicht längst erledigt war. Die beiden halbwüchsigen Kinder vom Bauer Hartfried hatten sich bis jetzt immer recht zuverlässig um die Pflege des kleinen Weinbergs gekümmert.

Eufemie drehte sich um, und wollte die steile Anhöhe zur Burg wieder erklimmen, als sie innehielt. Natürlich konnte sie sich bei ihrem Mann darüber beschweren, und genauso natürlich würden die beiden Blagen samt der ganzen Familie eine saftige Strafe erhalten. Hadmar wartete nur auf solche Gelegenheiten. Aber sicher würde er sich auch über sie lustig machen, darüber, dass sie die Bauern alleine nicht in den Griff bekam. Dabei konnte sie sich genauso durchsetzen. Das würde sie beweisen. Hastig drehte sie sich um und begann hinabzusteigen. Sie stolperte oft, da ihre Aufmerksamkeit schon ganz darauf gerichtet war, wie sie dem Pack die Leviten lesen würde.

Eufemie trat in die dunkle Hütte. Sie hätte es gerne vermieden, da sie den Gestank, der in diesen kleinen, engen Behausungen herrschte, hasste. Es war ein Gemisch aus Fäulnis und Moder, das ihr entgegenschlug. Aber sie hatte sich nun mal entschieden, nicht ihren Mann vorzuschicken.

Die Bäuerin, eine Frau in Eufemies Alter, mit sonnengegerbtem Gesicht und aufgerissenen Händen, an denen sie sich ständig kratzte, zeigte in die Ecke. »Da liegen die beiden. Sie sind krank, schon eine Woche.«

Als sich Eufemies Augen an das schummrige Licht gewöhnt hatten, konnte sie zwei kleine Gestalten erkennen, die auf recht erbärmlichen Lagern ruhten. Eufemie trat näher an die Strohlager heran, um den Kindern ins Gesicht sehen zu können. Große Augen blickten sie an, außergewöhnlich groß. Die eingefallenen Wangen ließen sie besonders hervortreten, doch fehlte ihnen jeder Glanz. Die Burgherrin drehte sich zu der Bäuerin. »Wie sollen sie gesund werden, wenn du ihnen nichts zu essen gibst?«

»Aber das ist es ja, woran sie kranken. Wir haben nicht genug, um sie satt zu kriegen. Sie können noch nicht einmal mehr aufstehen.«

Eufemie sah die Frau an, die ihre tiefliegenden Augen schnell niederschlug. Eufemie wusste nicht, ob sie sich nur schämte oder ob sie am Ende log. »Du sagst, deine beiden können sich seit einer Woche nicht mehr rühren?«

Eufemie sah aus den Augenwinkeln die schnellen, schattenhaften Bewegungen in der Ecke mit den Getreidesäcken.

»Solange sind sie nicht mehr aufgestanden. Sogar ihre Notdurft lassen sie unter sich.«

Das stimmte, Eufemie roch den beißenden Gestank. Trotzdem war sie noch nicht überzeugt.

Sie blickte zu den Säcken mit den Vorräten, sah den nackten Schwanz und griff blitzschnell zu. Sie bekam die Ratte zu packen und schleuderte sie auf das Lager des Jungen. Er schrie auf, und auch die Mutter und das Mädchen hielten sich erschrocken die Hände vor den Mund. Die Ratte verschwand unter dem Lumpen, der als Decke diente, und ein zweiter Schrei des Jungen zeigte an, dass sie ihn gebissen hatte, bevor sie schnell wieder in das schützende Dunkel der Ecke verschwand. Doch der Junge machte keinerlei Anstalten, von seinem Lager zu flüchten.

Die Mutter sprang zu ihrem Kind und deckte es auf. Der Junge hielt seine Hand auf die kleine, rote Stelle am Bauch, die die Nagezähne der Ratte hinterlassen hatten. Die Bäuerin strich ihm übers Haar. Dann drehte sie sich zu der Burgherrin. »Warum? Warum habt Ihr das getan?«

Eufemie stand unbeweglich. »Ich wollte nur sehen, ob er sich tatsächlich nicht rühren kann.«

Sie hätte nun zufrieden sein müssen. Ihre Untergebene hatte sie nicht angelogen. Aber ganz wohl war ihr nicht. Sie drehte sich zur Tür. »Ich lasse euch Mehl bringen. Und etwas Speck«, sagte sie im Rausgehen zu der Bäuerin.

Die sank auf die Knie. »Danke, Herrin. Ihr seid zu gut.«

Eufemie schämte sich und verließ, so schnell sie konnte, die Hütte. Sie musste nun doch mit ihrem Mann sprechen, auch wenn ihr der Gedanke daran nicht behagte.

Uta stützte sich einen Moment auf die Schaufel. Sie hatte eine Grube von beachtlicher Tiefe ausgehoben. Ein Blick nach Enns hinüber zeigte ihr, dass die Sonne bereits fast auf die Höhe der Stadtmauer gesunken war. Uta musste sich beeilen, wollte sie nicht hier auf der Anhöhe kurz vor dem Wald von der Dunkelheit überrascht werden. Dabei hatte sie keine Angst vor Wölfen oder Bären oder was sonst noch so zwischen den Bäumen hauste. Vielmehr war es das große Bündel, das auf dem Handkarren ruhte, den sie in holpriger Fahrt vom Schandplatz in der Stadt bis hierher gezogen hatte, das sie beunruhigte. Am liebsten hätte sie es mit Schwung in die Grube geschmissen. Stattdessen musste sie den Inhalt auswickeln. Der Henker legte Wert darauf, dass sie das Leinen wieder mitbrachte, damit er nicht jedes Mal ein neues mit Blut und Fleischresten verschmieren musste.

Uta fuhr den Karren bis zum Loch. Dann schlug sie die Zipfel des Tuches zur Seite. Uta zwang sich, genau hinzusehen, um zu vermeiden, dass sie mit den Händen in offene Stellen fasste. Erst erkannte sie nur ein Knäuel aus Fleisch, Sehnen und Knochen. Doch schließlich nahm sie die einzelnen Teile wahr: Eine Hand, die man einem Dieb wegen eines Sackes Kartoffeln abgeschlagen hatte, den Fuß eines flüchtigen Betrügers, noch zwei Hände, wieder von Dieben, und die Zunge eines Mannes, der seinen Nachbarn zu Unrecht des Ehebruchs beschuldigt hatte. Eigentlich konnte sie froh sein. Letzte Woche waren es wesentlich mehr Körperteile gewesen, die der Henker den schuldig Gesprochenen abhacken, herausreißen und absägen musste.

Uta holte tief Luft, bückte sich und nahm eine der Hände am noch heil gebliebenen Daumen und schleuderte sie in das Loch. Schnell packte sie nun auch die anderen Stücke, um es hinter sich zu bringen. Dabei fasste sie doch hin und wieder direkt ins rohe Fleisch, worauf sie sich in die Grube übergab. Mit dem Ärmel wischte sie sich über den Mund, nahm die Schaufel und schüttete alles mit Erde zu. Dann schlug sie das Tuch zusammen, legte es mit dem Werkzeug auf den Karren und machte, dass sie in Richtung Stadt kam.

Je weiter sie sich von der Grube entfernte, desto leichter wurde ihr ums Herz. Wenn sie Glück hatte, würde sie in den nächsten Wochen nicht mehr zu tun haben, als das Haus und den Garten des Henkers in Ordnung zu halten. Alle Bewohner der Stadt, jedenfalls alle, die laufen konnten, hatten den Strafmaßnahmen am frühen Morgen zugesehen. Die erst eiternden und dann mit ein wenig Glück verheilenden Armstümpfe der Diebe würden ihnen eine Warnung sein, genauso wie der zum lebenslangen Gestikulieren verdammte Lügner. Das hoffte Uta jedenfalls, denn sonst würde der Henker wieder tätig werden müssen.

Er saß, wie jeden Abend, schweigend am Tisch, während er darauf wartete, dass sie zurückkam und das Essen auftischte. »Entschuldigt, dass ich so spät komme, aber ...«

Er winkte ab, sie brauchte sich nicht zu entschuldigen. Es war ihm egal, wann er aß. Manchmal hatte sie das Gefühl, dass es ihm sogar egal war, ob er überhaupt aß. Uta beeilte sich trotzdem. Sie stellte den schweren Topf auf den Tisch, der neben zwei Schemeln das einzige Möbelstück in der Hütte war. Es gab noch nicht einmal eine Truhe. Die wenigen Kleidungsstücke des Henkers fanden bequem an den beiden Haken an der Wand Platz. Und jetzt hing auch noch das edle Kleid dabei, das sie angehabt hatte, als er sie fand.

Uta hatte hungrig und müde an der Stadtmauer gekauert. Ihr edles Gewand konnte ihr auch nicht dabei helfen, etwas zum Essen und eine Stelle zum Schlafen zu finden. Die eilig dahineilenden Städter beachteten sie nicht weiter. Bis sich ein Mann zu ihr herabbeugte und sie fragte, ob sie Arbeit suche. Misstrauisch hatte sie ihn gemustert. Sie wollte auf keinen Fall wieder an einen Freier geraten. Doch als sie seine sanften Augen sah, die von Lachfältchen umgeben waren, hatte sie nicht gezögert, aufzustehen und mit ihm zu gehen.

Und so war sie die Gehilfin des Henkers geworden. Sie hatte es nicht bereut. Er war gut zu ihr. Aber er sprach kaum. Auch als sie ihn fragte, woher er das einfache Kleid habe, das er ihr anstelle ihres feinen Gewandes gab, bekam sie keine Antwort.

Der Henker schaufelte den Brei mit dem Löffel in sich hinein. Uta tat es ihm nach. Sie betrachtete den Mann verstohlen von der Seite. Seine schweigsame Art wollte so gar nicht zu den Lachfältchen um seine Augen passen. Es musste bessere Zeiten in seinem Leben gegeben haben. Unachtsam kleckerte Uta etwas von dem Brei auf ihren Ärmel. Schnell rieb sie den Klecks von dem verschlissenen Stoff. Als sie aufblickte, sah sie den Henker zum ersten Mal zornig.

»Kannst du nicht aufpassen?«, herrschte er sie an.

»Entschuldigt«, entgegnete sie. »Das wollte ich nicht.«

Sie kippte schnell etwas Wasser aus einem Krug über den Fleck und rieb erneut an der Stelle.

»Schon gut, lass nur. Sie kann es sowieso nicht mehr tragen«, erklärte der Mann müde.

Uta hörte auf, den Stoff zu bearbeiten. »Sie? Hat es Eurer Frau gehört?«

Er schüttelte den Kopf. »Nein, meine Frau ist schon lange tot. Es war von meiner Tochter.«

Er verbarg die Augen mit der Hand, aber sie hatte den großen Schmerz schon gesehen.

»Dann ... dann ist sie auch gestorben?«, versuchte Uta es vorsichtig.

Er blieb ihr die Antwort schuldig. An dem Abend sprach er kein einziges Wort mehr.

Uta stand in ihrem Unterkleid am Ufer der Donau. Bis zu den Knien war sie auf den Kieselsteinen ins Wasser gewatet, um das Kleid der Tochter des Henkers gründlich auszuwaschen. Sie war schnell mit der Bäckersfrau, die ebenfalls wusch, ins Gespräch gekommen. Doch es war nicht so einfach, es auf den Punkt zu lenken, der sie so brennend interessierte, da die behäbige, kurzatmige Frau, die alle nur die dicke Anna nannten, in einem fort vor sich hin schwätzte.

»Mein Ältester, der hat sich ausgerechnet in die Jüngste vom Schmied verguckt. An der ist doch vorne und hinten nix dran. Wie will so ein mageres Ding denn das Haus versorgen?«

Musternd blickte sie auf Uta. »Du siehst auch nicht viel besser aus. Sag mal, gibt dir der Henker denn nichts zu essen?«

»Doch, er ist sehr gut zu mir«, erklärte Uta, froh, dass die Bäckerin in ihrem Redeschwall innegehalten hatte. »Er hat mir sogar das Kleid seiner Tochter überlassen, Gott hab sie selig.«

Die dicke Anna nickte, als Uta es aus dem Wasser zog. »Da kannst du mir danken. Ich habe es ihr ausgezogen, bevor sie in die Erde kam. Einer von diesen blutigen Lumpen, du weißt schon, in die er immer die Hände und Füße und all das Zeugs wickelt, hat es auch getan.«

Uta schauderte. »Darin musste er seine Tochter begraben?«

Die Frau nickte. »Mehr hat sie nicht verdient. Einfach in den Weiher zu gehen, das ist Sünde, das ist Todsünde.«

»Sie hat sich ...«, Uta bekreuzigte sich, bevor sie fortfuhr, »... das Leben genommen?«

»Ja, beim letzten Vollmond. Dieses dumme Ding wollte ausgerechnet den Sohn des Böttchers heiraten. Dabei wusste sie doch, dass das unmöglich ist.«

Uta nickte. »Weil an ihren Händen Blut klebt.«

So hatte sie es immer von ihrer Mutter gehört. Henker, Abdecker und Schinder lebten und heirateten nur untereinander. Dasselbe galt für ihre Kinder. Das Mädchen hätte es wissen müssen, und trotzdem tat es Uta leid.

Wind kam auf und trieb ein paar Wellen in Richtung der Frauen. Die dicke Anna kam prompt ins Straucheln und fiel auf ihr gut gepolstertes Hinterteil. Uta schleuderte das Kleid, das sie gerade auswrang, an Land und lief zu der Frau hinüber, um sie hochzuziehen. Die aber streckte beide Hände abwehrend von sich. »Nein, nicht! Fass mich nicht an!«

Sie wich vor Uta zurück, worauf sie bis zum Hals im Wasser landete. Uta machte noch einen Schritt auf sie zu. »Aber ich will dir doch nur helfen.«

»Nein! Du darfst mich nicht anfassen! Nicht mit diesen Händen!«

Uta blickte auf ihre vom Wasser aufgequollenen Finger und die gerötete Haut.

»Du hast Blut an den Händen! Blut!«, schrie die dicke Anna.

Uta begann zu verstehen, was Anna meinte. Heftig schüttelte sie den Kopf. »Nein, da ist kein Blut! Ich bin nicht seine Tochter.«

»Aber du hilfst ihm, du arbeitest für ihn, für den Henker!«

Uta blickte erneut auf ihre Hände. Jetzt konnte sie es fast sehen, das Blut, das ihre Haut verschmierte und bis an die Ellenbogen hochreichte. Das Blut von Mördern, Dieben und Betrügern. Entsetzen lähmte sie und ließ sie noch lange im Wasser stehen, auch dann noch, als die dicke Anna längst wieder am Ufer war.

Eufemie blickte auf ihr Weinfeld. Der Himmel war bedeckt, und so leuchteten die Blätter nicht ganz so kräftig wie beim letzten Mal, und auch die Trauben schienen weniger üppig. Vielleicht war es aber auch nur die Anwesenheit ihres Mannes, die ihr den Blick trübte.

Dabei war sie es gewesen, die ihn gebeten hatte, mit ihr hierher zu kommen. Er sollte mit eigenen Augen sehen, was aus ihrem Wein wurde, wenn niemand mehr da war, der ihn hegen konnte.

Eufemie ging ein paar Schritte bergab, zu einem der größten Weinstöcke. Sein Pfahl würde bald unter der Last der Trauben zusammenbrechen, das war schon mit bloßem Auge zu erkennen. »Schau hier, das Holz ist morsch und hätte längst erneuert werden müssen.«

Eufemie brauchte nur noch leicht mit dem Fuß dagegen zu treten, damit ihr Mann das ganze Ausmaß der Katastrophe erfasste. Der Pfahl gab sofort nach und knickte ein, die Pflanze sank in sich zusammen.

Eufemie schnitt es ins Herz, während Hadmar keine Bewegung zeigte. »Und warum hast du die Pfähle nicht rechtzeitig erneuern lassen?«

»Es gibt keine Leute mehr dafür. Sie alle schuften für dich, für die viel zu hohen Abgaben, die sie leisten müssen.«

Eufemie holte einen Moment Luft. So hatte sie noch nie mit ihrem Mann geredet. »Wenn sie überhaupt noch arbeiten können vor lauter Hunger«, fügte sie schnell noch an.

Eufemie sah, wie Hadmar die Stirn krauste. Ihre Worte schienen ihn zu beschäftigen. »Du hast recht«, erklärte er prompt.

Eufemie konnte es kaum glauben. Hadmar fuhr fort. »Die Weinstöcke sind wirklich vernachlässigt. Und die Bauern müssen mehr Abgaben denn je leisten.«

Ein Gefühl des Triumphes machte sich in Eufemie breit, während sie den Worten ihres Mannes zuhörte.

»Balduins Schwertleite findet im Herbst statt. Du weißt, wie viele Leute aus nah und fern wir eingeladen haben, wenn er in den Kreis der Waffenfähigen aufgenommen wird. Sie alle wollen essen und trinken, sich bei Turnieren vergnügen und vor allem mehrere Tage bei uns unterkommen.«

Eufemie nickte. »Aber müssen es denn wirklich so viele sein? Es reicht doch, wenn die Wichtigsten kommen. Es wird ohnehin schwer, sie zu beherbergen. Die Burg ist klein.«

Hadmar nickte bedächtig. Eufemie wurde ganz warm ums Herz. Sie sprachen zum ersten Mal so miteinander, wie sie es sonst nur von anderen hörte, wo die Frau die beste Ratgeberin des Mannes war. Sie fuhr fort. »Aber für die hochrangigsten Gäste reicht es. Und die anderen könnten wir in Zelten unterbringen, unten, an der Donau.«

Hadmar lächelte. »Meine kleine Frau zerbricht sich ja richtig den Kopf für mich.«

Sie konnte es kaum glauben. Er hob seine Hand. Eufemie zuckte aus Gewohnheit zurück, doch dann nahm sie sich zusammen und hielt still, während er ihr sanft über den Schleier strich.

»Und ich werde auch gerne deinem Rat folgen. Wir werden ein Zeltlager aufbauen.«

Er lächelte noch immer. »Allerdings nicht dort unten.«

Hadmar blickte zu der im Sommer träge, in mehreren Armen dahinfließenden Donau, während er in seiner Bewegung innehielt. »Sondern hier!«

Seine Stimme war laut geworden, und seine Hand hielt ihr Kinn jetzt fest, während er es mit einem Ruck zu ihren Weinstöcken drehte. »Hier, auf diesem verkommenen Feld, werden die Besucher nächtigen. Wer bist du, dass du es wagst, mir Anweisungen zu geben?«

Sein Gesicht war wutverzerrt, seine Augen zu Schlitzen verengt. Er schleuderte Eufemie von sich, sodass sie strauchelte und Halt an einem der Weinstöcke suchte, der jedoch unter der Last einbrach. Doch gerade als sie ihr Gleichgewicht wiedergefunden hatte, versetzte Hadmar ihr einen festen Stoß vor die Brust, sodass sie fiel. Sie kam hart auf den trockenen Erdschollen auf. Ihr Mann packte sie an den Haaren und schleifte sie zu dem nächstgelegenen Weinstock.

»Wenn du dich unbedingt nützlich machen willst, dann grab dieses alte, knorrige Gehölz aus. Los, mach schon!«

Eufemie richtete sich so weit auf, dass sie kniete. »Ich soll diesen Weinstock ausgraben? Aber er ist einer von denen, die am meisten tragen, schau nur!«

Sie deutete auf die üppig wachsenden Trauben. Hadmar schüttelte den Kopf. »Nein, du hast mich nicht verstanden. Du sollst nicht diesen, sondern alle ausgraben! Weg mit dem Gestrüpp!«

Drohend stand er über ihr. Eufemie wusste nicht mehr ein noch aus. »Aber wie kannst du das verlangen? Das geht doch nicht! Und selbst wenn, wie sollte ich es denn tun, so ganz ohne Werkzeug?«

Hadmar trat ein wenig zurück. »Na, mit deinen Händen natürlich. Los komm, worauf wartest du noch? Fang an!«

Eufemie versuchte in das Erdreich zu dringen, doch es war fest und trocken. »Das ist unmöglich. Der Boden ist steinhart.«

»Du tust, was ich dir gesagt habe!«

Eufemie probierte es erneut, und tatsächlich konnte sie die oberste Schicht abkratzen. Doch als ihr zwei Nägel abbrachen, hielt sie inne. Hadmar herrschte sie sofort an: »Weiter!«

Sie setzte ihre Bemühungen fort, grub mit einer Hand, während sie mit der anderen die Erdkrumen zur Seite schaufelte. Lose Steine ritzten ihre Haut ein, Dreck vermischte sich mit Blut, das aus den Schrammen sickerte. Doch Eufemie beachtete nichts davon, sondern machte weiter, bis sie die Wurzeln des Weinstocks freigelegt hatte. Erschöpft ließ sie die Arme ruhen. In dem Moment traf sie ein Tritt ihres Mannes.

»Zur Seite!«, befahl er, während er mit seinen Füßen das lockere Erdreich wieder in das Loch stieß.

»Nein!«, rief Eufemie. »Was machst du da?«

Doch Hadmar antwortete nicht, sondern begann, die Erde obendrein wieder festzustampfen. »Du hast stümperhaft gearbeitet und meine Zeit vergeudet. Ich gehe einen Knecht holen.«

Er wollte schon gehen, aber dann drehte er sich noch einmal kurz zu seiner Frau: »Sieh lieber zu, dass du verschwindest. Du siehst schrecklich aus.«

Damit stapfte er in Richtung der Burg.

Eufemie hob die Hände vors Gesicht und betrachtete die dreckverkrustete Haut mit den Schrammen, die sich die ganzen Arme hochzogen. Die Stickerei auf den Ärmeln war kaum noch zu erkennen, Erde und Staub bedeckten auch das restliche Kleid. Der Schweiß rann ihr zwischen den Brüsten herab und hatte bereits hässliche Ränder auf dem roten Stoff hinterlassen. Ihr Mann hatte recht, sie musste eine jämmerliche Erscheinung abgeben. Trotzdem blieb sie reglos auf dem Boden hocken. Ihr war egal, ob jemand sie so sah. Im Grunde war ihr alles egal.

Uta stellte die dampfende Schüssel auf den blankpolierten Tisch. Sie hatte am Tag viel Zeit damit zugebracht, die Splitter wegzuhobeln und die Oberfläche zu glätten. Die beiden Schemel hatte sie ebenso behandelt, die vom Ruß geschwärzten Wände abgebürstet und den Boden gründlich gefegt. Der Raum wirkte, obwohl es draußen bereits dämmerte, größer und heller.

Sie füllte den duftenden Brei in die Schale des Henkers und reichte sie ihm. Sie selber setzte sich allerdings noch nicht, sondern ging zu der Ecke mit den Vorräten, die sie sorgfältig aufgeräumt und zudem um frische Beeren ergänzt hatte. Jetzt galt es nur noch, den Topf mit den getrockneten Linsen nach kleinen Steinchen zu durchsuchen, dann hatte sie alles getan, was sie noch tun konnte.

Als Uta die Linsen auf den Boden schüttete, um sie zu lesen, blickte der Henker auf. Erst jetzt schien er zu bemerken, dass sie gar nicht mit am Tisch saß. »Willst du nichts essen?«

Uta schüttelte den Kopf. »Nein, ich habe noch zu tun.«

Der Henker winkte ab. »Aber du kannst doch nichts sehen. Mach es morgen, wenn es hell ist.«

Abermals schüttelte Uta den Kopf. »Morgen werde ich nicht mehr hier sein.«

Endlich waren die Worte heraus, vor denen sie sich schon den ganzen Tag gefürchtet hatte. Als er schwieg, fuhr sie fort: »Es tut mir leid. Ihr wart gut zu mir. Und doch kann ich nicht bleiben.«

Er sagte immer noch nichts, aber Uta hatte das Gefühl, ihm eine Erklärung schuldig zu sein. Sie gab sich einen Ruck. »Ich will nicht so enden wie Eure Tochter.«

Sie sah, wie seine Miene augenblicklich versteinerte. Uta sprach jetzt schnell. »Sie war bestimmt ein guter Mensch, genauso, wie Ihr es seid. Und sie hat Euch sicher auch viel besser gedient, als ich es kann. Und trotzdem haben die Leute sie verachtet.«

Seine Miene blieb unbeweglich. »Ich kenne es nicht anders. Wir alle waren Henker, mein Großvater, mein Vater und ich. Wir haben uns daran gewöhnt, dass die Leute uns meiden.«

Uta schüttelte den Kopf. »Aber ich will das nicht, ich will nicht so leben.«

Der Henker blickte sie an. »Du sprichst schon wie sie. Ihr jungen Dinger seid doch alle gleich, nichts als Flausen im Kopf.«

»Ich kann nicht aufgeben. Noch nicht«, kam es fast trotzig von Uta.

Der Henker zuckte mit den Schultern. »Dann geh in Gottes Namen. Ich kann dich ohnehin nicht halten.«

Er schob die Schale von sich, und Uta dachte schon, das Gespräch wäre beendet, als ihm noch etwas einfiel: »Du hast gut gearbeitet. Behalte ihr Kleid, ich kann es ohnehin nicht mehr brauchen.«

Uta schnürte es fast den Hals zu. Sie wollte ihm danken, aber ihr fehlten die Worte. Stattdessen wandte sie sich zu den beiden Haken, die in die rohe Wand getrieben waren. An dem einen hing der Umhang des Henkers, den sie heute noch gewaschen hatte. Doch sie wandte sich zu dem anderen Haken und nahm das prachtvolle Kleid ab, in dem sie vor ihrem Freier geflüchtet war. Vorsichtig faltete sie den Samt und ging damit zum Henker. »Dann nehmt Ihr das hier. Bitte!«

Der Henker sah sie mit gerunzelten Brauen an. »Das kann ich erst recht nicht brauchen.«

»Doch, das könnt Ihr. Bitte, nehmt!«

Der grobschlächtige Mann betrachtete das kleine, dünne und doch so energische Mädchen fragend.

Uta hielt sich die Nase zu. Der aufsteigende Geruch nach Verwesung war unerträglich. Sie war froh, dass es schon fast dunkel war und sie nur noch Umrisse erkennen konnte. Trotzdem vermied sie den Blick in die Grube. Stattdessen betrachtete sie die Stadt, auf die sie so viele Hoffnungen gesetzt hatte. Sie erschien ihr weit weg und unerreichbar. Dabei waren sie nicht weit gegangen, bis zum ersten Wegkreuz und dann die Anhöhe hinauf. Hier, unter einem einzeln stehenden Baum, hatte der Henker beim letzten Vollmond seine Tochter verscharren müssen. Der Friedhof blieb ihr, wie allen aus seiner Familie, als Ruhestätte verwehrt. Uta hörte seine Stimme aus der Grube: »Hier, nimm das Tuch!«

Uta musste wohl oder übel nun doch hinabsehen. Aber das Bild, das sich ihr bot, ließ sie ihren Ekel und ihren Abscheu vollkommen vergessen. Sie hatte nur noch Augen für den Henker und seine Tochter. Bis zu den Schultern in dem wieder geöffneten Grab stehend, hielt er die Tote im Arm. Vorsichtig, fast zärtlich hatte er sie umfasst. Und obwohl Uta die beiden nur schattenhaft sah, war sie sich sicher, dass er das Mädchen anlächelte. Sie spürte geradezu, wie seine Traurigkeit von ihm wich.

Schnell nahm Uta den alten Lumpen, den der Henker ihr hinhielt, und legte ihn zur Seite. Stattdessen griff sie nach dem Samtkleid. Sie faltete es auseinander, schüttelte es kurz, sodass sich die Falten glätteten, und reichte es dann in die Grube hinab. Der Henker breitete es mit einer Hand auf dem Boden aus. Dann bettete er die viel zu früh Gestorbene auf den weichen Stoff und schlug sie sorgfältig darin ein. Uta kam es so vor, als führte er jede Bewegung unendlich langsam aus, um den Abschied hinauszuzögern. Bald, nur zu bald, musste er seine Tochter zum zweiten Mal begraben. Und dann war es ein Abschied für immer.

Uta kletterte über die feuchten, moosbewachsenen Steine. Sie musste sehr aufpassen, um nicht auszurutschen, das Gleichgewicht zu verlieren und in die in diesem schmalen Nebenarm schnell dahinfließende Donau zu stürzen. Uta fröstelte, als sie durch den Schatten gehen musste, den ein Felsvorsprung über ihr warf. Dort hoch oben hauste die Inklusin, die Alte, die ihr vorgemacht hatte, des Lesens mächtig zu sein. Schon trat Uta wieder in die Sonne. Zu ihrer Erleichterung weitete sich das Tal langsam, und sie kam schneller voran. Ihr Herz pochte jedes Mal, wenn sie daran dachte, dass sie Karl bald in ihre Arme schließen würde.

Er hatte so recht gehabt mit dem, was er gesagt hatte. Ihr Platz war an seiner Seite, auf seinem Hof und nirgendwo anders. Dafür nahm sie es gerne hin, dass ihr Leben aus harter Arbeit bestehen würde: das Haus versorgen, die Felder bestellen und die Tiere füttern. Das war sie gewohnt, sie hatte ihr Lebtag nichts anderes gemacht. Wohin ihre Suche nach einem besseren Leben geführt hatte, daran wollte sie gar nicht mehr denken: ins Bordell und zum Henker.

Uta blieb stehen. Von hier unten konnte sie schon den halb verdeckt liegenden Höhleneingang sehen. Leichtfüßig stieg sie hinauf.

Als sie in das Dämmerlicht trat, fiel ihr Blick sofort auf das Leuchten in der Felswand. Magdalena lächelte ihr entgegen. Es erschien ihr wie ein gutes Omen. Wenn Magdalena es guthieß, dass sie zu Karl zurückkehrte, dann stand dem nichts mehr im Weg.

Fast nichts, außer der einen Sache, die sie noch erledigen musste. Das Buch lag genauso geschützt in der Felsvertiefung, wie Uta es verlassen hatte. Entschlossen wollte sie es aufnehmen, aber dann zögerte sie. Zu groß war die Versuchung, nur dieses eine Mal noch einen Blick auf die aufgeschlagenen Seiten zu werfen. Sie war schon dabei, den Deckel ein wenig anzuheben, als sie sich zwang, daran zu denken, wie enttäuscht sie war, als sie das Gewirr aus schwarzen Strichen und Linien gesehen hatte. Die Kunst des Lesens hatte sich ihr nicht offenbart. Und sie würde es auch jetzt nicht tun. Energisch klappte Uta den Einband zu und nahm das Buch rasch auf.

Sie musste nicht lesen können. Zur Arbeit in Haus und Hof war es nicht nötig. Und ein anderes Leben konnte und wollte sie sich nicht mehr vorstellen. Uta wandte sich mit einem Ruck von dem Leuchten in der Wand ab.

Balduin schüttelte seine dunklen Locken, die ihm vor die Augen fielen. Doch da sie schweißnass an der Stirn klebten, nützte das wenig. Aber seine Hände konnte er nicht zur Hilfe nehmen, da er mit angewinkelten Armen in jeder von ihnen einen schweren Stein stemmte. »Johann, streich mir die Haare aus der Stirn!«, befahl er seinem Knecht, der neben einem lose aufgetürmten Haufen mit Felsbrocken stand.

Der kam näher und tat, wie ihm befohlen. Doch Balduin verlor dabei das mühsam gehaltene Gleichgewicht, und die beiden Steine kullerten ihm aus den Händen auf den Boden. Der Knecht sprang schnell zur Seite, damit er nicht von einem der Brocken getroffen wurde.

»Du Dummerjahn!«, schimpfte Balduin. »Los, gib mir zwei neue.«

Johann beeilte sich, einen Stein aus dem Haufen zu lösen und Balduin zu reichen. Er ächzte, denn im Gegensatz zu seinem Herrn war er dünn und ausgemergelt.

»Beeil dich«, befahl Balduin. »Die Schwertleite ist nicht mehr lange hin. Und bis dahin muss ich stark sein. So stark wie kein anderer.«

Johann reichte ihm einen zweiten Stein, und Balduin stemmte die Steine mühsam Stück für Stück nach oben. Der Schweiß rann ihm jetzt nur so über das angespannte Gesicht, doch er ließ nicht nach. »Ich werde sie besiegen, jeden, der sich mir im Schwertkampf stellt.«

Endlich hatte er die Arme ganz nach oben gereckt, und gerade wollte sich ein Siegeslächeln auf seinem Gesicht breitmachen, als er eine helle Stimme hinter sich hörte.

»Entschuldigt die Störung, Herr Balduin.«

Seine Muskeln begannen zu zittern, mühsam versuchte er die Spannung zu halten, doch dann polterten die beiden Steine nach unten. Diesmal konnte Johann nicht rechtzeitig beiseitespringen. Einer der beiden Felsbrocken fiel ihm auf den Fuß.

»Ich entschuldige gar nichts«, polterte Balduin, noch bevor er sich ganz umgedreht hatte. »Wer wagt es, meine Übungen zu stören?«

Jetzt hatte er das dünne Mädchen mit dem widerspenstigen blonden Haar im Blick, das vor sich ein Bündel trug und ihn mit vor Angst weit aufgerissenen Augen anstarrte.

»Das … das habe ich nicht gewollt …«, stammelte es.

»Aber getan! Und das wirst du büßen. Pack sie dir!«, befahl er in Richtung Johann.

Doch der konnte mit dem verletzten Fuß nicht auftreten, sodass Balduin es vorzog, sich die Störerin selber zu schnappen. Er zerrte sie am Arm zu sich und blickte sie streng an. Doch dann stutzte er. »Kenne ich dich nicht? Du bist es doch, die die Bibel gestohlen hat!«

»Nein«, rief Uta, dann: »Ich meine, ja.«

»Was denn nun?«, fragte Balduin ungeduldig.

»Ich bin Uta, die Euch gedient hat, aber das Buch habe ich nie stehlen wollen. Hier ist es!«

Sie hielt ihm das Bündel hin. Zögernd ließ er ihren Arm los, um es anzunehmen. Er schlug den Stoff beiseite, und tatsächlich, darunter prangte der Ledereinband.

Er ließ das Leinen achtlos fallen, hob das Buch prüfend mit einer Hand hoch, um es dann in die Luft zu stemmen. »Ein ganz schönes Gewicht.«

Er nahm das Buch in beide Hände und wandte sich Uta zu. »Weißt du nicht, welche Strafe auf Diebstahl steht?«

Uta nickte. »Ja, natürlich, aber bitte, glaubt mir, es war alles ein Missverständnis. Und ich dachte, wenn ich es zurückbringe, dann könnt Ihr mir verzeihen.«

Balduin sah sie zweifelnd an. »Dir verzeihen?«

Dann zuckte er mit den Schultern. »Allerdings, was soll ich wegen einer wie dir viel Aufhebens machen? Am besten, du giltst deine Schuld gleich hier ab.«

Er bedeutete Johann zu gehen, was der humpelnd tat.

»Du wirst mir ab jetzt die Steine reichen«, befahl Balduin Uta. Er legte das Buch achtlos zur Seite und streckte seine Hände aus, während Uta sich beeilte, zwei passende Steine auszuwählen. Gerade als sie den ersten hochwuchtete, sah sie den Burgherrn, Hadmar von Kuenring auf sich zukommen. Vor Schreck fiel diesmal ihr der Stein aus der Hand, direkt auf Balduins Fuß.

»Au!«, schrie der. »Bist du von allen guten Geistern verlassen?«

Der alte Kuenringer trat ganz nahe an Uta heran. Sie konnte den Speichel an seinen Lippen glitzern sehen. »Das ist doch unsere kleine Diebin!«

Er packte sie an ihrem Ausschnitt und zog so fest an dem morschen Stoff, dass er einriss. »Du Miststück, sag, wo ist das Buch?«

Uta zitterte am ganzen Körper, als Balduin hinzutrat. »Lass sie, Vater. Sie hat es zurückgebracht. Da!«

Er deutete mit einem Kopfnicken zur Seite, wo das Buch im Dreck lag. »Und als Strafe wird sie mir jetzt die Steine anreichen.«

Hadmar ließ das Mädchen los und wandte sich zu seinem Sohn. »Du meinst, ihre Strafe besteht darin, dir zu dienen?«, fragte er.

Der Burgherr sprach mit ungewohnt sanfter und leiser Stimme, was Uta fast noch mehr missfiel als sein übliches Poltern.

Balduin nickte unbekümmert. »Ja, schließlich will ich es bis zur Schwertleite mit jedem meiner Gegner aufnehmen können.«

»Schwertleite? So was ist Männern vorbehalten und keinen Kindsköpfen!«

Hadmar ließ seine Faust vor lauter Ärger auf den Steinhaufen niedersausen, worauf einer der Brocken in zwei Stücke zersprang. »Das muss der Einfluss deiner Mutter sein.«

Er schüttelte den Kopf und ging unruhig auf und ab. »Ich habe ihrem Treiben viel zu lange zugesehen. Lesen und Schreiben lernen! Das hat dich verdorben!«

Dann blieb er plötzlich stehen. Er blickte Uta an, während er zu Balduin sprach: »Besorg einen Hackklotz, einen Hackklotz und ein Beil. Und überzeuge dich, dass es scharf ist.«

Jetzt nahm er seinen Sohn ins Visier. »Das wäre doch gelacht, wenn ich aus dir nicht noch einen echten Kuenringer machen würde!«

Er lachte. Uta überlief es kalt. Sie hatte Angst, furchtbare Angst.

Balduin hatte den schweren Hackklotz auf Hadmars Anweisung in die Mitte des Hofes gerollt. Jetzt legte er das Beil dazu, nicht ohne vorher die Schärfe mit seinem Daumen zu prüfen. Sofort tropfte Blut auf den Klotz. Uta konnte nicht hinsehen, wusste sie doch, dass bald noch viel mehr Blut in das grobe Holz einsickern würde. Schon bekam sie von hinten einen Stoß. »Knie dich hin!«

Es war kein anderer als der alte Kuenringer selbst. Uta tat, wie ihr geheißen.

»So, und jetzt leg deine Hand darauf!«, hörte sie erneut seine Stimme.

Wieder gehorchte sie. Doch Hadmar war nicht zufrieden. »Nein, nicht die! Die rechte!«

»Nein, bitte nicht! Nicht die rechte!«, rief sie.

Doch ein Tritt in die Seite ließ ihren Widerspruch verstummen, und so streckte sie die andere Hand auf das Holz. Tränen liefen ihr über die Wangen, als sie hörte, wie Hadmar seinem Sohn letzte Anweisungen gab: »Es ist wichtig, nicht zu zögern. Du musst dir vorstellen, du wolltest den ganzen Klotz spalten, ihn bis auf den Boden durchhacken. Nur so schaffst du es mit einem Hieb.« Er hielt kurz inne. »Alles andere gibt eine unendliche Schweinerei. Hast du verstanden?«

»Ja, Vater«, antwortete Balduin, doch ein leises Zittern in seiner Stimme war nicht zu überhören.

Uta konnte, auf dem Boden kniend, keinen der beiden Männer sehen, doch an den Schritten hörte sie, dass Balduin zum Hackklotz trat und sich in Positur stellte. Uta zögerte nur kurz, dann stützte sie sich blitzschnell auf das Holz, sprang auf und wollte gerade losrennen, als der Burgherr auch schon bei ihr war und sie im Genick packte. »Runter«, befahl er, während er sie auf den Boden drückte.

»Die Hand her, los!«, befahl er.

Uta streckte zitternd den Arm aus, den der Kuenringer nun mit eisernem Griff festhielt. Der Ekel vor seiner Berührung ließ Uta würgen, aber vielleicht war es auch nur die Angst. Uta gab jede Gegenwehr auf und hoffte, dass es wenigstens schnell ging. Sie wandte erneut den Kopf ab und schloss die Augen. Sie horchte, horchte auf das Geräusch des Beiles, das durch die Luft saust.

»Balduin! Balduin, was machst du da!«, scholl stattdessen eine Stimme über den Hof. »Hadmar! Was soll das?«

Uta drehte überrascht den Kopf, und der Kuenringer lockerte seinen Griff. Es war die Burgherrin, die jetzt schnellen Schrittes auf die kleine Gruppe zukam. Balduin ließ das Beil sinken. Eufemie wollte schon danach greifen, doch der Alte fiel ihr in den Arm. »Wage es nicht! Balduin tut nur, was er tun muss.«

»Seit wann ist der zukünftige Burgherr für die Arbeit des Henkers zuständig?«, fragte sie.

»Seitdem du ihn zu einem Waschweib gemacht hast! Ich werde nicht mehr länger zugucken, wie du ihn verdirbst.«

Er hieb Balduin kräftig auf den Rücken. »Ich werde ihn zu einem Mann machen, nicht wahr, mein Sohn?«

Balduin zuckte zusammen und beeilte sich zu nicken. Doch wie er so dastand mit hängenden Schultern, schien es, als wenn das Gewicht des Beils ihn nach unten zog. Die Beinlinge schlotterten ihm lose um die Knie, und Tunika samt Obergewand wirkten viel zu groß. Er sah aus wie ein kleiner Straßenjunge, der sich als stolzer Recke verkleiden wollte.

»Nimm gefälligst Haltung an!«, brüllte sein Vater.

Sofort war Eufemie an Balduins Seite und legte ihm die Hand auf die Schulter. »Lass ihn endlich in Ruhe!«, sagte sie.

Nur das leise Zittern ließ erahnen, wie viel Mut sie aufbringen musste, um ihrem Mann zu widersprechen. Uta konnte nicht umhin, Eufemie zu bewundern. Es stimmte nicht, was die Leute sagten. Eufemie war nicht schwach.

Plötzlich sehnte Uta sich nach ihrer eigenen Mutter. Auch Gertrud würde bedingungslos für sie kämpfen.

»Lass mich! Ich kann sehr wohl für mich selber sprechen«, meldete sich jetzt Balduin, die Hand seiner Mutter abschüttelnd.

Uta konnte es nicht fassen. Dieser undankbare Kerl! Und ausgerechnet dem hatte ihre Mutter auf die Welt geholfen.

Hadmar schien Balduins Wandlung zu gefallen. »So ist es recht, mein Sohn.«

Er wandte sich an die Wache, die nahe dem Tor zum Hof stand. »He du«, rief er, »hol alle, die hier in der Nähe sind. Sie sollen sehen, dass ich einen würdigen Nachfolger habe.«

Uta begann zu zittern. Sie blickte auf Eufemie. Alles hing jetzt davon ab, ob die Frau des Burgherrn sich einschüchtern ließ. Schon begann sie in sich zusammenzusinken. Vielleicht war sie doch nicht so stark, wie Uta dachte.

Aus dem Stall, dem Küchengebäude, aus der Burg selbst und

von den Hütten vor der Burgmauer strömten jetzt Menschen allen Alters herbei. Bald war der Hof angefüllt mit neugierig starrenden Leuten. Uta hatte oft genug den Hinrichtungen des Henkers beigewohnt, um diesen Blick zu kennen: Es war eine Mischung aus Angst, Abscheu und Faszination.

Uta befürchtete, Eufemie in dem Getümmel aus den Augen zu verlieren, bangte, dass sie am Ende den Richtplatz verlassen würde. Aber Eufemie blieb. Uta schöpfte neue Hoffnung.

Doch dann ergriff der Burgherr das Wort: »Diese Frau ist eine gemeine Diebin, die nichts Geringeres gestohlen hat als die Heilige Schrift.«

Ein Raunen ging durch die Menge. »Im Namen des Herrn wird sie ihrer gerechten Strafe zugeführt.«

»Balduin«, forderte er seinen Sohn auf, »walte deines Amtes.«

Balduin stellte sich neben Uta auf. Ihren Arm packte auf Hadmars Geheiß nun eine der Wachen. Uta drehte den Kopf weg. Ihre Augen suchten Eufemie.

Doch die Burgherrin sah tatenlos zu, wie ihr Sohn das Beil hob. Balduin wirkte in seinen Bewegungen sicher, als habe er das schon tausendmal getan. Seine Kleider hingen auch nicht länger lose um seinen Körper, sondern passten wie für ihn gemacht. Und doch fand Uta, dass ihm ein paar Lumpen besser zu Gesicht gestanden hätten. Er war feige im Herzen und in seinen Gedanken. Sie schloss die Augen, um sich in Würde in ihr Schicksal zu ergeben, als Eufemie doch noch einmal das Wort ergriff. Diesmal sprach sie laut, sodass ein jeder sie hören konnte: »Balduin, mein Sohn, wenn du das Beil jetzt senkst, dann wünschte ich, ich hätte dich nie geboren!«

Eufemie achtete weder auf den Aufruhr in der Menge noch auf Hadmar, der ihr gefährlich nahe kam. Sie sah einzig und allein Balduin an.

»Du hörst nicht auf sie!«, zischte Hadmar seinem Sohn zu.

Der war wie gelähmt. Hadmar wurde lauter. »Tu es endlich! Hau zu!«

Es war, als hätte er einen Bann durchbrochen. Balduin löste sich von dem Blick der Mutter und holte, so weit es ging, mit dem Beil aus. Niemand würde ihn mehr abhalten, es auf Utas Hand niedersausen zu lassen.

Plötzlich schrie Uta die Worte heraus. »Ihr habt recht! Ihr habt ihn nie geboren! Balduin ist nicht Euer Sohn!«

Ihre Worte hallten in die Stille und kamen Uta plötzlich ganz fremd vor, als hätte jemand anderer sie ausgesprochen. Sie lauschte ihnen ebenso verwundert nach, wie die Menge es tat.

Der alte Kuenringer fasste sich als Erster. »Du unverschämtes Ding! Ich werde dir auch noch die Zunge herausreißen lassen!«

Er kam schon näher, und Uta blieb nichts anderes übrig, als es erneut zu versuchen. »Ich spreche die Wahrheit. Die Frau, die mich aufgezogen hat, war Hebamme bei Balduins Geburt, und sie hat mir ihr Geheimnis verraten!«

Eufemie sah Uta nun zum ersten Mal richtig an. »Du bist die Tochter der Hebamme?«

Das Mädchen nahm all ihren Mut zusammen. »Nein, ich bin Eure Tochter.«

Uta bemerkte plötzlich den Schatten über sich. Es war das Beil, das in rasender Geschwindigkeit auf sie zukam. Uta schloss die Augen und machte sich auf den Schmerz gefasst.

Kapitel 6

Gertrud kaute nun schon eine ganze Weile auf den Blättern des Spitzwegerichs herum. Die Alte, deren verletztes Bein in ihrem Schoß lag, sah sie erstaunt an, als sie die breiige Masse schließlich direkt auf die Wunde spuckte. Noch mehr wunderte sie sich, als Gertrud nun auch noch ihren Schleier vom Kopf nahm und um das Bein schlang. »Wieso gibst du mir dein Tuch?«, fragte sie.

»Damit die Blätter da bleiben, wo sie wirken sollen.«

Die Alte machte eine wegwerfende Handbewegung. »Das meine ich nicht. Aber mir hat noch nie einer was geschenkt.«

Sie kniff die Augen zusammen. »Was willst du von mir?«

Gertrud sah in das ausgemergelte Gesicht. »Nichts, Mütterchen, nichts. Ich will dir nur helfen.«

Die Alte blickte misstrauisch auf die frisch verbundene Wunde. Anderen helfen, das taten nur Heilige oder Narren. Nicht dass dieses Weib sie am Ende noch vergiftete. Kurzentschlossen zog sie das Bein an sich und wickelte den Verband wieder ab. Sicher war sicher.

»Was soll das?«, fragte Gertrud erstaunt.

»Ich will noch nicht unter die Erde, nicht wegen dir«, schimpfte das Weib vor sich hin und griff nach ihrem Bündel, das sie neben sich auf dem Boden liegen hatte.

Gertrud wurde ärgerlich. Unter normalen Umständen hätte sie diese undankbare Alte, die unglücklich gestürzt war, am Wegesrand liegen lassen, wie jeder andere das auch tat. Aber mit Utas Weggang hatte sich alles verändert. Gertrud hatte keine Versuche gemacht, sie zurückzuholen. Sie hatte sich bereits mehr als genug in Utas Leben eingemischt. Stattdessen versuchte sie anderen, so gut sie konnte, zu helfen, in der Hoffnung, dass auch Uta Hilfe zuteil wurde. Sie sah die Alte an. »Wenn die Wunde offen ist, kommt Dreck rein.«

Widerwillig hielt die Alte ihr nun doch nochmal ihr Bein hin. »Na gut, dann tu, was du nicht lassen kannst. Obwohl es nur noch eine gibt, die noch verrückter ist als du.«

»So? Wen denn?«, fragte Gertrud, während sie das Bein erneut verband.

»Na, dieses junge Ding auf der Burg.«

Gertrud hielt abrupt in der Bewegung inne. »Auf der Burg?«

Der Blick der Alten war erneut misstrauisch. »Sag nicht, du weißt es noch nicht!«

Natürlich hatte auch Gertrud gehört, dass heute Morgen dort oben mal wieder eine von Hadmars zahlreichen Strafaktionen stattgefunden hatte. Aber anstatt wie alles, was Beine hatte, nach oben zu rennen, hatte Gertrud wie immer ihr Tagwerk begonnen. Es war, als wenn schon allein der Gedanke an die Burg etwas heraufbeschwor, was besser verborgen blieb. Aber jetzt siegte ihre Neugier. »Was ist passiert?«

»Na, dass dieses magere, ungelenke Mädchen behauptet, die Tochter der Burgherrin zu sein.«

»Die Tochter der Burgherrin?« Gertrud runzelte die Brauen.

»Angeblich hat die Hebamme damals den Kuenringern ihren eigenen Sohn untergeschoben, aus Angst, dass man sie dafür bestraft, weil die Burgherrin nur ein Mädchen geboren hatte.«

»Wie sieht das Mädchen aus?«, fragte Gertrud und konnte ihre Unruhe kaum noch verbergen.

Die Alte zuckte mit den Schultern. »Eine Schönheit ist sie nicht grade.«

»Das will ich nicht wissen«, erklärte Gertrud. »Sag mir lieber, welche Farbe ihr Haar hat.«

»Sie hat helles Haar, und ziemlich dünn ist sie.«

»Und wie ist ihr Name?«

»Na hör mal«, empörte sich die Alte. »Ich wollte nur sehen, wie sie ihr die Hand abhacken, mehr nicht.«

Gertrud wurde blass. Ihre Beine gaben nach, und sie sank zu Boden. Doch sie landete weich auf dem Bündel der Alten.

»Geh da runter!«, meckerte die Alte prompt, und Gertrud stützte sich auf dem dreckigen Stoff ab, um wieder aufzustehen.

Angeekelt fühlte sie, dass sie ins Nasse gegriffen hatte. Bräunlicher Saft sickerte aus dem Lumpen. Gertrud hob ihre Hand hoch, und plötzlich kam ihr ein schrecklicher Gedanke. Sie sah die Alte an. »Was hast du da drin? Sind das etwa die Reste …« Sie nahm sich zusammen, um weiterzusprechen. »Die Reste von …« Doch sie konnte einfach nicht fortfahren.

Dafür ergriff die Alte das Wort. »Die Reste aus der Küche, na und? Die hohen Herrschaften haben Fleisch im Überfluss, und ich kenne eine der Mägde, sie ist meine Nichte …«

»Ach so.«

Gertrud atmete auf. Dann nahm sie allen Mut zusammen. »Was ist denn nun passiert mit ihrer Hand?«

»Nichts«, erklärte die Alte knapp und fast ein wenig bedauernd. »Die Burgherrin hat dem Treiben ein Ende gesetzt und bestimmt, dass das Mädchen bei ihr bleibt, bis sich alles geklärt hat.«

»Eufemie hat sie zu sich genommen?«

Die Alte nickte. »Das junge Ding kann von Glück reden.«

Doch das sah Gertrud vollkommen anders. Schnell und ohne sich von der Alten zu verabschieden, machte sie sich auf den Weg zur Burg.

Eufemie zog sich die Schmuckärmel ab. Der Stoff juckte und kratzte auf den gerade verheilenden Schrammen, die sie sich auf dem Weinberg zugezogen hatte, als ihr Mann sie zwang, mit bloßen Händen zu graben. Er war ein Teufel in Menschengestalt, und sie würde nicht zulassen, dass er Balduin auch zu einem machte. Sie sah ihren Sohn vor sich, wie er dastand, das Beil hocherhoben und bereit, es auf die Hand des Mädchens herabsausen zu lassen. Ihre Entscheidung, sich ihm in den Arm zu werfen, war die einzig richtige, auch wenn sie sich jetzt dieses verdreckte und verlauste Mädchen aufgehalst hatte. Zum Glück beschmutzte sie nicht Eufemies Bett, sondern hatte sich auf den Boden gekauert.

»He du«, sprach sie das Mädchen an. »Wie heißt du eigentlich?«

»Ich bin Uta«, antwortete es mit leiser Stimme.

»Uta? Uta was? Uta die Diebin?«, fragte Eufemie ungeduldig.

»Nein, nein, das mit dem Buch war wirklich ein Missverständnis. Ich bin Uta vom Finsterhof. Dort habe ich mein Leben lang zusammen mit meiner Mutter …«

Uta unterbrach sich hastig, um dann fortzufahren: »Ich meine, mit der Hebamme Gertrud gearbeitet.«

Eufemie winkte ab. »Mir brauchst du nichts vorzumachen. Das hast du alles nur erfunden, damit er dir nicht die Hand abschlägt.«

Uta schüttelte den Kopf, doch Eufemie fuhr fort. »Ganz schön schlau. Es hat auf jeden Fall gewirkt. Und wenn ich es recht bedenke, ist es für Balduin vielleicht auch mal eine Lehre. Er wird es sich in Zukunft dreimal überlegen, etwas gegen den Willen seiner Mutter zu tun.« Eufemie lächelte in sich hinein, dann sah sie Uta in die Augen. »Du kannst es ruhig zugeben. Ich tue dir nichts.«

Uta schien zu überlegen, doch dann schüttelte sie erneut den Kopf. »Nein, ganz sicher, es ist alles so, wie ich es gesagt habe.«

Eufemie wurde laut: »Ich will deine Lügen nicht hören. Mich interessiert einzig und allein, was die Hebamme dir über die Geburt erzählt hat.«

»Nun ja, dass sie mich vertauscht hat …«

Jetzt kam Eufemie Uta bedrohlich nahe. »Hörst du schwer? Kein Wort von diesem Unsinn. Gibt es etwas anderes, was du weißt? Etwas …« Eufemie blickte forschend in Utas Gesicht, damit ihr keine Regung entging. »… worauf nur Hebammen sich verstehen.«

»Ich weiß nicht, was Ihr meint, edle Herrin.«

»Etwas, über das man danach tunlichst den Mantel des Schweigens breiten sollte. Für immer.«

Jetzt war Eufemie ihr sehr nah.

»Ich kann mich an nichts erinnern«, beteuerte Uta.

Eufemie versuchte hinter der ratlosen, fast schon einfältigen Miene noch die kleinste Spur von Verschlagenheit zu erkennen, aber da schien tatsächlich nichts zu sein. Erleichtert wandte sie sich ab, als die Tür aufging. Obwohl sie die Frau, die da gerade gegen den Willen der Wache eintrat, Jahre nicht gesehen hatte, erkannte sie die Hebamme sofort. »Gertrud!«

Die Wache versuchte sich vor die Frau zu schieben. »Verzeiht, Herrin, aber das Weib hat sich so dreist an mir vorbeigedrängt …«

»Schon gut«, winkte Eufemie ab und gab dem Mann ein Zeichen, sich zurückzuziehen.

Uta sprang auf, als sie ihre Mutter sah, und wollte sich in ihre Arme schmiegen. Sie konnte sich gerade noch zurückhalten. Dennoch betrachtete Eufemie sie mit einem spöttischen Lächeln. »Du spielst deine Rolle gut. Aber weißt du eigentlich, dass ich Gertrud sofort töten lassen könnte, wenn deine Lügengeschichte wahr wäre?«

Uta war ihr Erschrecken deutlich anzusehen.

»So weit hast du wohl noch nicht gedacht, Herzchen«, fügte die Burgherrin an. »Na, immer noch sicher, dass sie dich vertauscht hat?«

Uta sah von der einen zur anderen, Tränen standen in ihren Augen. Doch bevor sie ein Wort sagen konnte, meldete sich Gertrud zu Wort: »Ihr wollt Eurer Tochter unterstellen, dass sie lügt?«

Eufemie sah die immer noch schöne Frau an. »Du weißt, dass du dich damit selbst eines Verbrechens bezichtigst?«

»Mit dem Wort ›Verbrechen‹ wäre ich an Eurer Stelle vorsichtig«, erwiderte Gertrud mit einem feinen Lächeln.

Eufemie wandte sich an Uta: »Geh hinaus, sofort! Ich habe mit deiner Mutter, oder wer immer sie auch ist, allein zu sprechen.«

Ihr Ton duldete keinen Widerspruch, und so verließ Uta mit einem entschuldigenden Blick in Richtung Gertrud das Gemach.

»So, jetzt können wir offen reden«, begann Eufemie, ohne Zeit zu verlieren. »Du willst also alte Geschichten aufwärmen, Schweigen brechen, für das du gut bezahlt worden bist.«

Gertrud schüttelte den Kopf. »Ich will nicht. Aber wenn Ihr mich zwingt …«

»Das Einzige, was ich will, ist, dass du dein Balg nimmst und verschwindest.«

»Ich verschwinde gerne.«

Eufemie war die Erleichterung schon anzumerken, als Gertrud fortfuhr: »Aber Uta bleibt hier.«

Eufemie stemmte die Hände in die Hüften: »Als was? Als Magd? Da habe ich ein Dutzend geschicktere.«

»Als deine Tochter.«

Eufemie machte einen Schritt auf sie zu. »Dieses verlogene, kleine Dreckstück soll meine Tochter sein? Ich wüsste nicht, warum ich dir das glauben sollte.«

Gertrud zuckte mit den Schultern. »Ihr müsst es nicht glauben. Hauptsache, Ihr behandelt sie, als wenn es so wäre.«

Eufemie sah die Hebamme scharf an. »Also doch. Du willst mich erpressen.«

»Ich habe keine Wahl. Entweder Ihr akzeptiert Uta als Eure Tochter, oder ich muss dem Burgherrn sagen, warum er keinen weiteren Nachwuchs außer dem einen Kind bekommen hat.«

Eufemie wurde rot vor Wut. »Dann wird er auch dich strafen. Du warst es, die mir das aus dem Körper geschnitten hat, was eine Frau braucht, um Kinder zu gebären.«

»Und Ihr habt mich angefleht, es zu tun.«

Eufemie wurde still. Es stimmte. Sie erinnerte sich ganz genau an die Stunden nach der Geburt. Ihr ganzer Körper schmerzte, war eine einzige offene Wunde. Und das alles hatte sie allein Hadmar zu verdanken, dem Mann, den sie hasste wie keinen anderen. Sie hatte die Hebamme angewiesen, dafür zu sorgen, dass er ihr das nicht noch einmal antun konnte.

Eufemie hob ihren Kopf. »Es stimmt, ich war dir damals sehr dankbar dafür, was du getan hast, und ich habe es nie bereut. Willst du, dass sich das jetzt nach all den Jahren noch ändert?«

Gertrud schüttelte den Kopf. »Nein. Aber ich will, dass es Uta gut geht. Sie ist zu Höherem geboren, als auf dem Finsterhof zu schuften.« Gertrud wurde jetzt sehr leise, sprach mehr zu sich selbst: »Ich habe ihr lange genug im Weg gestanden.«

»Dann wirst du unser Geheimnis hüten, wenn sie bleiben darf?«

Gertrud nickte.

»Du weißt, dass du dann fliehen musst. Hier kannst du nicht bleiben. Hadmar wird dich überall suchen.«

Gertrud nickte erneut. »Das ist der Preis.«

Eufemie überlegte noch einmal kurz, bevor sie nickte. »Dann soll es so sein. Ich werde Uta als meine Tochter anerkennen, und du schweigst für immer still.«

Gertrud wirkte erleichtert, nur eins hatte sie noch auf dem Herzen: »Gebt gut acht auf sie. Sie ist ein feines Mädchen.«

Eufemie nickte. »Das verspreche ich dir.«

Sie wusste nicht genau warum, aber sie hatte das Gefühl, genau das Richtige zu tun. Vielleicht war es wegen Hadmar. Mochte er Balduin schon verdorben haben, vielleicht konnte sie aus dem Mädchen noch etwas machen.

Eufemie sah durch die offene Tür, wie die Hebamme kurz vor Uta stehen blieb, die im Gang wartete. Sie spürte, dass sie das Mädchen liebend gern umarmt hätte, aber ihr den Abschied nicht noch schwerer machen wollte. Stattdessen wandte Gertrud sich ab und verschwand ohne ein Wort.

Uta sah Gertrud hinterher. Erst jetzt begriff Uta die ganze Tragweite ihres Tuns: Sie hatte die eigene Mutter aufs Schlimmste verleumdet. »Mutter!«, rief Uta hinter Gertrud her, aber statt einer Antwort hallten nur ihre eigenen Worte im Gang wider.

Uta war verzweifelt. Wenn der alte Kuenringer Gertrud erwischte, würde er sie grausam bestrafen für etwas, was sie nicht getan hatte. Uta drehte sich entschlossen zu Eufemie, die in der Tür zum Gemach stand: »Verzeiht, wenn ich es sagen muss, aber ich habe gelogen.«

Uta war fast erleichtert, auch wenn sie wusste, dass ihr jetzt weit Schlimmeres blühte, als nur die Hand zu verlieren.

»Natürlich hast du das«, antwortete Eufemie. »Du bist eine Lügnerin, daran gibt es keinen Zweifel. Und das Buch hast du bestimmt auch gestohlen.« Sie redete sich in Rage. »Wie kann Gertrud nur behaupten, du bist ein gutes Mädchen? Sie muss verblendet sein wie alle Mütter.«

Eufemie hielt inne, als ihr klar wurde, dass es ihr genauso ging. Lange Zeit hatte sie nicht wahrhaben wollen, dass all ihre Mühe, Balduin nicht so werden zu lassen wie seinen Vater, umsonst war. Sie hatte mittlerweile zwei Feinde in der Burg, vor denen sie auf der Hut sein musste. Aber jetzt bot sich ihr eine Möglichkeit, einen davon loszuwerden. »Wie dem auch sei«, fuhr sie fort, »vielleicht bist du in der Lage, dich zu bessern. Zu stehlen brauchst du jedenfalls nicht mehr. Hier hast du alles, was dein kleines Herz begehrt.«

Uta sah sie verständnislos an. »Ja, aber wenn Ihr doch selber sagt, Ihr glaubt mir nicht ...«

»Das spielt keine Rolle. Du bist hier, und du bleibst hier bis ans Ende deiner Tage.«

Uta sah sie ängstlich an. »Ihr wollt mich in den Kerker stecken?«

Eufemie sah sie verständnislos an. »In den Kerker? Warum sollte ich meine eigene Tochter in den Kerker stecken?«

Uta brauchte einen Moment, bevor sie sich wieder fing. »Eure ... eigene Tochter?«

»Meine Güte, ja! Wir wissen beide, dass es nicht so ist. Aber wenn wir auch nur die dümmste Magd davon überzeugen wollen, dann dürfen wir von jetzt an nie mehr etwas anderes verlauten lassen. Hast du verstanden?«

Uta sah sie mit großen Augen an. »Eigentlich nicht ...«

»Dann tu in Gottes Namen einfach so. Tu so, als ob deine Lüge die reine Wahrheit wäre.«

»Aber Euer Gatte wird meine Mutter, ich meine, die Hebamme, fürchterlich strafen.«

»Gertrud hat einiges an Vorsprung. Und bald wird Hadmar müde werden, eine unbedeutende Frau zu jagen. Dazu sind ihm seine Hunde viel zu schade.«

»Trotzdem, ich kann doch nicht so tun, als ob ... Das ist ungeheuerlich!«

»Das hättest du dir vorher überlegen können. Jetzt ist es zu spät.«

Uta zögerte. Etwas wollte ihr nicht in den Sinn. »Aber warum, warum tut Ihr das alles?«

Eufemie drehte sich zu ihr und sah sie scharf an. »Frag das nie wieder! Sonst landet ihr beide im Kerker, du und diese Gertrud, das schwöre ich dir!«

Uta sah zu Boden, aber Eufemie wandte sich von ihr ab und klatschte in die Hände. Eine Magd, dieselbe, die dabei war, als Uta bei dem angeblichen Diebstahl ertappt wurde, erschien. »Was wünscht Ihr, Herrin?«

»Lass ein heißes Bad für das Mädchen ein.«

Eufemie schritt in das Gemach und nahm ein Kleid aus feinem Leinen vom Haken. »Und danach gib ihr das hier zum Anziehen.«

Die Magd blickte skeptisch drein. »Aber ist das nicht zu schade?«

»Für meine Tochter ist es gerade gut genug.«

Der Magd blieb für einen Moment der Mund offen stehen, doch dann beeilte sie sich, den Befehlen nachzukommen.

Karl kniete vor der Felswand, Hammer und Meißel in den Händen. Allerdings hingen seine Arme untätig herab, obwohl noch viel zu tun war. Er war in der letzten Zeit nicht oft hier gewesen, zu sehr hatten ihn die Neuigkeiten von der Burg in Atem gehalten. Schnell hatte es die Runde gemacht, dass Uta jetzt auf der Burg lebte und behauptete, die rechtmäßige Tochter zu sein. Die Leute spalteten sich in die, die Uta glaubten, und die anderen, die sie für eine Lügnerin hielten. Dazu machten noch die wildesten Gerüchte die Runde: Uta sei im Kerker eingesperrt und die Ratten nagten bereits an ihr, oder aber Uta habe das größte und schönste Gemach im Palas bekommen und züchtige ihre Mägde mit der Peitsche.

Karl fühlte sich bei der Frage, ob Uta tatsächlich eine Kuenringerin war, hin und her gerissen. Einerseits kannte er sie nur als Uta, die Magd vom Finsterhof. Andererseits musste Karl an die Uta denken, die er in der Stadt getroffen hatte, die junge Frau, die nicht bereit war, auf den ihr zugewiesenen Platz zurückzukehren. Sie war anders als die anderen. Vielleicht stimmte es wirklich, und sie war zu Höherem ausersehen.

Aber wie immer es auch sein mochte, Karl sorgte sich um seine Freundin. Er konnte sich vorstellen, dass die Kuenringer nicht begeistert waren, solchen Familienzuwachs zu bekommen. Dem Alten traute er alles zu, im schlimmsten Falle würde er sich Utas einfach entledigen, so wie er es bei Magdalena getan hatte. Aber diesmal war Karl gewarnt. Er zermarterte sich das Hirn, wie er Uta beschützen konnte.

Karl wandte sich hilfesuchend zu Magdalenas Antlitz, das in der Wand funkelte. Plötzlich war es ihm klar: Sie würde ihm helfen. Karl setzte den Meißel an einem der beiden Augen Magdalenas an. Es würde über Uta wachen, Magdalena würde alles sehen, alles beobachten und Uta warnen. Er musste den Stein nur behutsam aus der Wand lösen, sodass Uta ihn ständig bei sich tragen konnte. Karl schlug mit dem Hammer zu.

So unauffällig wie möglich überquerte Karl den Burghof. Er spürte den Stein, der in einem Säcklein am Gürtel baumelte. Es war ein prächtiges Stück, dessen ganze Ausmaße erst sichtbar wurden, als er es aus der Felswand gelöst hatte. Der Karfunkel war groß wie ein Taubenei und tiefrot wie Blut.

Karl hatte sich unter dem Vorwand Zugang zur Burg verschafft, Fleisch feilbieten zu wollen. Dafür hatte er eigens sein letztes Schwein geschlachtet, das er auf einem Handkarren mit sich führte. Karl sah sich aufmerksam um, ob er Uta irgendwo entdeckte. Doch außer Handwerkern, Knechten und Mägden, die auf dem Hof ihren Beschäftigungen nachgingen, war nur Balduin zu sehen. Karl beobachtete, wie er dabei war, den Kuhstall auszumisten. Es hatte sich anscheinend tatsächlich einiges geändert hier auf der Burg.

Dann zogen zwei Frauen Karls Aufmerksamkeit auf sich, die aus dem Palas traten. Von weitem ähnelten sie sich sehr, in ihren kostbaren Gewändern, die Köpfe stolz erhoben. Doch als sie näher kamen, erkannte er in der einen seine Uta: Die blonden Haare standen widerspenstig ab, und ihre lebhaften Augen betrachteten das Gewimmel auf dem Hof. Sein Herz tat einen Sprung. Er ließ den Karren mit dem Schwein achtlos stehen und folgte den beiden Frauen, von denen die andere die Burgherrin war. Ihr Weg führte sie an das unten am Hang gelegene Weinfeld. Karl gelang es, sich in einem kleinen Holzschuppen zu verstecken, von dem aus er alles sehen und hören konnte.

Eufemie wandte sich an Uta. »Die Weinstöcke haben kürzlich erst alle neue Stützen erhalten.«

Hadmar hatte das Feld letztendlich doch in Ordnung bringen lassen. Sein Zornausbruch diente einzig und allein dazu, sie zu schikanieren. »Trotzdem musst du lernen, wie man sie auswechselt.«

Eufemie zog und zerrte mit beiden Händen an einem der Holzpflöcke, bis er sich endlich aus der trockenen, festen Erde löste, und warf ihn dann beiseite. »So, jetzt kannst du versuchen, den neuen Stock so anzubringen, dass er der Pflanze möglichst guten Halt verleiht.«

Uta wollte sich schon hinknien und mit den bloßen Händen graben, als Eufemie ihr Einhalt gebot. »Nicht so! Du hast schließlich keine Lumpen mehr an. Hole eine Schaufel, da vorne, aus dem kleinen Schuppen.«

Uta wandte sich um und ging zu dem Holzverschlag. Sie öffnete die Tür und blieb auf der Schwelle stehen, damit ihre Augen sich einen Moment an das Dunkel gewöhnten, als sie plötzlich spürte, wie sie mit einem Ruck hineingezogen wurde. Doch noch bevor sie schreien konnte, legte sich eine Hand auf ihren Mund.

»Ich bin es, keine Angst!«, hörte sie eine ihr wohlbekannte Stimme.

Es war ihr Freund, der sie jetzt langsam losließ, während er ihr bedeutete, ruhig zu sein.

»Karl, mein Lieber!«, flüsterte sie.

Sie lächelte und weinte zugleich, so froh war sie, ihn wiederzusehen.

»Uta!«, sagte er, ebenfalls mit einem Lächeln, und strich ihr über die Wange. »Ich hätte dich fast nicht erkannt. Du siehst ihr sehr ähnlich.« Er nickte mit dem Kopf in Eufemies Richtung.

Uta erschrak bei dem Gedanken an die Burgherrin. »Ich muss zu ihr. Sie wird sich wundern, wo ich so lange bleibe.«

»Nimm das«, sagte Karl und drückte ihr rasch etwas in die Hand. »Es wird dich beschützen, wenn ich es nicht tun kann«, erklärte Karl und sah ihr fest in die Augen. »Schnell, verstecke es.«

Uta schob das, was Karl ihr gegeben hatte, in ihren Ärmel, den sie unten so eng band, dass es nicht herausrutschen konnte. Dann nahm Uta eine Schaufel von der Wand und trat nach draußen. Uta widerstand dem Wunsch, sich noch einmal umzusehen, sondern ging geradewegs auf Eufemie zu und hielt das Werkzeug hoch. »Ist das die Richtige?«

Die Burgherrin nickte. »Mach dich an die Arbeit.«

Uta holte aus, um mit der Schaufel in den festen Boden zu stoßen. Ihre Gedanken wirbelten durcheinander. Eben noch hatte sie sich schon fast wie eine Kuenringerin gefühlt, da erinnerte sie die Begegnung mit Karl daran, wo sie wirklich hingehörte. Das Burgleben war ihr völlig fremd, mochte Eufemie sich auch noch so große Mühe geben, ihr alles beizubringen.

Da näherte sich Hadmar hoch zu Ross. Uta begann schneller zu graben, der Schweiß rann ihr von der Stirn. Der Burgherr zügelte sein Pferd, das dicht bei ihr stehen blieb. »Nicht so hastig! Nachher könnte noch jemand auf die Idee kommen, dass du dir dein eigenes Grab schaufelst!«, rief er aus und lachte schallend.

Uta hielt inne und sah hilfesuchend zu Eufemie.

»Was willst du hier?«, begrüßte die ihren Gatten wenig freundlich.

»Nur mal schauen, wie das Burgfräulein sich so schickt«, höhnte er.

Als Uta sah, dass er abstieg, erschrak sie. Sie hoffte nur, dass er weder Karl noch den geheimnisvollen Gegenstand entdeckte, den Uta selbst noch nicht hatte in Augenschein nehmen können.

Sie machte sich wieder an ihre Arbeit. Den Blick auf den Boden geheftet, den Rücken gebeugt, hoffte sie dem Burgherrn wenig Angriffsfläche zu bieten. Doch da hatte sie sich getäuscht. Hadmar stellte sich dicht neben ihr auf, seine Reitgerte hinter dem Rücken haltend. »Schau, wie gut sie ihre Arbeit tut!«, sprach er zu Eufemie, ohne die Augen von Uta zu lassen.

»Sie ist eine von uns, vergiss das nicht«, erklärte Eufemie, ihren Mann dabei genau beobachtend.

»Das wollen wir doch mal sehen«, erklärte der und trat Uta, die sich hinkniete, um einige Ranken zur Seite zu biegen, in den Rücken. Sie zuckte zusammen, doch weiter ließ sie sich nichts anmerken, sondern stand unverzagt wieder auf, nahm die Schaufel in die Hand und stieß sie erneut in den harten Boden.

Eufemie atmete auf, doch nur so lange, bis ihr Mann seine Reitgerte hob und auf Utas Rücken niedersausen ließ. Doch wieder arbeitete Uta unbeirrt weiter. Eufemie forschte in Hadmars Gesicht, ob ihn Utas scheinbare Gleichmut noch mehr verärgerte, aber ihre Reaktion schien ihm zu gefallen. Das hielt ihn allerdings nicht davon ab, noch einmal zuzuschlagen.

Uta hatte das Gefühl, als wenn ihr Rücken gleich durchbräche. Es kostete sie große Anstrengung, weiterzumachen. Aber sie wollte unbedingt verhindern, dass Karl ihr Leiden nicht mehr mit ansehen konnte und eingriff. Uta betrachtete ruhig, als wäre nichts geschehen, das Loch, das nun tief genug war, um die Stütze hineinzustecken. Eufemie trat zu ihr und reichte ihr den Stock, sichtlich zufrieden mit ihrem Schützling. »Du siehst nun selbst, was in ihr steckt!«, wandte sie sich an Hadmar.

Der nickte. Als Eufemie, die nur Widerspruch von ihm kannte, sich noch wunderte, schrie er auch schon los: »Eine Magd steckt in ihr! Eine niedere, verlauste Magd, nichts anderes!«

Er machte einen Schritt auf sie zu. »Oder könnte sie sonst so arbeiten? Denk doch nur daran, wie du dich angestellt hast, als du mal selber hier am Weinberg anpacken solltest!«

Eufemie zitterte, doch Hadmar kannte kein Erbarmen. »Zum Narren halten wolltest du mich! Dieses Lumpenpack und eine Kuenringerin, dass ich nicht lache!«

Er packte Eufemie und stieß sie in Utas Richtung. Die Burgherrin stolperte und versuchte bei Uta Halt zu finden, die mit den Armen in der Luft ruderte, um das Gleichgewicht zu halten. Dabei rutschte Karls Geschenk aus ihrem Ärmel und schlug mit einem lauten Knall auf der metallenen Schaufel auf. Staunend erblickten Hadmar und die beiden Frauen einen großen, rot leuchtenden Stein, der die Sonnenstrahlen einfing und um ein Vielfaches zurückwarf. Alle drei traten näher, doch es war Hadmar, der den Stein aufhob. Ohne zu überlegen, streckte Uta die Hand aus: »Gebt ihn her! Das ist meiner!«

Es war nicht nur die Schönheit des Karfunkels, die sie schier überwältigte. Karl hatte ein Stück von seiner Magdalena geopfert, damit Uta beschützt wurde. Die junge Frau griff nach dem Granat, doch Hadmar hielt ihn höher.

»Dir gehört dieser Stein?«, fragte er Uta.

»Ja«, bestätigte sie.

Doch anstatt ihn ihr zu geben, umschloss Hadmar den Karfunkel fest mit seiner Hand. Das Licht erlosch. »Wo hast du ihn her?«

Uta ließ ihren immer noch ausgestreckten Arm sinken und biss sich auf die Lippen. Wie konnte sie nur so dumm sein! Hadmar würde ihr keine Ruhe lassen, bis er den Fundort kannte.

»Weißt du eigentlich, was solch ein Stein wert ist?«

Uta war klar, dass Hadmar nur von dem Wert, den man in Hacksilber messen konnte, sprach. Der eigentliche Wert, die Liebe, die der Karfunkel in sich trug, blieb ihm verborgen. Ihr Schweigen erzürnte ihn. »Antworte gefälligst!«

Uta presste die Lippen noch fester zusammen. Hadmar lächelte plötzlich. »Natürlich, dass ich da nicht gleich drauf gekommen bin! Du hast mal wieder gestohlen.«

Uta erschrak. »Nein, nein, ich bin keine Diebin. Er ist …« Uta überlegte, wie viel sie sagen konnte. »Er ist ein Geschenk«, fuhr sie dann fort.

Jetzt lachte Hadmar herzlich. »Ein Geschenk? Wer sollte einer wie dir solch ein Geschenk machen?«

Jetzt mischte sich Eufemie ein. »Und wenn sie recht hat? Es wäre ein Zeichen, dass sie eben doch keine Magd ist. Nur eine Frau edler Abstammung wird so reich beschenkt.«

»Dann muss ich sie wohl auch beschenken, und zwar damit.«

Hadmar nahm seine Gerte auf, doch dann warf er sie fort. »Nein, das ist zu gewöhnlich für eine wie dich.«

Sein Blick fiel auf den kleinen Holzschuppen. »Warte nur, gleich wirst du spüren, was es heißt, einen Kuenringer zu belügen«, wandte er sich an Uta.

Seine Stimme war so kalt, dass es selbst Eufemie, die ihn gut kannte, schauderte. Trotzdem, oder gerade deshalb, stellte sie sich ihm in den Weg. »Was hast du vor?«

»Das, was ich schon lange hätte tun müssen. Als sie das erste Mal ihren Mund aufgemacht hatte, um zu lügen.«

»Du willst sie foltern!«, rief Eufemie.

»Ich werde nur die Wahrheit aus ihr herauskitzeln. Im Schuppen findet sich bestimmt ein passendes Werkzeug dafür: Eine Sichel, ein Messer … ich bin nicht wählerisch.«

Damit drehte er sich in Richtung des Verschlages. Uta betrachtete ihn erschrocken. Hadmar durfte den Schuppen auf keinen Fall betreten. Für einen Moment klammerte sie sich an die Hoffnung, dass Karl sich bereits hinausgeschlichen hatte, längst woanders war. Doch dann sah sie die Umrisse seines Körpers als Schatten hinter den lose zusammengefügten Holzlatten. Wenn sie Hadmar nicht aufhielt, würde er Karl gleich entdecken, und dann gnade ihm Gott. Uta tat das Einzige, was den Kuenringer von seinem Vorhaben abbringen konnte. »Halt! Wartet! Ich werde Euch alles sagen.«

Hadmar hielt an und drehte sich zu ihr. »So schnell?«

Auch Eufemie blickte Uta überrascht an.

»Ich … ich … warum soll ich hinauszögern, was ich sowieso tun muss. Eigentlich ist es sogar Euer Recht, es zu erfahren«, versuchte Uta zu erklären.

Hadmar warf dem Schuppen noch einen Blick zu. »Schade«, sagte er fast bedauernd und ging auf Uta zu: »Ich höre.«

»Dieser Stein, er stammt von einem Ort tief in den Bergen.«

»Wo ist dieser Ort?«

Uta überlegte fieberhaft. »Es fällt mir schwer, es genau zu beschreiben.«

Hadmar runzelte die Brauen. »Dann muss ich wohl doch etwas nachhelfen.«

Uta sah, wie er sich erneut in Richtung Schuppen wandte, blickte auf Karls Umrisse, und dann brach es aus ihr heraus: »Es ist die Höhle, in der Ihr Magdalena fandet.«

Jetzt war es gesagt, und nichts auf der Welt konnte es mehr ungeschehen machen.

»Magdalena? Welche Magdalena?«

Uta sah ihn mit gerunzelten Brauen an. Das konnte doch nicht sein! Nicht genug damit, dass er etwas unbeschreiblich Grausames getan hatte, erinnerte er sich offensichtlich nicht mehr daran.

»Die Frau, die Ihr lebendig begraben habt.«

»Ach die!«, fiel es Hadmar ein.

»Und die jämmerlich erstickt ist«, fuhr Uta fort. »Sie hieß Magdalena.«

Hadmar zuckte mit den Schultern. »Einerlei, sie hat ihre gerechte Strafe bekommen.«

»Sie hatte nichts getan«, brauste Uta auf.

»Das reicht jetzt«, mischte sich Eufemie ein. »Die Sache ist vorbei.«

Nichts war vorbei. Magdalenas Tod war ein einziges Unglück und hatte weiteres Unglück nach sich gezogen: einen verzweifelten Karl und Uta, die in ihrem Bemühen, Schuld abzutragen, ausgerechnet an der Seite dieses Mörders gelandet war.

Hadmar trat ganz nahe zu ihr. »Hauptsache, du hast geredet. Vielleicht wird am Ende doch noch eine richtige Kuenringerin aus dir. Komm, führ mich zur Höhle!«

Hadmar hakte sich fast freundschaftlich bei der jungen Frau unter. Uta blickte verzweifelt zum Schuppen. Doch der Kuenringer zog sie mit sich.

Karl beobachtete mit etwas Abstand die Knechte, die einer nach dem anderen mit ihren Werkzeugen wieder aus der Höhle traten und scherzend und lachend den gerölligen Weg nach unten schlitterten. Nach ihnen verließ der alte Kuenringer die Höhle, gefolgt von zweien seiner Hunde. Keiner von ihnen trug einen Beutel mit den Steinen bei sich. Karl schöpfte Hoffnung. Wahrscheinlich hatten sie es aus lauter Ehrfurcht vor Magdalenas Antlitz nicht gewagt, die Steine aus dem Fels zu brechen. Je länger er darüber nachdachte, desto sicherer wurde er. Trotzdem wollte er sich lieber selbst davon überzeugen und stieg zum Höhleneingang auf, sobald Hadmar und seine Leute außer Sichtweite waren.

Er trat ein und folgte dem sich windenden Gang. Gleich musste sich das Rund der Höhle vor ihm auftun. Doch in dem Moment stieß er mit jemandem zusammen. »Uta!«, rief er verblüfft aus. »Was machst du denn noch hier?«

Er hatte die Männer mit solcher Anspannung beobachtet, dass er die Freundin ganz vergessen hatte.

»Ich ... ich habe das Geröll zur Seite geräumt.«

Karl sah sie mit gerunzelten Brauen an. »Welches Geröll?«

Uta zögerte. »Das, was bei ihren Arbeiten angefallen ist.«

Karl schüttelte den Kopf. »Das kann nicht sein. Oder haben sie etwa doch ...«

Er sprach nicht weiter, sondern versuchte, sich an Uta vorbei zu drängen. Sie hielt ihn fest.

»Nein, Karl, geh nicht!«, rief sie aus.

»Lass mich durch! Ich muss es mit eigenen Augen sehen.«

»Nein! Tu dir das nicht an!«, flehte Uta.

Aber mit ihren Worten erreichte sie nur das Gegenteil. Karl machte sich energisch frei und eilte, so schnell es bei der Dunkelheit möglich war, den Gang entlang. Und schon tat sich die Höhle vor ihm auf. Sie war noch durch den Rest des Feuers erleuchtet, das die Männer des Kuenringers entfacht hatten. Und trotzdem warf die Felswand, in die er Magdalenas Gesicht eingemeißelt hatte, keinen Lichtschein, nicht einmal mehr den kleinsten Schimmer, zurück. Dunkel und abweisend baute sich der Fels vor ihm auf. Er rieb sich die Augen, bis sie schmerzten. Als er die Hände wieder vom Gesicht nahm, sah er plötzlich doch etwas: Schatten, noch dunkler als das Gestein drum herum. Es waren die Löcher, aus denen sie die Karfunkel gebrochen hatten. »Nein!«, schrie Karl.

Uta, die ihn eingeholt hatte, umarmte ihn. »Karl, bitte! Es ist nicht Magdalena, es sind nur Steine.«

»Nur Steine? Es ist alles, was mir von Magdalena geblieben ist.« Plötzlich kam ihm ein Gedanke. »Aber sie müssen noch hier sein! Weder die Knechte noch der Kuenringer trugen ein Bündel. Vielleicht kann ich sie wieder einsetzen.«

Uta tat es weh, auch seine letzte Hoffnung zerstören zu müssen. »Er hat sie seinen Hunden umgebunden.«

»Seinen Hunden?«, echote Karl.

Uta nickte. »Das erschien ihm am sichersten. Er ist so misstrauisch, dass er die beiden bissigsten ausgewählt hat. Die lassen keinen außer ihn selbst an sich ran.«

Karls Augen blickten jetzt ebenso leer wie die Löcher im Fels. Dann trat er nahe an Uta heran, packte sie an den Schultern und schüttelte sie. »Du! Du hast sie verraten! Zum zweiten Mal!«

Uta war starr vor Schreck, dann begann sie zu weinen. »Nein, nein, ich habe es doch nur getan, weil ich nicht wollte, dass er dich findet. Versteh doch, ich konnte nicht zulassen, dass er den Schuppen betritt!«

»Du wolltest nur deine eigene Haut retten! Du warst feige, weiter nichts!«

»Nein, bitte, so glaube mir doch! Ich habe es für dich getan!«

Karl ließ sie los. Er sah sie verächtlich an. »Wenn das wirklich so wäre, dann hättest du geschwiegen wie ein Grab.«

Damit drehte er sich um und ging.

»Karl, warte! Bitte …«

Doch Uta wusste, dass es sinnlos war. Und wieder einmal war es ihre Schuld.

Zweites Buch

Kapitel 7

Die Sonne brannte auf den weißen Sand herunter, dessen schimmernde Oberfläche die Hitze wiederum verstärkt zurückwarf, sodass Karl kaum noch Luft bekam. Der letzte Sommer in Dürnstein war ebenfalls heiß gewesen, doch so etwas wie hier vor Akko, der Hafenstadt im Heiligen Land, hatte er noch nicht erlebt. Es war der Juni des Jahres 1191 und es hieß, dass im Juli und August die Hitze noch unerträglicher werden würde. Aber trotz des unaufhörlich herunterströmenden Schweißes fühlte Karl sich gut wie lange nicht mehr. Endlich schien das Warten ein Ende zu haben. Sie würden bald erneut angreifen.

Karl war jetzt siebzehn und noch nicht ein Jahr von zu Hause weg. Doch ihm selbst kam es vor, als sei er schon sein halbes Leben mit den Kreuzfahrern unter Herzog Leopold von Österreich unterwegs. Eine vollkommen neue Welt hatte sich ihm aufgetan, von der er noch nicht einmal geahnt hatte, dass sie existierte.

Strenge Regeln galten für die zusammengewürfelte Truppe der Kreuzfahrer. Mehrmals wurde Karl Zeuge, wie Diebe geteert und gefedert wurden. Und für gotteslästerliche Reden mussten nicht wenige der Soldaten eine Unze Silber bezahlen. Aber ans Umkehren hatte Karl nie gedacht. Er war froh um jeden Tagesmarsch, den er zwischen sich und Dürnstein legen konnte. Immer fremder wurden die Namen der Städte, Dörfer und Ansiedlungen, die sie passierten, nachdem sie Wien verlassen hatten: Branitschewo, Nisch, Adrianopel, Thyatira und Tyrus. Die Menschen starrten sie neugierig an, und Karl starrte nicht minder neugierig zurück. Die Kleidung war bunter, als er es kannte, die Frauen schienen schöner als die daheim.

Und vor allem waren sie glutäugig und dunkelhaarig. Nie blickte er in grüne Augen oder fuhr durch blondes Haar, wenn eine von ihnen nachts im Lager ihre Dienste anbot.

Im Frühjahr kamen sie endlich in Akko an. Die Lage war alles andere als gut, denn es gab eine doppelte Belagerung. Die Christen lagen bereits zwei Jahre vor den Stadtmauern von Akko und blockierten den Seeweg, waren aber selbst in einem zweiten Belagerungsring von den Muslimen eingeschlossen. Nahrung und Wasser wurde knapp, und Seuchen breiteten sich aus, die auch vor den Großen nicht haltmachten. Herzog Leopold sprang bereitwillig in die Bresche und übernahm die Führung, als er ankam.

Karls Blick schweifte über das Heer der Belagerer: Rothaarige, stämmige Wikinger, kleine, dunkle Italiener, schweigsame Deutsche und beredsame Gallier. Doch egal, aus welchem Land sie kamen, unter ihnen waren viele finstere Gesellen. Je länger sich das Warten hinzog, desto gereizter wurde die Stimmung. Die meisten wollten endlich losschlagen, mit den Sarazenen hinter den dicken Stadtmauern gründlich aufräumen und dann mit fetter Beute nach Hause zurückkehren. Oder gegen Jerusalem ziehen. Oder eine der anderen Städte zurückerobern, die Saladin, dieser gerissene Führer der Muslime, an sich gebracht hatte. Alles, alles war besser, als hier untätig herumzusitzen.

Deshalb war der Jubel groß, als die Engländer eintrafen. Ihr König Richard war ein Mann, wie sie ihn gebrauchen konnten, mutig, stark und von schneller Entschlusskraft, so sagte man jedenfalls. Karl wollte sich lieber keine falschen Hoffnungen machen und wartete ab, was passieren würde.

Doch erst einmal tat sich gar nichts. König Richard erkrankte an einem schweren Fieber, und der schon vor Akko wartende König der Franzosen, Philipp, tat es ihm gleich nach. Die beiden Männer, die sich normalerweise so misstrauisch beäugten, dass sie sogar genau gleichzeitig zum Kreuzzug aufgebrochen waren, damit keiner die Abwesenheit des anderen zur Landnahme nutzen konnte, teilten sich nun ein Krankenzelt.

Doch eines Morgens wurde Karl von lauten Stimmen geweckt.

Obwohl es noch früh war, geriet Karl schon ins Schwitzen, als er hastig aufstand, um nach dem Rechten zu sehen.

Es waren die Engländer, die laut singend ihre Schiffe ausluden. Die Lieder halfen ihnen dabei, ihre schwere Fracht auf den Schultern eine Meile weit durch den heißen Sand zu schleppen. »Was tragen sie da?«, fragte er die Umstehenden, die ebenso wie er dem Treiben zusahen.

Ein großer, breitschultriger Mann antwortete ihm: »Leider nichts zu essen. Was gäbe ich für einen fein geräucherten Schinken.«

Der Schmied aus Enns, der zu Hause die Tochter des Vogts geschwängert hatte und deshalb das Weite hatte suchen müssen, schüttelte verständnislos den Kopf. »Stattdessen bringen sie Holz. Mal als Klotz, mal als Stange. Einfach nur Holz.« Jetzt mischte sich Unmut in seine Stimme. »Vielleicht bauen sie ihrem König eine Burg anstelle des Krankenzeltes, damit der hohe Herr es noch bequemer hat.«

Karl starrte auf die Männer und ihre eigenartige Last. Plötzlich verstand er. »Das sind Kampfmaschinen! Waffen!«

Sturmleitern, fahrbare Holztürme, Katapulte! Karl erkannte jetzt deutlich die einzelnen Teile. Zusammengesetzt würden sie einen vernichtenden Angriff ermöglichen. Ihn hielt es nicht mehr bei den Gaffern. Entschlossen rannte er durch den heißen Sand bis zu den Schiffen der Engländer. Dort machte er vor den Hölzern halt, von denen immer noch mehr aus den Schiffsbäuchen an Land befördert wurden, und bot sich als Lastenträger an. Bereitwillig belud man ihn. Als er merkte, dass er genug hatte, machte er sich auf den Weg zum Lager. Da er in die englischen Weisen, die die Männer mittlerweile mehr grölten denn sangen, nicht einstimmen konnte, da er sie nicht verstand, summte er seine eigene Melodie, ein Lied aus der Heimat. Prompt sah er grüne Augen und widerspenstige, blonde Locken vor sich. Ärgerlich lud Karl seine erste Fuhre ab und lief noch schneller als zuvor zurück, um sich eine zweite zu holen.

Bei den Schiffen fiel sein Blick auf einen hünenhaften Mann. Sein rotes Haupthaar leuchtete in der Sonne, genau wie sein Bart. Doch für seine Größe trug er lächerlich wenig Last auf seinen Schultern. Karl schnappte sich kurzerhand zwei dicke Pfähle, die er dem Recken noch obenauf lud. Der sah ihn erstaunt an, und die Männer rundum stellten sogar ihren Gesang ein. Aber dann lächelte der Rote so breit, dass seine grauen Augen von Lachfältchen gerahmt wurden. Er behielt die Last auf den Schultern und deutete mit dem Kopf an, dass Karl ihm noch etwas daraufpacken möge. Karl tat, wie ihm geheißen. Doch immer noch gab sich der eher wie ein Wikinger aussehende Mann nicht zufrieden. Nachdem Karl noch zweimal nachgelegt hatte, passte nun endgültig nichts mehr auf die breiten Schultern, und der Mann setzte sich in Bewegung. Jetzt war es an Karl, es ihm nachzutun. Mit Hilfe der Umstehenden belud er sich ebenso schwer und stapfte dann, ein wenig schwankend, hinter dem ihn um mindestens Haupteslänge Überragenden her.

Da Karl mit dem Gewicht auf den Schultern noch tiefer in den heißen Sand einsank als zuvor, spürte er, wie er sich die Knöchel verbrannte. Er ahnte, dass sich bereits Brandblasen bildeten, wagte aber nicht, anzuhalten, da er sonst das Gleichgewicht verloren hätte. Schließlich holte Karl den Mann vor ihm ein. Von der Seite sah er, dass das Gesicht des Recken nicht nur schweißüberströmt, sondern auch aschfahl war. Er schien sich noch mehr zu quälen als Karl, sein Atem ging rasselnd. Karl bedrückte der Gedanke, dass er womöglich einem Kranken solche Last aufgebürdet hatte. Er rief ihm zu: »He, du da! Kann ich dir helfen?«

Ihm fiel ein, dass der Mann, der, obwohl außergewöhnlich groß und rothaarig, offensichtlich zu den Engländern gehörend, ihn sicher nicht verstand. Doch er hatte Glück, der Fremde war sehr gebildet.

»Sag den Männern, sie sollen endlich ruhig sein. Sonst vertreibt ihr Katzengesang unsere Feinde noch, ohne dass wir auch nur das Schwert heben können«, antwortete er zwar mit starkem Akzent, aber gut verständlich.

Die beiden Männer lachten sich an und gingen die letzte Strecke bis zum Lager gemeinsam. Sofort sprangen einige der Umstehenden herbei, um dem Rothaarigen beim Abladen der Holzteile zu helfen.

Karl sprach einen von ihnen an: »Gib dem Mann zu trinken«, befahl er. »Er hat sich tapfer gehalten.«

Der Angesprochene sah ihn fassungslos, fast schon erschrocken an. Karl wollte sich gerade mit Gesten verständlich machen, da er dachte, man hätte ihn nicht verstanden, als er Antwort bekam: »Weißt du eigentlich, von wem du da sprichst?«

Karl runzelte die Brauen. »Ich nehme an, er ist einer von euch, obwohl er nicht wie ein Engländer aussieht.«

Erschrocken bedeutete der Mann ihm zu schweigen. Erst als er sah, dass der Hüne ihnen den Rücken drehte und zum Schiff zurückging, sprach er weiter: »Die Sonne hat dir wohl ordentlich zugesetzt. ›Einer von euch‹«, äffte er Karl nach. »Das war der König, kein anderer als Richard.«

»Der König von England!«

Der Mann nickte. »Und ein guter dazu. Obwohl seine Wurzeln in der Normandie sind und er besser Französisch als Englisch spricht, liegen ihm alle seine Untertanen am Herzen, seien sie nun Normannen wie er oder Angelsachsen, wie ich es einer bin.«

Der Mann sah seinem König stolz nach. Karl verstand jetzt auch, warum der Hüne so matt war. Schließlich hatte Richard sich immer noch nicht ganz vom Fieber erholt. Und trotzdem trug er die schweren Lasten, Seite an Seite mit seinen Männern. Und Seite an Seite mit ihm, der sich wie ein Narr benommen hatte. Karl merkte, wie ihm die Schamröte ins Gesicht stieg.

Balduin lief quer über den Burghof hinter dem gackernden Huhn her. Sein Rücken schmerzte, und Arme und Beine waren noch ganz steif von der Nacht auf dem dünnen Strohsack, durch den er jeden Stein spürte. Er blieb stehen und verfluchte diesen denkwürdigen Tag vor fast genau einem Jahr, als dem Mädchen die Hand abgehackt werden sollte. Nie hätte er sich träumen lassen, dass Uta nicht nur ungeschoren davonkommen, sondern danach sogar eine ganz besondere Stellung auf der Burg einnehmen würde, genauer gesagt: seine Stellung.

Spätestens seitdem Uta Hadmar verraten hatte, wo er die wertvollen Karfunkel finden konnte, war sie bei ihm wohlgelitten. Während Balduin noch glaubte, sein Vater mache einen seiner gefürchteten Scherze, als er erklärte, sie sei eine echte Kuenringerin, überlegte seine Mutter schon, wo man Uta am besten unterbringe. Die Blicke seiner Eltern richteten sich auf ihn. Balduin blieb nichts weiter übrig, als seine wenigen Habseligkeiten in eine winzige, fensterlose Kammer zu bringen, die von nun an seine Schlafstatt sein würde.

Auch bei den Mahlzeiten saß Uta jetzt mit am Tisch. Als er merkte, dass Eufemie und Hadmar das Wort öfter an sie als an ihn richteten, stand er wütend auf und verließ den Raum. Am nächsten Tag wurde für ihn gar nicht mehr gedeckt. Stattdessen teilte Hadmar ihm mit, dass er von jetzt an mit dem Gesinde essen könne.

Da Uta auch am Kirchgang der Kuenringer teilnahm und sogar bei der Abgabe des Zehnt mit dabei war, merkten bald auch alle anderen: Das, was sich wie ein ungeheuerliches Gerücht anhörte, war tatsächlich geschehen.

Die seltsame Kunde, dass eine Magd behauptete, die rechtmäßige Tochter des Burgherrn von Dürnstein zu sein, drang rasch bis über die Wachau hinaus. Sogar am Hof des Herzogs von Österreich nahm man davon Kenntnis. Und obwohl Leopold selbst beim Kreuzzug im fernen Jerusalem weilte, beschlossen seine Berater, der Sache auf den Grund zu gehen, denn der Kuenringer war schließlich ein Lehnsmann Leopolds. Vor einem halben Jahr schickten sie einen Astronomen nach Dürnstein. Balduin erinnerte sich noch gut an den alten, hageren Mann mit dem langen weißen Bart, der die Nächte damit verbrachte, in die Sterne am Himmel zu sehen, und des Tags Unmengen von Pergament mit seinen wüsten Aufzeichnungen bedeckte. Alle mussten auf Zehenspitzen durch die Burg laufen, um ihn nicht zu stören. Balduin wurde ganz krank vom ständigen Stillsein. Als der Astronom am Weihnachtstage endlich sein Urteil verkünden wollte, hatte sich Balduins Unruhe so sehr gesteigert, dass er sein Schwert nicht stillhalten konnte. Er fuchtelte damit herum, bis er aus Versehen mit der immer gut geschärften Klinge die Spitze vom Bart des Gelehrten erwischte.

Entsetzt beobachteten alle Anwesenden, wie die weißen Flusen auf den Boden segelten. Der Alte sagte nichts, sondern sah Balduin so verächtlich an, dass der am liebsten im Boden versunken wäre. Dann beugte sich der Astronom noch einmal über seine Aufzeichnungen, korrigierte hier und da, um dann sein Urteil zu verkünden: Nach allem, was er aus den Sternen lesen konnte, sage Uta die Wahrheit. Sie und nicht Balduin sei das Kind der Kuenringer. Dabei sah der Alte einzig und allein Balduin an, und ein zufriedenes Lächeln umspielte seine dünnen Lippen.

Balduin näherte sich erneut dem Huhn, das sich mittlerweile in Sicherheit wähnte und aufgeplustert am Rand der Burgmauer vor sich hin döste. Er setzte langsam Fuß vor Fuß, was seinen steifen Gliedern ohnehin besser bekam, als zu rennen. Gleich würde er das Tier mit einem Griff packen und ihm den dünnen Hals umdrehen. Er hörte schon fast die Knochen knacken und die Knorpel knirschen. Wahrscheinlich hätte er genau das mit Uta machen sollen. Wenn er ihr wenigstens die Hand abgehackt hätte, bevor sie auf diese dumme Idee kam, sich als Kuenringerin auszugeben. Aber jetzt war es zu spät.

Balduin blickte sich auf dem noch fast leeren Hof um. Er war einer der Ersten, die aufgestanden waren. Uta schlummerte sicher noch in seinem Gemach. Doch plötzlich kam ihm eine Idee. Sollte sie doch den Tag verschlafen, er würde die Zeit nutzen. Der frühe Vogel fängt den Wurm! Balduin lachte, als er die Weisheit in dem Sprichwort erkannte, die ihm bisher immer verschlossen geblieben war. Das Huhn erschrak und flatterte davon, was Balduin nicht das Geringste ausmachte. Heute musste die Suppe ohne Huhn auskommen, er hatte Wichtigeres zu tun.

Balduin fand seinen Vater beim Zwinger. Hadmar warf den Hunden gerade eine zusätzliche Portion Fleisch von der besten Sorte hinein. »Vater!«, rief er, verbesserte sich aber gleich, als ihn dessen unwirscher Blick traf: »Burgherr!«

»Ja?«, antwortete der, ohne jedoch den Blick von seinen Hunden zu wenden, die sich das blutige Mahl schmecken ließen.

»Du … Ihr haltet doch heute Gericht.«

Hadmar nickte. »Und?«

»Früher wolltet Ihr doch immer, dass ich von Euch lerne, Euch nacheifere …«

»Ja, aber da warst du auch noch mein Sohn. Jetzt bist du ein Knecht.«

Balduin zuckte zusammen, aber er ließ nicht von seinem Vorhaben ab. »Und wenn ich das Gegenteil beweise?«

Jetzt sah Hadmar ihn zum ersten Mal an. »Du mir das Gegenteil beweisen? Das widerlegen, was sogar die Sterne sagen?«

Balduin waren die Sterne egal. Er wusste einfach, dass er ein echter Kuenringer war. Warum sonst fiel ihm die niedere Arbeit so schwer? Er war nicht zum Dienen geboren. »Ihr habt nichts zu verlieren. Lasst mich heute Gericht halten.«

Hadmar runzelte die Brauen, doch Balduin fuhr fort: »Und dieses Mädchen. Lasst es uns gemeinsam tun.«

»Du und Uta?«, fragte der Kuenringer.

»Ja, wir beide. Dann wird sich zeigen, wer von welchem Blut ist. Nur ein Hochgeborener kann im Namen Gottes urteilen, stimmt's?«

Hadmar schwieg einen Moment. Die Verblüffung war ihm anzusehen. Dann fasste er sich wieder. »Warum sollte ich das tun?«

»Weil sie eine Frau ist. Sie wird niemals an Eurer Stelle herrschen können. Das kann nur Euer Sohn.«

»Natürlich kann sie nicht herrschen. Aber sie kann eine gute Partie machen.«

Balduin holte tief Luft. »Aber ihr haftet noch der Stallgeruch an. Welcher Mann wird sie nehmen, wenn der geringste Zweifel besteht, dass sie doch nur eine Magd ist?«

Balduin sah hoffnungsvoll, dass Hadmar überlegte. Er setzte nach: »Bei dieser Gelegenheit könnte sie endgültig beweisen, dass sie von hoher Abkunft ist. Oder …«

Er sprach nicht weiter, doch Hadmar hatte seine Entscheidung ohnehin schon gefasst: »Nun gut, ihr beide haltet Gericht. Heute Mittag, wenn die Sonne am höchsten steht.«

Balduin versuchte, sein Lächeln zu unterdrücken. Er wollte nicht zu siegessicher wirken. Dabei sah er sich schon zurück in seinem alten Gemach, sein Schwert polierend, während Uta vor ihm kniete und ihm die Füße wusch.

Uta saß an dem langen Tisch ungefähr in der Mitte des Hofes, neben sich Hadmar und Eufemie. Balduin hatte seinen Platz ihr gegenüber verlassen und spazierte vor den Zuschauern, die einen Halbkreis bildeten, auf und ab. Die Sonne brannte heiß herab, und dennoch wich keiner in den Schatten aus. Ein jeder wollte das Geschehen mitverfolgen.

Zwischen Tisch und Zuschauern standen, von zwei Wachen eskortiert, die Angeklagten. Es war eine ganze Familie, Vater, Mutter und ihre drei Kinder, von denen der Älteste zehn und das Jüngste, ein Mädchen, knapp drei Jahre zählte. Auch die Großmutter hatte man auf den Hof gezerrt, obwohl sie es in der sengenden Sonne kaum aushielt.

Uta hörte mit an, wie Balduin schilderte, was die Angeklagten sich hatten zuschulden kommen lassen. »Und obwohl sie genau wussten, wie viel sie von der Ernte an Abgaben leisten mussten, wollten sie in ihrer unendlichen Gier so viel wie möglich für sich behalten.«

Uta betrachtete die ausgemergelte Frau, den Rücken von der Feldarbeit gekrümmt, den hageren Mann, der sich zwar aufrecht hielt, aber dessen Wangen eingefallen waren, und die drei Kinder, allesamt klein für ihr Alter. Ganz zu schweigen von der Großmutter, bei der man sich wunderte, dass sie sich überhaupt noch auf den Beinen halten konnte. Uta wäre Balduin am liebsten über den Mund gefahren. Sicher hatte er noch nie in seinem Leben Hunger gelitten, wusste nicht, wie es war, wenn sich der leere Magen immer wieder zusammenkrampfte und es jedes Mal größere Schmerzen bereitete. Diese Leute waren nicht gierig, sie wollten einfach nur überleben.

Jetzt holte Balduin einen leeren Sack unter dem Tisch hervor und hielt ihn vor sich. »Jeden Herbst gaben sie mehrere solcher Säcke prall gefüllt mit Getreide ab. Ihrem Herrn treu ergeben, könnte man meinen.«

Balduin blickte in die Runde. Es herrschte gespannte Ruhe. Vielen standen die Münder offen. Er fuhr fort: »Doch es war nicht nur Getreide in den Säcken.« Er wandte sich an die Familie. »Los, sagt es!«

Die Frau klammerte sich ängstlich an den Mann, der die Augen zu Boden gesenkt hielt, genau wie die beiden älteren Kinder, die die Kleine, die noch nichts verstand, fest an der Hand hielten.

»Wenn ihr nicht sprechen könnt, dann zeigt es uns«, forderte Balduin sie auf.

Er holte noch etwas unter dem Tisch hervor, diesmal waren es einige große Kieselsteine. Als immer noch keiner der Angeklagten sich rührte, zuckte Balduin mit den Schultern. »Na gut, dann muss ich es tun.«

Er nahm einen Stein nach dem anderen und ließ ihn in den Sack plumpsen. »Ihr habt Steine unten eingefüllt. Ihr habt die Waage getäuscht. Und euren Herrn betrogen.«

Balduin blickte kurz zu Hadmar, der sich durchaus angetan von dessen Treiben zeigte. Durch die Menge gingen Rufe der Empörung. Balduin bat mit einem Zeichen um Ruhe. »Bis einer der morschen Säcke riss und den Betrug ans Licht brachte.«

Balduin drehte den Sack um, und die Steine polterten heraus. Jetzt wurden die Rufe der Empörung noch lauter.

Uta wunderte sich. Sie hätte Balduin nie zugetraut, dass er sich genau zurechtlegte, wie er die Familie am besten bloßstellen konnte. Die Sonne stach, während Balduin redete: »Ihre Strafe soll sein wie ihr Vergehen.« Balduin blickte um sich. Noch nicht einmal ein Tuscheln war zu hören, so gespannt warteten alle auf sein Urteil. »Das Weib wird den Sack halten und der Mann Steine hineintun.«

Wieder machte Balduin eine Pause, bevor er fortfuhr: »Nur anstatt des Korns muss einer aus der Familie in den Sack. Und der kommt dann nicht auf die Waage, sondern in den Dorfweiher.«

Schreie ertönten, und Uta hielt sich erschrocken die Hand vor den Mund. Balduin fuhr unbeirrt fort. »Wen sie auswählen, bleibt ihnen überlassen. Vielleicht die Großmutter, das jüngste Kind oder gleich beide. Dann gibt es zwei unnütze Esser weniger.«

Jetzt hörte man vereinzelte Lacher, und erst begannen einige, dann immer mehr der Leute zu klatschen und zustimmend zu johlen.

In Utas Ohren brauste es. Balduin unterschied sich in seiner Grausamkeit in nichts von seinem Vater. Und genau das wollte er beweisen. Sie blickte auf die weißen Gesichter der Familie, die sich in ihrem Schrecken dicht umschlungen hielten. Verzweifelt wandte sie ihren Blick ab, und da sie es auch nicht ertrug, Balduin oder Hadmar anzusehen, wandte sie ihre Augen zum Himmel. Das wolkenlose Blau, von dem eben noch die Sonne heruntergeschienen hatte, war dunklen Wolken gewichen. Donner grollte, Blitze zuckten, und plötzlich schüttete es wie aus Eimern. Rasch lief die Menge auseinander und drängte sich an die Burgmauern, um Schutz zu finden. Auch Balduin, Hadmar und Eufemie stellten sich unter. Einzig Uta und die Familie harrten aus. Uta stand auf und trat dicht zu ihnen. Sie hielt ihre Arme über sie, als könnte sie sie damit vor dem Unwetter bewahren. Auch wenn der Regen unvermindert hart auf die Sippe peitschte, so war es doch das Einzige, was Uta für sie tun konnte. Und dann war es vorbei. Der Regen hörte so schnell auf, wie er begonnen hatte, und die Sonne kam gereinigt hinter den Wolken hervor. Mit neuer Kraft strahlte sie vom Himmel, und ein doppelter Regenbogen spannte sich über den Himmel, genau an dem Punkt, an dem die Familie unter Utas Schutz verharrte.

Die Menge starrte gebannt auf das Bild, das sich ihr bot. Dann hörte Uta die »Ohs« und »Ahs«. Langsam traten die Leute näher heran und bestaunten den Regenbogen, klar und schön, wie noch nie einer zuvor in der Wachau gesehen worden war. Uta spürte seine Kraft in sich. Sie ließ die Arme sinken und sprach: »Balduin hat viele Worte gemacht. Aber Gott hat seinen Willen auf seine Weise kundgetan.«

Die Menschen horchten gebannt. »Er hat Regen geschickt, und er hat Sonne geschickt. Denn Getreide braucht Wasser genauso wie

Sonne, um zu gedeihen. Gott will, dass wir uns an die Arbeit machen, und zwar alle. Es gefällt ihm nicht, dass Menschen geopfert werden sollen, die dazu da sind, ihm zu dienen.«

Uta brach ab und horchte dem Klang ihrer Worte nach, von denen sie nicht wusste, wie sie über ihre Lippen gekommen waren. Sie begegnete einem aufmunternden Blick von Eufemie, und dann sah sie immer mehr Menschen zustimmend nicken. Sie holte tief Luft und hob noch einmal an. »Gott schenkt uns die besten Voraussetzungen für eine gute Ernte. Was hält uns noch ab, an die Arbeit zu gehen?«

Jetzt jubelte die Menge, und Eufemie und Hadmar traten zu Uta, der sich die Frau und die Großmutter dankbar zu Füßen geworfen hatten. Uta half der Alten schnell wieder auf, weil sie befürchtete, dass sie es aus eigener Kraft nicht mehr schaffen würde. Dabei suchten ihre Augen Balduin. Für einen Moment trafen sich ihre Blicke, bevor er sich scheu abwandte. Sogar er wagte es nicht mehr, Uta zu widersprechen.

In den folgenden Tagen machten die Kreuzfahrer einen neuen Versuch, Akko einzunehmen. Sie setzten die Belagerungsmaschinen ein, für die sie fast schon liebevolle Namen fanden. So hieß ein besonders großes Katapult des französischen Königs ›Böse Nachbarin‹. Doch die Belagerten antworteten mit der ›Bösen Cousine‹. Ihr Wille zum Durchhalten war noch nicht gebrochen. Karl sah sich immer wieder nach dem großen, rothaarigen Hünen um. Nur dieser Mann konnte die entscheidende Wende bringen, davon war er überzeugt. Doch Richard ließ sich nur selten sehen, da er zu geschwächt war. Wieder musste er das Bett hüten und seine Befehle von dort erteilen. Karl wurde das Herz schwer.

Eines Abends, als er gerade vom Wachdienst abgelöst worden war, ging er nahe ans Krankenzelt und wartete, bis eine der Frauen, die den König pflegten, herauskam. Sie war mittleren Alters, von Gestalt her plump, und ihr Gesicht schon fast hässlich zu nennen. Karl hatte sich unter den Kreuzfahrern ein paar Brocken in anderen Sprachen angeeignet.

»La belle! Ecoutez moi!«

Ihr Gesicht wurde finster, während sie ihm auf Deutsch antwortete: »Du lügst so schlecht, wie du das Französische beherrschst!«

»Aber woher weißt du, dass meine Sprache die deutsche ist?«

»Weil alle aus deinem Land sich ihre Zunge verknoten, wenn sie sich an fremden Lauten versuchen.«

»Und wieso bist du des Deutschen mächtig?«

»Ich bin mit den ersten Kreuzfahrern gekommen, vor vielen Jahren. Damals konnte ich ihnen noch andere Dienste anbieten.«

Karl sah, plötzlich verschämt, zu Boden. Die Frau bemerkte das lächelnd, bevor sie fortfuhr: »Und ihre Sprachen lernen. Aber sag, was willst du von mir?«

Karl zögerte. »Ich mache mir Sorgen um den König.«

Sie lachte. »Da bist du nicht der Einzige.«

»Dann steht es so schlecht um ihn?«

Die Frau seufzte. »Er ist stark. Und wenn wir nicht in dieser verdammten Wüste wären, könnte ich ihn auch ganz schnell kurieren.«

Karl horchte auf. »Wie denn?«

»Ich würde ihm eine kräftige Hühnerbrühe kochen. Da könntest du zusehen, wie er gesund wird. Aber das Federvieh ist längst aufgegessen.«

Karl dachte nach. »Aber irgendwo muss es doch Geflügel geben?«

Die Frau nickte. »Nur wir darben. Und natürlich die armen Teufel da drinnen in der Stadt.« Sie nickte in Richtung Akko. »Aber Sultan Saladin und seine Männer schwelgen in Leckereien. Doch der würde wohl eher einen Teufel tun, als uns was davon abzugeben.«

Karl überlegte. »Das kommt darauf an.«

Die Frau runzelte die Stirn. »Worauf?«

»Wie man es anstellt. Ich müsste mich nur als Boten Richards ausweisen.«

Die Frau überlegte. »Hm, im Zelt liegt noch eine Schriftrolle, eine Anweisung zum Anmischen einer Medizin.«

Jetzt war Karl skeptisch. »Was soll das nützen?«

»Nun, die Sarazenen sind zwar sehr gelehrt, doch nur die wenigsten beherrschen unsere Schrift. Und wenn ich noch ein schönes, dickes Siegel darunter setze, glauben sie dir alles. Die Araber sind wie die Kinder: leicht zu beeindrucken.«

Karl hoffte nur, dass die so lebenserfahrene Frau auch darin recht hatte.

Karl hielt die Urkunde dem kleinen, dunkel wirkenden Mann so dicht vor die Augen, dass er, selbst wenn er der lateinischen Lettern mächtig gewesen wäre, nichts hätte erkennen können. Aber es war so, wie die Frau vor Richards Zelt es vorhergesagt hatte. Die Wache des Sultans starrte nur auf das dicke Siegel und fuhr mit den Fingern bewundernd über das Wachs. Karl war erleichtert. Jetzt zweifelte er nicht mehr am Erfolg seiner Mission.

Er folgte dem Mann und musste noch etliche Male die Schriftrolle und vor allem das prächtige Siegel vorzeigen, bis er schließlich sein Anliegen vortragen konnte. Er stand einem großen, gutaussehenden Mann gegenüber, der in kostbare Gewänder gehüllt war. Karl kniete sofort vor ihm nieder und senkte den Blick zu Boden. »Seid gegrüßt, ehrwürdiger Sultan!«

Der Mann lachte. »Ich bin nicht der Sultan. Ich bin nur der Übersetzer.«

Karl stieg die Schamröte ins Gesicht. Wie konnte er annehmen, dass der Sultan persönlich ihn empfangen würde, zumal der Mann vor ihm strohblondes Haar hatte? Wenn er nicht aufpasste, machte er sich als Bote noch vollkommen unglaubwürdig.

»Welches Anliegen bringt Euch her?«

Karl räusperte sich. »Nun, König Richard würde dem Sultan gern ein Geschenk zukommen lassen.«

Der Blonde reckte den Hals und tat so, als luge er suchend hinter Karl. »Allzu groß kann es nicht sein, wenn du es so gut vor mir verbergen kannst.«

»Ich konnte es noch nicht mitbringen. Gerade dafür brauche ich des Sultans Hilfe.«

»Ah, der Sultan soll persönlich mit anpacken?«

Karl ließ sich nicht reizen. »Es handelt sich um Falken, genauer gesagt um Gerfalken.«

Der Mann nickte anerkennend. »Nicht schlecht. Was hindert Euch, die Tiere zu überbringen?«

»Sie sind in keinem guten Zustand. Die lange Reise hat sie arg strapaziert. Ihr wisst, dass gerade edles Getier ein wenig empfindsam ist, ähnlich wie bei den Menschen. Unsereins schläft auf Stroh, ein Herzog braucht schon mehrere Decken und ein König ...«

»Ich schlafe keinesfalls auf Stroh. Diese barbarischen Sitten habe ich mit meiner Heimat hinter mir gelassen«, unterbrach ihn der Bedienstete des Sultans.

Karl schluckte seinen Ärger über die Arroganz des Höflings herunter und fuhr unbeirrt fort: »Wir brauchen nur ein wenig Futter, um die Falken aufzupäppeln.«

»Und an was habt Ihr gedacht? Einen Sack voll Würmer?«

»Nein«, wehrte Karl entsetzt ab. »Eher an ein paar Hühnchen. Je zarter das Fleisch, desto schöner wird das Gefieder wieder glänzen.«

»Hühnchen? Ach so«, erklärte Karls Gegenüber. »Ich werde sehen, was sich machen lässt.«

Der Mann verschwand zwischen den Zelten des Lagers, und Karl fühlte sich in der Dunkelheit zunehmend unbehaglich. Ihm war klar, dass er nicht aus den Augen gelassen wurde, auch wenn seine Beobachter für ihn unsichtbar waren. Aber noch plagte ihn der Zweifel, ob er glaubwürdig gewesen war. Je länger er warten musste, desto fester rechnete er damit, dass anstelle des Übersetzers gleich der Henker zu ihm geschickt würde.

Karl schrak auf, als sich Schritte näherten. Es waren mehrere Leute, was Karls Herz heftiger pochen ließ. Doch dann hörte er das Gegacker. Zwei Diener hatten an beiden Händen jeweils drei Hühner kopfüber baumeln, die Füße zusammengebunden. Karl atmete auf. Der Übersetzer trat nahe zu ihm. »Ich denke, es war wirklich eine weise Entscheidung, auf Hühnern anstatt auf Würmern zu bestehen. Sie werden Eurem König entschieden besser munden.«

Karl sah den Mann verwirrt an, doch der war noch nicht zu

Ende. »Sultan Saladin lässt ausrichten, Richard könne jederzeit mehr Hühnchen bekommen. Und er brauche sich nicht den Kopf über einen Vorwand zu zerbrechen, das verzögere nur die Genesung.«

Damit ließ er Karl stehen, während Saladins Männer ihn mit den Hühnern begleiteten. Tief beschämt ging Karl zurück in sein Lager. Er wunderte sich immer mehr über die Edlen und Großen dieser Welt. War der eine sich nicht zu schade, seinen Männern bei mühseliger Arbeit mit gutem Beispiel voranzugehen, so war der andere von einer Großmut, die keine Grenzen zu kennen schien. Auf jeden Fall wurde Karl ganz deutlich, warum Gott sie zum Herrschen ausgewählt hatte und nicht ihn.

Uta stand in Eufemies Kemenate und hielt sich den kleinen, goldgerahmten Spiegel vor das Gesicht, während sie mit einem Kamm ihr Haar zu entwirren versuchte. Es war eine mühselige Arbeit. Sie wollte schon aufgeben, als sie Eufemies Augen im Spiegel begegnete. Ihr Blick war weich und warm. Uta hatte eigentlich Missfallen erwartet, weil sie es schon wieder nicht fertigbrachte, ihr Haar so schön zu kämmen, wie die Ältere es ihr gezeigt hatte. Aber stattdessen strich Eufemie ihr mit der Hand über die Wange und berührte ihre Stirn. Uta wagte nicht, sich zu bewegen.

»So sanft habe ich mich auch mal angefühlt«, sagte Eufemie leise. »So glatt und jung.«

Sie nahm Uta Spiegel und Kamm aus der Hand und führte deren Finger zu ihrem Gesicht. »Fühlst du es?«, fragte sie.

Uta zögerte. »Eure Haut ist weich wie meine.«

Eufemie schüttelte den Kopf und lachte. »Nein, meine Liebe. Meine Haut ist schlaff. Das ist das Alter.«

Eufemie hielt den Spiegel nun vor ihr Gesicht. »Ich kann dir zu jeder Falte eine Geschichte erzählen. Geschichten aus meiner Ehe.«

Sie lachte bitter. »Eine dafür, dass Hadmar seinen Leibarzt zu seinen Hunden geschickt hat anstatt zu mir. Und die da …«, sie deutete auf die rechte der beiden tiefen Linien um ihre Mundwinkel, »... steht für die vielen Nächte, die er bei Mätressen verbracht hat. Die andere ...«, ihr Finger fuhr auf die linke Seite. »... für die Nächte, in denen ich ihm zu Willen sein musste.«

Sie ließ den Spiegel sinken und lächelte Uta an. »Aber du bist noch jung und ...« Sie unterbrach sich und lachte. »Nein, leider nicht schön. Dafür kommst du zu sehr auf mich.«

Uta sah sie mit gerunzelten Brauen an. »Auf Euch?«

»Lass dieses alberne ›Euch‹. Natürlich, du bist mir wie aus dem Gesicht geschnitten. Ich hätte es gleich sehen müssen. Doch erst in diesem ganz besonderen Licht unter dem Regenbogen habe ich es erkannt.«

Uta wagte kaum zu atmen. Sie stand ganz steif, als Eufemie sie in die Arme nahm und Utas Kopf an ihre Brust zog. Dann spürte sie Tränen auf ihrem Nacken. Eufemie meinte es ernst. Sie fühlte sich als Utas Mutter.

»Du wirst es besser machen«, flüsterte sie und dann lauter: »Du machst nicht die gleichen Fehler, dafür sorge ich.«

Eufemie schob Uta nun sanft wieder ein bisschen auf Abstand. »Als Erstes suchen wir dir einen guten Mann.«

Uta erschrak. »Einen Mann?«

Eufemie nickte. »Natürlich. Du bist fünfzehn, fast schon ein wenig alt.«

»Aber ich ... ich meine, ich muss doch noch so viel lernen. Ich bin doch erst seit kurzem hier.«

Eufemie nickte. »Das Sticken bringe ich dir schnell bei. Und ein bisschen Musizieren.«

»Aber das wird kaum reichen, um so ein großes Anwesen zu führen. Ich sehe doch, was Ihr ...«

Uta unterbrach sich schnell, als sie Eufemies hochgezogene Augenbrauen sah. »... was du alles können musst.«

»Mach dir keine Sorgen. Du hast eine rasche Auffassungsgabe.«

Uta zögerte, bevor sie fortfuhr: »Und die sollte ich nutzen. Damit die Leute nicht immer daran erinnert werden, dass ich nicht auf der Burg aufgewachsen bin.«

Eufemie sah sie fragend an. Uta fuhr fort: »Ich würde gern die

Kunst des Lesens beherrschen. Und des Schreibens«, fügte sie noch schnell an, bevor sie den Blick zu Boden senkte.

Eufemie überlegte, bevor sie antwortete: »Na gut. Bei mir hat zwar nie jemand vermisst, dass ich beides nicht sonderlich gut kann …« Sie lachte. »Aber bei dir soll schließlich alles anders werden.«

Uta hob den Kopf, und jetzt war sie es, die sich an Eufemie schmiegte.

Der Priester saß Uta in ihrem Gemach gegenüber. Er hatte die Arme auf die Tischplatte gestützt und konnte es kaum abwarten, das nächste Wort zu hören. Uta fuhr langsam mit ihrem Zeigefinger unter den Zeilen auf der aufgeschlagenen Buchseite entlang. Stockte sie anfangs noch bei jedem einzelnen Buchstaben, so war die Bewegung jetzt im Fluss. »Ich zog mir einen Falken heran, länger als ein Jahr«, las Uta.

Der Priester nickte zufrieden. Er hatte Uta damit überrascht, als er »Das Lied vom Falken« anstatt der Bibel als Lesestoff mitbrachte. Es hatte ihn gegraust, wenn er daran dachte, dass er sich noch einmal endlos lange dasselbe anhören musste wie bei den Stunden mit Balduin. Aber Uta begriff außerordentlich schnell, denn sie wollte lernen. Das war das ganze Geheimnis. Er hatte es als Kind am eigenen Leib erfahren, wie es ist, zu etwas gezwungen zu werden. Seine Eltern steckten ihn als zehntes Kind ins Kloster, weil sie dem Herrn den Zehnt geben wollten. Er hätte stattdessen liebend gern den Hof übernommen. Er war dann auch nur ein mittelmäßiger Prediger geworden, der froh sein konnte, an der Burg dieses rohen und unberechenbaren Kuenringers unterzukommen. Die Stunden mit Uta waren eins der wenigen Glanzlichter in seinem Tagesablauf, und er war auch ein kleines bisschen stolz auf sich, wenn er ihre Erfolge sah.

Anfangs hatte es ihn gestört, dass die Burgherrin sich ebenfalls mit schöner Regelmäßigkeit zum Unterricht einfand. Jedes Mal hatte sie etwas anderes in Utas Kemenate zu schaffen: Sie ordnete ihre Bänder, sortierte die Kämme oder sah nach, ob die Spangen gut geputzt waren. Der Priester vermutete, dass sie in Wahrheit ihn kontrollierte, und hoffte, dass sie damit aufhörte, wenn sie sah, welche Fortschritte Uta machte.

Doch zu seiner Verwunderung kam sie weiterhin zu jeder Stunde, unterbrach jedes Mal ihre Tätigkeiten, wenn er sprach, und schaute über Utas Rücken ins Buch, wenn er dort etwas zeigte. Als sie begann, die Wörter mit den Lippen nachzuformen, begriff er: Auch die Burgherrin wollte lernen. Von da an erklärte er alles noch deutlicher und ausführlicher, denn Eufemie war nicht so rasch im Begreifen wie Uta.

»Und sein Gefieder war ganz rotgolden«, las Uta vor. »Gott sende die …«

Sie stockte. Eufemie versuchte nun ebenfalls, über Utas Rücken hinweg, die folgenden Wörter zu entziffern. »Gott sende die zusammen, die einander …«

Jetzt fuhren sie gemeinsam fort: »… gerne lieben wollen!«

Die beiden Frauen lächelten, während der Priester leicht errötete.

›Löwenherz‹. Karl musste immer wieder diesen Namen denken. ›Löwenherz‹, das drückte Mut aus, sonst hätte Richard diesen Namen nicht nach der Schlacht von Akko erhalten. Der Schlacht, die endlich den Sieg gebracht hatte. Die Stadt hatte kapituliert, und Sultan Saladin musste ebenfalls aufgeben.

Die Kreuzfahrer waren in Akko einmarschiert und hatten Quartier genommen. Karl zog im Gefolge von Herzog Leopold in den Königspalast ein. Es war ein prächtiger Bau. Karl bewunderte gerade ein ganz in Blau und Grün gehaltenes Bodenmosaik, als er seine Kameraden zu den Fenstern an der Südseite eilen sah. An ihrer Spitze lief Herzog Leopold selbst.

Auch er hatte mutig gekämpft, sein Rock war von oben bis unten in Blut getränkt. Nur dass ihm keiner den Beinamen ›Löwenherz‹ verliehen hatte, fuhr es Karl durch den Kopf. Leopold sah nach draußen und fluchte vor sich hin. »Der hält an, tatsächlich. Mit seinen Männern. Das darf doch nicht wahr sein.«

Jetzt eilte auch Karl zu einem der Fenster, allerdings ohne auf das Mosaik zu treten. Neugierig blickte er hinaus. König Richard hatte direkt vor dem Palast sein Pferd angehalten und stieg ab. Er gab seinen Männern zu verstehen, es ebenfalls zu tun.

Leopold war ganz rot angelaufen vor Aufregung. »Schnell, bring das Banner«, rief er einem seiner Knechte zu.

Der verschwand, um kurz darauf mit der gesuchten Fahne wieder aufzutauchen und sie Leopold entgegenzustrecken. Der kniff die Augen zusammen. »Doch nicht mir«, erklärte er laut. »Bring es nach draußen, genau vor den Palast. Als Zeichen, dass ich hier residiere.«

Der Knecht erschrak so sehr, dass ihm die Flagge entglitt. Mit zitternder Hand bückte er sich, doch Leopold schob ihn ärgerlich zur Seite und hob sie selbst auf. Er sah sich um. Doch ein jeder versuchte seinen Blick zu meiden. Nur Karl blickte Leopold geradewegs an, weil er ergründen wollte, ob es eine Ähnlichkeit mit Richard gab, etwas, was alle großen Herrscher auszeichnete. Prompt stürzte der Herzog auf ihn zu. »Stell es auf!«

Er drückte Karl das Banner in die Hand. »Du stellst es auf! Und zwar direkt vor Richards Nase, damit er sieht, dass er sich ein anderes Quartier suchen muss.«

»Aber … Aber er ist doch der König«, entfuhr es Karl.

Leopold wurde noch röter. »Na und? Ich bin der Herzog, und ich stehe schon viel länger vor den Toren von Akko als dieser Löwen…«, Leopold unterbrach sich kurz, um dann fortzufahren, »… als dieser Richard.«

Karl blieb nichts weiter übrig, als mit der Standarte hinauszugehen.

Nach der Kühle des Raumes traf ihn die Hitze unvermittelt. Er blinzelte in das Sonnenlicht und schirmte die Augen mit der Hand ab, um etwas zu sehen. Richard stand mit seinen Männern noch kurz vor dem Brückchen, das über den Burggraben führte. Karl sah sich nach einer möglichst unauffälligen Stelle für die Flagge um. Doch in dem Moment kam Wind auf, der das Banner aufblähte, sodass jetzt auch der letzte von Richards Männern bemerkte, was Karl vorhatte.

Der trat einen Schritt nach vorn, direkt ans Ufer des Burggrabens, wo die Erde durch das Wasser etwas weicher war, und steckte die Fahnenstange in den Grund. Schnell wollte er sich wieder zurückziehen, doch noch schneller war einer der Männer bei ihm. Es kam ihm vor, als wenn er geschmeidig und zielgenau wie eine Raubkatze auf ihn zusprang. Es war Richard Löwenherz selbst, der ihm den Rückweg versperrte.

»Du hast was vergessen«, rief er so laut, dass es hallte.

Karl wagte es nicht, sich vor oder zurück zu bewegen. Stattdessen sah er dem König direkt in die Augen, wie um ihn zu erinnern, dass sie sich doch schon begegnet waren. Aber die grauen Augen blieben ausdruckslos, die Pupillen wegen der Helligkeit zu kleinen Punkten verengt. Er erkannte ihn bestimmt nicht mehr als den Lastenträger vom Strand. Karl überlegte, was er sagen oder tun könnte, aber er war wie gelähmt. Erst als er sah, dass Richard nach der Flagge griff, sie mit beiden Händen aus dem Boden riss und über seinem angewinkelten Knie zerbrach, wusste er, dass es Zeit war, zu verschwinden. Karl war für einen Moment versucht, Richard den Rücken zuzuwenden und zu rennen. Aber es rettete sein Leben, dass er Löwenherz nicht aus den Augen ließ, sondern rückwärts ging. Denn mit einem lauten Schrei warf der die obere Hälfte der Flagge in den Burggraben, den anderen Teil schleuderte er in Karls Richtung. Mit Sicherheit hätte sich das zersplitterte Holz tief in seinen Rücken gebohrt, so groß war die Wucht, die dahintersteckte. Aber so sah Karl die Spitze auf sich zukommen und sprang zur Seite, um sich dann mit schnellen Schritten wieder ins Innere des Palastes zu retten.

Wenig später entschied Herzog Leopold zähneknirschend, das Quartier für Richard zu räumen. Als sie alle in einer langen Reihe am König der Engländer und seinen Leuten vorbeizogen, hatte Richards Gesicht alles Wilde verloren. Ruhig, fast freundlich blickte er auf die Männer. Aber Karl wusste jetzt, dass der Name ›Löwenherz‹ nicht nur Mut, sondern auch Gefahr bedeutete.

Der alte Kuenringer nahm der Magd das geknotete Bündel ab, mit dem die eilig auf den Burghof gerannt kam. »Na endlich«, brummte er.

Dann drückte er es Balduin in den Arm. »Deine Sachen. Einiges wirst du vielleicht behalten dürfen.«

Im Tausch griff er sich Balduins Schwert und betrachtete die im Licht funkelnde Klinge. »Das brauchst du im Kloster garantiert nicht. Und es ist viel zu schade, als dass der Abt es versilbert. Er bekommt ohnehin genug Grund und Boden dafür, dass er dich aufnimmt.«

»Muss ich wirklich ins Kloster?«

Balduin fühlte seit langer, langer Zeit zum ersten Mal, wie ihm Tränen in die Augen stiegen. Aber Hadmar beachtete ihn nicht weiter, sondern sah Uta entgegen, die mit einer Pergamentrolle in der Hand zu ihnen trat. »Hier, der Brief an den Abt. Ich habe ihn genauso verfasst, wie Ihr es gesagt habt.«

Hadmar nahm die Schriftrolle und wandte sich an Balduin. »Zwei Weinberge musste ich ihm versprechen. Du kannst froh sein, dass ich dich nicht einfach fortjage. Und jetzt geh und hol dein Pferd.«

Balduin trottete mit eingezogenen Schultern Richtung Stall.

Uta sah ihm nach, während Hadmar das Pergament entrollte und es betrachtete. Lesen konnte er es nicht, da er diese Fähigkeit genauso wenig wie Balduin je gelernt oder für wichtig erachtet hatte. »Damit hätten wir dieses Problem gelöst«, erklärte er, während er den Bogen sinken ließ.

Uta konnte ihren Blick nicht von Balduin wenden. Sie wusste, wie es war, weggehen zu müssen. »Ich bin mir nicht sicher«, platzte Uta heraus.

»Was meinst du?«, fragte Hadmar.

»Ich weiß nicht, ob das eine gute Lösung ist.«

Uta ärgerte sich über sich selbst, als sie das sagte. Es hatte doch alles seine Ordnung. Balduin würde ins Kloster gehen und konnte ihr keine Schwierigkeiten mehr machen. Sie versuchte sich vorzustellen, wie er ihr die Hand abhacken wollte. »Balduin wird sich schwertun. Er ist als Ritter aufgewachsen.«

»Ach was!« Der Kuenringer machte eine wegwerfende Handbewegung. »Ein fauler Hund ist er, nicht mehr.«

»Aber Ihr könnt ihm doch eine letzte Chance geben. Vielleicht ändert er sich.«

Uta fiel ein, dass Balduin der Bauernfamilie auch keine Chance gegeben hatte. Trotzdem konnte sie nicht anders: »Er ist Euer Sohn.«

Jetzt war es heraus. Uta sah Hadmar erschrocken an, aber der schüttelte nur den Kopf. »Ist er nicht. Er hatte immer was von einem Waschweib. In seinen Adern fließt kein Tropfen Kuenringerblut.«

Uta sah ihn ungläubig an, als er auch schon fortfuhr: »Du hingegen hast allen deine edle Abstammung gezeigt.«

Damit hatte Uta nicht gerechnet. Auch Hadmar, dieser grausame Hund von Kuenring, gerissen und immer auf der Hut, war tief beeindruckt von dem Himmelszeichen am Tag des Gerichts. Der Burgherr glaubte tatsächlich, dass sie seine Tochter war. »Dann gestattet mir einen Wunsch … Vater«, fügte sie zögernd an.

Er sah sie auffordernd an.

»Lasst ihn trotzdem bleiben.«

Hadmar runzelte die Stirn. »Wozu? Um sich noch einmal zum Gespött der Leute zu machen?«

Uta holte tief Luft. »Um mir zu dienen. Lasst ihn mir als meinen Knecht.«

Der Kuenringer sah sie einen Moment schweigend an, dann lachte er laut heraus. »Als deinen Knecht! Ja, das gefällt mir.« Er konnte sich kaum beruhigen. »Du bist tatsächlich von meinem Blut.«

Er nickte zufrieden. Sein Blick fiel auf Balduin, der nun mit seinem Pferd aus dem Stall kam, bereit zum Aufbruch. »Steig ab«, rief er ihm zu. »Du kannst bleiben. Aber das hast du nur ihr zu verdanken«, rief er und deutete auf Uta.

Die war sich sicher, dass sich Balduins Dank in Grenzen halten würde.

Kapitel 8

Gertrud schabte Fett und Sehnen von der Kuhhaut. Der Gestank, der von den Alaun-Fässern ausging, in denen das Leder mehrere Monate gärte, war fast unerträglich und der Grund, warum die Gerberei außerhalb der Stadtmauern von Enns angesiedelt war. Aber genau das gab Gertrud Sicherheit. Sie hatte gehört, dass der Kuenringer anfangs Häscher ausgesandt hatte. Doch zur Lederei war bis zu diesem Winter im Jahre 1192 keiner gekommen.

Gertrud versteckte sich nicht aus Furcht vor Strafe. Sie hing nicht mehr am Leben, seitdem sie ganz allein war. Sie tat es für Uta. Wer weiß, ob das Kind sie nicht doch noch einmal brauchte. Eufemie hatte zwar geschworen, auf sie achtzugeben, doch Gertrud traute ihr nicht. Von einer Frau, die schon die Schmerzen der ersten Geburt so unerträglich fand, dass sie nie mehr schwanger werden wollte, war nicht viel zu erwarten.

Da war Hiltrud, bei der Gertrud Lohn und Brot gefunden hatte, schon aus anderem Holz geschnitzt. Die kleine, fast schon zerbrechlich wirkende Frau war seit kurzem Witwe und musste die Gerberei nun allein betreiben. Nebenbei hatte sie noch fünf Kinder zu versorgen und erwartete bereits das sechste, denn sie war noch einmal schwanger geworden, kurz bevor ihr Mann dem Fieber erlegen war.

Gertrud beobachtete, wie Hiltrud, die neben ihr ebenfalls eine Kuhhaut bearbeitete, mühsam aus der Hocke aufstand und sich Bauch und Rücken hielt.

»Du müsstest ruhen«, riet Gertrud.

Die lachte auf. »Ruhen? Ruhen werde ich wohl erst wieder im Grab.«

»Und da wirst du schneller hinkommen, als dir lieb ist, wenn du so weitermachst«, gab Gertrud zurück. »Spürst du ein starkes Ziehen? Fast wie unter der Geburt?«

Hiltrud nickte widerstrebend.

»Dann musst du einen starken Aufguss aus Kampfer bereiten. Oder eine Salbe aus Helmkraut und Kamille anrühren.«

Die Frau zuckte mit den Schultern. »Ach, das nützt doch alles nichts. Ich war sogar schon beim Bader. Der hat drei Silberlinge kassiert und dann festgestellt, dass ich einfach zu geschwächt für eine Schwangerschaft bin.«

»Was hörst du auch auf ihn? Er ist ein Mann. In solchen Dingen kennen sich nur Hebammen aus.«

Hiltrud sah sie, jetzt neugierig geworden, an. »Bist du eine Heilkundige?«

Gertrud wand sich. »Das ist doch einerlei. Befolge einfach meine Ratschläge.«

»Nun sag schon, kennst du dich aus mit dem geheimen Wissen?«

»Das ist lange her. Ich habe viel vergessen«, erklärte Gertrud.

Sie wandte sich ab, aber ahnte, dass sie bereits zu viel gesagt hatte.

Und dann kam es, wie es kommen musste. Nach all der Plage und Mühsal kündigte sich das Kind weit vor seiner Zeit an. Gertrud sah die älteste Tochter aus der Hütte kommen, in der Hiltrud niederkam. Das Mädchen lief direkt auf Gertrud zu, die die Häute in den Alaun-Fässern umrührte. Vor Aufregung stotterte sie: »Bi-bi-bitte, he-helft!«

Gertrud schüttelte den Kopf. »Ich kann nicht.«

»A-aber hörst du nicht, wie sie schreit?«

Was für eine Frage? Das Geschrei hallte wahrscheinlich bis in die Stadt hinein. »Es geht nicht. Ich kann nicht.«

Gertrud hatte vor Gott geschworen, es nie mehr wieder zu tun.

Sie schob ihre Ärmel hoch. Zwei rote, wulstige Fleischklumpen kamen anstelle ihrer schlanken Arme zum Vorschein. Das Mädchen fuhr erschrocken und angeekelt zurück. »Was ist das denn?«

Gertrud zuckte fast gleichmütig mit den Schultern, obwohl die gespannte Haut in einem fort schmerzte und juckte. »Ich weiß es nicht. Plötzlich war es da.«

»Das ist das Schlimmste, was ich je gesehen habe.«

»Verstehst du jetzt, warum ich deiner Mutter nicht helfen kann?«

Das Mädchen nickte und ging ein paar Schritte rückwärts. »Damit fasst du lieber niemanden an.«

Dann drehte sie sich schnell um und lief zu der Hütte zurück.

Gertrud zog ihre Ärmel vorsichtig wieder runter. Sie konnte den Anblick auch kaum ertragen. Das Bad in der Salzlauge war eine gute Idee gewesen. Gertrud hatte gewusst, dass man sie um Hilfe bitten würde. Und den wahren Grund, warum sie ablehnen musste, durfte keiner erfahren. Das war ihr Geheimnis. Doch die lauten Schreie rissen sie aus ihren Gedanken. Gertrud nahm das Rührholz auf, das an einem der Fässer lehnte, und begann die Häute zu wenden. Sie atmete schwer vor Anstrengung, ächzte und stöhnte, doch die Schreie hörte sie immer noch. Schließlich ließ sie das Holz achtlos in das Fass sinken. Sie brauchte beide Hände, um sich die Ohren zuzuhalten. Doch immer noch hörte sie Hiltrud. Es war anders als das normale Geschrei, das alle anstimmten, wenn sie das Gefühl hatten, gleich auseinandergerissen zu werden. Es lag Verzweiflung darin und Angst, denn Frauen, die so schrien, wussten, dass es nicht mehr viel Hoffnung gab außer der auf einen raschen Tod.

Gertrud zuckte es in den Füßen. Am liebsten wäre sie zur Hütte gelaufen. Aber sie durfte nicht. Sie hatte geschworen, es nie wieder zu tun. Zu groß war die Sünde gewesen, die sie begangen hatte. Die Gerberin schrie erneut. Und dann rannte Gertrud. Sie rannte zu der Frau, die ihre Hilfe brauchte.

Stunden später trat Gertrud nach draußen. Sie sog die klare und kalte Nachtluft ein. Der Himmel war voller Sterne. Gertrud ließ sich auf einen Baumstumpf sinken. Jetzt begann sie den Schmerz wieder zu spüren. Unter der Geburt hatte es keinen mehr gekümmert, dass ihre Arme rot angeschwollen waren. Alle bewunderten sie nur das Werk ihrer Hände. Ging Gertrud zu grob vor, verblutete die Mutter, ließ sie sich zu viel Zeit, erstickte das Kind. Schließlich hatte sie den Jungen, der mit den Beinen voran auf die Welt wollte, sanft und doch energisch herausgezogen. Sie hatte Hiltruds Ältester den Säugling in den Arm gedrückt, sobald die Nabelschnur durchtrennt war, und widmete ihr ganzes Können der Versorgung der Frau. Schließlich hatten sich alle Kinder eng an die Mutter gekuschelt und schliefen nun, das Neugeborene in der Mitte.

Gertrud hingegen dachte nicht an Schlaf, obwohl auch sie todmüde war. Eine innere Unruhe trieb sie um. Sie hatte ihren Schwur gebrochen, und schlimmer noch, sie bereute es nicht. Es hatte ihr eine tiefe Befriedigung verschafft, all ihr Können noch einmal anzuwenden. Gertrud schaute zum Himmel, beobachtete jeden einzelnen Stern. Doch es gab keine Zeichen, die eine Katastrophe ankündigten. Gertrud konnte hoffen, dass es Uta gut ging. Sie faltete die Hände, die eben noch Verbotenes getan hatten, zum Gebet.

Uta schmerzte jeder Knochen in ihrem Körper. Sie waren jetzt schon mehrere Tage von Dürnstein nach Wien unterwegs, und da sie nicht selbst reiten konnte, musste sie vor Balduin auf dem Pferderücken sitzen. Sie war sich sicher, dass er jede Unebenheit nutzte, um Uta noch mehr als ohnehin schon durchzuschütteln. Denn wie sie es vorausgesagt hatte, empfand Balduin keine Dankbarkeit dafür, dass er nun seit mittlerweile eineinhalb Jahren als ihr Knecht auf der Kuenringerburg bleiben durfte, und wenn doch, dann verstand er es meisterhaft, diese Regung zu verstecken. So war das Wasser, das er ihr jeden Morgen für die Wäsche in ihr Gemach brachte, des Sommers kochend heiß gewesen, während er jetzt im Winter eiskaltes bevorzugte.

Endlich kamen die Pferde zum Stehen. Uta stieg ab und reckte sich. Sie streckte die Arme nach oben und legte den Kopf in den Nacken. Dabei tat sich ihr ein Anblick auf, der ihr den Mund offen stehen ließ. Sie hatten vor einer Burg angehalten, die um ein Vielfaches größer als der Kuenringersitz war. Die Schutzmauer aus grob behauenen Bossensteinen wirkte uneinnehmbar. An jeder Ecke mündete sie in einen stämmigen Rundturm. Zahlreiche Erker hingen wie Schwalbennester an dem ebenfalls in die Mauer eingebauten Palas. Es war das erste Mal, dass Uta verglaste Fenster sah.

Beim Anblick dieser Burg war jedem sofort klar, dass es die Residenz Leopolds war, seit diesem Jahr nicht nur Herzog von Österreich, sondern auch der Steiermark.

Die anderen gingen voran in Richtung des Tores, während Uta immer noch staunend stehen blieb. Hadmar wandte sich ungeduldig um. »Komm endlich!«

Uta zauderte. »Aber sicher werden in diese Burg nur die Alleredelsten eingelassen.«

Hadmar lachte auf. »Und genau zu denen zähle ich als einer von Leopolds treuesten Lehnsmännern.«

Uta folgte den anderen. Doch kaum waren sie beim Tor angelangt, stellten sich zwei Wachen vor ihnen auf und kreuzten die Lanzen. »Halt!« rief der eine sie an. »Wer seid Ihr und was wollt Ihr?«

»Ich bin Hadmar von Kuenring«, erklärte der Dürnsteiner und trat ganz nahe an den Mann heran. »Erkennst du mich jetzt?«

Der verzog die Nase aufgrund des strengen Geruchs, den Hadmar nach dem tagelangen Ritt verströmte, und trat einen Schritt zurück. »Ich werde Herzog Leopold Meldung machen. In der Zeit wird man Euch zum Badehaus geleiten.«

Er gab dem zweiten Wachmann ein Zeichen, worauf der nickte und zu den Dürnsteinern trat. »Kommt!«, erklärte er, und ging voran.

Hadmar rang mit sich, doch dann biss er die Zähne zusammen und folgte ihm.

Am Abend war der Herzog bereit, sie zu empfangen. Balduin musste allerdings in der Badestube bleiben, um den Mägden zu helfen, das dreckige Wasser auszuschütten, während Uta frisch gebadet und mit sauberen Kleidern angetan hinter Hadmar und Eufemie herging.

Der Gang mit seinen vielen Verzweigungen kam Uta endlos vor. Immer noch eingeschüchtert durch die Größe der Burg, bestaunte sie in Stein gehauene Blumenmuster an den Pfeilern, die prunkvollen Beschläge der Türen und sogar eine Inschrift in der Mauer des Ganges. Bei Letzterer musste Uta einfach stehen bleiben, um sie zu entziffern: »Siehst du jemanden tragen ein Schwert, dann mach am besten ganz schnell kehrt!«

Uta lachte, und plötzlich fühlte sie sich gar nicht mehr so fremd und fehl am Platze. Sie wollte Eufemie rufen, um ihr den Spruch zu zeigen, doch Hadmar und sie waren schon um die nächste Ecke verschwunden. Sie eilte ihnen hinterher, bis sie an eine Gabelung kam. Unsicher nahm sie den linken Gang. Doch niemand war zu sehen. Dafür verzweigte sich der Gang erneut, und ehe Uta sich versah, war sie vollkommen in die Irre gelaufen.

Es blieb ihr nichts anderes übrig, als an einer der mächtigen Türen anzuklopfen, um nach dem Weg zu fragen. Zwei Gemächer fand sie leer vor, erst beim dritten hatte sie Glück. Uta sah einen Mann am Fenster sitzen, ein Instrument mit einem großen, hölzernen Rahmen zwischen die Beine geklemmt. Es hörte sich an wie das muntere Plätschern eines Baches, als seine langen, schmalen Finger über die Saiten der Harfe glitten.

»Entschuldigt«, brachte Uta heraus. »Ich habe mich verlaufen. Eigentlich wollte ich zu Leopold.«

Schüchtern trat sie ein wenig näher.

»Aber da seid Ihr vollkommen richtig«, erklärte der blonde, feingliedrige Mann und lächelte.

»Ihr seid Herzog Leopold?«, fragte Uta. »Ich hatte mir Euch ganz anders vorgestellt.«

»Verratet Ihr mir auch, wie?«, erwiderte der Mann, während seine Hände dem Instrument immer noch wunderschöne Töne entlockten.

Uta zuckte hilflos die Achseln.

»Ich verstehe.« Ihr Gegenüber machte eine gespielt betrübte Miene. »Ihr wollt nicht sagen, dass Ihr einen wahren Recken erwartet und nur einen mickrigen Saitenspieler vorgefunden habt.«

Uta wurde rot und schüttelte heftig den Kopf. »Nein, ganz im Gegenteil. Ihr seid durchaus stattlich ...«

Uta unterbrach sich erschrocken, als sie merkte, wie sie mit dem edlen Herrn sprach. »Verzeiht, ich dachte nur, Ihr wärt viel älter, und irgendwie ... unnahbarer. Wie ein Herzog eben so ist.«

»Oh, da muss ich Euch schon wieder enttäuschen. Hätte es mir gleich denken können, dass Ihr zu meinem Vater wollt. Die einzige Gemeinsamkeit zwischen uns ist der Name.«

Er sah sie bedauernd an. Uta wurde noch röter. Sie wünschte, sie könnte irgendetwas Geistreiches sagen, stattdessen grinste sie dümmlich. Und zu allem Überfluss schob sich jetzt auch noch ein anderes Gesicht vor das des freundlich lächelnden Herzogssohn. Es war ernster, aber sehr vertraut. Karl schien sie geradezu vorwurfsvoll anzuschauen. Uta rief sich zur Ordnung. Karl war verschwunden, ohne ihr Lebewohl zu sagen. Er hatte kein Recht darauf, in ihrem Kopf herumzugeistern. Karls Gesichtszüge verschwammen, während sie sich Leopold zuwandte. »Ihr spielt wunderschön«, erklärte sie mit einem Blick auf die Harfe.

Leopold winkte ab. »Es sollte mich nur ein wenig ablenken, weil ich gerade mit meinem Gedicht nicht weiterkam.«

»Ihr ... dichtet?«

Uta konnte sich nicht daran erinnern, dass sie irgendjemanden kannte, der dichten konnte.

Leopold winkte ab und nahm einen Bogen Pergament auf, der neben dem Instrument auf dem Bogen lag und bereits zur Hälfte beschrieben war. »Ich reihe Worte aneinander. Keiner außer mir wird sie zu Gesicht bekommen.«

»Handelt das Lied von einer Frau?«, fragte Uta ein wenig bang.

Aber Leopold schüttelte den Kopf.

»Nein, von einem Mann«, erklärte er. »Von einem großen König, der trotz oder gerade wegen seines Mutes von meinem Vater gehasst wird. Genau deswegen darf auch nie jemand etwas von diesem Gedicht erfahren.«

Er seufzte und ließ den beschriebenen Bogen achtlos auf den Boden fallen. »Aber was langweile ich Euch mit meinem Kummer. Sagt, was führt Euch zu mir?«

Uta hätte alles darum gegeben, wenn er fortführe. Nur zu gerne würde sie seinen Kummer mit ihm teilen. Aber sie wagte nicht, ihn danach zu fragen, zumal er auch schon aufstand. »Kommt, ich geleite Euch zu meinem Vater. Sicher wartet er schon.«

Freundlich lächelnd nahm er sie am Arm. Uta erzitterte bei seiner Berührung. Trotzdem gelang es ihr, unter dem Vorwand, ihren Saum richten zu müssen, sich zu bücken und das Pergament unauffällig in den Falten ihres Kleides verschwinden zu lassen.

Der Herzog empfing sie in einem großen, prächtigen Gemach, von Wandteppichen mit Jagdszenen geschmückt und von drei Kaminen erwärmt. Man begrüßte sie erfreut, nachdem sie im Gang verschollen war, und sogar Hadmar beschimpfte sie nur einmal als zu dumm, um geradeaus zu gehen. Er war ausnehmend guter Stimmung, und bald erfuhr sie auch warum. Eufemie trat zu ihr: »Es wird Zeit, dir zu verraten, warum wir hier sind.«

»Um dem Herzog zu huldigen, dachte ich.«

»Natürlich, aber es gibt noch einen anderen Grund.«

Uta blickte Eufemie fragend an. »Hadmar will mehr Land von ihm?«

Eufemie lachte. »Du kennst ihn mittlerweile gut. Aber es geht um etwas anderes. Wir haben Leopold um einen Ehemann für dich gebeten.«

Uta war wie vom Donner gerührt. »Einen Mann? Für mich?«

»Mein liebes Kind, du bist sechzehn. Es wird höchste Zeit, zu heiraten.«

Uta konnte es nicht fassen. Sie sollte heiraten. Aber wen? Der einzige Mann, nach dem sie sich immer gesehnt hatte, war weit weg. Wieder stieg Karls Gesicht vor ihr auf, doch diesmal schob sich ein anderes davor. Sie blickte Eufemie an. »Etwa seinen Sohn?«

Eufemie nickte lächelnd. Uta wurde es ganz warm, und sie drehte sich vorsichtig so, dass sie den jungen Leopold sehen konnte, der mit seinem Vater und Hadmar bei einem der Kamine stand und in ein Gespräch vertieft war.

»Er muss jeden Moment da sein«, erklärte Eufemie.

Uta verstand nicht. »Aber wieso? Er ist doch schon ...«

In dem Moment ging die Tür auf.

»Hier bin ich, Vater!«, rief ein stämmiger, fast schon grobschlächtiger Mann.

»Friedrich, mein Sohn!«, begrüßte der Herzog seinen zweiten Sohn. »Ich möchte dir deine zukünftige Frau vorstellen.«

Er deutete auf Uta, die sich am liebsten hinter Eufemie versteckt hätte. Aber die schob sie in Friedrichs Richtung. Uta nahm einen eigenartigen Geruch wahr. Es roch leicht süßlich, fast schon nach Verwesung, wie sie es von am Wegesrand verendeten Tieren kannte. Der Gestank schien von dem zerschlissenen Gewand herzurühren, das teilweise zerfetzt von Friedrichs Körper hing und eine eigenartige Farbe aufwies. War in der Mitte noch ein weißer Streifen zu erkennen, hatten Saum und Kragen einen rötlich braunen Ton. Sie konnte nicht aufhören, darauf zu starren, was Friedrich als Bewunderung deutete. »Diesen Rock trage ich nur bei ganz besonderen Anlässen, so wie heute«, erklärte er. »Er stammt von meinem Vater, der ihn in der Schlacht von Akko trug. Eingefärbt vom Blut seiner vielen Feinde diente er unserer Flagge als Vorbild.«

Uta sah ihn verständnislos an. Friedrich erläuterte: »Erkennt Ihr es?« Der Sohn des Herzogs deutete nacheinander auf die Streifen. »Rot – Weiß – Rot. Das sind seit dieser Schlacht die Farben Österreichs, die uns immer an die Tapferkeit unseres Vaters erinnern werden.«

Jetzt war Uta sprachlos, aber keineswegs vor Bewunderung, sondern aus lauter Abscheu und Ekel.

Der gebratene Fasan roch köstlich, doch Uta hatte immer noch den Gestank von eingetrocknetem Blut in der Nase, sodass sie nichts von dem edlen Tier herunterbringen konnte. Auch von dem in Honig getränkten Teig aß sie nur um der Höflichkeit willen etwas. Doch als ihr Blick aus Versehen auf Friedrich fiel, hatte sie das Gefühl, sie müsse alles wieder herauswürgen. Verzweifelt umschlang sie ihre Mitte mit den Armen. Das Rascheln unter dem Stoff ihres Kleides beruhigte sie ein wenig. Es war Leopolds Gedicht, das sie heimlich eingesteckt hatte, ihre einzige Erinnerung an das Glück, das bereits so greifbar gewesen war, bevor es sich in nichts auflöste.

Uta war froh, als die Tafel aufgehoben wurde, und wollte den Saal so schnell wie möglich verlassen. Doch Hadmar hielt sie auf. »Warte, dein zukünftiger Schwiegervater will dich ein wenig näher kennenlernen.«

Er deutete zu einem der Kamine, wo der Herzog bereits auffallend dicht neben Eufemie Platz genommen hatte und deren Arm tätschelte, während er ihr zuhörte. Doch als er sah, dass Uta näher kam, stand er auf, um ihr mit ausgebreiteten Armen entgegenzugehen. »Uta, mein Kind, willkommen in meiner Familie!«

Schon drückte er sie an sich, fester als es sich geziemte. Uta roch seinen schlechten Atem und spürte, wie seine Hände an ihrem Brustansatz entlangfuhren. Es fehlte nicht viel, und sie hätte ihn von sich gestoßen. Doch in dem Moment rückte er ein wenig von ihr ab und sah sie erstaunt an. Jetzt hörte auch sie das Rascheln, wenn er mit seinen Fingern über ihre Taille strich. Er hatte das Pergament entdeckt! Uta wollte sich ihm entziehen, doch er hielt sie nur noch fester und nestelte so lange an dem Stoff herum, bis er den Bogen herausziehen konnte. »Was ist denn das?«, fragte er in die Runde, während er das Schriftstück hochhielt.

Hadmar und Eufemie blickten ehrlich erstaunt, sodass er sich wieder an Uta wandte: »Ein geheimer Brief?«

Uta schüttelte schnell den Kopf. »Nur ein Gedicht«, erklärte sie und versuchte, es dem Herzog aus der Hand zu nehmen.

»Du dichtest?«, fragte er.

Uta sah zu Boden, denn sie wollte den wahren Verfasser nicht verraten. Leopold hatte ausdrücklich gesagt, dass sein Vater es nie zu Gesicht bekommen dürfte.

»Wie bescheiden sie ist! Dann muss ich es wohl vorlesen.«

Uta wollte ›nein‹ rufen, doch sie wusste, dass es sinnlos war. Der Herzog nahm das Schriftstück und blinzelte. Uta betete, dass seine Augen zu schlecht seien, um die Lettern entziffern zu können. Doch als Leopold den Bogen weiter weg hielt, nickte er befriedigt und begann: »Eine Stadt namens Akko in Feindeshand, hat an allen Ecken lichterloh gebrannt. Aber ich erzähle es gerne, denn ihr Retter war nicht mehr ferne.«

Der Herzog sah auf. »Ein Gedicht über mich! Eine Schande, dass du es verstecken wolltest!«

Er lächelte Uta an, bevor er fortfuhr: »Graue Augen kalt wie Eis, rotes Haar dem Feuer gleich ...«

Der Herzog sah irritiert auf, und auch Hadmar runzelte die Brauen. Leopold fuhr fort. »Mit großem Mut, nicht fürchtend den Schmerz ...«

Fassungslos formte er die folgenden Worte tonlos. Hadmar und Eufemie versuchten von seinen Lippen zu lesen, doch das war nicht nötig, denn schon schrie er es heraus: »Sie nannten ihn Richard Löwenherz!«

Kreidebleich ließ der Herzog das Gedicht sinken. Er blickte von Uta zu Hadmar. »Was fällt euch beiden ein!«, donnerte er.

Hadmar hob abwehrend die Hände. »Diese Worte kenne ich nicht. Ich weiß auch nicht, was in sie gefahren ist!«

»Dieses Geschmiere ist nichts als Lüge! Soll ich sagen, wo sich dieser angeblich so mutige König Richard im Moment befindet?«

Keiner wagte auch nur Luft zu holen, bis Leopold fortfuhr: »Auf der Flucht, der feige Hund! Erst ist er schiffbrüchig geworden, dann hat er sich von Piraten aufgreifen lassen, und jetzt ist er angeblich verkleidet unterwegs.«

Hadmar nickte. »Das habe ich auch schon gehört. Höchst unwürdig für einen König, als einfacher Kaufmann durch die Lande zu ziehen.«

»Kaufmann? Ich wette, er hat sich Frauenröcke übergezogen!«

Hadmar pflichtete ihm bei. »Zuzutrauen wäre es ihm. Aber auf jeden Fall hat dieses dumme Ding ...«, er warf Uta einen bösen Blick zu, »... sicher nicht gewusst, was es da schrieb. Ihr braucht keine Angst haben, dass so etwas nochmal vorkommt, wenn sie Eure Schwiegertochter ist.«

Der Herzog sah Hadmar an. Plötzlich wirkte er wie die Ruhe selbst. »Natürlich wird das nicht vorkommen«, erklärte er und lächelte. »Weil sie meinen Sohn nie heiraten wird.«

Hadmar zuckte zusammen. »Aber verehrter Leopold, bitte ...«

Doch der Herzog sah ihn noch nicht einmal an, als er »Raus!« brüllte.

Uta war erleichtert, der Hochzeit mit Friedrich entgangen zu sein. Doch ihr schwante nichts Gutes, als Hadmar sie fest am Arm packte und vor sich her aus dem Gemach schubste.

Karl saß im Sand und blickte zum Sternenhimmel empor. Nirgendwo war ihm das Leuchten und Blinken jemals wunderbarer erschienen als hier. Wahrscheinlich kam es daher, dass die Wüste selbst so kahl und ohne jede Schönheit war. Es hatte ihn nicht wie die anderen Kreuzfahrer nach Hause gezogen, nachdem Akko erobert war. Karl wusste nicht mehr, wo er zu Hause war, und solange er es nicht herausgefunden hatte, würde er umherziehen. Er hatte sich einer Karawane von Kaufleuten aus aller Herren Länder angeschlossen, in der Hoffnung, in einer der Oasen eine Arbeit zu finden. Karl stand auf und ging zurück zu seiner Decke, die zwischen den anderen Schlafenden lag. Vorsichtig ließ er sich nieder. Doch als er sich ausstrecken wollte, spürte er einen stechenden Schmerz im Rücken. Karl schnellte empor und hob die Decke an. Doch anstatt des erwarteten Skorpions sah er etwa ein Dutzend scharfkantiger Steine im Sand liegen. Während er sich noch darüber wunderte, wo sie herkamen, packten ihn zwei Hände von hinten und rissen ihn herum.

»Was machst du auf meiner Decke?«, herrschte ihn ein kleiner dunkler Mann, ganz offenbar ein Sarazene, an. Karl wunderte sich noch, dass der Mann seine Sprache beherrschte, als er auch schon zu Boden gedrückt wurde und sein Gegner sich auf seinen Brustkorb setzte. »Wieso deine Decke?«, brachte Karl nach Luft ringend heraus.

Doch da sah er auch schon sein eigenes, verwaistes Nachtlager direkt neben sich. »Schon gut«, japste er. »Ich habe mich vertan, mehr nicht!«

»Vertan! Dass ich nicht lache!«, bekam er als Antwort, und schon legten sich kleine, aber dafür kräftige Hände um seinen Hals. »Bestehlen wolltest du mich!«

»Ja, aber …« Karl konnte nur mit Mühe sprechen. »Was sollte ich denn stehlen? Da war nichts außer Sand und Steine.«

Plötzlich fiel Karl auf, dass das Gestein wie versteckt unter der Decke gelegen hatte. »Die Steine? Aber warum sollte ich Steine stehlen?«

»Das weißt du ganz genau.«

Der Griff um Karls Hals wurde noch fester. »Nein«, röchelte der. »Ich habe keine Ahnung.«

»Dann hast du erst recht den Tod verdient, Dummkopf!«, hörte er den Mann zu seinem Erschrecken sagen.

Karl konnte nichts mehr erwidern, da der Würgereiz immer stärker wurde. Die Luft blieb ihm nun ganz weg. Verzweifelt stemmte er seine Arme gegen den Oberkörper über ihm. Er fühlte sich weich an, was Karl verwunderte, hatte er doch Sehnen und Muskeln erwartet. Verblüfft tastete er über die Rundungen. ›Eine Frau‹, schoss es ihm durch den Kopf.

Sein Gegner wollte seinem Griff ausweichen und lehnte sich zu weit nach hinten, sodass es Karl gelang, sich unter dem Körper herauszuwinden und die Oberhand zu gewinnen. »Du bist eine Frau!«, zischte er, während jetzt er auf ihr lag.

»Na und?«, erwiderte sie und spuckte ihm ins Gesicht.

Er riss ihre Arme nach hinten und hielt sie mit seinen Knien am Boden. Jetzt hatte er die Hände frei und zog ihr das Tuch vom Kopf. Langes dunkles Haar ringelte sich auf den Sand. Als er ihren Kopf festhielt, um ihr Gesicht näher zu betrachten, merkte er, dass etwas von ihrer dunklen Hautfarbe auf seine Hände abfärbte. »Und eine Sarazenin bist du auch nicht!«

»Allah sei gedankt«, fauchte sie mehr, als dass sie es sagte, und spuckte erneut, diesmal aber neben Karl in den Sand.

»Was soll diese Verkleidung? Was hat es mit den Steinen auf sich? Und warum zum Teufel wolltest du mich umbringen?«, wollte Karl wissen.

Doch die Frau kniff die Lippen zusammen.

»Na schön«, erklärte er und legte seine Hände an ihren Hals. Doch er wusste, dass er nicht zudrücken konnte. Nicht bei einer Frau und noch dazu bei einer so schönen.

»Erst musst du mich loslassen«, forderte sie.

»Und wer sagt mir, dass du nicht abhaust?«

»Wo soll ich denn hin, mitten in der Nacht? Du bist dümmer, als ich dachte.«

Karl hob abwehrend die Hände. »Schon gut, schon gut. Du bist frei.«

»Das bin ich sowieso«, kam es prompt zurück, während sie wie eine Katze auf die Beine sprang und ein paar Schritte von ihm fort machte. Karl dachte schon, dass sie jetzt doch wegrennen wollte. Aber sie war nur darauf erpicht, ihre Steine aufzuheben. Es gelang ihr nicht, alle auf einmal zu packen. Karl reichte ihr die Decke, die bei dem Gerangel zur Seite gerutscht war. »Versuch es damit.«

»Danke«, hörte er zu seiner großen Verblüffung.

Als sie das Bündel geschnürt hatte, stand sie auf und winkte ihm zu. »Komm!«

»Wohin?«, fragte er.

»Du hast mich doch was gefragt. Ich will dir antworten. Aber nicht hier.«

Sie gingen eine ganze Weile, bis das Lager nur noch als kleiner Punkt zu erkennen war. »So, hier sind wir sicher.«

Die Frau ließ sich nach Beduinenart auf dem Boden nieder, Karl tat es ihr etwas weniger geschmeidig nach. Dann hob sie an. »Diese Steine«, sie klopfte auf das Bündel neben sich, »sind ganz besondere Steine. Wenn du mehr darüber wissen willst, dann musst du mir schwören, mit niemandem, aber auch wirklich niemandem, darüber zu sprechen.«

Sie sah ihn abwartend an.

Karl nickte. »Ich schwöre es.«

Zufrieden sprach sie weiter. »Sie sehen von außen unscheinbar aus, aber in ihrem Inneren bergen sie einen wahren Schatz. Es sind Diamanten.«

Sie machte eine kurze Pause, um zu sehen, wie das auf Karl wirkte. Der versuchte, beeindruckt zu gucken, hatte aber in Wahrheit dieses Wort noch nie gehört. Zum Glück fuhr die Frau fort: »Es sind besonders wertvolle Stücke, auf die es viele abgesehen haben.«

Karl nickte. »Wie du es von mir angenommen hast.«

»Ja, bis ich merkte, dass du viel zu einfältig dazu bist.«

Karl runzelte die Stirn. »Warum erzählst du mir dann alles?«

»Weil ich dich gebrauchen kann.«

»Ich dachte, ich bin ein Dummkopf.«

Sie nickte. »Und das ist gut so, denn die Arbeit ist recht stumpfsinnig. Sie erfordert Geduld, viel mehr Geduld, als ich je aufbringen könnte.«

Karl war sich nicht sicher, ob das jetzt ein Lob oder eine Beleidigung war. »Was willst du von mir?«

Sie kam ihm ganz nah. »Du wirst die Steine schleifen, ihre wahre Schönheit zum Vorschein bringen. Denn nur so erlangen sie ihren unermesslichen Wert.«

Karl schüttelte den Kopf. »Das kann ich nicht.«

»Dann wirst du es lernen. In Tyrus verlassen wir die Karawane, und ein Edelsteinschleifer wird dir das Nötige beibringen.«

»Warum sollte er das tun?«

Die Frau lachte. »Das lass meine Sorge sein.«

Karl wusste nicht so recht, was er davon halten sollte. Aber der Frau war das ohnehin egal. Sie sprang auf. »Komm, wir können noch ein wenig schlafen.«

»Aber woher hast du die Steine?«

»Alles zu seiner Zeit«, antwortete sie und wollte schon weiter.

Aber Karl packte sie am Handgelenk. »Sag mir wenigstens, wie du heißt.«

»Kinga«, sagte sie schlicht und drehte sich endgültig zum Lager.

Karl hob das Bündel mit den Steinen auf und trottete hinter ihr her.

Eufemie schüttelte die klamme Decke aus. Eilig schossen drei kleine dunkle Schatten aus den Falten und suchten in den Zimmerecken Schutz vor dem Licht.

»Kakerlaken«, kreischte Eufemie.

Hadmar hielt sich die Ohren zu. »Schrei nicht so! Ich muss nachdenken.«

Uta stand mit dem Rücken zu dem kleinen Fenster. Sie bemühte sich, so wenig wie möglich im Weg zu sein, was in dem winzigen Zimmer, das sie sich zu viert teilten, fast unmöglich war. Aber es war die einzige Herberge, die sie nach ihrem hastigen Aufbruch von Leopolds Schloss vor Einbruch der Nacht hatten finden können. Doch die Eile hatte Uta bisher vor Hadmars Strafgericht bewahrt.

Hadmar, der unruhig auf und ab ging, konnte gerade mal zwei seiner weit ausholenden Schritte tun, bevor er an die nächste Wand stieß. Er versetzte einem Schemel, der ihm im Weg stand, einen festen Tritt. »Wann kommt bloß dieser Nichtsnutz von Balduin?«

Schon stand Balduin in der Tür. Hadmar sah ihn auffordernd an. »Und? Hat der Wirt noch ein größeres Zimmer?«

Balduin nickte.

»Sehr gut«, freute sich Hadmar. »Dann können wir umziehen.«

»Nein«, widersprach Balduin zaghaft.

»Nein? Wieso nicht?«, fragte Hadmar mit gerunzelten Brauen.

»Weil das Zimmer belegt ist.«

»Und damit hast du dich abspeisen lassen?«

»Nein, natürlich nicht. Ich habe gesagt, dass nicht irgendeiner, sondern Hadmar von Kuenring, der Burgherr von Dürnstein …«

»Schon gut, das weiß ich selber«, unterbrach ihn Hadmar. »Warum sind wir dann trotzdem noch hier?«

»Weil der andere Gast wohl erkrankt ist. Er leidet am Fieber und darf das Bett nicht verlassen. Aber er hat mir das hier als Entschädigung geben lassen.«

Er hielt Hadmar einen purpurroten Samtbeutel hin, der mit einem Goldfaden verschnürt war. Der Kuenringer nahm das Behältnis, wenn auch etwas widerwillig, und schnürte es auf. Er griff hinein und zog eine Goldmünze heraus, die trotz des schwachen Lichts blinkte und blitzte. Alle staunten, bis auf Hadmar. Sein Gesicht lief rot an. »Er gibt mir Geldstücke? Ja, was meint er denn, wer ich bin? Ein Bettler?«

Balduin, der direkt vor ihm stand, begann zu zittern. Der Burgherr betrachtete die Münze näher. »Und dann noch fremdes Geld.«

Er schmiss den Beutel auf den Boden, wobei die restlichen darin enthaltenen Goldstücke herausrollten, Uta direkt vor die Füße. Die bückte sich, ohne lange nachzudenken, um die Münzen aufzusammeln. Doch schon war Hadmar bei ihr und gab ihr so einen kräftigen Stoß, dass sie das Gleichgewicht verlor und hintenüber fiel.

»Lass es liegen, du törichtes Ding! Wegen dir sitzen wir hier fest. Hättest du nicht dieses Gedicht geschrieben …«

Hadmar versetzte der am Boden liegenden Uta noch einen festen Tritt. »›Graue Augen kalt wie Eis, rotes Haar dem Feuer gleich‹ – so was Albernes habe ich noch nie gehört!«

Uta versuchte sich zu erheben, doch Hadmar stand jetzt breitbeinig über ihr. »›Mit großem Mut, nicht fürchtend den Schmerz.‹«

Hadmar schlug sie auf die rechte Wange. »Sie nannten ihn Richard Löwenherz.«

Er wollte sie gerade auch auf die linke schlagen, als ihm jemand in den Arm fiel. Von allen unbemerkt war ein großer Mann, ein Hüne fast, ins Zimmer getreten. »Das ist kein Grund, sie zu schlagen!«, rief er.

An seiner Aussprache konnten alle hören, dass er von weit her kommen musste.

Hadmar blickte wutentbrannt in ein paar graue Augen. »Wer bist du, dass du dich einmischst?«

»Auf jeden Fall keiner, der eine hilflose Frau schlägt.«

»Du wagst es …«, rief Hadmar zornig und zielte mit der Faust mitten in das Gesicht des Mannes.

Doch der Hüne fing seine Hand ab. »Eigentlich wollte ich mich nur erkundigen, ob Euch meine Entschädigung ausreicht.«

Er deutete mit dem Kopf zu den auf dem Boden liegenden Goldstücken.

»*Du* nimmst uns also das Zimmer weg!«, schrie Hadmar.

Der schüttelte seine rote Mähne. »Den Damen gewähre ich gerne Obdach«, lachte der Fremde und ließ Hadmars Faust los. Er drehte ihm den Rücken zu, um zu gehen. Hadmar griff, außer sich vor Wut, nach dem Eisen, mit dem Balduin eben noch im Kaminfeuer gestochert hatte. Uta sah, dass es gleich auf den Schädel des Hünen krachen würde und sein rotes Haupthaar vom Blut noch röter gefärbt würde. Die Münzen, die Augen, das Haar – plötzlich begriff Uta. Sie schrie, so laut sie konnte: »Nein! Nicht! Es ist Löwenherz!«

Hadmar hatte schon ausgeholt, sein Arm schnellte nach vorne, als Uta es noch einmal rief: »Der Mann ist Richard Löwenherz!«

Hadmar hielt in der Bewegung inne, und das Eisen berührte den Kopf des Fremden nur ganz leicht. Aller Augen richteten sich auf Uta, einschließlich der grauen. Uta kam es vor, als sähe dieser Mann direkt in ihr Herz.

Kapitel 9

Der alte Mann strich genussvoll über den groben Stoff. Darunter fühlte er Kingas warmen, weichen Busen und zog ihr das Gewand langsam von der Schulter, sodass sich nach und nach die weiße Haut vor ihm enthüllte. Doch gerade als er die zarte, aufgerichtete Knospe mit den Lippen umschließen wollte, wich Kinga zurück und setzte sich auf.

»Schau, wie würde der mir stehen?«, rief sie, während sie nach einem der Diamanten griff, die auf einem kleinen Tischchen aufgereiht lagen, und ihn dicht an ihre Wange hielt. Der Stein glitzerte im Dämmerlicht in der Hütte des Diamantenschleifers.

Der Alte stöhnte auf. »Viel zu schade für eine wie dich!«, raunzte er, während er ihr den Stein aus der Hand nahm und wieder zu den anderen legte.

Kinga zog ihr Gewand hoch. »Dann lass du auch deine Finger von mir.«

»Moment mal«, sagte der Alte heiser und zog sie recht unsanft an sich. »Wir haben eine Abmachung. Ich zeige diesem Trottel mein Handwerk und du mir das deine.«

Grober als zuvor fasste er ihr erneut an die Brust. Dann wanderte seine Hand weiter nach unten über ihren weichen Bauch. Aber bevor er ihr zwischen die Beine greifen konnte, packte Kinga sein Handgelenk. »Erst wenn Karl alles von dir gelernt hat, bekommst du auch alles von mir.«

Der Alte setzte sich seufzend auf. »So ungeschickt, wie der Bursche sich anstellt, kann das ewig dauern. Und schließlich habe ich noch den Auftrag des Wesirs zu erledigen.«

Der Alte nahm einen recht unscheinbar aussehenden Stein von einem Tischchen. »Er wird in einem ganz zarten Hellblau an der Stirn seiner Braut leuchten, jedenfalls wenn ich ihn bis dahin geschliffen habe. Ansonsten komme ich eher ins Paradies, als ich gedacht habe«, seufzte er und legte den Stein vorsichtig wieder ab.

»Falsch, Alter, du kommst in die Hölle«, lachte Kinga, erhob sich und ging geschmeidig zur Tür.

Karl trat zur Seite, doch er war nicht schnell genug. Kaum war Kinga aus der Hütte gekommen, hatte sie ihn auch schon entdeckt. »Du hast gelauscht«, herrschte Kinga ihn an.

»Nein, bestimmt nicht«, beteuerte Karl. »Ich verstehe doch kein Wort vom Arabischen.«

»Dann hast du uns zugeschaut, noch schlimmer! Was gibt es zu gaffen, wenn ein alter Bock seine Finger nicht bei sich lassen kann?«

Kinga ging ärgerlich weiter.

»Aber genau darum geht es«, erklärte Karl, während er sich beeilte, mit ihr Schritt zu halten. »Ich wollte aufpassen, dass er dir nichts tut.«

Kinga blieb unter einer Dattelpalme stehen und stemmte beide Hände in die schmalen Hüften. »Ich kann gut auf mich selber aufpassen, mein Kleiner! Sag mir lieber, warum du dich so dumm bei der Arbeit anstellst.«

Kinga nahm seine Hand in die ihre und untersuchte sie mit der anderen. Karl fühlte, wie sie über jeden einzelnen Finger strich, und ein kleines Schauern ging durch seinen Körper.

»Komisch«, sagte Kinga, »deine Finger sind lang und schmal, wie geschaffen für das Handwerk.«

Sie ließ seine Hand wieder los, was Karl bedauerte, und sah ihn auffordernd an. »Was ist los?«

Karl versuchte, ihrem durchdringenden Blick auszuweichen, aber er schaffte es nicht. »Na ja«, begann er zögernd, »du hast doch mit dem Alten abgemacht, dass er … dass er dich … ich meine, wenn ich alles gelernt habe …«

Kinga konnte sein Gestotter nicht mehr mitanhören. »Dann gebe ich mich ihm ganz hin. Das ist doch nicht so schwer.«

Karl nickte. »Ja, das meine ich. Und deshalb, weil ich nicht will, dass er dich bekommt, mache ich eben besonders langsam.«

Kingas Augen weiteten sich in ungläubigem Staunen. »Du machst was?« Sie schüttelte den Kopf. »Du spielst nur den Ungeschickten? Das darf doch nicht wahr sein!«

Karl zog schon den Kopf ein, aber irgendwie schien Kinga sein Verhalten auch zu rühren, denn sie strich ihm über die Wange.

»Karl, du glaubst doch nicht im Ernst, dass ich mich diesem zahnlosen Alten hingebe?«

Jetzt war es an Karl, sie ungläubig anzugucken. »Aber du hast es mit ihm abgemacht. Er wird darauf bestehen.«

»Aber dann werden wir schon nicht mehr hier sein. Sobald du genug gelernt hast, machen wir uns aus dem Staub. Soll er doch seine Frau befummeln, wenn er unbedingt will.«

»Warum hast du mich nicht gleich in deinen Plan eingeweiht?«, fragte Karl. »Dann hätte ich schon längst mein Meisterstück vollbracht.«

»Ich vergesse immer wieder, wie langsam Männer begreifen«, sagte Kinga und ließ ihn auf dem Hof zurück.

Balduin stand etwas schüchtern vor dem König von England. Der Mann wirkte viel zu groß für das kleine Bett in der winzigen Kammer, die Hadmar ihm zugewiesen hatte, während die seinen jetzt in dem großen Gastzimmer residierten. Kurz nach seiner Festnahme hatte Löwenherz einen Fieberschub erlitten, der es Hadmar leichtmachte, ihn gefangen zu halten.

Richard hatte die Augen geschlossen, und Balduin trat näher an ihn heran. Vorsichtig legte er ihm die Hand auf die Stirn. Sie war glühend heiß. Er sah sich nach Wasser um, aber in der Kammer war nichts zu sehen, und er hatte strengste Anweisung, den König keinen Moment aus den Augen zu lassen. Andererseits würde Hadmar bestimmt auch nicht zufrieden sein, wenn der Gefangene ihm unter den Augen wegstarb, denn so viel hatte auch Balduin begriffen: Es war ein großer Glücksfall, Richard Löwenherz' habhaft geworden zu sein.

Sein Blick fiel auf das Schwert des Königs, mit dem Balduin Richard bewachen sollte. Bis jetzt hatte er allerdings noch nicht gewagt, die Waffe anzufassen, sondern ließ sie dort stehen, wo Hadmar sie gegen die Wand gelehnt hatte. Ehrfürchtig näherte er sich nun der blinkenden Klinge, fasste das Schwert erst zögerlich, dann fester an dem mit Karfunkeln besetzten Griff und hob es hoch. Es war viel schwerer als das, welches er einst besaß, und lag trotzdem so gut in der Hand, dass Balduin den unbändigen Drang verspürte, es durch die Luft sausen zu lassen. Doch dann besann er sich auf seine Aufgabe und trat stattdessen zum Bett. Vorsichtig hob er die Waffe über Richards Kopf und wollte sie gerade niedersinken lassen, als der König mit einem lauten Schrei hochfuhr und ihm das Schwert aus der Hand riss. Richard richtete die Klinge gegen Balduin. Doch als die metallene Spitze dessen Wams berührte, hielt der König inne: »Wer hat dir befohlen, mich umzubringen? Dein Dummkopf von Herr?«

»Nein, aber nicht doch«, stotterte Balduin. »Ich wollte Euch nichts tun, im Gegenteil, ich wollte Euch helfen.«

»Indem du mir den Kopf abschlägst? Andere Länder, andere Sitten, pflegt meine Mutter, eine wahrhaft kluge Frau, immer zu sagen. Aber ich glaube nicht, dass sie so etwas darunter versteht.«

»Ich wollte die Klinge nur auf Eure Stirn legen, um sie zu kühlen. Euer Kopf ist ganz heiß.«

Richard sah ihn einen Moment lang verblüfft an, dann lachte er schallend, während er das Schwert sinken ließ. »Hier, nimm!«, erklärte er und hielt dem erstaunten Balduin das Schwert hin.

Der ließ sich das nicht zweimal sagen.

Hadmar sah Balduin ungläubig an. »Er hat dir das Schwert zurückgegeben?«

Balduin nickte. »Ja, er ist ein wahrer Ehrenmann.«

»Oder ein wahrer Trottel.« Hadmar schüttelte den Kopf. »Jeder andere wäre geflohen.«

»Er ist viel zu krank, um zu fliehen«, widersprach Eufemie.

»Unsinn, er hat einfach Angst vor mir«, erklärte Hadmar und strich sich zufrieden durch den Bart. »Und zu Recht.«

Eufemie sah Hadmar an. »Was hast du mit ihm vor?«

»Ihn auf schnellstem Wege zu Leopold zu bringen. Um meine Scharte wieder auszuwetzen.«

Er warf Uta, die dabei war, die beim Packen zerknitterten Kleider auszuschütteln und aufzuhängen, einen bösen Blick zu. Die junge Frau blickte hilfesuchend zu Eufemie, doch die betrachtete die verschiedenen Schälchen mit Kräutern, die auf einem Tisch in dem Gemach standen, das Löwenherz noch bis vor kurzem bewohnt hatte. Sie roch an dem ersten und rieb den Inhalt des zweiten prüfend zwischen Zeigefinger und Daumen. »Er hat Scharfgarbe genommen und sogar Beifuß, ohne Erfolg. Es steht schlecht um ihn. Wer weiß, ob er überhaupt reiten kann.«

»Und wenn ich ihn auf dem Pferd festbinde, er muss«, tönte Hadmar.

Uta nahm all ihren Mut zusammen. »Und wenn er tot ankommt?« Sie fühlte, wie sich alle Blicke ihr zuwandten, setzte aber trotzdem noch einmal nach. »Was, wenn er unterwegs stirbt?«

Hadmar runzelte die Brauen. »Dann wirst du das büßen.«

Eufemie stellte sich zwischen die beiden. »Aber sie hat doch recht. Sein Tod würde dich bei Leopold endgültig in Ungnade fallen lassen.«

»Ach? Und was soll ich dann deiner Meinung nach tun?«, fragte Hadmar.

Eufemie überlegte. »Lass ihn ein Schreiben aufsetzen. Einen Brief, der beweist, dass du den König von England gefangen genommen hast.«

Hadmars Blick blieb finster. »Ich glaube nicht, dass der Herzog noch irgendetwas liest, was ich mitbringe.«

Wieder traf Uta ein vernichtender Blick.

»Du solltest es versuchen«, beharrte Eufemie und wusste auch nicht recht, wo sie den Mut dazu hernahm. »Und lass Uta das Schreiben vorlesen.«

»Ausgerechnet Uta? Ich wusste, dass du dumm bist, aber so einfältig …«, kam die prompte Antwort.

»Wenn ausgerechnet sie ihm die Nachricht verkündet, dass er bald einen der wertvollsten Gefangenen überhaupt besitzt, wird er alles andere vergessen.«

Eufemie merkte, dass Hadmar überlegte. Sie setzte nach: »Und wer weiß, vielleicht überlegt er es sich und gibt ihr Friedrich doch noch zum Mann.«

Uta erschrak. Sie hoffte, dass Hadmar, wie üblich, nicht auf seine Frau hören würde.

»Na schön«, erklärte er jedoch. »Ich weiß nicht, woher du das hast, aber es hört sich ganz vernünftig an.«

Er wandte sich an Balduin. »Los! Besorg Feder, Tinte und Pergament.«

Balduin eilte nach draußen, während Hadmar sich die Hände rieb.

Leopold betrachtete die Pergamentrolle, die Uta ihm hinhielt, genauer gesagt, das Siegel aus rotem Wachs. »Rex Anglorum Richardus Dei Gratia«, las er die Inschrift am Rande vor.

In der Mitte war der König auf seinem Thron zu sehen, flankiert von Sonne und Mond, das Schwert hocherhoben in der Hand. »Es scheint tatsächlich sein Siegel zu sein …«, er sah auf, »… oder eine gute Fälschung.«

»Ich versichere Euch, dass ich persönlich zugesehen habe, wie Richard das Siegel auf das Schreiben gedrückt hat«, erklärte Hadmar.

»Und wo, sagt Ihr, habt Ihr ihn gefangen genommen? In einer einfachen Herberge?«

Hadmar nickte. »Genau. Er ist krank und wollte dort offensichtlich ein paar Tage ausruhen. Ich wusste gleich, dass mit dem Burschen etwas nicht stimmt. Und dann war mir schnell klar, wen ich da vor mir hatte.«

Uta musste daran denken, wie Hadmar den König von England fast erschlagen hatte, weil er genau das nicht ahnte. Leopold hegte wohl auch Zweifel an Hadmars Geschichte. »Aber woher wusstet Ihr, wer er ist, ohne ihn vorher auch nur einmal gesehen zu haben?«

»Nun, er ist eine außergewöhnliche Gestalt, groß, ein Hüne fast …«

Das Gesicht des Herzogs, der selbst nicht von hohem Wuchs war, verfinsterte sich. Schnell verbesserte sich Hadmar: »Er ist so groß, dass er sich kaum grade halten kann und sein Rücken einen Buckel macht, wodurch er seine verschlagene Art nicht verbergen kann.«

Leopold schaute zufrieden drein. »Ja, jetzt glaube ich, dass Ihr ihn tatsächlich gesehen habt. Genauso habe ich ihn in Erinnerung, wie einen zu hoch aufgeschossenen Trieb, der hilflos im Wind tanzt und zu nichts nutze ist.«

»Als weiteren Beweis habe ich ihn genau aufschreiben lassen, wie sich seine Gefangennahme zugetragen hat.«

Hadmar nickte Uta zu, die das Pergament entrollte.

»Sie wird es aus dem Lateinischen übertragen«, erklärte Hadmar, da weder er noch der Herzog einer anderen Sprache als des Deutschen mächtig waren.

»Hochverehrter Leopold, Herzog von Österreich und der Steiermark! Ich, Richard, König von England, schreibe Euch aus Eurem Lande, das ich versuchte als einfacher Kaufmann zu durchqueren. Dass es mir nicht gelang, dafür gebührt die Ehre einem noch einfacheren Mann Eures Volkes …«

Hadmar unterbrach Uta. »Moment mal.« Er runzelte die Stirn. »Das kann da nicht stehen. Ich habe ihm etwas ganz anderes gesagt. ›… dafür gebührt die Ehre keinem anderen als ›*dem tapferen Burgherrn Hadmar aus dem Geschlecht der Kuenringer*‹, das weiß ich ganz genau.«

Uta wurde rot, las noch einmal rasch das, was auf dem Pergament stand, und schüttelte den Kopf. »Nein, hier steht *einem noch einfacheren Mann Eures Volkes …*«

Hadmar wurde laut. »Dann hast du es eben falsch übersetzt!«

Uta schüttelte den Kopf. »Aber hier steht es doch ›viro simplicissimo‹.«

»Das kann nicht sein, du lügst!«, fuhr er sie an, während er bedrohlich auf sie zukam.

Aber Leopold begann zu lachen. »Hadmar, mein Freund, lasst das Mädchen in Ruhe. Sie hat eben nichts anderes als den entgültigen Beweis geliefert, dass Ihr tatsächlich Richard in Eurer Gewalt habt.«

Hadmar sah ihn verwundert an. Leopold fuhr heiter fort. »Solche hinterhältigen, feigen Sticheleien können nur von ihm stammen. Ich gratuliere Euch, Hadmar, Ihr habt den richtigen Mann gefangen!«

Hadmar lächelte, auch wenn sein Ärger noch nicht ganz verflogen war. »Würdet Ihr mir dafür etwas von Eurer unschätzbaren Güte zuteil werden lassen?«

Leopold nickte aufgeräumt. »Natürlich bekommt Ihr eine Belohnung.« Der Herzog sah Uta an. »Das mit diesem, nennen wir es mal, Fetzen Pergament habe ich schon fast vergessen.«

Uta schlug das Herz bis zum Halse. Er schien tatsächlich bereit, sie mit seinem Sohn zu vermählen. Sie hätte sich am liebsten die Ohren zugehalten und wäre nach draußen gelaufen, aber ihr blieb nichts anderes übrig, als sich in ihr Schicksal zu fügen.

»Mein lieber Hadmar, dafür, dass Ihr den König von England gefangen genommen habt, gebührt Euch und nur Euch die Ehre, ihn nun auch weiter in Gefangenschaft zu halten.«

Uta verstand im ersten Moment gar nichts. Der Herzog hatte nichts von Heirat gesagt und auch seinen Sohn mit keinem Wort erwähnt. Auch Hadmar schien verblüfft, denn es dauerte etwas, bis er Worte fand. »Ich ... ich soll Richard mit nach Dürnstein nehmen?«

»Wohin immer Ihr wollt. Hauptsache, er ist sicher untergebracht.«

Hadmars Gesicht verfinsterte sich. »Ich dachte eigentlich an etwas anderes, was nicht mit ihm zu tun hat.«

Leopold winkte ab. »Sicher seid Ihr wieder viel zu bescheiden. Nein, als Belohnung kommt nur das und nichts anderes für einen meiner treuesten Lehnsmänner in Frage.«

Er lächelte Hadmar an.

Uta lief hinter dem vorausreitenden Kuenringer her. Als sie von Leopold aufgebrochen waren, hatte er keine Anstalten gemacht, Uta mit aufs Pferd zu nehmen. Schon nach kurzer Zeit hatte sie Mühe, hinterherzukommen. Immer weiter blieb sie zurück. Uta fragte sich, ob es nicht das Beste sei, ihn einfach ziehen zu lassen und die Gelegenheit zur Flucht zu nutzen. Doch etwas in ihr sträubte sich, ihr neues Zuhause aufzugeben. Eufemie wäre bestimmt sehr enttäuscht. Und außerdem hatte sie keine Ahnung, wohin sie gehen sollte. Ihre Mutter war verschwunden, genauso wie Karl. Ihr Platz war auf der Burg. »Wartet! So wartet doch auf mich!«, rief sie.

Hadmar reagierte nicht. Erst nach wiederholtem Rufen hielt er endlich sein Pferd an und sah ihr entgegen. »Du wagst es, nach allem, was du angerichtet hast …«

»Bitte, Hadmar«, unterbrach ihn Uta, noch außer Atem. »Natürlich verstehe ich, dass Ihr ärgerlich seid wegen der entgangenen Hochzeit. Aber erklärt mir doch, was ist so schlimm daran, Löwenherz gefangen zu halten?«

Hadmar sah sie mit hochgezogenen Augenbrauen an. »Dann schweig doch einfach, wenn du keine Ahnung hast.«

Uta biss sich auf die Lippen, aber sie gab noch nicht auf. »Es klang so, als wenn der Herzog besonderes Vertrauen in Euch setzt.«

»Das nützt mir wenig, wenn erst meine Burg abgebrannt ist.«

»Aber wieso das denn?«

»Glaubst du im Ernst, alle Welt guckt zu, wie ich den König von England gefangen halte? Wenn der Papst oder Löwenherz' verrückte Mutter Truppen aussenden, werden sie Dürnstein dem Erdboden gleichmachen. Ich sehe schon Rauchsäulen gen Himmel steigen und aufgedunsene Körper in der Donau schwimmen.«

»Nein!«

Uta schlug sich erschrocken die Hände vor das Gesicht.

Hadmar stieg ab und riss sie ihr weg. »Jetzt ist es zu spät. Du bist es schuld, du allein!«

Er ohrfeigte sie fest. Utas Kopf flog herum. Schon traf sie ein zweiter Schlag. Ein unglaublicher Schmerz durchfuhr Uta, und sie fühlte, wie Blut warm von ihrer Schläfe über ihre Wange rann. Sie taumelte und hob abwehrend die Hände. »Bitte nicht!«

Hadmar lachte auf. »Seit wann denn so empfindlich? Nur, weil du allein bist? ›Mit großem Mut, nicht fürchtend den Schmerz‹, wo ist denn dein Löwenherz?«

Hadmar packte sie. »Man sagt über ihn, er habe sogar das Artus-Schwert Excalibur besessen. Vielleicht kann er ein Wunder vollbringen und dir aus der Ferne beistehen.«

Er schlug sie erneut. Uta stürzte. Doch auch auf dem Boden liegend war ihr Martyrium nicht beendet. Sie bekam die Stiefel des Kuenringers zu spüren. Er trat ihr so heftig in die Seite, dass es ihr die Luft nahm. Der nächste Tritt ließ sie in tiefes Schwarz versinken. Hadmar fluchte, als er merkte, dass Uta in Ohnmacht gefallen war. Wütend stieß er ihr erneut seinen Stiefel in die Rippen.

Karl stand hinter dem Alten und beobachtete, wie der mit chinesischer Tusche feine Linien auf den unscheinbar aussehenden Stein auftrug. Die Hand, die den feinen Pinsel hielt, war vollkommen ruhig. Der Alte hatte den Stein vorher mehrere Tage lang bei unterschiedlichstem Lichteinfall betrachtet, um genau die richtige Stelle zu finden, an der der Diamant geteilt werden musste, um den optimalen Schliff erhalten zu können. Wenn er sich auch nur um Haaresbreite vertat, war der Stein verhunzt und unbrauchbar. Karl hatte den Alten schon mehrfach dabei beobachtet, wie er wertvolle Exemplare spaltete, und immer war es gut gegangen. Er wusste aber auch, dass es sich hier um einen ganz besonderen Stein handelte. Er würde blau schimmern, wenn er vollendet war, und war damit noch viel wertvoller als die, die das Licht klar und farblos zurückwarfen. Karl hatte diesen Diamanten bisher noch nie in die Hand nehmen dürfen, und wenn es nach dem Alten ging, würde das bestimmt auch so bleiben.

Endlich hatte der Orientale den letzten Strich getan. Er reckte sich. Während die Tusche trocknete, würde er sich, wie jeden Mittag, auf den Hof zurückziehen, um dort unter einer Dattelpalme ein kleines Schläfchen zu halten.

Karl blieb allein in der Hütte zurück. Normalerweise setzte er sich jetzt an die Schleifscheibe, um sich an einem einfachen Diamanten zu üben. Er hatte wirklich große Fortschritte gemacht. Der Alte schien ihn ab und zu sogar zu loben, falls Karl seinen Singsang richtig deutete.

Aber heute blieb Karl nicht lange an der Scheibe sitzen, genau genommen nur so lange, bis er sicher sein konnte, dass der Alte eingeschlafen war und nicht plötzlich zurückkam, um noch irgendetwas zu erledigen. Er stand auf und ging langsam zu dem Tischchen, auf dem der mit Tuschelinien gezeichnete Stein lag. Vorsichtig fasste Karl ihn zwischen Daumen und Zeigefinger, ängstlich bemüht, mit den Fingerkuppen nichts von der Markierung zu verwischen. Schweißperlen traten ihm auf die Stirn, und er atmete auf, als er den Diamanten auf dem kleinen Holzgestell aufgesetzt hatte, in das er ihn jetzt nur noch einspannen musste. Es dauerte einen Moment, bis seine Hände, die vor Anspannung zitterten, wieder ruhig genug waren, um ihn mit einem anderen Stein einzuritzen, denn nichts konnte einen Diamanten verletzen als ein anderer Diamant. Es hatte geklappt. Die Kerbe war tief genug, um das Spaltmesser anzusetzen. Doch als er den Hammer hob, verrutschte das Messer. Es war zwar eine kaum merkliche Abweichung, aber Karl wusste, dass das katastrophale Auswirkungen haben konnte. Also setzte er das Messer noch einmal an. Doch was war das? Er bemerkte ein leichtes Zittern in seiner rechten Hand. Es half nichts, er musste innehalten und sich sammeln. Der Diamant musste genau an der Markierung in zwei Teile brechen. Es würde sein Meisterstück sein. Danach hatte er alles gelernt, was es zu lernen gab. Kinga und er konnten von hier verschwinden. Die Hände des Alten würden die Frau nie mehr begrapschen. Karl setzte sich aufrecht hin. Er war bereit. Ruhig und ohne zu zittern nahm er das Werkzeug in die Hand, als hätte er nie in seinem Leben etwas anderes getan.

Kinga ging mit nackten Füßen über den Lehmboden. In ihrer Heimat in Massowien war es fast das ganze Jahr über bitterkalt, sodass sie hier selbst den Winter als mild empfand. Trotzdem war sie nicht freiwillig gekommen, sondern als Sklavin verschleppt worden. An diese Zeit dachte sie so wenig wie möglich zurück. Nur, dass sie die Diamanten als Wiedergutmachung für alle erlittenen Qualen in ihren Besitz gebracht hatte, erfüllte sie mit Triumph.

Sie spuckte dem Alten auf den Kopf, wie sie es jedes Mal tat, wenn er ein Nickerchen hielt. Doch diesmal hätte sie es besser gelassen, denn er wachte auf und streckte, kaum dass er seine Augen aufgemacht hatte, auch schon die Hand nach ihr aus und bekam einen ihrer schmalen Knöchel zu fassen. »Kinga! Komm zu mir!«

Kinga stampfte mit dem Fuß auf, doch der Griff seiner mageren Hand war eisern. »Ich will nicht. Der Boden ist staubig.«

»Dann lass uns in die Hütte gehen. Da kann auch mein Weib nichts sehen. Sie wird immer eifersüchtiger«, erklärte er und erhob sich.

Kinga gab nicht auf. »Aber da arbeitet Karl.«

»Dann soll er eine Pause machen. Oder den Hof fegen. Mir egal, Hauptsache wir sind ein bisschen ungestört.«

Er packte sie um die Mitte und küsste sie auf den Hals, bevor er sie mit sich zur Hütte zog.

Karl hatte den Hammer über das Spaltmesser gehoben. Langsam senkte er seinen Arm, um zu sehen, ob er auch genau auf den Holzgriff treffen würde. Befriedigt stellte er fest, dass es die richtige Position war. Und dann tat er es: Er legte all seine Kraft in die Bewegung, die den Hammer auf das Messer treffen ließ. Eigentlich hätte er den dumpfen Aufschlag hören müssen, doch stattdessen scholl ein lauter Schrei durch die Hütte. Karl drehte sich herum und sah den Alten auf sich zustürzen. Der Mann packte und schüttelte ihn mit einer Wucht, die Karl ihm nicht zugetraut hatte. Dann stieß er ihn von sich, sank auf die Knie nieder und hob etwas vom Boden auf. Erst als er die Splitter durch seine Finger rieseln ließ, begriff Karl. Es waren die Überreste des Steines. Der Diamant war in unzählige Teile anstatt in zwei saubere Hälften zersprungen.

Karl war wie erstarrt. »Nein, das ist nicht meine Schuld!«

Jetzt sah er Kinga in der Tür stehen, die die Hände vor den Mund geschlagen hatte.

»Ich kann nichts dafür, wirklich!«, beteuerte er. »Glaube mir, wenn er nicht gerade in dem Moment geschrien hätte, in dem ich …«

Doch weiter kam er nicht, da der Alte aufsprang und wie eine Furie auf ihn zukam. Er hatte schon seine bloßen Hände nach ihm ausgestreckt, als er das Spaltmesser, das Karl fallen gelassen hatte, packte und es gegen Karl richtete. Karl streckte abwehrend die Hände aus. »Nein, nicht! Lass dir erklären …«

»Sei still«, schrie nun Kinga, während sie sich zwischen Karl und den Alten warf. Keinen Moment zu früh, denn der Alte war gerade mit seinem Oberkörper nach vorne geschnellt und hatte mit dem Messer zugestoßen.

»Kinga!«, schrie Karl voller Angst.

Doch geschmeidig wie eine Katze war sie der Waffe ausgewichen und hielt nun das Handgelenk des Alten fest umklammert. »Renn! Verschwinde!«, brüllte sie Karl an, ohne sich nach ihm umzusehen.

In der Tür blieb Karl stehen. Er konnte Kinga unmöglich mit dem Mann alleine lassen. Er wandte sich um, doch in dem Moment traf ihn ein Blick aus Kingas Augen, härter als Diamant. Er wagte nicht zurückzugehen, sondern beobachtete, wie Kinga mit dem Mann rang. Bevor er sich freimachen konnte, küsste sie ihn wild, wie Karl es noch nie gesehen hatte. Sie presste ihre Lippen auf seine, fuhr mit ihrer Zunge in seinen Mund und drängte ihren Körper so eng an ihn, dass es schmerzen musste. Endlich ließ der Alte das Messer fallen. Er zwang sie auf den Boden und legte sich auf sie. Dann schob er ihr Gewand hoch, spreizte ihre Beine und drang in sie. Kingas geschmeidiger Körper passte sich vollkommen seinen Bewegungen an. Das Stöhnen des Alten wurde immer lauter, bis er sich nicht länger beherrschen konnte. Als er fertig war, stand er auf. Doch die Frau bewegte sich nicht, sondern blieb reglos liegen.

Der Alte ging an Karl vorbei hinaus, ohne ihn weiter zu beachten. Karl eilte zu Kinga und kniete neben ihr nieder. Er überlegte, ob sie schlief. Doch als er ihr das hochgezogene Gewand glatt strich, verriet ihm ein Zucken, dass sie wach war. »Kinga«, flüsterte er an ihrem Ohr, »liebste Kinga, du hast mir das Leben gerettet.«

Mit einem Mal fuhr sie auf und wandte sich ihm zu. »Bild dir nichts ein«, fauchte sie. »Es geht mir nur um meine Steine. Wer soll sie schleifen, wenn du tot bist?«

Damit stieß sie ihn weg und stand auf, um die Hütte zu verlassen. Er sah ihr nach. Ihre Haltung war stolz und aufrecht wie immer. Doch er hatte die Veränderung in ihren Augen gesehen. Sie funkelten nicht mehr. Die Augen der Diamantenfrau waren erloschen.

Uta hatte ihren Oberkörper vornüber gebeugt, sodass sie fast auf dem Pferderücken lag. Balduin hatte sie festgebunden, damit sie nicht hinunterfallen konnte, selbst wenn sie den Halt verlor. Uta war über jedes Hindernis froh, das am Wege auftauchte, denn dann mussten die Tiere notgedrungen in einen langsamen Tritt fallen, was die Erschütterungen minderte. Doch wann immer es ging, trieb Hadmar zur Eile an. Er wollte seinen wertvollen Gefangenen so schnell wie möglich in Dürnstein unterbringen.

Da war keine Zeit geblieben, um Utas Verletzungen ausheilen zu lassen. Hadmar hatte sie halb totgeprügelt, und es war nur Eufemie zu verdanken, dass sie so weit wiederhergestellt war, um überhaupt in den Sattel zu kommen.

Uta wusste nicht, wie lange sie schon geritten waren. Sie versuchte sich aufzusetzen, um etwas zu sehen, doch es tat zu weh. Das Einzige, was sie erkennen konnte, war Löwenherz' rote Mähne, die im Wind flatterte. Aufrecht und stolz saß er im Sattel, obwohl er immer noch unter dem Fieber litt. Uta versuchte erneut sich aufzurichten. Gerade in dem Moment drehte der Hüne sich um und sah, wie sie jämmerlich zusammensackte. Sie schämte sich so, dass sie während des weiteren Rittes jeden Blick in seine Richtung vermied. Trotzdem hatte sie hin und wieder das Gefühl, dass er sie beobachtete.

Endlich gab Hadmar das Zeichen zur Rast. Während alle anderen die Zeit nutzten, um ihren Durst an einem kleinen Bach zu löschen, blieb Uta einfach dort liegen, wo sie abgestiegen war, unfähig, sich zu rühren. Eufemie hatte versprochen, ihr etwas Wasser zu bringen, und war zu den anderen an den Bach getreten.

Uta blickte sehnsüchtig zu ihr hinüber, da ihr die Zunge am trockenen Gaumen klebte. Da sah sie, dass Löwenherz bei einem Brombeergebüsch stand und etwas abpflückte. Sie wunderte sich, da der Busch im Winter keine Beeren mehr trug. Der König ging zu seinem Pferd, hob dessen Huf an und machte sich daran zu schaffen. Normalerweise war so etwas Arbeit der Knechte, doch bevor Uta noch länger darüber nachdenken konnte, reichte Eufemie ihr einen Becher Wasser, den sie gierig austrank.

Erst als sie weiterritten und Löwenherz' Pferd zu tänzeln und zu scheuen begann, erinnerte sie sich wieder an den Vorfall. Das Tier wollte mal rechts, mal links, nur nicht geradeaus. Hadmar war außer sich vor Wut, doch sie hatten kein Pferd zum Auswechseln mit, sodass das Tempo des Ritts erheblich verzögert wurde. Uta konnte es nur recht sein, waren so ihre Schmerzen viel besser auszuhalten. Geradezu entspannt saß sie auf dem Pferderücken, als endlich Dürnstein in Sicht kam. Trotzdem dauerte es noch eine ganze Weile, bis sie am Fuß des kleinen Berges ankamen, auf dem die Festung thronte. Hadmar befahl nun allen abzusitzen. Kaum war auch Richard aus dem Sattel geglitten, hob er erneut den Vorderfuß seines Pferdes an. Mit sicherem Griff zog er einen dicken Dorn aus dem Pferdefuß und tat sehr erstaunt, wann das Pferd sich den wohl eingetreten habe. Löwenherz entschuldigte sich wortreich bei Hadmar, dass er die Wurzel des Übels nicht eher erkannt habe, und neigte sogar das Haupt vor ihm. Doch als er seinen Kopf wieder hob und Uta kurz zulächelte, sah sie den Schalk in den grauen Augen.

Uta balancierte die Platte mit den beiden abgedeckten Töpfen, während sie mit dem Ellenbogen die Tür aufstieß. Doch sie war ein wenig zu schwungvoll, denn schon rutschten die Gefäße bedenklich nahe an den Rand. Löwenherz, der auf einem Schemel vor dem Tisch saß, sprang auf und stützte Uta, indem er sie bei den Schultern packte.

»Entschuldigt!«, rief Uta aus, während sie das Tablett auf dem Tisch abstellte.

Doch er hatte bemerkt, wie sie zusammengezuckt war. »Ich muss mich entschuldigen. Ich habe nicht an deine Wunden gedacht.«

Uta winkte ab. »Nicht so schlimm. Es ist fast alles verheilt.«

Sie waren nun schon seit dem letzten Vollmond auf Dürnstein, wo Hadmar Löwenherz im Turmzimmer gefangen hielt.

»Morgen schicke ich wieder Balduin. Der stellt sich nicht so ungeschickt an«, erklärte Uta.

»Bloß nicht!«, wehrte Löwenherz ab. »Dieser tumbe Tor verdirbt mir jedes Mal den Appetit.«

Uta musste lachen, doch dann wurde sie wieder ernst. »Ich muss Euch etwas sagen.«

»Sieh mal einer an! Ich dir auch«, erwiderte Löwenherz gut gelaunt.

Uta war verblüfft, doch der König fing schon an zu rezitieren: »Du bist mein, ich bin dein. Dessen sollst du gewiss sein. Du bist eingeschlossen in meinem Herzen, verloren ist das Schlüsselein. Du musst für immer darinnen sein.«

Erwartungsvoll sah er sie an. »Wie findest du das? Es ist das erste Mal, dass ich in eurer Sprache dichte.«

»Es ist wunderschön«, sagte Uta leise, um den Zauber, der plötzlich auf dem Raum lag, nicht zu zerstören.

Löwenherz lächelte. »Und jetzt raus mit der Sprache, was hast du mir zu sagen?«

Uta trat von einem Bein aufs andere, bis sie sich endlich überwand. »Ihr … Ihr seid so gut zu mir. Ihr beschützt mich vor Hadmar, wann immer Ihr könnt …«

»Aber anscheinend nicht genug«, unterbrach Löwenherz sie mit finsterer Miene und strich ihr fast zärtlich über die Arme, die immer noch mit Blutergüssen übersät waren.

»Ich hätte Hadmar nie sagen dürfen, wer Ihr seid«, beharrte Uta.

»Dann hätte er mich in der Herberge totgeschlagen! Nur dir habe ich zu verdanken, dass ich noch lebe. Deshalb freue ich mich, wenn ich auch mal etwas für dich tun kann.«

Uta wurde rot. »Aber eins muss ich noch sagen. Das Gedicht, das Hadmar damals bei Eurer Gefangennahme rezitiert hat …«

Der König nickte: »Mit großem Mut, nicht fürchtend den Schmerz. Sie nannten ihn Richard Löwenherz.«

»Das ist nicht von mir.«

Jetzt war es raus, endlich. Uta war erleichtert, und doch erwartete sie bang Löwenherz' Antwort.

»Ich weiß«, erklärte der schlicht.

»Ihr wisst es?«

Der König nickte. »Natürlich. Du kennst dich nicht aus mit Gedichten. Du hast es mir eben erst bewiesen.«

»Ich? Ja, aber ...«

»Dieses kleine, wunderschöne Gedicht, das ich dir eben vorgetragen habe ...«

»Du bist mein, ich bin dein«, zitierte Uta voller Ehrfurcht.

»Genau. So etwas Anrührendes kann kein Mann schreiben. Es stammt von einer Frau, einer unbekannten Dichterin.«

Uta schämte sich, dass sie angenommen hatte, der König könnte sie für eine ebensolche halten. »Wie dumm von mir«, stammelte sie.

Löwenherz schüttelte den Kopf und fasste sie ans Kinn. »Ich möchte dir von einer außergewöhnlichen Frau berichten. Schön wie die Sonne und schlau wie alle Weisen aus dem Morgenland zusammen. Eine Frau, die immer für das gekämpft hat, was sie richtig fand. Und die dafür sogar Jahre der Gefangenschaft auf sich genommen hat.«

Uta lauschte gebannt. »Ihr kennt so eine Frau?«

Löwenherz nickte. »Ich kenne sie sogar sehr gut. Sie ist meine Mutter, Eleonore.«

»Ihr müsst Euch glücklich schätzen«, seufzte Uta.

Löwenherz nickte. »Vor allem, weil ich jemanden gefunden habe, der mich an sie erinnert.«

Uta horchte auf. »Eine ebenso tapfere Frau? Kenne ich sie?«

Löwenherz antwortete nicht. Uta wagte nicht, ihn anzuschauen, als sie begriff. Er fasste sie sanft ans Kinn. »Du bist wie sie. Stark und mutig, und du gibst nie auf.«

Kapitel 10

Eleonore lauschte der Stimme des jungen Troubadours. Sie war sanft und klar zugleich, genauso wie sie es liebte oder jedenfalls immer geliebt hatte, als sie den Liedern noch besser folgen konnte. Jetzt, mit ihren siebzig Jahren, ließ ihr Gehör sie im Stich. Eleonore musste sich anstrengen, um alle Silben zu verstehen. Und gerade die leisen, nur so dahingehauchten, hatten ihr immer das größte Vergnügen bereitet, handelten sie doch von Sehnsucht und Verlangen. Eleonore beugte sich auf ihrem mit rotem Samt bezogenen Sessel nach vorn und legte dem vor ihr Knienden ihre faltige, mit braunen Flecken übersäte Hand auf den Arm und zog ihn näher zu sich. Sie wusste, dass der Barde hier im Schloss seine Königin besang, aber draußen in den Gassen eine andere, eine mit rosigem, straffem Fleisch.

Eleonore fühlte sich müde. Das Einzige, was an ihr nicht alterte, war das strahlende Blau ihrer Augen. Doch ausgerechnet das erinnerte sie an ihren jüngsten Sohn Johann Ohneland, wie ihn die Leute damals genannt hatten, als er bei der Güterverteilung fast leer ausging. Doch stimmte dieser Name schon lange nicht mehr. Er war wie ein Fähnchen im Wind und spann Intrigen wie andere Wolle, sodass er mittlerweile über zahlreiche Ländereien verfügte.

Es gab keinen Grund, aber sie mochte Johann von Anfang an nicht. Vielleicht weil er ihr immer wieder den Spiegel vorhielt. Auch sie hatte die Seiten gewechselt, erst den König von Frankreich geheiratet, dann den von England. Und auch dem hielt sie nicht die Treue, sondern unterstützte seine Söhne im Kampf gegen ihn. Aber nur so hatte sie aus dem Schatten ihrer Männer treten können. Mit

Bescheidenheit wäre sie nie zu einer einflussreichen Königin geworden, die die besten Troubadoure an ihrem Hof versammelte. Und jetzt hatte sie einen besonders schönen, wohlgestalten vor sich und konnte noch nicht einmal alles verstehen, womit er ihr schmeichelte.

Eleonore seufzte. Es war Zeit, dass Richard, ihr Lieblingssohn, endlich vom Kreuzzug heimkehrte. Doch stattdessen nutzte Johann dessen Abwesenheit schamlos aus und verbündete sich mit dem König von Frankreich. Eleonore musste all die ihr noch verbliebene Kraft einsetzen, um das Reich gegen ihren Jüngsten zu verteidigen. Und das Schlimmste daran war, dass sie genau wusste, dass er niemals aufgeben würde. Er war wie sie.

Ein Klopfen an der Tür riss sie aus ihren Gedanken. »Tretet ein«, rief sie.

Es war eine ihrer Wachen. »Ein Bote hat einen Brief für Euch abgegeben, verehrte Königin«, erklärte er, übergab ihr das Schreiben und zog sich zurück.

Sie erkannte das Siegel des Erzbischofs von Rouen. Nachrichten aus Frankreich! Eleonores Herz schlug schneller. Ihr erster Gedanke war, dass Johann, der sich bei seinem neuen Verbündeten in Paris aufhielt, etwas passiert war. Zu vielen ihrer Kinder hatte sie schon die Augen schließen müssen, als dass sie es auch nur noch ein einziges Mal ertragen würde. Sie schwor zu Gott, dass sie ihrer Kirche ein neues Antependium sticken lassen würde, wenn nur dieser Brief keine schlechten Nachrichten enthielt.

Sie hatte Schwierigkeiten mit ihren leicht steifen Fingern das Siegel zu brechen. Endlich entrollten sich gleich zwei Pergamente vor ihr. Das erste, das sie rasch überflog, war vom Erzbischof. Seine fähigen Spitzel hätten es geschafft, ein Schreiben zu kopieren. Es handele sich um einen Brief, den König Heinrich von Deutschland an den König von Frankreich gesandt hatte, und es sei von größter Wichtigkeit, dass sie davon Kenntnis nähme.

Eleonore runzelte die Stirn. Das konnte nichts Gutes bedeuten. Heinrich, König von Deutschland, war ihr nicht wohlgesonnen, da sie seinen ärgsten Feind, den anderen Heinrich, auch der Löwe genannt, bevorzugte, weil er ihr Schwiegersohn war. Ohne weiter zu zögern, wandte sie sich nun dem zweiten Schreiben zu. Was sie las, übertraf ihre schlimmsten Befürchtungen. Heinrich teilte die Gefangennahme ihres Sohnes Richard durch Herzog Leopold in Österreich mit. Eleonore begann zu schwanken, sodass der junge Troubadour zu ihr eilte und sie stützte. Die alte Königin kämpfte gegen die drohende Ohnmacht an und zwang sich, ihre Gedanken zu ordnen. Heinrich teilte dies Philipp und nicht ihr mit. Keiner hatte es für nötig gehalten, sie zu unterrichten, selbst ihr Sohn Johann nicht, um dessen Leben sie eben noch gebangt hatte. Aber es half nichts, sie musste dem neuerlichen Verrat ins Auge sehen und sich wappnen. Sie wusste, was jetzt kam: ein elendiges Geschachere um Geld und Gold. Heinrich führte ein aufwendiges Leben. Nicht dass er in Prunk und Pomp lebte, was sie seiner Frau Konstanze, die sie sehr schätzte, durchaus gegönnt hätte, nein, der König befand sich ständig im Krieg.

Eleonore wollte gleich den Papst verständigen, den sie sicher auf ihrer Seite wusste, und dann weitere Schritte überlegen. Ihr fiel der Altarbehang wieder ein, den sie hatte stiften wollen. Damit würde es nun nichts werden. Johann hatte ihre Sorge wahrlich nicht verdient.

Sie wollte den jungen Sänger schon fortschicken, um das Schreiben an den Papst aufzusetzen, aber dann zögerte sie. Eigentlich hatte sie sich Ablenkung verdient. Sie streckte ihre Hand nach ihm aus und zog ihn an sich. Mit einem gewissen Prickeln fühlte Eleonore, wie seine Lippen ihre Armbeuge liebkosten und weiter hochwanderten. Sie spürte noch nicht einmal mehr den Anflug von Müdigkeit.

Uta war schon lange wach, aber sie zwang sich, liegen zu bleiben, bis Pferdegetrappel, Hundegebell und Rufe zeigten, dass das Leben auf der Burg langsam erwachte. Schnell streifte sie sich ihr Gewand über und lief zum Küchengebäude. Dort trieb sie die verschlafene Magd an, die gerade dabei war, das Feuer zu entfachen, endlich den Brei aufzusetzen. Uta suchte indessen Wein, Käse und Brot zusammen. Sie hatte es sich zur Gewohnheit gemacht, Löwenherz jeden Morgen das Frühstück zu servieren. Und er lehrte sie aus Dank dafür, dass ihm Balduin erspart blieb, etwas von seiner Dichtkunst. Richard wies sie in das richtige Versmaß und die Auswahl der passenden Worte ein. Oft brachte er sie dabei zum Lachen. So biss er in einen wohlmundenden Käse und bezeichnete ihn als »weich wie des süßesten Mädchens Brust und stinkend wie die Ziege im Stall«.

Seitdem hatte sie sich gemerkt, dass Gegensätze ein Gedicht auflockern konnten. So wie der König und sie unterschiedlicher nicht sein konnten und trotzdem Gefallen aneinander gefunden hatten. Uta wurde rot und verbesserte sich in Gedanken: Sie hatte Gefallen an Richard gefunden, er bevorzugte sie lediglich gegenüber Balduin, was wirklich nichts hieß.

Uta kam die Warterei auf den Brei endlos vor, denn heute wollte sie Löwenherz nicht nur das Frühstück bringen, sondern auch den ersten von ihr selbst verfassten Vers aufsagen. Die ganze Nacht hatte sie darüber nachgesonnen, wann der beste Zeitpunkt war. Vor dem Frühstück war er zu hungrig, während dessen zu beschäftigt und anschließend vielleicht zu träge, um ihren Worten zu lauschen. Uta seufzte und war nahe daran, ihr ganzes Vorhaben in den Wind zu schlagen. Aber dann gab sie sich einen Ruck. Selbst wenn er sie auslachte, sie hatte niemand anderen, dem sie ihr Sprüchlein vortragen konnte.

Uta nahm das Holzbrett hoch, auf dem nun auch der dampfende Brei stand, und balancierte es in Richtung Turmzimmer. Leise sagte sie sich immer wieder die kleine Wortfolge vor: »Die Liebe ist wie Feuer, kann selbst das Eisen schmieden …«

Doch immer stärker beschlich sie die Angst, im entscheidenden Augenblick alles vergessen zu haben. »Die Liebe ist wie Feuer …«, murmelte sie.

Schon stand Uta vor der schweren Holztür. Sie war so in Gedanken, dass sie die Wache übersehen haben musste. Sie hielt nun das Holzbrett mit einer Hand, um an dem Türknauf zu ziehen. Doch zu ihrem Erstaunen war die Tür nur angelehnt.

Uta trat in das runde Turmzimmer. Noch war es ein bisschen

dämmerig, doch sie sah, dass Löwenherz nicht, wie sonst, schon auf war. Sie stellte das Frühstück auf dem Tisch ab und ging auf Zehenspitzen zum Bett hinüber. Etwas scheu linste sie in die dunkle Ecke. Uta überlegte, wie sie ihn wecken sollte. ›Entschuldigt, verehrter Richard, aber es ist Zeit zum Aufstehen.‹ Nein, das ging nicht, das war anmaßend. Sie konnte einem König nicht sagen, wann er aufstehen sollte. Kurzentschlossen streckte sie ihre Hand nach der Decke aus, um ihn sanft zu rütteln. Doch unter der Decke fühlte sie nichts. Schnell schlug sie das Tuch zurück, und jetzt hatten sich ihre Augen so weit an das schwache Licht gewöhnt, dass sie es sehen konnte: Das Bett war leer. Uta richtete sich auf und trat einen Schritt zurück. Die offene Tür und die Wache, die sie gar nicht bemerkt hatte, jetzt machte alles einen Sinn. Löwenherz war geflohen und hatte dabei die Wache überwältigt. Uta lief schnell zum Fenster, aber der König war nicht mehr zu sehen. Unten stritten nur ein paar Hunde miteinander um einen Knochen. Löwenherz hatte sicher eins der Pferde genommen und war längst über alle Berge.

Uta sagte sich, dass es besser so war. Man konnte einen Mann wie Löwenherz nicht anketten. Er hatte die Freiheit verdient. Und doch war sie maßlos enttäuscht. Sie hatten so viel zusammen gesprochen, und doch hatte er kein Wort über seine Pläne verloren. Obwohl sie sich sagte, dass das nur klug war, und sie sogar über die Möglichkeit nachsann, dass er sie als Mitwisserin nicht in Gefahr bringen wollte, blieb eine gewisse Unzufriedenheit. Sie hatte ihr Verslein umsonst auswendig gelernt. ›Die Liebe ist wie Feuer‹, ging ihr der Reim durch den Kopf, ›kann selbst das Eisen schmieden.‹

Die Kläfferei der Hunde störte sie, und so sprach sie die Worte noch einmal laut: »Die Liebe ist wie Feuer.«

Uta horchte. Die Melodie der Worte spendete ihr Trost. »Kann selbst das Eisen schmieden«, sang sie fast, während Stolz sich in ihr breitmachte. Sie lächelte, als sie erst die Schüssel mit dem Brei, dann den Krug aus dem Fenster entleerte. Brot und Käse warf sie hinterher, worauf das Hundegebell prompt verstummte.

Als Uta das Zimmer verlassen hatte und mit dem leeren Tablett auf den Hof trat, kam ihr Eufemie entgegen.

»Da bist du ja!«, rief sie.

»Ich war nur beim König, wie jeden Morgen«, erklärte Uta und freute sich geradezu diebisch darüber, wie unbefangen sie klang.

Trotzdem sah Eufemie sie forschend an.

»Er hat keinen Krümel übriggelassen«, fügte sie deshalb noch schnell hinzu.

Eufemies Miene wurde streng. »Uta, das hätte ich nie von dir gedacht!«, erklärte sie.

»Aber wieso … Was habe ich denn getan?«, verteidigte sich Uta mit einem zunehmend unguten Gefühl.

Statt einer Antwort verschwand die Strenge aus Eufemies Blick und machte Trauer Platz, bevor sie Uta fest in ihre Arme nahm. Die junge Frau wurde ganz steif und ließ das Brett, das sie trug, zu Boden rutschen. Eufemies Körper fühlte sich für seine magere Erscheinung verblüffend weich an. Uta sog den Duft ihres Haares ein, rieb sich an der zarten Haut. Plötzlich wurde Uta klar, wie sehr sie ihre Mutter vermisste, die Einzige, die sie je so umarmt hatte, jedenfalls dann, wenn sie nicht zu erschöpft von der Arbeit war.

Eufemie rückte von Uta ab und legte ihr die Hände auf die Schultern. »Uta, du brauchst nicht zu lügen!«

»Wieso lügen?«

»Das weißt du genau. Vergiss nicht, auf welcher Seite du stehst.«

Uta wagte es nicht, noch ein Wort zu sagen. Atemlos wartete sie, dass Eufemie fortfuhr.

»Du musst ihn nicht schützen. Löwenherz ist nicht auf der Flucht.«

»Aber das Turmzimmer ist leer!«, rief Uta aus.

»Natürlich. Hadmar ist mit Richard schon in aller Frühe aufgebrochen. Leopold will ihn König Heinrich überstellen.«

Uta stand wie vom Donner gerührt. »Er bringt ihn weg?«

Sie schüttelte den Kopf. »Das verstehe ich nicht. Wieso gibt der Herzog solch einen wertvollen Gefangenen freiwillig her?«

»Nun, Leopold hat es mit der Angst gekriegt, seitdem der Papst von der Gefangennahme weiß. Einen Kreuzritter als Geisel zu nehmen, das könnte der leicht mit dem Bann bestrafen.«

Uta ärgerte sich über die Feigheit des Herzogs und über Eufemie, die ihr mit keinem Wort Bescheid gesagt hatte. Aber alles war besser, als zu merken, wie traurig sie war. Traurig, dass Löwenherz gegangen war, ohne dass sie ihm ein Wort des Abschieds sagen konnte. »Die Liebe ist wie Feuer, kann selbst das Eisen schmieden«, schossen ihr die Worte des kleinen Gedichts durch den Kopf, und dann konnte sie die Tränen nicht mehr zurückhalten.

Gertrud hatte den Kopf des Kindes gepackt und zog mit aller Kraft daran, was gar nicht so einfach war, da Blut und Schleim ihre Finger immer wieder abrutschen ließen. Die junge Frau, die mit gespreizten Beinen vor ihr lag, schrie vor Schmerzen, und im Hintergrund heulten die anderen vier Kinder, während der Vater, anstatt sie zu beruhigen, selbst zitterte wie Espenlaub. »Bei Gott, reißt euch zusammen! Es ist nichts als eine Geburt«, rief Gertrud und zog das Kind mit einem Ruck aus dem Mutterleib. Es war ein Junge, wie sie befriedigt feststellte, denn die Familie war ansonsten mit lauter Töchtern gestraft. Gertrud nahm das kleine Menschenwesen mit dem zerknautschten Gesicht in die Arme und roch daran. Sie liebte diesen einzigartigen Duft, noch nicht verdorben von der Schlechtigkeit der Welt. Doch das würde sich schnell ändern. Sie legte das Kind zur Mutter auf die Decken, nahm die Schere zur Hand und durchtrennte die Nabelschnur. ›Willkommen in einem elenden und mühseligen Leben‹, dachte Gertrud bei sich.

Die Hütte, in die man sie gerufen hatte, war besonders ärmlich, und viel Lohn war auch nicht zu erwarten. Gertrud warf einen Blick auf die ausgezehrt wirkende Mutter, die nur wenig in der Schwangerschaft zugelegt hatte, und beschloss gar nichts zu fordern. Lieber war es ihr, wenn die Frau möglichst schnell zu Kräften kam. Ihr Mann war ihr keine große Stütze. Gertrud sah zu dem Bauern hinüber, der auf dem Boden kniete und ein Dankgebet nach dem anderen zum Himmel schickte.

Nachdem sie Kind und Mutter versorgt hatte, gab sie der ältesten

Tochter Anweisung, das Lager zu reinigen. Dann wandte sie sich an den Vater. »Besorg etwas zu essen für dein Weib. Sie ist viel zu mager.«

Der Mann nickte und ging zu einem Korb hinüber, der in der Ecke stand. Er zog einen harten Kanten Brot heraus, den er seiner Frau geben wollte. Gertrud fiel ihm in den Arm. »Das Brot ist alt und obendrein schimmelig!«

»Aber es ist das Einzige, was wir haben«, antwortete er.

Gertrud deutete auf die Ziege, die an einem Pflock an der anderen Seite des Raumes festgemacht war. »Ihre Euter sind übervoll. Es wird Zeit, sie zu melken.«

Der Mann nickte. »Ja, aber die Milch muss ich dem Wilden Mann bringen.«

Gertrud runzelte die Brauen. »Was für ein Wilder Mann?«

»Er haust im Wald, nicht weit von hier, in einer verlassenen Hütte.«

»Du kannst ihm keine Milch bringen. Deine Frau muss sie trinken.«

»Aber dann verflucht er uns.«

Gertrud runzelte die Brauen. »Wer sagt das?«

Der Mann begann zu stottern. »Na er und auch alle anderen.«

»Wer alle?«

»Na alle eben, das ganze Dorf.«

Gertrud seufzte. Anscheinend war das ganze Dorf nur mit Memmen gesegnet. »So, du melkst jetzt sofort die Ziege und gibst deiner Frau die noch warme Milch.«

»Aber«, begann der Mann.

»Keine Widerrede. Und ich, ich gehe zum Wilden Mann.«

»Er wird dich auch verfluchen.«

»Warum sollte er? Ich komme nicht mit leeren Händen. Ich bringe ihm sogar etwas ganz Besonderes, etwas, was er noch niemals gekostet hat.«

Gertrud hörte erst auf zu lachen, als das Neugeborene erwachte und schrie.

Die verlassene Hütte war nicht einfach zu erreichen. Gertrud schlug sich durchs Unterholz. Äste und Dornen hatten ihr schon Arme und Beine zerkratzt, was sie nicht gerade freundlicher stimmte. Dann sah sie das windschiefe, fast von Efeu überwucherte Dach der Kate und schließlich auch den Rest der kümmerlichen Behausung. Sie wollte geradewegs darauf zugehen, als plötzlich etwas wie aus dem Boden gewachsen vor ihr stand und ihr den Weg versperrte. Erst beim zweiten Hinsehen erkannte sie, dass es ein Mensch war. Haare und Bart waren lang und verfilzt, der Rest des Körpers mit Fellen bedeckt. Es hätte sie nicht gewundert, wenn die Kreatur sie angegrunzt hätte, doch stattdessen fragte eine klare Stimme: »Was hast du hier zu schaffen, Weib? Verschwinde, das ist mein Reich.«

»Na gut«, gab Gertrud, die in dem vor ihr stehenden Etwas nun unschwer den Wilden Mann erkannt hatte, scheinbar nach. »Dann nehme ich die gute, warme Ziegenmilch eben wieder mit.«

»Warte«, rief der Mann und griff mit dreckigen, klauenähnlichen Fingern nach ihr. »Wieso kommt nicht der Bauer selbst?«

»Weil ich jetzt da bin.«

Der Mann sah sie mit schiefgelegtem Kopf an. »Na meinetwegen, dann gib du mir die Milch.«

Er sah schon beinahe gierig auf den irdenen Topf, den sie in einen Lappen eingeschlagen hatte, um die Wärme zu halten. Aber es war nicht so leicht festzustellen, ob sein Blick nicht vielmehr ihrem immer noch sehr ansehnlichen Busen galt. Gertrud folgte dem Mann bis zur Hütte. Dort reichte sie ihm das Gefäß. Während er es auswickelte, deutete er auf einen Baumstumpf. »Du bist nicht von hier, oder?«, fragte er.

Gertrud nahm Platz. »Ich bin von nirgends und überall. Immer auf der Reise.«

»Bist du eine Gauklerin?«

Gertrud zuckte mit den Schultern. »Vielleicht gaukle ich dem ein oder anderen schon mal was vor, da kannst du recht haben.«

»Auf jeden Fall bist du nicht auf den Mund gefallen.«

Er hielt ihr den Krug hin. »Möchtest du auch einen Schluck?«

»Hab Dank, aber das ist ganz allein für dich«, wehrte Gertrud ab. »Trink lieber, bevor es noch ganz kalt wird.«

Der Mann beugte sein Haupt über die wässrige, weiße Flüssigkeit und schnupperte. »Die Milch riecht ein bisschen streng.«

»Die Zicke wird alt, das ist alles«, erklärte Gertrud mit einer wegwerfenden Handbewegung.

Der Mann setzte das Gefäß nun an seine Lippen, legte den Kopf in den Nacken und trank hastig. Doch kaum hatte er zwei, drei große Schlucke getan, spuckte er prustend alles aus und schleuderte den Topf beiseite, aus dem sich die helle Flüssigkeit auf den Boden ergoss. »Was bei allen Teufeln ...«, brachte er würgend hervor. »Willst du mich vergiften?«

Gertrud hatte ihm in aller Seelenruhe zugesehen. »Vergiften? Seit wann kann ein bisschen Ziegenpisse einen Wilden Mann umbringen?«

Er sah sie fassungslos an und vergaß darüber sogar zu würgen. »Ziegenpisse? Du hast mir Ziegenpisse zum Trinken gebracht?«

»Meinetwegen hättest du sie auch wegschütten können.«

»Aber seit wann ist Ziegenpisse weiß?«

»Nun, ich habe ein bisschen Kreide hineingerieben, sagen wir mal, zur Verbesserung des Geschmacks.«

»Du ... du hinterhältiges Weibsstück!«

Gertrud wich aus, als der Mann auf sie losgehen wollte, sodass er auf der ausgelaufenen Flüssigkeit ausrutschte. Auf dem Boden liegend starrte er die Frau an. »Was habe ich dir getan?«

»Nichts«, erklärte Gertrud mit schneidender Stimme. »Jedenfalls mir nicht, aber einer schwangeren Frau hast du jeden Tag die Milch weggenommen, bis sie fast zu schwach war, das Kind zu gebären!«

Der Mann sah sie verständnislos an. »Welche schwangere Frau?«

»Die Frau dieses einfältigen Bauern.«

Er zuckte mit den Schultern. »Das wusste ich nicht. Er hat es mir nicht gesagt. Keiner spricht hier mit mir.«

»Weil sie alle vor dir zittern, vor dir und deinen Flüchen! Warum ernährst du dich nicht einfach von deiner Hände Arbeit wie alle anderen auch?«

Der Mann verschränkte die Arme vor der Brust. »Ich mache meinen Rücken nicht für einen fremden Herrn krumm. Ich will nicht schuften wie ein Tier.«

»Ach ja?«, erwiderte Gertrud, ihn von oben bis unten musternd. »Dann hast du sicher keinen Spiegel in deiner armseligen Hütte. Du siehst nämlich aus wie ein Tier. Und du stinkst ärger als die Ziege, die ihre Pisse für dich gegeben hat.«

Damit drehte sich Gertrud um und schlug den Rückweg ein.

»Warte«, rief der Wilde Mann. »Wo willst du denn hin? Lass uns noch ein bisschen reden.«

»Keine Zeit. Ich muss schuften, um zu essen.«

»Dann komm wieder … bitte!«

Gertrud drehte sich überrascht um, und der Wilde Mann schien nicht weniger erstaunt, dieses Wort über die Lippen gebracht zu haben.

»Bitte«, wiederholte er.

Gertrud zögerte.

»Komm morgen Mittag. Bis dahin habe ich einige Wurzeln und Beeren gesammelt, die du der Frau des Bauern geben kannst. Ich kenne die besten Stellen.«

Gertrud zögerte immer noch, bevor sie nachgab. »Na gut, ich komme morgen Mittag. Soll ich dir noch etwas … Milch mitbringen?«

Damit verschwand sie lachend im Unterholz, während der Wilde Mann ihr lange nachsah.

Uta sprang im Hof auf und ab. »Sie kommen zurück! Sie kommen zurück!«

Eufemie beschirmte ihre Augen mit der Hand, sodass sie die Heranreitenden besser betrachten konnte. »Tatsächlich, das ist Hadmar.«

»Und Löwenherz!«, rief Uta. »Löwenherz ist wieder da!«

Sie strahlte über das ganze Gesicht.

Auch als sie hinter ihm und den Wachen die Stufen zum Turmzimmer hochstieg, hätte sie am liebsten zwei auf einmal genommen.

Als sie dann mit dem König von England alleine war, plapperte sie dies und das, während sie das Bett nach seiner Abwesenheit wieder herrichtete. Erst als sie fertig war, bemerkte sie, dass Löwenherz gar nicht zuhörte. Zusammengesunken saß er am Tisch. Uta biss sich auf die Lippen.

»Verzeiht, ich rede wie ein Wasserfall. Aber ich freue mich, dass der Herzog Euch doch nicht einfach hergegeben hat.«

Löwenherz lächelte müde. »Leopold musste mich notgedrungen wieder mitnehmen. Er wollte einfach ein zu großes Stück vom Kuchen. Heinrich war nicht bereit, so viel vom erhofften Lösegeld abzugeben, das ist alles.«

Uta sah betreten zu Boden, während Richard fortfuhr. »Ich verstehe gar nicht, warum ihr euren König nicht Heinrich Raffzahn nennt. Er ist fast schlimmer als mein Bruder Johann, und das will was heißen.«

Uta überlegte, wie sie Löwenherz aufmuntern konnte. »Vielleicht nehmen sie mit der Zeit Vernunft an, wie zwei kleine Kinder, die erst einmal ein wenig bocken müssen.«

»Die Zeit habe ich nicht. Mein lieber Bruder wird meine Abwesenheit dazu nutzen, den Thron zu besteigen, so wahr er aus dem Hause Plantagenet stammt.«

»Ihr habt so viel von Eurer Mutter erzählt. Sie wird es nicht zulassen. Sie ist eine starke Frau.«

»Mit Johann würde sie schon fertig. Aber er mauschelt mit dem König von Frankreich, der mir schon prompt den Krieg erklärt hat.«

»Was?« Uta hatte Mühe, das Ränkeschmieden der Großen zu verstehen. »Weiß er denn nicht, dass Ihr in Geiselhaft seid?«

»Natürlich weiß er das. Er hat die Kriegserklärung direkt an euren König gesandt.«

Löwenherz holte ein Pergament aus den Falten seines Gewandes. »Hier! Da ist der Schrieb!«

Achtlos warf er den Brief Uta vor die Füße, die, ohne lange nachzudenken, mit dem Fuß darauf herumstampfte. »Das ist feige! Nein, nicht feige, hinterhältig, schändlich und verschlagen!«

Sie trat noch einmal besonders feste auf, als sie erschrocken innehielt. Schnell hob sie das Blatt auf und versuchte es glatt zu streichen, aber vergebens. Der größte Teil des Briefes war unleserlich. Uta wurde kreidebleich. »Was habe ich getan? Verzeiht!«

Sie wagte es nicht, Löwenherz anzuschauen. Erst als sie sein kräftiges Lachen hörte, hob sie den Blick.

»Das war das Beste, was du tun konntest!«

Wieder lachte er. Uta schüttelte, immer noch erschrocken, den Kopf. »Nein, verzeiht, ich bin einfach dumm. Ich bin eben doch nur eine einfache Magd!«, brach es aus Uta heraus.

Löwenherz horchte auf. »Was redest du? Du bist eine Magd?«

Uta schlug die Hände vor den Mund, aber es war heraus. »Meine Mutter, ich meine die Hebamme meiner Mutter hat mich vertauscht, sodass ich bis vor nicht allzu langer Zeit als Magd aufwuchs«, versuchte Uta zu retten, was zu retten war.

Löwenherz sah sie an. »Das wäre natürlich eine Erklärung.«

»Eine Erklärung wofür?«, fragte Uta.

»Dass du nicht so geldgierig und verschlagen bist wie Hadmar, Heinrich und der gute Leopold. Die einfachen Menschen haben oft mehr Anstand im Leib als ihre Herrscher, auch wenn es eigentlich umgekehrt sein sollte.«

Uta senkte den Kopf und wurde rot vor Freude.

Gertrud ließ sich Zeit auf dem Weg durchs Unterholz, und als sie ankam, ging der Wilde Mann schon unruhig vor seiner Hütte auf und ab. Er hatte die Zeit für ein gründliches Bad genutzt. Sein langes Haar hing ihm jetzt nicht mehr strähnig ins Gesicht, sondern fiel locker auf seine Schultern.

Die Hebamme trat aus den Büschen. »Und? Hast du Wort gehalten?«, fragte sie anstatt einer Begrüßung.

Der Mann wies wortlos auf einen Korb, der auf dem Boden stand. Gertrud kam näher und sah Beeren und Wurzeln. Sogar ein kleiner Hase lag dabei. Gertrud sah den Mann verwundert an. »Das ist mehr, als ich erwartet habe.«

Der nickte. »Ich bleibe nichts schuldig, niemandem.«

Gertrud hob den Korb an. »Na dann, vielen Dank«, erklärte sie und drehte sich um.

»Ich habe noch einen Hasen«, sagte der Mann schnell.

Aber Gertrud winkte ab. »Schon gut. Das reicht fürs Erste.«

»Ich meine, noch einen für uns. Er steckt schon am Spieß und ist bald fertig.«

Gertrud trat näher und schnupperte. Tatsächlich, aus der Hütte drang ein verführerischer Duft. »Na gut. Aber ich habe nicht viel Zeit.«

Der Wilde Mann ließ ihr den Vortritt. Als sie dicht bei ihm war, fiel ihr auf, dass er nicht mehr ganz so streng roch. Im Inneren der Hütte sah es jedoch so aus, wie sie es sich vorgestellt hatte. Hier war schon lange nicht mehr ausgekehrt worden. Der Mann trat zum Feuer und wollte den Spieß, an dem der Hase hing, herunternehmen. Gertrud fasste ihn am Arm. »Warte! Gib mir zuerst einen Besen.«

Er kratzte sich ein wenig hilflos am Kopf, während er sich umsah. Anscheinend hatte er schon vergessen, wo einer stand, falls er überhaupt einen Besen besaß.

»Dann hol Reisig!«, befahl Gertrud.

Der Mann ging nach draußen, während Gertrud sich in der Hütte umsah. Als er wiederkam, den Arm voll dünner Zeige, hatte sie gefunden, was sie suchte: Ein Lederband und ein altes, loses Brett, an das sie nun die dünnen Äste schnürte. Als sie fertig war, betrachtete sie ihr Werk. Für ein paar Mal auskehren würde es reichen. Gertrud begann gleich damit, den gröbsten Unrat auf einen Haufen zu fegen, den der Mann, ohne dass sie es ihm sagen musste, in einen Eimer schaufelte und nach draußen trug. Eigenartigerweise gefiel Gertrud diese Zusammenarbeit. Es erinnerte sie an längst vergangene Zeiten. Sie war fast ein bisschen traurig, als der Boden sauber war. Gertrud lehnte den Besen an die Wand, während der Wilde Mann dicke Stücke von dem gebratenen Hasen abschnitt. Sie hatte schon eine spitze Bemerkung auf der Zunge, für den Fall, dass er sich zuerst versorgte. Aber er reichte ihr die besten Stücke. Gertrud war gerührt und biss in das Fleisch, dass der Saft ihr an den Mundwinkeln herunterlief. Sie kaute und schlang, bis ihre Portion aufgegessen war. Dann erhob sie sich eilig. Sie wollte weg. Der Wilde Mann war ihr plötzlich unheimlich geworden. Es war ihr fast lieber, er hätte versucht sie zu verfluchen. Dann wüsste sie, was zu tun war. So blieb ihr nur der überhastete Aufbruch.

Hadmar ging schnellen Schrittes über den Hof der Burg, als er auf dem vereisten Untergrund ins Schlingern kam. Dabei hatte er den Mägden doch schon hundertmal gesagt, dass sie bei Frost das Putzwasser nicht auf dem Hof auskippen sollten. Er bog um die Ecke des Küchenhauses, um ihnen ordentlich die Leviten zu lesen, als ihm Balduin jauchzend entgegenschlitterte. Keiner der beiden konnte mehr ausweichen. Sie fielen übereinander und kamen nur mühsam wieder auf die Beine. »Du Kindskopf!«, schrie Hadmar. »Hast du nichts Besseres zu tun? Warum bist du nicht bei den Pferden?«

»Weil Uta sich um sie kümmern wollte.«

»Uta? Seit wann hat die Ahnung von Pferden?«

Balduin zuckte mit den Schultern. »Sie hat gesagt, sie will es tun. Ich habe ihr alles gezeigt, und dann hat sie mich weggeschickt. Alleine lerne sie am besten.«

Hadmar runzelte die Stirn, dann packte er Balduin im Genick. »Na schön, dann kommst du mit in die Küche. Dort wird man schon eine Arbeit für dich finden.«

Unsanft drängte er den jungen Mann in das rußgeschwärzte Haus. Doch als er dort einen der Wachmänner sitzen sah, die Küchenmagd auf dem Schoß, die ihn mit Hähnchenschenkeln fütterte, ließ er ihn los. Stattdessen stellte er sich vor dem Mann auf. »Was um Himmels willen machst du hier?«

Der schubste schnell die Magd beiseite und stand auf. »Ich … ich esse nur eine Kleinigkeit.«

»Das sehe ich! Warum hältst du nicht Wache vor dem Turmzimmer? Wer ist bei Löwenherz?«

»Balduin«, erklärte die Wache, worauf er eine kräftige Ohrfeige von Hadmar erhielt.

»Balduin? Und wer ist das hier?«, schrie der Burgherr, auf den Burschen deutend.

Der Geschlagene hielt sich die Wange und begann zu stottern. »Das … das verstehe ich auch nicht. Aber Eure Tochter, Uta, hat mir gesagt, ich solle gehen, Balduin wollte mich ablösen. Sie hat mich geradezu weggeschoben.«

»Uta?«

Plötzlich hatte es der Burgherr sehr eilig. »Komm!«, rief er Balduin zu.

Er lief vor, und Balduin musste sich sputen, um Schritt zu halten.

»Schnell, als Erstes zum Stall! Er darf keins der Pferde bekommen!«, befahl Hadmar im Laufen. Als sie beim Holzverschlag ankamen, riss Balduin die Tür auf. Sie mussten sich einen Moment an das Dämmerlicht gewöhnen. Die Pferde waren vollzählig, doch sie entdeckten Uta, die gerade dabei war, dem edelsten Tier das Zaumzeug umzulegen. »Was tust du?«, herrschte Hadmar sie an.

Uta schrak zusammen, und sofort übertrug sich ihre Unruhe auf das Pferd, das zu tänzeln begann. »Ruhig! Ganz ruhig!«, flüsterte sie.

Hadmar riss ihr das Zaumzeug aus der Hand. »Was hast du vor?«

Balduin lugte in einen Beutel, der an der Holzwand stand. »Schau mal einer an! Brote, Käse und sogar das hier!«

Er zog einen dicken Schinken heraus und hielt ihn hoch. Hadmar fasste Uta unsanft an der Schulter. »Los, geh! Und gnade dir Gott, wenn er schon geflohen ist!«

Er stieß Uta vor sich her aus dem Stall.

Im Turm stolperte sie mehr, als dass sie ging, die Stufen hoch. Je näher sie dem Gemach kamen, desto aufgeregter wurde sie. Sie hatte Löwenherz nicht in ihren Plan eingeweiht. Erst im letzten Moment hatte sie ihn holen wollen, wenn alles bereit war.

Als sie um die nächste Biegung der Wendeltreppe kam, sah sie es. Die Tür stand offen. Der König von England hatte offenbar gemerkt, dass die Wache gegangen war. Vielleicht hatte er Uta mit dem Mann sprechen hören, vielleicht war er auch zufällig nach draußen getreten, weil er etwas brauchte. Wie dem auch sei, sie war froh, dass ihm die Flucht gelungen war.

Jetzt hatte auch Hadmar, der dicht hinter ihr folgte, die offene Tür entdeckt. Er stieß einen lauten, furchterregenden Schrei aus. »Das wirst du mir büßen, du Luder!«

Er packte sie von hinten und schleuderte sie auf die Stufen. »Diesmal erschlage ich dich!«

Hadmar stand dicht über ihr, die Hand erhoben, und Uta wusste, dass er es ernst meinte. »Das wirst du nicht tun!«, hörte Uta plötzlich eine laute Stimme.

Löwenherz stand groß und aufrecht in der Tür, die Öffnung fast ganz ausfüllend. Hadmar vergaß tatsächlich, den Schlag auszuführen. Er ließ seine Hand sinken. »Ihr seid nicht geflohen?«

»Meint Ihr, ich brauche die Hilfe solch einer Kindsköpfin, wenn ich fliehen will? Glaubt Ihr das wirklich? Dann seid Ihr genauso dumm wie sie«, höhnte er.

Hadmar gab Balduin mit einem Wink zu verstehen, dass er Löwenherz wieder ins Turmzimmer bringen sollte. Doch Richard ging allein in sein Gefängnis zurück. Uta sah ihm nach. Kindisch und dumm hatte er sie genannt, und wahrscheinlich war das die Wahrheit. Sie hatte tatsächlich geglaubt, sie könne einen König befreien. Uta schlug sich die Hände vors Gesicht. Es war an der Zeit, dass sie erwachsen wurde.

Am nächsten Morgen brachte Uta Löwenherz nicht wie gewohnt das Frühstück, sondern schickte Balduin zu ihm. Sie wollte ihm nicht unter die Augen treten. Um sich trotzdem nützlich zu machen, beschloss sie, Eufemie Brei und Brot zu bringen, in der Hoffnung, ein paar Worte mit ihr über die Geschehnisse zu wechseln.

Sie balancierte die Schalen bis zu deren Gemach, klopfte kurz an und trat ein. Die Burgherrin war schon wach und lag nackt auf dem Bett. Bei ihr saß Hadmar, der sie auf den Hals küsste, während er seine Beinlinge hochzog. Schnell wandte Uta den Kopf ab.

»Uta!«, rief Eufemie. »Was machst du hier?«

»Ich wollte dir nur das Frühstück bringen«, erklärte Uta und lugte in deren Richtung.

Aber Hadmar war bereits wieder angezogen und erhob sich. »Bis später«, sagte er zu Eufemie und verließ das Gemach, ohne Uta weiter zu beachten.

Uta stellte das Tablett auf dem Tisch ab, während sie aus den Augenwinkeln betrachtete, wie Eufemie sich ein Kleid über den dünnen Körper streifte. Sie nahm einen Spiegel zur Hand, um sich das Haar zur richten, und ließ ihre Hand über Hals und Brüste gleiten, bevor sie die Schnüre des Gewandes verknotete.

»Macht ihr ... macht ihr das oft?«, konnte Uta sich nicht verkneifen zu fragen.

Eufemie sah sie an und zuckte mit den Schultern. »Eigentlich nicht. Normalerweise meide ich seine Nähe. Aber diesmal war er so anders. Fast schon zärtlich.«

Sie lächelte vor sich hin, dann richtete sie ihr Augenmerk wieder auf Uta. »Ich glaube, ihm tut es gut, dass Leopold ihn wieder vollkommen in seine Gnade aufgenommen hat.«

Uta runzelte die Brauen. »Der Herzog? Ist er nicht furchtbar wütend, dass König Heinrich seine Forderungen nicht akzeptiert hat?«

»Natürlich, aber er ist ein schlauer Fuchs und weiß, dass er am längeren Hebel sitzt. Dank Hadmar.«

»Wieso? Was hat Hadmar damit zu tun?«

Eufemie setzte sich an den Tisch, nahm ein Stück Brot und biss hinein. Sie leckte sich die Lippen. »Nun, bei den Verhandlungen hat Hadmar nicht wie alle anderen bei Heinrich in der Burg gegastet, sondern bei klirrender Kälte vor den Regensburger Stadtmauern seine Zelte aufgeschlagen.«

Uta blickte verständnislos drein. »Aber warum?«

Doch dann kam ihr eine Idee. »War er nicht erwünscht?«

Das musste es sein. König Heinrich mochte zwar ein geldgieriger Mann sein, aber immerhin war er Kaiser und konnte bestimmt bis auf den Grund von Hadmars schwarzer Seele sehen.

»Nein, man hat ihn ausdrücklich hineingebeten.«

Uta seufzte. Wahrscheinlich durfte man auch von einem Kaiser nicht zu viel erwarten.

»Vor allem den König von England, den Hadmar auch dort bewachte, hätte man nur zu gerne in der Burg gehabt. Und dann sicher gleich dabehalten. Ohne Hadmar wäre Leopold sein Faustpfand losgeworden.«

Uta konnte es kaum glauben. »Du meinst, sie hätten Löwenherz einfach in ihre Gewalt gebracht?«

»Natürlich. Jeder hätte das getan. Alles andere wäre dumm.«

Uta wäre nie auf eine solche Idee gekommen. Aber wahrscheinlich war sie wirklich dumm, das sagte selbst Richard.

»Auf jeden Fall hat Hadmar gut auf Löwenherz aufgepasst. Und früher oder später wird es neue Verhandlungen geben.«

Uta nickte und konnte nicht umhin zu hoffen, dass es eher später sein würde. Auch wenn Richard sie sicher nicht mehr sehen wollte, tat ihr allein schon der Gedanke weh, dass er gehen könnte.

»Hadmar ist auf jeden Fall jetzt schon von Leopold belohnt worden.« Eufemie lächelte Uta an. »Willst du nicht wissen, was es ist?«

»Doch, sicher«, erwiderte Uta, obwohl es ihr herzlich egal war.

»Es ist dein Ehemann. Du darfst Friedrich nun doch heiraten.«

Es dauerte einen Moment, bevor Uta richtig verstand. »Friedrich? Jetzt doch noch?«

Uta sah den Mann in dem alten, von Blut verkrusteten Waffenrock vor sich. »Nein«, hörte sich Uta sagen, und dann lauter: »Nein.«

»Was nein?«, fragte Eufemie.

»Nein. Ich werde diesen Mann nicht heiraten.«

»Jetzt sei doch nicht kindisch.«

»Ich bin nicht kindisch, ganz im Gegenteil. Ich weiß genau, was ich sage.«

Eufemie stand auf und kam näher. »Na gut, ich kann verstehen, dass er dir nicht gefällt.« Sie sah zu dem zerwühlten Bett hinüber. »Aber du wirst dich an ihn gewöhnen. Glaub mir.«

Uta war verzweifelt. Wäre sie doch bloß die einfache Magd geblieben, dann hätte sie sicher Karl geheiratet. Sie beide gehörten zusammen. Und doch wusste sie noch nicht einmal, wo er jetzt war.

Karl arbeitete schnell. Jeden Tag blieb ihm nur die Mittagszeit, in der alle anderen sich zu einem Schläfchen zurückgezogen hatten, eine Angewohnheit, die man hier im Morgenland auch im Winter pflegte. Keiner sollte sehen, welche Kostbarkeiten sie mit sich trugen.

Seit ihrem hastigen Aufbruch vom Hof des Alten blieben Kinga und er nie lange an einem Ort, denn sie hatten den Mann um einiges erleichtert. Neben seinem einzigen Kamel stahlen sie die Werkzeuge, die Karl brauchte, um Kingas Rohdiamanten zu bearbeiten. Dass sie außerdem noch zwei Taschen mit Vorräten vollpackten, fiel dann kaum noch ins Gewicht. Obwohl Kinga behauptete, das sei das Mindeste, was ihr als Entlohnung dafür zustände, dass sie sich ihm hingegeben hatte, gingen sie lieber auf Nummer sicher und wechselten jeden Tag das Quartier. Jetzt war es das erste Mal, dass sie es riskierten, etwas länger zu bleiben, damit Karl damit beginnen konnte, die Steine zu schleifen.

Kinga ging unruhig im Hof der Oase auf und ab und passte auf, dass sich niemand näherte. Aber alles blieb ruhig. Weder Mensch noch Tier rührten sich um diese Zeit. Karl hatte Ruhe, und doch zitterten seine Hände. Er hatte gehofft, dass es sich legen würde. Aber vom Markieren des Steins bis zum Anbringen der Einkerbung war es immer schlimmer geworden. Jetzt konnte er das Spaltmesser kaum halten, geschweige denn an dem Diamanten ansetzen. Entmutigt ließ er den Arm sinken. Es hatte keinen Sinn, so würde er den Stein ganz sicher zerstören. Er blickte zu Kinga hinüber, die unruhig umherschweifte. Er wollte sie nicht enttäuschen. Erneut hob er die Hand. Doch je mehr er sich bemühte, desto weniger gelang es ihm, das Zittern zu unterdrücken. Mit einem lauten Aufschrei warf er das Spaltmesser weit von sich.

Kinga kam eilig auf ihn zu, im Gehen das Werkzeug aufhebend. Sie blieb vor ihm stehen und hielt es ihm hin. »Mach weiter«, presste sie hervor.

»Ich kann nicht, es geht nicht«, erklärte Karl und stützte den Kopf in die Hände.

Kinga runzelte die Brauen. »Es geht immer weiter, du musst nur wollen.«

Karl versuchte das Spaltmesser sicher zu halten, doch seine Hände waren schweißnass, sodass es ihm entglitt und in den Sand fiel.

»Du Sohn einer Hündin! Wärst du mir doch nie über den Weg gelaufen!«, rief Kinga, bevor sie sich umdrehte und ging.

Erst am Abend kehrte sie zurück. Karl hatte sie von weitem mit den anderen Männern in kehligen Lauten sprechen und lachen hören. Den Vorfall vom Mittag erwähnte sie mit keinem Wort, stattdessen löffelte sie den Hirsebrei, den er auf dem Feuer gekocht hatte, mit Genuss. Nach dem Mahl legte sie sich hin, und auch Karl versuchte zu schlafen. Doch er konnte nicht.

Im Laufe der Zeit wurde es, wie in jeder Nacht, sehr kalt. Karl betrachtete Kingas zarte Gestalt unter ihrer Decke und bemerkte das feine Zittern. Ohne lange zu überlegen, stand er auf, nahm seine Decke und ging zu ihr hinüber. Er zog das wollene Tuch, das sie bedeckte, gerade, um dann seins noch darüber zu legen. Sie schlief wie immer neben den in einen Lumpen eingeschlagenen Diamanten. Karl schob die Steine ein wenig zur Seite, damit sie nicht drückten, und steckte die Decken um Kingas schmale Taille fest.

»He, lass das, du bist nicht meine Mutter!«, murmelte Kinga, noch halb im Schlaf.

»Kinga! Ich wollte dich nicht wecken!«

»Das hast du aber.«

Karl ärgerte sich über sich selbst. Noch nicht einmal zudecken konnte er sie! Er wollte sich erheben, um sich auf sein Lager zurückzuziehen. Doch sie fasste ihn am Arm. Er glaubte, sich nun einiges anhören zu müssen. Doch stattdessen hob sie die Decken hoch und zog ihn zu sich. Karl war erstaunt, aber sie ließ nicht nach, und so legte er sich zu ihr. »Gute Nacht«, flüsterte er und wollte sich auf die andere Seite drehen.

Doch wieder fasste sie nach ihm. Sie zog seinen Kopf näher zu ihrem, so nahe, bis er mit seinem Mund ihre Lippen berührte. Sanft küsste sie ihn. Doch anstatt sich wieder von ihm zu lösen, wurde ihr Kuss immer leidenschaftlicher. Ihre Hände streichelten seine Haare, fuhren über seinen Hals und dann über den ganzen Körper. Karl begann langsam, sie ebenfalls zu berühren. Als er an ihren Bewegungen und an ihrem leisen Stöhnen merkte, dass es ihr gefiel, wurde er bestimmter, bis er irgendwann nicht mehr nachdachte. Karl und Kinga liebten sich wie in einem Rausch, der die Kälte der Nacht verschwinden ließ.

Am Morgen streckte sich Karl wohlig. Heiß überfiel ihn der Gedanke, was in der Nacht geschehen war. Er konnte es kaum glauben, dass ausgerechnet er die wilde und zugleich scheue Kinga gezähmt hatte. Karl vermisste die Berührung ihres Körpers, die er des Nachts so genossen hatte, und drehte sich auf die Seite. Doch der Platz neben ihm war leer. Karl setzte sich hastig auf und sah sich nach Kinga um. Aber sie war weg und das Kamel auch. Schnell griff er unter die Decke. Er hatte es bereits gewusst, und doch traf es ihn wie ein Schlag. Auch die Steine waren weg. Kinga war gegangen.

Er stand auf und sah sich um. Die Werkzeuge hatte sie ebenfalls mitgenommen. Sie würde sich einen anderen suchen. Einen, der seine Aufgabe besser erfüllte. Karl begann, die Decken hochzuheben und zu falten. Dann suchte er seine Habseligkeiten zusammen. Er wollte so schnell wie möglich weg von diesem Ort. Als er mit seinen Füßen in die Beinlinge fuhr, erinnerte er sich, wie Kinga ihm sie heute Nacht voller Ungeduld heruntergezerrt hat. Da stieß er mit seinen Zehen an etwas Hartes, Raues. Er fluchte und schaute nach, was es war. Aus den Falten des Stoffes zog er einen von Kingas Diamanten. Karl schüttelte den Kopf. Kinga musste sehr eilig aufgebrochen sein, wenn sie sogar einen ihrer Steine vergessen hatte. Karl strich mit den Fingern über die raue Schale, unter der sich eine unglaubliche Kostbarkeit versteckte. Er hob den Kopf und sah zum Horizont. Auch wenn von Kinga längst nichts mehr zu sehen war, da irgendwo musste sie sein. Karl lächelte, bevor er begann, den Stein genauso sorgfältig einzupacken, wie Kinga es immer getan hatte.

Kapitel 11

Eufemie biss in den Hähnchenschenkel, dass der Saft nur so spritzte. Sie genoss den Aufenthalt auf der Marienfeste in Würzburg. Obwohl gerade erst im Umbau zur Burg, wirkte jetzt schon alles viel größer als in Dürnstein, vor allem der prachtvolle Saal, in dem sie saßen. Hadmar hatte Herzog Leopold erneut zu dem Tauziehen um den englischen König begleitet. Nur Löwenherz selbst hatten sie diesmal sicherheitshalber nicht mitgenommen, sondern seine Haft solange nach Ochsenfurt verlegt.

Die beiden waren ständig in Verhandlungen mit dem Kaiser, während Eufemie viel Zeit mit seiner Gemahlin verbrachte. Konstanze, zehn Jahre älter als ihr Gemahl, war eine kluge und lebenserfahrene Frau.

Eufemie beobachtete, wie die Kaiserin, die neben ihr an der langen Tafel saß, vor einem hochaufgeschossenen, ungefähr zwölfjährigen Jungen eine große Menge an Leckereien aufhäufte, obwohl er noch keinen Bissen gegessen hatte und auch keine Anstalten machte, etwas zu probieren. Eufemie wandte sich an Konstanze: »Ja, warum in Gottes Namen rührt er all die guten Dinge nicht an?«

»Er darf nicht«, kam die prompte Antwort.

»Er darf nicht? Aber warum türmt Ihr dann immer mehr vor ihm auf?«, fragte Eufemie mit einem begehrlichen Blick auf die knusprig gebratenen Täubchen, die Konstanze als Krönung obenauf legte.

»Er soll die Kunst der Disziplin erlernen. Und Maßhalten und Geduld. Markward beherrscht keine einzige der Tugenden, die die Großen so dringend brauchen.«

»Wer ist der Junge, dass Ihr Euch so um ihn sorgt?«

»Der Sohn Markwards von Annweiler, eines unserer treuesten Ergebenen und unseres Truchsesses.«

Eufemie sah wieder auf den Jungen. »Aber warum mangelt es ihm an allem, was sein Vater doch im Übermaß zu besitzen scheint?«

Konstanze zuckte mit den Schultern. »Vielleicht war ich zu nachgiebig mit ihm, weil seine Mutter früh gestorben ist. Oder es kommt daher, weil seine Sippe noch zu den Unfreien gehört.«

Eufemie nickte. »Das kann vieles erklären.«

Sie warf einen Blick auf Uta, die ihnen gegenübersaß und ebenfalls fast nichts gegessen hatte. So ging das die ganze Zeit, seit Uta wusste, dass sie Friedrich nun doch heiraten sollte. Anstatt ihre Pflicht zu erfüllen, wie sie selbst das auch getan hatte, stellte sie ihr Leid zur Schau. Aber Eufemie war nicht mehr bereit, sich das anzusehen. Sie stand auf, um Konstanze zu folgen, die ihr Mahl beendet hatte und sich nun zum Kaiser gesellte, der mit Leopold und Hadmar bereits am Kamin saß.

Auch die anderen erhoben sich von der Tafel, und Uta blieb allein zurück, fast allein. Dieser seltsame Junge, der die ganze Zeit nichts gegessen hatte, blieb ebenfalls sitzen. Vielleicht hatte er Kummer, überlegte Uta. Vielleicht wollte man ihn auch verheiraten. Aber dann verwarf sie den Gedanken. Er war zu jung, fast noch ein Kind. Ihm stand die ganze Welt offen, während sie für den Rest ihres Lebens an Friedrich gekettet sein würde.

»Ihr habt so viele Reste gelassen. Darf ich Euch daraus die Zukunft lesen?«, hörte sie plötzlich eine raue Stimme von der Seite.

Es war eine der Mägde, die den Tisch abräumten und auf das Essen vor Uta deutete.

»Die Zukunft? Lieber nicht, da kommt nicht viel Gutes bei heraus«, antwortete Uta.

Die Magd rückte näher heran. Sie roch schlecht. Uta wusste nicht, woher der Gestank genau kam. Vielleicht von den fauligen Zähnen. Auf jeden Fall bereute sie es schon, überhaupt mit ihr gesprochen zu haben.

»Warum seht Ihr so schwarz? Lasst es mich wenigstens versuchen!«, erwiderte die Magd. »Ich habe schon von Geburt an Gesichte. Ihr müsst mir nur erlauben, Eure Reste mitzunehmen. Ich werde sie dann heute Nacht, wenn der Mond am hellsten scheint, befragen.« Als sie sah, dass Uta zögerte, fügte sie schnell an: »Ich habe da so ein Gefühl, als wenn doch nicht alles so finster aussieht. Vielleicht bekommt Ihr einen feinen Mann.«

Damit zog sie ein Tuch aus ihrem Rock, breitete es aus und nahm eins der Hühnerbeine, um es einzupacken. Ein Täubchen und ein Stück gebratener Speck folgten. Gerade als sie das Tuch zuknoten wollte, nahm Uta es ihr ab. »Halt! Du hast mich angelogen! Du willst nur das Essen stehlen!«

Die Frau sah Uta erschrocken an. »Nein, wirklich, ich will es nicht für mich ...«

»Du weißt genau, dass das Essen unter allen Mägden und Knechten aufgeteilt wird.«

Uta hatte selbst mit ihrer Mutter schon zu oft in der Küche gestanden und auf die Reste gewartet, um nicht zu erkennen, was diese Frau hier vorhatte. Sie wollte die anderen übervorteilen. Jetzt fiel sie auch noch heulend vor Uta auf die Knie. »Bitte, ich werde keinen Bissen davon nehmen.«

»Dann lass es hier. Ich will meine Zukunft nicht wissen.«

»Aber es ist doch für meine Kinder. Zwei Jungen und ein Mädel.«

Uta zögerte, aber dann schüttelte sie den Kopf. »Auch andere Mägde haben hungrige Kinder, da bist du nicht die Einzige.«

»Aber meine müssen schnell groß werden. Ich kann ihnen nicht mehr lange zur Seite stehen.«

»Warum nicht? Du bist im besten Alter, hast zwei gesunde Arme und Beine ...«

Weiter kam Uta nicht, denn die Magd schob ihren Rock hoch und streckte Uta ihr linkes Bein hin. Uta schlug sich die Hand vor Mund und Nase, um sich vor der Welle des Gestanks zu schützen, die von der eiternden Wunde aufstieg. Das Bein war vom Knöchel bis zum Knie halb verfault. »Das habe ich den Hörnern des Stiers zu verdanken, im letzten Frühjahr, als er zum ersten Mal wieder auf die Weide durfte.«

»Im letzten Frühjahr? Aber warum hast du es denn nicht verbunden?«

Die Magd lachte. »Verbände, Kräuter und Pülverchen, all das habe ich ausprobiert. Jetzt bleibt wohl nur noch die Knochensäge.«

Uta wurde blass. Eine Amputation war so gut wie ein Todesurteil, ein sehr schmerzhaftes dazu. Die Frau fuhr fort: »Das Einzige, was mir ein bisschen hilft, ist das hier.«

Sie hob ein grob behauenes Stück Holz hoch, das sie an den Tisch gelehnt hatte. »Das haben meine Kinder für mich geschnitzt«, erklärte sie stolz und stützte sich darauf.

Es war die schlechteste Krücke, die Uta je gesehen hatte. Schnell gab sie ihr das Bündel mit den Essensresten zurück. »Hier, nimm. Ich werde dafür sorgen, dass du noch mehr bekommst.«

Die Magd ergriff Utas Hand und küsste sie. Doch Uta schämte sich, nicht mehr tun zu können. Ihr Blick fiel auf Eufemie, die zusammen mit Hadmar und Herzog Leopold beim Kaiser saß und ihm lauschte. Vielleicht konnte sie sie überreden, einen Medicus zu rufen. Aber der Gestank in ihrer Nase sagte ihr, dass selbst der beste Medicus hier nicht mehr helfen konnte.

Plötzlich sah Uta, dass die Frau erneut niederkniete, noch tiefer als zuvor und ungeachtet ihres wehen Beins. Der Kaiser näherte sich ihnen. Auch Uta sank auf den Boden, doch beobachtete sie den Kaiser verstohlen, als er vorbeiging. Es war das erste Mal, dass sie ihn von Nahem sah. Er war klein. Seine Augen stachen dunkel aus dem bleichen und hageren Gesicht hervor. Wäre da nicht seine aufrechte Haltung und eine gewisse Unnahbarkeit gewesen, Uta hätte ihn für einen Bediensteten aus seinem eigenen Gefolge gehalten. Aber der Schein trügte. Der Kaiser förderte nicht nur die Dichtkunst, sondern hatte sogar selbst schon Lieder zu Pergament gebracht. Vielleicht hatte er deshalb die Stärkung seiner Körperkraft ein wenig vernachlässigt, überlegte Uta, als die Magd neben ihr sich mühsam erhob. Der Kaiser war vorbei. Plötzlich schlug Uta sich vor den Kopf. Wie konnte sie so dumm sein! Nur der Kaiser konnte in solchen Fällen heilen, indem er seine Hand auf die kranke Körperstelle auflegte. Sie hatte die Leute schon von klein auf von solchen Wundern reden hören. Und ausgerechnet jetzt verpasste sie die günstige Gelegenheit, ihn um seine Hilfe zu bitten! Doch sie würde ihren Fehler wiedergutmachen. Uta erinnerte sich daran, dass sie jetzt als eine Kuenringerin galt, obwohl das Ganze auf einer Lüge beruhte. Aber wenn dadurch diese arme Frau wieder gesund wurde, dann machte das Ganze wenigstens Sinn. Uta wandte sich zu der Magd und lächelte sie an. »Dein Bein wird geheilt. Ich werde den Kaiser persönlich darum bitten.«

Die Magd schüttelte ungläubig den Kopf, aber Uta konnte auch einen Schimmer Hoffnung in ihren Augen entdecken. Uta spürte ein erhabenes Gefühl. Langsam begann sie sich wirklich wie eine Kuenringerin zu fühlen.

Der Junge sah den Leuten, die nun alle den Saal verließen, ungeduldig nach. Er konnte es kaum abwarten, bis er allein war. Aber es ging ihm nicht darum, sich endlich an den köstlichen Speisen zu laben. Wie jedes Mal hatte er sich bereits vorher in der Küche satt gegessen. Die alte Köchin gab ihm immer großzügig, wenn er sie dafür an einigen versteckten Körperstellen mit seinen geschickten Fingern beglückte. Das machte ihm nicht viel aus, er hatte schon früh gelernt, was Frauen von ihm wollten. Manchmal hatte es doch Vorteile, dass er keine Mutter mehr hatte, die auf ihn aufpassen konnte, und einen Vater, der meistens in der Ferne für den Kaiser kämpfte. Zufrieden beobachtete Markward, dass auch dieses dürre Ding, das zu den Dürnsteinern gehörte, endlich vom Tisch verschwand. Jetzt war der gesamte Saal leer.

Markward stand auf. Er hatte eigentlich gar nichts dagegen, dass die Frau des Kaisers ihn zu einem der Großen machen wollte. Nur stellte er sich das ganz anders vor als Konstanze. Der Junge ging zu dem wuchtigen Stuhl des Kaisers an der Stirnseite des Saales und nahm darauf Platz. Er richtete sich auf. Aber so ganz kam seine kaiserliche Ausstrahlung noch nicht zur Geltung, irgendetwas fehlte. Und dann fiel ihm auch ein, was: Ein Zepter musste her! Er sah sich um, aber natürlich stand keins in der Gegend herum, und so musste er sich anderweitig behelfen. Markward erhob sich und nahm einen der zierlicheren Stühle zur Hand, hielt ihn fest in beiden Händen und schlug ihn mit voller Wucht auf den Boden. Das Holz splitterte und krachte. Doch der Junge musste noch zweimal zuhauen, bis sich endlich eins der Stuhlbeine löste. Es war unten ein wenig abgesplittert, aber das tat nichts zur Sache. Frohgemut probierte Markward erneut, wie es war, sich auf dem Sitz des Kaisers niederzulassen, und mit dem Holz in der Hand fühlte er sich prompt würdevoller. Er schwang es ein paar Mal hin und her, doch schnell wurde es ihm langweilig, da in dem leeren Saal niemand beifällig oder ehrfurchtsvoll das Haupt senkte. Er warf das Stuhlbein-Zepter achtlos zur Seite, stand auf und sah sich um. In der steinernen Fensterbank im Erker entdeckte er ein Pergament. Es war von oben bis unten mit ihm unverständlichen Zeichen bedeckt. Markward wusste, dass es vom Kaiser stammte, der hier an seinem Lieblingsplatz zu dichten pflegte, doch hatte er sich das Ergebnis besser vorgestellt. Trotzdem nahm Markward auf dem kleinen, in die Wand gehauenen Sitz Platz und schaute sinnend in den Hof hinunter, wie auch Heinrich es oft tat, wenn ihm nichts einfiel. Dann wandte er sich dem Pergament zu und tauchte die bereitliegende Feder in das Tintenhorn. Doch schneller als er sich versah, breitete sich ein dicker Klecks auf dem Bogen aus. Markward legte den Kopf schräg, während er sein Werk betrachtete. Es gefiel ihm nicht. Er begann, die Tinte mit der Feder nach allen Richtungen zu verteilen, sodass Linien und Striche das vorher Geschriebene bedeckten. Er bereute es ein wenig, dass er selbst nie die Lust verspürt hatte, lesen und schreiben zu lernen, doch war er mit dem Gesamtbild durchaus zufrieden. Markward legte das Pergament zur Seite. Für heute hatte er sich genug im Herrschen geübt.

Uta musste sich noch bis zum nächsten Tag gedulden. Bis dahin wurde fast ununterbrochen über Richard Löwenherz verhandelt. Erst als die Gespräche für den Nachmittag unterbrochen wurden, konnte sie ihr Vorhaben in Angriff nehmen. Sie hatte beschlossen, den Kaiser ohne weitere Vermittlung aufzusuchen, und eigens dafür ihr Kleid gerichtet und das Haar sorgfältig frisiert. Sie wollte es kurz und knapp machen, um ihm nicht unnötig Zeit zu stehlen, aber trotzdem mit eindrücklichen Worten die Notlage der Magd schildern. Uta fielen ihre bis aufs Fleisch abgekauten Fingernägel auf, als sie anklopfte. Doch zu ihrem Erstaunen war die Tür nur angelehnt. Sie hörte die Stimme einer Frau: »Aber er hat dir all die Jahre hindurch treu gedient!«

Darauf antwortete ein Mann: »Ja, um mich in Sicherheit zu wiegen. Und um jetzt ohne Münzrecht Geldstücke zu prägen.«

Das musste der Kaiser sein, der mit seiner Frau sprach. Uta wurde noch aufgeregter bei der Aussicht, ihnen beiden gegenüberzutreten. Da vernahm sie erneut Konstanze: »Aber höre ihn wenigstens vorher an.«

»Warum soll ich mich mit seinem Geschwätz belasten? Ich habe mein Urteil gefällt.«

»Nur, um den Herzog zu beeindrucken.«

Die Frau war jetzt sehr aufgebracht, der Mann antwortete scharf: »Es steht dir nicht an, so zu reden.«

»Aber es ist doch so! Du willst ihm das Augenlicht rauben, um Eindruck zu schinden!«

»›Das Augenlicht rauben‹«, äffte der Mann sie nach. »Ich werde den Grafen blenden lassen, das ist mein gutes Recht.«

Jetzt hörte Uta die Frau schluchzen. »Heinrich, bitte! Das ist grausam.«

Der Kaiser lachte. »Grausam? Der Graf wird nicht mehr leiden als nötig. Und du wirst dich persönlich davon überzeugen. In einer Stunde in der Schmiede.«

Schon näherten sich schwere Schritte der Tür. Als sie aufgestoßen wurde und der Kaiser das Gemach verließ, stand Uta zum Glück hinter dem Türflügel. Doch kaum war er um die nächste Biegung verschwunden, lugte Uta in das Gemach. Sie sah die Kaiserin auf das Bett hingesunken. Ihr Schleier war verrutscht, da sie sich das glänzende Haar raufte. Tränen liefen an den ebenmäßigen Zügen ihres Gesichtes hinunter. Uta hätte sie zu gern getröstet, aber das stand ihr nicht an. Stattdessen wartete sie in der Tür, bis das Schluchzen abebbte. Konstanze fiel in einen unruhigen Schlaf. Sie warf den Kopf hin und her, sodass ihr Schleier zu Boden glitt. Uta ging leise zum Bett und nahm ihn an sich. Sie würde nicht zulassen, dass diese Frau gedemütigt wurde.

Uta zog sich Konstanzes Schleier noch dichter ins Gesicht, als sie es ohnehin schon getan hatte. Sie bemühte sich um eine aufrechte Haltung, wie sie einer Kaiserin geziemte. Das Dämmerlicht in der Schmiede kam ihr entgegen, außerdem hatte sie einen Platz hinter einem Balken gewählt, sodass Heinrich der Blick auf sie erschwert wurde. Trotzdem befürchtete sie erkannt zu werden.

Uta sah sich vorsichtig um. Hadmar und Eufemie waren auch bereits erschienen und standen an der gegenüberliegenden Wand neben Herzog Leopold und seinen beiden Söhnen. Utas Blick streifte für einen Moment Friedrichs Gesicht. Schnell wandte sie ihren Blick wieder ab. Mittig brannte das große Schmiedefeuer und strahlte eine Hitze aus, die den ganzen Raum erfüllte. Der Schmied hielt das Eisen ins Feuer. Die Spitze glühte rot auf. Der sich bereits weißlich verfärbende Rand schien sich Uta fast ins Auge zu brennen. Schnell drehte sie den Kopf weg. Etwas seitlich lag der Graf auf einen langen Holztisch gefesselt. Das Gesicht strahlte Ruhe und Würde aus, doch sein schnell gehender Atem verriet seine Anspannung.

Heinrich wandte sich an die Anwesenden. »Da nun auch mein Weib den Weg zu uns gefunden hat«, erklärte er mit Blick in Utas Richtung, »können wir beginnen.«

Heinrich nickte dem Schmied zu, worauf der das Eisen aus dem Feuer nahm und prüfend hochhielt. Selbst Uta, die am weitesten weg stand, spürte die Hitze wie eine Welle. Der Schmied näherte sich jetzt mit dem Werkzeug dem Gesicht des Grafen. »Nein!«, schrie der plötzlich auf, und seine ganze Würde war von einem Augenblick zum anderen in sich zusammengefallen. »Nein!«, wiederholte er. »Habt Erbarmen!«

Er konnte seinen festgeschnallten Kopf nicht bewegen, aber seine Augäpfel rollten wie bei einem scheuenden Pferd. Der Schmied blickte fragend zum Kaiser, und der nickte erneut, sodass er das Eisen noch näher brachte. Uta beobachtete, dass er es allerdings mehr auf Höhe des Mundes hielt, was dem Grafen den Atem nahm. Er rang nach Luft. Auch Heinrich schien das aufzufallen. Denn er ließ einen Wutschrei ertönen. »Nein! Lass das! Er soll es spüren!«

Dem Schmied blieb nichts anderes übrig, als das Eisen so zu halten, dass der Graf wieder besser atmen konnte, was ihm die Gnade der Ohnmacht verwehrte. Heinrich wollte nicht, dass ihm die Schmerzen erspart wurden. Der Graf kniff seine Augen fest zusammen, doch Uta wusste, dass das brennende Rot des Eisens auch durch die Lider hindurchschimmerte. Es würde das Letzte sein, was der Graf sehen konnte. Der Geruch von versengtem Haar und Fleisch durchzog die Hütte, als das Eisen schon fast das Gesicht des Mannes berührte. Der Schmied entschied sich, mit dem linken Auge zu beginnen, und hielt mit der Spitze darauf zu. Uta bedeckte ihr Gesicht mit den Händen. Ein lauter Schrei ertönte, von dem Uta nicht wusste, von wem er stammte, da er weder nach Mensch noch nach Tier klang. Dann gaben ihre Beine nach, und sie suchte Halt in Eufemies Armen, die zu ihr eilte.

Auf sie gestützt, gelangte sie nach draußen. Die kalte Luft tat ihr gut, doch ein zweiter Schrei ließ sie erneut zusammenfahren. Auch Eufemie schrak zusammen, bevor sie Uta von sich wegstieß: »Bist du von allen guten Geistern verlassen? Dich als die Kaiserin auszugeben! Wie bist du bloß auf die Idee gekommen?«

»Aber er hat mich doch nicht erkannt«, begann Uta zaghaft.

»Nur weil ich dich rechtzeitig rausgebracht habe. Dir ist der Schleier vom Kopf gerutscht, hast du das nicht gemerkt?«

Uta fasste sich an den Kopf und erschrak. Eufemie zog kräftig an ihrem losen Haar. »Weißt du, was hätte passieren können, du nichtsnutziges Ding?«

In dem Moment kam die Kaiserin eilig über den Hof gelaufen, offensichtlich auf dem Weg zur Schmiede. Eufemie verneigte sich schnell und sprach sie dann an. »Wartet, bitte, nur einen Moment!«

Konstanze verhielt ein wenig den Schritt. »Ich bin schon spät dran.«
Eufemie fasste sie am Arm. »Es ist vorbei. Der Graf ist bereits geblendet.«
Konstanze sah sie erschrocken an. »Und ich war nicht dabei! Der Kaiser wird sehr zornig sein.«
Eufemie schüttelte den Kopf. »Er hat Euch nicht vermisst.«
Konstanze sah sie ungläubig an, als die andere fortfuhr: »Sie war an Eurer Stelle dabei.«
Eufemie deutete auf Uta. »Das dumme Ding hat sich als Kaiserin ausgegeben. Zum Glück hat keiner was gemerkt.«
Konstanze sah verwundert zu Uta. »Sie hat an meiner statt die Blendung mit angesehen?«
Uta kniete vor der Kaiserin nieder. »Bitte, seid nicht böse, aber ich wollte es Euch ersparen. Ich habe mit angehört, wie der Kaiser Euch zwang.«
Eufemie zerrte Uta wieder auf die Beine. »Was redest du da?« Sie wandte sich an Konstanze. »Ich weiß auch nicht, was in sie gefahren ist.«
Die sah Uta unverwandt an. »Ich habe Euch leidgetan?«
Eufemie wollte sich dazwischendrängen. »Ich weiß, das ist anmaßend …«
Die Kaiserin schüttelte den Kopf. »Clementia, die Milde und das Mitleid, ist eine der höchsten Tugenden, die leider selbst die Großen immer wieder vergessen. Umso bemerkenswerter, wenn diese junge Frau so handelt, obwohl sie sich selbst in Gefahr gebracht hat.«
Eufemie konnte es kaum fassen. »Aber allein diese Unerhörtheit, den Kaiser und Euch zu belauschen …«
Uta fiel ihr ins Wort. »Nein, bitte, es war keine Absicht. Ich hatte nur eine Bitte, ein dringendes Anliegen, das ich an den Kaiser herantragen wollte.«
Konstanze horchte auf. »Eine Bitte?«
Eufemie hingegen schubste Uta in Richtung Burg. »Jetzt reicht's, und keine Widerworte!«
Uta blieb nichts anderes übrig, als sich zu fügen, doch es war

ihr ein kleiner Trost, dass die Kaiserin ein leises Lächeln auf den Lippen hatte.

Gertrud betrat mit einem Eimer Wasser die Hütte, um sie gründlich zu reinigen. Da die Wöchnerin immer noch sehr geschwächt war, hatte sie es wie selbstverständlich übernommen, den Haushalt zu führen. Als Lohn reichte ihr die kleine Schlafstelle und eine karge Mahlzeit am Tag. Im Halbdunkel sah sie, dass die Bäuerin nicht wie sonst auf ihrem Bett ruhte, sondern in dem engen Raum umherging und Gertruds wenige Habseligkeiten einsammelte: einen Kamm, das zweite Kleid, den Schal und die wenigen Instrumente, die sie für die Geburtshilfe besaß. »Du musst dich nicht mit meinen Sachen abmühen. Gib her, ich räume sie auf mein Lager.«

Doch die Frau drehte sich weg und legte alles auf einen auf dem Tisch ausgebreiteten Lumpen. »Du warst lange genug hier.«

Sie schnürte die Enden zusammen. »Wir brauchen keinen unnützen Esser.«

Damit hielt sie Gertrud das Bündel hin. Die sah sie erstaunt an. »Aber ich habe doch für mein Essen gearbeitet.«

Die Frau wusste nicht so recht, was sie darauf sagen sollte, und blickte zu Boden, als ihr Mann eintrat.

»Ich dachte, sie ist schon weg?«, wandte er sich an die Bäuerin.

»Sie geht grade«, gab die zurück.

Gertrud richtete sich auf. »Nicht, ohne vorher meinen Lohn bekommen zu haben.«

»Wir könnten dich auch mit Schimpf und Schande davonjagen«, entgegnete der Mann.

»Dafür, dass ich euer Kind zur Welt gebracht habe?«

»Dafür, dass du mein Weib anstiftest, mich im Bett zu meiden.«

Der Mann lachte hässlich, zog die Bäuerin an sich und griff ihr an die Brüste. »Hier, das ist eine richtige Frau! Nicht so ein verbiestertes Weib wie du!«

Er spuckte Gertrud vor die Füße. Sie verzog ihren Mund zu einem spöttischen Lächeln, wusste sie doch genau, dass dieser Mann sie vor kurzem noch so begehrte, dass sie Tag und Nacht damit beschäftigt war, ihn sich vom Leibe zu halten. Erst nachdem sie ihm einmal hart zwischen die Beine gegriffen hatte, gab er es auf. Gertrud wandte sich an die Bäuerin. »Es ist noch viel zu früh. Wenn du dich jetzt schwängern lässt, geht dir die Milch aus, und wer weiß, ob dein Kind dann überlebt.«

»Das lass mal meine Sorge sein. Ich kümmere mich um meine Familie, wie ich es immer gemacht habe«, antwortete der Bauer anstelle seiner Frau.

»Dann gnade ihnen Gott«, rief Gertrud, spuckte nun ihrerseits dem Bauern vor die Füße und nahm der Frau das Bündel ab. Die hauchte ein kaum hörbares »danke«, während Gertrud sich umdrehte und die Hütte entschlossenen Schrittes verließ.

Gertrud ging zielstrebig voran, doch als sie nach einer ganzen Weile anhielt, um zu verschnaufen, musste sie sich selbst eingestehen, dass sie keine Ahnung hatte, wo sie hinsollte. Sie stampfte ärgerlich mit dem Fuß auf, bevor sie zu weinen begann. Sie war enttäuscht darüber, wie sie behandelt worden war. Doch es half alles nichts, bald würde es dunkel werden, und bis dahin musste sie aus dem Wald heraus sein. Plötzlich erkannte sie, dass die Hütte des Wilden Mannes nicht weit war. Ohne lange zu überlegen, schlug Gertrud diese Richtung ein. Er hatte es nicht verdient, dass sie einfach so ging, ohne sich zu verabschieden. Bald hatte sie sein Zuhause erreicht. Gertrud richtete kurz ihren Schleier und zupfte ein paar Strähnchen heraus, bevor sie in die Hütte des Wilden Mannes trat.

Doch auch als sich ihre Augen an das Dämmerlicht gewöhnt hatten, konnte sie ihn nicht entdecken. Die Hütte war leer. Er war irgendwo unterwegs. Sie fühlte eine noch größere Enttäuschung als eben, doch dann beschloss sie, einfach auf ihn zu warten. Gertrud legte ihr Bündel ab und sah sich um. An der Wand lehnte der von ihr auf die Schnelle zusammengebundene Besen. Direkt daneben standen zwei weitere, die der Wilde Mann wohl nach ihrem Muster gefertigt hatte. Sie fuhr mit der Hand über das glatte Holz eines der Stiele bis zum Griff. Er war in Form geschnitzt. Neugierig nahm sie ihn näher in Augenschein und zuckte zurück, als sie die Form eines weiblichen Körpers erkannte. Auf einmal kam sie sich dumm vor, auf ihn zu warten. Sie nahm ihr Bündel wieder auf und verließ hastig die Behausung. Es war ihr egal, dass es schon dämmerte.

Im Wald war es noch dunkler, doch Gertrud schritt eilig aus. Sie wollte die Hütte hinter sich lassen, diesen Weg, den sie so oft entlanggegangen war, und das Unterholz, in dem der Wilde Mann Beeren für sie gesucht hatte. Doch plötzlich merkte sie, dass sie den Pfad verloren hatte. Gertrud fluchte. Sie drehte sich mehrmals um sich selbst, bis sie ein Stück zur Seite taumelte. Plötzlich gab es einen heftigen Ruck, und Gertrud wurde hoch in die Luft gerissen. Zweige, Äste, Blätter, ein Stück Himmel, alles das wirbelte an ihren Augen vorbei. Und dann stand die Welt auf dem Kopf. Nein, es war sie selbst, die, einen Fuß in einer Schlinge, kopfüber in der Luft baumelte. Sie war in eine Falle geraten. Und sie wusste, wer die gestellt hatte. Sie wollte gerade einen Schwall von Verwünschungen ausstoßen, als sie den Wilden Mann falsch herum auf sich zukommen sah.

»Gertrud!«, rief er. »Was machst du denn da?«

»Lass mich sofort hier herunter! Wie kannst du so nah am Weg eine Falle aufstellen?!«

»So nah am Weg? Du bist ein ganzes Stück davon abgekommen.«

»Das kann gar nicht sein.«

Er verschränkte die Arme vor seiner breiten Brust. »Wenn du alles besser weißt, dann kannst du dich bestimmt auch alleine befreien, oder?«

Er lachte ihr frech ins Gesicht. Dann wanderte sein Blick etwas höher und blieb an einer bestimmten Stelle hängen. Gertrud versuchte ebenfalls an sich hochzublicken, was in ihrer Lage gar nicht so einfach war, da ihr Rock bis über ihr Gesicht hing. Sie tastete mit den Fingern an ihren nackten Beinen entlang und fühlte dann das flauschige Haar ihrer entblößten Scham. Erschrocken schrie sie auf. »Du lässt mich sofort runter, hast du verstanden? Sonst wasche ich dir den Mund eigenhändig mit Ziegenpisse aus!«

Der Wilde Mann kam, immer noch lachend, näher. »Na schön. Ist sowieso besser, wenn ich die Falle wieder spannen kann. Du hast doch bestimmt nichts gegen einen guten Wildschweinbraten, oder?«

Er packte sie fest um die Hüften, löste die Schlinge und wirbelte sie einmal herum. Endlich hatte sie wieder festen Boden unter den Füßen. Sie strich ihren Rock glatt. »Ich werde keinen Braten mehr abholen. Und auch keine Beeren.«

»Aber was anderes gibt der Wald nicht her«, erwiderte er. »Was soll ich denn noch heranschaffen?«

»Gar nichts mehr. Ich ziehe weiter.«

»Weiter? Ja aber, wohin denn?«

Gertrud zuckte mit den Schultern und fühlte sich plötzlich ganz elend. Gleich würde sie anfangen zu weinen. Der Wilde Mann strich sich durch den langen, dichten Bart. »Eine Frau, so ganz alleine unterwegs, das ist nicht gut.«

Gertrud reckte ihr Kinn in die Höhe. »Auch nicht schlechter als ein Mann alleine im Wald.«

»Das ist was anderes.«

»So? Du bist doch nur allein, weil du Angst vor den anderen hast.«

»Angst? Ich?«

Der Wilde Mann guckte sie böse an. Aber dann entdeckte sie ein kleines Lächeln in seinen Mundwinkeln. »Ich würde es sogar mit dir in einer Hütte aushalten. Das soll mir erst mal einer nachmachen.«

Gertrud runzelte die Stirn. »Was soll das denn schon wieder heißen?«

»Das, was ich gesagt habe.«

»Würdest du es vielleicht wiederholen? Nur für den Fall, dass ich dich falsch verstanden habe.«

»Wenn du möchtest, kannst du bei mir in der Hütte wohnen.«

»Aha. Du meinst wohl, auf deinem Lager schlafen?«, erklärte Gertrud spöttisch.

»Genau.«

Gertrud wollte sich gerade über seine Direktheit empören, als sie wieder dieses kleine Lächeln sah.

»Ich schlafe solange woanders, meinetwegen auch draußen, wenn du es willst«, fuhr er fort.

Eigentlich wollte sich Gertrud noch ein wenig zieren, aber dann erinnerte sie sich, dass sie kein junges Mädchen mehr war, und sagte einfach »ja«.

Uta verfolgte vom Fenster, wie Holztribünen und ein etwas erhöhtes Podest, das sogar einen samtenen Baldachin erhielt, im Hof aufgebaut wurden. Uta wäre nur zu gern hinuntergelaufen, um zu hören, für was die Vorbereitungen dienten. Aber seit dem Zwischenfall in der Schmiede ließ Eufemie sie nicht mehr nach draußen. Mehrere Tage verbrachte Uta nun schon mit Stickereien für eine Borte. Doch sie konnte sich beim besten Willen nicht vorstellen, dass die jemals ein Gewand zieren würde. War Uta sowieso nicht sonderlich geschickt im Handarbeiten, so nahm ihr das Eingesperrtsein den letzten Rest von Geduld. Wieder und wieder stach sie sich in die Finger, wodurch das Gewebe schon mit Blutflecken verunstaltet war. Uta musste oft daran denken, wie gefasst Löwenherz seine Haft ertrug, und schämte sich dafür, dass sie noch nicht einmal vier Tage durchhielt, ohne sich zu bemitleiden. Sie stach sich erneut mit der Nadel, und ein weiterer hässlicher Fleck breitete sich aus.

Da wurde die Tür geöffnet, und Eufemie trat ein. Uta faltete den Stoff schnell so, dass das Blut verdeckt war. Doch die Ältere hatte gar kein Auge für die Handarbeit. »Komm mit in den Hof. Gleich geht es los!«, sagte sie.

Uta sah Eufemie erstaunt an. »Ich darf nach unten?«

»Du musst! Die Kaiserin hat es befohlen.«

Uta durchfuhr es heiß. Sie wurde auf den Hof beordert, wo alles für ein Spektakel hergerichtet war. Erinnerungen kamen hoch, an den Holzklotz in der Hofmitte, an das Beil, das über ihrer Hand schwebte. »Nein!«, rief sie. »Nein! Ich gehe da nicht raus! Das kann keiner von mir verlangen!«

Eufemie runzelte die Brauen. »Was ist denn jetzt schon wieder mit dir los? Die Kaiserin will dir eine Bitte erfüllen, und du bist auch noch widerborstig!«

»Die Kaiserin will was?«, fragte Uta.

»Du hast doch gesagt, dass du dir etwas wünschst. Ich verstehe auch nicht warum, aber Konstanze will dir den Wunsch erfüllen. Sie ist wahrscheinlich einfach zu gut für diese Welt.«

Uta wunderte sich, wie Konstanze erfahren hatte, dass sie der Magd mit dem faulenden Bein helfen wollte. Aber lange dachte sie nicht darüber nach. Sie freute sich unbändig, ihrem kleinen Verlies entkommen zu können, und eilte nach draußen.

Der Kaiser stand auf dem Podest unter dem Baldachin und hielt ein Pergament in der Hand, das er verlas. Es war der Vertrag, den er nach zähen Verhandlungen mit Herzog Leopold geschlossen hatte und der die Bedingungen enthielt, unter denen Löwenherz dem Kaiser überstellt werden sollte. Der Herzog saß auf einem Schemel zur Linken Heinrichs, während Konstanze an seiner rechten Seite Platz genommen hatte. Leopold grinste feist, was vermuten ließ, dass er bei der ganzen Sache gut weggekommen war, während Konstanzes schönes Gesicht keinerlei Regung verriet.

Uta verstand nicht, was das Ganze mit ihrer Bitte zu tun hatte, doch es war nicht der richtige Zeitpunkt, Eufemie zu fragen. Die Zuschauer, unter ihnen viele Burgherren und Äbte aus der Umgebung, sahen gebannt zum Kaiser. Es herrschte absolute Stille.

»Der König von England, Richard aus dem Hause Plantagenet, wurde uns durch den Herrn mit Hilfe seines Werkzeugs, des Herzogs Leopold von Österreich und der Steiermark, in die Hände gespielt.«

Leopolds Grinsen verschwand für einen Moment, da ihm der Ausdruck ›Werkzeug‹ ganz offensichtlich missfiel. Doch Heinrich fuhr unbeeindruckt fort: »Die Engländer müssen nun eine festgesetzte Summe an Geld zahlen, damit ihr König wieder freigelassen wird. Es handelt sich genau um hunderttausend Mark Silber.«

Jetzt war es mit der Ruhe vorbei. Kaum einer konnte angesichts der Summe an sich halten. Uta zupfte Eufemie am Ärmel. »Ist das viel Geld?«

»Es ist eine so große Menge an Silberbarren, dass die Engländer nicht nur Probleme haben werden, sie aufzutreiben, sondern auch, sie zu transportieren.«

Uta dachte an Löwenherz, und ihr wurde bang. Als wieder Ruhe einkehrte, fuhr der Kaiser fort: »Die Hälfte des Geldes erhält Herzog Leopold.«

Während Heinrich diese Worte nur schwer über die Lippen kamen, steigerte sich Leopolds Grinsen derart, dass Uta befürchtete, seine Lippen könnten platzen.

»Die fünfzigtausend Mark Silber sind als Mitgift für Eleonore von der Bretagne, eine Nichte des Gefangenen, gedacht. Sie soll umgehend mit Friedrich, des Herzogs Sohn, vermählt werden.«

Uta horchte noch auf das, was sie da eben gehört hatte, als sie bemerkte, dass Konstanze sie ansah. Ihr Gesicht spiegelte große Zufriedenheit. Uta wandte sich verwirrt an Eufemie. Auch die lächelte und nickte ihr zu. »Du brauchst ihn nicht zu heiraten. Ich habe der Kaiserin erzählt, wie sehr er dir zuwider ist.«

Uta sah sich um, und ihr war, als wenn alle um sie herum lachten und jauchzten, doch der Kaiser sprach schon weiter. Es ging um Einzelheiten des Vertrages, aber Uta konnte kaum noch stillsitzen vor lauter Freude. Erst Hadmars Anblick ernüchterte sie wieder etwas. Er starrte wütend abwechselnd den Kaiser und Leopold an, da er sich von ihnen um seinen sicher geglaubten Schwiegersohn betrogen fühlte. Als ihn eine der Mägde, die ein Tablett trug, um die Tafel vorzubereiten, aus Versehen anstieß, bekam sie seinen ganzen Zorn zu spüren. Hadmar schubste sie heftig weg, sodass sie stürzte. Die Magd schrie auf und hielt sich das Bein. Während andere ihr missbilligend zuriefen, sie solle ruhig sein und sich nicht so anstellen, erkannte Uta die Frau. Es war die Magd mit dem fauligen Bein, und sie litt sicher gerade Höllenqualen. Uta hatte sie in ihrem Glück vollkommen vergessen. Dabei war ihr die falsche Bitte erfüllt worden. Eigentlich war es ihr darum gegangen, dass die Frau geheilt wurde und ihre Kinder weiter versorgen konnte. Im Grunde hätte sie jetzt nach vorn zu Konstanze gehen müssen, sofort und ohne zu zögern, um den Irrtum aufzuklären. Aber dann sagte sie sich, dass es ohnehin nichts mehr nützen würde. Der Vertrag war verhandelt, niedergeschrieben und verlesen. Der Kaiser würde sich wohl kaum die Blöße geben und im Nachhinein noch etwas ändern. Ganz zu schweigen davon, dass sie Konstanze, die sich so für sie eingesetzt hatte, nicht brüskieren wollte. Als die Magd mühsam wieder auf die Beine kam, traf ihr Blick Uta. Es lag eine unausgesprochene Frage darin. Uta stand schnell auf und ging an Eufemies Seite zu den gedeckten Tischen, um den Vertrag zu feiern. Doch trotz all der aufgetischten Leckereien hatte Uta plötzlich gar keinen Hunger mehr.

Gertrud kam vom Dorf zurück. Sie hatte einige Hasenfelle gegen Salz und ein wenig Käse eingetauscht. Und noch etwas hatte sie mitgebracht, das sie vorsichtig aus dem Korb hervorholte. Der Wilde Mann sah verblüfft, wie Gertrud einen Krug mit Wein auf den Tisch stellte. Sie lächelte. »Es gibt etwas zu feiern.«

»So? Was denn?«

»Nun, du hast schon seit einer Woche nicht mehr auf den Boden gespuckt«, lachte Gertrud, um dann wieder ernst zu werden. »Nein, ich möchte mich bedanken. Dafür, dass du mich aufgenommen hast.«

Der Wilde Mann machte eine wegwerfende Handbewegung, aber Gertrud schöpfte ihm heißen Brei in eine Schale, gab ihm einen Kanten Brot und schenkte von dem Wein ein. Sie selbst führte direkt den ganzen Krug an die Lippen und trank so hastig, dass ihr der rote Saft an den Mundwinkeln herunterrann. Sie bemerkte, wie er sie anstarrte, während sie wieder und wieder dem Weine zusprach. Doch während sie die ersten Schlucke noch tatsächlich die Kehle hatte hinabrinnen lassen, spuckte sie jetzt alles unauffällig in ihre Breischüssel, die sie dicht vor ihren Mund hielt, als wenn sie den letzten Rest auslöffeln wollte. Schließlich drehte sie den Krug auf den Kopf und verkündete: »Leer! Oje, dabei sollte der Wein eigentlich für dich sein!«

»Ach was«, erklärte der Wilde Mann, »Hauptsache, es hat dir geschmeckt.«

Er hielt ihr seinen Becher auch noch hin, aber Gertrud wehrte ab. »Nein, nein, so viel vertrage ich nicht. Ich glaube, ich habe jetzt schon mehr als genug.«

Sie stützte sich mit den Händen an der Tischkante ab und erhob sich, um sich dann wieder auf den Schemel zurückfallen zu lassen. »Hoppsa!«, rief sie aus und kicherte.

Dann nahm sie dem Wilden Mann doch den Becher ab und leerte ihn mit einem Zug. »Das macht jetzt auch nichts mehr!«

Sie wischte sich den Mund mit Schwung ab und ließ sich so fallen, dass es aussah, als hätte sie das Gleichgewicht verloren. Während sie sich scheinbar mühsam wieder aufsetzte, spuckte sie den Wein aus. Dann streckte sie dem Wilden Mann beide Arme entgegen. Dabei zog sie so an ihrem Kleid, dass wie unabsichtlich ihre Brust herausrutschte. Kichernd zog sie es wieder hoch, nur um dabei den anderen Busen zu entblößen.

»Ich glaube, ich bringe dich am besten zu deinem Lager«, sagte der Wilde Mann, hob sie hoch und trug sie in die Ecke mit dem Stroh. Als er sie niederlegte, kam er ihr mit seinem Gesicht ganz nahe. Gertrud atmete heftig. Jetzt würde genau das passieren, was sie die ganze Zeit erwartet hatte. Der Wilde Mann würde ihre vermeintliche Hilflosigkeit schamlos ausnutzen. Obwohl er jeden Abend die Hütte verließ, um auf ein paar Brettern zu schlafen, die er in den dicken Ästen der Eiche befestigt hatte, fühlte Gertrud sich nicht sicher. Sie wurde den Verdacht nicht los, dass er sich eines Nachts zu ihr legen würde, um sich zu holen, was sie ihm freiwillig nicht gab. Sie spürte seinen heißen Atem. Er fuhr mit einer Hand unter ihren Kopf, um ihn anzuheben. Gleich würde er mit seiner Zunge in ihren Mund fahren. Doch stattdessen häufte er ein wenig Stroh an und ließ ihren Kopf sanft wieder sinken. Er hatte sie tatsächlich nur weicher betten wollen. Gertrud beobachtete, wie der Wilde Mann sich erhob und mit einem »Gute Nacht« die Hütte verließ. Sie setzte sich auf und sah ihm beinahe ein wenig enttäuscht hinterher.

Der Wilde Mann stieg behände an den Verdickungen des Stammes hoch, die er selbst in der Dunkelheit fand. Dann bekam er die ersten Äste zu fassen und schwang sich daran hoch, bis er bei seinem zusammengezimmerten Lager anlangte. Er legte sich auf das Wildschweinfell und deckte ein zweites über sich. So lag er noch lange mit offenen Augen da und sah in den Sternenhimmel. Er war ein genauer Beobachter. Diese Gabe hatte er in all den Jahren im Wald vervollkommnet. So war ihm nicht entgangen, dass sie keine Schluckbewegungen gemacht hatte. Sie spielte ihm die Betrunkene sehr glaubhaft vor, das musste er zugeben. Und es war ihm nicht ganz leichtgefallen, ihr so nahe zu kommen und sie nicht zu küssen. Der Wilde Mann schlug das Fell zurück. Ihm war warm.

Hadmar stand vor dem Kaiser. Er verneigte sich bereits zum dritten Mal, während er sprach. »Deshalb bitte ich Euch, und ich denke, es ist nicht zu viel verlangt, mir einen Ersatz zu stellen.«

Heinrich saß in der Fensternische und hielt ein Pergament dicht vor seine Augen. Er versuchte unter den Kritzeleien, die den ganzen Bogen bedeckten, seine eigenen Worte zu entziffern. Der Kaiser seufzte. Es war vergebens, einige Stellen waren vollkommen unleserlich, und leider hatte er sie auch nicht mehr im Gedächtnis. Er wandte sich Leopolds Lehnsmann zu. »Ersatz? Wofür?«

Hadmar ärgerte sich. Er war die ganze Zeit schon versucht, dem Mann das Pergament aus der Hand zu reißen. Einzig, dass es der Kaiser war, hatte ihn davon abgehalten. Und dass er von ihm einen neuen Ehemann für Uta wollte. Doch anscheinend musste er noch einmal ganz von vorn anfangen. »Herzog Leopold hatte seinen Sohn eigentlich schon fast mit Uta vermählt. Bis Ihr ihm eine Ehe mit Löwenherz' Nichte in Aussicht gestellt habt.«

»Uta? Das ist doch dieses Mädchen, von dem du erst seit Kurzem weißt, dass sie deine Tochter ist.«

»Ja, genau die«, erwiderte Hadmar, froh, dass der Kaiser ihm endlich zuhörte. »Ihr könnt Euch vorstellen, dass es gerade unter diesen schwierigen Bedingungen nicht einfach ist, sie zu vermählen.«

Heinrich sah erneut auf das Pergament, und Hadmar hatte schon

Angst, dass das Gespräch beendet war. Aber dann ergriff Heinrich das Wort: »Was soll ich erst sagen? Ich muss mich mit dem Bengel meines treuesten Gefolgsmanns rumschlagen.«

Es war natürlich gleich klar gewesen, wer den Stuhl zerschlagen und das Gedicht verhunzt hatte. Aber genauso klar war, dass Markward sich auch nicht von der darauf folgenden Prügel abhalten lassen würde, weiterhin seinen Unfug zu treiben. Es gab nur eins: Der Junge musste vom Hof verschwinden. »Bevor ich mir über andere Ehen den Kopf zerbrechen kann, muss ich für ihn eine Frau finden. Eine Frau, die ihn nicht nur in ihren Schoß, sondern auch in ihre Burg einlässt. Nur so werde ich ihn los.«

Heinrich blickte düster. »Aber eher werden dir, mein lieber Hadmar, alle deine Sünden vergeben, als dass sich so eine findet.«

Hadmar entschied sich, die Worte des Kaisers als Scherz aufzufassen, und lächelte, obwohl er dem kleinen Mann lieber an die Gurgel gegangen wäre.

Uta sah Balduin schon den ganzen Tag zu, wie er diesem hochaufgeschossenen Jungen nachrannte, der bald da die Hühner jagte, bald dort einem Gaul so unerwartet von hinten in die Flanken hieb, dass der scheute und über den Hof galoppierte. Eufemie hatte, um sich bei der Kaiserin einzuschmeicheln, angeboten, dass Balduin auf Markward aufpassen könne.

Gegen Abend hatte sich Balduin erschöpft am Brunnen niedergelassen. Uta bekam Mitleid und ging zu ihm hinüber. »Du hast dich genug geplagt. Wenn du willst, schaue ich nach dem Jungen.«

Balduin sah sie erschrocken an. »Bloß nicht! Endlich ist er beschäftigt und macht keinen Unfug!«

»Wie das?«

»Er hilft dem Schmied.«

Uta runzelte die Brauen. »Warum sollte er ausgerechnet so eine anstrengende Arbeit tun?«

Balduin zuckte mit den Schultern. »Mir doch egal. Hauptsache, ich habe meine Ruhe.«

Diese Antwort stellte Uta ganz und gar nicht zufrieden. Sie

wandte sich Richtung Schmiede. Es beunruhigte sie noch mehr, als sie sah, dass der Schmied auf einer Bank davor saß, mit dem Rücken an die Wand gelehnt, die Augen geschlossen. Sie stieß den dicken Mann an, worauf der aus seinem Nickerchen gerissen wurde. »Ich dachte, Markward sei bei dir.«

»Ist er doch«, murmelte der Schmied, noch nicht wieder ganz wach. »Ich meine, er ist in der Schmiede. Fleißiger Junge, wollte noch nicht mal eine Pause machen.«

Entweder der Schmied redete von einem anderen Jungen, oder irgendetwas lief hier ganz gewaltig schief. Uta wandte sich zum Eingang der Schmiede, als sie einen entsetzlichen Schrei hörte. Es war schon fast ein Jaulen, das von höchster Pein zeugte. Es erinnerte Uta an etwas, doch sie hatte jetzt keine Zeit, darüber nachzudenken, an was. Schnell ging sie hinein. Was sie sah, übertraf ihre schlimmsten Erwartungen. Der Junge stand nahe beim Feuer vor einem der Hofhunde, den er mit einem kurzen Strick an einen Balken gebunden hatte. Markward hatte ein glühendes Eisen in der Hand, mit dem er sich dem Hund näherte. Uta erfasste sofort, was er vorhatte. Er wollte den Hund blenden, denn sein anderes Auge befand sich schon in einem beklagenswerten Zustand. »Nein!!!«, schrie Uta aus Leibeskräften und rannte zu ihm.

Der Junge hielt in der Bewegung inne, während Uta ihm das Eisen aus der Hand hieb. »Was soll das?«, fragte Markward empört.

»Was das soll? Das wirst du gleich sehen!«

Uta bückte sich und nahm das Eisen an seiner kalten Seite auf. Sie hob es wie eine Waffe und ging langsam auf Markward zu. Immer näher kam sie ihm, das glühende Ende auf seine Augen gerichtet. »Nein!«, schrie jetzt der Junge. »Nein! Ich habe dir nichts getan!«

»Mir nicht, aber dieser unschuldigen Kreatur.«

Uta deutete mit dem Kopf auf das Tier.

»Ich … ich wollte doch nur das tun, was ein Herrscher können muss.«

»Einen Hund quälen?«

Markward schüttelte den Kopf. »Nein, seine Gegner blenden. Bitte, es … es tut mir leid.«

Der Junge fiel auf die Knie, die Hände flehend erhoben.

Uta hielt in der Bewegung inne. In dem Moment kam Hadmar in die Schmiede geeilt, erfasste mit einem Blick die Lage und nahm Uta die Waffe ab. »Untersteh dich!«, rief er, die Hand zum Schlag erhoben.

Doch es war kein anderer als der Kaiser selbst, der ihm in den Arm fiel. »Lass sie!«

Uta sah auf die beiden Männer, die der Lärm angelockt haben musste. Sie bemerkte erst jetzt richtig, was sie zu tun im Begriff gewesen war, und erschrak. Markward hatte sich schneller wieder gefasst. »Sie wollte mich blenden!«

Er zeigte mit dem Finger auf Uta. »Dieses Weibsstück gehört an den Pranger!«

Doch der Kaiser hörte gar nicht auf das Kind, sondern wandte sich lächelnd Uta zu. »Nur wenige schaffen es, mit ihm fertig zu werden. Meinen Respekt!«

Dann machte er einen Schritt auf den immer noch winselnden Hund zu, zog ein Messer aus seinem Gürtel und stach dem Tier in die Brust. Es dauerte nicht lange, dann hatte seine Qual ein Ende. Heinrich strich das Blut mit den Fingern von der Klinge ab, bevor er das Messer wieder einsteckte. Er lächelte Hadmar zu. »Ich glaube, ich weiß, wie ich mein und dein Problem auf einen Schlag lösen kann!«

Hadmar sah den plötzlich so aufgeräumten Kaiser misstrauisch an.

»Du suchst einen Gatten für deine Uta, und ich habe einen Mann …«, er unterbrach sich mit einem Blick auf Markward, »… einen noch heranreifenden Mann zu bieten.«

Hadmar runzelte die Stirn. »Ich verstehe nicht genau, was Ihr meint, mein Kaiser.«

In Wirklichkeit hoffte er, dass er ihn lediglich falsch verstanden hatte.

»Das ist doch nicht so schwer. Eure Uta heiratet Markward. Du bekommst einen Schwiegersohn und nimmst ihn dafür mit nach Dürnstein.«

»Uta soll … dieses Kind heiraten?«, fragte Hadmar.

»So bald es geht«, erwiderte Heinrich.

Das verschlug nicht nur Hadmar die Sprache. Markward stand stocksteif da, während Uta verzweifelt wünschte, sie hätte die Schmiede nie betreten.

Kapitel 12

Die einfachen Leute, die sich auf dem Hof der im Pfälzer Wald errichteten Burg Trifels drängten, blickten gespannt zu dem gewaltigen Turm. Er hatte nicht nur drei Stockwerke unter dem Zinnenkranz, sondern stand zu einem Drittel auf dem gewachsenen Felsen, der mit Buckelquadern verkleidet worden war. Im Erker barg er eine Kapelle, in der die Gäste hohen Ranges der Trauung beiwohnen konnten.

Endlich erschien, von Gesängen begleitet, der Pfarrer, das funkelnde und blinkende Tragekreuz vor sich haltend. Doch die »Ahs« und »Ohs« galten nicht der Kostbarkeit, sondern dem Paar, das ihm folgte. Besonders neugierig war man auf die Braut, von der es hieß, sie habe jahrelang ein elendes Leben in einer Gerberei oder, noch schlimmer, in einem Frauenhaus geführt. Auf jeden Fall grenzte es an ein Wunder, dass sie jetzt auf der Burg des Kaisers den Sohn eines seiner Getreuen geheiratet hatte. Und wie sie da so einherschritt, edel gewandet und mit Geschmeiden angetan, unterschied sie sich in nichts von den anderen aus dem kaiserlichen Umkreis, so genau man sie auch musterte.

Nicht wenige der Frauen versuchten, sich ebenso aufrecht zu halten, den Hals leicht gebeugt, die Augen züchtig niedergeschlagen. Und einige ganz kühne überlegten, ob ein ähnliches Wunder vielleicht auch ihnen eines Tages widerfahren würde. Erst die Ankündigung, dass der Kaiser nun das Wort ergriff, riss sie aus ihren Träumen.

Heinrich entrollte ein Pergament und begann vorzulesen. »Carissima Uta …«

›Carissima Hiltrud‹ oder ›Carissima Anna‹ änderten nun viele in Gedanken die Anrede ab, während sie mit halbem Ohr der Aufzählung der Güter zuhörten, die der Kaiser als Brautgeschenk gestiftet hatte. Es war ansehnlicher Grundbesitz, den die junge Frau von heute an besaß.

Als Heinrich mit dem Verlesen endete, hob die Braut zum ersten Mal ihren Blick. Neugierig reckten jetzt alle die Hälse. Uta wandte sich ihrem Bräutigam zu. Ihre grünen Augen ruhten einen Moment auf ihm, bevor ein Lächeln ihren Mund umspielte. Die Frauen klatschten begeistert in die Hände, während die Männer zum Aufbruch drängten. Auf den langen Tafeln harrten bereits dampfende Schüsseln und übervolle Tabletts auf die zahlreichen Hochzeitsgäste.

Uta stand aufrecht, während die junge Magd ihr die Kleider auszog, Stück für Stück, um sie dann Eufemie zu geben, die sie sorgfältig faltete und in eine große Holztruhe legte. Der seidene Stoff schimmerte selbst jetzt, im Halbdunkel des Schlafgemachs, noch wunderschön und fast wie ein Versprechen. Solch ein Kleid vervollkommnete das Glück der Braut, die an der Seite ihres Mannes in ein neues Leben schritt. Jedenfalls, wenn es ein Mann war. Für Utas eigenartige Feier, in der man sie einem Kind zur Frau gab, hätte es ein alter Lumpen allemal getan.

Auch das Vorlesen von Utas Heiratsurkunde hätte der König sich sparen können. Alle Ländereien, die er Uta überschrieb, lagen nahe beim Trifels, was bedeutete, dass Uta wohl nie etwas von dem Ertrag sehen würde. Heinrich sammelte wie gewohnt den Zehnt dort ein. Ein wenig getröstet war Uta erst, als sie sich Markward zuwandte und feststellte, dass er, obwohl ebenfalls herausgeputzt, genauso wenig würdevoll aussah wie sie. Zum ersten Mal an diesem Tag war ein Lächeln über ihre Lippen gehuscht.

Jetzt war sie froh, dass alles vorbei war, und freute sich auf ihr Bett. Eufemie stand vor Uta und streifte ihr das Nachtgewand über. Es war sehr fein gewirkt, fast durchsichtig. Eufemie lächelte ihr zu. »Ich wünsche dir eine schöne Nacht, mein Kind.«

Sie beugte sich nach vorn und küsste Uta auf die Stirn. Dann ging sie zusammen mit der Magd nach draußen. Uta atmete auf, endlich allein. Sie wollte schon auf das Lager sinken, als ihr Blick auf den zarten, glatten Stoff ihres Nachtgewandes fiel. Sie nahm den Saum in beide Hände und zog es hoch bis über ihr Gesicht, um es abzulegen. Lieber fror sie ein wenig, als es zu zerknittern. Plötzlich spürte Uta zwei Hände auf ihren nackten Brüsten. Sie schrie auf und ließ den Stoff wieder fallen. Es war kein anderer als Markward, der vor ihr stand, seine Arme ausgestreckt.

»Was fällt dir ein?«, herrschte Uta ihn an, als sie sich wieder gefasst hatte.

Doch er starrte sie nur an.

Sie schüttelte ihn. »Was du dir dabei gedacht hast, will ich wissen!«

»Ich will nichts als mein Recht«, erwiderte Markward.

»Dein Recht als was?«, fragte Uta scharf.

»Als dein dir heute angetrauter Mann.«

»Schlimm genug. Aber du glaubst doch nicht, dass ich dir deshalb erlaube ...«

Sie brach etwas verlegen ab, da sie nach den richtigen Worten suchte.

»... dich zu besteigen, natürlich«, ergänzte Markward ganz ohne Scheu. »Es ist unsere Hochzeitsnacht.«

»›Unsere‹? Wie kannst du ›unsere‹ sagen? Wir haben nichts miteinander zu tun. Die Hochzeit hat einzig und allein stattgefunden, weil der Kaiser dich loswerden wollte.«

Markward zuckte mit den Schultern. »Meinetwegen. Andere werden wegen des Geldes oder der Macht verheiratet, irgendeinen Grund muss es doch geben.«

Uta sann kurz über seine Worte nach. Als Magd war es ganz klar, dass geheiratet wurde, um halbwegs versorgt zu sein. Dass sie nun in ihrer neuen Stellung auch nicht viel besser dran war, verblüffte sie so sehr, dass sie gar nicht merkte, wie Markward erneut näher kam. Erst als er sie umklammerte, schreckte sie auf. Mit einem kräftigen Biss in seine Hand konnte Uta sich frei machen.

»Raus hier!«, schrie Uta. »Sofort!«

»Schweig, Weib«, schrie Markward nicht minder laut und versuchte erneut, Utas habhaft zu werden.

Diesmal umschlossen seine Arme sie von hinten, aber Uta stieß ihm den Ellenbogen in die Rippen, sodass Markward sich vor Schmerz zusammenkrümmte. Während Uta sich fragte, ob sie zu weit gegangen war, griff er erneut an.

Plötzlich stand eine junge Magd, wohl angelockt von dem Krach, in der Tür. Uta musterte sie abschätzend. Zart und klein wie das Mädchen war, stellte sie keine große Hilfe für sie dar. Aber dafür entdeckte Uta einen Knüppel, den die Magd am Gürtel trug. »Gib ihn mir!«, befahl sie.

Aber die schüttelte ängstlich den Kopf. »Nein, das geht nicht.«

Uta runzelte die Stirn. »Los!«

Als die Magd keine Anstalten machte zu gehorchen, riss Uta ihr den Knüppel samt Gürtel vom Kleid und wandte sich dann Markward zu, das Holz hocherhoben. »Verschwinde oder ich mach dir Beine!«

Markward ging ein paar Schritte zurück, den Blick nicht von dem Stock lassend. »Nun gut, ich gehe«, verkündete er, »aber ich komme wieder, das verspreche ich dir.«

Damit verschwand er. Uta lehnte sich müde an einen Pfeiler und ließ den Knüppel fallen. Sofort sprang die Magd hinzu und hob ihn vorsichtig auf. Sie strich prüfend darüber und legte dann ihre Wange an die raue Oberfläche. Uta beobachtete sie. »Was soll das? Es ist nur ein Stück Holz.«

Die Magd schüttelte den Kopf. »Es ist eine Krücke.«

Uta sah sie verwundert an. »Aber du humpelst doch gar nicht!«

»Sie ist von meiner Mutter.«

Plötzlich erinnerte Uta sich, wo sie so eine schlechte Krücke schon einmal gesehen hatte. Sie musterte das Mädchen und fand eine gewisse Ähnlichkeit. Vor ihr stand die Tochter der Magd mit dem verfaulten Bein.

»Und warum trägt deine Mutter die Krücke nicht mehr?«, fragte sie.

»Weil sie die nicht mehr braucht.«

Uta horchte auf und lächelte. »Ist sie gesund?«

»Nein, sie ist tot.«

Uta schüttelte den Kopf. »Aber ich habe sie doch noch vor kurzem gesehen.«

»Der Bader hat ihr das Bein abgenommen. Sie fiel in Ohnmacht und ist nicht wieder aufgewacht.«

Uta schwieg einen Augenblick. Sie wünschte, sie hätte nicht nachgefragt. Uta riss sich zusammen: »Und nun? Ich meine, du hast doch noch Geschwister. Habt ihr genug zu essen? Was ist mit Kleidung?«

Sie ließ die junge Magd gar nicht erst zu Wort kommen, sondern fuhr gleich fort: »Ich lasse euch alles bringen, was ihr braucht. Gleich morgen früh.«

Uta nickte ihr aufmunternd zu, obwohl sie ahnte, dass Essen und Kleidung als Wiedergutmachung nicht reichten. Nichts konnte die Mutter des Mädchens mehr vom Tode erwecken.

Gertrud setzte vorsichtig einen Schritt vor den anderen. Nur langsam dämmerte der Morgen, und es war schwer, in der Dunkelheit den Weg zu finden. Sie hatte einer schon über fünfzig Jahre zählenden Bäuerin bei der Entbindung geholfen, und obwohl keiner daran geglaubt hatte, dass das Kind lebend zur Welt kam, konnte die Frau jetzt einen gesunden Jungen in ihren Armen wiegen, und einen hübschen noch dazu.

Direkt danach war Gertrud aufgebrochen, obwohl es noch mitten in der Nacht war und sie sich erschöpft fühlte. Aber es zog sie nach Hause. Gertrud musste laut auflachen, als sie sich dabei ertappte, dass sie die Hütte des Wilden Mannes ihr Zuhause nannte. Das Einzige, was ihr fehlte, war Uta. Sie stellte sich oft vor, wie es wäre, wenn sie zu dritt dort wohnten.

Gertrud beschleunigte ihre Schritte, denn sie konnte es kaum erwarten, zu der windschiefen Hütte auf der kleinen Lichtung zu gelangen. Endlich war sie angekommen. Gertrud trat zu dem Baum, in dessen Krone der Wilde Mann nun schon seit einiger Zeit schlief, und beschloss, ihn zu wecken. Sie suchte Halt an den Verdickungen des Stammes, bis sie sich an den Ästen hinaufschwingen konnte. Sie bemühte sich, so leise wie möglich zu sein, denn sie wollte ihn überraschen. Als sie oben anlangte, sah sie ihn unter dem Fell schlummern, und plötzlich rührte es sie sehr, dass er schon so lange auf sein Lager verzichtete, damit sie es bequem hatte. Für einen Moment überlegte sie, ob er es nur tat, weil sie nicht mehr die Jüngste war. Der Gedanke gefiel ihr gar nicht, aber dann sagte sie sich, dass es nicht die Art des Wilden Mannes war, Rücksicht zu nehmen. Sie hatte viel mehr das Gefühl, dass er sie wirklich mochte und vielleicht sogar ein bisschen mehr. Gertrud lächelte und streckte die Hand nach ihm aus, um ihn an der Schulter zu rütteln. Aber dann überlegte sie es sich anders und fuhr ihm leicht mit den Fingern über die Wange. Es war Zeit, dass er wieder im Haus schlief, schoss es ihr durch den Kopf, und sie nahm sich vor, es ihm anzubieten, sobald er die Augen aufgeschlagen hatte.

Gertrud beobachtete, wie er den Kopf von einer Seite auf die andere drehte, sich räkelte und dann mit den Augen blinzelte. Sie hoffte, er wäre nicht böse, dass sie in sein Reich hier in den Baumwipfeln eingedrungen war. Doch er lächelte, als er sie sah, und bevor sie irgendetwas sagen konnte, murmelte er: »Trudel!«

Gertrud stutzte, der Schreck fuhr ihr in alle Glieder. ›Trudel!‹ Er hatte sie ›Trudel‹ genannt. Diesen Namen kannte nur einer. Nur einer hatte ihr das in den Nächten, in denen sie sich stundenlang gestreichelt und liebkost hatten, ins Ohr geflüstert. Tagsüber war sie wieder Gertrud gewesen, aber sie freute sich jedes Mal auf die Zeit, in der sie sich in Trudel verwandeln konnte.

Gertrud erhob sich und kletterte eilig den Baum hinab. Sie verfehlte einen Ast und fiel das letzte Stück hinunter. Hart kam sie auf dem Boden auf. Es machte ihr nichts, im Gegenteil, ihr verwirrter Geist wurde für kurze Zeit vom Schmerz abgelenkt. Doch es dauerte noch lange, bis sie wieder Ruhe fand.

Uta sah zu, wie die junge Magd alles einsammelte, was sich an Utas persönlichen Sachen in dem Gemach befand. Sie faltete die Kleider und Schleier sorgfältig, bevor sie sie in einen Sack steckte. Utas Kämme schlug sie vorsichtshalber in ein Stück Samt ein, damit auch keiner der Zinken herausbrach. Morgen früh sollte es losgehen, zurück nach Dürnstein. Lise, wie die junge Magd hieß, würde sie begleiten. Uta hatte dafür gesorgt, dass ihre beiden kleinen Brüder bei den Bediensteten an des Kaisers Hof unterkamen, was Lise ihr mit treuer Ergebenheit dankte.

Uta konnte kaum zusehen, wie beschwingt das Mädchen seine Arbeit tat. Sie selbst hätte die Rückreise gern hinausgezögert. Uta wusste, dass sie sich Markward nicht ewig verweigern konnte. In Dürnstein würde sie ihrer Pflicht nachkommen müssen. Dort gab es kein Entrinnen mehr. Aber noch war sie auf dem Trifels, und die Zeit wollte sie nutzen. Uta eilte zur Tür. Sie würde über den Hof und dann den Berg hinablaufen, über den hier überall rot eingefärbten Boden, bis sie vollkommen außer Atem war.

Beschwingt hüpfte sie die Treppe hinunter, immer zwei Stufen auf einmal nehmend. Schon spürte sie, wie die Luft frischer wurde. Gleich würde sie draußen stehen. Doch plötzlich packte sie jemand von hinten. Und bevor Uta schreien konnte, legte sich ihr eine Hand auf den Mund. Sie versuchte zuzubeißen, doch sie konnte ihre Zähne lediglich in das Leder eines Handschuhs graben, was dem Träger wenig ausmachte. Stattdessen hatte er sie blitzschnell so fest umklammert, dass sie weder Arme noch Beine rühren konnte. Wehrlos wie eine Puppe wurde sie von ihm zurück in den Gang geschleift, erneut Stufen hoch und um mehrere Ecken. Uta hatte schnell die Orientierung verloren. Verwirrt überlegte sie, dass ihr Entführer nur Markward sein konnte, der keine Lust hatte, bis Dürnstein zu warten, um sein Recht zu bekommen, und sie nun in ein abgelegenes Gemach schleppte.

Ihr Häscher blieb stehen. Sie hörte, wie er an eine Holztür klopfte. Sie wunderte sich noch, warum Markward sie in ein Gemach brachte, in dem sich noch jemand anderes befand, als der König von England ihr die Tür öffnete. »Löwenherz!«, rief sie aus, vor lauter Aufregung die richtige Anrede vergessend.

Der Mann hinter ihr ließ sie los und trat neben sie. Es war nicht

Markward, sondern einer von Heinrichs Wachmännern. Uta wandte sich an Richard. »Versteht Ihr, was hier vor sich geht? Und welcher hirnlose Narr veranlasst hat, mich hierher zu schleppen?«

»Ja«, antwortete Löwenherz ruhig. »Das war ich.«

»Was?«

Uta glaubte sich verhört zu haben.

»Ich habe dich holen lassen«, wiederholte Richard.

Uta wurde rot. »Ihr? Aber warum? Wo sind wir hier überhaupt?«

Sie sah sich in dem kleinen Gewölberaum um und erkannte in ihm die Kapelle im unteren Geschoss des Turmes wieder, in der sie getraut worden war.

»Du müsstest dir eigentlich denken können, warum du hier bist.«

Uta fuhr der Schreck in alle Glieder. Die misslungene Befreiung, natürlich! »Es tut mir so leid, ich habe alles falsch gemacht ...«, begann sie.

Löwenherz runzelte die Stirn. »Wovon redest du?«

»Na, von dem Tag, an dem ich Euch befreien wollte. Hätte ich Euch bloß gesagt, dass der Weg frei ist, anstatt erst das Pferd holen zu wollen ...«

Jetzt lächelte Löwenherz. »Ja sag mal, glaubst du im Ernst, ich wusste nicht, dass die Wache weg war?« Er schüttelte den Kopf.

»Aber warum seid Ihr dann nicht geflohen?«, fragte Uta atemlos.

»Ich habe einmal gesehen, wie Hadmar dich zugerichtet hat. Das hat gereicht.«

Uta konnte nichts sagen. Sie merkte, wie ihre Augen feucht wurden. Dieser Mann war aus Rücksicht auf sie geblieben. Der König von England hatte seine Freiheit für sie geopfert. Jetzt liefen ihr die Tränen über die Wangen.

»Hör sofort auf zu weinen!«, befahl Richard. »Dafür habe ich dich nicht holen lassen.«

Uta riss sich zusammen. »Aber wieso tun die Wachen, was Ihr wollt?«

Löwenherz deutete mit einem Lächeln auf die Hände des Mannes, der Uta ergriffen hatte. Sie steckten immer noch in den Lederhandschuhen. Bei genauem Hinsehen erkannte Uta jeweils drei aufgestickte, springende Löwen. »Ihr habt ihn bestochen?«

»Nun, sagen wir, ich habe ihn reich belohnt. Diese Handschuhe sind so viel wert wie der Sold, den der Kaiser ihm im ganzen Jahr zahlt.«

Uta überlegte. »Aber warum …« Sie zögerte, bevor sie fortfuhr. »Warum belohnt Ihr die Wachen dann nicht gleich so reich, dass sie Euch freilassen?«

Löwenherz sah sie an. »Deine Frage zeigt mir, wie wenig du deinen Kaiser kennst. Ich werde dir eine Geschichte erzählen, aus der Zeit, als er noch nicht gekrönt war, aber nichts anderes mehr ersehnte als genau das. Die Römer versprachen ihm die Krone unter einer Bedingung: Er sollte einen Verrat begehen.«

Uta machte große Augen. »Wen sollte er verraten?«

»Die Stadt Tusculum, die immer treu zu ihm gehalten hatte und Gegner Roms war.«

»Und Heinrich hat …«

Uta wagte nicht weiterzusprechen.

»… seine Truppen von dort abgezogen, worauf fast alle Einwohner niedergemetzelt wurden«, ergänzte Richard.

Uta schauderte. Löwenherz fuhr fort. »So, und was, meinst du, macht er, wenn einer seiner Wachmänner mir zur Flucht verhilft?«

»Er würde nicht zögern, ihn zu töten.«

»Falsch«, widersprach Löwenherz.

Uta sah ihn überrascht an. Er fuhr fort: »Er würde seine gesamte Wachmannschaft umbringen.«

Sein Blick ruhte auf Uta. »Du musst noch viel lernen. Deshalb habe ich dich holen lassen.«

Uta senkte verwirrt den Kopf. Es schmeichelte ihr, dass ihr so viel Aufmerksamkeit zuteil wurde, und gleichzeitig hatte sie Angst, Löwenherz zu enttäuschen. Gegen ihn war sie so entsetzlich dumm.

»Als Erstes jagt eine Frau ihren Mann nicht in der Hochzeitsnacht aus dem Schlafgemach.«

Uta sah auf. »Einen Mann vielleicht nicht, aber ich habe ein Kind geheiratet.«

»Und wenn dir ein Stück Holz angetraut worden wäre, wichtig ist, dass sich nicht der ganze Hof das Maul über dich zerreißt. Wie soll man dir so Respekt entgegenbringen?«

Uta zuckte mit den Schultern. »Mir Respekt?«

»Schweig!«, schrie Löwenherz sie unvermittelt an. »Und nimm Haltung an!«

Uta schossen Tränen in die Augen, aber sie nahm sich zusammen. Nur jetzt nicht weinen!

»Schon besser«, erklärte der König. »Du musst immer daran denken, dass du als Herrin geboren bist!«

›Nein‹, wollte sie rufen, ›das ist es ja eben. Ich bin eine Magd.‹

Aber sie tat es nicht, auch wenn es ihr schwerfiel. Sie war dazu verdammt, ihr Geheimnis für sich zu behalten.

»Komm!«, winkte ihr Richard und ging voran, direkt auf die raue Wand des Gewölbes zu. Uta wunderte sich, doch als Löwenherz eine Fackel aus der Halterung nahm, erkannte sie eine kleine, unauffällig eingelassene Tür.

Er drehte sich noch einmal um, worauf sie ihm schnell folgte. Löwenherz ließ ihr den Vortritt. Utas Herz klopfte, als sie eine Treppe hinaufschritt. Am Ende der Treppe war erneut eine Tür. Uta zögerte, doch dann stieß sie sie auf. In dem Moment prallte sie fast zurück, so erschreckte sie das Funkeln und Strahlen direkt vor ihr. Uta hielt sich die Hand vor Augen, doch Löwenherz schob sie sanft in den Raum über der Kapelle.

»Schau hin«, erklärte er.

In einer geöffneten hölzernen Truhe, die reich mit Gold- und Silberbeschlägen verziert war, präsentierte sich ihr ein wahrer Schatz: Ein goldenes Schwert, das in einer ebensolchen Scheide steckte, war mit Abbildungen hochherrschaftlicher Gestalten versehen. Auf einem massiven Fuß stand ein Kreuz, über und über mit prächtigen Edelsteinen verziert. In der Mitte der beiden Kunstwerke befand sich ein drittes, das, auf roten Samt gebettet, die beiden anderen noch überstrahlte. Es war eine Krone, die aus acht aneinandergefügten Platten bestand, deren größte ein Kreuz trug und die ein Bügel überspannte. Auch hier funkelten Edelsteine in allen Farben, ergänzt von sanft schimmernden Perlen. Uta wusste gar nicht, auf was sie zuerst schauen sollte. Sie wollte jeden Stein und jede Goldverzierung betrachten, geradezu in sich aufsaugen, bevor der Deckel herunterklappen und diese Herrlichkeit wieder vor ihr verschließen würde. Unruhig wanderte ihr Blick hin und her. Endlich ließ sie ihn auf einem besonders großen, wunderschönen Karfunkel auf der Stirnplatte ruhen. Dunkelrot leuchtete der Stein, sanft und doch wie von einem inneren Feuer gespeist. Erst als sie Löwenherz' Hand auf ihrer Schulter spürte, riss sie den Blick los.

»Weißt du, was du da vor dir hast?«, fragte Richard.

»Das Schönste, was ich je gesehen habe«, antwortete Uta.

Löwenherz nickte. »Es sind die Reichsinsignien deines Kaisers und vieler Kaiser vor ihm. Die Zeichen der Macht und der Gnade Gottes.«

»Ich habe schon viel von ihnen gehört«, erklärte Uta, den Blick wieder auf die Truhe richtend. »Aber ich hätte nie gedacht, dass ich sie einmal zu Gesicht bekommen würde.«

»Der Kaiser trägt sie auch nur zu ganz besonderen Gelegenheiten. Und da ist sicher vor lauter Gedränge ohnehin nicht viel zu sehen«, lachte Richard.

»Ich wusste noch nicht einmal, dass sie hier auf dem Trifels aufbewahrt werden«, gab Uta zu.

»Das solltest du aber. Du musst deine Augen und Ohren offen halten und am besten immer mehr wissen als alle anderen.«

»Ich?«, fragte Uta erstaunt.

»Ja, gewöhne dich endlich daran. Genau deshalb sind wir hier.«

Uta zögerte, bevor sie ihn bat: »Darf ich mir die Krone noch einmal genauer ansehen?«

»Du darfst sie nicht nur betrachten …«, der König beugte sich über die Truhe und hob die Krone behutsam heraus, »… sondern sie sogar tragen.«

Bevor Uta wusste, wie ihr geschah, fühlte sie das Gewicht der goldenen Platten auf ihrem Kopf. Ihr wurde ganz heiß, und sie fürchtete zu taumeln. Uta atmete tief durch und versuchte sich so aufrecht wie möglich zu halten. Vorsichtig straffte sie den Rücken und nahm die Schultern zurück. Die Anstrengung ließ sie zittern, doch gerade, als sie die Krone schon absetzen wollte, damit sie ihr nicht vom Kopf fiel, wurde es besser. Die Schwere des Metalls drückte sie nicht mehr zu Boden, sondern schien nun auch ihr Gewicht zu verleihen. Uta stand sicher und unerschütterlich vor Löwenherz, der sie zufrieden betrachtete. »Du kannst eine mächtige Frau werden. Das ist es, was die Krone dich lehrt.«

Im ersten Moment wollte Uta widersprechen. Sicher, sie fühlte, dass etwas Besonderes mit ihr geschah, je länger sie die Krone auf dem Haupte trug. Aber das musste nichts heißen. Sobald sie sie abnahm, würde alles wie vorher sein. Besser, sie übte sich schnell wieder in Demut und Bescheidenheit, anstatt über die Stränge zu schlagen. Doch dann hielt sie inne. Löwenherz hatte es für wichtig erachtet, ihr die Krone aufzusetzen, einer Frau, die als Magd aufgewachsen war. Er hatte bestimmt seine Gründe, und es war nicht an ihr, die anzuzweifeln. Immerhin hatte sie es vom Finsterhof bis auf die Burg geschafft. Vielleicht würde sie auch aus diesem Markward einen ansehnlichen Ehemann machen. Und niemand sagte, dass sie sich Hadmar einfach ergeben musste. Sie konnte zumindest versuchen, ihn in seine Schranken zu weisen. Auf jeden Fall durfte sie Löwenherz' Vertrauen nicht mit Füßen treten.

Uta nickte. »Ich werde es versuchen.«

Löwenherz runzelte die Brauen. »Versuchen?«

Uta richtete sich noch höher auf. »Ich werde es schaffen.«

Der König nickte zufrieden, nahm ihr die Krone ab und legte sie in die Truhe zurück. Utas letzter Blick galt dem roten Karfunkel. Dann schloss sich der Deckel.

Gertrud gab den Rindertalg vorsichtig unter den getrockneten und zerstoßenen Sonnenhut. Sie durfte das Rührholz weder zu schnell noch zu langsam bewegen, damit die Salbe die richtige Beschaffenheit erhielt. Dabei ließ sie den Blick über die Kräutersträuße schweifen, die sie zum Trocknen an der Decke der Hütte aufgehängt hatte, und überschlug im Kopf, wie viele Töpfchen Salbe das ergeben würde. Es war eine ansehnliche Menge. Sie hörte die Schritte des Wilden Mannes und blickte zur Tür. Er trat ein, einen Hasen über der Schulter, den er erlegt hatte. Der Wilde Mann nahm ihn an den Löffeln und hielt das tote Tier in die Luft. »Etwas mager, aber besser als nichts, oder?«

Gertrud betrachtete ihn. »Da ist wirklich kaum was dran. Aber das macht nichts. Morgen werde ich auf dem Markt Fleisch eintauschen.«

Der Wilde Mann sah sie zweifelnd an. »Glaubst du wirklich, dass dir einer was für deine Panschereien gibt?«

Gertrud runzelte die Brauen. »Falls du von meinen Salben redest, ich werde mehr als nur einen mageren Hasen dafür bekommen. Die Leute warten schon auf Nachschub.«

Der Wilde Mann spuckte auf den Boden. »Entweder eine Wunde heilt, oder sie heilt nicht. Wozu sollte ich da noch was draufschmieren?«

Gertrud packte mit festem Griff seinen Arm und drehte die Innenseite nach oben. »Deshalb«, erklärte sie und strich über eine Stelle unterhalb der Armbeuge.

»Ich sehe nichts«, brummte der Wilde Mann.

»Eben. Da war noch vor nicht allzu langer Zeit ein ordentlicher Riss im Fleisch, den ich mit Salbe behandelt habe.«

»Gegen meinen Willen.«

»Genau. Aber dafür hast du jetzt noch nicht mal eine Narbe.«

Der Wilde Mann betrachtete erneut die Stelle. »Als ob das so wichtig wäre. Wen schert schon eine Narbe mehr oder weniger?«

Jetzt musste Gertrud trotz ihres Ärgers lachen. »Nun, dich sicher nicht. Aber vielleicht eine Frau, die für ihren Liebsten hübsch aussehen will. Hauptsache ist doch, ich komme morgen mit gefüllten Taschen zurück.«

Der Wilde Mann überlegte, dann verschwand er ohne ein weiteres Wort durch die Tür. Gertrud seufzte. Sie war nicht bereit, ihr Licht unter den Scheffel zu stellen, auch auf die Gefahr hin, dass der Wilde Mann eingeschnappt war.

Gertrud rührte weiter Salben an. Doch sie merkte bald, dass ihr die Lust daran vergangen war. Sie legte sich auf das Lager und zog die Decke über sich. Doch der Schlaf blieb ihr trotz Müdigkeit versagt. Zu sehr war sie damit beschäftigt, auf die Schritte des Wilden Mannes zu lauschen. Der Morgen dämmerte, und Gertrud konnte endlich aufstehen, um das Feuer zu entfachen und den Getreidebrei aufzusetzen. Doch auch als der längst gequollen war, kam er noch nicht zurück. Für den Markt war es bereits zu spät. Gertrud ärgerte sich, dass sie so getrödelt hatte, und ihre Laune wurde noch schlechter. In dem Moment trat der Wilde Mann ein, die Arme voll mit gebündeltem Grünzeug. Als Gertrud genauer hinschaute, erkannte sie Blutwurz sowie die Wurzeln der Bockbeere und der Karlsdistel. Verwundert sah sie ihn an. »Woher weißt du, welche Kräuter man selbst so früh im Jahr pflücken kann?«

»Du redest seit einiger Zeit von nichts anderem«, schmunzelte er. »Aber ich musste weit gehen, da du hier in der Gegend bereits alles abgegrast hast.«

Das stimmte, Gertrud hatte bereits alles geerntet, was sie gebrauchen konnte. Jetzt verstand sie auch, warum der Wilde Mann so lange fortgeblieben war. Gertrud wäre ihm am liebsten um den Hals gefallen, aber erst einmal nahm sie ihm die Kräuterbündel ab. Eins nach dem anderen legte sie sorgsam auf den Tisch. Er band noch ein Tuch von seinem Gürtel und knotete es auf. Dabei sah Gertrud, dass seine Handinnenflächen mit roten Knubbeln übersät waren. »Was ist das denn?«, fragte Gertrud erschrocken.

Er zuckte mit den Schultern. »Das habe ich, seit ich die hier ausgegraben habe.«

Das Tuch enthielt eine stattliche Anzahl von Knollen.

»Die Weiße Jungfrau, die den Monatsfluss der Frauen anregt. Du kannst die Haut ihrer Zwiebeln nicht vertragen.«

Gertrud wusste, dass manche Menschen darauf so reagierten. Es kam selten vor, aber sie hatte es schon einmal erlebt: bei ihrem Mann. Plötzlich war alles wieder da: Der Tag, als sie ihn zum letzten Mal sah. Sie hatte ihm das eigentlich Unaussprechliche gebeichtet in der Hoffnung, dass er sie in seine Arme nahm. Doch er war zurückgewichen, immer weiter, durch die Tür nach draußen, bis er schließlich ganz verschwunden war. Auch der Wilde Mann war schon oft gegangen, aber er war jedes Mal wiedergekehrt. Gertrud schüttelte sich. Es gab keine Ähnlichkeit, das war nur ihre Einbildung. Das Leben im Wald ließ sie auf die eigenartigsten Ideen kommen.

Gertrud wandte sich schnell zu dem Regal, nahm ein Salbentöpfchen und trug etwas von seinem Inhalt auf die Handflächen des Wilden Mannes auf. Er ließ es sich gefallen, und Gertrud verstrich die Paste länger als nötig. Die Berührung fühlte sich seltsam vertraut an.

Uta sah zu, wie Lise einen trockenen Kanten Brot und drei verschrumpelte Rüben aus ihrer gerafften Schürze auspackte. Zum Schluss ließ sie noch ungefähr drei Hände voll Gerste auf die Tischplatte rieseln. »Danke, Lise«, nickte Uta ihr zu. »Das war's.«

Markward, der ungeduldig mit dem Fuß wippend neben Uta stand, sah sie an. »Dann kann ich sicher auch gehen. Der Schimmel will ausgeritten werden.«

Es gefiel ihm in Dürnstein, seinem neuen Zuhause. Vor allem Hadmars Stallungen hatten es ihm angetan.

»Du bleibst«, befahl Uta mit klarer Stimme. »Für dich habe ich diese Sachen holen lassen.«

»Viehfutter? Für mich?«

Markward war ehrlich erschrocken.

»Du musst es nicht essen. Sag mir nur, wie lange ein Knecht mit dieser Ration auskommen muss.«

Markward hob angewidert die schrumpelige Rübe an, dann klopfte er auf das harte Stück Brot. »Also, da die Hälfte davon ungenießbar ist, würde ich sagen, an einem Tag ist alles weg.«

»Ein Tag. Bist du dir sicher?«, fragte Uta.

Markward zuckte mit den Schultern. »Keine Ahnung. Was schert mich das überhaupt?«

»Nun, der Knecht mistet den Stall aus, striegelt den Schimmel und poliert den Sattel. Wenn er Hunger leidet, wird er seine Arbeit auch nur mit halber Kraft tun können.«

»Dann soll er doch essen«, erklärte Markward ungeduldig.

»Das, was du da vor dir siehst, muss für eine Woche reichen«, erwiderte Uta.

»Na gut, dann muss man eben mit der Peitsche nachhelfen, damit er sich auch mit leerem Magen anstrengt.«

Uta wurde rot vor Zorn, und sie hatte Mühe, Markward nicht mit der flachen Hand ins Gesicht zu schlagen. »Du weißt doch gar nicht, was du redest«, erwiderte sie. »Du bist dumm und ungebildet, und so was schimpft sich mein Mann.«

»Es war nicht meine Idee, dich zu heiraten. Ich hätte auch lieber eine schöne Frau.«

»Jetzt werd nicht noch frech!«

»Wer hat denn angefangen und mich beschimpft?«

Markward kam Uta sehr nahe.

»Ich habe nur die Wahrheit gesagt«, beharrte Uta.

»Die Wahrheit? Die Wahrheit ist, dass du eingebildet und hochmütig bist.«

Sie konnte seinen heißen Atem spüren.

»Ich sage nur, was ich denke«, presste sie hervor.

»Kannst du nicht einmal still sein?«

Uta wollte gerade verneinen, als Markward ihr mit seinen Lippen den Mund verschloss. Sie fasste ihn bei den Schultern und wollte ihn wegstoßen, doch er war stärker. Uta stellte fest, dass sich sein Kuss gar nicht so unangenehm anfühlte. Seine Lippen waren warm und weich. Als er sie von den ihren löste, sah sie ihn erstaunt an. Er lächelte. »Gibst du jetzt zu, dass ich etwas kann, was du nicht kannst?«

Er küsste sie erneut, und diesmal erwiderte Uta seinen Kuss. Dann schob sie ihn energisch von sich. »Jetzt ist gut. Es gibt Wichtigeres.«

Er zog die Augenbrauen hoch. »Was denn?«

»Wir müssen herrschen. Wir haben eine Verantwortung.«

Markward zuckte mit den Schultern. »Wenn du meinst. Was soll ich tun?«

Uta zögerte. So genau wusste sie es auch noch nicht. Markward sah sie an. »Wie wäre es, wenn du mir das Lesen beibringst? Ich meine, nur damit du mich nicht mehr als ungebildet beschimpfen kannst.«

»Du willst lesen lernen?«

Markward nickte. »Wenn ich herrschen soll, muss ich als Erstes meine Frau beherrschen. Und wie kann ich das, wenn sie mir darin voraus ist?«

Uta wunderte sich, dass er solche Überlegungen anstellte. Und obwohl sie sich eigentlich über sein Interesse hätte freuen müssen, war er ihr mit einem Mal zu schlau. Sie beobachtete, wie er zur Fensternische ging, die Bibel nahm und sie ihr hinhielt. »Lass uns am besten gleich anfangen.«

Uta überlegte, dann lächelte sie und machte einen Schritt auf ihn zu. »Wenn ich es so recht überlege, hat das noch etwas Zeit.«

Sie stellte sich auf die Zehenspitzen und küsste ihn langsam und vorsichtig. Er ließ sich nicht lange bitten und wurde schnell leidenschaftlicher. Bevor ihm das kostbare Buch aus den Händen gleiten konnte, nahm Uta es ihm ab und legte es auf den Tisch. Dann widmete sie sich erneut Markward. Bald küssten sie sich überall, wo sie beim anderen ein Stückchen Haut ertasten konnten, und als ihnen das nicht mehr reichte, zogen sie einander die Kleider vom Leib, um sich bald nackt gegenüberzustehen. Einen Moment lang betrachteten sie sich verlegen, doch dann gewann die Leidenschaft wieder die Oberhand. Markward breitete ihre Kleider auf dem Boden aus, bettete Uta darauf und legte sich auf sie. Es dauerte ein wenig, bis er es schaffte, in sie zu dringen. Dann stöhnte er laut und bewegte sich immer heftiger in ihr. Uta verspürte leichte Schmerzen. Doch gerade als sie nachließen und ein angenehmes, vorher nie gekanntes Gefühl an ihre Stelle trat, schrie Markward auf, um dann ganz still auf ihr liegen zu bleiben. Schließlich rollte er von ihr herunter. Uta war etwas enttäuscht über das abrupte Ende. Trotzdem lächelte sie ihn an, als er ihr über die Wange strich. Es hatte ihr im Großen und Ganzen gefallen. Sie würde sich vorsichtig bei den älteren Mägden erkundigen, wie sie es schöner gestalten konnte. Wenn Uta Markward das Herrschen beibringen konnte, warum nicht auch die Liebe? Sie erinnerte sich an das Strahlen und Funkeln der Krone und kuschelte sich zuversichtlich an ihren Mann.

Karl merkte, wie ihm warm wurde. In seiner Heimat hätte er jetzt im April noch gefroren, doch hier in Tortosa wurde es schon mild, wie überall im Morgenland. Doch dass ihm jetzt sogar der Schweiß den Nacken hinunterlief, hatte andere Gründe. Für ihn hing eine Menge davon ab, wie der runzelige Mann mit dem spitzen Bärtchen, der im Schneidersitz vor ihm auf dem Boden der Hütte saß, sich entschied. Karl sah, dass er ihn von oben bis unten maß. Ihm taten bereits die Beine weh, da er es nicht gewohnt war, so auf dem Boden zu hocken, doch wagte er es nicht, sich zu rühren. Endlich bequemte sich der Orientale dazu, etwas zu sagen: »Du kommst aus dem Land der Franken, sagst du?«

»Ich komme aus Dürnstein, im Herzogtum Österreich, unweit der Stadt Enns …«

Der Spitzbart winkte ab. »Also aus Franken.«

Karl konnte ihn trotz des starken Akzents gut verstehen. Er musste viel mit Menschen aus dem Norden zu tun gehabt haben, vielleicht hatte er sogar dort gelebt. Seine angebliche Ortsunkenntnis war auf jeden Fall reine Arroganz.

Der Orientale sah ihn neugierig an. »Ich habe noch keinen Franken gesehen, der sich auf die Kunst der Edelsteinschleiferei versteht.«

»Dann habt Ihr hier den ersten vor Euch«, erwiderte Karl und wunderte sich selbst über seinen bestimmten Ton.

Der Mann verzog keine Miene. »Zeig mir deine Hände!«

Karl gehorchte und streckte gehorsam die Finger aus. Sie zitterten.

Sein Gegenüber verzog den Mund zu einem spöttischen Grinsen. »Wo willst du denn dein Handwerk erlernt haben?«

»Nicht weit von hier, in Tyrus«, erklärte er und barg die Hände in seinem Schoß.

Der Spitzbart nickte anerkennend. »Dort gibt es einige der Besten.«

Er ließ sich Zeit zum Überlegen, während Karl bereits die Beine einschliefen. Langsam war es ihm fast egal, wie der Meister sich entschied, Hauptsache, er konnte sich bald strecken.

»Na gut, aber du bist und bleibst ein Franke. Wer kommt für meinen Schaden auf, wenn du einen der Steine verhunzt?«

Karl überlegte. Er kannte hier niemanden. Seit Kinga gegangen war, hatte er kaum mit Menschen gesprochen. Er blieb ein Fremder, auch wenn er auf keinen Fall in seine Heimat zurückwollte. Zu Hause, wenn es überhaupt das richtige Wort dafür war, erwartete ihn nur die Knechtschaft, und er war nicht mehr gewillt, seinen Rücken unter der Knute eines Grundherrn zu beugen. Doch wenn er sich den Spitzbart so ansah, kam er ihm gar nicht so anders vor als der alte Kuenringer im fernen Dürnstein: verschlagen und gemein. Aber Karl hatte keine Wahl. »Ich selbst werde für jeden Schaden aufkommen, den Ihr durch mich erleidet.«

»Du?«, lachte der Meister. »Womit? Willst du mir dein zerschlissenes Gewand anbieten? Das würde ich noch nicht einmal im Grab tragen.«

Karl zuckte ob der Beleidigung nicht mit der Wimper. »Ich bin im Besitz von etwas sehr Wertvollem.«

Der Spitzbart runzelte die Brauen. »Zeig es mir!«

Karl überlegte, wie er es am besten anstellte. »Dann dreht Euch um.«

»Willst du mich von hinten erschlagen, feige wie alle Franken?«

»Ich bin weder ein Franke, noch will ich Euch etwas anhaben. Wollt Ihr nun wissen, was ich Euch als Sicherheit anbieten kann?«

Der Mann zögerte nur kurz. »Na schön.«

Er erhob sich und drehte sich um. Karl wollte ebenfalls aufstehen, doch es dauerte etwas, bis seine Beine ihren Dienst taten. Dann begann er an seinem Gürtel zu nesteln, in den er Kingas Stein eingenäht hatte und den er seitdem Tag und Nacht umgebunden hielt. Er zog den Rohdiamanten heraus. »Ihr könnt Euch wieder umdrehen«, sagte er, während er den Stein vor sich in den Händen hielt.

Der Spitzbart tat wie ihm geheißen und starrte misstrauisch auf

Karls Hände. Als der sie langsam öffnete, änderte sich der Blick des Meisters, und ein Leuchten trat in seine Augen. Er kam langsam näher. Als er nur noch einen Schritt entfernt war, umschloss Karl den Stein schnell wieder. »Das reicht! Ihr habt ihn gesehen.«

»Keine Angst, ich will ihn dir nicht wegnehmen. Sicher, es ist ein Diamant, aber doch eher einer von der Sorte, die man zum Üben nimmt.«

»Unter der äußeren Hülle verbirgt sich ein edler Stein, das wisst Ihr genau.«

»Nun, mein Lieber, was für dich edel scheint, ist für mich das tägliche Geschäft. Solche Steine wie deinen findet man wie Datteln unter einer Palme.«

Das hätte der Spitzbart nicht sagen dürfen. War Karl anfangs geneigt, ihm zu glauben, so hatte der Orientale es jetzt übertrieben. Seine Geringschätzung war gespielt. Karl wusste nun sicher, dass er einen kleinen Schatz in den Händen hielt. »Nehmt Ihr mich nun in Eure Werkstatt auf oder nicht?«, fragte er geradeheraus.

Der Spitzbart nickte gnädig. »Ich werde es mit dir versuchen.«

Karl hatte sich lang auf seinem Lager ausgestreckt. Obwohl die Mitte der Nacht bereits überschritten war, brauchte er an Schlaf nicht zu denken. Zu sehr beschäftigte ihn der Gedanke an Kinga. Sie hatte einen ihrer besten Steine zurückgelassen. Und je länger er darüber nachdachte, desto unwahrscheinlicher erschien es ihm, dass sie ihn einfach vergessen hatte.

Doch plötzlich lenkte ihn ein Geräusch ab. Es war ganz leise gewesen, wie etwas, das über den Boden glitt. ›Eine Schlange‹, schoss es Karl durch den Kopf, und er wollte schon aufspringen, als er den Schatten sah. Es war eine menschliche Gestalt, und dank der Umrisse des Spitzbartes, die sich deutlich abzeichneten, wusste er auch, von wem er da Besuch bekam. Karl blieb ganz still liegen. Schon spürte er den heißen Atem des Orientalen, der sich über ihn beugte und ihm sachte die dünne Decke wegzog. Dann ging alles sehr schnell. Karl konnte gerade noch das Blinken des Krummdolchs sehen, als der Mann auch schon zustieß. Karl drehte sich weg, sodass der Dolch in den Boden fuhr und dort stecken blieb. Jetzt stürzte sich der Mann auf Karl, kniete sich auf seine Oberarme und begann, mit den Händen Karls Körper abzutasten. Schnell fand er, was er suchte. Der Spitzbart stöhnte zufrieden, als er den in den Gürtel eingenähten Stein fühlte. Der Mann wollte den Stoff aufreißen, doch Karl wand sich, sodass dessen Finger abrutschten. Der Spitzbart verlegte sich kurzentschlossen darauf, mit beiden Händen Karls Kehle zuzudrücken. Wenn er erst einmal reglos unter ihm lag, würde der Meister ohne Mühe an den Stein gelangen können. Karl konnte nur hilflos mit seinen Händen wedeln, da der Mann immer noch auf seinen Oberarmen kniete. Er schrie auf, als er plötzlich einen stechenden Schmerz verspürte. Karl hatte den im Boden steckenden Dolch gestreift, und dessen scharfe Klinge war ihm tief ins Fleisch gedrungen. Geistesgegenwärtig schloss Karl die Finger fest um den Griff der Waffe, zog sie mit aller Kraft aus dem Boden und nutzte den Schwung gleich aus, um auf den Spitzbart einzustechen. Er wusste nicht, wo er ihn traf, doch dass er ihn verletzte, hörte er an den lauten Schreien des Mannes. Karl holte immer wieder aus, bis der Orientale sich nicht mehr bewegte. Dann kroch er unter dem schlaffen Körper hervor und kniete sich hin. Es bedurfte keiner großen Kunst, um zu erkennen, dass der Spitzbart tot war. Karl blickte an sich herunter. Überall war Blut. Das Gewicht des Steines wog schwer in seinen Gewändern.

Alle Bauern und Bäuerinnen hatten sich samt ihren zahlreichen Kindern auf dem Feld nahe der Donau versammelt. Auch die Mägde und Knechte vom Finsterhof und der Burg sowie Handwerker und Krämer waren gekommen, um das Wunder mitzuerleben, das die Boten der Burg gemeldet hatten und das wie ein Lauffeuer die Runde machte. Dort oben hatte man sie nicht vergessen. Wegen der schlechten Ernte im letzten Jahr war allen eine zusätzliche Ration an Getreide versprochen worden. Einen Teil sollten sie gleich zu Mehl vermahlen und den größten Teil einsäen, damit im nächsten Winter das Elend nicht von Neuem begann. So hieß es jedenfalls. Und während die einen vor lauter Freude sangen und lachten, trauten die anderen dem Braten noch nicht so ganz. Einig waren sich aber alle darin, wem sie dieses Wunder zu verdanken hatten: Es war keine andere als Uta, die Frau, die so viele Jahre als eine von ihnen gelebt hatte, die wusste, was es hieß zu hungern und die mit ihnen fühlte. »Da kommt sie!«, schrie einer aus der Menge, und alle Köpfe drehten sich in Richtung des Weges, der von der Burg hinabführte.

Hoch zu Ross ritt Uta neben ihrem Mann, Markward. Beide hielten sich sehr aufrecht. Nach ihnen folgten mehrere Wagen, und jetzt sahen es auch die letzten Zweifler: Alle waren bis an den Rand mit Säcken voller Korn beladen.

Die Menschen begannen zu jubeln und Hochrufe auf Uta, Markward und einige vereinzelte sogar auf Hadmar auszubringen, obwohl weder der alte Burgherr noch seine Frau Eufemie anwesend waren.

Utas Augen strahlten, als sie die frohen Menschen sah. Es war ein guter Plan gewesen, den Bauern Getreide aus den Vorräten der Burg zu schenken. Keiner hatte etwas davon, wenn die eigenen Leuten zu schwach zum Arbeiten waren. Das musste eigentlich sogar Hadmar einsehen, aber sicherheitshalber hatte sie ihm nichts von ihrem Vorhaben gesagt. Wenn er sich deswegen beschwerte, würde sie ihm erklären, dass sie ihn damit einfach nicht behelligen wollte. Stattdessen hatte Markward es übernommen, das Ganze auszuführen. Schließlich konnte es Hadmar nur recht sein, wenn aus dem nichtsnutzigen Jungen doch noch ein vernünftiger Schwiegersohn wurde.

Markward brachte die Wagen mit einer Handbewegung zum Halten. Die Menschen begannen sofort sich drum herum zu drängen, und zwar so dicht, dass einige Knechte sich genötigt sahen, die Peitsche zu benutzen.

Uta nickte einem von ihnen zu, worauf der aus voller Kehle schrie: »Seid still! Die Herrin will zu euch sprechen!«

Es dauerte noch eine Weile und ein paar Peitschenhiebe, bis wirklich Ruhe eingekehrt war. Dann hob Uta an: »Ihr alle seid mit einer schlechten Ernte und mit einem besonders harten Winter geschlagen. Damit ihr genug zu essen habt und trotzdem noch Saatgut übrig behaltet, bekommt jetzt jede Familie einen Sack Korn.«

Wieder fingen die Menschen an zu jubeln und erneut knallte die Peitsche, denn Uta war noch nicht zu Ende. »Aber ich will nicht sehen, dass einer versucht, mehr als der andere zu erhalten. Es ist genug für alle da.«

Jetzt saß Uta ab, um zusammen mit Markward den ersten Sack von einem der Wagen zu hieven und ihn der Familie zu überreichen, die am nächsten stand. Die Frau fiel vor ihr auf die Knie, während der Mann und der älteste Sohn das kostbare Gut schnell in Sicherheit brachten. Danach übernahmen die Knechte die weitere Verteilung.

Uta war gerührt, doch weinen musste sie erst, als sie ihre junge Magd sah, die ebenfalls mit anpackte. Lise war frohgemut wie lange nicht mehr, und vor allem war der Platz an ihrem Gürtel leer. Sie hatte die Krücke, die sie immer an das elende Sterben der Mutter erinnert hatte, abgenommen.

Plötzlich spürte Uta Markwards Hand auf ihrem Arm. Mit verschleiertem Blick wandte sie sich ihm zu, im Glauben, dass auch er seiner Rührung Ausdruck verleihen wollte. Doch stattdessen deutete er nur in Richtung Burg. Im scharfen Galopp kam ein Reiter den Weg herunter, gefolgt von einem kleineren Pferd. Es waren Hadmar und Eufemie, die sich näherten.

Als die Menschen das Eintreffen des alten Burgherrn bemerkten, hörten sie auf zu drängeln, und manche wichen sogar von den Getreideladungen zurück. Auch die Knechte hielten im Abladen inne. Es lastete eine drückende Stille auf der Menge, als Hadmar scharf auf Uta zu ritt.

Die wich nicht zurück, auch nicht, als das Pferd sich vor ihr aufbäumte und sie seine Hufe nahe vor ihrem Gesicht wirbeln sah. Dann endlich kam das Tier zum Stehen. Hadmar sah sie mit stechendem Blick an. »Was hast du dir dabei gedacht?«, fragte er leise.

Trotzdem war jedes Wort bis in die letzten Reihen vernehmbar. »Sag mir, was?«

Doch als Uta gerade antworten wollte, schrie er schon los: »Dachtet ihr im Ernst, ich erfahre es nicht?«

Er blickte von Uta zu Markward, der den Kopf senkte.

Uta versuchte erneut zu Wort zu kommen, doch Hadmar schmiss seine Peitsche nach ihr. »Wir reden später!«

Dann wandte er sich den Knechten zu. »Macht weiter!«

Die sahen ungläubig zu ihrem Herrn. Aber nur einer wagte nachzufragen: »Wir sollen tatsächlich abladen?«

»Seid ihr taub?«, schrie Hadmar, worauf die Knechte sich eilig an die Arbeit machten.

Uta blickte zu Eufemie, die mit den Schultern zuckte.

Schweigend sah die Menge zu, bis auch der letzte Sack am Boden stand. Hadmar stieg vom Pferd und trat zu der ersten Wagenladung. Dann zückte er sein Messer und stach in einen der Säcke, sodass das Korn herauszurieseln begann. Genauso verfuhr er mit den daneben stehenden. Dann nickte er seinen Knechten zu. »Na los, worauf wartet ihr!«

Sofort machten die sich an die Arbeit, und bald rieselte das Korn und wurde aus den Säcken geschüttelt, bis es in großen Haufen auf dem Boden lag. Hadmar stemmte die Hände in die Hüften und betrachtete es befriedigt. »Das gibt einen wahren Festschmaus.«

Die Menge begann zaghaft Zustimmung zu äußern und Einzelne klatschten. Doch nur, bis der Burgherr fortfuhr: »Einen wahren Festschmaus für die Fische.«

Damit nahm Hadmar eine Schaufel, die auf einem der Wagen lag, und begann das Korn in hohem Bogen in die nahe Donau zu schippen. Mit Schwung nahm er eine zweite Schaufel voll, eine dritte und so fort.

Alle standen starr, keiner konnte glauben, was sie da sahen: Das wertvolle Getreide, das so viele vor dem Hungertod bewahrt hätte, wurde vor ihren Augen vernichtet.

»Los, helft mir«, herrschte er erneut die Knechte an, die diesmal länger zögerten und erst mit Hadmars Peitsche zur Arbeit bewegt werden konnten. Die Menge rührte sich nicht. Keiner wagte es,

Hadmar von seinem Tun abzuhalten, aber auch keiner konnte sich von diesem schrecklichen Anblick lösen.

Uta war genauso starr vor Schreck wie die anderen, doch dann spürte sie das Zittern. Erst war es kaum merkbar, dann wurde es stärker und breitete sich über ihren ganzen Körper aus. Sie merkte, dass Markward beruhigend seine Hand auf ihre Schulter legte, doch sie schüttelte ihn ab. Es war keine Furcht, die sie zittern machte. Es war Wut, so eine unbändige Wut, wie sie sie noch nie in ihrem Leben verspürte hatte.

Als Hadmar genug geschaufelt hatte und den Rest beruhigt seinen Leuten überließ, trat er nahe an Uta heran. »Ich hoffe, du hattest nichts dagegen, dass ich dir ein bisschen unter die Arme geriffen habe. Es war doch sicher in deinem Sinne, oder?«

Hadmar grinste breit. Uta merkte, wie das Zittern nachließ und sich ihr Körper spannte. Sie war kurz davor, ihm an die Gurgel zu springen, auf ihn einzuschlagen und dabei ihre ganze Enttäuschung herauszuschreien. Uta schloss für einen Moment die Augen. Dann richtete sie sich hoch auf. Sie hatte nicht annähernd Hadmars Größe, und doch wich er, wenn auch kaum merklich, zurück. Uta blickte ihm stumm in die Augen. Nein, sie würde ihn nicht anfallen wie ein Tier. Mit einem wie Hadmar würde sie sich nicht gemein machen. Sie hatte ein anderes Vorbild: Sie beschwor Löwenherz' beeindruckende Gestalt in ihrem Inneren herauf, während sie den schmachvollen Rückweg zur Burg antrat. Die Menschen waren zu Recht enttäuscht von ihr, aber sie schwor sich, dass so etwas nie mehr passieren würde. Sie war eine Prinzessin, und ab jetzt würde sie auch so handeln: Stolz und überlegen würde sie Hadmar besiegen. Uta war bereit zu kämpfen.

Drittes Buch

Kapitel 13

Uta schritt den holprigen Weg entlang. Die Junisonne brannte bereits ungewöhnlich heiß herunter, und Uta musste sich immer wieder den Schweiß von der Stirn wischen. Aber sie hatte es sich nicht nehmen lassen, den hellblauen Schleier selbst zum Waschplatz zu bringen. Genauso gut hätte sie natürlich abwarten können, bis Lise von dort zurückkehrte, um sie erneut loszuschicken, aber sie wollte ihrer Magd den doppelten Weg ersparen. Nur weil sie jetzt zur Familie des Burgherrn gehörte, war sie nichts Besseres. Und das Volk sollte sehen, dass sie sich von Hadmar unterschied, dem Mann, der das Getreide in der Donau versenkt hatte. Es war schwer genug für Uta, es weiterhin auf der Burg auszuhalten, aber sie wollte Hadmar trotzen. Ihr einziger Trost war, dass sie die Mägde und Knechte hinter sich wusste.

Sie konnte Lise schon sehen. Ihre Magd planschte nackt in der Donau, während das weinrote Kleid schön geglättet auf den Steinen zum Trocknen auslag. Uta bekam Lust, es Lise gleichzutun. Sie zog sich schon das Kleid über den Kopf, als sie Stimmen hörte. Uta verbarg sich schnell hinter einem Hollerbusch. Die kleine Gruppe Mägde und Knechte kam mit Kiepen voller Reisigbündel beladen näher. Als sie Lise bemerkten, waren vor allem die Knechte sehr angetan und pfiffen und johlten. Lise tauchte schnell bis zum Hals unter und rief dem ersten der Knechte, einem hübschen Burschen, zu: »Dreh dich um, damit ich aus dem Wasser steigen kann!«

»Meine Güte, bist du denn so hässlich und ungestalt, dass du uns deinen Anblick nicht zumuten willst?«, antwortete der und grinste Lise frech an, während die anderen lachten. »Da weiß ich Abhilfe!«

Er machte ein paar Schritte auf Utas weinrotes Kleid zu und hob es hoch.

»Nimm deine Finger weg!«, schrie Lise. »Sie sind schwarz wie Kohle!«

Der Knecht betrachtete seine von der Arbeit dreckigen Hände. »Tatsächlich, das habe ich gar nicht gesehen«, erklärte er verwundert und begann, sie an dem edlen Stoff des Kleides abzuputzen.

Lise hielt es nicht mehr im Wasser. Ungeachtet ihrer Blöße rannte sie auf ihn zu und riss ihm das Kleid aus der Hand. »Bist du von Sinnen? Es ist frisch gewaschen!«

Der Knecht starrte auf ihren nackten Körper. »Du bist wunderschön«, erwiderte er, während Lise ihre Blöße schnell mit dem Stoff bedeckte.

»Es ist das Kleid meiner Herrin.«

Er nahm es Lise aus den Händen und zog es ihr, bevor sie sich versah, über den Kopf. »Dir steht es bestimmt viel besser als diesem hässlichen Weib!«

Er strich das Kleid über ihren Rundungen glatt. Lise stieß den Knecht von sich. »Wie sprichst du über Uta!«

»So, wie sie es verdient hat. Die ist doch froh, dass das Korn im Wasser verfault. Damit keiner mehr was zu fressen hat und alle so dürr werden wie sie!«

Die anderen aus der Gruppe feixten und johlten.

»Es war Hadmar, der das Getreide in die Donau geschippt hat«, verteidigte Lise ihre Herrin.

»Hat sie sich ihm in den Weg gestellt? Ihm die Schaufel aus der Hand genommen? Hat sie auch nur den kleinen Finger gekrümmt?«

Lise konnte ihm nichts entgegensetzen, sodass er fortfuhr: »Sie wollte sich doch nur als Wohltäterin aufspielen!«

»Uta hat wenigstens versucht, uns zu helfen!«, warf Lise ein.

»Und? Geht es uns besser?«, wollte der Knecht wissen. »Sag es mir!«

»Nein«, musste Lise nach kurzem Zögern eingestehen.

»Wir hungern. Bis auf die, die sich vor lauter Verzweiflung in die Fluten gestürzt haben, um zu retten, was zu retten ist, und dabei ertrunken sind!«

Lise sah ihn betroffen an. »Das habe ich nicht gewusst!«

»So was dringt wohl nicht hoch bis in die Burg. Aber vielleicht verstehst du jetzt, warum deine feine Herrin nicht überall wohlgelitten ist.«

Er sah, dass Lise den Kopf senkte, und wollte ihr über die Wange streicheln. Aber sie wehrte seine Hand mit einer heftigen Bewegung ab. Dabei gab der Stoff nach, und ein langer Riss klaffte in dem edlen Gewand. Lise starrte erschrocken darauf. »Utas Kleid! Sie will es morgen anziehen.«

Der Knecht nickte. »Soll sie es doch tun. Dann sieht jeder, was sie in Wahrheit ist: eine Lumpenprinzessin!«

Jetzt konnten auch die anderen nicht mehr an sich halten. »Eine Lumpenprinzessin! Sie ist eine Lumpenprinzessin!«, schrien und lachten sie durcheinander. »Jeder soll es sehen!«

Lise blickte unschlüssig von der kleinen Gruppe zu dem Knecht. »Lumpenprinzessin«, versuchte sie vorsichtig, dann erneut: »Lumpenprinzessin!«

Jetzt rief sie es laut: »Uta ist eine Lumpenprinzessin!«

Die Magd stimmte in das Lachen der anderen ein.

Uta hatte genug gehört. Sie erhob sich aus ihrem Versteck hinter dem Hollerbusch und lief, von den anderen ungesehen, davon. Obwohl sie sich die Ohren zuhielt, schallte es hinter ihr her: »Sie ist eine Lumpenprinzessin!«

Im Pfälzer Wald trat das öffentliche Gericht der Fürsten zusammen, um Anklage gegen König Richard zu erheben. Alles, was Rang und Namen hatte, war im Hof der Burg Trifels eingetroffen, so auch Hadmar mit Eufemie und Uta, der für sie alle einen Platz ganz vorne ergattert hatte. Uta konnte Löwenherz genau beobachten, während Kaiser Heinrich die unglaubliche Anklage verlas: Von Vertreibung, Mord, Giftanschlägen und schwerer Beleidigung war die Rede. All das hatte sich Richard angeblich in Palästina zuschulden kommen lassen. Heinrich bezichtigte Löwenherz sogar, das Heilige Land durch einen Schandvertrag verkauft und verraten zu haben. »Richard, König von England, ist als Reichsfeind zu bezeichnen«, erklärte er als Abschluss. Ein Raunen ging durch die Menge. Löwenherz, der die ganze Zeit mit unbewegter Miene zugehört hatte, polterte nun los: »Zu diesen Anklagepunkten werde ich, der König von England, mich nur einmal äußern, also hört gut zu.«

Kein Tuscheln und kein Rascheln war nach dieser Ankündigung mehr zu hören, alle starrten gespannt auf Löwenherz. Der fuhr mit lauter Stimme fort: »Wenn ich in hoffentlich nicht allzu langer Zeit frei sein werde, will ich jedem, der mich jetzt des Mordes und Verrates beschuldigt, mit dem Schwert eine Antwort geben!«

Er verengte seine grauen Augen zu Schlitzen. Keiner wagte es, zu widersprechen, selbst der Kaiser unterbrach Löwenherz nicht, als der fortfuhr: »Es ist schade um das Pergament, auf dem der König diese unsäglichen Vorwürfe festgehalten hat. Das sollte er, selbst ein Mann der Dichtkunst, eigentlich wissen. Da, wo Verse und Lieder für die Nachwelt festgehalten sein könnten, stehen nun elende Lügen.«

Jetzt endlich erhob sich Heinrich von seinem Thron. Doch gerade als er zur Gegenrede ansetzen wollte, ging Richard schnell ein paar Schritte auf ihn zu. Dicht bei ihm machte er halt, und ehe Heinrich sich versah, hatte der große Normanne sich ihm vor die Füße geworfen. Lang ausgestreckt lag er vor dem Kaiser, das Gesicht im Staub, und breitete die Arme so aus, dass sein Körper ein Kreuz bildete. Ein Raunen ging durch die Menge, Weinen und Schluchzen waren zu hören. Obwohl Uta deutlich sehen konnte, wie Heinrich zögerte, so blieb ihm letztlich nichts anderes übrig, als sich zu Löwenherz hinunterzubeugen. Er reichte dem König von England die Hand, und der erhob sich mit dessen Hilfe. Die beiden so ungleichen Männer standen sich für einen Moment reglos gegenüber. Das Ritual erforderte es, dass der Kaiser den sich vor ihm Niedergeworfenen nun umarmte, doch da Löwenherz so groß und kräftig war, wirkte es, als ob er den schmächtigen, kleinen Heinrich an sich drückte. Da half dem Kaiser auch die glanzvolle Krone, die er trug, nichts. Uta durchfuhr es heiß, als sie sich daran erinnerte, wie dieses Zeichen der Macht noch vor Kurzem auf ihrem Haupt gesessen hatte und sie glauben ließ, eine Herrin werden zu können, dabei hatte es nur zur Lumpenprinzessin gereicht. Mit halbem Ohr hörte sie, wie Heinrich Richard versprach, zwischen ihm und König Philipp von Frankreich zu vermitteln, während Löwenherz versicherte, nichts sei ihm wichtiger als die Freundschaft des Kaisers und dafür sei er auch gerne bereit, die geforderten hunderttausend Mark zu zahlen. Sie wusste, dass keiner von beiden die Wahrheit sprach, und doch waren die Leute rundherum zufrieden mit dem Schauspiel, das ihnen geboten wurde. Uta verstand die Welt der Mächtigen immer weniger.

Nach der anschließenden Feier saßen alle träge auf ihren Bänken, gesättigt von den üppigen Speisen und betäubt vom reichlich fließenden Wein. Nur Uta wollte nichts von allem. Es dürstete sie nach einem einfachen Schluck Wasser, und so ging sie hinüber zum Brunnen, auf dessen Rand eine Frau saß. »Schöpfe etwas Wasser für mich«, befahl Uta.

Die Angesprochene wandte sich Uta zu, und die erkannte zu ihrem Schrecken, dass es keine andere als die Kaiserin war, die sich hier von dem Festtrubel erholte. In der Dämmerung hatte Uta weder das edle Gewand noch den üppigen Schmuck bemerkt. »Verzeiht, ich wusste nicht, das Ihr es seid, ehrwürdige Konstanze!«, erklärte Uta schnell und fiel auf die Knie.

»Nicht doch«, beruhigte die Kaiserin sie, »steh auf, mein Kind. Sag mir lieber, wie es dir geht mit deinem jungen Gemahl. Schaffst du es, dieses übermütige Füllen zu zähmen?«

Uta musste lachen. »Ich bemühe mich, ehrwürdige Kaiserin. Er hat einen guten Kern.«

Konstanze nickte. »Das ist das Allerwichtigste. Das Drumherum mag sich ändern, nur das Innere, das bleibt immer gleich.«

Uta sah nachdenklich vor sich hin. »Heißt das, aus einer dummen, unerfahrenen Magd kann nie was Gescheites werden?«, platzte sie dann heraus.

Konstanze lächelte. »Gegen Dummheit hilft lernen, und Erfahrungen kann man sammeln. Man muss nur wollen.«

Uta seufzte. »Es ist so schwer, sich in der Welt der Mächtigen zurechtzufinden.«

Konstanze nickte. »Es braucht Zeit und Geduld mit sich selbst. Das Schwerste ist, zu erkennen, dass jeder ganz alleine ist.«

Uta sah die Kaiserin fragend an. »Allein? Aber Ihr seid verheiratet, Ihr habt Ratgeber, Bedienstete …«

»… die alle nur darauf warten, dass ich einen Fehler mache«, unterbrach die Kaiserin sie. »Macht bringt vor allem Neider mit sich.«

»Aber gibt es denn gar keinen Trost, keine Hilfe?«, fragte Uta, schon fast verzweifelt.

Die Kaiserin nickte. »Doch, dich selbst. Jeder ist sich selbst der beste Ratgeber, das kann ihm kein anderer abnehmen.«

Sie sah einen Moment vor sich hin, bevor sie auflachte. »Ach ja, das Wichtigste hätte ich fast vergessen: Geld und Gold natürlich. Reichtum hilft immer.«

Uta war verwirrt. Weder hatte sie das Gefühl, dass sie sich selbst beraten konnte, noch war sie reich. Die Kaiserin beugte sich ein Stück zum Brunnen hinunter und schöpfte mit dem darin hängenden Eimer Wasser heraus. Sie goss etwas in einen Becher, aus dem sie vorher getrunken hatte, und hielt ihn Uta an die Lippen. »Trink, mein Kind. Und vergiss alles, was ich dir gerade gesagt habe.« Sie sah Uta ernst an. »Nur du weißt, was du tun musst.«

Uta spürte das kühle Nass ihre Kehle hinabrinnen. Die Frau, die ihr gegenüberstand, strahlte selbst bei einer dienenden Tätigkeit Würde aus. Sie war Kaiserin durch und durch. Allein eine Krone zu tragen reichte nicht. Uta hatte sich blenden lassen von dem Leuchten des großen, roten Karfunkels. Plötzlich kam ihr eine ungeheuerliche Idee. Sie wollte sie schon verwerfen, aber dann entschloss sie sich, wenigstens zu fragen: »Wie erkenne ich, ob mein Weg der richtige ist?«

»Du weißt es erst hinterher«, lächelte Konstanze. »Nachher ist man immer klüger.«

Uta überlegte. Dann musste sie es wagen, und zwar schnell. Denn nur hier auf dem Trifels konnte sie den Stein in ihren Besitz bringen. Uta wurde ganz schwindelig, sodass sie schnell noch einen Schluck aus dem Becher trank.

Eleonore hatte es sich nicht nehmen lassen, selbst durch die englischen Grafschaften zu reisen. Hoch zu Ross ritt sie tagein, tagaus durch sattgrüne Weiden, in voller Ähre stehende Felder und wildreiche Wälder. Es war ein schönes Land, auch wenn es ihr nie zur Heimat geworden war. Nichts konnte die Stelle Aquitaniens einnehmen, dessen helles, leuchtendes Licht sie stets vor sich sah, wenn ihr das Herz schwer wurde. Und das wurde es ihr oft, seit die Nachricht von Richards Gefangennahme zu ihr gedrungen war. Sie hatte sich keine ruhige Minute mehr gegönnt, sondern Geld eingetrieben. Ganze Schiffsladungen voller Silber wollte sich der hässliche, kleine Kaiser im Tausch gegen Richard einverleiben. Eleonore hatte eine Sondersteuer erhoben: Jeder Freie musste ein Viertel seiner Jahreseinkünfte abgeben. Auch die Kirchen und Klöster waren dazu angehalten. Eleonore wusste, dass es ein Spiel mit dem Feuer war, denn es war möglich, dass die Stimmung zu Ungunsten Richards umschlug, was seinem Bruder Johann Ohneland den Weg auf den Thron ebnen würde. Deshalb nahm sie die Strapazen der langen Reisen auf sich, um für Löwenherz zu werben.

Vor ihr tauchte ein großes Anwesen mit umfangreichen Stallungen auf, in dessen Mitte ein prächtiges Gutshaus stand. Es war der Sitz des Grafen Solsbury, nicht groß, aber recht gut geführt. Eleonore konnte dort einiges an Abgaben erwarten. Sie ritt mit ihren Leuten durch das große Tor, und sofort strömte alles, was auf dem Hof Beine hatte, herbei, um den hohen Besuch zu begrüßen. Einer der Knechte hielt Eleonores Pferd und half ihr beim Absteigen. Dann traten der Graf und die Gräfin zu ihr und verneigten sich tief. Beide waren keine strahlenden Erscheinungen, aber hatten ehrliche und offene Gesichter. Nachdem eilig Stühle herbeigetragen worden waren und man Eleonore genötigt hatte, Platz zu nehmen, sah das Ehepaar sie gespannt an. Der Graf konnte nicht länger abwarten: »Meine verehrte Königin, was verschafft uns die Ehre Eures Besuches?«

Eleonore sah ihn erstaunt an. »Ich dachte, es hätte sich herumgesprochen, warum ich im Land unterwegs bin.«

Der Graf nickte schnell. »Natürlich, das hat es. Ihr sammelt Geld, um den König auszulösen.«

Eleonore nickte. »Und genau deshalb bin ich hier.«

Der Graf sah seine Frau an, dann gab er sich einen Ruck und wandte sich wieder an Eleonore. »Aber ich habe doch schon bezahlt. Da muss ein Missverständnis vorliegen.«

»Ich mag zwar alt sein, aber nicht so vergesslich, dass ich durcheinanderbringe, bei wem ich die Steuer bereits erhoben habe und bei wem nicht.« Eleonore musterte den Grafen kalt. »Und hier bei Euch war ich mit Sicherheit noch nicht.«

»Ihr nicht«, versicherte der Graf schnell, »aber Eure Leute. Sie haben genau ein Viertel von allem bekommen. Und ich habe sogar noch etwas draufgelegt, weil ich möchte, dass der König möglichst schnell aus dieser elenden und unwürdigen Gefangenschaft freikommt.«

Eleonore erhob sich zu ihrer vollen Größe. »Noch etwas draufgelegt? So eine dreiste Lüge habe ich selten gehört. Keiner von meinen Leuten war hier.«

Eleonore sah, wie sich die Gräfin schnell in Richtung des Wohnhauses entfernte, während der Graf sich nicht von der Stelle zu rühren wagte. »Ich kann leider nichts anderes sagen, denn es ist die Wahrheit. Hier, an dieser Stelle standen Abgesandte, denen ich Gold, Korn und Viehzeug übergeben habe.«

Eleonore nickte ihren Begleitern zu. »Packt ihn euch!«

Daraufhin traten zwei kräftige Burschen zu dem Grafen und nahmen ihn unsanft an den Armen. Doch schon kam die Gräfin zurückgeeilt und warf sich vor Eleonore in den Staub, ein Schreiben hoch in die Luft haltend, auf dass Eleonore es ergreifen möge. Die zögerte, nahm es aber dann mit spitzen Fingern und pustete den

Staub von dem Pergament, bevor sie es durchlas. Es war eine Aufforderung, die Sonderabgabe in Höhe eines Viertels von dem in einem Jahr Erwirtschafteten zu leisten. Eleonore wunderte sich in der Tat, wie der Graf schon vor ihrem Besuch in den Besitz dieses Dokumentes gekommen war. Aber als sie das Siegel betrachtete, erklärte es sich ihr sofort: »Das ist eine Fälschung! Ihr habt das Siegel meines Sohnes, des Königs von England, nachgemacht und auch noch stümperhaft!«

Die Gräfin sah sie zaghaft an. »Aber nein …«

»Schweigt! Sonst lasse ich Euch ergreifen wie Euren Mann, und dann gnade Euch Gott!«

»Wir haben es für echt gehalten«, wagte es die Gräfin dennoch.

»Ach«, gab Eleonore immer noch wütend zurück. »Für echt? Guckt Euch die Löwen doch an: anstatt zu springen, machen sie allenfalls plumpe Hüpfer!«

Allerdings konnte sie es nicht verhindern, dass das mutige Beharren der Frau sie beeindruckte.

»Verzeiht, aber ich hatte das Siegel des Königs vorher nie gesehen. Und der Mann, der mir das Schreiben gab, wirkte so herrschaftlich, dass ich keinerlei Zweifel an der Echtheit hegte.«

Eleonore horchte auf. »Welcher Mann? Wer hat es Euch gegeben?«

Die Gräfin zuckte mit den Schultern. »Er hat sich uns nicht vorgestellt, sondern nur gesagt, dass er zu den Männern des Königs gehört.«

»Es scheint mir eher, dass dieser Mann ohne Namen eine Ausgeburt Eurer Phantasie ist.«

Die Gräfin schüttelte den Kopf und überlegte. »Ich kann ihn Euch beschreiben.«

Eleonore lachte auf. »Lasst mich raten: Edel gekleidet, würdevolle Haltung und von mittlerer Größe. Das trifft auf ungefähr die Hälfte aller Männer am Hof zu.«

Aber die Frau des Grafen schüttelte erneut den Kopf. »Nein, ich sehe ihn noch ganz deutlich vor mir: Das Besondere an ihm waren seine Augen.« Sie überlegte kurz, wie um sie sich nochmal zu vergegenwärtigen. »Sie waren von einem so strahlenden Blau, wie ich es noch nie gesehen habe.«

Sie zögerte. »Fast nie.« Jetzt blickte sie der Königin direkt ins Gesicht. »Seine Augen waren genau wie Eure. Der Mann sah aus wie Ihr.«

Schnell senkte sie den Kopf, erschrocken über die eigene Kühnheit. In Eleonore wallte tatsächlich Zorn auf. Doch er richtete sich nur kurz auf die Frau, die jetzt angstvoll vor ihr stand. Sie konnte nichts dafür, dass Eleonore wieder einmal enttäuscht worden war, und wieder vom eigenen Sohn. Es konnte kein anderer als Johann gewesen sein, der die Grafschaft aufgesucht hatte, um Gut und Geld einzusammeln. Und eins war Eleonore klar: Er tat dies mitnichten, um ihr zu helfen, sondern steckte es in seinen eigenen Säckel. Er nutzte die Notlage Richards nach Kräften aus, auch wenn er dafür die eigene Mutter betrog. Eleonore nahm sich zusammen.

Sie gab den Männern, die den Grafen immer noch festhielten, mit einem Nicken zu verstehen, dass sie ihn loslassen sollten. Nur zögernd erhob er sich und sah Eleonore erfreut, aber auch überrascht an. Die Königin erklärte knapp, dass sie nicht noch einmal Steuern zu zahlen bräuchten, und gab Zeichen zum Aufbruch. Auch wenn zumindest die Gräfin Aufklärung verdient hätte, brachte es Eleonore doch nicht über sich, ihre Schmach einzugestehen. Sie ließ sich während des ganzen weiteren Rittes nichts anmerken, doch in ihr tobte ein langer, schwerer Kampf. Die Mutter und die Königin rangen miteinander, und am Ende siegte Letztere. Eleonore hatte sich Johann als Sohn aus dem Herzen gerissen und titulierte ihn in ihren Gedanken fortan mit dem Namen, den er sich schon längst verdient hatte: Er war nichts als eine feige Ratte.

Uta beobachtete Löwenherz genau, als er, von Heinrichs Leuten eskortiert, abends wieder auf den Trifels zurückkam. Der Kaiser hatte ihm erlaubt, Abgesandte des englischen Hofes zu treffen. Uta wunderte sich anfangs über seine Großzügigkeit, aber dann hatte ausgerechnet Balduin sie aufgeklärt. Als Knecht hörte er beim Feuermachen oder Badeinlassen so manches, wofür ein Herrscher eine ganze Schar von Spionen aussenden musste. Wenn die Geiselhaft Richards zu lange dauerte, so fürchtete Heinrich, dass dessen Bruder Johann die Lage zu seinen Gunsten nutzen und den Thron besteigen würde. Dann aber hätte Heinrich nicht länger den König von England, sondern nur noch den früheren König von England in Haft, und für den würde er keinen Heller mehr bekommen. Deshalb war es ihm lieber, Richard trieb die Gesandten aus England zu schnellem Handeln an.

Löwenherz saß stolz und hoch aufgerichtet auf dem Pferderücken. Es hatte ihm sichtlich gutgetan, mit seinen Landsleuten zu sprechen und dabei endlich wieder als König und nicht als Gefangener angesehen zu werden. Aber kaum war er durch das mächtige Burgtor geritten, sank er in sich zusammen. Er wirkte wie ein Tier, das in den Käfig zurückmuss.

Uta trat in den Stall, wo Löwenherz gerade absaß. Sie nahm ihm wortlos das Halfter ab und begann den Schimmel zu striegeln. Löwenherz sah sie erstaunt an. »Du verrichtest die Arbeit einer Magd? Hast du alles vergessen, was ich dir gesagt habe?«

»Ganz im Gegenteil«, antwortete Uta. »Weil ich das Herrschen jetzt gewohnt bin, kann ich die Verrichtungen einer Magd erledigen, ohne deshalb zu einer zu werden.«

Löwenherz lächelte. »Dann leiste einem Gefangenen Gesellschaft, ohne selbst gefangen zu sein.«

Uta nickte. Der König von England setzte sich mit ihr an den Kamin seines Gemachs und erzählte von seiner Heimat, welche Anstrengungen seine Mutter unternahm, um ihn freizubekommen, und wie sie direkt wieder durch seinen Bruder Johann hintertrieben wurden im Pakt mit König Philipp von Frankreich. »Sogar meine Grenzfeste in Gisors ist gefallen«, erklärte Löwenherz so schnell, als täte ihm jedes Wort weh. »Dabei hatte sie bisher immer standgehalten.«

»Die Feinde waren sicher in der Übermacht.«

Aber Richard schüttelte den Kopf. »Nein, die Feste ist uneinnehmbar, und wenn noch so viele Truppen auf sie einstürmen.«

Uta war verblüfft. »Wie konnte es dann geschehen?«

Richard lachte auf. »Ganz einfach, es waren nicht die Steine der Befestigungsmauern, die bröckelten, es war der Mut meiner Männer. Der Kommandant hat die Seiten gewechselt. Kann man es ihm verdenken, dass er nicht zum Schluss auf der Seite des Verlierers stehen will?«

Uta sah ihn an. »Verzeiht, wenn es anmaßend klingt. Aber ich würde Euch so gerne helfen, Euch ein wenig aufmuntern.« Sie nahm all ihren Mut zusammen. »Darf ich Euch morgen Abend wieder besuchen?«

»Gern, komm so oft du möchtest«, erwiderte Löwenherz und lächelte sie an.

Der König schien keinen Verdacht geschöpft zu haben. Uta lächelte ebenfalls.

Und so besuchte Uta Richard nun jeden Abend. Sie machte sich nicht vor, ihm in irgendeiner Hinsicht ebenbürtig zu sein, und doch schätzte er etwas an ihr. Aber vielleicht war es auch nur der Mangel an anderen Gesprächspartnern. Uta überlegte jedes Mal, ob jetzt der richtige Zeitpunkt gekommen war, und immer entschied sie sich dagegen. Lieber hörte sie Richards Ausführungen zu. Und obwohl mit jedem Tag die Angst wuchs, dass Heinrich zu einer anderen Burg zog und seinen teuren Gefangenen mitnahm oder Hadmar abreiste und Uta zurück nach Dürnstein musste und damit all ihre Pläne, vielleicht für immer, durchkreuzt waren, konnte sie sich nicht zu dem entscheidenden Schritt durchringen. Denn dann, das war ihr klar, würden die Treffen mit Löwenherz ein abruptes Ende nehmen.

»Nein, ich habe mir an keinem einzigen Tag seit meiner Gefangenschaft auch nur die geringste Sorge gemacht, dass der liebe Heinrich Hand an mich legen würde oder seine Männer auf mich hetzt«, führte der gerade aus.

Uta sah Löwenherz mit großen Augen an. »Und dabei kann der Kaiser sehr grausam sein.«

Löwenherz lachte. »Heinrich ist der grausamste Mann, den ich kenne, und mir sind in meinem Leben schon viele begegnet.«

»Dann seid Ihr umso mutiger«, erklärte Uta bewundernd.

Löwenherz schüttelte seine Mähne. »Ich kenne nur die Regeln.«

Uta sah ihn fragend an und er fuhr fort: »Wenn er mich, den König von England, schlecht behandelt, bekommen alle seine Gegner, und das sind nicht gerade wenige, Oberwasser. Denn eigentlich ist meine Gefangennahme ein Unding. Einen König, Kreuzfahrer noch dazu, setzt man nicht fest. Und das würden ihm die Fürsten nur zu gern unter die Nase reiben.«

Uta staunte. Sie hätte noch viele Fragen gehabt, aber das Vogelgezwitscher war nicht mehr zu überhören. Es war höchste Zeit, dass sie in ihre Kemenate zurückkehrte.

Sie bemühte sich, ganz leise einzutreten, damit sie Markward nicht weckte, doch der erwartete sie schon bei Kerzenschein am Tisch. Er hatte einen Bogen Pergament vor sich, und Uta trat neugierig näher, in der Annahme, dass ihr Ehemann, mit dem sie mittlerweile erste Schreibübungen machte, heute besonders eifrig lernte. Da hielt ihr Markward den Bogen auch schon vors Gesicht.

»Da! Da siehst du es!«, schrie Markward ungeachtet der frühen Stunde.

»Nichts sehe ich«, erwiderte Uta ärgerlich.

Sie trat einen Schritt zurück, damit sie etwas Abstand bekam. Jetzt machte sie eine Art Strichliste aus.

»Ein Strich für jeden Abend, den du bei ihm warst. Ein Strich für jedes Mal, dass du mit ihm … dass du und er … dass ihr euch vergnügt habt wie die Hunde!«

Daher wehte der Wind, Markward war eifersüchtig. Uta musste lächeln, was ihn sofort noch mehr in Rage brachte. »Was lachst du? War es so schön? Hat er es dir gut besorgt?«

Jetzt fand Uta es an der Zeit, ihn in seine Schranken zu weisen. »Wie redest du mit mir? Ich bin deine Frau.«

Uta besah sich erneut die Liste. Jetzt erst fiel Uta die Überschrift auf. »Anzahl der Treffen mit Richard, König von England, genannt Löwenherz.«

Nicht ein Fehler, stellte Uta fest und wollte Markward schon loben, als sie entschied, dass das wohl nicht der richtige Zeitpunkt war. »Ich habe nur mit ihm geredet, oder besser gesagt: Er hat geredet, und ich habe zugehört.«

»Und, was hat er so Interessantes gesagt?«

»Heute hat er von den Fürsten gesprochen, gestern hat er geschildert, wie schwer es seiner Mutter fällt, das Lösegeld zusammenzubekommen.«

»Die Ärmste. Weißt du, was mich besonders dauert?«

Uta schüttelte den Kopf. Markward fuhr fort. »Dass sie das alles für einen Sohn tut, der es gerne mit Männern treibt und die Frauen seiner unterlegenen Gegner schändet.«

Uta brauste auf. »Wer sagt das?«

»Der halbe Hof zerreißt sich das Maul über ihn.«

»Das muss noch gar nichts heißen.«

Markward zuckte mit den Schultern. »Natürlich nicht. Ich dachte nur, es interessiert dich.«

Uta wandte sich ab. Sie wollte Markwards hässliche Worte vergessen, aber es gelang ihr nicht. ›Er treibt es mit Männern, er schändet wehrlose Frauen‹, ging es ihr im Kopf herum. Wenn die Vorwürfe stimmten, hieß das nicht mehr und nicht weniger, als dass Löwenherz sich von den anderen Mächtigen nicht allzu sehr unterschied. Es wurde Zeit, dass Uta wieder das in ihm sah, was er war: Ein König, der seine eigenen Ziele verfolgte. Und genau das musste Uta auch endlich tun.

Uta saß Löwenherz gegenüber. Sie hatte, ganz anders als sonst, Schwierigkeiten, seinen Ausführungen zu folgen. Zu sehr war sie in Gedanken damit beschäftigt, wie sie ihren Plan umsetzen konnte. Doch dann riss sie sich zusammen und hörte, wie Löwenherz von seinem Bruder erzählte, den man immer noch Johann Ohneland nannte. »Und das, obwohl heute ›Johann-viel-Land‹ treffender wäre. Vom bemitleidenswerten, kleinen Jungen, der keiner Fliege was zuleide tun konnte, ist er längst zum intriganten Herrscher geworden.«

Uta horchte auf, endlich konnte sie anknüpfen. »Ist es denn das Intrigenspiel, das einen Herrscher auszeichnet?«

Löwenherz überlegte, dann lachte er: »Ich glaube, es ist die Anzahl seiner Feinde.«

Uta konnte nicht so recht mitlachen, da es sie daran erinnerte, wie grausam Löwenherz laut Markward sein konnte. Sie zwang sich zu einem Lächeln. »Ihr habt mir einmal die Krone aufs Haupt gesetzt, um mir zu zeigen, dass ich eine Herrscherin sein kann.«

Löwenherz nickte. »Und du hast gespürt, was es heißt, zum Herrschen geboren zu sein.«

»Trotzdem bin ich nicht sicher, ob ich wirklich eine Auserkorene oder eine vom Glanz der Krone Verblendete bin.«

Der König sah sie jetzt fast missbilligend an. »Du hast es gefühlt, zweifle nicht daran!«

Uta zuckte mit den Schultern, obwohl es schwer war, ihn zu enttäuschen. »Es ist so lange her und es war nur ein kurzer Moment. Ich kann es nicht mehr sagen.«

Löwenherz sah sie streng an. Dann drehte er sich ohne ein weiteres Wort zur Tür, öffnete sie und rief eine der Wachen. Uta konnte nicht hören, was er zu dem Mann sagte. Wieder an sie gewandt befahl er: »Komm, wir gehen!«

Uta folgte ihm und der Wache nach draußen, und bald erkannte sie tatsächlich die raue Wand des Gewölbes, in die unauffällig eine Tür eingelassen war, die sie nun durchschritten. Dann kam die Treppe und an deren Ende wieder eine Tür. Uta trat nach Löwenherz in den Raum, in dem die Insignien der Macht aufbewahrt wurden. Andächtig blieb sie stehen und betrachtete, wie der König die Truhe öffnete, um den Blick auf das freizugeben, was alles an Glanz übertraf. Löwenherz hob, ohne zu zögern, die Krone heraus, hielt sie vor sich und schritt auf Uta zu. Sie konnte es kaum erwarten, das Gewicht noch einmal auf ihrem Kopf zu spüren, diese Kraft, die durch das Metall direkt in ihren Körper zu fahren schien. Es war noch schöner als beim ersten Mal, schöner als alles bisher Erlebte. Hocherhobenen Hauptes stand sie vor Löwenherz, ihm als Gleiche unter Gleichen in die Augen sehend. Es brauchte Utas ganze Kraft, um sich an ihr Vorhaben zu erinnern. Uta wandte sich an den König. »Ich danke Euch.«

Aber der schüttelte den Kopf. »Es ist mir ein Vergnügen, Euch so durch und durch strahlen zu sehen. Ich tat es allein für mich.«

»Fändet Ihr es zu vermessen, wenn ich noch einen Wunsch äußere?«

»Nur zu«, lachte Löwenherz. »Ihr seid die Königin!«

»Darf ich auch Euch einmal mit den Zeichen der Macht sehen?«

»Gern, besucht mich in England, wenn ich jemals dorthin zurückkomme.«

Uta schüttelte den Kopf. »Nein, ich meine mit diesen Insignien. Nehmt Heinrichs Zepter in die Hand und tragt sein Schwert.«

Löwenherz lachte laut auf.

»Bitte!«, setzte Uta nach. »Ich möchte Euch als König in Erinnerung behalten, wenn Ihr von hier fortgeht.«

Löwenherz legte den Kopf schief. »Warum eigentlich nicht?«

Damit wandte er sich zu der Truhe, um als Erstes die goldene Klinge herauszuholen. Uta musste handeln, solange er ihr den Rücken zudrehte. Sie nahm die Krone ab und legte sie vorsichtig auf den Boden, während sie in ihrem Kleid nach dem kleinen Werkzeug suchte. Mit einem Auge beobachtete sie, dass Löwenherz das Schwert vorsichtig herausnahm, bevor er sich dem Zepter zuwandte. Utas Finger zitterten, als sie das Werkzeug ansetzen wollte. Sie hoffte nur, dass sie nichts beschädigte. Schließlich meinte sie die richtige Stelle gefunden zu haben, was im Halbdunkel des Raumes gar nicht leicht war, und setzte an. Ein Ruck noch, dann war ihr Werk vollbracht. Keinen Moment zu früh, denn schon drehte sich Löwenherz um, in der einen Hand das Schwert, in der anderen das Zepter haltend. Erstaunt sah er, dass Uta die Krone abgelegt hatte. »Warum trägst du sie nicht mehr? Ich dachte, sie gefällt dir so.«

Uta nickte. »Aber es ist nicht recht. Ich bin keine Königin.«

Löwenherz zuckte mit den Schultern. »Dann nehme ich sie. Als kleine Rache für all die Schmach, die Heinrich mir angetan hat.«

Er suchte schon nach einem Platz, um Schwert und Zepter abzulegen. Uta wurde es siedend heiß. Damit hatte sie nicht gerechnet. Sie wollte die Krone selbst in die Truhe zurücklegen, sodass Löwenherz die Beschädigung nicht sah. »Nein«, erklärte sie schnell.

Er wurde stutzig. »Nein? Ich dachte, du wolltest mich als König sehen.«

»Genau, und deshalb werde ich Euch krönen!«

Uta griff, ohne eine Antwort abzuwarten, nach der Krone, hob sie hoch und streckte sich, um sie Löwenherz aufs Haupt zu setzen. Da stand er nun, hoch aufgerichtet, das Schwert in der einen, das Zepter in der anderen Hand. »Und?«, wollte er wissen. »Gefalle ich dir so?«

Uta konnte nicht aufhören ihn anzustarren. Doch es war nicht seine imposante Erscheinung, die sie in ihren Bann zog. Sie konnte den Blick nicht von der Krone abwenden, von der Stelle, an der normalerweise der prächtigste Stein von allen prangte. Doch anstatt des Strahlens war da nur noch eine hässliche, dunkle Stelle zu sehen. Es erinnerte Uta an etwas, doch sie kam nicht darauf, an was. Erst als sie mit der Hand nach dem in den Falten ihres Gewandes versteckten Stein tastete, fiel es ihr wieder ein: Es sah aus wie die leeren Augenhöhlen in Magdalenas Gesicht, nachdem Hadmars Männer die Steine aus dem Fels gerissen hatten. Uta wurde ganz schlecht, als sie begriff, was sie gerade getan hatte.

Kapitel 14

Uta stand noch lange am Burgtor, selbst, als die Staubwolke, die Balduins Pferd aufwirbelte, längst nicht mehr zu sehen war. Langsam begann die Sonne zu wärmen an diesem schönen Sommermorgen, den Uta gerne unbeschwert begrüßt hätte. Doch sie war angespannt, seit sie den Stein aus der Krone entwendet hatte. Löwenherz hatte den Diebstahl tatsächlich nicht bemerkt. Einmal war ihr fast das Herz stehen geblieben, als er sich das polierte Schwert vors Gesicht hielt, um sich darin zu spiegeln. Doch während sie noch fürchtete, dass er gleich das schwarze, klaffende Loch sehen würde, ließ er die Klinge schon wieder sinken und bemängelte, sie sei nicht blank genug. Uta atmete auf, und dann bestand sie darauf, Löwenherz die Krone wieder abzunehmen und sie eigenhändig in der Truhe zu verstauen, angeblich, weil das keine Arbeit für einen König sei. Löwenherz lächelte und ließ sie gewähren. Als auch Schwert und Zepter wieder an ihrem Platz lagen, machten sie sich auf den Rückweg. Schließlich war der Punkt gekommen, an dem jeder in eine andere Richtung gehen musste. Löwenherz verabschiedete sich mit einem »Bis morgen« bei ihr. Uta erwiderte nichts darauf, obwohl sie wusste, dass es am nächsten Abend kein Treffen mehr geben würde. Und auch nicht an dem Abend danach. Vielleicht würden sie sich nie mehr wiedersehen. Löwenherz schien etwas zu bemerken. »Warum so ernst, meine Königin?«, fragte er.

Uta konnte nicht antworten, keine unverfängliche Lüge erfinden. Stattdessen lächelte sie Löwenherz nur kurz an, um schnell davonzueilen, ohne sich noch ein einziges Mal umzudrehen.

Sie hielt erst inne, als sie in ihrem Gemach angekommen war. Sofort spürte sie den Stein groß und schwer in den Falten ihres Gewandes, den Stein, für den sie diesen noblen Mann belogen und betrogen hatte. Markwards Frage, ob sie nun tatsächlich das letzte Mal bei Löwenherz gewesen war, beantwortete sie kurz mit »ja«, um vorzugeben, dass sie sehr müde sei. Uta legte sich hin. Dabei bohrte sich der Stein tief in ihr Fleisch, aber das schien ihr noch die geringste Strafe.

Am nächsten Tag kündigte sie Markward an, dass sie zurück nach Dürnstein wollte, und zwar sofort. Der wunderte sich zwar, war aber insgeheim froh, da Löwenherz dann endgültig unerreichbar war. Zusammen mit Balduin machten sie sich auf die Rückreise.

Noch an dem Abend, an dem sie in Dürnstein ankamen, nahm Uta den Knecht zur Seite. Sie machte nicht viele Worte, sondern legte ein kleines Samtbündel auf das Heu im Stall, wo sie ihn hinbestellt hatte. »Öffne es«, befahl sie.

Unlustig und wenig achtsam zog und zerrte Balduin an dem Band, das das Bündel verschloss.

»Sei vorsichtig«, herrschte ihn Uta an.

Balduin gehorchte widerwillig. Doch als sich der Samt löste und etwas wunderbar Funkelndes, in allen Schattierungen von Rot Leuchtendes zum Vorschein kam, blieb ihm der Mund offen stehen. »Was … was um Himmels willen ist das?«

»Das ist ein sehr wertvoller Karfunkel. Präg ihn dir gut ein! Das ist das letzte Mal für lange Zeit, dass du ihn vor Augen hast.«

Balduin sah sie mit gerunzelten Brauen an. »Wo hast du den her?« Er sah sie durchdringend an. »Bist du doch eine gemeine Diebin?«

Uta blieb ruhig. »Je weniger du weißt, desto besser für dich. Nur das: Dieser Stein ist so viel wert, dass du ihn gegen genügend Getreide für den ganzen Winter eintauschen kannst.«

Balduin sah Uta verständnislos an. »Ich?«

Uta nickte. »Du wirst ins Morgenland reisen und Kontakt zu den Edelsteinhändlern aufnehmen. Lass dich nicht übers Ohr hauen. Denk immer daran, dass jeder Sack Getreide, den du mitbringst, eine Familie retten kann.«

»Du willst den Leuten Korn schenken?«

Uta nickte. »Ich habe es ihnen schon einmal versprochen und mein Wort nicht gehalten.« Sie richtete sich auf. »Aber diesmal können die Leute sich auf mich verlassen.«

Sie legte Balduin die Hand auf die Schulter. »Und auf dich.«

Balduin unterbrach sie. »Moment mal! Wer hat denn gesagt, dass ich das mache? Mit so einem wertvollen Stein ins Land der Ungläubigen reisen? Bei der erstbesten Gelegenheit wird man mich erschlagen und den Stein rauben. Und damit ist weder dir noch mir geholfen. Nein, such dir einen anderen.«

Uta blickte Balduin an. »Wenn es einer schafft, dann du. Du verstehst es, mit dem Schwert umzugehen, und du bist wagemutig.«

Balduin blickte düster drein. »Ich konnte mit dem Schwert umgehen, bis Hadmar es mir weggenommen hat.«

Uta trat zu einem Heuhaufen und schob etwas von dem trockenen Gras zur Seite. Darunter kam blinkendes Metall zum Vorschein. Mit einem Freudenschrei stürzte sich Balduin darauf, nahm sein Schwert am Knauf und riss es hoch. Er ließ es ein paar Mal durch die Luft sausen, drückte dann die Klinge fest an seine Lippen und küsste das kalte Metall. Balduin wandte sich an Uta. »Wann soll ich los?«

Uta atmete auf. »Gib mir deine Beinlinge«, befahl sie.

»Wie bitte?«, fragte Balduin.

»Die Beinlinge«, wiederholte Uta. »Ich nähe den Stein darin ein. Oder willst du ihn für alle sichtbar am Sattel baumeln lassen?«

Balduin drehte sich um und zog sich aus. Seine muskulösen Beine ragten nackt unter dem Gewand hervor, als er Uta das Kleidungsstück reichte. Die holte Nadel und Faden aus dem Täschchen, das sie an ihrem Gürtel befestigt hatte, und begann den Stein in den weichen Stoff einzunähen, mit der strikten Anweisung, ihn erst dann auszupacken, wenn sich ein ernsthafter Käufer gefunden hat. Dann beschrieb sie Balduin den ersten Tagesritt. Danach wusste auch sie nicht weiter, und Balduin war auf sich gestellt. Uta hoffte, dass er es schaffte. Sie hatte es ernst gemeint, als sie sagte, er sei der Beste für diese Aufgabe. Und vielleicht war es gerade das Kindsköpfige an ihm, das ihm letztendlich Erfolg bescheren würde.

Uta war mit dem Nähen fertig und reichte Balduin die Beinlinge. Der zog sie mit dem Rücken zu Uta über, doch dann schrie er auf und drehte sich um. »Was soll das?«

Balduin zeigte auf die dicke Auswölbung gleich neben seinem Gemächt. »Wieso gerade hier? Trenn das sofort wieder auf!«

Balduin wollte die Beinlinge schon wieder abstreifen, doch Uta schüttelte den Kopf. »Diese Stelle habe ich mit Bedacht gewählt, da jeder Mann sie hütet wie seinen Augapfel.« Uta betrachtete die Ausbuchtung zwischen seinen Beinen und lachte. »Und wer weiß, vielleicht zeigt sich so manche Frau von diesem Anblick beeindruckt.«

Balduin überlegte, der Gedanke schien ihm zu gefallen. Er nahm bereitwillig die gepackten Vorräte und ein Säckchen voller Münzen an sich. Uta erklärte, dass Balduin für alle anderen auf dem Weg zu Markwards Vater sei, der sich auf der Rückreise von Ostrom im Morgenland aufhielt. Sie würde vorgeben, dass er ihn mit einem Empfehlungsschreiben um Spenden bitten sollte. Balduin nickte, obwohl er nur noch mit halbem Ohr zuhörte. Er konnte es kaum abwarten aufzubrechen. Uta wünschte ihm viel Glück, als er auch schon lospreschte.

Gertrud kniete vor dem Wassereimer und wusch ihre Instrumente gründlich mit heißem Wasser ab. Sie hatte der jungen Frau, die eigens aus dem Dorf hier in die Hütte des Wilden Mannes gekommen war, eine gute Mitteilung machen können. Es lag nicht an ihr, dass sie noch nicht guter Hoffnung war. Ganz im Gegenteil, ihr üppiger, gerade voll aufgeblühter Körper schien geradezu darauf zu warten, geschwängert zu werden. Es schien eher an ihrem Mann zu liegen, einem alten Witwer, der nach dem Tod seiner Frau jemanden brauchte, der Haus und Hof versorgte. Er war gut zu ihr und schlug sie nicht übermäßig, aber er spürte auch nicht allzu oft Verlangen nach ihr. Gertrud gab der Frau den Rat, sich zu einem anderen aufs Lager zu legen, einem, der noch im vollen Saft stand, ohne dass der

Alte es erfahren musste. Doch das junge Ding hatte sich von Gertruds Vorschlag empört gezeigt und die Tür beim Rausgehen hinter sich zugeschlagen.

Gertrud trocknete die Instrumente sorgsam ab, schlug sie in ein Tuch ein und ging hinaus, um den Eimer zu leeren.

Zu ihrem Erstaunen war die junge Frau noch da und sprach mit dem Wilden Mann. Sie lächelte ihn äußerst verführerisch an, während der Wilde Mann nichts Besseres zu tun hatte, als vor ihr zu knien und die Lederbänder ihrer Schuhe, die bis zu den Knien geschnürt waren, festzuziehen. Als er sich aufrichtete, hielt sie ihm ihren Ausschnitt so geschickt vor die Nase, dass er gar nicht anders konnte, als auf ihre Brüste zu starren. Gertrud blieb fast die Luft weg. So eine Dreistigkeit, sich erst anstellen und jetzt ausgerechnet mit dem Wilden Mann anbandeln! Gertrud war so wütend wie schon lange nicht mehr. Sie leerte den Eimer in hohem Bogen, doch nur, um ihn gleich darauf mit Gülle zu füllen. Erst wollte sie die über dem Busen des kleinen Luders entleeren, doch dann entschied sie sich anders und schüttete die stinkende Masse dem Wilden Mann in den Schritt. Das junge Ding schrie auf, und der Wilde Mann herrschte Gertrud an: »Was fällt dir ein?«

»Der Eimer muss mir wohl aus der Hand geglitten sein«, gab die unschuldig zurück.

»Pass auf, dass mir nicht gleich die Hand ausrutscht!«, wütete der Wilde Mann.

Gertrud sah ihn an. »Ich wische es wieder weg«, erklärte sie und packte dem Wilden Mann kräftig zwischen die Beine.

»Au!«, schrie der auf und schlug ihren Arm weg.

Der jungen Frau wurde es zu bunt. Sie machte energisch kehrt und ging schnellen Schrittes fort. Der Wilde Mann wandte sich an Gertrud. »Was fällt dir ein, du eifersüchtiges Miststück? Ist das der Dank, dass ich dich aufgenommen habe? Es ist doch immer dasselbe: Reich einer Frau den kleinen Finger, und sie nimmt die ganze Hand!«

Er drehte sich schon in Richtung des Baches, als Gertrud fragte: »Ist das der Grund, warum du nie geheiratet hast?«

»Glaubst du wirklich, dass ich ausgerechnet dir das sage?«

Gertrud zuckte mit den Schultern. »Wem sonst?« Sie grinste, bevor sie fortfuhr: »Ich glaube nicht, dass das junge Ding nochmal wiederkommt.«

Für einen Moment dachte Gertrud, sie wäre zu weit gegangen, doch dann brach der Wilde Mann in schallendes Gelächter aus. »So ein freches Weib ist mir wirklich noch nicht untergekommen!«

Dann beruhigte er sich wieder. »Das nächste Mal lässt du einem alten Mann seinen Spaß. Und sag mir nicht, dass du abgeneigt wärst, wenn ein junger, gut bestückter Bursche dir seine Aufwartung machen würde.«

Gertrud schüttelte den Kopf. »Seit mein Mann gegangen ist, habe ich keinen anderen mehr angesehen.«

»Wie lange ist das her?«, fragte der Wilde Mann.

»Eine Ewigkeit. Er hat mich kurz nach der Geburt meiner Tochter verlassen.«

Der Wilde Mann merkte, dass es Gertrud auch nach all den Jahren nicht leichtfiel, darüber zu sprechen, und wartete ab, bis sie von sich aus fortfuhr.

»Damals hat es mich sehr verletzt. Aber er hatte seinen Grund. Ich hatte etwas getan, etwas Ungeheuerliches ...«

Gertrud ließ den Satz unvollendet. »Ich habe ihn weggetrieben, das ist schlimm genug. Jetzt will ich ihn nicht noch hintergehen.«

Der Wilde Mann zuckte mit den Schultern. »Und wenn er tot ist? Oder eine andere hat?«

»Solange ich das nicht weiß, bleibe ich ihm treu. Vielleicht hat mich das Schicksal nach all den Jahren auf Wanderschaft geschickt, um ihn zu finden.«

»Oder um mich mit Mist zu beschmeißen«, grinste der Wilde Mann und wandte sich nun endgültig dem Bach zu, um sich den Gestank abzuwaschen.

Als Uta hörte, dass der Kürschner mit seinem Sohn gerade vom großen Markt auf dem Trifels zurückgekommen war, wo er Felle gekauft hatte, horchte sie auf. Sie beschloss sich von dessen Sohn Leder auf die Burg bringen zu lassen. Beladen mit einem ganzen Stapel kam der dünne, hochaufgeschossene Junge zu ihr in die Lagerräume. Als sie sah, dass er unter dem Gewicht schwankte, sprang sie schnell hinzu und nahm ihm das Leder ab. Uta bemerkte seine Blässe und befahl: »Setz dich, den Rest schaffe ich allein.«

Während sie das Leder in ein Regal räumte, begann sie wie beiläufig: »Du, sag mal, wie heißt du gleich?«

»Ludger«, gab der Junge zurück.

»Ludger, du warst doch mit deinem Vater bei des Königs Burg. Über was haben die Leute dort gesprochen? Gibt es Neuigkeiten?«

Ludger überlegte, und Uta kam es wie eine Ewigkeit vor. Sie bereute schon, nicht direkt seinen Vater gefragt zu haben, aber sie wollte so wenig Aufsehen wie möglich erwecken. »Doch, es gab etwas Neues«, brachte der Junge schließlich heraus.

Uta sah ihn gespannt an.

»Eine der Latrinen ist eingestürzt, als der Schmied dort gerade seine Notdurft verrichtete. Mit runtergelassenen Hosen ist er drei Meter in die Tiefe gestürzt. Aber ihm ist nichts passiert, außer dass ihn alle ausgelacht haben.«

Uta konnte das nicht erheitern. »Ich meine eher Neuigkeiten, die den König betreffen.«

Wieder überlegte Ludger lange. »Ja, ich habe da etwas munkeln hören.«

»Hat es … mit etwas Wertvollem zu tun?«, tastete Uta vor.

Der Junge nickte aufgeregt. »Ja, mit etwas sehr Wertvollem.«

Uta hielt den Atem an, bevor sie fragen konnte: »Ist es aus Heinrichs Besitz?«

Wieder nickte der Junge. »Ja, es ist das, was er am meisten schätzt.«

»Und das ist ihm gestohlen worden«, ergänzte Uta atemlos.

»Gestohlen?«, fragte der Junge mit gerunzelten Brauen. »Da wisst Ihr mehr als ich.«

»Ja, aber was ist denn dann die Neuigkeit? Geht es nicht um den Stein?«, wollte Uta jetzt wissen.

Ludger schüttelte den Kopf. »Nein, um Goldstücke, ganze Säcke voll mit Goldstücken.«

Uta biss sich auf die Lippen, während der Junge fortfuhr: »Der Kaiser soll sein Bett anstatt mit der Kaiserin mit all dem Gold teilen. Kein Wunder, dass die Kaiserin nicht schwanger wird.«

Uta schüttelte den Kopf über so viel Dummheit. Konstanze war einfach schon recht alt, das war der Grund, warum sich der Nachwuchs noch nicht eingestellt hatte. Aus diesem Burschen war aber auch nichts Vernünftiges herauszubringen. »Steh auf!«, herrschte sie das Kind an.

Doch Ludger zitterte angesichts ihres offensichtlichen Ärgers zu sehr, um auf die Beine zu kommen.

»Wird's bald?«, zeterte Uta und riss den Jungen unsanft am Arm. Er stand auf, doch fiel er gleich wieder über die eigenen Füße und schlug der Länge nach hin.

»Steh auf!«, befahl Uta erneut.

Ludger wollte sich aufstützen, doch dann hielt er sich den Arm und fing laut an zu jammern. »Au!«

»Wie kann man sich wegen ein paar blauen Flecken so anstellen?«, zeterte Uta, während sie ihn erneut am Arm packen wollte. Doch kaum hatte sie ihn auch nur leicht berührt, heulte er auf. Uta fasste nun erst recht fester zu, als sie es fühlte: Unter der Haut und dem lappigen Fleisch war deutlich der Bruch zu tasten. »Nein!« Uta erschrak. »Das … das kann doch nicht von dem kleinen Sturz sein!«

Doch der Junge hielt sich nur wimmernd den Arm. Uta fuhr, diesmal ganz vorsichtig, darüber. Es gab kein Vertun, sie spürte den geborstenen Knochen. »O Gott, was habe ich getan!«

Uta betrachtete entsetzt den leise vor sich hin weinenden Jungen. Sie hob sein Kinn, damit er sie ansah: »Hör zu, Ludger. Ich gehe jetzt runter ins Dorf und hole den Bader. Es wird nicht lange dauern. Bleib einfach hier sitzen und beweg dich nicht, hast du verstanden?«

Der Junge nickte, obwohl Uta sich nicht sicher war, ob er ihre Worte tatsächlich gehört hatte. Sie drehte sich um und rannte, so schnell sie konnte, über den Burgplatz, aus dem Tor und zu der kleinen Ansiedlung. Die mit der Arbeit beschäftigten Knechte und Mägde sahen verwundert zu ihr herüber, aber es fiel ihr nicht ein, jemanden anderen zu schicken. Das hier musste sie alleine in Ordnung bringen.

Der hinzugerufene Bader, ein kleiner Mann mit listigem Gesicht, tastete wenig sanft über Ludgers Arm. Der Junge schrie laut, und Uta fuhr den Bader an: »So pass doch auf! Er hat Schmerzen!«

»Natürlich hat er Schmerzen, der Knochen ist mittendurch gebrochen.«

»Ja und? Was kann man tun?«

Der Bader zuckte mit den Schultern. »Den Arm mit einem Brett in eine gerade Lage bringen, bis der Knochen wieder zusammengeheilt ist. Wenn er heilt.«

»Was soll das denn heißen?«, wollte Uta wissen.

»Die Enden werden schief zusammenwachsen. Der Arm ist nicht mehr zu gebrauchen. Wenn er Glück hat, werden die Schmerzen mit der Zeit weniger.«

»Und dafür bezahle ich dich? Fällt dir denn gar nichts ein, was du machen kannst?«

Der kleine Mann zeigte sich wenig beeindruckt. »Natürlich. Ich kann den Arm aufschneiden, den Knochen zusammenfügen und den Arm wieder zunähen.«

Der Junge wimmerte allein schon bei der Vorstellung, und auch Uta lief ein Schauer über den Rücken. Trotzdem wollte sie nicht aufgeben: »Und warum tust du das nicht?«

»Weil er dann sehr wahrscheinlich den ganzen Arm verlieren wird. So etwas gibt fast immer Wundbrand. Oder der Junge stirbt.«

Uta winkte ab. Sie hatte genug gehört. »Aber wie kann denn der Arm so schnell brechen? Er ist doch nur über seine eigenen Füße gestolpert.«

Uta wusste nicht, wofür sie sich mehr schämte: Dass sie ihn zu Fall gebracht hatte oder dass sie es verheimlichte.

Der Bader sah sie an. »In seinem Zustand braucht es nicht viel.«

»In seinem Zustand? Was meinst du damit?«

»Der dürre Kerl hat sich schon so lange nicht mehr satt gegessen, dass der Hunger sogar an den Knochen nagt. Sie sind zerbrechlich wie ein von Ameisen zerfressener Ast.«

Uta blieb der Mund offen stehen. »Das kommt vom Hunger?«

Der Mann nickte. »Natürlich, ich muss mich seit diesem Frühjahr fast täglich mit solchen Brüchen herumschlagen. Bald wird man die an Arm oder Bein Verkrüppelten an jeder Ecke sehen.«

Uta wies den Bader an, Ludgers Arm so gut wie möglich zu schienen, nahm ein paar Münzen aus einem Beutelchen an ihrem Gürtel und entlohnte ihn großzügig. Ludger gab sie ebenfalls Geld, damit er für sich und seine Familie etwas zu essen kaufen konnte. Dann verließ Uta die beiden, so schnell sie konnte.

Sie lief zum Ufer der Donau. Je länger sie in den träge dahinfließenden Strom blickte, desto deutlicher schien sie die faulenden Körner am Grunde zu sehen, die Hadmar säckeweise dort hatte versenken lassen. Und sie hatte es zugelassen. Gegen dieses Gefühl der Schuld war plötzlich die Sorge, die sie umgetrieben hatte, ob und wann ihr Diebstahl entdeckt würde, verschwindend klein. Sie konnte nur hoffen, dass Balduin seinen Auftrag ernst nahm und so schnell wie möglich erfüllte.

Balduin wusste nicht genau, wie viele Wochen er schon unterwegs war. Es kam ihm vor, als seien es Jahre. Jeder Knochen im Körper tat ihm vom Reiten weh. Da die Leute schon bald nicht mehr seine Sprache beherrschten, schickten sie ihn ständig in die Irre, wenn er nach dem Weg fragte. Aber dann hörte er eines Abends, als es schon dunkel war, das Rauschen von Wellen. Plötzlich hatte er eine Heidenangst, dass es die Donau sei und er die ganze Zeit im Kreis geritten war. Er horchte und stellte fest, dass die Wellen, die ans Ufer rollten, größer sein mussten. Balduin stieg ab und ging ihnen entgegen, bis er schließlich mit den Füßen im Wasser stand.

Es war warm, wärmer, als es die Donau zu sein pflegte. Er beugte sich hinab, tauchte sein Gesicht in das Nass und nahm einen großen Schluck. Doch sofort begann er es hustend wieder auszuspucken. Das Wasser schmeckte salzig! Balduin wurde ganz aufgeregt. Das musste das Meer sein. Er suchte einen Lagerplatz nahe beim Wasser, war aber anfangs zu aufgewühlt, um schlafen zu können. Er sehnte den Morgen herbei, der ihm Gewissheit bringen würde, und fiel erst spät in einen unruhigen Schlaf.

Sobald es dämmerte, wachte er auf und blickte gespannt auf das Wasser. Es war eine ebene Fläche, so weit er blickte. Kein Ufer war zu sehen, nur ganz in der Ferne ein Schiff, das am Horizont entlangsegelte. Er war am Ziel seiner Reise! Wohlgemut machte Balduin sich auf. Jetzt musste er nur noch eine Ansiedlung finden.

Bald kam er an ein Dorf oder jedenfalls so etwas Ähnliches. Es war zwar nicht viel größer als Dürnstein, aber ungleich lauter und lebendiger. An jeder Ecke schien jemand seine Waren anzupreisen, und Frauen, die mit Einkäufen beladen waren, bahnten sich keifend den Weg durch herumtollende Kinder und Hunde. Balduin sah sich verwirrt um. Bisher hatte er Dörfer und Städte gemieden und in Herbergen außerhalb übernachtet, um niemanden auf die Spur seiner wertvollen Ware zu bringen. Überrascht von dem Bild, das sich ihm nun bot, fragte er sich zum ersten Mal, wie er überhaupt einen Edelsteinhändler ausfindig machen sollte. Balduin betrachtete einen kleinen, dünnen Mann mit fleckigen Kleidern, der an ihm vorbeiging. Doch sein Geruch verriet unschwer die Art seiner Tätigkeit: Er war ein Fischer, der wohl seine Ware schon frühmorgens auf dem Markt abgeliefert hatte und jetzt mit zufriedenem Gesicht ein paar Münzen in einem Säckchen verstaute. Da er dabei nicht auf den Weg achtete, stieß er eine verschleierte Frau an, die einen Wasserkrug auf dem Kopf balancierte, worauf Wasser nach allen Seiten schwappte. Ihre grün leuchtenden Augen blitzten den Fischer böse an, und sie stieß eine Verwünschung aus, bevor sie stolz und hochaufgerichtet ihren Weg fortsetzte. Einen Moment überlegte Balduin, ob vielleicht auch eine Frau mit Steinen handeln konnte. In dieser so ganz anderen Welt hatten vielleicht die Frauen das

Sagen, und die Männer mussten sich fügen. Aber dann tat er diesen Gedanken wieder ab. Schließlich hatte sie Wasser geholt, was darauf hindeutete, dass die Frauen hier wie in Dürnstein für den Haushalt zuständig waren.

Beruhigt ging er weiter, als ihn plötzlich ein großer, kräftiger Mann ansprach: »Siehst aus, als wenn du Hilfe brauchst. Gerade angekommen?«

Balduin nickte. »Du sprichst meine Sprache?«

»Nicht nur deine. Hier begegne ich jeden Tag Menschen von weit her, und alle brauchen sie Hilfe.«

»Was willst du dafür?«, fragte Balduin, der ein wenig misstrauisch wurde angesichts so großer Freundlichkeit.

»Nichts, denn auch mir hat man geholfen, als ich genauso ratlos wie du mitten auf der Straße stand. Aber das ist lange her.« Er blickte Balduin an. »Kommst du nun mit? Meine Frau hat gekocht. Wenn wir uns beeilen, ist das Essen noch warm.«

Bei diesen Worten merkte Balduin, wie hungrig er war, und folgte dem Mann gern.

Und tatsächlich, kaum waren sie im Haus angekommen, tischte die junge Frau, die ihre Schönheit auch hinter dem Schleier nicht verbergen konnte, schon auf. Es gab fremde Früchte zu einer Getreidespeise und sogar ein Stück Fleisch. Balduin ließ es sich schmecken. Dann lehnte er sich gesättigt in die Kissen zurück, auf denen man hier anstatt auf Schemeln oder Hockern saß. Sein Gastgeber lächelte. »Ich muss dich nun leider allein lassen. Die Geschäfte rufen. Aber meine Frau wird dir jeden Wunsch erfüllen.«

Damit war er auch schon verschwunden, bevor Balduin ihn nach einem Edelsteinhändler fragen konnte. Aber im Grunde hatte das auch Zeit bis nach einem kleinen Nickerchen. Balduin lehnte sich an die Wand und war fast eingeschlummert, als ihn etwas berührte. Er wollte sich schon erschrocken aufsetzen, als er es sich anders überlegte und die Augen geschlossen hielt. Jetzt spürte er es genauer. Es waren die zarten Hände einer Frau, die ihm über Brust und Bauch fuhren. Er hatte die Worte des Gastgebers im Ohr, dass seine Frau ihm jeden Wunsch erfüllen wollte. Balduin überlegte, ob man darunter im Morgenland auch das Liebesspiel verstand. Jetzt tasteten die flinken Finger der Frau tiefer, und Balduin wollte sich ihr schon entspannt hingeben. Doch anstatt sein Gemächt zu berühren, blieb ihre Hand auf dem in den Beinlingen eingenähten Stein hängen. Balduin gelangte zu der traurigen Gewissheit, dass sie es nicht auf seine Manneskraft, sondern einzig auf Reichtümer abgesehen hatte. Balduin öffnete die Augen und packte die Frau an den Handgelenken. Sie sah ihn mit großen Augen an. »Mache ich es Euch nicht recht?«

Balduin setzte sich auf. »Du brauchst mir nichts vorzugaukeln, ich habe dich durchschaut, dich und deinen feinen Mann. Fremde hierhin locken und dann ausrauben!«

Er zog die Frau, die er immer noch gepackt hielt, nah zu sich heran. »Damit ist es jetzt vorbei, kleine Diebin.«

»Nein, bitte, sag es keinem.«

»Warum sollte ich schweigen?«

»Weil ich es nie wieder tun werde.«

Balduin blickte sie zweifelnd an.

»Und ich dir helfen kann«, fügte sie schnell an.

Er ließ es zu, dass sie eine Hand aus seinem Griff befreite und damit erneut den eingenähten Stein zwischen seinen Beinen berührte. »Ich nehme an, du suchst jemanden, der dich davon befreit?«

Balduin zog die Brauen hoch. »Allerdings nicht auf deine Art.«

Sie lachte glockenhell. »Du gefällst mir.«

Sie strich ihm über seine Locken, bevor sie fortfuhr. »Frage einfach nach dem Steinmann. Jeder hier weiß, wo er zu finden ist.«

Balduin sah in ihr schönes Gesicht, und es tat ihm fast ein wenig leid, dass er gehen musste. Aber er wollte keine Zeit verlieren.

Uta stand am Fuße der sanften Anhöhe. Von dort oben konnte sie am besten nach Balduin Ausschau halten. Ihre Unruhe trieb sie jeden Morgen und jeden Abend hinauf. Die Hungersnot wurde immer größer, und egal wohin sie schaute, überall sah sie nur noch hohlwangige Gesichter und ausgemergelte Körper. Obendrein erinnerte sie Ludgers nur schwer heilender Bruch ständig an das

Elend der Leute. Sie teilte ihr Essen mit ihm, doch je länger Balduin wegblieb, desto mehr gab Uta auch an andere ab. Und bald behielt sie so gut wie nichts mehr für sich. In den letzten drei Tagen hatte sie ihren schmerzenden Magen einzig mit Wasser gefüllt. Das bereute sie jetzt ein wenig, da ihr die an sich sanfte Anhöhe plötzlich unglaublich steil vorkam und sie Mühe hatte, auch nur einen Fuß vor den anderen zu setzen. Aber im Grunde ging es ihr immer noch besser als den anderen, die vollkommen entkräftet den ganzen Tag auf dem Hof arbeiten mussten.

Uta nahm sich zusammen und ging schneller. Doch da ihr Schritt unsicher und wackelig war, wurde ihr die erstbeste Wurzel zum Hindernis und ließ sie lang hinfallen. Uta kam hart auf dem Boden auf. Sie wagte nicht, sich zu rühren, da sie fürchtete, sich nun auch etwas gebrochen zu haben. Aber ihre Knochen waren heil. Trotzdem dauerte es ewig, bis sie wieder auf den Beinen stand und sich weiterschleppen konnte. Ein Blick nach vorn zeigte ihr, dass sie noch nicht einmal ein Viertel der Strecke geschafft hatte. Vielleicht sollte sie besser umdrehen. Es war sowieso nicht zu erwarten, dass Balduin schon aus dem Morgenland zurückkehrte, vielleicht war er noch nicht einmal angekommen. Aber trotzdem zog es sie nach oben, als wenn alles andere bedeutete, die Hoffnung aufzugeben.

Uta schritt voran. Sie hatte das Gefühl, als wenn Gewichte an sie gebunden wären, die sie nach hinten zogen. Wenn doch wenigstens jemand die Last mit ihr teilen würde. Uta dachte an Karl, und ihr wurde ganz warm, wenn sie sich vorstellte, wie er an ihrer Seite ging, sie stützte und mit sich zog. Und plötzlich spürte sie es wirklich. Jemand umarmte sie von hinten.

»Uta, mein Gott, wo willst du denn hin? Du bist total erschöpft!«

Uta drehte sich um und sah sich Markward gegenüber. Sie blickte ihn wenig erfreut an. »Was machst du hier? Bist du mir gefolgt?«

Markward nickte. »Ich will endlich wissen, wohin du jeden Tag verschwindest.« Er sah die Anhöhe hinauf. »Triffst du dort jemanden? Einen anderen Mann?«

Jetzt musste Uta fast lächeln. Männer besaßen einfach wenig Phantasie. Sie schüttelte den Kopf. »Lass mich weitergehen.«

Aber Markward weigerte sich. »Nicht in diesem Zustand.«

»Du kannst mich nicht hindern.«

Sie drehte sich zum Berg und schritt voran, aber erneut umschlang Markward sie von hinten, nur fester. »Du gehst nicht. Ich will nicht, dass dir etwas passiert.«

Uta wand sich. Sie hatte Markward nichts von dem Diebstahl erzählt und nichts von der Aufgabe, mit der sie Balduin betraut hatte. Für ihn und alle anderen war Balduin unterwegs, um Markwards Vater um eine Spende zu ersuchen. Uta war zwar nahe daran gewesen, sich ihrem Gatten anzuvertrauen, aber dann hatte sie es gelassen. Es reichte, wenn sie sich durch den Diebstahl in Gefahr gebracht hatte, sie musste nicht auch noch ihn mit hineinziehen.

Mit einem Ruck hob Markward sie hoch und trug sie nach unten. Uta hatte jede Gegenwehr aufgegeben. Sie legte ihren Kopf entkräftet an seine Schulter. Die Anhöhe rückte in immer weitere Ferne. Tränen rannen über Utas Gesicht.

Der Steinmann musterte den Fremden, der vor ihm stand. Es war ihm in Fleisch und Blut übergegangen, ganz genau zu beobachten. Er war in einem Gewerbe tätig, in dem Gier, Neid und Habsucht jeden Tag die schlimmsten Dinge anrichteten und wo an Vertrauen in andere nicht zu denken war. Er kannte den Mann, der ihm gegenüberstand, aus seinem anderen Leben, das ihm ewig her zu sein schien.

Der Steinmann war viel herumgereist, bevor er es wagte, sich hier niederzulassen, mit seinen Werkzeugen und Instrumenten, die er brauchte, um den Steinen ihre beste Seite zu entlocken, sie zum Funkeln und Strahlen zu bringen. Er hatte es darin zur Meisterschaft gebracht und sich sogar die Achtung der Orientalen erworben, die ihn nicht nur wegen seines Gewerbes den Steinmann nannten. Den unruhigen, schwatzhaften und gern gestikulierenden Menschen war einer wie er, der kein Wort zu viel verlor, unheimlich. Sie erklärten es sich damit, dass die Steine, mit denen er sich täglich beschäftigte, ihn geprägt hatten. Und es schwang sogar ein kleines bisschen Bewunderung mit, wenn sie von dem Steinmann sprachen. Ihm war es egal, für ihn zählte nur noch sein Handwerk, das war alles, was ihm geblieben war, und alles, wofür er lebte.

Er bot Balduin an, sich auf den geflochtenen Hocker zu setzen. Er hatte den Sohn des Burgherrn erkannt, auch wenn er jetzt zum Knecht geworden war, seitdem Uta seine Stelle eingenommen hatte. Der Steinmann fragte sich, ob Balduin auch ihn erkannte, ob er wusste, dass der geheimnisvolle Steinmann kein anderer als der arme Bauernsohn Karl war. Aber Balduin schien arglos. Wahrscheinlich hatte er Karl ohnehin nie richtig wahrgenommen. Außerdem hatte die Sonne mittlerweile Karls Gesicht gegerbt und viel dunkler werden lassen. Mit der hiesigen Kleidung sah man ihm erst auf den zweiten Blick an, dass er nicht von hier war. »Was führt dich zu mir?«, fragte er Balduin.

»Ich habe gehört, dass Ihr der beste Kenner von Edelsteinen weit und breit seid.«

»So, so, hast du das?«

Karl merkte, dass Balduin vom Verhandeln keine Ahnung hatte, sonst hätte er nicht mit einer Schmeichelei begonnen. Er nahm sich vor, den unerfahrenen Mann nicht zu sehr auszunehmen. Schließlich kam er aus seiner Heimat.

»Ich möchte Euch etwas zeigen«, fuhr Balduin fort.

Er stand auf und drehte Karl kurz den Rücken zu. Der beobachtete, dass er sich an seinen Beinlingen zu schaffen machte, und hörte, wie Stoff riss. Dann wandte Balduin sich um. Und plötzlich war alles wieder da, alles, was Karl sich bemüht hatte zu vergessen. Gebannt starrte er auf den rot leuchtenden Karfunkel in Balduins Hand. Es war, als wenn ein Feuer im Herzen des Steins glühte und seine Wärme und sein Licht in unendlicher Fülle verströmte. Karl verstieß gegen all seine Grundsätze, als er mit offenem Mund die Hände danach ausstreckte: »Wie viel willst du? Nenn mir eine Summe, irgendeine! Ich muss den Stein haben!«

Balduin blickte ihn verblüfft an, dann machte sich ein Lächeln auf seinem Gesicht breit. »Gebt mir so viel, dass ich genug Korn kaufen kann, um die Dürnsteiner über den Winter zu bringen. Nicht mehr und nicht weniger.«

Karl ging es durch Mark und Bein, den Namen Dürnstein zu hören. Ein eigenartiges Gefühl machte sich in ihm breit, das seinen Ursprung in seinem Bauch zu haben schien. Karl verspürte Heimweh. Und als Balduin ihm den Stein überließ und er das kühle, rote Feuer in den Händen hielt, wusste er, dass er Dürnstein doch noch einmal wiedersehen würde, und zwar bald.

Kapitel 15

Gertrud lag wach wie jede Nacht in der letzten Zeit. Sie musste ständig an den Wilden Mann denken. Erst war es die Sorge, ob es ihm auf seinem Schlafplatz im Baum gut erging. Es war zwar Sommer, aber ab und zu regnete es recht heftig. Außerdem könnte ein Bär den Baum erklimmen. Ganz zu schweigen von den Wesen, die in Erdspalten und Felshöhlen wohnten und die nur des Nachts herauskamen und ihr Unwesen trieben. Sie versuchte sich zwar zu sagen, dass der Wilde Mann bisher allen Gefahren des Lebens im Walde getrotzt hatte und es auch weiterhin tun würde, aber es blieb ein ungutes Gefühl. Schließlich schlief er ihretwegen draußen, damit sie sich nicht belästigt fühlte. Aber wenn Gertrud ehrlich war, wünschte sie sich manchmal, wenn er sie unabsichtlich beim gemeinsamen Holzsammeln oder Feuermachen berührte, dass er seine Hand einen Moment länger auf ihr liegen lassen möge.

Doch auch als Gertrud ihm wieder ein Lager in der Hütte gerichtet hatte, fand sie keinen Schlaf. Es reichte ihr nicht, dass er sich in einem Raum mit ihr befand. Sie wollte nahe bei ihm sein, das Lager mit ihm teilen. Gertrud erschrak. So etwas durfte sie noch nicht einmal denken. Sie war verheiratet, auch wenn ihr Mann sie verlassen hatte. Denn er war gegangen, weil sie etwas getan hatte, das sie nie wiedergutmachen konnte. Das Einzige, was ihr blieb, war, ihm treu zu sein. Die ganzen Jahre war ihr das nicht schwergefallen, und sie verstand nicht, warum es sich jetzt änderte. Gertrud sah in der schwach durch das Mondlicht beleuchteten Hütte zum Wilden Mann hinüber, und ihr fiel ein, wie er sie halb im Schlaf »Trudel«

genannt hatte. »Trudel«, derselbe Kosename, den auch ihr Mann benutzt hatte. Dann seine Arme, voll mit dem Ausschlag von der Weißen Jungfrau und der Blick aus seinen braunen Augen. Es gab nur eine Erklärung: Der Wilde Mann musste ihr Mann sein! Nur eins verstand sie nicht: Warum gab er sich ihr nicht zu erkennen? Gertrud zermarterte sich das Hirn, und am wahrscheinlichsten erschien es ihr, dass er sie auf die Probe stellen wollte, ob sie ihm wirklich treu war. Dabei brauchte er das nicht, sie liebte ihn und keinen anderen. Gertrud erhob sich von ihrem Lager. Mit pochendem Herzen ging sie zum Wilden Mann hinüber und kniete bei dem Schlafenden nieder. Sanft strich sie über sein Gesicht, beugte sich zu ihm und küsste ihn auf die Lider. »Ich liebe dich«, flüsterte sie an seinem Ohr. Noch halb im Schlaf drehte der Wilde Mann sich zu ihr. Ein Lächeln huschte über sein Gesicht. Die Augen noch geschlossen, murmelte er: »Gertel!«

Es dauerte einen Moment, bevor Gertrud verstand: Er hatte Gertel gesagt, Gertel und nicht Trudel. Ihr Mann hatte sie nie so genannt, für ihn war sie immer nur Trudel gewesen. Der Wilde Mann öffnete jetzt langsam die Augen. Gertrud erhob sich schnell und ging zu ihrem Lager zurück. Sie legte sich hin und zog sich die Decke über den Kopf. Er sollte sie nicht sehen. Sie musste allein damit fertig werden, dass sie einem Irrtum aufgesessen war. Und was fast noch viel schlimmer war: Sie musste sich eingestehen, dass sie es nur zu gern geglaubt hätte. Aber es half alles nichts, der Wilde Mann war nicht ihr Mann.

Balduin schritt schnell aus. Es tat gut, nicht mehr das ständige Scheuern des Karfunkels im Schritt zu verspüren. Er hatte sich entschlossen, den Diamanten, den der Steinmann ihm dafür im Tausch gegeben hatte, nicht wieder an dieser empfindlichen Stelle einzunähen, sondern in den Falten seines Gewandes zu befestigen. Es war nicht schwer, da der Stein viel kleiner als der Karfunkel war. Balduin hatte zuerst gedacht, der Steinmann wollte ihn übers Ohr hauen. Erst als er mit ihm gemeinsam einen weiteren Edelsteinhändler aufgesucht hatte, begriff er, dass selbst ungeschliffene Diamanten wesentlich mehr wert waren als der schönste Karfunkel. Plötzlich hatte er es sehr eilig, den Tausch zu besiegeln. Ganz offensichtlich war der Steinmann nicht recht bei Sinnen, so ein Angebot zu machen, und Balduin wollte mit dem Diamanten lieber verschwunden sein, bevor der Händler wieder zu sich kam.

Balduin steuerte bereits den sechsten Kornmarkt an, um mit dem Diamanten den Getreidevorrat für Dürnstein zu kaufen. Bisher hatte Balduin jedes Mal etwas auszusetzen gehabt: Mal war das Korn faulig, mal der Preis zu hoch. Doch langsam musste er sich eingestehen, dass etwas anderes dahintersteckte. Balduin brachte es nicht über sich, den Stein, der so großen Reichtum bedeutete, aus der Hand zu geben. Würde er wie versprochen mit dem Korn nach Dürnstein zurückkehren, hieße das, wieder als Knecht zu leben. Aber der Diamant machte ihn zum Herrn.

Balduin ging seufzend auf den Kornmarkt zu. Diesmal würde er Ernst machen und Getreide kaufen. Schon hielt er beim ersten Stand inne, nahm eine Handvoll Körner aus einem großen Sack und ließ sie prüfend durch seine Finger rieseln. Aber wieder konnte er sich nicht entscheiden. Er wandte sich hastig, fast fluchtartig ab und rannte dabei eine Frau um, die bei einem Kräuterweiblein stand. Schnell half er ihr wieder auf, als er die kleine Diebin erkannte. Erschrocken bemerkte er, dass ein dicker roter Striemen ihre Wange überzog. »Es … es tut mir leid. Ich wollte dir nicht weh tun, wirklich nicht …«, stammelte er.

Die junge Frau legte ihm beruhigend die Hand auf den Arm. »Das habe ich schon länger.«

Als Balduin genauer hinsah, bemerkte er, dass sie jemand geschlagen haben musste. »Wer war das?«

Die Frau lachte bitter auf. »Na, wer wohl?«

Ihr Blick streifte ihren Mann, der etwas entfernt um Fleisch handelte. Balduin überkam eine ungute Ahnung. »Hat er es getan, weil du mich nicht ausnehmen konntest wie all die anderen?«

Sie zuckte mit den Schultern. »Und wenn schon, mach dir keine Gedanken. Er findet immer einen Anlass.«

Die Händlerin unterbrach die beiden. »Hier, dein Bleiweiß.

Schmier es richtig dick drauf, dann wird keiner mehr etwas sehen.«

Sie gab der kleinen Diebin ein Säckchen mit dem Pulver. »Danke«, antwortete die und steckte es in die Falten ihres Gewandes.

Sie wollte schon gehen, aber Balduin stellte sich ihr in den Weg. »Du willst dich schminken, damit du schön aussiehst, schön genug, damit der nächste Mann auf dich hereinfällt.«

Die kleine Diebin sah ihn mit ihren großen Augen an. »Was soll ich denn sonst tun?«

Balduin blickte in ihr schönes, entstelltes Gesicht. Er konnte noch ihre Berührungen fühlen. Balduin zog die Frau an sich. »Komm mit mir. Ich kann dir ein anderes Leben bieten, ein besseres. Bei mir wirst du nicht geschlagen.«

Balduin wusste selbst nicht, was ihn zu diesen Worten verleitete. Aber vielleicht hatte das Schicksal ihm den Diamanten in die Hände gespielt, damit er diese Frau rettete.

Die kleine Diebin befreite sich mit unerwarteter Stärke aus seiner Umarmung. »Nein«, rief sie. »Lass mich! Soll ich etwa meinen Mann im Stich lassen?«

»Im Stich lassen?« Balduin verstand nicht. »Er hat dich geschlagen!«

Er war nahe daran, sie zu schütteln.

»Er braucht mich.«

»Um dich zu quälen?«

Sie sah ihn fast trotzig an. »Irgendwann wird er sich entschuldigen. Er ist mein Schicksal.«

Balduin wich zurück. Er sah die kleine Diebin ein letztes Mal an: Die großen Augen in dem schönen Gesicht, der Körper zart und geschmeidig wie der eines Rehs. Dann drehte er sich um. Das Schicksal schien ihm wie eine launische Frau, auf die kein rechter Verlass war. Er musste sich wohl oder übel selbst entscheiden, ob er Herr oder Knecht sein wollte.

Ein Raunen ging durch die Menschenmasse, die den Burghof vollständig ausfüllte, als Uta den riesigen Sack mit Korn anhob. Ihr war es nicht klar, ob die Leute erstaunt waren ob ihrer Kraft oder wegen dem, was sie gleich vorhatte. Der Getreidesack mochte zwar riesig sein, aber es war auch das allerletzte Korn, das es in Dürnstein noch gab. Uta hob den Sack höher, sodass er sich dem Trichter der großen Mühle näherte, die sie in der Mitte des Platzes hatte aufbauen lassen. Nur mit Mühe würde sie es schaffen, das Gewicht so weit nach oben zu stemmen, dass das Korn hineinrieseln konnte. Uta reckte sich. Die Frauen schlugen sich die Hände vors Gesicht, die Männer rissen die Augen auf. Die Menschen hofften und bangten zugleich. Sie hofften, weil das Mehl endlich mal wieder ihre Bäuche füllen würde. Sie bangten, weil Uta dabei war, das letzte Saatgut zu vermahlen, und sie kein Korn mehr für das nächste Jahr anbauen konnten. Selbst wer dieses Jahr überleben würde, müsste dann im nächsten Winter wieder genauso darben. Was Uta vorhatte, verstieß gegen alle über Generationen weitergegebenen Erfahrungen. Aber sie konnte einfach nicht mehr mit ansehen, wie die Menschen hungerten. Außerdem, so sagte sie sich, würde Balduin bald kommen und genug Korn mitbringen, um die Speicher zu füllen und die Felder einzusäen. Gerade wollte sie dem Sack den entscheidenden Stoß geben, damit er sich in den Trichter entleerte, als ihr jemand von hinten in den Arm fiel. Sie drehte sich wütend um und stand keinem anderen als Hadmar gegenüber. Der nahm ihr mit festem Griff den Sack aus der Hand. »Wage es nicht«, brüllte er so laut, dass man es sicher bis unten an der Donau hörte.

»Aber die Leute hungern«, wandte Uta ein. »Sie werden sterben, wenn die Mühle stillsteht.«

»Dann setze sie doch in Bewegung«, erklärte Hadmar achselzuckend.

»Ja, aber womit denn? Ihr habt mir das Getreide doch abgenommen!«, erwiderte Uta verzweifelt.

»Na, zum Beispiel damit.«

Hadmar packte sich eins der Kinder, die in der ersten Reihe der Menge standen, hob es an einem Bein hoch in die Luft und steckte es, den Kopf voran, in den Trichter. Sofort setzte sich die riesige Mühle in Bewegung. Uta schrie laut auf: »Nein!«

Sie versuchte, das Kind an einem Kleiderzipfel herauszuziehen, doch der Stoff riss. Gleichzeitig spritzte Fleisch und Blut hoch aus dem Trichter heraus in die Menge. Uta bekam das meiste ab. Vollkommen erstarrt konnte sie sich das Blut noch nicht einmal abwischen, heiß und nass bedeckte es ihr Gesicht.

Uta schrak hoch. Sie fand sich in ihrem Gemach auf ihrem Lager wieder, um sie herum war es noch dämmerig. Sie betastete ihr Gesicht, das von Tränen nass war. Uta stützte den Kopf in die Hände. Doch die Erleichterung, dass sie nur geträumt hatte, wollte sich nicht so recht einstellen. Uta hatte tatsächlich schon darüber nachgedacht, das letzte Saatgut zu vermahlen. Und sie wusste genau, was das für das nachfolgende Jahr bedeutete. Hunger, Hunger und nochmals Hunger. Im Grunde war der Traum sogar noch harmlos gewesen. Während Uta darin noch fest mit Balduins Ankunft rechnete, hatte sie in Wahrheit die Hoffnung längst aufgegeben. Er war längst überfällig. Entweder es war ihm etwas zugestoßen, oder, und das war es, was Uta eigentlich annahm, Balduin hatte der Verführung des Reichtums nicht widerstehen können. Sie machte sich längst Vorwürfe, einem so unreifen Mann solch einen Auftrag gegeben zu haben. Im Grunde war sie es selbst schuld. Eigentlich war sie an allem schuld. Bisher hatte sie nichts richtig gemacht. »Lumpenprinzessin!«, hallte es in ihrem Kopf, »Lumpenprinzessin!«, wieder und wieder.

Uta schrak zusammen, als sie ein Klopfen an der Tür hörte. Dabei war es sicher nur die Magd, die ihr wie jeden Morgen das Frühstück brachte und nicht eher wieder ging, bis sie alles aufgegessen hatte. Es war eine Anordnung von Markward, nachdem er sie vollkommen entkräftet gefunden hatte. Aber Uta rief nicht »herein«. Diesmal würde sie nichts essen. Doch der Klopfer war hartnäckig. Jetzt hörte Uta eine Stimme, die bat aufzumachen. Verblüfft stellte Uta fest, dass es nicht ihre Magd, sondern ein Mann war. Das konnte nicht sein, sie musste sich vertun. Trotzdem eilte Uta zur Tür. Mit zitternden Fingern schob sie den Riegel zur Seite und öffnete. Tatsächlich, da stand er. Balduin war zurückgekehrt. Für einen Moment hatte Uta das unangenehme Gefühl, wieder einem Traum aufzusitzen. Aber dann sprach er sie an. »Na endlich! Ich hatte mir meinen Empfang ein bisschen anders vorgestellt!«

Uta konnte nicht anders, sie fiel ihm um den Hals. Wieder bedeckten Tränen ihr Gesicht, aber diesmal vor lauter Freude und Erleichterung. Uta löste sich von ihm. »Ich bin so froh, dass du da bist!«

Balduin musterte Uta, die aussah wie ein Schatten ihrer selbst. Immer schon spindeldürr, war sie jetzt nur noch Haut und Knochen. Er mochte sich gar nicht ausmalen, wie die anderen aussahen, die, die nicht auf der Burg wohnten, sondern in ihren ohnehin ärmlichen Hütten hausten. Balduin hatte plötzlich Angst, zu spät gekommen zu sein. Er musste Gewissheit haben, und zwar schnell. Balduin nahm Uta bei den Schultern und führte sie zum Fenster. »Schau, das habe ich mitgebracht.«

Er deutete auf mehrere Wagenladungen mit Säcken voller Korn. Uta blickte stumm nach draußen. Balduin suchte verzweifelt nach irgendeinem Zeichen in ihrer Miene, nur eine winzige Regung, die ihm zeigte, dass noch Hoffnung bestand. Doch ihr Gesicht blieb ausdruckslos. Balduin spürte kaltes Grauen. Waren alle, für die das Korn bestimmt war, bereits tot, verhungert? Doch dann begann Uta zu lächeln, erst zaghaft, aber dann ganz deutlich. »Verzeih, ich kann es nur noch nicht fassen.« Jetzt strahlte sie. »Aber du bist unsere Rettung!«

Uta umarmte ihn erneut. Jetzt weinte Balduin vor Erleichterung, und er schämte sich noch nicht einmal für seine Tränen.

Gertrud lebte weiter mit dem Wilden Mann in seiner Hütte, als sei nichts geschehen. Und doch war alles anders. Seitdem er sie Gertel genannt hatte und sie aufhören musste, in ihm ihren Mann zu sehen, vermied sie jede Nähe zu ihm und sprach nur das Nötigste. Doch auch das verhinderte nicht, dass sie immer noch ständig an ihn denken musste. Gertrud rührte in dem Getreidebrei, den sie wie jeden Morgen aufgesetzt hatte, während der Wilde Mann schon die Fallen abging. Vielleicht war es gerade das, was sie falsch machte. Ihn zu meiden machte ihn erst so richtig interessant. Am besten wäre es, sich so normal wie möglich zu verhalten. Gertrud probierte von dem Brei, während sie noch darüber nachsann. Plötzlich sprang sie auf. Genau das musste sie tun, sich so verhalten, als hätte sie diesen dummen Gedanken, dass es auch nur die geringste Ähnlichkeit zwischen dem Wilden Mann und ihrem Mann gab, nie gehabt. Warum sollte sie ihm also nicht das Essen bringen? Bei den Bauern war es so üblich, dass sie vormittags auf dem Feld aßen. Sie würde es genauso halten. Gertrud füllte den Gerstenbrei in eine Schüssel und balancierte sie auf ihrem Kopf nach draußen. Das Einzige, was über das normale Maß hinausging, war ihre große Vorfreude, wenn sie daran dachte, den Wilden Mann bald zu sehen.

Doch Gertrud ging eine Falle nach der anderen ab, ohne eine Spur von ihm zu entdecken. Es war sehr heiß, und langsam fing sie an, mit ihrer Last auf dem Kopf zu wanken. Vielleicht war er heute früher als sonst in die Hütte zurückgekehrt, und sie hatte ihn längst verpasst. Mühsam ihre Enttäuschung unterdrückend, beschloss sie, nur noch eine Falle aufzusuchen. Wenn er auch da nicht war, würde sie umkehren. Doch als sie sich der Lichtung näherte, tat ihr Herz einen Sprung. Der Wilde Mann war gerade dabei, die geleerte Falle neu zu spannen. Eilig ging Gertrud auf ihn zu, ihre schwere Last auf dem Kopf vollkommen vergessend. Prompt stolperte sie und fiel hin. Der Topf mit dem Brei zerbarst auf einer knorrigen Wurzel, und bei dem Versuch, zu retten, was zu retten war, schnitt sie sich an einer Scherbe in die Hand. Der Wilde Mann war sofort bei ihr. Er zog sein Hemd aus und band es um ihren Handballen, damit die Blutung gestillt würde. »Was rennst du denn hier herum mit dem schweren Topf?«, fragte er vorwurfsvoll, doch die Besorgnis klang ganz deutlich heraus.

»Darin war dein Essen«, erwiderte Gertrud.

»Bin ich ein altes Mütterchen, dass du es mir nachträgst?«

Gertrud schüttelte den Kopf. »Ich wollte dir nur einen Gefallen tun«, erklärte sie, während sie sich erhob und dabei feststellte, dass sie auf einem Fuß nicht auftreten konnte.

Der Wilde Mann schnaubte. »Einen Gefallen nennst du es,

dass ich dich jetzt wohl oder übel bis zur Hütte zurückschleppen muss?«

Gertrud blickte ihn trotzig an. »Dann lass mich doch hier. Ich schaffe es auch allein.«

»Wie denn? Sollen die wilden Tiere dich holen?«

»Na und? Wen würde das schon stören?«

»Mich. Ich habe dich nicht umsonst schon so lange durchgefüttert«, erklärte der Wilde Mann und packte sie um die Hüfte.

»Du mich? Wer sucht denn Beeren und Wurzeln?«, empörte sich Gertrud, doch der Wilde Mann zog sie einfach hoch.

Sie kamen sich dabei sehr nahe. Gertrud spürte seinen Oberkörper und konnte nicht anders, als ihre Brüste dagegen zu drücken. Jetzt berührten sich auch ihre Scham und sein Unterleib, Gertrud schmiegte sich noch ein wenig enger an ihn. Sein heißer Atem ging schnell, kurz bevor er seine Lippen auf die ihren drückte. Gertrud erwiderte seinen Kuss. Endlich konnte sie ihre Sehnsucht stillen. Doch in dem Moment löste der Wilde Mann sich von ihr. »Es tut mir leid, das wollte ich nicht. Ich weiß auch nicht, was in mich gefahren ist«, stotterte er und sah schamhaft an ihr vorbei.

Gertrud konnte es nicht glauben. »Aber nein, du musst dich nicht entschuldigen.«

»Doch«, nickte der Wilde Mann. »Doch, gerade nachdem du mir erzählt hast, dass du deinem Mann treu sein willst.«

Er nahm Gertrud vorsichtig am Arm, um sie zu stützen, dabei peinlich bemüht, Abstand zu halten. Gertrud wollte den Scherben des Topfes schon vor lauter Ärger einen festen Tritt verpassen, aber der Schmerz in ihrem Knöchel hinderte sie daran. Humpelnd und innerlich fluchend ging sie neben dem Wilden Mann zur Hütte zurück.

Uta betrachtete die lange Schlange, die vom Burghof bis weit nach draußen vor das Tor reichte, mit etwas Abstand. Es war nicht einfach gewesen, die Leute dazu zu bringen, sich einer nach dem anderen anzustellen. Jeder wollte der Erste sein, der etwas von dem Getreide bekam. Uta musste erst Wachmänner einsetzen, die auch jetzt noch die Reihe der Menschen abschritten, um etwaige Unruhen im Keim zu ersticken. Trotz der Aufregung waren die Mienen der Menschen voller Hoffnung, fast schon glücklich. Uta lächelte Markward entgegen, der sich zu ihr gesellte. »Wir haben es geschafft«, rief sie ihm zu. »Alle werden überleben!«

Markward schüttelte den Kopf. »*Du* hast es geschafft, meine Liebe. Du hast das Unmögliche möglich gemacht.«

Uta sah verschämt zu Boden. »Balduin hat das Seine dazu getan, dass das Korn noch rechtzeitig gekommen ist.«

»Das meine ich nicht«, erklärte Markward.

Uta sah ihren Mann erstaunt an. Der fuhr fort: »Was mich am meisten wundert, ist, wie du meinen Vater rumgekriegt hast, so viel Getreide zu stiften.«

Uta nickte. »Ach das! Nun ja, was ich getan habe, war, Balduin ein Schreiben an ihn mitzugeben, in dem ich unsere Lage hier in Dürnstein geschildert habe. Und schon hat er alles in Bewegung gesetzt, um zu helfen.« Uta sah Markward an. »Im Grunde hat er sicher dir zuliebe so großzügig gegeben.«

Sie lächelte ihn an. Dabei sagte sie sich, dass sie kein schlechtes Gewissen haben musste. Vielleicht hätte Markwards Vater wirklich gestiftet, wenn sie sich an ihn gewandt hätte. Markward lachte laut auf. »Mein Vater und etwas für mich tun? Das ist genauso, als wenn Hadmar sich vor einen Pflug spannt, um einem seiner Bauern zu helfen: unmöglich.«

»Aber wie kannst du so schlecht über deinen Vater sprechen?«, fragte Uta fassungslos.

»Weil er ein geiziger und erbarmungsloser Hund ist. Und wenn du mit einer ganzen Wagenladung voller Halbverhungerter bei ihm aufgetaucht wärst, er hätte keinen einzigen Silberling geopfert, um zu helfen.«

Uta sah ihn erschrocken an. »Aber ich dachte, du kennst ihn kaum?«

»Sicher nicht genug, um auch seine guten Seiten schätzen zu können. Aber weißt du was?« Er neigte sich nahe zu Uta. »Er hat sicher gar keine!«

Uta wich zurück. »Was willst du damit sagen?«

»Dass du alles erfunden hast! Ich weiß nicht, woher das ganze Getreide kommt, aber auf keinen Fall von meinem Vater!«

Uta blieb stumm. Sie hatte das Gefühl, dass jedes Wort von ihr die Sache nur noch schlimmer machen würde. Doch auch das nutzte nichts. Markward regte sich immer mehr auf. »Ich habe die ganze Zeit gewartet, dass du von dir aus die Wahrheit sagst, aber vergebens. Damit ist jetzt Schluss. Wenn du nicht sofort redest, werde ich dafür sorgen, dass Hadmar von deiner Lüge erfährt.«

Uta wurde blass. »Markward, ich bitte dich, das kannst du nicht tun.«

»Und ob ich das kann! Vielleicht hätte ich längst andere Saiten aufziehen sollen. Schließlich bist du meine Frau.«

Uta begann am ganzen Leib zu zittern. Sie sank auf die Knie. Es war ihr egal, was die anderen Leute dachten. Sie flehte Markward an: »Bitte tu das nicht! Sag Hadmar nichts! Du musst es nicht für mich tun, ich habe es wirklich nicht verdient, aber tue es für all die Hungernden, die hier Schlange stehen, und für all die, die dafür schon zu schwach sind und in ihren Hütten auf Hilfe warten.«

Markward sah auf die zitternde, spindeldürre Frau herab, und sie tat ihm leid. Es reute ihn, dass er sie wegen einer Lüge so hart angefahren hatte. Er selbst hielt es oft genug mit der Wahrheit auch nicht so genau, und meist aus längst nicht so hehren Zielen. Markward zog Uta sanft zu sich hoch. »Es ist schon gut. Ich werde nichts sagen, zu niemandem, und am allerwenigsten zu Hadmar.«

Uta sah ihn gerührt an. »Du bist so gut zu mir. Es tut mir leid, dass ich dich belogen habe.«

Markward winkte ab. »Du brauchst dich nicht zu entschuldigen.«

Uta sah ihn einen Moment an. »Aber ich will es dir sagen. Du bist mein Mann.« Sie holte tief Luft. »Natürlich, du hast vollkommen recht, Balduin war keineswegs bei deinem Vater. Er hat das Korn gegen einen Karfunkel getauscht.«

Markward runzelte die Brauen. »Was für ein Karfunkel? Das muss ein unglaublich wertvoller Stein sein.«

Uta nickte. »Es ist der große, rote Karfunkel aus des Kaisers Krone.«

Markward starrte Uta an. »Der Stein ist aus der Krone? Aber wie … ich meine …«

»Ich habe ihn gestohlen«, erklärte Uta schnell.

Jetzt war es heraus. Ängstlich sah sie Markward an. Doch der lachte laut los. »Du bist ein richtiges Teufelsweib! Das hätte selbst ich nicht fertiggebracht!«

Doch dann wurde er plötzlich ernst. »Das ist immer noch nicht die Wahrheit«, äußerte er zu Utas Erstaunen.

»Aber was soll ich denn noch beichten? Seitdem ich es getan habe, kann ich keine Nacht mehr schlafen.«

Markward sah sie grimmig an. »Glaubst du im Ernst, du kannst mich für dumm verkaufen? Natürlich ist der Karfunkel besonders groß und schön. Ich habe ihn schon oft bewundert, wenn Heinrich die Krone auf dem Kopf trug. Aber selbst für diesen Stein hätte Balduin nicht einmal ein Viertel der Menge an Korn bekommen, die er mitgebracht hat.«

»Der Edelsteinhändler hat Balduin einen Diamanten für den Karfunkel gegeben. Und dafür hat Balduin all das Getreide bekommen.«

»Bist du dir sicher, dass Balduin dir die Wahrheit sagt?«

Uta war erstaunt. »Warum sollte er lügen?«

»Und warum sollte jemand ihm so einen wertvollen Diamanten für den Karfunkel geben?«

Uta zuckte mit den Schultern. »Balduin sagt, er wollte ihn unbedingt haben, koste es, was es wolle.«

Markward war nicht überzeugt. »Was ist das für ein eigenartiger Händler?«

»Sie nennen ihn Steinmann. Er ist wohl nicht aus dem Morgenland, aber dort zu großem Ansehen gekommen.«

»Obwohl rote Steine ihm den Verstand rauben?«, wunderte sich Markward. Uta dachte nach. Sie kannte nur einen, der rote Steine über alles liebte, mehr als sein Leben. Und ausgerechnet sie war es gewesen, die ihm seinen Schatz nahm. Das hatte Karl ihr nicht verzeihen können, lieber war er in die Fremde gegangen. Uta seufzte. Was würde sie darum geben, zu wissen, wo er war und ob es ihm gutging. Sie sah ihn vor sich, groß, mit blonden Locken und dem ernsten Gesicht. Manche hatten ihn für maulfaul gehalten, aber sie wusste, dass es nur nicht seine Art war, unnützes Zeug zu schwätzen. Balduin hatte auch den Händler als wortkarg beschrieben. Und er wies sich durch seine Größe und Haarfarbe als Fremder aus. Uta kam ein Gedanke. Aber noch bevor sie ihn zu Ende gedacht hatte, verwarf sie ihn wieder. Das war unmöglich. Karl konnte nicht der Steinmann sein. Bei aller Liebe zu roten Steinen: Warum sollte er ausgerechnet den Karfunkel wollen, den Balduin feilgeboten hatte? Das war keiner von denen, die aus Magdalenas Gesicht gebrochen worden waren. Und für einen anderen Stein hätte Karl nie einen Diamanten eingetauscht. Es sei denn ... Es gab nur noch einen Grund, aus dem heraus Karl diesen Stein eingetauscht haben könnte. Er musste es wegen ihr getan haben, um ihr zu helfen, die große Hungersnot zu besiegen. Uta war ihm nicht gleichgültig. Karl mochte sie. Uta lächelte den erstaunten Markward an, der natürlich nicht verstand, warum sie so guter Dinge war. Und sie hatte auch nicht vor, ihn darüber aufzuklären. Es war besser, wenn er so wenig wie möglich wusste. Im Grunde war er doch noch ein Kind. Mit einem Mann wie Karl konnte er sich auf jeden Fall nicht messen.

Gertrud lag immer noch jede Nacht wach. Aber sie kämpfte schon längst nicht mehr dagegen an. Sie hatte sich damit abgefunden, genau wie mit ihrer Sehnsucht, die nie gestillt werden würde. Sie hatte ihr Auskommen hier beim Wilden Mann, und das war bestimmt nicht schlechter als auf dem Finsterhof. Und doch merkte sie, dass etwas sie niederdrückte, ihr die Kraft raubte. Ihre erste Vermutung, dass das Fieber oder eine andere Krankheit sie packte, hatte sich als falsch erwiesen. Ihr Körper tat seinen Dienst, es war ihre Seele, die ermattete. Sie hatte jede Hoffnung aufgeben müssen. Der Wilde Mann war nicht ihr Mann, und sogar ihm war klar, dass es deshalb keine Zukunft für sie beide gab. Plötzlich setzte Gertrud sich auf.

Ihm war es klar, na und? Er war erprobt in einem Leben mitten im Wald, außerhalb der Gemeinschaft, ganz auf sich gestellt. Aber im Miteinander hatte er keinerlei Erfahrung, da war sie ihm bei weitem voraus. Und deshalb war es falsch, darauf zu warten, dass er die Entscheidung fällte. Das konnte einzig und allein sie selbst. Der Gedanke machte ihr Mut, und das Gefühl der Lähmung verschwand fast augenblicklich. Sie hatte es in der Hand, die Dinge zu wenden. Gertrud stand auf und ging zum Lager des Wilden Mannes. Gertrud hockte sich neben ihn und berührte ihn leicht an der Schulter. Der Wilde Mann reagierte nicht. Jetzt packte sie ihn etwas fester und da bewegte er sich. Er rollte sich zu ihr, schmiegte sich an ihre Beine und umschlang ihre Hüfte, bevor er seine Augen öffnete und sie überrascht ansah: »Gertrud?«

Er zog seine Hände zurück und wollte von ihr abrücken, doch Gertrud hielt ihn fest. »Bleib!« Dann löste sie die Verschnürung ihres Kleides und zog es sich über den Kopf, sodass sie entblößt vor ihm saß. Vorsichtig hob der Wilde Mann seine Hand, um sie zu berühren. Als er zögerte, nahm Gertrud seine Finger und legte sie auf ihre warme Haut. Dann geschah alles wie von allein. Gertrud spürte den Wilden Mann mit jeder Faser ihres Körpers, seinen Oberschenkel auf ihrem, seinen Bauch auf ihrem Unterleib und seine Hände, die sich um ihre Handgelenke schlangen. Es war Bedrohung und Liebkosung zugleich. Der Wilde Mann betrachtete sie, wie sie da nackt unter ihm lag, bevor sein Mund den ihren suchte und seine Hand zwischen ihre Beine glitt. Gertrud war wie von Sinnen. Sie konnte gerade noch denken, dass sie noch nie so empfunden hatte, als sie sich aufsetzte. Es stimmte, noch nie hatte sie etwas so genossen, selbst damals nicht, in den Nächten mit ihrem Mann. Und das war der eigentliche Verrat. Wenn sie sich dem Wilden Mann hingab, würde sie ihren Mann vergessen. Früher oder später hätte er jede Bedeutung für sie verloren. Sie allein musste eine Entscheidung treffen, und jetzt wusste sie auch welche. Der Wilde Mann öffnete die Augen, als Gertrud hastig nach ihren Sachen suchte und sie sich überstreifte.

»Was ist? War ich zu fordernd?«

Sie hörte die Besorgnis, die Zärtlichkeit aus seinen Worten, und das machte es ihr noch schwerer.

Doch sie durfte nicht zögern. Gertrud band sich als Letztes den Gürtel um, dann beugte sie sich noch einmal zu ihm hinunter und strich ihm über die Wange, über das lieb gewonnene Gesicht. »Es tut mir leid«, waren ihre letzten Worte, bevor sie sich umdrehte und ging.

Nachdem einiges an Getreide vermahlen und zu Brei gekocht worden war, an dem sich die Menschen in Dürnstein das erste Mal seit langer Zeit stärken konnten, ging Uta daran, den Rest des Korns zu verteilen. Es war nicht einfach, da sie nicht für jede Familie das Gleiche geben wollte, sondern es anhand der Anzahl der hungrigen Mäuler, die zu stopfen waren, bemaß. Sie ließ leere Säcke kommen und die jeweils entsprechende Menge einfüllen. Uta wurde nicht müde, die Arbeiten zu überwachen. Gerade war sie dabei, einen Knecht zu rügen, der für eine zehnköpfige Familie zu wenig Korn abgab, als sie eine wohlbekannte Stimme hinter sich hörte: »Kann ich dir unter die Arme greifen, mein Kind?«

Uta fuhr herum. Es war Hadmar. Sie hatte ihn schon viel früher erwartet. Aber wahrscheinlich hatte es ihm Freude gemacht, sie zappeln zu lassen. Uta richtete sich zu ihrer vollen Größe auf, während sich die Menschen um Hadmar und sie scharrten. »Nein, danke. Ich weiß noch zu gut, wie Eure Art der Hilfe aussah.«

Es ging ein Raunen durch die Menge, als die Menschen sich daran erinnerten, wie Hadmar das Getreide in die Donau geschippt hatte.

Hadmar lächelte freundlich. »Das ist lange her.«

»Aber die Folgen sind noch immer zu spüren. Guckt Euch doch die Leute an! Bald wäre es für viele zu spät gewesen.«

Uta bekam zustimmendes Gemurmel von allen Seiten. Hadmar blieb ruhig. »Gerade wenn dich die Sorge um deine Schützlinge so umtreibt, solltest du mein Angebot nicht in den Wind schlagen.«

Uta schüttelte den Kopf. »Es ist nicht nötig. Ich schaffe es allein, und wenn ich die nächsten drei Tage durcharbeite.«

Hadmar kam näher und tätschelte ihr die Wange, bevor Uta zurückzuckte. »Braves Mädchen. Ich fürchte nur, du wirst keine drei Tage mehr haben. Wenn du Glück hast, vielleicht noch drei Stunden.«

Uta sah ihn mit gerunzelten Brauen an. »Was soll das heißen?«

Hadmar deutete mit dem Kopf in Richtung Westen. »Sieh mal da rüber. Fällt dir nichts auf?«

Uta sah nur blauen Himmel über grünen Wäldern. »Da ist nichts Besonderes.«

»Die Augen nehmen oft nur das wahr, was sie sehen wollen, und nicht das, was wirklich ist«, lächelte Hadmar geheimnisvoll. »Aber hör meinen Späher an.«

Hadmar schubste einen vom schnellen Ritt angestrengten Mann nach vorn, der immer noch nicht ganz wieder zu Atem gekommen war. »Da hinten, hinter der zweiten Bergkette, hat es bereits begonnen. Ein Unwetter, schlimmer als mein Vater und meines Vaters Vater es je gesehen haben.«

Uta blickte ihn ungläubig an. »Was sagst du? Ein Unwetter?«

Der Mann nickte. Es zieht in unsere Richtung. In wenigen Stunden wird es hier sein.«

Jetzt reckten alle die Hälse gen Westen. Einzelne Schreie wurden laut, und jetzt sah es auch Uta. Eine dunkle Front zog auf, schwach zwar noch, aber im Gegensatz zu eben schon deutlich erkennbar.

»Ich hoffe, jetzt siehst du mein Angebot anders.«

»Wie lautet es?«

»Ich werde das Getreide sicher in meinen Speichern verstauen lassen. Die Dächer sind dicht, die Wände stabil.«

»Sicher vor dem Unwetter oder sicher vor mir?«, fragte Uta mit hochgezogenen Brauen.

»Für solche Haarspaltereien ist jetzt wirklich keine Zeit.«

»Haarspaltereien nennt Ihr das? Für die Menschen hier kommt es auf das Gleiche raus, ob das Korn vom Unwetter vernichtet wird oder ob es in Euren Speichern für sie unerreichbar ist.«

»Warum sollte ich es für mich behalten?«

»Warum habt Ihr das Korn in die Donau geworfen?«

Hadmar schwieg, seine Augen blitzten Uta böse an. Dann wandte er sich an die Menge. »Wählt selbst: Wollt ihr mit ansehen, wie Hagel und Regen Brei aus dem Getreide machen, allerdings einen Brei, den ihr nicht essen könnt? Oder soll ich es für euch in Sicherheit bringen?«

Gemurmel wurde laut. Die Leute wussten nicht so recht, was sie von der Sache halten sollten. Uta merkte, dass sie handeln musste, und zwar schnell, wollte sie nicht Hadmar das Feld überlassen. Sie sprang auf einen der Kornsäcke, sodass man sie auch im hintersten Winkel des Burghofes noch sehen konnte. »Hört nicht auf ihn. Ihr müsst selbst handeln, wollt ihr nicht nochmal alles verlieren.«

»Aber was sollen wir tun?«, riefen die Leute.

»Das Unwetter kommt näher, da! Seht!«, wurden Schreie laut.

Und tatsächlich, was eben noch wie ein Schatten ausgesehen hatte, war jetzt bereits eine schwarze Wand. Uta schoss ein Gedanke, aus der Not geboren, durch den Kopf. »Geht! Lauft! Rennt zu euren Hütten und bringt alles, was ihr an losen Brettern, Hölzern und Matten habt! Holt Werkzeuge, Bänder, Seile und Stoffe. Alles, was man irgendwie zum Befestigen gebrauchen kann.« Sie blickte rundherum. »Wir bauen unseren eigenen Speicher!«

Einen Moment herrschte überraschte Stille, die direkt darauf von einem herzhaften Lachen unterbrochen wurde. Es war Hadmar, der sich kaum halten konnte. »Was soll das werden? Ein wackeliges Hüttchen, in dem nicht einmal meine Hunde Schutz suchen würden?«

Uta musste ihm etwas entgegensetzen. Es durfte nicht sein, dass ausgerechnet er das von Karl gestiftete Getreide an sich riss, nicht ausgerechnet Magdalenas Mörder. Sie erhob ihre Stimme erneut, lauter als zuvor: »Hört nicht auf ihn! Hört auf eure Herzen! Wenn ihr leben wollt, dann rennt!«

Keiner rührte sich. Uta blickte verzweifelt in die Menge. Plötzlich schubste und drängte sich eine kleine, dünne Gestalt nach vorne. Es war keine andere als Eufemie. Sie packte sich ein loses Brett, das an der Burgmauer lehnte, und warf es in die Mitte. »Worauf wartet ihr? Ihr habt gehört, was Uta gesagt hat!«

Damit nahm sie ein zweites Holz und warf es hinterher. Plötzlich kam Bewegung in die Menge. Alles lief, rannte, humpelte, je nach Möglichkeit, und sammelte auf, was irgendwie zu gebrauchen war. Einige strebten nach draußen, zu ihren Hütten und Ställen und kamen beladen zurück, während im Burghof andere bereits dabei waren, das Gerüst zu errichten. Sie füllten es mit allem auf, was sie hatten: Reisig, Lederreste, Lumpen.

Auch Uta stürzte sich in das Gewimmel. Sie war sich nicht zu schade, Bretter zu halten, Schnüre festzuzurren, Äste anzureichen, Seite an Seite mit Eufemie. Wenn sie einander ansahen, war es, als wenn eine der anderen Kraft spendete.

Nur einer stand unbeweglich an seinem Platz: Hadmar starrte wie versteinert auf den schnell zu erstaunlicher Größe anwachsenden Schuppen. Schon zerrten und zogen die Alten und die Kinder, die sonst nichts Rechtes beitragen konnten, die Säcke unter das schützende Dach. Immer wieder warfen die Arbeitenden besorgte Blicke in Richtung des heranziehenden Unwetters, nur um noch schneller zu arbeiten, bis an den Rand ihrer Kräfte und darüber hinaus. Und dann spürten sie die ersten Tropfen. »Macht weiter! Nicht aufhören!«, scholl es aus der Menge, sodass Uta gar nichts zu sagen brauchte.

Als der Regen zu prasseln begann, verließ Hadmar seinen Platz. »Das habt ihr davon, dass ihr auf sie hört! Schaut euch doch an, was ihr da gebaut habt.«

Für einen Moment hielten alle inne und betrachten ihr Werk. Es war dem Schuppen anzusehen, in welcher Eile er errichtet war, windschief lehnte er an einer der Burgmauern. Erneut lachte Hadmar. »Wisst ihr, was das ist? Ein Lumpenspeicher!«

Sein Lachen dröhnte über die in angstvollem Schweigen verharrende Menge, bevor Hadmar in der Burg verschwand. Und dann brach es los. Der Regen prasselte nicht, und es waren weder Tropfen, noch Schnüre zu erkennen, sondern er ergoss sich wie eine Wand aus dem Himmel. Ohne Unterbrechung strömte es auf die Menschen nieder, die schutzlos waren, da der Schuppen für sie keinen Platz mehr bot. Sie hatten Mühe, Atem zu holen. Als Nächstes mussten sie mit ihren Händen taubeneigroße Hagelkörner abwehren, die mit Wucht aufschlugen. Blitze leuchteten unwirklich, Donner übertönte selbst noch den Regen. Man konnte die Hand nicht vor Augen sehen, geschweige denn erkennen, ob der Schuppen dem Unwetter trotzte. Uta versuchte, bis dorthin vorzudringen, aber sie blieb knietief im aufgeweichten Boden stecken. Schließlich kauerte sie sich wie alle anderen zusammen und betete.

Dann zog das Unwetter weiter. Die Sonne brach hinter den Wolken hervor, und Dampf stieg von der nassen Erde auf. Nur langsam erhoben sich die Menschen, dem plötzlichen Frieden nicht trauend. Auch Uta verharrte am Boden, den Kopf gesenkt. Eufemie, deren Kleid wie die Sachen aller anderen vor Schmutz starrte, erhob sich und wollte Uta die Hand reichen, aber die weigerte sich aufzustehen. Stattdessen hielt sie sich die Ohren zu. Uta wollte das zu Matsch gewordene Korn nicht sehen und die Klagen der Menschen nicht hören. Man begann, an ihr zu zerren und zu ziehen. Sie konnte es den Leuten nicht verdenken. Sie mussten ihre Wut und Verzweiflung an jemandem auslassen. Warum nicht an derjenigen, die sie ins Unglück geführt hatte? Doch plötzlich hob man sie hoch, hoch über die Köpfe der Leute hinweg, und sie hörte Jubel anstatt Klagen. Jetzt verstand sie, was die Leute riefen: »Hoch lebe Uta! Hoch lebe die Lumpenprinzessin!«

Man trug sie in Richtung des Schuppens. Da stand er. Noch etwas schiefer als vorher, aber das Dach hatte gehalten. An einigen Stellen floss Wasser an den Stützbalken herunter, doch es waren bereits Mägde und Knechte dabei, es wegzufegen, sodass das Korn halbwegs trocken blieb. »Hoch lebe die Lumpenprinzessin!«, schallte es über den Burghof und weit darüber hinaus. Uta weinte und lachte auf einmal. Sie hatte das Gefühl, so viel Glück gar nicht aushalten zu können.

Kapitel 16

Karl erkannte am Herbstlaub, dass das Ziel seiner Reise bald erreicht war. Im Morgenland hatte er diese bunte Pracht schmerzlich vermisst. Es war Karl nicht schwergefallen, alles hinter sich zu lassen: seine Hütte, seine Werkzeuge, seine ganze Existenz. Er hatte nur ein paar winzige Diamanten für den Notfall mitgenommen. Sein Leben als Steinmann war vorbei. Im Grunde hatte er immer gewusst, dass es nur vorübergehend war. Seine Bestimmung lag in der Höhle in Dürnstein, da, wo die letzten Reste waren, die ihn an seine große Liebe erinnerten.

Als Erstes sah er die Burg, die über Dürnstein thronte. Sie erschien ihm kleiner als früher. Er fragte sich, wie es Uta dort wohl erging. Er hätte Balduin fragen sollen, doch als der bei ihm war, hatte ihn einzig und allein der rot leuchtende Karfunkel interessiert. Karl hatte das Geschäft rasch und ohne ein Wort zu viel abgeschlossen, immer getrieben von der Angst, dass Balduin es sich noch anders überlegte. Und kaum gehörte der Stein Karl, hatte er sich damit auch schon auf den Weg gemacht. Dass er dann doch fast doppelt so lange brauchte wie auf dem Hinweg, lag daran, dass Karl äußerste Vorsicht walten ließ. Er vermied die bekannten Straßen und suchte sich seinen Weg durch Felder und Wälder, um möglichst wenige Menschen zu treffen. Umso geringer war die Wahrscheinlichkeit, dass er einem Dieb begegnete oder jemandem, der zum Dieb wurde, sobald er auch nur das kleinste Funkeln des Steines erblickte.

Schon näherte Karl sich dem Finsterhof. Plötzlich hatte er das Gefühl, Uta müsse dort sein. Er konnte sich einfach nicht vorstellen, dass sie wirklich auf der Burg lebte. Vielleicht hatte Hadmar sie längst wieder hinausgeworfen. Außerdem passte dieses Hochherrschaftliche doch gar nicht zu ihr. Sie war nun mal das kleine, aufgeweckte Mädchen, mit dem er in der Gegend umhergestreift war. Überrascht bemerkte er, dass er sie gern wiedersehen wollte. Er beschloss, einen kurzen Abstecher zum Finsterhof zu machen. Es würde ihn nicht lange aufhalten.

Als er den großen Platz betrat, um den sich das Gutshaus, die angebauten Holzunterkünfte des Gesindes sowie die Ställe gruppierten, herrschte wie immer lebhaftes Treiben: Hühner wurden gerupft, Äxte geschliffen, Wasser vom Brunnen ins Haus transportiert. Karl sah viele bekannte Gesichter. Allerdings schlugen ihm auf sein freundliches Nicken hin nur finstere Blicke entgegen. Er musste sich doch sehr verändert haben, man hielt ihn mit seiner dunklen Haut und den ungewohnten Kleidern für einen Fremden. Karl lächelte in sich hinein. Bevor er hinaus in die Welt gegangen war, hatte er sich genauso abwehrend allem Unbekannten gegenüber verhalten. Er hatte sich wirklich verändert. Karl hielt den Schmied an: »He, kannst du mir sagen, wo ich Uta finde?«

Der große, breitschultrige Mann, der einen Stapel Holz zum Schmiedefeuer trug, hielt an. Auch er schien Karl nicht zu erkennen. »Uta? Wen meinst du?«

Karl bekam für einen Moment Angst, dass Uta weggegangen war, zurück in die Stadt, hinaus in die Welt, fort von hier und nicht mehr auffindbar. »Uta, die Magd. Gertruds Tochter.«

»Ah!« Jetzt verstand der Schmied. »Du meinst unsere Lumpenprinzessin!«

»Lumpenprinzessin?«, wunderte sich Karl.

»Die Tochter des Burgherrn. Ja, sie hat wirklich einmal hier gelebt.«

Der Schmied winkte Karl, ihm zu folgen, und ging in den langen Holzbau, in dem die Mägde schliefen. Er steuerte auf eins der Lager etwas seitlich zu. Karl sah staunend, dass Utas alter Strohsack mit sorgfältig getrockneten Blumen geschmückt war und einige Holzkreuze davor aufgebaut waren. Der Schmied lächelte wie ein Kind. »Sie hat viel für uns getan. Sie hat uns nicht vergessen.«

»Uta? Was hat sie gemacht?«

»Sie hat uns vor dem Hungertod errettet. Ohne sie wären viele heute nicht mehr am Leben, und alle anderen müssten darben. Unsere Lumpenprinzessin ist die beste Herrscherin, die Dürnstein je gesehen hat.«

»Aber was ist mit Hadmar?«

»Sicher, er ist immer noch der Burgherr. Aber alles Gute haben wir nur ihr zu verdanken. Alle hoffen, dass sie Hadmar bald ablöst.«

Karl schüttelte den Kopf. »Aber eine Frau als Herrscherin, das gab es noch nie.«

Der Schmied machte eine wegwerfende Handbewegung. »Nach außen hin wäre es natürlich Markward, ihr Gatte, der herrscht. Aber im Haus regiert die Frau, da ist es in der hochherrschaftlichen Burg nicht anders als in der kleinsten Hütte.«

Der Schmied lachte dröhnend, aber Karl sann noch über seine Worte nach: Utas Gatte. Uta hatte also geheiratet. Karl gab es einen Stich. Warum hatte er nicht an diese Möglichkeit gedacht? Ohne ein weiteres Wort verließ er den Schmied, der daraufhin vor dem Strohlager niederkniete und ein kurzes Dankgebet murmelte.

Als Karl sein Pferd in Richtung der Höhle lenkte, dachte er darüber nach, was ihn daran störte, dass Uta verheiratet war. Er konnte doch wohl kaum eifersüchtig sein. Karl beschloss, solche unsinnigen Gedanken im Keim zu ersticken und zu handeln wie ein Mann.

Uta saß in dem Turmzimmer, das vor nicht allzu langer Zeit noch Löwenherz als Gefängnis gedient hatte. Sie hatte es sich als Ort für ihre morgendliche Arbeit ausgesucht, die darin bestand, die sich häufenden Bittgesuche zu prüfen. Die wundersame Rettung des Getreides vor dem Unwetter hatte sich schnell herumgesprochen, und nun wandten sich auch Menschen, die weit entfernt von Dürnstein lebten, an sie. Die einen hatten ein krankes Kind, die anderen eine Kapelle, bei der die Baumaterialien ausgegangen waren, und wieder dritte Streitigkeiten mit den Nachbarn. Überall wurde Utas

Rat oder auch Hilfe in Form von Medizin, Nahrung oder gar Geld erwartet. Uta hatte gehofft, dass ihr die Arbeit leichter fiel, wenn sie an demselben Tisch saß, an dem auch schon Löwenherz Platz genommen hatte. Aber sie musste feststellen, dass sie oft keinen Rat wusste und ihr die Mittel fehlten, die Leute zu unterstützen. Und das waren nur die Bitten, die von den des Schreibens Kundigen an sie herangetragen wurden. Kaum ließ sie sich vor der Burg blicken, war sie umringt von den Armen und Kranken, die bettelnd die Hände nach ihr ausstreckten. Uta drückte die Last des Regierens. Sie besprach sich ab und zu mit Eufemie, aber meistens fiel der auch nicht mehr ein als ihr selbst. Und Markward wollte Uta nicht hinzuziehen, jung und unerfahren wie er war. Uta sammelte ihre Gedanken und las erneut: »… darum hoffen wir, dass Ihr Euch unserer erbarmt und ein paar Silberlinge zukommen lasst, sodass wir das Holzkreuz unserer Kirche, das dem Brand zum Opfer fiel, erneuern können.«

Uta legte den Brief neben die anderen fünf auf den Tisch. Alle Anliegen waren gleich wichtig, alles erschien dringend. Sie aber hatte nur eine bescheidene Summe an Silberlingen, mit denen sie jetzt streng haushalten musste. In Momenten wie diesen wurde ihr wieder einmal klar, dass sie nur aufgrund einer Lüge hier auf diesem Stuhl saß und ihn ganz offensichtlich nicht ausfüllen konnte. Uta trat zu dem kleinen Fenster und blickte hinaus. Eine große Sehnsucht stieg in ihr auf. Irgendwo da draußen war Karl. Seitdem ihr klargeworden war, dass er der Steinmann sein musste, verging kein Tag, an dem sie sich nicht fragte, ob ihr Platz nicht doch neben ihm war und nicht hier, wo sie die Herrin spielte. Nach einem letzten Blick zum Horizont wollte sie sich schon wieder an das Tischchen setzen, als sie plötzlich einen Reiter erblickte. Das war an und für sich nichts Ungewöhnliches, vielleicht war es sogar einer der vielen Bittsteller, und sie täte besser daran, sich schnell vom Fenster zurückzuziehen. Aber sie harrte aus. Es lag etwas Vertrautes in der Haltung des großgewachsenen, hageren Mannes. Uta kniff die Augen zusammen, um besser sehen zu können, und je näher der Reiter kam, desto aufgeregter wurde sie. Sie versuchte sich immer wieder zu sagen, dass das ganz unmöglich war, aber dann eilte sie trotzdem die Treppe hinunter, mehrere Stufen auf einmal nehmend, sodass sie sich abstützen musste, um nicht hinzufallen. Endlich war sie draußen. Uta rannte weiter, zum Tor hinaus, und dann sah sie ihn. »Karl!«, schrie sie gegen den Wind an. »Karl!«

Jetzt hatte auch der Mann sie gesehen. Uta verlangsamte ihren Schritt. Was, wenn er es doch nicht war? Doch jetzt konnte sie sein Gesicht erkennen, die Augen, den Mund, der sich zu einem breiten Lächeln verzog. Und schon sprang der Mann aus dem Sattel und lief mit ausgebreiteten Armen auf sie zu. »Uta!«

Die warf sich fast in seine Arme. Karl packte sie fest, hob sie hoch und schwang sie durch die Luft. »Meine kleine Uta!«

Er stellte sie wieder ab, und beide betrachteten einander lächelnd und etwas außer Atem. »Darf ich dich überhaupt noch so nennen? Oder ist das zu respektlos für eine große Herrin?«, lächelte er.

»Ach Karl! Du darfst mich nennen, wie du willst! Ich bin so froh, dich wiederzusehen.«

Karl nahm sein Pferd am Zügel und ging neben Uta auf die Burg zu.

»Es hat mir so leid getan, damals, als du dachtest, ich hätte dich verraten. Aber glaube mir, ich habe es wirklich nur für dich getan«, sprach Uta.

»Pscht!« Karl legte den Finger auf Utas Lippen. »Eine Herrin erklärt und rechtfertigt sich nicht, schon gar nicht vor einem einfachen Mann.«

Uta lächelte. »Einfach? Ich habe gehört, dass du ein gutes Gewerbe erlernt hast und zu einigem Ansehen und Reichtum gekommen bist.«

Karl sah sie verblüfft an. »Also hat Balduin mich doch erkannt?«

Uta schüttelte den Kopf. »Nein, aber ich habe es mir gedacht. Seine Beschreibung, deine Begeisterung für den Karfunkel und dann der überaus großzügige Tausch mit dem Diamanten …«

Karl blieb stehen und griff nach dem Beutel an seinem Gürtel. »Da fällt mir etwas ein. Warte, einen Moment!«

Karl knotete die Schnur auf und griff in das Säckchen. Er legte einen kleinen, glitzernden Stein auf seine Handfläche, sodass Uta ihn betrachten konnte. Die staunte. Sie hätte nie gedacht, dass so ein kleiner Stein das Licht mit solcher Macht zurückwerfen konnte. Das musste ein Diamant sein, genauso hatte Balduin diese Steine beschrieben.

»Gefällt er dir?«, fragte Karl.

Uta nickte überwältigt. »So etwas habe ich noch nie gesehen.«

»Was hältst du davon, wenn du ihn nun täglich trägst? Zum Beispiel in einen Ring eingelassen?«

Uta wurde ganz still. Sie sah Karl an. Damit hatte sie nicht gerechnet, nicht so schnell. Dann machte sich ein Strahlen auf ihrem Gesicht breit, heller noch als das des Diamanten. »Karl, meinst du das ernst?«

»Natürlich.«

Uta hatte Tränen in den Augen, als Karl ihre Hand nahm und ihr den Diamanten hineinlegte.

»Es ist das würdige Hochzeitsgeschenk für eine großartige Frau.«

Utas Herz machte einen Sprung, und sie wollte lachen und weinen zugleich vor lauter Glück, als Karl fortfuhr: »Es kam mir sofort in den Sinn, als ich erfuhr, dass du geheiratet hast.«

Uta verstand nicht gleich. »Was … was willst du damit sagen?«

»Dass es mich sehr freut, dass du nun einen Gemahl an deiner Seite hast.«

Immer noch ungläubig sah Uta Karl an. »Du schenkst mir den Stein zu meiner Hochzeit mit Markward?«

Karl nickte lächelnd. Uta schüttelte den Kopf. Natürlich, sie war eine verheiratete Frau, das konnte sie nicht leugnen. Aber Karl und sie waren von Anfang an füreinander bestimmt, das musste er doch auch fühlen! »Aber warum hast du Balduin diesen kostbaren Diamanten im Tausch gegen den Karfunkel gegeben, warum …« ›wenn nicht meinetwegen‹, ergänzte Uta in Gedanken.

Karl blickte plötzlich starr vor sich hin. »Weil ich diesen Stein haben musste, koste es, was es wolle.«

»Du hast es gar nicht getan, weil Balduin dir gesagt hat, dass ich all die Leute vor dem Hunger retten muss?«, brachte Uta heraus, gegen jede Vernunft immer noch hoffend, dass sich alles als Irrtum herausstellte.

»Nein«, schüttelte Karl verwundert den Kopf. »Ich brauche den Stein für Magdalena. Ich werde ihr das Gesicht zurückgeben.«

Jetzt konnte Uta sich nichts mehr vormachen. Karl hatte keinen Moment an sie gedacht, nur an diese andere Frau. Uta wusste gar nicht, was schlimmer war: Die Enttäuschung oder die Wut. Dieser Mann hatte sich kein bisschen verändert, er hielt starr an einer Liebe fest, die es längst nicht mehr gab. Das hätte auch Magdalena nicht gefallen. Uta widerstand der Versuchung, ihn zu schütteln. Stattdessen trat sie einen Schritt zurück. »Ich danke dir für das Angebot, aber ich glaube, der Stein ist zu klein für einen Ring.«

Sie drückte ihm den Diamanten schnell wieder in die Hand, bemüht, ihn dabei so wenig wie möglich zu berühren. Karl war erstaunt, aber Uta erklärte: »Ich habe zu tun.«

Damit wandte sie sich von ihm ab und ging schnellen Schrittes zur Burg. Hinter ihr ertönte Karls Stimme: »Uta, warte!«

Sie konnte immer noch nicht anders, als ihren Schritt zu verlangsamen und sich ihm zuzuwenden.

»Sag mir nur noch eins: Woher hast du diesen wunderschönen Karfunkel? Wie bist du daran gekommen? Ich hoffe, du hast nichts Unüberlegtes getan.«

Uta blickte Karl kühl an. »Danke für deine Sorge. Aber eine Herrin muss sich weder erklären noch rechtfertigen, schon gar nicht vor einem einfachen Mann.«

Damit drehte Uta sich endgültig um und ging.

Uta lief der Schweiß die Stirn hinunter, und ihr Haar war zerzaust. Sie biss die Zähne zusammen, um die Tränen zurückzudrängen, während sie durch den Schuppen lief und immer wieder mit dem Stock auf den Boden hieb. Aber es war vergebens. Sie erwischte keins der flinken Tierchen. Uta blieb stehen. Im Grunde nutzte es sowieso nichts mehr. Das Getreide, das in dem mittlerweile recht stabil aufgebauten Schuppen lagerte, war zum großen Teil durch Mäuse angefressen oder durch ihren Kot verunreinigt. Warum hatte denn keiner achtgegeben? Musste sie alles selber machen? Sie hatte doch wahrlich genug zu tun.

Sie hätte Giftköder auslegen, Katzen und Greifvögel die Schädlinge jagen lassen, wenn ihr nur jemand etwas gesagt hätte. Uta griff in einen der angefressenen Säcke und ließ das verunreinigte Korn durch ihre Finger rieseln. Aber jetzt, da alles zu spät war, würde sich ein jeder, der sich vorher nicht den Deut darum gekümmert hatte, den Mund über sie zerreißen. Uta wünschte fast, sie hätte die Mäuse nicht gesehen, die geradewegs aus dem Getreideschuppen kamen, oder sie wäre wenigstens nicht hineingegangen, dann wäre ihr die Bescherung erspart geblieben: Mäuse, wohin sie auch blickte.

Verzweifelt grub Uta die Finger in das Getreide. Man würde sagen, dass sie ihrer Aufgabe nicht gewachsen war. Sie konnte sehen, wie Hadmar sich die Hände rieb. Ihm kam ihre Niederlage wie gerufen. Plötzlich stieß sie an etwas Weiches. Als sie genauer hinschaute, entdeckte sie ein ganzes Nest mit wenige Tage alten Mäusen. Ihr erster Gedanke war es, sie totzuschlagen. Sie packte schon erneut den Stock und schwang ihn hoch in die Luft. Aber dann hielt sie inne. Sie warf den Stock weg und hob die kleinen Mäuse stattdessen vorsichtig aus dem Sack. Uta nahm eine kleine Kiste zur Hand und bettete die Tiere fast schon sanft hinein. Sie hielt noch einmal inne. Durfte sie wirklich zu einer List greifen, um sich aus der Verantwortung zu stehlen? Aber dann beruhigte sie sich. Das, was sie Hadmar unterschieben wollte, hätte ihm ohnehin ähnlich gesehen. Und wer sagte, dass er es nicht tatsächlich getan hatte? Bemüht, von niemandem gesehen zu werden, schlug sie entschlossen die Richtung zu Hadmars Gemach ein.

Der Aufruhr auf dem Burghof war groß. Die Frauen keiften, die Männer schrien, und die Kinder weinten vor Angst. Ein Sack nach dem anderen wurde aus dem Schuppen gezerrt und in die Mitte des Platzes geschüttet. Frauen knieten davor und wühlten in dem Getreide, obwohl die Bescherung schon mit dem bloßen Auge sichtbar war: Das Korn war angefressen und voller Mäusedreck. Einige alte Mütterlein brachten Siebe herbei und versuchten, zu retten, was zu retten war. Aber die Ausbeute lohnte nicht. Als die Flüche und Verwünschungen immer lauter wurden, beschloss Uta, dass es an der Zeit war, vom Turmzimmer, von dem aus sie alles beobachtet hatte, nach unten zu gehen.

Sie trat ruhig und gefasst vor die Leute, die bei ihrem Anblick verstummten. Aber die Gesichter spiegelten deutlich die Wut. Schließlich fasste sich der Schmied ein Herz und trat nach vorn. »Das Getreide ist hin. Zum Glück haben wir die Felder schon eingesät und auch schon einiges darüber hinaus verteilt, aber wir hätten es trotzdem nötig gebraucht.«

Uta nickte. »Das weiß ich.«

Der Schmied nahm all seinen Mut zusammen. »Wir alle fragen uns, warum Ihr das zugelassen habt!«

Uta tat überrascht. »Was kann ich dafür?«

Der Schmied wagte nicht, sie anzusehen, als er widersprach: »Wir alle haben unsere letzten Bretter, Seile und Stricke geopfert, um diesen Schuppen für das Getreide zu bauen, der sogar dem großen Unwetter standhielt.«

Uta nickte ungeduldig. »Komm zur Sache.«

Jetzt blickte der Schmied ihr gerade in die Augen. »Wieso habt Ihr dann nichts unternommen? Wieso musste es so weit kommen?«

»Ich habe alles getan, was getan werden konnte«, beteuerte Uta.

Sie schritt zum Schuppen und bückte sich, um etwas vom Boden aufzuheben. »Hier! Arsen, das beste Mittel, um Mäuse zu töten.«

Sie sagte nicht, dass es der einzige Köder war und sie ihn auch erst heute morgen dort hingelegt hatte. Der Schmied schüttelte den Kopf. »Aber dann verstehe ich nicht, wie sie sich so ausbreiten konnten. Die Speicher des Burgherrn sind verschont geblieben.«

Uta sah ihn an. »Es wäre sicher das Beste, wenn wir ihn fragen, was er gegen die Mäuse unternommen hat. Du kommst mit«, befahl sie dem Schmied.

Der blickte nicht sonderlich glücklich drein bei der Aussicht, dem Burgherrn gegenüberzutreten. Aber Uta ging schon los, und dem Schmied blieb nichts anderes übrig, als zu folgen.

Sie fanden Hadmar in seinem Gemach, wo er um diese Zeit immer ein Mittagsschläfchen zu machen pflegte und deshalb auch nichts von dem Aufruhr auf dem Hof mitbekommen hatte. Entsprechend ungehalten empfing er Uta und den Schmied. »Was wagt ihr beide es, mich zu stören?«

Uta begann: »Der Schmied will etwas von Euch wissen.«

Mit hochrotem Kopf wäre der am liebsten im Boden versunken, aber stattdessen überwand er sich: »Wir fragen uns, wie es kommen konnte, dass das Getreide im Schuppen auf dem Hof von den Mäusen fast ganz vernichtet wurde, während Euer Speicher verschont blieb.«

»Das Korn ist verdorben?« Hadmar konnte sich ein Lächeln nur mit Mühe verkneifen. »Nun, dann hättet ihr wohl besser aufpassen sollen. Es gibt in diesem Jahr nicht mehr Mäuse als in jedem anderen, und es ist nicht schwer, ihrer mit Gift und Katzen Herr zu werden.«

»Aber das alles wurde getan«, gab der Schmied mutig zurück.

»Dann scheint es wohl Gottes Wille zu sein«, erklärte Hadmar.

Uta, die nahe bei Hadmars Bett stand, machte einen Schritt auf ihn zu. »Dann hilft nur noch beten.«

Uta ließ sich auf die Knie fallen. In dieser Stellung konnte sie bequem unter Hadmars Bett sehen und so tun, als ob sie dort gerade etwas entdeckte. Uta zog die kleine Holzkiste mit den Mäusen hervor. Mit gespielt fassungsloser Miene erklärte sie: »Es scheint weniger Gottes Wille als des Menschen Werk. Da wollte wohl jemand nachhelfen, damit die Mäuse sich noch schneller vermehren.«

Der Schmied und auch Hadmar blickten fassungslos auf die Kiste. Der Schmied fing sich als Erster wieder. »Das ist eine richtige Zucht.«

Hadmar runzelte die Stirn. »So ein Unsinn! Wer sollte denn dieses Getier züchten?«

Statt einer Antwort traf ihn Utas Blick. Hadmar lachte laut auf. »Du willst mir unterstellen, ich hätte diese Brut aufgezogen?«

Uta zuckte mit den Achseln. »Ich wünschte, es wäre anders. Aber es sieht ganz danach aus.«

Damit machte sie kehrt und verließ das Gemach, ein zufriedenes Lächeln nur mühsam unterdrückend.

Gertrud betrachtete den Markt in der Mitte des ansehnlichen Dörfchens, das ihr beinahe wie eine Stadt vorkam. Sie war es nicht mehr gewohnt, so viele Menschen auf einem Haufen zu sehen. Die vielen durcheinanderschwirrenden Stimmen und die hin und her wimmelnden Leiber beunruhigten sie, und es kostete sie Überwindung, sich zu den Ständen hindurchzuschlängeln. Sie schrak jedes Mal zusammen, wenn sie jemand berührte. Die Zeit beim Wilden Mann hatte sie mehr verändert, als sie gedacht hatte. Endlich hatte sie es geschafft und stand vor den Broten. »Hast du ein paar Reste für mich?«

Die Händlerin, ungefähr im gleichen Alter wie sie, schüttelte den Kopf. »Die härtesten Kanten weiche ich ein und esse sie selbst. Und alles andere versuche ich zu verkaufen. Anders kann ich nicht überleben in diesen Zeiten.«

Gertrud ließ nicht locker. »Ich werde auch für dich beten.«

»Bete lieber für dich selbst. Hier kann dir beim besten Willen keiner was geben.«

Die Alte am Nebenstand mischte sich ein. »Nein, hier gibt es weit und breit keine Lumpenprinzessin.«

»Keine was?«, fragte Gertrud.

»Jetzt sag bloß, du kennst die Lumpenprinzessin nicht«, staunte die Jüngere.

Gertrud schüttelte den Kopf. »Wer ist das?«

»Eine Herrin, die das Volk nicht vergessen hat. Eine wahrhaft Edle, die Mitleid mit den Ärmsten hat«, schwärmte die Alte.

Die andere nickte. »Die Lumpenprinzessin hat sie vor dem sicheren Hungertod gerettet, indem sie große Mengen Getreide herangeschafft hat.«

»Das muss wirklich eine ganz besondere Frau sein«, erklärte Gertrud beeindruckt. »Aber warum dieser eigenartige Name? Lumpenprinzessin?«

»Weil sie einmal wie eine von uns gelebt hat.«

Gertrud wurde unruhig. »Was sagst du da?«

»Sie ist als Magd aufgewachsen.«

»Und wo lebt sie?«, fragte Gertrud, gespannt der Antwort harrend.

»Leider nicht hier, sonst ginge es uns bestimmt besser.«

»Wo, sag schon?« fragte Gertrud und konnte ihre Ungeduld kaum zügeln.

»In Dürnstein, auf der Kuenringer Burg.«

Gertrud durchfuhr es heiß. »Uta!«

Die Alte nickte. »Ja, das ist ihr Name.«

Gertrud konnte es nicht fassen. Man sprach von ihrer Uta! Ihr kleines Mädchen war eine berühmte Herrin geworden, beliebt noch dazu. Sie hatte Menschen vor dem Hungertod gerettet, das einfache Volk nicht vergessen! Eine Welle des Stolzes überkam sie. Gertrud vergaß den nagenden Hunger, der sie eben noch plagte, und hatte keinen anderen Gedanken, als es sofort dem Wilden Mann zu erzählen. Doch noch im selben Moment schalt sie sich. Sie hatten nichts gemein. Wenn es jemanden was anging, dann ihren angetrauten, ihren wirklichen Mann. Gertrud seufzte und fragte sich, ob auch er manchmal an sie dachte. Die einzige Möglichkeit, das herauszufinden, war, ihn zu suchen. Und vielleicht würde sie darüber auch endlich den Wilden Mann vergessen.

Eufemie betrat Hadmars Gemach. Er war schon wieder nicht zum Essen erschienen. Es war nun der dritte Tag in Folge, an dem sie ihn holen musste. Er schien keinen Hunger mehr zu verspüren und keinen Durst. Im Grunde tat er nichts, außer am Fenster zu stehen und den Burghof zu beobachten. Eufemie trat hinter ihn und sah ebenfalls nach draußen. Anfangs dachte sie, er bildete sich ein, dass etwas im Gange war, aber mittlerweile sah sie es auch. Die Mägde und Knechte verrichteten zwar wie gewohnt ihre Arbeit, aber sooft es ging, steckten sie dabei die Köpfe zusammen. Ihre Mienen waren ernst, oft sogar wütend und angriffslustig. Immer wieder blickten sie suchend hoch zu Hadmars Gemach, so wie jetzt der Schmied und eine der Küchenmägde. Hadmar trat schnell einen halben Schritt zurück. »Seit wann fürchtest du dich vor dem Gesinde?«, fragte Eufemie ihn verwundert.

Hadmar sah sie grimmig an. »Ich fürchte mich nicht. Ich habe nur nicht vor, ins offene Messer zu laufen.«

»Das hättest du dir früher überlegen müssen«, erwiderte seine Frau kühl.

»Ich habe mir gar nichts überlegt. Das war deine liebe Uta.«

Eufemie runzelte die Stirn. »Was willst du damit sagen?«, fragte sie Hadmar.

»Wie meinst du denn, dass diese Mäuse unter mein Bett gekommen sind? Du glaubst doch wohl nicht diesen Unfug, dass ich sie gezüchtet hätte, um das Korn im Schuppen zu vernichten?«

Eufemies Schweigen war Antwort genug. Hadmar lachte auf. »Du also auch.«

»Ist es denn ein Wunder?«, konterte Eufemie. »Jeder hat noch genau in Erinnerung, wie du das Getreide in die Donau geschaufelt hast. Dir ist es doch lieber, die Leute verhungern, als Uta auch nur den kleinsten Triumph zu gönnen.«

Hadmar baute sich vor ihr auf. »Natürlich habe ich das Korn im Wasser versenkt. Und soll ich dir was sagen? Es hat mir größtes Vergnügen bereitet.«

Er verzog sein Gesicht zu einem Grinsen. Eufemie war angewidert. »Und du gibst es auch noch zu.«

»Natürlich gebe ich es zu«, erklärte Hadmar seelenruhig. »Ich habe nie ein Geheimnis daraus gemacht. Ich stehe zu dem, was ich tue.«

Eufemie dachte daran, wie er Karl und seine junge Frau vor aller Augen lebendig begraben hatte. Hadmar hatte recht. Es war ihm sogar immer besonders wichtig, genug Zuschauer zu haben. Er riss sie aus ihren Gedanken. »Meinst du ernsthaft, ich setze heimlich Mäuse im Schuppen aus?«

»Aber wie sind sie denn dann unter dein Bett gekommen?«

»Jemand hat sie absichtlich dort hingebracht.«

»Wer soll so etwas denn tun?«

»Derjenige, der sie als Erster gesehen hat.«

Eufemie blieb der Mund offen stehen. »Du meinst ...«

Hadmar nickte. »Uta war es. Sie hat es heimtückisch eingefädelt, um von ihrem Versagen abzulenken.«

»Uta ist eine mutige Frau«, widersprach Eufemie.

Hadmar lachte erneut. »Mutiger als du sicher. Aber das hat nicht viel zu sagen.«

Eufemie wandte sich ab. Sie wusste gar nicht, warum sie sich die Mühe machte, ihn zum Essen zu holen. Sollte er doch verhungern. Doch obwohl es einfach nicht sein konnte, dass Uta so etwas tat, war es Hadmar gelungen, Eufemie zu verunsichern. Sie beschloss, mit Uta zu reden. Ein Gespräch würde die Zweifel sicher am schnellsten ausräumen.

Gertrud stand an der Schwelle zu der kleinen, heruntergekommenen Hütte und zögerte, die Tür aufzustoßen. Sie zog jetzt schon längere Zeit von Dorf zu Dorf und fragte nach vor Jahren hinzugezogenen Männern.

Jedes Mal schlug ihr das Herz bis zum Hals, wenn sie sich den Behausungen näherte. Sie fragte sich, ob sie gleich ihrem Mann gegenüberstehen würde und was das wohl für ein Gefühl sein mochte. Doch bisher waren es immer Fremde gewesen, die ihr begegneten. Die Frauen der Männer beäugten sie meist misstrauisch, eine hatte sogar Steine hinter ihr hergeworfen, aus Angst, dass sie ihr den Mann wegnehmen wollte. Gertrud schien wohl immer noch eine schöne Frau zu sein, obwohl sie selbst sich alt und kraftlos vorkam.

Die Leute hatten sie vor dem Mann gewarnt, der hier hauste. Aber sie ließ sich nicht abhalten, auch ihn aufzusuchen. Gertrud stieß entschlossen die Tür auf. Ein grässlicher Geruch schlug ihr entgegen, und sie sah etwas, das sich rastlos hin und her bewegte. Erst als sich ihre Augen an das Halbdunkel gewöhnt hatten, erkannte sie, dass es ein Mensch war. Der Mann ging auf allen vieren, indem er sich auf seine Fäuste stützte und die angewinkelten, verkürzten Beine nachzog. Der Krüppel schien Gertruds Eintreten gar nicht zu bemerken, so vertieft war er in seine unsinnigen Runden. In den Ecken des Raumes lagen halbverrottete Exkremente. Gertrud wäre am liebsten hinausgelaufen, aber sie zwang sich zu bleiben. Sie musste erst Gewissheit haben. Mit größter Überwindung näherte sie sich dem Wesen. Gertrud beugte sich ein wenig hinab, um ihm in das von Haaren verhangene Gesicht gucken zu können. Große Augen sahen sie an, bevor er auf sie zu hopste und ihr sabbernd einen Kuss auf die Lippen drückte. Gertrud wich schreiend zurück. Angewidert fuhr sie sich mit dem Ärmel über den Mund, bevor sie auf der Stelle kehrtmachte und sich nach draußen flüchtete. Sie hielt erst wieder an, als die Hütte schon fast außer Sicht war. Gertrud rang nach Atem. Ihre Lungen brannten. Wieder war ihre Hoffnung enttäuscht worden. Oft würde sie das nicht mehr verkraften. Vielleicht sollte sie es lieber dem Schicksal überlassen, ob es ihren Mann und sie noch einmal zusammenführen wollte. Gertrud beschloss, die Suche aufzugeben.

Uta hatte es sich nicht nehmen lassen, das wenige Getreide, das den Mäusebefall ohne Schaden überstanden hatte, eigenhändig zu verteilen. Sie saß in der Mitte des Burghofes und schöpfte pro Familie, die vor sie hintrat, jeweils eine kleine Schale in die Säcke, die die Leute aufhielten. Sie bedankten sich zwar alle mit einer tiefen Verbeugung oder schlugen das Kreuz vor Uta, doch an ihren unglücklichen Mienen war deutlich zu sehen, was sie von den paar Körnern hielten, die ihnen jetzt noch blieben.

Plötzlich trat Eufemie zu Uta: »Ich möchte mit dir reden.«

Uta sah sie erstaunt an. »Jetzt? Kann das nicht bis später warten?«

»Nein«, erwiderte Eufemie und gab einem der Knechte ein Zeichen, Utas Stelle einzunehmen. Die erhob sich zaudernd, folgte aber dann Eufemie zu dem kleinen Gärtchen mit den Kräutern. Lavendelduft erfüllte die Luft, als die beiden Frauen im Vorbeigehen mit ihren Kleidern den Busch streiften. Eufemie drehte sich zu Uta: »So, hier sind wir ungestört.« Sie sah die junge Frau an, bevor sie sie ohne Umschweife fragte: »Hast du die Mäuse in Hadmars Gemach gebracht?«

»Ich?«, fragte Uta. »Warum sollte ich das tun?«

»Vielleicht ist es dein Versäumnis, dass die Mäuse sich so ausbreiten konnten. Und du willst Hadmar die Schuld unterschieben.«

Uta schüttelte den Kopf. »Ich habe alles getan, was zu tun war«, erklärte sie und zwang sich, Eufemie bei der Lüge in die Augen zu sehen.

Als sie leisen Zweifel entdeckte, setzte sie nach: »Wie kannst du so was von mir denken? Ausgerechnet du? Hast du vergessen, wie wir Seite an Seite gestanden haben, um den Getreideschuppen zu errichten? Nur zusammen konnten wir das Unwetter besiegen.«

Eufemie zögerte, aber dann nickte sie. Sie musste oft mit Stolz daran denken. Stolz auf ihre Tochter, aber auch Stolz auf sich selbst. Wahrscheinlich hatte Hadmar ihr wirklich nur einen Floh ins Ohr gesetzt, und Uta war unschuldig. Eufemie lächelte Uta an. »Ich glaube dir. Und jetzt geh zurück.«

Uta ließ sich das nicht zweimal sagen und eilte aus dem Gärtlein. Eufemie folgt ihr etwas langsamer. Sie hatte in der Burg zu tun. Aber dann beschloss sie, Uta noch einen Moment beim Verteilen des Getreides zuzusehen. Gerade stand eine Familie mit fünf Kindern vor Uta. Der hagere Vater hielt das Jüngste, das noch nicht laufen konnte, auf dem Arm, da die Mutter bereits wieder hochschwanger war. Es schien, als wäre ihr Bauch auf Kosten des übrigen Körpers angeschwollen. Wangen, Arme und Beine waren außergewöhnlich dünn, selbst ihr Busen hing schlaff herunter und schien nicht viel Milch zu haben. Aber Uta konnte auch dieser Familie nur eine kleine Ration an Getreide geben. Der Frau liefen Tränen über die Wangen, als sie das Häuflein Korn sah, aber sie blieb stumm. Ihr Mann allerdings wagte es, seine Stimme zu erheben. »Bitte, habt Erbarmen! Ihr seht, in welchem Zustand sich meine Frau befindet. Gebt nicht für mich oder die Kinder, wir schaffen es schon irgendwie. Aber habt Mitleid mit meiner Frau und dem Ungeborenen.«

Uta nickte. »Glaube mir, ich würde gern mehr geben, aber ich kann keinen Unterschied machen. Ein jeder hat es nötig.«

»Aber warum müssen wir darben, und der Burgherr hat Korn im Überfluss? Schließlich haben wir ihm die Mäuseplage zu verdanken.«

»Sprich nicht so«, erklärte Uta ungewohnt scharf. »Übe dich in Bescheidenheit und Demut. Sicher, die Mäuse haben unserem Getreide arg zugesetzt. Aber trotzdem sollten wir uns für Hadmar freuen, dass es ihm besser geht.«

Der Mann wollte noch etwas erwidern, aber Uta winkte schon die Nächsten heran. Die Frau zog den Mann mit sich.

Eufemie betrachtete Uta nachdenklich. Sie nahm ihr nicht ab, dass sie Hadmar tatsächlich in Schutz nahm. Mit ihrer Bemerkung schürte sie vielmehr auf geschickte Weise den Hass auf ihn. Eufemie erkannte, dass Uta Hadmar zu einer ernsthaften Gegnerin geworden war. Und sie wusste nicht so recht, ob sie Uta dafür verachten oder bewundern sollte.

Gertrud hatte sich wieder auf das besonnen, was sie konnte. Sie half Frauen bei der Entbindung und nahm dankbar die Almosen an, die sie dafür bekam. Mehr konnte und durfte sie wohl vom Leben nicht mehr erwarten. Ein großer Trost war es ihr, zu wissen, dass es ihrer Uta gutging. Mehr war eigentlich nicht wichtig.

Gertrud hörte an dem Stöhnen der Frau, dass die Geburt kurz bevorstand. Sie war noch jung und kräftig, es würde nicht schwer werden, das Kind zu holen. Gertrud wusste eigentlich gar nicht, warum sie gerufen worden war, solch eine Niederkunft erledigten die meisten Frauen nebenbei. Aber der Bauer hatte darauf bestanden, bevor er seinem Herrn bei der Jagd helfen musste. Und obwohl Gertrud ihn nicht gesehen hatte, beneidete sie die Frau um so einen fürsorglichen Mann und verstand nicht, warum die so schrie. »Reiß dich zusammen«, herrschte Gertrud sie an.

Die Frau war tatsächlich still, wenn auch mehr vor Schreck. Gertrud tat schon leid, was sie gesagt hatte. Sie tätschelte der Frau die Wange. »Schrei weiter, Kleines, das hilft! Bald ist es geschafft!«

Kurz darauf zog Gertrud einen kräftigen Jungen aus ihrem Schoß. Die Frau lachte und weinte gleichzeitig, als die Hebamme ihn ihr auf die Brust legte. Gertrud lächelte. Das Glück der jungen Mutter steckte an. Doch ihre Arbeit war getan. Sie musste weiter. Gertrud bückte sich nach dem für sie bestimmten Bündel mit Speck und Käse, warf noch einen Blick auf Mutter und Kind und drehte sich zur Tür. Doch im selben Moment ging die auch schon auf, und ein Mann stand auf der Schwelle, groß, mit dunklem Haar und warmen braunen Augen. Gertrud schrak zusammen und schüttelte den Kopf. Das musste ein Trugbild sein. Doch als sie sah, dass er genauso fassungslos war, wusste sie, dass sie sich nicht täuschte. Kein anderer als ihr Mann stand da vor ihr. Beide starrten sie sich an, bis der Ruf der Frau erklang: »Hannes, du hast einen Sohn!«

Es dauerte einen Moment, bis Gertrud begriff: Sie hatte gerade dem Kind ihres eigenen Mannes auf die Welt geholfen, seinem Kind von einer anderen Frau!

Der hagere Mann betrat den Burghof mit einem Bündel auf dem Arm. Suchend blickte er sich um. Doch weder der Korbflechter, der Reisig in Wasser biegsam machte, noch die Magd, die Brombeeren aus der dichten, dornigen Hecke erntete, weckten sein Interesse. Doch als sich sein Blick dem Küchenhaus zuwandte, aus dem Uta gerade heraustrat, steuerte er ohne Umwege auf sie zu, auch wenn er dabei einen Jungen mit Handkarren und ein altes Kräuterweiblein anrempelte. Er trat Uta in den Weg. Die sah ihn fragend an, da sie ihn offenbar nicht erkannte. Er stellte sich vor: »Ich habe von Euch Korn bekommen, für meine fünf Kinder und meine Frau.«

Uta nickte. »Jetzt erinnere ich mich. Deine Frau war hochschwanger. Hat sie schon entbunden?«

»Ja, das hat sie. Heute Nacht.«

»Ist es ein Mädchen oder ein Junge?«, fragte Uta.

Der Mann hielt ihr ohne ein weiteres Wort das Bündel hin. Uta beugte sich darüber und schlug das Tuch zurück. Der Anblick, der sich ihr bot, ließ sie zunächst erstarren und dann laut aufschreien:

Das Etwas, das da vor ihr lag, hatte zwar die Form eines Säuglings, war aber vollkommen eingetrocknet, fast schon verschrumpelt. Die Augen waren geschlossen, und Uta zweifelte daran, dass sie jemals das Licht der Welt erblickt hatten. Jetzt jedenfalls war das Neugeborene, das sein Vater in den Armen hielt, tot.

»Alle meine Kinder sind kräftig und gesund zur Welt gekommen, nur das ist eine Missgeburt!«

Damit warf der Mann das Bündel im hohen Bogen fort. Hart kam der kleine Körper auf dem Boden auf, nur unzulänglich von der Decke geschützt. Uta eilte zu dem Säugling und kniete neben ihm nieder. Sie schlug ihm das Tuch wieder um die schmalen Schultern, als der Mann hinzutrat: »Jetzt braucht Ihr Euch nicht mehr zu kümmern! Jetzt ist es zu spät!«

Uta sah zu ihm hoch. »Aber dafür kann ich nichts!«

Sie stand auf und wich vor dem Bündel zurück. Der Mann schüttelte den Kopf. »Ihr habt Euer Bestes getan. Aber verlangt nie mehr, dass ich mich für den Burgherrn freuen soll, weil er genug zu fressen hat. Nie mehr!«

Rund um Uta und den Mann liefen nach und nach alle zusammen, die sich auf dem Hof befanden. Das Kräuterweiblein bückte sich zu dem Bündel und schlug das Tuch zurück, woraufhin alle den missgebildeten Leichnam sehen konnten. Entsetzte Schreie wurden laut, aber auch Rufe der Empörung. »Hadmar, dieser grausame Hund! Halunke! Menschenschinder!«

Uta blickte erschrocken auf die immer größer werdende Menge. Schon trat der Schmied nach vorn: »Das hätte jeden von uns treffen können. Wer kann schon noch Weib und Kinder ernähren?«

Eufemie kam aus der Burg nach draußen gelaufen. »Was ist hier los? Habt ihr nichts zu tun? Dann muss ich euch wohl Arbeit geben!«

Die Menschen sahen sie abweisend an. Das Kräuterweib rief: »Hat der Burgherr dich vorgeschickt? Muss er sich hinter Weiberröcken verstecken?«

Jetzt wurden Lacher laut. Eufemie sah die Alte an. »Schweig still!«

»Warum? Der Burgherr sollte hier sein und sich die Missgeburt ansehen«, meldete sich eine Küchenmagd.

»Er hat zu tun«, erwiderte Eufemie scharf.

»Setzt er wieder Mäuse aus? Oder hat er sich etwas anderes überlegt?«, rief ein junger Kerl.

Eufemie raunte Uta zu: »Sprich du mit ihnen. Tu etwas, bevor ein Unglück geschieht.«

Uta blickte in die feindseligen Gesichter. Viele hatten die Fäuste geballt. Uta musste sich überwinden, um das Wort zu ergreifen: »Hört mich an! Es ist schlimm, sehr schlimm, was passiert ist. Und ich weiß, wie sehr ihr leidet.«

»Keiner hat etwas gegen Euch gesagt«, erwiderte das Kräuterweib. »Ihr seid anders, Ihr seid wie eine von uns.«

Uta schüttelte den Kopf. »Nein, ich bin eine Kuenringerin. Und Hadmar ist Euer Herr. Ihr müsst ihm gehorchen.«

»Ja, Ihr habt recht«, meldete sich der junge Kerl noch einmal, und sowohl Uta als auch Eufemie atmeten schon auf. Doch er war noch nicht zu Ende. »Wir müssen ihm gehorchen, solange er uns Schutz gewährt. Aber nicht, wenn er uns schlimmer behandelt als unser ärgster Feind.«

»Genau«, ließ sich nun auch der Schmied wieder vernehmen. »Können wir einen Burgherrn gebrauchen, der unser Korn mit Absicht vernichtet?«

»Nein!«, gellte es wie aus einem Munde.

»Dann kommt!«, rief der junge Kerl der Meute zu, und alle folgten ihm in Richtung der Burg.

Uta und Eufemie sahen sich erschrocken an und liefen dann hinter den Leuten her, die sich unterhalb des Fensters von Hadmars Gemach versammelten. Uta verspürte zum ersten Mal Angst um Hadmar. Sie musste noch einmal zu den Leuten sprechen. Diesmal würde sie es richtig machen. Uta drängte sich nach vorn, alle Angst vergessend: »Was wollt ihr von ihm? Er kann es nicht mehr ungeschehen machen.«

»Aber er soll seine gerechte Strafe bekommen«, tönte der Schmied.

Dann rief er laut nach oben. »Hadmar! Kommt herunter!«

»Was fällt dir ein?«, empörte sich Uta, aber keiner schien sie zu hören, denn schon scholl es im Chor: »Hadmar! Hadmar!«

Uta schrie, so laut es ging: »Seid ruhig! Still!«

Aber sie konnte sich kein Gehör mehr verschaffen. Uta musste erkennen, dass sie vollkommen machtlos gegen die aufgebrachten Menschen war. Plötzlich hatte der junge Kerl eine Fackel in der Hand. Es wurde so still, dass man das Zischeln der Flamme hören konnte. »Was soll das? Lösch sofort die Fackel!«, befahl Uta.

»Warum? Ich will unserem Herrn doch nur zu Diensten sein und ihm ein Feuerchen bereiten«, rief er.

Die Menge johlte und lachte. Er fuhr fort: »Er kann gerne herauskommen, wenn es ihm da oben zu heiß wird.«

Der junge Kerl hielt die Fackel an den hölzernen Sturz der Tür zur Burg. Uta wollte ihn daran hindern, aber der Vater des Totgeborenen hielt sie fest. »Er muss seine Strafe bekommen!«, erklärte er.

In dem Augenblick ging ein Aufschrei durch die Menge. Alle starrten auf Hadmar, der groß und breit in der Tür stand. »Was geht hier vor?«, polterte er unbeeindruckt von der Menge.

Die Leute wichen zurück. Einzig das Kräuterweiblein fand den Mut, ihm die Stirn zu bieten. »Hat Euch Euer schlechtes Gewissen aus dem Mäuseloch herausgetrieben?«, fragte sie so laut und vernehmlich, wie es mit ihren wenigen Zahnstummeln im Mund ging.

Jetzt wurden auch die anderen wieder laut. »Seid Ihr bereit für Eure Strafe? Nehmt Ihr sie an?«, rief ein ganz Vorwitziger.

Hadmar lachte auf. »Welche Strafe habt Ihr Euch denn für mich ausgedacht?«

Es herrschte einen Moment Schweigen. Hadmar lachte erneut. »Hab ich's doch geahnt! Erst schreien, und dann, wenn es drauf ankommt, kneifen!«

Der junge Kerl richtete sich auf. »Mir würde da schon was einfallen«, erwiderte er und näherte sich Hadmar, die Fackel vor sich haltend.

»Was soll das werden?«, erkundigte sich Hadmar, doch das Lachen schwand aus seinem Gesicht.

»Wisst Ihr, was Eure Knechte und Mägde machen, wenn der Hunger unerträglich wird?«, fragte der Bursche. »Wisst Ihr's?«

Hadmar schüttelte vorsichtig den Kopf.

»Sie setzen sich ganz nah ans Feuer, so nah, dass ihre Haut angesengt wird. So lange, bis der Schmerz unerträglich wird, so lange, bis sie darüber den nagenden Hunger vergessen.«

Hadmar schwieg.

»Ihr könnt es Euch wohl nicht recht vorstellen. Aber ich kann es Euch zeigen«, fuhr der junge Kerl fort, während er Hadmar mit der Fackel bedrohlich nahe kam.

Hadmar standen dicke Schweißperlen auf der Stirn. »Warte! Damit ist keinem geholfen.«

»Ist das alles, was Euch dazu einfällt?« Der junge Kerl sah sich um. »Ich glaube, das reicht uns nicht.«

Die Menge johlte, während der Anführer Hadmar die Fackel so nah ans Gesicht hielt, dass der bereits den Geruch seiner versengten Brauen in der Nase hatte. »Na gut, ihr sollt sehen, dass ich auch großzügig sein kann«, begann der Burgherr.

Zu seiner Erleichterung nahm der junge Kerl die Flamme sofort ein Stück zurück.

»Ich werde meine Speicher öffnen lassen und jedem von euch Getreide für den Winter geben.« Hadmar sah erst seinen Peiniger, dann die anderen an. »Obwohl ihr es nicht verdient habt«, konnte er sich nicht verkneifen, hinterherzuschicken.

Doch die Leute begangen schon zu jubeln. Und auch, wenn der Bursche jetzt die Fackel löschte, so war Uta klargeworden, wozu das Volk fähig war. Sie schauderte.

Kapitel 17

Karl hatte sich in der Höhle eingerichtet. Er wusste nicht genau, wie viel Zeit vergangen war, aber es mussten mehrere Wochen sein, die er nun schon hier lebte. Und immer noch blickten ihn die dunklen Augenhöhlen unbeseelt und schwarz aus dem Fels an.

Direkt am ersten Tag, als er angekommen war, hatte er sein Werkzeug ausgepackt und den prächtigen roten Karfunkel zurechtgelegt, doch er konnte sich nicht konzentrieren. Immer wieder veränderte er die Position des Steins, drehte und wendete ihn, doch Karl war nicht zufrieden. Angst trieb ihn um, Angst, den Stein durch einen falschen Hieb auf das Spaltmesser zu verderben wie damals, als er den besten Diamanten seines ersten Lehrmeisters zerstört hatte. Als auch noch seine Finger zu zittern begannen, legte er alle Werkzeuge aus der Hand. Jeden Tag versuchte er es von Neuem, und jeden Abend legte er sich unverrichteter Dinge neben den Karfunkel auf den nackten Stein, um zu schlafen.

Je näher der Winter rückte, desto kälter und klammer wurde es in der Höhle. Eines Morgens bereitete ihm das Aufstehen besondere Mühe. Seine Glieder wollten ihm nicht so recht gehorchen. Steifbeinig humpelte er nach draußen. Die Sonne war bereits aufgegangen, doch zum Wärmen schien sie nicht mehr kräftig genug. Karl verspürte Hunger und blickte in das klare Wasser des Bächleins, in dem die Fische sich heute besonders zahlreich tummelten. Es würde ein Leichtes sein, einen zu fangen.

Er kniete sich ganz nah ans Wasser und hob vorsichtig den Arm, um dann blitzschnell zuzugreifen. Doch obwohl mindestens ein ganzes Dutzend Fischleiber auf einer Stelle schwammen, erwischte er keinen einzigen. Karl zog die Hand heraus und versuchte, seine Gelenke durch Reiben geschmeidig zu machen. Dann wagte er einen neuen Versuch. Doch wieder war er zu langsam. Erst beim dritten Mal gelang es ihm, einen Fisch zu packen. Zufrieden betrachtete er ihn, auch wenn es einer der kleinsten war. Doch in dem Moment glitschte der Fisch ihm aus der Hand und landete wieder im Wasser. Karl starrte erschrocken auf seine Finger, die er weder ganz strecken noch zur Faust ballen konnte. Wie Klauen ragten sie ihm entgegen. Karl begriff, dass er mit diesen Händen keinen Fisch mehr fangen würde. Aber viel härter traf ihn die Erkenntnis, dass er es sich endgültig aus dem Kopf schlagen konnte, den Karfunkel zu spalten. All seine Werkzeuge waren ersetzbar, aber nicht seine Hände. Als Steinmann hätte er besser auf sie achtgeben müssen, anstatt sie ungeschützt Kälte und Feuchtigkeit auszusetzen. Jetzt war es zu spät. Karl schlug seine steifen Finger wieder und wieder gegen den Fels.

Gertrud verbrachte nun schon einige Zeit in der Hütte ihres Mannes. Auch wenn er eine andere hatte, konnte sie ihn nicht sofort wieder verlassen. Zu lange hatte sie auf ein Wiedersehen gehofft. Gertrud seufzte und balancierte den schweren Eimer vorsichtig, sodass nicht unnötig viel Wasser hinausschwappte. Der Weg vom Nachbargrundstück zu dem ihres Mannes war halb zugewuchert, sodass sie immer wieder über Wurzeln und Äste steigen musste, was es nicht einfacher machte. Gertrud fluchte. Sie verstand nicht, warum er nicht wenigstens den Weg freimachte, wenn sie schon jedes Mal an einem fremden Brunnen Wasser holen mussten, da er seinen eigenen nicht tief genug gegraben hatte. Sie nahm sich vor, ihm ins Gewissen zu reden, zuerst den Weg und dann den Brunnen in Ordnung zu bringen. Gertrud trat in die Hütte, wo die junge Frau ihres Mannes, Edelgart, am Feuer stand und in einem großen Topf rührte. Sie sah Gertrud entgegen. »Na endlich! Das dauert jedes Mal länger.«

»Der Weg ist zugewuchert.«

»Du hast wohl immer eine Ausrede auf Lager«, bemerkte die ungerührt und warf einen Blick in den Eimer. »Der ist ja nur halb voll!«

»Natürlich ist er nur halb voll. Ich wollte nicht unnötig Wasser verschütten.«

Edelgart sah sie mit gerunzelten Brauen an. »Was soll ich mit so einem bisschen?«

Die junge Frau stieß mit dem Fuß gegen den Eimer, sodass er umkippte. Das Wasser versickerte im Boden. Gertrud blitzte sie wütend an. »Warum hast du das gemacht?«

»Damit du endlich lernst, Wasser zu holen«, erwiderte Edelgart.

»Ich soll etwas lernen?«, empörte sich Gertrud. »Weißt du, wie alt ich bin?«

»Es ist nicht zu übersehen«, lachte die junge Frau auf. »Deine Falten, dein hängender Busen, dein schlaffes Fleisch. Ich verstehe nicht, warum mein Mann gerade so einer Unterschlupf bietet.«

Gertrud biss sich auf die Lippen. Das war es also. Edelgart war eifersüchtig, deshalb triezte sie Gertrud bei jeder sich bietenden Gelegenheit. Dabei hatte sie ihr nicht gesagt, wer sie wirklich war. Sie wollte ihren Mann nicht unnötig in Schwierigkeiten bringen. Keiner brauchte zu wissen, dass er bereits verheiratet war und deshalb die Ehe mit Edelgart nicht galt. Ihr Mann war ihr sehr dankbar dafür, und anfangs dachte sie, deshalb dürfte sie für einige Zeit bei ihm wohnen. Doch dann merkte sie, dass er immer öfter ihre Nähe suchte, mit ihr sprechen wollte. Und Edelgart hatte das wohl ebenfalls bemerkt. Gertrud nahm sich vor, mehr auf Abstand zu achten, und machte sich erneut auf den Weg zum Brunnen.

Kaum hatte sie den Eimer gefüllt, diesmal bis zum Rand, was den Rückweg sehr erschweren würde, lief ihr auch schon ihr Mann über den Weg. »Lass mich das machen«, rief er und nahm ihr den Eimer ab, wobei ungefähr ein Drittel hinausschwappte.

Gertrud schüttelte den Kopf. »Jetzt muss ich nochmal zurück.«

Sie steckte die Hand nach dem Eimer aus, doch er ergriff sie. »Warte! Lass doch die Arbeit mal ruhen!«

Gertrud spürte seinen festen Griff, und es war ihr nicht unangenehm. Aber dann entzog sie sich. »Deine Frau wartet.«

Er schüttelte den Kopf. »Du bist meine Frau.«

Gertrud sah ihn an. »Das fällt dir früh ein. Siebzehn Jahre habe ich gewartet.«

»Ich wusste nicht, ob du mir mein Verschwinden verzeihst.«

»Du hättest es versuchen können.«

Er nickte. »Ja, aber mir fehlte der Mut. Genau wie damals. Ich hätte zu dir stehen sollen, egal was du getan hattest.« Er zögerte. »Ich bin ein Feigling.«

Gertrud verschloss ihm mit ihren Fingern den Mund. »Du bist kein Feigling. Was ich getan habe, war ungeheuerlich. Jeder Mann wäre gegangen.«

»Ich habe nie wieder eine wie dich getroffen.«

»Sei froh«, scherzte Gertrud.

Aber ihr Mann blieb ernst. »Wir gehören zueinander.«

»Sag das nicht«, brachte Gertrud gerade noch heraus, bevor seine Lippen die ihren trafen. Es war genau wie damals und gleichzeitig anders, erregender. Gertrud schmiegte sich fest an ihren Mann, während sie sich liebkosten. Ohne einander loszulassen, sanken sie auf den Boden. Dabei kippte das Wasser um, doch keinen der beiden störte, dass die Erde unter ihnen schlammig war, während ihre Umarmung immer leidenschaftlicher wurde.

Später, als sie außer Atem und langsam ruhiger werdend nebeneinanderlagen, musste Gertrud kurz an den Wilden Mann denken. Es tat ihr leid, dass sie ihn allein gelassen hatte, aber jetzt war ihr klar, dass sie es hatte tun müssen. Die Zeit mit ihm erschien ihr fast wie ein Übergang, eine Reise. Jetzt war sie am Ziel. Gertrud schmiegte sich eng an ihren Mann.

Der setzte sich auf und fing an, sich die Schlammkrusten von Haut und Kleidung zu kratzen. »Komm, versuch auch, dich ein wenig herzurichten. Wenn meine Frau …« Er unterbrach sich. »Wenn Edelgart uns so sieht, weiß sie sofort, was los ist.«

Gertrud setzte sich jetzt auch auf. Sie sah ihn etwas befremdet an. »Du willst es ihr nicht sagen?«

Er wiegte den Kopf. »Schon, aber nicht direkt. Ich will ihr nicht unnötig weh tun. Sie kann schließlich nichts dafür.«

›Ich auch nicht‹, dachte Gertrud, sprach es aber nicht aus.

Ihr Mann begann nun auch bei ihr die Spuren des Schlamms wegzurubbeln, und seine Finger auf ihrem Hals kitzelten sie. Sie musste lachen und beschloss, nicht von vorneherein mit ihren Bedenken alles kaputt zu machen. Dafür war das gerade Erlebte zu schön gewesen. Das musste er doch auch gespürt haben, da gab es gar keinen Zweifel.

Der junge Kerl wurde von vier Wachen gleichzeitig gehalten, während sie ihn in den leeren Speicher brachten. Hadmar erwartete sie schon ungeduldig. »Endlich! Da hin mit ihm!«

Hadmar deutete in die Mitte des Speichers, wo unter einem der Deckenbalken eine Holzkonstruktion errichtet war. Als der Bursche den Aufbau sah, begann er sich so stark zu winden, dass er seinen Bewachern beinahe entglitten wäre.

»Passt doch auf«, herrschte Hadmar sie an.

Er warf ihnen einen Strick zu. »Fesselt ihm die Hände!«

Die Knechte gehorchten.

»Schließlich haben wir uns die Arbeit nicht umsonst gemacht«, grinste Hadmar, während er über das rohe Holz fuhr, das oben in eine kleine Plattform mündete, gerade groß genug, dass ein Mann darauf stehen konnte.

»Was soll das sein?«, fragte der junge Kerl.

»Nun, wie sieht es denn aus?«, fragte Hadmar freundlich.

Der Mann zögerte, es auszusprechen. Hadmar tat es für ihn. »Es ist ein Galgen.«

Über das Gesicht des jungen Kerls ging ein Zucken, was Hadmar mit Genugtuung feststellte. »Ich habe mir alle Mühe gegeben, ihn stabil bauen zu lassen. Platz genug habe ich, seitdem ihr mir mein Getreide gestohlen habt.«

»Wir haben uns nur so viel genommen, wie Ihr vernichtet habt.«

»Wer hat dir erlaubt zu reden?«, herrschte Hadmar ihn an, aber dann entspannte sich seine Miene wieder. »Aber ich will nicht so sein. Kurz vor deinem Tod höre ich mir sogar deine nichtsnutzige Meinung an.«

Hadmar blickte zur Decke hoch. »Bevor du das Gestell erklimmst, dich obendrauf stellst und dir die Schlinge um den Hals legst. Den Rest machen wir dann schon.«

Der junge Kerl folgte seinem Blick. »Aber ich sehe keine Schlinge«, erklärte er mit einem Funken Hoffnung in der Stimme.

»Das Seil war morsch«, nickte Hadmar. »Aber einer meiner Leute ist schon unterwegs, ein neues zu holen.«

Das Gesicht des Gefangenen wurde aschfahl, als sich Schritte näherten.

»Das wird er wohl sein«, erklärte Hadmar aufgeräumt.

Doch anstatt des Erwarteten stand Markward in der Tür und blickte erstaunt auf das Bild, das sich ihm bot.

»Was hast du hier zu suchen?«, herrschte Hadmar ihn an.

»Ich bringe die leeren Säcke zurück«, erklärte Utas Mann und deutete auf den Stapel, den er auf dem Arm trug.

»Eine Arbeit für Knechte«, erklärte Hadmar verächtlich. »Wer hat dir das aufgetragen? Bestimmt deine liebe Gemahlin!«

Markward schwieg, was für Hadmar Antwort genug war. »Wusste ich's doch! Aber jetzt solltest du besser gehen. Das hier ist nichts für Waschweiber.«

In dem Moment kam ein Knecht hereingeeilt und hielt Hadmar ein Seil hin. »Bitte, Herr. Das dickste, das ich finden konnte.«

Hadmar nahm es und zog prüfend daran. »Ja, das könnte gehen.«

Er grinste den jungen Kerl an. »Es wäre nämlich schade, wenn das Seil nicht stark genug ist, um das Genick mit einem Mal zu brechen. Das Geräusch der langsam berstenden Knochen ist wirklich unangenehm.«

Markward blickte von Hadmar zu dem jungen Kerl und hatte nur einen Gedanken: Er musste die Hinrichtung verhindern. Aber er machte sich nichts vor: Sobald er auch nur eine Hand hob, um den Mann zu befreien, würde Hadmar seine Leute auf ihn hetzen und Markward möglicherweise gleich mit dem jungen Mann aufknüpfen. Und wenn Markward etwas in seinem Leben gelernt hatte, dann an sich selbst zu denken, da es in der Regel kein anderer tat. Es gab nur eine Ausnahme, und das war seine Frau. So ablehnend er ihr am Anfang gegenübergestanden hatte, so lieb hatte er sie jetzt gewonnen. Es war ein tiefes Gefühl, das er bisher in dieser Art höchstens für seine Pferde empfunden hatte. Er fasste das lose Ende des Seils, das Hadmar noch in der Hand hielt, und prüfte es nun ebenfalls. Was Hadmar nicht sah, war, dass er es kurz an der Klinge seines Messers, das er immer am Gürtel bei sich trug, entlangschleifte. Sofort rissen einige der Faserstränge entzwei. Markward hielt Hadmar die borstigen Enden hin. »Da habt Ihr Euch aber kein gutes Seil ausgesucht.«

Hadmar runzelte die Brauen, dann hieb er dem Knecht, der es ihm gebracht hatte, mit der flachen Hand ins Gesicht. »Hol ein neues, sofort! Und wehe dir, das ist genauso morsch.«

Der Mann wollte schon loseilen, als Markward ihn aufhielt und sich an Hadmar wandte. »Lasst mich das besorgen. Ich habe ein paar wirklich gute Seile. Aber dann müsst Ihr mich auch zuschauen lassen.«

Hadmar nickte. »Na schön, aber beeil dich.«

Markward ging hinaus.

Bald schon kam er zurück, allerdings ohne Seil, dafür in Begleitung von Uta. Hadmar sah ihn grimmig an. »Was soll das? Was hat sie hier zu suchen?«

Anstatt Markward antwortete Uta. Sie deutete auf den jungen Kerl. »Ihr wollt ihn hinrichten!«

»Natürlich will ich das. Oder hast du vergessen, dass er mich beinahe mit der Fackel angezündet hätte?«

»Die Leute wussten sich nicht mehr anders zu helfen«, versuchte es Uta, aber Hadmar fuhr dazwischen: »... als ihren Herrn umzubringen? Ich weiß, dass du auf ihrer Seite stehst und wie sehr es dich schmeichelt, ihre Lumpenprinzessin zu sein. Weil du in Wahrheit ein Nichts bist!«

Uta blieb ruhig. »Wenn es Euch nur um mich geht, dann straft auch nicht andere, sondern mich!«

Hadmar grinste. »Wie du möchtest. Dann bleib hier und schau zu, wie dieser junge Mann sein Leben aushaucht.«

»Nein!«, schrie Uta.

»Doch«, erwiderte Hadmar. »Schließlich bist du nicht ganz unschuldig an der ganzen Sache, wie wir beide sehr wohl wissen.«

Uta starrte ihn an. Das Schlimmste war, dass er recht hatte. Umso mehr musste sie alles daransetzen, den jungen Burschen zu retten. Am besten wäre es, die anderen Knechte und Mägde herbeizuholen. Wenn sie sähen, was Hadmar vorhatte, würden sie sich wie eine Wand zwischen ihn und den Gefangenen schieben. Aber sie konnte nicht weg, nicht für den kleinsten Moment. Sobald sie Hadmar den Rücken zudrehte, würde der junge Kerl mit gebrochenem Genick von der Decke des Speichers baumeln. Nein, sie musste sich etwas anderes einfallen lassen. Uta blickte Hadmar an. »Wenn Ihr das tut, werde ich es Kaiser Heinrich erzählen.«

Hadmar zuckte mit den Achseln. »Na und? Er wird mich beglückwünschen, das Richtige getan zu haben.«

Uta biss sich auf die Lippen. Wahrscheinlich hatte Hadmar damit recht. Heinrich stand ihm in Grausamkeit in nichts nach, ganz im Gegenteil. Sie dachte an Löwenherz und hoffte, dass Heinrich ihn immer noch in so ehrenhafter Gefangenschaft hielt, wie er das bisher getan hatte. Sie würde es nicht ertragen, wenn dieser Mann gequält würde. Aber dann hörte sie wieder Löwenherz' Worte. Heinrich konnte es sich nicht erlauben, ihn schlecht zu behandeln. Schließlich war er selbst ein König und ein Kreuzfahrer noch dazu. Heinrichs Gegner würden sich ins Fäustchen lachen. Uta sah Hadmar fest an. »Der Kaiser kann im Moment keine Lehnsmänner gebrauchen, die seinem Ruf schaden. Solange Löwenherz sich in seiner Gefangenschaft befindet, ruhen die Blicke vieler auf ihm, und zwar nicht nur wohlgesonnene.«

Hadmar runzelte die Brauen. Daran, dass er nicht gleich widersprach, erkannte Uta, dass sie ins Schwarze getroffen hatte.

»Spielst du jetzt die große Herrin?«, fragte er missgelaunt.

Uta zuckte mit den Achseln. »Wenn Ihr Euch so sicher seid, so lasst Euch nicht aufhalten. Hängt den Mann.«

Uta sah sehr wohl, dass der junge Kerl sie entsetzt anstarrte. Trotzdem drehte sie sich um und gab Markward ein Zeichen, ihr zu folgen. Bei jedem Schritt pochte ihr Herz lauter. Sie konnte nur hoffen, dass ihre Entschlossenheit Hadmar umstimmen würde, ansonsten war der Mann verloren.

»Warte!«, ließ sich Hadmar vernehmen.

Uta versuchte, sich die Erleichterung nicht zu sehr anmerken zu lassen. »Habt Ihr es Euch anders überlegt?«, fragte sie möglichst gleichmütig.

Hadmar spuckte vor dem Burschen auf den Boden. »Er ist es nicht wert, noch ein Seil für ihn zu verschleißen. Nimm ihn mit!«

Damit gab er dem immer noch an den Händen Gefesselten einen Stoß, sodass er direkt in Utas Arme taumelte. Uta fing sich wieder, und zu dritt verließen sie den Speicher. Erst als sie um die Ecke gebogen und somit außer Sichtweite waren, blieb Uta stehen. »Das ist gerade noch einmal gutgegangen. Markward, es war gut, dass du mich geholt hat.«

Markward lächelte. »Für meine Frau tue ich alles.«

Uta nickte. »Dann lass uns jetzt bitte allein«, verlangte sie.

Markward sah sie erstaunt an, aber da Uta ihn nicht weiter beachtete, sondern dem jungen Kerl die Fesseln zu lösen begann, fügte er sich. Uta hielt jetzt den losen Strick in den Händen. »Ich danke Euch vielmals«, erklärte der Befreite und nahm ihre Hände in seine.

Er sah ihr ins Gesicht. »Wärt Ihr wirklich gegangen? Hättet Ihr mich dem Galgen überlassen?«

»Lass mich los!«, fuhr Uta ihn an, während sie versuchte, ihre Finger aus seiner Umklammerung zu lösen. »Sofort!«

Der Kerl tat, wie ihm befohlen. »Natürlich.«

Uta rieb sich ihre Handgelenke, und der Mann strich zart darüber. »Es tut mir leid.«

»Du bist ein wenig hitzköpfig, und es würde mich nicht wundern, wenn du bald wieder in Schwierigkeiten gerätst.« Uta fasste ihn am Kinn. »Aber ich könnte ein wenig auf dich aufpassen.«

Der junge Kerl sah sie verwundert an. Uta fuhr fort: »Wenn du auch etwas für mich tust.«

Der Bursche nahm ihre Finger in die Hand und führte sie an seine Lippen. »Ich tue alles, alles, was Ihr wollt.«

Uta gab ihm eine schallende Ohrfeige. »Nicht so frech!«

Doch seine Dreistigkeit imponierte ihr. »Ich brauche jemanden, der sich bei den Leuten umhört. Der aufschnappt, was sie über Hadmar, über Eufemie und über mich sagen. Aber du sollst sie nicht so aushorchen, dass es auffällt. Ich will wissen, was die Leute denken.«

»Ich soll für Euch spionieren?«, fragte der Bursche rundheraus.

Uta zuckte ein wenig zusammen, aber dann nickte sie und schlug ein, als er ihr seine Hand hinhielt.

»Ich werde Euch immer auf dem Laufenden halten. Nichts wird mir entgehen«, versprach er.

Uta nickte. »Wie heißt du eigentlich?«, fragte sie noch schnell.

»Martin«, antwortete er, bevor er mit einem frechen Grinsen verschwand.

Uta lächelte. Sie hatte das Gefühl, dass er genau der Richtige für ihre Vorhaben war.

Gertrud betrat die dunkle Hütte und schlug die Decke vom Fenster zurück, um Licht hereinzulassen. Sie genoss die Sonnenstrahlen auf ihrer Haut. Es war, als wären seine Hände noch auf ihr und strichen über ihren Körper. Sie hatten sich auf der kleinen Lichtung geliebt, nicht weit weg von hier, aber so versteckt, dass seine junge Frau sie nicht bemerken würde. Gertrud wandte sich zu ihr um. Edelgart döste unruhig auf ihrem Lager, den Säugling im Arm. Schweißperlen standen ihr auf der Stirn, während das Kind zu schreien begann. Gertrud nahm es behutsam auf und wiegte es in ihren Armen, um zu sehen, ob es sich wieder beruhigte. Doch es schrie weiter. Als Gertrud ihm ihren kleinen Finger in das Mündchen steckte, fing es an zu saugen. Es hatte Hunger. Gertrud kniete sich mit dem Säugling auf dem Arm neben Edelgarts Lager und schlug die Decke ein Stück zurück. Der Stoff war durch und durch nass und roch säuerlich. Sie schwitzte immer noch viel. Das Fieber hatte sie über zwei Wochen geschüttelt, und Gertrud hatte die ganze Zeit an ihrem Bett gewacht, außer in den Stunden, in denen sie in den Armen ihres Mannes lag.

Er hatte Edelgart noch nichts von der wieder aufgeflammten Liebe zu Gertrud erzählt, was sie nur zu gut verstand. Es war wichtig, dass sie schnell gesund wurde. Das Kind musste gestillt werden, damit es gedieh. Gertrud entblößte eine von Edelgarts Brüsten und legte den Säugling so an, dass er mit seinen Lippen und seinem kräftigen, kleinen Kiefer zu saugen beginnen konnte. Edelgart wälzte sich unruhig auf dem Lager, dann schlug sie die Augen auf. »Nimm ihn weg«, befahl sie Gertrud, das Kind von sich schiebend, das sofort wieder zu schreien begann.

»Er hat Hunger«, wandte Gertrud ein.

»Ich auch. Mach mir was. Ich muss essen, sonst saugt er mich aus.«

Gertrud nahm den schreienden Jungen und ging zu dem Topf mit Brei, der auf der Feuerstelle bereit stand. Sie tauchte den Finger hinein und ließ den Säugling das gekochte Getreide ablutschen. Es war zwar noch zu früh für solche Nahrung, aber ihr tat es in der Seele weh, ihn hungern zu sehen.

»Wird's bald?«, meldete sich Edelgart ungeduldig, und Gertrud füllte eine Schale mit dem Brei, die sie der jungen Frau reichte. Je schneller sie sich gestärkt hatte, umso eher würde sie den Jungen wieder an ihre Brust lassen. Edelgart schlang alles in sich hinein, doch anschließend sank sie auf ihr Kissen zurück und schloss die Augen.

»Edelgart, vergiss dein Kind nicht«, mahnte Gertrud.

»Kümmer du dich drum. Ich kann das Geschrei nicht ertragen.«

Gertrud zögerte. Es machte ihr nichts, dass Edelgart sie quälte. Sie war wieder glücklich, sobald sie ihren Mann im Arm hatte. Aber dass Edelgart ihr Kind vernachlässigte, gab Gertrud zu denken. »Er muss kräftig werden. Wie soll er sonst überleben? Es ist das einzige Kind, das du von deinem Mann hast.«

»Aber es wird nicht das letzte sein«, schleuderte ihr Edelgart entgegen und verzog ihr Gesicht zu einem triumphierenden Lachen.

Gertrud verstand plötzlich. Wahrscheinlich ahnte die junge Frau, was auf der kleinen Lichtung passierte, vielleicht hatte sie Gertrud und ihren Mann sogar beobachtet. Und jetzt wollte sie sie bestrafen, selbst wenn sie dafür das Leben ihres Sohnes opfern musste. Gertrud drängte sich ein unguter Verdacht auf: Wenn sie das Leben des Kindes retten wollte, musste sie von ihrem Mann lassen.

»Ich konnte ihn nicht mehr beruhigen. Er hat seinen Körper verzweifelt gestreckt und gereckt, aber nicht das gefunden, was er wollte. Erst als sie gegen Mittag erwachte, hat sie ihn endlich gestillt.«

Ihr Mann streichelte Gertrud über die Wange. »Ich bin stolz auf dich, dass du durchgehalten hast.«

»Es geht nicht um mich, es geht um deinen Sohn. Sie will uns damit strafen.«

Er schüttelte ungläubig den Kopf. »Aber sie weiß nichts.«

»Sie ahnt es, sie hat es im Gefühl.«

»Das redest du dir ein, weil du ein schlechtes Gewissen hast. Aber das brauchst du nicht. Wir tun nichts Schlimmes. Dafür ist es viel zu schön.«

Gertrud lächelte. Genau das Gefühl hatte sie jedes Mal, wenn sie mit ihm zusammen war: Sie taten nur das, was sie tun mussten. Doch dann schüttelte sie den Kopf. »Aber sie hat die Macht über Leben oder Tod deines Sohnes.«

Ihr Mann zog sie in die Arme. Gertrud konnte nicht widerstehen und schmiegte sich an ihn. Er hatte seinen Mund ganz nah an ihrem Ohr, als er flüsterte: »Ich will nicht auf dich verzichten, nie mehr.«

Gertrud löste sich von ihm. »Aber wie soll es weitergehen?«

»Ich werde mit ihr reden und ihr alles sagen. Das wird sie zur Vernunft bringen.«

Gertruds Herz tat einen Hüpfer. Die Heimlichkeiten hatten ein Ende, er würde sich zu ihr bekennen. Alles würde wie früher werden, nein, viel schöner. Sie merkte erst jetzt, wie allein sie sich all die Jahre gefühlt hatte.

Gertrud konnte es nicht lassen, Edelgart und ihren Mann zu beobachten. Es trieb sie um, ob er endlich mit ihr sprach. Aber der Tag ging zu Ende, und es hatte sich anscheinend noch keine Gelegenheit ergeben. Alle drei legten sich in der Hütte schlafen, Edelgart und ihr Mann nebeneinander auf ihrem Lager, Gertrud an der gegenüberliegenden Wand. Doch sosehr sie sich auch bemühte, der Schlaf wollte nicht kommen. Schließlich gab sie es auf und starrte mit offenen Augen in die Dunkelheit. Sie überlegte, was mit dem Säugling passieren würde. Vielleicht ließ Edelgart ihn, wenn sie alles erfahren hatte, stellvertretend büßen? Plötzlich kam Gertrud ein Gedanke. Sie könnten ihn zu sich nehmen, dann wären sie wieder eine kleine Familie, ihr Mann, sie und der Junge. Sie war zwar schon etwas alt für einen Säugling, aber sie würde alles tun, um ihn gut gedeihen zu lassen. Am liebsten hätte sie ihn jetzt gleich schon in den Armen gehalten, dann würde ihr das Wachliegen nicht so viel ausmachen. Plötzlich hörte sie ein Geräusch. Erst dachte sie, es käme von draußen aus dem Wald, ein Knacken der Äste im Wind oder ein Tier, das umherstreifte. Aber dann merkte sie, dass es ihr Mann und Edelgart waren, die sich auf ihrem Lager bewegten. Gertrud versuchte, zu erkennen, ob sie sich vielleicht aufsetzten, um zu dieser frühen Stunde das überfällige Gespräch zu führen. Doch es fiel kein Wort, stattdessen hörte sie, wie beider Atem immer schneller ging. Als ein deutlich hörbares Stöhnen daraus wurde, begriff Gertrud: Ihr Mann redete mitnichten mit der jungen Frau, sondern er wohnte ihr bei. Verzweifelt starrte Gertrud ins Leere. Sie überlegte, was das bedeuten konnte. Vielleicht hatte er schon versucht, mit ihr zu sprechen, aber sie wollte nicht hören. Vielleicht musste er sie erst wieder beruhigen. Schließlich ging es um seinen Sohn, der nicht unnötig leiden sollte. Ja, so musste es sein. Er würde alles regeln, sie durfte nicht so ungeduldig sein. Gertrud hielt sich die Ohren zu.

Uta betrat die kleine Kammer, um zu sehen, wie weit Lise damit war, ihr blaues Kleid auszubessern. Sie hatte es immer besonders geschont, damit sie wenigstens eins hatte, das noch nicht so abgetragen aussah. Doch als sie es gestern aus der Truhe genommen hatte, entdeckte sie die Bescherung: Motten hatten große Löcher hineingefressen. Zum Glück war Lise mit Nadel und Faden recht geschickt. Doch zu ihrem Erstaunen sah Uta ihre Magd rot anlaufen. Das Kleid lag unberührt auf dem Nähtischchen, und eine Motte hatte sich auf dem Ärmel niedergelassen. Uta stürzte auf das Insekt zu und erschlug es mit der flachen Hand. Die großen Flügel lösten sich in Staub auf. Uta drehte sich zu Lise: »Warum ist das Kleid noch nicht in Ordnung?«

Lise wurde noch röter, und jetzt sah Uta, dass ihre Magd etwas hinter dem Rücken verbarg. »Was hast du da?«, fragte sie.

Lise sah sie nur stumm und kuhäugig an, sodass Uta deren Arm nach vorn zerrte. Ein grob gewebtes Tuch mit blauem Rankenmuster kam zum Vorschein. Ihre Herrin nahm es ihr ab und hielt es in die Höhe. »Ist das deins?«

Lise nickte und konnte ein freudiges Lächeln nicht unterdrücken. »Seit heute Nacht. Einer der jungen Bauern hat es mir geschenkt.«

Uta runzelte die Brauen. »Heute Nacht?«

»Wir haben einen kleinen Spaziergang gemacht.« Sie sah Uta an. »Mehr nicht.«

Uta betrachtete das versonnene Lächeln von Lise. »Du einfältiges Ding! Als ob es dabei bleibt! Komm mir bloß nicht mit einem Balg an.«

Sie drückte Lise das Tuch wieder in die Hand. Die nahm es hoch und schmiegte ihre Wange daran. Uta sah, wie gut ihr die Farben zu Gesicht standen, wie ihre Augen strahlten. »Kenne ich ihn?«

Lise nickte. »Es ist Martin.«

Uta sah sie erstaunt an. »Wie kann er dir so ein großzügiges Geschenk machen?«

Lises Augen leuchteten. »Der Nordhofbauer hat zwei Schweine geschlachtet zur Geburt seines ersten Sohnes, und Martin hat ihm geholfen. Das Tuch war sein Lohn.«

»Gleich zwei Schweine?«, wunderte sich Uta.

Lise nickte. »Und ganz knusprig gebraten.«

Uta wandte sich zur Tür. »Das Kleid muss bis heute Nachmittag fertig sein. Halt dich dran«, befahl Uta unwirsch.

Dann verließ sie das Kämmerchen.

Uta trug das blaue Kleid. Die Löcher waren gestopft. Lise hatte ihre Sache wirklich gut gemacht, sodass kaum noch etwas zu sehen war. Trotzdem hatte sie das Gefühl, jeder starrte nur auf die gestopften Stellen. Ihr tat es schon fast leid, dass sie die Knechte und Mägde, die Bauern und Bäuerinnen auf den Burghof geladen hatte. Aber jetzt war es zu spät. Sie stand bereits auf dem hölzernen Podest, und alle sahen sie gespannt an. Uta begann: »Ihr alle habt zusätzliches Getreide bekommen, das Korn aus Hadmars Speicher. Ihr konntet euch wieder satt essen und sogar Feste feiern.«

Die Menschen nickten und jubelten.

Uta versuchte ihnen ins Gesicht zu sehen, um festzustellen, ob es wirklich Fröhlichkeit war oder ob sie sich auf ihre Kosten amüsierten. Vielleicht lachten sie über ihr geflicktes Kleid. Mit einer Handbewegung verschaffte sie sich Ruhe: »Und weil es euch wieder so gut geht, ist es nur mein Recht, dass ich auch meinen Anteil bekomme.«

Die Leute wurden nach und nach still. Erst ertönten noch einige Laute des Erstaunens, aber dann war außer einem leisen Windhauch nichts mehr zu hören. »Ich erwarte, dass ihr mir die Hälfte von den Erträgen eurer Viehhaltung gebt: Eier, Milch, Fleisch, Häute.«

Sie hatte kurzentschlossen die Menge der Abgaben von einem Viertel, das sie ursprünglich fordern wollte, auf das Doppelte erhöht. Das kam davon, wenn man sie verspotten wollte. Langsam kam Murren auf, aber niemand traute sich, das Wort zu ergreifen. Stattdessen schubsten und drängten die Leute den jungen Martin, etwas zu sagen. Der trat schließlich vor. »Verehrte Herrin, Ihr wisst, wie sehr ich Euch schätze«, begann er. »Und nicht nur ich, wir alle verehren Euch als eine mildtätige und gnädige Herrscherin, die uns vor der großen Hungersnot gerettet hat.«

Uta nickte ungeduldig. »Fahr fort.«

Der junge Kerl zögerte. »Aber wenn Ihr uns jetzt die Hälfte nehmt, dann bleibt nur wenig für den Winter, und wir müssen erneut hungern.«

»Oder mehr arbeiten«, fügte Uta an. »Anstatt in der Nacht mit jungen Frauen herumzustreunen«, konnte sie sich nicht verkneifen anzufügen.

Sie wandte sich wieder an die Menge. »Ihr habt meine Worte gehört. Ich erwarte, dass ihr euch daran haltet.«

Sie blickte in die fassungslosen und verzweifelten Gesichter. Nur einer lachte und fing sogar an, Beifall zu klatschen. Es war Hadmar, der sich unter die Leute gemischt hatte.

Einer nach dem anderen leerte seinen Krug mit Milch in das große Fass, legte vorsichtig Eier auf den im Burghof aufgebauten Tisch oder ein geschlachtetes Huhn auf den Boden. Uta begutachtete die Abgaben streng. So musste sie nicht in die Gesichter der Menschen sehen, deren Hoffnung auf einen sorgenfreien Winter sie mit einem Schlag zunichte gemacht hatte. Uta straffte sich. Zwar hatte es ihr nicht gefallen, dass Hadmar ihr applaudiert hatte, aber im Herrschen hatte er eindeutig die längere Erfahrung. Und wo kamen sie denn hin, wenn es dem Volk gutging und die Herren darbten? Das verstieß geradezu gegen die gottgewollte Ordnung.

Trotzdem war Uta unruhig. Sie konnte plötzlich den Geruch der Schweinehälfte, die einer der Bauern sich um den Hals gelegt hatte, nicht mehr ertragen. Es flirrte ihr vor Augen. Sie winkte einem Wachmann, ihre Arbeit zu übernehmen.

Uta suchte die aufgebrachte Menge ab, bis sie ihn fand. Sie ging auf den jungen Kerl zu, der in der Schlange stand, um ein wenig Ziegenmilch abzuliefern. »Lass den Eimer stehen und komm mit«, befahl sie ihm.

Martin folgte ihr in die Burg. Sie betraten Utas Gemach, und die Herrin schloss die Tür. Sie drehte sich zu dem jungen Mann. »Und, was sagen die Leute jetzt?«

Er zögerte. »Nun, sie finden die Abgaben zu hoch.«

Uta winkte ab. »Das weiß ich. Was sagen sie über mich?«

Martin schwieg.

»Denk dran, ohne mich hättest du am Galgen gehangen«, ermahnte sie ihn.

Der Bursche gab sich einen Ruck. »Sie nennen Euch immer noch Lumpenprinzessin.«

Uta überlegte. »Aber wie sagen sie es? Anerkennend oder verachtend?«

Martin zögerte, bevor es aus ihm heraussprudelte: »Es ist doch nur, weil sie so verzweifelt sind. Eigentlich meinen sie es nicht so.«

»Dann sag mir die Namen der Wortführer«, erwiderte Uta.

Martin wurde blass. »Bitte zwingt mich nicht. Ich weiß, ich stehe in Eurer Schuld, aber das kann ich nicht tun. Ich bin kein Verräter.«

»Natürlich bist du das nicht«, lächelte Uta. »Ich will sie nur zur Einsicht bringen.«

Martin sah sie lange an und Uta hielt seinem Blick stand. Dann begann er: »Es sind der Schmied, sein Nachbar und der Nordhofbauer. Sie sind die Anführer.«

Uta nickte, dann kam sie näher. »Ich wusste, dass ich mich auf dich verlassen kann.«

Uta hauchte Martin einen Kuss auf die Wange, bevor sie ihn nach draußen schickte.

Markward hatte sein Essen wie immer bereits heruntergeschlungen, bevor Uta fertig war. Es war schwer, ihm Manieren beizubringen. Uta hatte immer öfter das Gefühl, seine Mutter zu sein. Vielleicht wollte sich deshalb kein Nachwuchs bei ihnen einstellen, obwohl sie regelmäßig das Bett miteinander teilten. Eufemie betrachtete jeden Monat enttäuscht die von Utas Blut gefärbten Einlagen. Uta selbst machte es weniger aus. Wie sollte sie sich noch um ein Kind kümmern, neben all ihren Aufgaben? Sie sah, dass Markward unruhig auf seinem Stuhl herumrutschte, da er so schnell wie möglich in den Stall wollte. Aber sie aß nun mit Absicht noch langsamer, als plötzlich die Tür aufging und Martin hereinstürmte. Sein Gesichtsausdruck ließ nichts Gutes vermuten. Uta wandte sich schnell an Markward: »Du kannst gehen.«

Sie merkte, dass er zögerte. Anscheinend hatte Martins Auftauchen seine Neugier geweckt. »Hast du nicht gehört?«, wurde Uta deutlicher, worauf Markward irritiert aufstand und den Raum verließ.

Da platzte Martin auch schon heraus: »Ihr habt mich belogen! Ihr habt die Männer, die ich Euch genannt habe, bestraft!«

Uta stand auf, um wenigstens ungefähr auf Augenhöhe mit dem wütenden Mann zu sein. »Wieso belogen? Ich habe gesagt, dass ich sie zur Einsicht bringen will.«

»Durch noch mehr Abgaben?«

Uta nickte. »Es steht ihnen nicht an, die Leute gegen ihre Herrin aufzuwiegeln.«

Der junge Kerl blickte sie empört an. »Ihr habt mich benutzt, für Eure Zwecke missbraucht.«

»Ihr habt Euch bereit erklärt, mir zu dienen.«

»Aber ... aber so etwas wollte ich nicht tun.« Martin atmete schwer. »Und so etwas werde ich auch nicht tun. Ihr könnt Euch einen anderen für diese schmutzige Arbeit suchen.«

»Bitte«, erwiderte Uta. »Ganz wie du willst.«

Martin sah sie ein wenig ungläubig an. »Ich kann gehen?«

Uta nickte, und Martin machte schon kehrt, als Uta fortfuhr: »Ich bitte dich, mir nur noch einmal Bericht zu erstatten, was die Leute sagen. Nur in einer Sache.«

Uta lächelte ihn an. Martin zögerte: »Über was wünscht Ihr denn unterrichtet zu werden?«

»Darüber, was die Leute sagen, wenn sie erfahren, dass du die ganze Zeit für mich spioniert hast«, erwiderte sie kalt.

»Nein, das könnt Ihr nicht tun! Bitte ...«

Uta zuckte mit den Schultern. »Du hast es in der Hand. Entscheide dich!«

Damit ließ sie Martin stehen.

Uta ging an den Regalen der gut bestückten Vorratskammer vorbei. Lise kontrollierte auf ihre Anweisungen hin das gepökelte Fleisch, den Speck und den Käse. Noch einmal würde es ihr nicht passieren, dass Mäuse oder anderes Getier irgendetwas davon vernichteten. Zum ersten Mal in ihrem Leben nannte sie so viel ihr Eigen. Lise war gerade dabei, einen der dicken, goldgelben Käselaiber umzudrehen, als sie innehielt. Besorgt ging Uta zu ihrer Magd hinüber: »Was ist? Sind das Fraßspuren?«

Lise schüttelte den Kopf. »Nein, der Käse ist unversehrt.«

Uta atmete auf. »Dann ist ja alles in Ordnung.«

Ihre Magd zögerte. »Nein, das ist es nicht.« Lise fasste sich ein Herz. »Martin ist so unglücklich.«

»So? Ist er das? Wenn er einfach seine Arbeit tun würde, wie jeder andere auch, gäbe es keinen Grund dafür.«

»Aber es ist nicht irgendeine Arbeit«, erwiderte Lise. »Er muss seine Freunde verraten.«

»Er soll mir sagen, wenn sie schlecht über ihre Herrin sprechen. Das ist ja wohl nicht zu viel verlangt.«

»Aber Martin ist so ein offener und ehrlicher Mensch. Er hasst die Ungerechtigkeit.«

»Er schenkt dir ein Schmucktuch, und schon redest du ihm nach dem Mund«, stellte Uta fest.

Lise schüttelte den Kopf. »Martin weiß nicht, dass ich mit Euch spreche. Er würde es nicht wollen, stolz wie er ist.«

»Dann kann ich auch nichts für ihn tun. Er muss schon den Mut aufbringen und selbst zu mir kommen.«

»Aber Ihr wart es doch, die ungerecht zu ihm war«, entfuhr es Lise.

Gleich darauf hielt sie sich die Hand vor den Mund, aber es war zu spät. Uta nahm sie wütend am Arm. »Ich und ungerecht? Für wen habe ich das Getreide holen lassen? Für wen schlage ich mich mit Hadmar herum? Für Leute wie deinen Martin, die sich zum Dank auf meine Kosten auch noch bemitleiden lassen.«

»Ich weiß, dass Ihr viel für uns getan habt. Und wir alle sind Euch dankbar. Aber bitte, nutzt das nicht aus!«

Lise merkte sofort, dass auch das nicht die richtigen Worte waren, denn Uta fuhr sie harsch an: »Ich nutze euch aus, ich bin ungerecht?!«

Plötzlich wurde sie ganz ruhig. »Dann ist es natürlich eine Zumutung, dass du so einer Person dienst.«

Lise sah sie erstaunt an. »Wie meint Ihr das?«

»So, wie ich es gesagt habe. Du musst nicht mehr für mich arbeiten. Dein neuer Herr ist ab heute Hadmar.«

Die Magd sah sie entsetzt an.

Lise schrubbte verzweifelt den kalten Steinboden im großen Saal. Ihre Finger waren schon fast blutig, und auch die Bürste und der Lappen, die sie beide immer wieder in den Wassereimer tauchte, hatten schon arg gelitten. Bereits zum zehnten Mal wischte Lise jetzt unter der Tafel auf, an der die Speisen eingenommen wurden. Zwischen den Tischbeinen blickte sie zu Hadmar hinauf, der ihre Arbeit beaufsichtigte. »Kann ich aufhören, Herr? Es ist nicht einmal mehr ein Stäubchen zu sehen.«

»So?«

Hadmar zog die Augenbrauen hoch. »Und was ist das?«

Er schnippte einen Brotkrumen, der vom Mahl übrig geblieben war, nach unten. »Fang nochmal von vorn an!«

Lise begann zu weinen, und ihre Tränen vermischten sich mit dem Blut, das jetzt aus den aufgesprungenen Händen quoll. Die Magd nahm allen Mut zusammen, um sich erneut an den Burgherrn zu wenden: »Bitte lasst es gut sein, wenigstens für heute. Morgen putze ich weiter.«

»Morgen? Hast du heute etwa noch etwas vor?«

Lise schaute auf den Boden, und Hadmar fuhr fort: »Kann es sein, dass du jemanden treffen willst? Einen Mann vielleicht?«

Lise blickte vorsichtig hoch. »Nur ganz kurz, auf ein paar Worte, mehr nicht.«

Hadmar lächelte. »Lass mich raten, wer der Glückliche ist!«

Plötzlich wurde seine Stimme schneidend: »Du bist das Liebchen von dem Kerl, der mich, seinen Herrn, bedroht hat, stimmt's?«

Lise sah ihn erschrocken an. »Er … er führt nichts mehr gegen Euch im Schilde, ganz bestimmt nicht.«

»Wenn Uta nicht gewesen wäre, hätte er am Galgen gebaumelt.«

»Er hat bereut, was er getan hat, wirklich. Vor allem, seit er Uta zu Diensten sein musste.«

»Uta zu Diensten?«, fragte Hadmar.

Lise merkte, dass sie schon zu viel gesagt hatte. »Nun ja, er musste einige Arbeiten erledigen. Auf jeden Fall will er sich zukünftig aus allem raushalten.«

»Na, wenn das so ist …«, grinste Hadmar breit. »Worauf wartest du noch? Geh, lauf zu deinem Schatz!«

Das ließ Lise sich nicht zweimal sagen. Sie beeilte sich so, dass sie nicht bemerkte, wie Hadmar ihr in einigem Abstand folgte.

Lise ging Martin, der aus dem Schatten der Burgmauer trat, freudig lächelnd entgegen. Ihre Hände hatte sie vorsichtshalber in ihre Schürze gewickelt. Der Mann küsste sie sanft auf den Mund. »Endlich!«

Lise küsste ihn ebenfalls. »Ich habe dich so vermisst!«

Martin lächelte und wollte Lise bei den Händen nehmen, als er merkte, dass sie sie in Stoff gehüllt hatte. »Ist dir kalt?«, fragte er verwundert, denn die Nacht war trotz des nahen Herbstes immer noch lau.

Lise zog die Hände weg. »Nein, das nicht. Aber du sollst sie nicht sehen.«

»Warum das denn nicht? Ich liebe deine schönen, weichen Finger.«

»Sie sehen aus wie blutige Klumpen«, erklärte Lise unglücklich.

Martin zog ihre Hände vorsichtig aus der Schürze heraus. Erschrocken sah er Lise ins Gesicht. »Was ist passiert?«

Die hob an: »Ich wollte bei Uta ein gutes Wort für dich einlegen.«

Sie sah, dass Martin die Brauen runzelte, und strich ihm besänftigend über die Wange. »Sei mir bitte nicht böse. Aber ich konnte nicht mit ansehen, wie sie von dir verlangt hat, die eigenen Freunde auszuhorchen, um sie dann zu bestrafen.«

Martin schüttelte den Kopf. »Du hättest dich nicht einmischen dürfen.«

»Aber ich habe gedacht, ich kenne sie, und wenn ich nur die richtigen Worte finden würde, hätte sie ein Einsehen.«

»Und?«

»Stattdessen hat sie mich zu Hadmar geschickt. Und der hat mich so lange den Boden schrubben lassen, bis das aus meinen Händen geworden ist.«

Martins Gesicht verdüsterte sich. »Wie konnte sie dich diesem Hund ausliefern?« Er packte Lise bei den Schultern. »Diesmal ist sie zu weit gegangen. Das war das letzte Mal, dass sie dir so etwas angetan hat, das verspreche ich dir. Ich werde dafür sorgen, koste es, was es wolle.«

Er nahm Lise fest in den Arm.

Ein Stückchen weiter löste sich eine Gestalt aus dem Dunkel der Mauer. Es war Hadmar, der zurück zur Burg ging. Er hatte mit Interesse zugehört. Dass Martin ihn einen Hund nannte, störte ihn wenig. Er hatte es nicht anders erwartet. Aber dass Uta sich einen Spion hielt, das erstaunte ihn sehr. Sie schien auf dem besten Wege, ihm ebenbürtig zu werden. Er bedauerte es schon fast, dass kein Weg daran vorbeiführen würde, ihr Einhalt zu gebieten.

Es war nicht schwierig für Uta, das Zeichen zu deuten. Sie hielt den Schmetterling mit den prächtigen, lila Flügeln in der Hand. Er lebte nicht mehr, doch war das Insekt so vorsichtig getötet worden, dass seine ganze Schönheit erhalten blieb. Sie wusste, wo besonders viele dieser Falter zu finden waren: auf einer hochgelegenen Stelle an einem Berg, die deshalb auch Schmetterlingswiese genannt wurde.

Es dämmerte schon, und wenn Uta sich jetzt auf den Weg machte, würde sie in die Dunkelheit kommen. Aber sie hätte einen Verbündeten zurückgewonnen. Sie hatte es selbst nicht wahrhaben wollen, aber es hatte ihr viel ausgemacht, dass Martin ihr nicht mehr zu Diensten sein wollte. Sie brauchte jeden, der sie stützte. Jedes

Straucheln würde Hadmar zu nutzen wissen. Außerdem tat es ihr leid, Martin so unter Druck gesetzt zu haben. Aber anscheinend zeigte es Erfolg, denn kein anderer konnte hinter dieser Botschaft stecken. Martin hatte es sich anscheinend überlegt und wollte ihr seinen Entschluss jetzt mitteilen. Sie lächelte, als sie an den Treffpunkt dachte. Er schien seine Tätigkeit als Spion jetzt so ernst zu nehmen, dass er es mit der Geheimhaltung fast ein wenig übertrieb. Uta legte sich ein Tuch um und verließ ihr Gemach.

Sie schritt schnell aus und musste sich selbst mahnen, nicht zu sehr zu eilen, da sie nicht über eine Wurzel oder einen Stein stolpern wollte.

Endlich erreichte Uta den Berghang. Jetzt musste sie aufpassen. Zwar dehnte sich die Wiese zu einer Seite hin aus, zur anderen aber mündete sie in einen steilen Abhang. Uta blieb stehen und hielt Ausschau. Doch Martin war noch nicht zu sehen. Uta wurde ärgerlich. Man ließ seine Herrin nicht warten. Aber eigentlich sah ihm das auch nicht ähnlich. Eher konnte sie sich vorstellen, dass er in seiner ungestümen Art gestolpert war. Uta mochte gar nicht weiter denken. Dennoch machte sie ein paar Schritte auf das Ende der Wiese zu. Vorsichtig, einen Fuß vor den anderen setzend, tastete sie sich voran. Dann merkte sie, dass es abwärts ging. Sie spähte in den Abgrund hinunter. Doch es war nur noch wenig zu erkennen: die Umrisse von ein paar Sträuchern, die sich an den steinigen Boden klammerten, und abgebrochene Baumstämme, die in den Himmel ragten. Uta lehnte sich noch ein wenig mehr nach vorne. Plötzlich hörte sie ein Geräusch hinter sich, ein kurzes Knacken, als wenn jemand auf einen Zweig getreten wäre. Aber bevor sie sich umdrehen konnte, wurde sie an den Schultern gepackt. Zwei starke Hände umschlossen ihre Oberarme und drängten sie nach vorn, in Richtung des Abhangs. »Nein!«, schrie Uta laut. »Nein! Bitte lasst mich los!«

Doch der Griff wurde höchstens noch fester. Uta stemmte sich mit zusammengebissenen Zähnen gegen den Druck, aber der andere war kräftiger. Es musste ein Mann sein, wahrscheinlich ein junger. Martin, dachte sie plötzlich, und es durchfuhr sie heiß. Er hatte sie nicht hierhin bestellt, um auf ihre Forderung einzugehen, sondern um sie zu töten! Für einen Moment war sie wie gelähmt, wodurch sie der andere bis kurz vor den Abgrund drängen konnte. Ihre Zehenspitzen fanden schon keinen Halt mehr, gleich würde sie ausrutschen und ins Leere stürzen. Abfangen würde sie erst einer der Baumstümpfe weit unten. Wenn er so zersplittert war wie der, der direkt am Rand neben ihr aus dem Boden ragte, würde er sich sehr wahrscheinlich in ihren Leib rammen. Sie schloss die Augen, doch da kam ihr eine Idee. Anstatt sich dem Angreifer weiter zu widersetzen, ergab sie sich und ließ sich von ihm nach unten stoßen. Im Fallen griff sie nach dem Baumstumpf neben sich. Seine Rinde war glatt und bemoost, was ihre Finger abrutschen ließ. Im letzten Moment fand sie an einer Verdickung im Holz Halt. Mit Schwung drehte sie sich so, dass sie sich bäuchlings hochziehen konnte. Dabei versuchte sie einen Blick auf ihren Angreifer zu erhaschen. Doch er war schneller, und sie konnte nur noch vage Umrisse sehen, während er davoneilte. Vollkommen entkräftet ließ Uta sich auf die Wiese sinken. Sie wusste ohnehin, wer ihr nach dem Leben getrachtet hatte.

Kapitel 18

»Und koste es, was es wolle«, erklärte Hadmar.

»Das hat er wirklich gesagt?«, wollte Uta wissen.

»Frag ihn doch selber!«, antwortete Hadmar gleichmütig.

Uta wandte sich Martin zu, der, von zwei Wachen festgehalten, in der Mitte seiner kleinen, dunklen Hütte stand, eine ängstliche Lise an seiner Seite. »Hast du Lise versprochen, mich daran zu hindern, über sie als Magd zu verfügen, koste es, was es wolle?«

Martin hielt den Kopf gesenkt, dann hob er ihn und sah Uta in die Augen. »Ja, das habe ich.«

Uta fuhr es durch Mark und Bein, obwohl sie eigentlich nichts anderes erwartet hatte. Sie war sich von Anfang an sicher gewesen, dass Martin es war, der sie in den Abgrund stürzen wollte. Sie wandte sich ab. Martin sprach weiter: »Aber das heißt doch nicht, dass ich Euch umbringen wollte! Nichts liegt mit ferner als das!«

Uta hörte gar nicht mehr richtig hin. Jetzt versuchte es Lise: »Bitte, Ihr müsst ihm glauben! Ich kann es bezeugen, er war nicht auf der Schmetterlingswiese. Ich war die ganze Nacht bei ihm.«

Die Magd kniete vor Uta im Staub nieder. Jetzt mischte sich Hadmar ein: »Sie machen ihre Sache wirklich gut, alle beide. Wenn ich es nicht mit eigenen Ohren gehört hätte, würde ich ihnen glauben.«

»Bitte«, flehte jetzt auch Martin mit gefalteten Händen.

Aber das war sein Fehler. Uta wusste noch genau, wie sie ihn am Abgrund angebettelt hatte, er möge sie loslassen. Doch er hatte nicht einmal ein Wort gesagt. »Bringt ihn ins Verlies«, befahl sie den Wachen. Sie ging, ohne Martin oder Lise noch einmal anzusehen.

Der Holzklotz war in der Mitte des Hofes aufgestellt. Uta überlegte, ob es derselbe war, auf dem ihr damals vor all den Jahren die Hand abgehackt werden sollte. Der Mann, der davor kniete, hatte beide Hände darauf gelegt, die Hände, die sie gepackt hatten, um sie in den Abgrund zu stürzen. Uta betrachtete den jungen Kerl, der versuchte, gefasst zu wirken. Sie sah, dass er leicht zitterte. Seine Eltern waren gekommen und standen jetzt in vorderster Reihe der Zuschauer. Der Vater musste die Mutter mit beiden Armen festhalten, damit sie sich nicht losriss und sich zwischen Sohn und Henker warf. Uta fand den Anblick der sich wie toll gebärdenden Frau fast widerwärtig. Stattdessen musterte sie prüfend Markward, den sie zum Henker auserkoren hatte. Balduin hatte schon einmal versagt. Auch wenn es damals zu Utas Gunsten war, hatte ihn das von vornherein ausscheiden lassen. Für Markward war es eine Aufgabe, die ihm die Möglichkeit gab, sich zu bewähren.

Martin selbst hatte nicht das Zeug, wie ein Mann zu seiner Tat zu stehen. Immer noch stritt er alles ab. Wenn er es wenigstens zugeben würde, dann hätte sie ihm vielleicht eine Hand gelassen. Aber so blieb ihr keine andere Wahl. Sie suchte Markwards Blick und gab ihm ein Zeichen, woraufhin der sein Beil anhob. Auf Martins Gesicht erschienen Schweißperlen. Plötzlich gellte ein lautes »Nein!« über den Hof.

Alle Köpfe wandten sich in die Richtung, aus der es kam, und Markward senkte irritiert das Beil. Es war Lise, die es trotz der Wachen schaffte, die erste Reihe zu durchbrechen und zu Martin zu rennen. Sie warf sich vor den Holzklotz und legte schützend ihren Oberkörper über seine Arme. »Richtet mich!«, rief Lise Uta zu. »Hackt mir meinetwegen den Kopf ab!«

Martin schob Lise von sich. »Geh zurück zu den anderen!«, erklärte er bestimmt. »Es ist nicht deine Schuld.«

»Ohne dich ist mein Leben wertlos«, erwiderte Lise verzweifelt. »Dann kann ich es auch gleich hingeben.«

Uta trat vor die beiden. »Es lohnt sich nicht, für einen Mann zu sterben, das weiß jeder.« Sie sah Lise scharf an.

Jetzt trat Eufemie an Utas Seite. »Vielleicht solltest du sie noch einmal in Ruhe anhören.«

»Damit sie wieder behauptet, Martin wäre die ganze Nacht mit ihr zusammen gewesen?«

»Aber auch ich habe einmal vorschnell geurteilt. Erinnerst du dich?«

Uta konnte sich nicht vorstellen, was sie meinte. Eufemie fuhr fort: »Damals, als ich dich mit der Bibel auf dem Schoß im Gang habe sitzen sehen. Für mich war die Sache eindeutig: Du wolltest sie stehlen.«

Uta sah Eufemie betroffen an. Sie spürte die Hoffnung, dass sich ihr das Geheimnis der Buchstaben enthüllen würde, sobald sie die Seiten nur aufschlug, als wäre es erst gestern gewesen. Wie dumm sie damals gewesen war. Da drang Eufemies Stimme erneut zu ihr durch. »Manchmal täuscht der erste Eindruck.«

»Aber ich habe seine Hände gespürt.«

»Du kannst dich geirrt haben. Woher willst du wissen, dass es wirklich er war?«

»Wer soll es denn sonst gewesen sein?«, fragte sie.

Eufemie zuckte mit den Schultern. »Nun, du hast dir in letzter Zeit nicht gerade viele Freunde gemacht mit deinen hohen Abgaben.«

»Sie hat nur getan, was eine Kuenringerin tun muss und was du nie begreifen wirst«, fuhr jetzt Hadmar dazwischen, der seinen Platz auf der hastig errichteten Bühne einnahm.

Uta war nicht ganz wohl, als sie sah, wie Hadmar behaglich seine Beine ausstreckte. Sie suchte erneut Markwards Blick, der nur darauf gewartet hatte. Er hob das Beil ein zweites Mal in die Luft. Hatten die Leute eben noch ab und zu geflüstert, so war es jetzt totenstill. Selbst Martins Mutter hatte mit dem Weinen aufgehört. Keiner rührte sich, nur ein Schmetterling mit prächtigen, lila Flügeln flatterte unbekümmert über den Hof. Hadmar folgte ihm mit den Augen. Er wandte sich an Martin: »Schau, er ist ganz nah, der

Falter, der dir zum Verhängnis wurde. Pack ihn dir, solange du das noch kannst!«

Hadmar lachte dröhnend. Uta trat vor ihn und sah ihn fassungslos an. »Was habt Ihr da gesagt?«, fragte Uta. »Was habt Ihr von dem Schmetterling gesagt?«

Hadmar runzelte die Brauen. »Ich habe nur einen kleinen Witz gemacht.«

»Nein«, beharrte Uta. »Ich meine, dass der Falter ihm zum Verhängnis wurde.«

»Du bist genau wie Eufemie, legst jedes Wort auf die Goldwaage.«

Aber Uta trat näher. »Ihr konntet nichts davon wissen.«

»Wovon?«

»Von dem toten Schmetterling, dem Zeichen, das mich zur Schmetterlingswiese gelockt hat.«

»Ich weiß nicht, wovon du redest.«

Uta stand jetzt ganz nah vor ihm. »Doch, Ihr habt Euch gerade selbst verraten.«

Hadmar wollte schon widersprechen, aber Uta würdigte ihn keines Blickes mehr. Sie trat eilig zu Markward und nahm ihm das Beil aus der Hand, bevor er es doch noch niedersausen lassen konnte. »Er war es nicht«, erklärte sie ihm knapp. »Du kannst gehen. Es gibt nichts mehr für dich zu tun.«

Uta sah, wie sehr es ihn dauerte. Unbeirrt bückte sie sich zu Martin und nahm seine Hände in die ihren. »Es tut mir leid«, sagte sie leise, bevor sie ihn hochzog.

Wie hatte sie sich so entsetzlich irren können? Sie führte Martin zu Lise und seiner Mutter und ließ ihn los, sodass die beiden Frauen ihn umarmen konnten.

Uta stand unten an der ersten Stufe und blickte die Treppe empor, die sich in den Turm hochwand. Sie hätte auch genauso gut Lise schicken können, Ausschau zu halten, ob Balduin bald von der Jagd kam. Doch sie wollte es selber tun, gerade weil es ihr in letzter Zeit immer schwerer fiel, in die Höhe zu steigen. Es hatte mit einer eigenartigen Beklemmung angefangen, später kam der Schwindel hinzu, bis sie schließlich zu zittern begann. Nachdem das nun schon mehrmals geschehen war, wusste Uta sich nicht anders zu helfen, als sich die höchste Treppe in der Burg auszusuchen, um sie zu bezwingen. Damit hoffte sie den Angstdämon aus ihrem Leib zu treiben.

Die ersten Stufen erklomm Uta auch tatsächlich leichtfüßig, doch dann merkte sie, wie ihr schwindelig wurde. Erst nahm sie keine Rücksicht darauf. Aber je höher sie kam, umso schlechter wurde es. Der Schweiß brach ihr aus, und in ihren Ohren pochte das Blut. Und dann hörte sie auch noch dieses Geräusch, leise, aber dennoch deutlich. Uta stemmte die Hände an die Wände zu beiden Seiten, um Halt zu finden, und spähte nach hinten. Sie sah nichts, und es war auch nichts mehr zu hören. Ein wenig beruhigt drehte sie sich nach vorn, doch schon beim nächsten Schritt hörte sie es wieder. Jemand musste hinter ihr sein! Erschrocken drehte sie sich erneut um, aber niemand war zu sehen. Er musste sich hinter der Biegung verstecken. Sie beschloss, ihren Verfolger hereinzulegen. Sie tat so, als erklimme sie eine weitere Stufe, trat aber tatsächlich auf der Stelle. Wenn er jetzt hinter dem Halbrund der Wand hervorkam, würde sie ihn sehen. Und da war es auch schon wieder, das Geräusch eines Trittes. Schnell wandte Uta sich um, damit ihr Verfolger keine Zeit hatte, sich wieder in sein Versteck zu begeben. Doch sie nahm dabei zu viel Schwung, und während sie sich noch drehte, stolperte sie. Auch die Hände rutschten von den glatten Wänden ab, und dann konnte nichts mehr den Fall aufhalten. Uta stürzte hinunter, Stufe um Stufe, bis sie unten angelangt war. Sie versuchte sich aufzurichten, und dabei merkte sie es: Als ihr schwerer Armreif gegen die Mauer schlug, hörte sie das Echo. Uta hatte sich die ganze Zeit von dem Widerhall narren lassen. Vorsichtshalber blickte sie sich noch einmal gründlich um, aber niemand war zu sehen. Es gab keinen Verfolger. Uta tat von dem Fall jeder Knochen im Körper weh, und dabei hatte sie noch Glück gehabt. Sie hätte sich auch das Genick brechen können. Und alles nur aus Angst vor Hadmar.

Das Schlimmste war noch nicht einmal, dass sie mit dem Mann

unter einem Dach leben musste, der ihr nach dem Leben trachtete, sondern, dass ihr keiner Glauben schenkte. Sogar Eufemie winkte ab, als Uta versuchte, ihr zu erklären, wie Hadmar alles eingefädelt hatte. Die Angst war zu ihrem ständigen Begleiter geworden und hätte sie jetzt fast umgebracht. Uta beschloss, dass es so nicht weitergehen konnte. Es gab keinen Platz für sie beide auf Dürnstein. Einer musste gehen.

Gertrud wusch in dem kleinen Teich nicht weit vom Haus Edelgarts Nachtgewand aus. Sie hatte wieder sehr geschwitzt, aber der Schweiß kam längst nicht mehr vom Fieber. Ihr Mann kroch mittlerweile fast jede Nacht unter Edelgarts Decke und brachte sie in Wallung. Gertrud spiegelte sich in dem ruhigen Wasser. Ihr Gesicht war grau, ihre Haare von weißen Strähnen durchzogen. Schnell zerstörte sie das Bild, indem sie das Kleidungsstück eintauchte. Da hörte sie Schritte hinter sich. Es war ihr Mann, der sich zu ihr hockte, sie umarmte und auf den Hals küsste. Gertrud lächelte, schob aber seine Arme zur Seite. »Ich muss vor der Dunkelheit mit der Wäsche fertig sein.«

Aber ihr Mann ließ nicht nach. »Mach es doch morgen.«

»Es ist das Kleid deiner Frau.«

»Na und? Davon müssen wir uns doch den Spaß nicht verderben lassen.«

Gertrud schob ihn von sich, um ihm ins Gesicht sehen zu können. »Warum hast du nicht mit ihr gesprochen?«

»Sie ist noch nicht bereit.«

»Und wann wird sie es sein?«, fragte Gertrud.

»Wenn sie sich von der Schwangerschaft erholt hat«, erwiderte er.

»Aber sie ist erholt genug, dass du fast jede Nacht bei ihr liegen kannst.«

»Sie ist meine Frau, jedenfalls noch. Sie hat ein Recht darauf.«

»Wie selbstlos von dir«, konnte Gertrud sich nicht verkneifen.

»Bist du etwa eifersüchtig?«

Gertrud schüttelte den Kopf. »Ich glaube nur nicht mehr daran, dass du dein Versprechen wahr machst. Du hast schlichtweg Angst.«

»Ich? Wovor?«

»Vor der Veränderung. Vor dem, was passieren kann, wenn man ausgetretene Pfade verlässt. Genau wie damals.«

»Damals, das war etwas ganz anderes.«

Gertrud nickte. »Es ist sicher nicht zu vergleichen. Aber deine Bedenken waren umsonst. Unsere Uta hat es geschafft.«

»Sie ist nicht unsere Uta.«

»Aber sie hätte es werden können. Wenn du geblieben wärst und an sie geglaubt hättest. Wenn du an uns geglaubt hättest.«

Ihr Mann fasste sie auffordernd an die Brust. »Willst du nun, anstatt die Zeit mit Gerede zu vertrödeln?«

»Ich habe genug Zeit vertrödelt«, erklärte Gertrud, während sie seine Hand wegschob. »Du wirst dich nie entscheiden. Dann tue ich es eben.«

Sie stand auf und ging.

»Warte«, ertönte seine Stimme hinter ihr.

Mit einem letzten Fünkchen Hoffnung drehte sie sich um.

Er deutete auf das nasse Kleid. »Was ist mit der Wäsche?«

Gertrud sah ihn bedauernd an. Dann ging sie endgültig. Ihre Schritte waren leicht.

Alle saßen im großen Saal der Burg Trifels beisammen und lauschten den Erzählungen des alten Markward. Nur der junge Markward zog ein mürrisches Gesicht. Sein Vater war schon vor einiger Zeit wieder an den Hof Kaiser Heinrichs zurückgekehrt, nachdem dieser ihn als Gesandten nach Ostrom geschickt hatte. Das Wiedersehen schien Markward nicht zu freuen, ganz im Gegenteil, es war ihm deutlich anzusehen, dass er seinen Vater bereits wieder weit weg wünschte. Vielleicht war es dessen Art, sich gleich in den Mittelpunkt zu drängen.

»In Konstantinopel tragen alle Röcke, und wenn man einem besonders prachtvollen Hinterteil einen anerkennenden Klaps verpasst, kann es schon mal sein, dass es zu einem Jüngling gehört.«

Der Vielgereiste hatte die Lacher auf seiner Seite. »Und obendrein schlägt der dir nicht die Faust ins Gesicht, sondern legt seinen Arm um deine Hüfte.«

Jetzt konnten sich die Zuhörer kaum noch halten. Auch Uta lächelte. Doch ihr Gatte machte immer noch ein langes Gesicht. »Warum bist du überhaupt zurückgekommen, wenn es so lustig war?«, fragte er seinen Vater.

Der sah sich um, bevor er merkte, woher der Einwurf kam. »Mein Sohn! Immer ein bisschen aufmüpfig, immer das letzte Wort! Ganz der Vater«, lobte er, was Markward nur noch verdrießlicher dreinschauen ließ.

Jetzt meldete sich König Heinrich zu Wort. »Ich persönlich habe ihn zurückbefohlen. Schließlich brauche ich einen guten Mann, wenn wir gen Sizilien marschieren.«

Seine Augen leuchteten auf. »Die Silberbarren, die wir für Richard Löwenherz erhalten, werden in England von unseren Leuten bereits auf ihre Echtheit geprüft. Bald schon haben wir genug Geld, um diesen Feldzug zu bezahlen.«

Uta kannte seine fixe Idee, die Erbansprüche seiner Frau auf Sizilien einzulösen. Aber Konstanzes Miene nach zu urteilen, benutzte er sie dabei mehr als Vorwand, und auch viele Fürsten im Land fragten sich, ob Heinrichs Pläne wirklich den Interessen des Reiches dienten. Der König seufzte. »So froh ich bin, einen meiner besten Männer wieder an der Seite zu haben, so schwer ist es, einen geeigneten Gesandten für Konstantinopel zu finden.«

Der alte Markward grinste. »Ich kann einiges darüber erzählen, wie Ostrom seine Herrscher behandelt, damit mögliche Bewerber gleich wissen, auf was sie sich einlassen.«

Wieder gab es eine Menge Lacher. Markward packte Uta bei der Hand und flüsterte ihr zu: »Lass uns gehen. Ich kann das nicht mehr hören.«

Uta wollte seinem Wunsch schon folgen, als Heinrich sich an seinen Getreuen wandte: »Jetzt verschrecke mir nicht meine Lehnsmänner.«

Uta horchte auf und blieb sitzen, während Markward den Saal

verließ, was sein Vater noch nicht einmal bemerkte. Stattdessen holte er aus: »Wenn sie ihren Kaiser nicht gerade vergiften, blenden sie ihn.«

Heinrich schüttelte den Kopf. »Vergiss nicht, die angenehmen Seiten aufzuzählen. Konstantinopel ist eine reiche Stadt, deren Häuser groß und hoch wie Kirchen sind. Prachtvolle Säulen schmücken die breiten Straßen.«

»Gut, dass Ihr mich erinnert. Manche der Herrscher spannen sie auch zwischen zwei Säulen, um sie besser aufschlitzen zu können.«

Heinrich unterbrach ihn. »Die Oströmer mögen ihre Herrscher so schlecht behandeln, nicht aber die Gesandten. Du jedenfalls scheinst mir äußerst lebendig zu sein.«

Markward nickte. »Aber nur, weil ich einen guten Vorkoster hatte, Gott sei seiner Seele gnädig.«

Die Frauen schrien erschrocken auf. Selbst Hadmar sog hörbar die Luft ein. Spätestens jetzt war Uta froh, Markwards Vater begegnet zu sein.

Uta hatte die Kaiserin noch vor dem Zubettgehen aufgesucht, weil sie mit ihr sprechen wollte. Konstanze schickte die Magd, die ihr beim Auskleiden geholfen hatte, aus dem Gemach. Jetzt saß sie im Nachtgewand vor Uta, die ihr die glänzenden Haare kämmen durfte. Uta war voller Bewunderung für die schöne, reife Frau und gab sich alle Mühe, vorsichtig mit dem Kamm zu sein. Sie erinnerte sich an Konstanzes Rat: Jeder wüsste selbst am besten, was er tun muss. Den wollte sie jetzt beherzigen, auch wenn sie der Kaiserin nicht die ganze Wahrheit erzählen konnte. Uta seufzte. Sie hatte langsam das Gefühl, diese eine Lüge, die ihr Leben verändert hatte, sei wie ein Schneeball, der immer größer wird, wenn man ihn rollt. Konstanze riss sie aus ihren Gedanken: »Was gibt es denn nun so Dringendes, das nicht Zeit bis morgen hat?«

»Es geht um Hadmar.«

Die Kaiserin nickte. »Ich habe mir schon gedacht, dass du es nicht leicht mit ihm hast.«

Uta schüttelte so heftig den Kopf, dass der Kamm an Konstanzes Haaren ziepte. »Au!«, rief die.

»Entschuldigt!«, bat Uta erschrocken. »Es ist nur so, dass Hadmar mir ganz im Gegenteil eine große Stütze dabei ist, mich in meine Aufgabe hineinzufinden.«

Konstanze lachte. »Reden wir von dem Gleichen? Sicher, er ist ein treuer Gefolgsmann des Königs, aber er kann sogar noch gewalttätiger und rücksichtsloser als Heinrich sein, und das will schon was heißen.«

Uta biss sich auf die Lippen. Sie musste überzeugender wirken. »Natürlich kann er das, aber er ist auch ein guter Herr, der für die Bedürftigen sorgt.«

»Man sagt, dass eher du dahintersteckst.«

»Ich? Wie könnte ich? Nein, ich bin dankbar, dass ich von ihm lernen durfte.«

Uta hoffte, dass Konstanze ihr die dreiste Lüge nicht ansah. Als die Kaiserin nichts erwiderte, fuhr Uta fort: »Ich würde Hadmar gern meinen Dank erweisen und ihm dabei helfen, sich einen Herzenswunsch zu erfüllen.«

»Was ist es, was Hadmar begehrt?«

Uta hielt mit dem Kämmen inne und sah Konstanze in die Augen. »Ich weiß, dass er dem König treu ergeben ist. Und ich habe gesehen, wie andächtig er den Schilderungen Markwards lauschte, als er von seiner Zeit in Konstantinopel erzählt hat.«

Konstanze lächelte ungläubig. »Du meinst, er will freiwillig in das Schlangennest? Jeder andere hofft, dass dieser Kelch an ihm vorübergehen möge.«

Uta nickte. »Hadmar hat nicht am Kreuzzug teilgenommen. Ich glaube, er wartet auf eine Möglichkeit, sich zu bewähren. Und Markward und ich würden dafür sorgen, dass während Hadmars Abwesenheit auf Dürnstein alles seinen geregelten Gang geht.«

Konstanze überlegte. »Hadmar ist zwar ein kampferprobter Mann, aber am Hof von Konstantinopel kämpft man nicht so sehr mit Waffen als mit Worten. Ich weiß nicht, ob er sich darin ausreichend geübt hat. Am Ende bezahlt er seinen Eifer mit dem Leben.«

Uta nickte und erklärte schnell: »Das Risiko nimmt er gern auf sich.«

Konstanze sah Uta prüfend an. Dann lächelte sie: »Ich glaube, du bist raffinierter, als ich gedacht habe, und Hadmar darin längst überlegen.«

Uta sah schnell zu Boden. Konstanzes Klugheit war sie nicht gewachsen. Die Kaiserin fuhr fort: »Vielleicht habe ich es beim letzten Mal vergessen zu sagen: Auch wenn jeder für sich kämpft, kann man sich manchmal auch Bündnispartner suchen.«

Uta hob den Kopf. »Natürlich, verzeiht, dass ich gelogen habe. Ich hätte Euch gleich offen und ehrlich sagen sollen, was ich wollte.«

Konstanze winkte ab. »Schon gut, Hauptsache, du siehst deinen Fehler ein.«

Uta verneigte sich tief und wollte sich schon zurückziehen. Ihr Vorhaben war gescheitert, und das hatte sie ihrer eigenen Dummheit zuzuschreiben. Sie konnte froh sein, wenn sie keine größere Strafe bekam. Aber Konstanze erhob noch einmal die Stimme: »Ach ja, bevor ich es vergesse: Ich werde sehen, was ich für dich tun kann.«

Uta konnte es kaum glauben und verneigte sich so tief vor der Kaiserin, wie sie konnte.

Heinrich saß in der Wanne und ließ von einer Magd heißes Wasser dazugießen. »Ihr wolltet mich sprechen?«, fragte der gerade eintretende Hadmar.

»Ja, und zwar schnell. Es geht um den neuen Gesandten für Konstantinopel.«

»Habt Ihr schon einen Mann?«, fragte Hadmar.

»Ich denke ja.«

»Wer ist es denn?«

»Einer meiner treuesten Gefolgsleute.«

Hadmar runzelte die Brauen. »Kenne ich ihn?«

Heinrich nickte. »Gut sogar. Er ist ein mutiger, unerschrockener Mann.«

»Das muss man wohl auch sein, wenn man nach Ostrom geht, so wie Markward es beschrieben hat.«

»Genau deshalb habe ich ihn auserwählt. Das heißt, eigentlich hat er sich selbst angedient.«

Hadmar staunte. »Das hätte ich nicht gedacht. Da habt Ihr wahrlich Glück.«

Heinrich betrachtete ihn. »Obwohl ich langsam den Eindruck gewinne, er ist etwas schwer von Begriff.«

»Wieso?«, staunte Hadmar.

»Nun, entweder du verstehst wirklich nicht, oder du legst es darauf an, dass ich dir noch mehr Schmeicheleien sage.«

»Mir?«

Hadmar begriff immer noch nicht.

»Wer sonst hat von sich aus Interesse daran bekundet, nach Ostrom zu gehen?«

»Ich soll …«

Der König unterbrach ihn ungeduldig. »Du hättest mich auch direkt fragen können, anstatt dich hinter Frauenröcken zu verstecken.«

»Verzeiht, ich kann Euch nicht folgen.«

»Na, du hast doch Uta vorgeschickt, die dann wiederum meine Frau gebeten hat, mit mir zu sprechen.«

»Ich habe Uta kein Wort gesagt. Es wäre mir nie in den Sinn gekommen …«

Heinrich winkte ab. »Keine falsche Bescheidenheit. Es ist eine sehr gute Idee. Auch, dass die jungen Leute solange deine Besitztümer verwalten. Wir brauchen Nachwuchs.«

Hadmar gab nicht auf. »Aber Markward ist noch nicht reif …«

»Markward ist reif wie eine grüne Pflaume. Aber diese Uta scheint ein fähiges, junges Ding zu sein. Es ist ein weiser Entschluss von dir, für einige Zeit das Feld zu räumen, damit sie sich allein erproben kann.«

»Aber vielleicht bin ich der Aufgabe gar nicht gewachsen. Ich meine, ich weiß so gut wie nichts über Konstantinopel.«

Heinrich nickte. »Das ist wahr.«

Hadmar schöpfte schon Hoffnung, als der Kaiser fortfuhr. »Du wirst den alten Markward aufsuchen. Er soll dich in alles Wichtige einweisen.«

Damit war für Heinrich das Gespräch beendet. Er klatschte in die Hände. Eine Magd brachte ihm ein Tuch zum Abtrocknen, und der Kaiser erhob sich aus der Wanne. Hadmar wandte sich, wie es der Anstand verlangte, ab und ging.

Hadmar hatte sich zu dem alten Markward gesellt, der am Rande der Weide bei den Ställen stand und beobachtete, wie Balduin versuchte, einen pechschwarzen Hengst einzureiten. »Halt die Zügel fester!«, schrie er dem Knecht zu, doch es war schon zu spät.

In hohem Bogen stürzte der von dem sich aufbäumenden Pferd. Markward schlug die Hände über dem Kopf zusammen. Er wandte sich an Hadmar. »So wird das nie was. Dabei will ich in einigen Tagen nach Sizilien aufbrechen.«

»Mit dem Hengst?«, fragte Hadmar.

Markward nickte. »Ein Geschenk des Kaisers für meine Dienste in Konstantinopel. Ich habe gehört, Ihr werdet mein Nachfolger?«

Hadmar nickte düster, was Markward nicht zu bemerken schien. »Der Kaiser hat mich gebeten, Euch ein wenig auf die Sprünge zu helfen.«

»Nur zu«, erwiderte Hadmar gequält.

»Es ist keine einfache Aufgabe, sich bei diesem Natterngezücht aufzuhalten. Ihr müsst wissen, der Kaiser hat einen Thron, der von allein himmelwärts fährt, von singenden Vögeln flankiert. Eitelkeit ist dort kein Laster, sondern eine Zier. Die Oströmer sind allesamt Waschweiber!«

Das verbesserte Hadmars Laune nicht gerade. Am liebsten hätte er kein Wort mehr gehört, aber Markward gefiel sich sichtlich in der Rolle des Belehrenden. »Wenn sie Schlachten führen, dann ist ihr oberstes Ziel nicht, wie bei allen tapferen Kriegern, den Feind zu besiegen, sondern möglichst wenig Verluste zu erleiden.«

Markward schnaubte. »Ein feiges Volk, das sich hinter den dicksten Stadtmauern versteckt, die man je gesehen hat.«

Hadmar wünschte genau diese Mauern zwischen sich und den alten Prahlhans. Doch in dem Moment stieg das Pferd besonders hoch und warf Balduin in hohem Bogen erneut ab. Diesmal landete er direkt vor den Füßen der beiden Männer. Markward sah ihn ungehalten an. »Was bringt man euch Knechten eigentlich bei? Sag mir deinen Namen, damit ich dich melden kann.«

»Balduin«, stöhnte der, bevor er sich humpelnd verzog.

Markward sah Hadmar kopfschüttelnd an. »Wenn es nach mir ginge, gäbe das ein Dutzend Hiebe mit der Reitgerte. Aber anscheinend verlottern die Sitten hier auch.«

Hadmar sah ihn aufmerksam an. »Ihr kennt seinen Namen, Ihr seid ihm schon einmal begegnet.«

Markward runzelte die Brauen. »Nein, zum Glück noch nie, und ich lege auch nicht den geringsten Wert darauf, ihn noch einmal zu sehen.«

Hadmar dachte einen Moment nach. »Aber Euch ist doch ein Schreiben überbracht worden von keinem anderen als diesem Balduin.«

»Was für ein Schreiben?«, fragte Markward.

»Eine Empfehlung Eures Sohnes, woraufhin Ihr Balduin eine nicht gerade geringe Summe an Geld gegeben habt.«

Markward lachte laut auf. »Was soll ich getan haben?«

»Ihr habt ihm so viel gegeben, dass Uta neue Kornvorräte anlegen konnte.«

Jetzt konnte sich Markward kaum noch halten vor Lachen. »Das Einzige, was dieser Taugenichts von mir bekommen kann, sind Schläge!«

Markward stieg auf den Rücken des tänzelnden Hengstes, während Hadmar sich in Richtung Burg wandte.

»Ich wollte Euch doch noch so viel von Ostrom erzählen«, rief Markward verblüfft.

Hadmar drehte sich noch einmal kurz um. »Danke, aber ich glaube, das ist nicht mehr nötig.«

Damit eilte er weiter. Seine Laune hatte sich wesentlich gebessert.

Uta betrat das von Ruß geschwärzte Küchenhaus. Sie war auf der Suche nach Balduin, der Reisig sammeln sollte. Zwei Mägde waren dabei, ein halbes Schwein zu zerlegen. Die eine hielt das Hinterbein fest, während die andere es mit einem Beil vom Rumpf trennte.

»Wo ist Balduin?«, fragte Uta.

Die beiden zuckten mit den Schultern. »Das wüssten wir auch gerne«, erwiderte die eine. »Er wollte uns nämlich helfen.«

Uta eilte nach draußen. Es kam immer häufiger vor, dass Balduin seine Arbeit schlampig oder gar nicht erledigte. Das konnte sie ihm unmöglich länger durchgehen lassen. Wenn Hadmar erst in Ostrom war und sie alleine herrschte, musste sie sich auf ihre Leute verlassen können. Bestimmt hatte Balduin sich in dem von den Tierleibern erwärmten Pferdestall einen gemütlichen Platz für ein Mittagsschläfchen gesucht. Sie wollte gleich nachsehen.

Während sie den Stall betrat, war sie dabei, sich eine ordentliche Strafe für Balduin auszudenken. Sie hatte sich gerade für Latrinen ausleeren entschieden, als sie ihn sah. Er lag im letzten Verschlag, über ihm ein pechschwarzer Hengst, ein wirklich prachtvolles Tier. Das Pferd beschnupperte Balduin oder das, was noch von ihm übrig war. Man hatte ihm übel mitgespielt. Sein Gesicht war geschwollen, Wunden bedeckten seinen Körper. »Balduin!«, rief Uta erschrocken.

Sofort fing der Hengst an zu scheuen. Uta sah die tänzelnden Hufe und hoffte nur, dass sie Balduin nicht träfen. Sie wartete, bis das Pferd sich wieder beruhigt hatte. Dann bewegte sie sich ganz langsam in Balduins Richtung. Sie betrat den Verschlag und zog den Verletzten vorsichtig unter dem Hengst hervor. Als Balduin dabei aufstöhnte, tänzelte das Tier erneut. Uta harrte aus, bis sich endlich eine Gelegenheit ergab, Balduin unbehelligt in Sicherheit zu bringen. Schnell schloss Uta die Tür des Verschlags hinter sich und bückte sich zu ihrem Knecht. »Balduin! Wer hat das mit dir gemacht?«

Sie brachte ihr Ohr ganz nah an seinen Mund, als er flüsterte: »Hadmar.«

Uta schüttelte den Kopf. »Aber wie? Wie konnte er dich so zurichten?«

Uta stützte Balduin, sodass er sich halb aufsetzen konnte. Jede Bewegung war von Stöhnen begleitet. Doch aufrecht schien ihm das Sprechen weniger schwer zu fallen. »Ich war im Stall und wollte ...«

Er brach ab, und Uta ergänzte schnell: »... ein Mittagsschläfchen halten, schon gut. Sprich weiter!«

»Ich bereitete gerade das Lager, als Hadmar mich von hinten packte und in den Verschlag des Hengstes stieß. Sofort bäumte der sich auf, und einer seiner Hufe traf mich an der Schulter.«

Es war deutlich zu sehen, dass eine Seite etwas herunterhing. »Dann fragte er mich, woher ich das Geld für das Getreide hatte. Ich habe ihm alles gesagt, so wie wir das abgesprochen hatten, mit dem Schreiben und mit Markwards Vater. Aber er hat einen Stock genommen und ihm dem Hengst in die Flanke gestoßen.«

Uta schlug sich die Hände vors Gesicht. »Und dann hat der Hengst wieder gescheut und dich getroffen«, ergänzte sie.

Balduin nickte. »Und so ging es weiter und weiter, bis ich dachte, ich habe keinen heilen Fleck mehr am Körper. Und dann ...«

Uta merkte, dass es nicht die Schmerzen waren, die ihn innehalten ließen. Sie half ihm. »Und dann hast du ihm die Wahrheit gesagt. Du hast ihm von dem Stein erzählt.«

Balduin nickte. Für einen Moment waren sie beide still. Dann legte ihm Uta vorsichtig die Hand auf die Schulter. »Mach dir keine Vorwürfe. Er hätte es so oder so rausgekriegt.«

Sie tupfte Balduin mit ihrem Rocksaum die Stirn ab. Der wehrte ihre Hand ab. »Ich glaube, du solltest schleunigst rausfinden, was Hadmar jetzt vorhat.«

Aber Uta schüttelte den Kopf und kümmerte sich weiter um Balduin. »Ich kann dich doch hier nicht so liegen lassen.«

»Rufe eine der Mägde«, schlug Balduin vor.

Aber Uta blieb, obwohl sie wusste, dass er recht hatte. Aber neben der Sorge um ihn war es auch schlichtweg die Angst, sich dem grausamen Hadmar zu stellen.

Die Wintersonne hatte etwas Schnee schmelzen lassen, und Uta sah den blauen Himmel, der sich in der Pfütze spiegelte, in der sie ihre Hände von Balduins Blut reinwusch. Sie hatte ihn zu seinem Lager gebracht und dabei festgestellt, dass er auch noch eine tiefe Fleischwunde im rechten Oberschenkel davongetragen hatte. Zum Glück war er in einen wenn auch unruhigen Schlaf gefallen. Plötzlich hörte Uta Schritte und drehte sich um. Es war Hadmar, der auf sie zukam. Uta blieb am Boden hocken, unfähig, sich zu rühren.

»Ich glaube, wir haben etwas zu besprechen, mein Kind«, begann der Burgherr.

Uta nahm allen Mut zusammen. »Warum habt Ihr Euch nicht direkt an mich gewandt, anstatt Balduin so zuzurichten?«

»Warum hast du nicht selbst den Stein verkauft?«, fragte Hadmar sanft. »Aber lass uns nach vorn schauen. Du hast einen ungeheuerlichen Diebstahl begannen. Wichtig ist doch nur, dass das nicht herauskommt.«

Er lächelte. »Aber keine Angst, du bist nicht allein. Ich werde dir helfen.«

Uta sah ihn ungläubig an. »Ihr wollt mir helfen?«

Hadmar nickte. »Natürlich, wir gehören zu einer Familie, in der einer für den anderen einsteht.«

»Aber das macht Ihr doch nicht aus lauter Freundlichkeit?«

»Natürlich müsstest du auch eine Kleinigkeit für mich tun«, räumte Hadmar ein.

»An was denkt Ihr?«, fragte Uta zögernd.

»Keine Angst, es ist nicht schwer: Du verschwindest einfach aus Dürnstein und lässt dich nie wieder auf meiner Burg blicken.«

Uta sah ihn fassungslos an. »Ich soll gehen?«

Hadmar nickte gutgelaunt. »Wenn du weg bist, wird der König einsehen, dass ich unmöglich nach Ostrom gehen kann.«

»Aber … was werden die Leute sagen? Ich meine, sie glauben an mich, ich kann sie nicht so enttäuschen.«

Hadmar winkte ab. »Nach ein, zwei Wintern wird keiner mehr von dir sprechen. Ach, was sage ich, man wird nicht einmal mehr wissen, wer die Lumpenprinzessin war.« Er beugte sich nahe zu ihr. »Glaube mir, das Volk ist undankbar.«

Uta wich zurück vor dem Mann, der sie schändlich erpresste und der sie hatte umbringen wollen. Sie sah ihr Spiegelbild in der Pfütze und versuchte sich zu beruhigen. Doch Tropfen fielen in das Wasser und verzerrten ihr Gesicht. Auch sie hatte sich schuldig gemacht. Uta versuchte, ihr Spiegelbild deutlicher zu sehen. Sie hatte sich doch bemüht, Gutes zu tun. Doch statt ihrem Antlitz erblickte sie Hadmars Gesicht. Feist und hämisch lachte er sie an. Uta erschrak und wandte sich schnell um. Doch zu ihrer Verblüffung war er gar nicht mehr da. Hadmar war längst zurück zur Burg gegangen.

Kapitel 19

Endlich war Balduin am Fuße des Berges nahe der Burg Trifels im Pfälzer Wald angelangt. Obwohl es eigentlich eher ein Hügel war, wie Balduin sich bei näherer Betrachtung eingestand. Aber mehr würde er für den Anfang nicht schaffen. Er stellte den Handkarren ab und nahm als Erstes das schwere Kettenhemd heraus. Balduin musste die Zähne zusammenbeißen, um nicht laut aufzuschreien vor Schmerz, als er es sich überzog. Seine linke Schulter hing herab und brannte bei jeder Bewegung höllisch. Am meisten zu schaffen machte ihm aber sein rechtes Bein. Immer noch musste er es hinter sich herziehen, anstatt kraftvoll auszuschreiten, wie er es gewohnt war. Uta hatte sogar einen Medicus geschickt, der Pasten für die Wunde anrührte. Doch Balduin dachte nicht daran, die aufzutragen, sondern warf sie bei der erstbesten Gelegenheit weg. Er war doch kein altes Weib, das sich schon für die eigene Beerdigung salbte.

Balduin verließ sich lieber auf seine eigene Heilmethode. Und genauso wie er Reiten und Kämpfen nur durch Übung erlernt hatte, musste er Schulter und Bein durch Belastung stärken. Balduin nahm nun auch sein Schwert aus dem Karren und steckte es sich in den Gurt, den er bereits umgebunden hatte. Zusammen mit dem Kettenhemd trug er nun ein beachtliches Gewicht. Die ersten Schritte waren schwerer, als er gedacht hatte. Schwankend blickte er auf die noch in weiter Entfernung liegende Kuppe. Aber dann fiel sein Blick auf einen Haselstrauch, und er beschloss, den als erstes Ziel anzusteuern. So kam ihm seine Last gleich nur noch halb so schwer vor. Balduin setzte Fuß vor Fuß. Schon hatte er den Busch erreicht.

Dort machte der Weg eine kleine Biegung. Fast schon schwungvoll schritt er aus, um sich direkt dahinter die nächste Markierung zu suchen. Doch plötzlich stand ihm eine Frau mittleren Alters im Weg. Balduin strauchelte und wäre gestürzt, wenn die Frau ihm nicht schnell beigesprungen wäre. Er stöhnte, da die Berührung ihm weh tat.

Die Frau hielt ihn etwas auf Abstand und musterte ihn. »Was bist du denn für einer?«, fragte sie mit Blick auf Kettenhemd und Schwert, das er beides weitab von jedem Schlachtfeld trug. »Kannst kaum laufen und schleppst dich mit der Kriegsausrüstung ab? Gegen wen willst du denn kämpfen?«

»Gegen dich, wenn du nicht gleich aus dem Weg gehst.«

»Bitte«, erwiderte die Frau und ließ Balduin so plötzlich los, dass er taumelte. Er musterte sie böse, wollte sich aber nicht länger aufhalten lassen. Doch als ob sein verletztes Bein ihm die kurze Pause übelgenommen hatte, konnte er keinen Fuß mehr vor den anderen setzen. Die Frau bückte sich und betastete sein Bein.

»He, fass mich nicht an!«, rief er und versuchte, das Bein wegzuziehen, aber sie hielt es fest und streifte ihm kurzerhand die Beinlinge herunter.

»Was fällt dir ein?«, protestierte Balduin, während er sein Hemd streckte, sodass es sein Gemächt verbarg. Aber die Fremde hörte gar nicht auf ihn.

»Die Verletzung ist noch nicht verheilt. Mit jedem Schritt machst du es schlimmer«, erklärte sie stattdessen.

»Red keinen Unfug, Weib«, schimpfte Balduin.

Die Frau baute sich vor ihm auf. »Schau mich an!«

Sie strich ihm seine langen, braunen Locken aus der Stirn, die ihm vor den Augen hingen. »Wie sprichst du mit mir? Ich könnte deine Mutter sein!«

Sie sah ihm ins Gesicht. Plötzlich veränderte sich ihre Miene. Die Strenge machte einer Mischung aus Erschrecken und Erstaunen Platz. Sie ließ ihn los und trat einen Schritt zurück. »Wie heißt du?«

»Was geht dich das an?«

»Du sagst mir sofort, wie du heißt, oder ich steche dich!«

Mit einem Ruck zog sie ihm sein Schwert aus dem Gurt. Balduin, der längst den Eindruck hatte, einer Verrückten gegenüberzustehen, gab lieber nach. »Balduin.«

»Balduin?«, stammelte die Frau, die jetzt auch noch schlecht zu hören schien.

»Ja, Balduin«, schrie der jetzt.

Plötzlich traf ihn ein Stich mit dem Schwert mitten in die Wunde. Es kam so unerwartet, dass er hintenüber fiel und hilflos auf dem Rücken liegen blieb. Der Schmerz war fast unerträglich. Er blickte das Weib an. »Was soll das? Ich habe dir doch meinen Namen gesagt.«

Die Frau bückte sich schon und tupfte mit ihrem Rocksaum vorsichtig die Wunde ab. »Eben. Und genau deshalb kann ich dich nicht so herumlaufen lassen. Ich musste die dicke Eiterblase öffnen.«

»Wäre das nicht ein bisschen schonender gegangen?«, stöhnte Balduin.

»So war es noch am besten, glaube mir. Und du willst doch bald wieder stolz ausschreiten, anstatt elendig zu humpeln, oder nicht?«

Balduin sagte gar nichts mehr. Die Frau war nicht nur verrückt, sondern auch gefährlich. Nur gut, dass er sein Schwert dabeihatte.

Er wollte es der Frau abnehmen, doch die warf es stattdessen in hohem Bogen ins Gebüsch. »Nein!«, schrie Balduin.

»Da liegt es gut, bis wir wieder zurückkommen«, erklärte die Fremde seelenruhig.

»Zurückkommen? Woher?«, fragte Balduin, der nun gar nichts mehr verstand.

»Da unten ist eine verlassene Hütte. Es ist nicht weit, ich bin auf meinem Weg daran vorbeigekommen.«

Die Frau deutete Richtung Osten.

»Na und?«, fragte Balduin, mühsam seine wachsende Unruhe unterdrückend.

»Dort bleiben wir so lange, bis dein Bein halbwegs verheilt ist.«

»Was? Aber ich muss zurück zur Burg.«

Jetzt runzelte die Frau die Brauen. »Um dir dein Bein endgültig zu ruinieren? Nein, ab jetzt hörst du auf mich! Stütz dich auf!«

Sie bückte sich und hielt ihm ihre Schulter hin. »Worauf wartest du?«

Balduin gab nach. Er beschloss, ein Stück des Weges mit ihr zu gehen. Er würde einen günstigen Moment abpassen, um zu fliehen. Aber erst einmal wollte er sie in dem Glauben lassen, dass er sich fügte. »Ich bin froh, dass du dich um mich kümmerst.«

Er brachte sogar ein Lächeln zustande. »Wer bist du eigentlich?«

»Das tut nichts zur Sache«, erklärte die Frau, bevor sie ihn energisch hochzog. Er brauchte nicht zu wissen, dass sie Gertrud war. Es würde ihn nur verwirren, wenn er erfuhr, dass sie die Frau war, von der Uta behauptet hatte, sie sei Balduins leibliche Mutter.

Uta streifte sich das hauchzarte Gewand über den Kopf. Sie liebte die Weichheit des Stoffes, der wie fließendes Wasser ihren Körper umhüllte und dabei zwar nichts zeigte, aber alles ahnen ließ. Uta behielt, obwohl nun schon im Nachtkleid, ihren Schmuck an. Das Gold der Kette und des Armreifs ließ ihre Haut schimmern. Kritisch blickte sie in den Spiegel und biss sich auf die Lippen, um ihnen mehr Farbe zu verleihen. Dann legte sie den Schleier ab und bürstete ihr widerspenstiges Haar so lange, bis es ihr halbwegs glatt auf die Schultern fiel. Sie lächelte bei dem Gedanken, wie müßig das war, denn schon bald würden Markwards Hände hindurchfahren und es vollkommen aus der Form bringen. Das tat er jedes Mal, wenn er sie liebte. Uta hatte sich überlegt, dass es die beste Art des Abschieds wäre. Sie trat durch die Tür, die die beiden kleinen Gemächer miteinander verband. Markward döste bereits vor sich hin, als er sie sah. Erstaunt setzte er sich auf. »Uta! Was hast du vor?«

Uta lächelte. »Schlafen, was sonst?«

Markward packte sie um die Hüften und zog sie ins Bett. Er küsste sie. »Das soll ich dir glauben?«

Uta nickte. »Schließlich bin ich deine Frau.«

Sie horchte einen Moment ihren eigenen Worten nach und musste daran denken, wie eigenartig ihr das anfangs vorgekommen war. Mittlerweile hatte sie ihn schätzen gelernt. Und deshalb fiel es ihr nicht leicht, ihm zu sagen, dass sie gehen musste. Sie wollte es hinterher tun, wenn er in ihren Armen lag. Markward küsste sie auf den Mund, doch er merkte, wie Uta zögerte. »Hast du was?«, fragte er.

Uta schüttelte den Kopf und küsste ihn jetzt auch. Und doch musste sie ständig daran denken, dass mit jedem Kuss der Zeitpunkt, es ihm zu sagen, näher rückte. Markward hielt inne. »Was ist los, Uta? Irgendwas ist anders.«

Uta ärgerte sich über sich selbst. Jetzt verdarb sie ihm noch das letzte Zusammensein mit ihr, das ihn doch eigentlich über ihren Abschied hinwegtrösten sollte. Uta nahm sich zusammen. Sie schmiegte sich eng an ihn, und er ging auf ihre Umarmung ein. Sie hörte ihn leise stöhnen, seine Bewegungen wurden heftiger. Er versuchte, in sie zu dringen, doch es ging nicht. Uta war zu verkrampft. Sie hätte sich ohrfeigen können. »Es tut mir leid«, sagte sie. »Bitte, nimm keine Rücksicht auf mich.«

Markward strich ihr über das Haar. »Uta, was sagst du da?«

Er legte sich neben sie und sah ihr in die Augen. »Ich bin nicht mehr der Kindskopf, den du kennengelernt hast.«

Uta begann zu weinen.

Er küsste sie auf die Stirn. »Ist doch nicht schlimm. Beim nächsten Mal klappt es bestimmt.«

›Es gibt kein nächstes Mal‹, wollte Uta schreien, aber kein Wort kam über ihre Lippen.

»Schlaf!«, befahl Markward sanft.

Uta wünschte sich, er wäre der Kindskopf von früher geblieben, dann hätte sie ihm die Wahrheit sagen können. So brachte sie kein Wort heraus, sondern lag die ganze Nacht in Markwards Armen und lauschte seinen regelmäßigen Atemzügen. Und mit jedem wurde ihr das Herz schwerer.

Uta fand Eufemie früh am Morgen bei des Kaisers Weinfeldern. Und obwohl das Laub schon abgefallen und die wenigen verbliebenen Trauben im Frost erstarrt waren, betrachtete Eufemie sie ehrfürchtig. Als sie Utas Schritte hörte, wandte sie sich zu ihr um. »Gut, dass du kommst, mein Kind. Ich muss dir etwas Wundervolles zeigen.«

Sie deutete auf die kahlen Weinstöcke. Uta konnte beim besten Willen nicht erkennen, was sie meinte. Eufemie strich über die dürren Reben. »Schau, Heinrichs Leute haben Seile gespannt und die Reben daran hochgebunden.«

Jetzt sah Uta es auch. Die Ranken waren nicht wie in Dürnstein herzförmig befestigt, sondern seitlich gespannt. Eufemie sah sie an. »Was hältst du davon?«

Uta zuckte mit den Schultern. »Du weißt, ich verstehe nicht so viel von Wein. Ich bin wegen etwas anderem hier.«

Eufemie schüttelte den Kopf. »Aber schau doch nur genau hin. Die Stöcke stehen viel stabiler, und die Sonne kann die Trauben besser erreichen.« Eufemie war ganz aufgeregt. »Was meinst du, sollen wir unser Feld zu Hause auch so anlegen?«

Uta senkte den Kopf. Vielleicht fiel es ihr leichter, es Eufemie zu sagen, wenn sie ihr dabei nicht in die Augen sehen musste. Aber die deutete ihren Blick falsch. »Ja, ich wusste, dass es dir auffällt. Der Weinstock ist etwas tiefer im Boden eingegraben.«

Uta nickte. »Dann mach es auch so, wenn du es für gut befindest.«

Eufemie sah sie an. »Wieso ich? Wir bebauen den Berg zusammen.«

Uta schüttelte den Kopf. »Ich werde nicht mehr dabei sein.«

Eufemie runzelte die Brauen. »Warum nicht? Gefällt dir die Herzform doch besser? Bitte, dann lassen wir es, wie es ist.«

»Nein, so meine ich das nicht. Aber wir können nicht mehr zusammenarbeiten.«

»Jetzt verstehe ich gar nichts mehr. Hast du vergessen, wie wir Seite an Seite den Schuppen errichtet haben, um das Getreide vor dem anrückenden Unwetter zu schützen?«

»Nein, natürlich habe ich das nicht vergessen.«

»Wie kannst du dann sagen, wir können nicht mehr zusammenarbeiten?«

»Weil ich etwas anderes tun muss.«

Eufemie sah sie an. »Natürlich hast du viel um die Ohren. Gerade jetzt, wenn Hadmar nach Ostrom geht. Ich erwarte auch nicht, dass du selbst mit anpackst. Es reicht mir schon, wenn du ab und zu mal vorbeischaust.«

Uta versuchte es erneut. »Ich werde nicht an Hadmars Stelle Herrin sein.«

Eufemie nickte. »Ich weiß.«

Uta sah sie erstaunt an. Ließ sie die ganze Zeit umsonst Vorsicht walten, während Eufemie längst von Hadmar eingeweiht war?

»Natürlich ist es nach außen dein Gatte, der die Zügel in der Hand hält«, fuhr Eufemie fort. »Aber jeder, der euch ein bisschen kennt, weiß, wer das Sagen hat.«

Uta hatte langsam den Verdacht, dass Eufemie es einfach nicht hören wollte. »Nein, ich werde gar nicht befehlen können.«

Eufemie strich Uta über ihren Bauch. »Heißt das etwa, du bist schwanger? Ach Uta, das wäre wunderbar! Wie lange warte ich schon auf diese Neuigkeit.«

Uta schüttelte nur den Kopf und wandte sich ab. Es hatte keinen Sinn. Sie konnte es noch so oft versuchen, Eufemie würde ihr die Worte jedes Mal im Munde herumdrehen. Es war ihre Art, zu zeigen, dass sie Uta brauchte und es nicht ertragen würde, verlassen zu werden.

Uta hatte den ganzen Tag überlegt, wie sie es den beiden doch noch beibringen konnte. Aber je näher die Nacht rückte, desto klarer wurde es ihr: Sie musste einfach gehen. Ohne jede Erklärung, ohne ein weiteres Wort. Markward und Eufemie würden wüten, schreien und sie verfluchen. Aber sie würden wenigstens nicht um sie weinen.

Uta versuchte noch ein paar Sachen zu packen, doch sie hatte nicht die Kraft. So ließ sie es. Kurz nach Mitternacht machte sie sich auf. Im mondbeschienenen Hof war niemand zu sehen, sodass Uta zügig ausschritt. Sie nahm keine Rücksicht darauf, dass ihr Tränen den Blick verschleierten, denn sie kannte jeden Stein.

Doch plötzlich stolperte sie und fiel auf etwas Weiches. Sie unterdrückte einen Schrei und versuchte zu erkennen, was ihr da den Weg versperrte.

»Hoppla!«, hörte sie Löwenherz' Stimme, denn es war kein anderer als der König von England, der sie aufgefangen hatte.

Uta erhob sich schnell. »König Richard? Was macht Ihr hier?«, fragte sie Löwenherz, der am Brunnen lehnte.

»Solltest du das nicht lieber mir sagen?«, erwiderte der.

»Ich ... ich konnte nicht schlafen.«

Löwenherz lachte. »Dann hat dich wohl die Sehnsucht wach gehalten, und du bist heimlich auf dem Weg zu deinem Liebsten.«

»Ich? Nein, ich ...«

Löwenherz winkte ab. »Du bist verheiratet. Das sagen sie alle. Du weißt gar nicht, wie viele Frauen und Männer ich hier in meinen schlaflosen Nächten schon habe hin und her wandern sehen, alle auf der Suche nach ein bisschen Glück.«

Uta kam ein Gedanke. »Wartet Ihr auch ... Ich meine, wollt auch Ihr Euch mit Eurer Liebsten treffen?«

Löwenherz nickte. »Meine Liebste ist süß und verlockend wie keine andere.« Er seufzte. »Es ist die Freiheit, die ich ersehne.«

Uta blickte zu Boden. »Entschuldigt, dass ich so neugierig war.«

»Nur, wenn du mir sagst, wo du hin willst.«

Uta zögerte.

»Du bist es mir schuldig«, erklärte Löwenherz.

Uta sah ihn erschrocken an. Ahnte er, dass sie ihn für ihren Diebstahl benutzt hatte? Uta war froh, dass man im Mondlicht nicht sehen konnte, wie sie rot wurde.

»Schließlich bist du mir lange aus dem Weg gegangen«, fuhr Löwenherz fort. »Zu lange. Ich habe die Gespräche mit dir vermisst.«

Uta war erleichtert. »Ich auch«, entfuhr es ihr.

Richard lächelte. »Also? Wo willst du hin?«

Uta fasste sich ein Herz. »Ich weiß es nicht. Ich weiß nur, dass ich wegmuss. Weg von Hadmar.«

Löwenherz runzelte die Stirn. »Willst du damit sagen, du gibst auf?«

Uta schüttelte den Kopf. »Nein, ich habe keine Wahl. Bitte, dringt nicht weiter in mich. Mehr kann ich nicht sagen.«

»Eine Herrin hat immer die Wahl. Und selbst wenn nicht, würde sie es nicht zugeben, nicht einmal vor sich selbst.«

»Aber ich bin keine Herrin.«

Löwenherz wurde ungeduldig. »Habe ich dir nicht den Spiegel vorgehalten und erklärt, du seiest meiner Mutter würdig?«

Uta schlug sich die Hände vors Gesicht. »Bitte, sagt das nicht. Ich bin unwürdig, ich bin schwach.«

»Dann hätte ich mich nie mit dir abgegeben.«

»Aber Ihr wisst nicht alles.«

»So?« Löwenherz zog die Augenbrauen hoch. »Du hältst mich also für dumm?«

»Nein, nein, bitte, versteht mich richtig. Ich war es, die dumm war, so dumm, Euch zu benutzen.«

Uta hielt erschrocken inne. Jetzt war es heraus. Auf einmal fühlte sie sich unglaublich frei. »Damals, bei unserem letzten Treffen, in der Kammer, in der die Reichsinsignien aufbewahrt werden ... Könnt Ihr Euch erinnern?«

Löwenherz nickte. »Natürlich! Wie könnte ich vergessen, dass du den schönsten Stein aus der Krone gestohlen hast?«, erklärte er ruhig.

Uta sah ihn sprachlos an. »Ihr ... Ihr wisst es?«

»Du hältst mich schon wieder für dumm!«

»Nein, aber ... Aber, warum habt Ihr das zugelassen, warum nichts gesagt?«

»Nun, weil ich mir dachte, dass du deine Gründe haben wirst und ein bisschen Unterstützung gebrauchen kannst. Keiner, selbst ich nicht, kann alleine eine Schlacht gewinnen.«

Uta konnte es immer noch nicht fassen. »Ihr seid nicht enttäuscht von mir?«

»Ich bin enttäuscht, wenn du aufgibst.« Löwenherz sah sie an. »Hadmar darf nicht siegen, nicht über eine Frau wie dich.«

Uta rang mit sich, als Löwenherz fortfuhr: »Wenn du den Mut hattest, den Stein aus der Krone des Kaisers zu stehlen, brauchst du eigentlich nichts und niemanden mehr zu fürchten. Mach dich nicht kleiner, als du bist.«

Als Uta immer noch schwieg, lachte Löwenherz: »Außerdem, wenn du jetzt gehst, habe ich wieder niemanden, mit dem ich mich unterhalten kann. Dann bleibt mir nichts zu tun, als ohne Sinn und Verstand zu reimen und das kostbare Pergament damit zu verhunzen.«

Jetzt erst sah Uta den Bogen, der neben Richard lag. Der nahm ihn in die Hand und wollte ihn schon zerknüllen, als Uta aufschrie: »Nicht!«

Sie reckte sich nach dem Gedicht und bekam auch tatsächlich eine Ecke zu fassen. Löwenherz überließ ihr den Bogen. Uta glättete das Pergament sorgfältig und betrachtete es. Doch Enttäuschung machte sich auf ihrem Gesicht breit.

»Jetzt siehst du, wie schlecht es ist«, mutmaßte Löwenherz.

»Nein, ich kann es nicht lesen. Es ist in Eurer Muttersprache verfasst.« Uta sah ihm ins Gesicht. »Würdet Ihr es für mich übersetzen?«

Sie hielt ihm das Gedicht hin. Löwenherz zögerte, aber dann nahm er es. »Nur ein paar Zeilen.«

»Wie Ihr wünscht«, nickte Uta.

Löwenherz begann: »Zwar redet ein Gefangener – übermannt,
von Not und Pein, nicht eben mit Verstand,«

Er unterbrach sich. »Hast du es gehört? Ich bin wenigstens einsichtig.«

»Bitte fahrt fort«, bat Uta.

»nun dichtet er, weil so das Leid er bannt,
Freund' hab ich viel, doch keiner reicht die Hand.«

Löwenherz sah auf. Uta wiederholte die letzten Worte. »... doch keiner reicht die Hand.«

Sie hatte Tränen in den Augen, und ohne einen Gedanken daran, welchen Ranges der Mann war, der vor ihr stand, hielt sie ihm die Hand hin. Löwenherz betrachtete die kleine, dünne Frau, und jeglicher Spott blieb ihm im Halse stecken. Er ergriff ihre Hand und hielt sie ganz fest. Dann zog er Uta an sich. Sie lehnte den Kopf an seine Brust, und so standen sie ganz still, bis Uta sich von ihm löste und vor ihm auf die Knie sank. Diesen Mann konnte sie nicht enttäuschen. Uta erhob sich und schritt zurück zur Burg.

Der große Saal füllte sich mit den geladenen Gästen. Heinrich lud in regelmäßigen Abständen zu Tisch. Er war geschickt und wusste, dass sich bei einem guten Mahl viele kleine Brandherde im Lande mit einem Kelch Wein besser löschen ließen als mit langwierigen Verhandlungen. Und seit die Reichsfürsten die Gefangennahme von Löwenherz dazu nutzten, wo immer es ging, Stimmung gegen ihren König zu machen, veranstaltete Heinrich sogar noch öfter solche Treffen als vorher. Jetzt hatten sich alle gesetzt. Nur ein Platz war noch frei, der zwischen Eufemie und Markward. Heinrich runzelte die Stirn, da er es nicht leiden konnte, wenn einer in seine kurze Ansprache platzte, mit der er den Abend zu beginnen pflegte. »Wer fehlt da?«, fragte er Konstanze, die zu seiner Rechten saß.

An ihrer Stelle antwortete Hadmar, der den Platz zur Linken des Kaisers ergattert hatte. »Wir brauchen nicht zu warten. Uta wird nicht mehr kommen.«

»Ist sie krank?«, fragte Konstanze besorgt.

»Nein, aber ich habe sie heute den ganzen Tag noch nicht gesehen.«

Uta hatte Hadmars Rat zu verschwinden anscheinend schneller beherzigt, als er es sich erhofft hatte.

»Da sitzt sie doch«, riss ihn der Kaiser aus seinen Gedanken und deutete ans Ende der Tafel.

Hadmar konnte es kaum glauben, doch es stimmte. Uta hatte sich einen Platz ganz unten gesucht. Hadmar wäre am liebsten zu ihr gestürmt, um sie zu schütteln, doch Heinrich hatte sich schon erhoben und begann seine Rede.

Uta war nicht entgangen, dass Hadmar sie entdeckt hatte. Es war natürlich klar, dass sie sich nicht ewig vor ihm verstecken konnte, trotzdem hatte sie gehofft, die Konfrontation noch ein wenig hinauszuzögern. Doch jetzt war es so weit. Hadmar hatte begriffen, dass sie sich nicht von ihm erpressen ließ, und sie machte sich auch keine Hoffnungen, dass er sie schonen würde. Es war nur eine Frage des Zeitpunktes und des Ortes, wann und wo er sie als Diebin bloßstellen würde. Uta schrak auf, als sie hörte, wie geklatscht wurde. Der König hatte seine kurze Ansprache, von der sie kein Wort mitbekommen hatte, beendet. Während ihre Tischnachbarn es kaum abwarten konnten, endlich nach Hähnchenschenkeln und Wildschweinbraten zu greifen, würde Uta ohnehin keinen Bissen herunterbringen. Deshalb fiel sie auch nicht in das Murren ein, als eine neue Rede angekündigt wurde. Erst als Hadmars Stimme zu ihr drang, schreckte sie aus ihren Gedanken auf. Der Burgherr sprach zu den Anwesenden. Uta versuchte zu verstehen, was er sagte, aber sie war so aufgeregt, dass das Blut in ihren Ohren pochte. Sie hatte sich den Moment der Enthüllung schlimm vorgestellt, aber sie hatte nicht gedacht, dass er es in so einer großen Runde tun würde.

»Leider versuchen immer noch einige der Fürsten zu verbreiten, dass unser verehrter Kaiser sich durch die Gefangennahme eines Kreuzfahrers ins Unrecht gesetzt hätte«, führte Hadmar aus.

Uta merkte, wie die beinahe unerträgliche Spannung aus ihren Gliedern wich. Hadmar sprach gar nicht über sie, sondern über die Fürsten. Uta hätte am liebsten laut gejubelt. Wahrscheinlich war sie ihm ohnehin viel zu unwichtig, um in solch einer Runde erwähnt zu werden. Wer war sie schon? Bestimmt keine ernstliche Bedrohung für einen Mann wie Hadmar. Je länger sie darüber nachdachte, desto wahrscheinlicher schien es ihr, dass er seine Erpressung längst vergessen hatte. Sie lehnte sich zurück, um zu hören, was er zu sagen hatte.

»Das Volk ist wie ein treuloser Hund: Es läuft dem hinterher, der mit dem größten Knochen winkt.«

Einzelne Lacher waren zu hören, bevor Hadmar fortfuhr. »Und deshalb ist es wichtig, dass der Kaiser seine Macht überall im Reich zeigt und nicht nur da, wo Hoftage abgehalten werden.«

»Und wo soll das sein?«, fragte ein Zwischenrufer.

»In Dürnstein zum Beispiel. Auf meiner Burg könnte ich für

Schutz und Sicherheit all dessen, was des Königs Macht darstellt, sorgen.«

»Mit welchem Knochen wollt Ihr denn winken?«, fragte ein anderer.

»Habe ich das nicht gesagt?«, gab sich Hadmar erstaunt.

»Nein«, rief der Zuhörer.

Hadmar blickte in Utas Richtung, während er anhob: »Ich schlage vor, des Königs Kleinodien auf Dürnstein zu zeigen: das Zepter, das Schwert und vor allem ...«, jetzt trafen seine Augen die Utas, »... die Krone.«

Uta schrie auf, doch ihr Schrei ging in dem allgemeinen Gerede unter, das Hadmars Vorschlag folgte. Uta fasste es nicht, dass sie auch nur für einen Moment geglaubt hatte, Hadmar könnte seine Rache vergessen. Im Gegenteil, ihre Schande würde ausgerechnet in Dürnstein offenbar, da, wo jeder sie kannte.

Balduin lag auf dem hölzernen Bettgestell, das mit Stroh gepolstert war. Anfangs dachte er, das Weib hätte es eigens für seine Bequemlichkeit zusammengezimmert. Aber spätestens als sie ein langes Seil aus dem Stall geholt hatte, ahnte er, dass etwas anderes dahintersteckte. Und tatsächlich band sie ihn auf dem Bett fest, sodass er sich kaum rühren konnte. Auf sein Geschrei reagierte sie gelassen und erklärte, dass das Bein nur heilen konnte, wenn die Wunde nicht wieder aufbrach. Wenigstens ließ sie es ihm an nichts fehlen. Wenn sie nicht bei ihm am Bett saß, war sie im Wald, um Wurzeln und Beeren zu sammeln oder kleine Tiere zu fangen, die sie über dem Feuer briet. Aber was er kaum ertragen konnte, war die Schüssel, in die er seine Notdurft verrichten musste. Auch wenn sie währenddessen die Hütte verließ, war es für ihn die größte Schmach.

Als es wieder einmal so weit war und das Weib die Schüssel von draußen holte, wies Balduin sie ab. »Verschwinde! Ich mache nie mehr da rein. Lieber platze ich!«

Gertrud sah ihn verwundert an. »Was ist denn daran so schlimm? Du darfst dich schließlich nicht bewegen.«

»Damit ich so richtig krank werde, stimmt's? Du willst doch gar nicht, dass ich gesunde. Ob die Wunde heilt oder nicht, mein Körper ist schlapp wie der eines alten Weibes!«

Er wollte sich aufstützen, doch knickten seine Arme kraftlos weg. Balduin fluchte, dann drehte er sich resignierend zur Wand. »Schieb mir die Schüssel unter«, erklärte er.

Doch nichts passierte. Jetzt sah er das Weib an. »Na, was ist? Jetzt kannst du doch zufrieden sein.«

Aber die schüttelte den Kopf. »Nein, du bekommst die Schüssel nicht.«

Balduin konnte es nicht fassen. »Du gemeines Weibsstück ...«, begann er, doch zu seinem Erstaunen begann Gertrud, die Stricke zu lösen.

»Du hast recht«, erklärte sie. »Wenn du deine Gliedmaßen zu lange nicht gebrauchst, schwinden die Kräfte, und dann ist es am Ende noch schlimmer. Du wirst deine Notdurft draußen verrichten.«

Gertrud half ihm, sich aufzusetzen. »So, und jetzt stützt du dich auf meine Schulter und verlagerst das Gewicht auf dein gesundes Bein.«

Mit ihrer Hilfe schaffte es Balduin tatsächlich, sich zu erheben. Mit dem Weib an seiner Seite wankte er mehr als er ging nach draußen. Gertrud steuerte auf einen Eibenbusch zu, hinter dem sie ihn allein ließ. Balduin bereitete es größte Schmerzen, sich hinzuhocken, aber er schaffte es. Nachdem er seine Notdurft verrichtet hatte, kam er fast schon stolz wieder hinter der Eibe hervor und hinkte auf Gertrud zu. Die letzten Schritte wankte er, sodass sie den großen Mann mit beiden Armen auffangen musste. Sie drückte ihn einen Moment ganz fest an sich, bevor sie ihn zurück in die Hütte brachte.

Als Balduin wieder auf dem Bett lag, spürte er ein heißes Pochen in seinem Bein. Gertrud strich eine kühlende Salbe darauf. »So, jetzt gehe ich nach draußen, die Fallen kontrollieren«, erklärte sie, während sie sich erhob.

Balduin sah sie verwundert an. »Hast du nicht was vergessen?«, fragte er.

Sie sah ihn an. »Was denn?«

»Na, die Stricke.«

Balduin deutete auf die lose herumliegenden Enden. Gertrud schüttelte lächelnd den Kopf. »Nein, die brauchst du nicht mehr. Du bist vernünftig genug.«

Lächelnd ging sie nach draußen. Es fiel ihr nicht ganz leicht, Balduin seine Freiheit wiederzugeben. Aber sie musste es tun, es wurde Zeit. Die Heilung schritt gut voran. Außerdem hatte es sie sehr beunruhigt, zu hören, dass Hadmar Balduin so zugerichtet hatte, und noch mehr, dass es um etwas ging, in das Uta verwickelt war. Genaueres hatte sie von ihm nicht herausbringen können. Aber es reichte, dass sie eins begriff: Uta brauchte sie. Gertrud musste zu ihr, und zwar schnell. Trotzdem blickte sie einen Moment zurück zur Hütte. Es tat ihr in der Seele weh, dass Balduin bald nicht mehr dort auf sie warten würde. Und vor allem, dass sie ihm nicht hatte sagen können, wer sie wirklich war.

Karl wusste nicht, wie lange er jetzt schon in der Höhle dahinvegetierte. Der Frost hielt an, sodass Karl vermutete, dass das neue Jahr bereits begonnen hatte. Aber im Grunde war es ihm egal. Er wartete nicht auf die Rückkehr der wärmeren Tage, sondern er hoffte, sie nicht mehr zu erleben. Aber alles, was sich tot anfühlte, waren seine Hände. Er hatte so gut wie gar kein Gefühl mehr in ihnen außer Schmerzen, wenn er morgens aufwachte. Der große, rote Karfunkel leuchtete unberührt im Schein des kleinen Feuers. Karl war längst nicht mehr in der Lage, ihn zu spalten. Das Einzige, was seine Hände eigenartigerweise noch konnten, und dafür hatte er sie schon mehr als einmal verflucht, war, ihm Nahrung zu beschaffen.

Je kälter es wurde, desto mehr Kleingetier suchte Schutz in der Höhle. Eichhörnchen, Molche oder einmal sogar eine kleine Katze, sie alle fanden den Weg zu ihm und kamen ganz nah, weil sie sich Futter von ihm erhofften. Trotz seiner steifen Hände war es ein Leichtes, sie zu fangen. Manchmal briet er sie kurz über dem Feuer, manchmal schlang er sie auch roh hinunter. Und sooft er sich auch sagte, dass seine eigentliche Bestimmung war, zu sterben, um endlich mit Magdalena vereint zu sein, der Hunger war stärker.

Schon wieder sah er einen Schatten an der Felswand. Diesmal war es eine Drossel, deren linker Flügel herunterhing, sodass sie nur noch hüpfen konnte. Da er bereits drei Tage nichts gegessen hatte, war seine erste Reaktion, sich auf den Vogel zu stürzen, ihn zu packen und ihm den Hals umzudrehen. Aber diesmal hielt Karl sich zurück. Er wollte nicht mehr so weitermachen, zu was war er noch nütze? Der Vogel beobachtete ihn mit seinen flinken, schwarzen Augen, und da Karl sich nicht bewegte, kam er vertrauensvoll angehüpft. Karl machte einen Schritt auf das Tier zu und begann es nach draußen zu scheuchen. Endlich flatterte die Drossel zum Ausgang hinaus. Karl wollte schon in die Höhle zurückkehren, als er Stimmen hörte. Eine Gruppe von ungefähr einem Dutzend Leuten, Männlein und Weiblein bunt gemischt, gingen unten am Bach entlang. Und nach ihnen kam bereits die nächste Gruppe aus dem Wäldchen hervor. Karls Neugier war geweckt. Er rief den Ersten zu: »He, ihr da!«

Die Leute sahen zu ihm hoch. Erschrocken wichen einige der Frauen zurück und schlugen die Hände vors Gesicht, während einer der Männer ihn fragte: »Willst du was zu essen? Siehst aus, als wenn du es nötig hättest!«

Karl fuhr sich mit der Hand über seine ausgemergelten Wangen und sein verfilztes Haar. Er musste einen wilden Eindruck machen. »Sagt mir nur, wohin ihr wollt.«

Jetzt wunderten sich die Leute noch mehr über ihn. »Weißt du nicht, was los ist?«, fragte ihn der Mann.

Karl schüttelte den Kopf, während der Knecht fortfuhr: »Sie zeigen die Krone.«

»Die Krone?«

Der Mann wurde ungeduldig. »Der goldene Reif mit den glitzernden Steinen. Und wenn du noch ein bisschen bei Verstand bist, nimmst du deine Beine in die Hand und machst dich auf zur Burg, wo sie ausgestellt wird.«

Eine der Frauen fiel ein: »So etwas sieht man nicht alle Tage. Besonders der große, rote Karfunkel in des Kaisers Krone soll schöner strahlen als die Sterne am Himmel.«

Damit zog die Gruppe weiter. Karl stand still. Etwas hatte ihn verwirrt, er wusste nur noch nicht genau, was es war. Langsam ging er zurück in die Höhle. Im Halbdunkel sah er den großen, roten Karfunkel im Schein des kleinen Feuers leuchten, und plötzlich wusste er, was ihn beunruhigte. Uta hatte ihm nie gesagt, woher sie diesen wunderbaren Stein hatte. Was wenn …? Er wagte den Gedanken kaum zu Ende zu führen und hoffte, dass seine Ahnung ihn trog. Aber falls nicht, steckte Uta in großen Schwierigkeiten. Karl beschloss, sich selbst zu vergewissern. Das ging vor, sterben konnte er immer noch. Vorsichtig schlug er den Karfunkel in ein Tuch ein.

Balduin humpelte auf die Burg zu. Die Reise von der Hütte in der Nähe des Trifels bis nach Dürnstein hatte sein Bein sehr beansprucht, vor allem, da er schnell ankommen wollte. Das Weib, das ihn gepflegt hatte, hätte bestimmt wieder gemeckert, wenn es gesehen hätte, mit welcher Geschwindigkeit es Balduin nach Hause trieb. Seit er wusste, dass die Krone ausgestellt wurde, hatte er keinen ruhigen Moment mehr. Er wollte Uta helfen, auch wenn er noch keine Ahnung hatte, wie.

Balduin musste jetzt noch den Berg hoch, was gar nicht so einfach war, da einige Stellen des Weges vereist waren. In einer Biegung kam Balduin ins Schlingern. Er ruderte mit den Armen, doch es half nichts. Er fiel wie ein Käfer auf den Rücken und rutschte alles, was er bis jetzt an Weg erklommen hatte, wieder hinunter. Er kam zu Füßen eines Mannes in einem fremdländischen Gewand an. Irgendwo hatte er das schon einmal gesehen. Als er in das Gesicht des Mannes blickte, fiel es ihm wieder ein. »Ihr seid doch der Steinmann! Was macht Ihr denn hier?«

»Ich wollte zu dir«, antwortete der. »Ich muss wissen, woher der Karfunkel stammt, den du mir gegeben hast.«

Balduin wurde unruhig. »Das geht Euch nichts an.«

»Sei nicht albern«, fuhr der Steinmann ihn an. »Ich will Uta helfen, denn falls es so ist, wie ich vermute, steckt sie nur allzu bald in großen Schwierigkeiten.«

Balduin zögerte, dann gab er sich einen Ruck. »Ihr vermutet richtig. Und ich fürchte, Ihr habt auch mit den Schwierigkeiten recht. Könnt Ihr helfen?«

»Nicht allein.« Er sah Balduin fest an. »Ich brauche deine Hände!«

Balduin schrak zusammen und verschränkte die Arme schnell hinter seinem Rücken. »Meine Hände! Nie und nimmer!«

Er musterte Karl von oben bis unten, wie um das Beil zu entdecken, mit dem ihm der Steinmann gleich zu Leibe rücken würde.

»Keine Angst«, beruhigte der ihn. »Du sollst mir helfen, mehr nicht. Bist du bereit?«

Balduin nickte erleichtert. Er war bereit.

Am nächsten Tag war der gesamte Burghof von Schnee und Eis befreit. Nahe der Burg war ein samtener Baldachin gespannt, um die Reichsschätze vor Wind und Wetter zu schützen. Aber noch lagen sie geborgen in der Truhe, die von zwölf Wachen eskortiert wurde.

Weitere Wachen waren an den Holzgittern verteilt, die einen Gang markierten, durch den das Volk später schreiten musste, um in einer Reihe Zepter, Schwert und Krone, die Zeichen des Kaisers, in Augenschein nehmen zu können. Noch drängten sich alle eng an eng hinter einer Absperrung, wo weitere Wachen streng darauf achteten, dass keiner zu weit nach vorn kam.

Der Priester stellte gerade Tragekreuz und Weihgefäß bereit, um die Reichskleinodien zu segnen. Hadmar schritt zu der Truhe, aus der er jedes einzelne der Stücke herausheben wollte, um sie auf der mit einem Tuch geschmückten Tafel auszustellen.

Auf einer Tribüne direkt dahinter würden die Burgherren der Umgebung nebst Gattinnen das Spektakel verfolgen, genauso wie Eufemie und Uta. Letztere hatte sich ganz an den Rand gesetzt und wartete auf den richtigen Augenblick.

Als das Volk langsam ruhiger wurde, verbeugte sich Hadmar vor den auf der Tribüne Sitzenden, um das Wort zu ergreifen. »Der Kaiser hat mir die Gnade zuteil werden lassen, hier auf Dürnstein die Zeichen seiner Macht vorzuführen.«

Entschlossen stand Uta auf und wandte sich an das Volk. »Aber vorher hört mich an.«

In der Menge wurden erstaunte Ausrufe laut, Hadmars Augen verengten sich zu Schlitzen, und auch Karl und Balduin, die recht weit vorn standen, sahen sich an. »Sie will ihm zuvorkommen«, flüsterte Karl Balduin zu.

Der nickte. »Das müssen wir verhindern, aber wie?«

Karl überlegte, dann rief er laut. »Keine langen Reden! Wir wollen die Krone sehen!«

Uta blickte verwirrt in die Menge, da sie die Stimme zu kennen glaubte. Aber schon riefen auch andere: »Ja, zeigt uns die Krone!«

Uta wurde klar, dass sie die Menschen durch Worte allein nicht mehr bändigen konnte. Sie wandte sich an die beiden Wachen, die neben der Tribüne standen. »Bringt sie zur Ruhe!«

Die Männer gingen nicht gerade zimperlich vor, und innerhalb kurzer Zeit wagte es keiner mehr, auch nur noch einen Mucks zu tun. Uta konnte die Feindseligkeit geradezu spüren, die ihr von den geprügelten Frauen und Männern entgegenschlug. Sie gab sich einen Ruck. »Es tut mir leid, dass ich so vorgehen musste. Aber ich hatte keine Wahl. Auf jeden Fall ist es das letzte Mal gewesen, dass ihr durch mich Gewalt und Ungerechtigkeit erleidet.«

Die Leute sahen sie jetzt so gespannt an, dass keine Ermahnung zur Ruhe mehr nötig war. Keiner wollte nach dieser Ankündigung noch was verpassen. Uta atmete tief durch: »Ihr seid hierher gekommen, um die Krone des Königs zu sehen. Die Krone, in deren Mitte ein prächtiger, roter Stein prangt.«

Die Leute nickten mit aufgeregten Mienen.

»Ein roter Karfunkel, größer und schöner, als ihn je einer gesehen hat«, fuhr Uta fort. »Doch niemand von euch wird sich an seinem Anblick erfreuen können. Keiner wird in Staunen verharren, denn ...«

»Sie lügt! Glaubt ihr nicht«, unterbrach sie die Stimme von vorhin.

Noch bevor Uta erkennen konnte, wer da gerufen hatte, wurde der auch schon von den Wachen weggezerrt.

Uta räusperte sich. »Ich muss euch gestehen, dass ich etwas Ungeheuerliches getan habe. Zu meiner Entschuldigung kann ich nur anführen, dass ich es nicht für mich tat.«

Uta senkte den Kopf. Sie nahm allen Mut zusammen. Dann sah sie wieder auf. »Früher hieß es einmal, ich sei eine Diebin. Damals war ich unschuldig. Jetzt habe ich Unrecht getan. Ich habe den Karfunkel aus der Krone gestohlen.«

Die Leute tuschelten ungläubig, schüttelten die Köpfe. »Das kann nicht sein, das ist unmöglich«, war zu hören.

Diesmal waren auch die Wachen zu verblüfft, um die Rufer zur Ruhe zu bringen. Eufemie hatte die Hände vors Gesicht geschlagen. Hadmar erhob das Wort: »Nun, deine Behauptung ist wirklich ungeheuerlich. Und doch ist es ganz einfach nachzuprüfen, ob sie stimmt.«

Hadmar trat zu der Truhe, die die Reichskleinodien enthielt. Fast feierlich öffnete er den Deckel, bevor er hinter das Behältnis trat, sodass ein jeder freien Blick darauf hatte. Dann griff er hinein und hob vorsichtig die Krone so heraus, dass die Menge die Hauptplatte an der Stirnseite sehen konnte, während Hadmar die Rückseite des Kunstwerks vor sich hatte. Er hielt die Krone hoch über den Kopf und drehte sich von links nach rechts, um sie allen vorzuführen. Die Rufe des Erstaunens nahmen kein Ende mehr, und Hadmar spürte den Triumph im ganzen Körper. Das Gewicht des Goldes und der Steine machte ihm nichts aus, ganz im Gegenteil, er hätte die Krone noch Stunden so halten können. Doch dann raunten die Leute so etwas wie »Der Stein! Wie er funkelt, wie er leuchtet!«

Hadmar dachte, sich verhört zu haben, doch dann tönte es lauter: »Sie hat ihn gar nicht gestohlen! Er ist an seinem Platz!«

Der Burgherr stutzte. Er sagte sich, dass das gar nicht sein konnte. Er hatte das klaffende Loch beim Einpacken doch mit eigenen Augen gesehen. Doch als einige sich bekreuzigten und betend auf die Knie fielen, drehte Hadmar die Stirnseite zu sich. In der Mitte prangte rot leuchtend der große Karfunkel! Vor Schreck glitt ihm die Krone aus der Hand und fiel mit einem dumpfen Aufprall zu Boden. Hadmar war wie erstarrt, und auch kein anderer wagte es, sich zu rühren. Einzig Balduin bückte sich und nahm die Krone wieder auf. Auch er hielt sie ganz hoch: »Der Stein ist an seinem Platz! Uta ist unschuldig!«

Aller Augen richteten sich jetzt auf die Lumpenprinzessin, die fassungslos den Kopf schüttelte: »Aber ... Das kann nicht sein! Ich habe ihn genommen, das weißt du ganz genau!«

Balduin zuckte nur mit den Schultern. Uta sah wie benommen, dass der Priester damit begann, die Krone zu segnen. Der Weihrauch brachte sie zum Husten. Und plötzlich begriff Uta, dass sie es jetzt sagen musste. Jetzt oder nie. Sie hob eine Hand, um sich Ruhe zu verschaffen, und stieg auf eine der Bänke, damit jeder sie sehen konnte. Alle waren still und betrachteten die zierliche Frau in dem prächtigen Gewand.

Uta hob den Saum ihres Rockes an. »Schaut her, seht ihr den kostbaren Stoff? Dafür haben viele von euch hart arbeiten müssen. Erinnert ihr euch an die hohen Abgaben, die ich von euch forderte? Das ist daraus geworden.«

Vereinzeltes Murren wurde laut. Uta fuhr fort: »Dabei wollte ich alles ganz anders machen, besser, gerechter. Aber ich konnte die mir gestellte Aufgabe nicht erfüllen. Und wenn ich eins nicht will, dann ist es herrschen um jeden Preis.«

Uta hielt inne. »Ich möchte allen danken, die trotzdem zu mir gehalten haben.«

Sie wandte sich zu Eufemie. »Vor allem dir. Du warst wie eine Mutter zu mir.«

Jetzt blickte Uta hocherhobenen Hauptes in die Menge. »Obwohl sie nicht meine Mutter ist. Ich bin keine Kuenringerin.«

Unruhe machte sich breit, doch als Uta erneut anhob, wurde es sofort wieder still. »Ich bin Uta, die Tochter von Gertrud, der Hebamme.« Sie holte tief Luft. »Alles andere habe ich erfunden.«

Jetzt gab es kein Halten mehr. Ein jeder machte seinem Erstaunen

Luft. Uta sah Eufemie an, die ganz blass wurde. Selbst Hadmar rang mühsam um Fassung, und Balduin bemühte sich, das Gesagte zu verstehen. Jetzt gab es nur noch eins zu tun. Uta streifte langsam ihr prächtiges Gewand ab. Darunter kam ein abgetragenes, fast schäbiges Kleid zum Vorschein. Uta wandte sich zu Lise. »Verzeih, ich habe es von dir genommen. Aber du bekommst das hier dafür.«

Sie warf Lise das kostbare Gewand zu, das die staunend auffing.

»Als Entschädigung, dass du die ganze Zeit eine Magd bedienen musstest.« Uta drehte sich wieder allen zu. »Denn nichts anderes bin ich. Ich bin eine von euch. Und jetzt mögt ihr über mich richten.«

Uta blieb ruhig stehen, während der Sturm an Unglauben und Entrüstung losging. Hadmar gab seinen Wachen ein Zeichen. »Packt sie euch!«

Drei Männer stürmten nach vorn, doch als sie bei Uta angelangt waren, wussten sie nicht so recht, wie sie sie anfassen sollten. Zu groß war noch der Respekt, egal, was sie gerade gehört hatten. Aber Uta machte es ihnen einfach. Sie wehrte sich nicht, sondern ging mit ihnen. Sie führten sie zur Burg, doch diesmal war das Ziel nicht ihr Gemach. Sie würden sie ins Verlies bringen, das wusste Uta, auch wenn es keiner aussprach.

Mitten in dem wilden Durcheinander stand Gertrud. Sie hatte alles aus der Menge mitangesehen. Nun musste sie handeln. Entschlossen folgte sie den sichtlich verunsicherten Wachen. Als sie nah genug herangekommen war, war es für Gertrud ein Leichtes, nach vorn zu springen, Uta am Arm zu packen und mit sich zu ziehen. In dem Getümmel rief sie Uta zu: »Komm mit, wenn du nicht auf dem Hackklotz enden willst!«

Bevor Uta überlegen konnte und bevor sich die Wachen von ihrer Überraschung erholt hatten, waren die beiden Frauen in der Menge untergetaucht.

Kapitel 20

Hadmar stand ganz oben auf der Tribüne und versuchte den Überblick über den Burghof zu wahren. Das war nicht einfach, denn die Menschen liefen aufgeregt hin und her. Außerdem musste Hadmar ständig ein Auge auf die Reichskleinodien haben, denn obwohl er ihre Bewachung wegen des Trubels verdoppelt hatte, schienen sie ihm nicht sicher. Doch dadurch fehlten ihm Leute, um Uta zu verfolgen. Hadmar sah ärgerlich auf die umherwimmelnden Menschen. Und plötzlich wusste er, wer ihm Uta bringen würde. »Hört mich an«, rief er mit dröhnender Stimme. »Ich hätte euch viel eher vor dieser Betrügerin schützen müssen. Sie hat euch unter viel zu hohen Abgaben bluten lassen, um sich wie eine Prinzessin zu kleiden, obwohl sie eine einfache Magd ist!«

Das Volk murmelte zustimmend. Hadmar freute sich, er war auf dem richtigen Weg. »Sie hat diejenigen unter euch mit noch höheren Abgaben bestraft, die aufgemuckt haben.«

Hadmar unterließ es tunlichst, daran zu erinnern, dass er Uta dafür ausdrücklich gelobt hatte. Er fuhr fort: »Ich will meinen Fehler wiedergutmachen. Wer mir die Lügnerin bringt, soll mit Gold entschädigt werden!«

Die Leute begannen zu jubeln. »Ja, Gold für Uta! Sucht die Lumpenprinzessin!«

Karl betrachtete diese Entwicklung mit großem Unbehagen. Er wusste, er musste handeln, und zwar schnell. Die Leute drehten sich in Richtung des Burgtores, und Karl rannte, so schnell er konnte, nach vorn. Er erreichte als Erster das Tor und stellte sich in dessen Mitte, breitete die Arme aus und schrie: »Halt!«

Die Leute blieben zögernd stehen. »Aus dem Weg!«, rief der große Schmied.

»Erst, wenn ihr mich anhört!«

»Genug der Worte«, antwortete der unwirsch. »Je länger wir warten, desto mehr Vorsprung hat das Luder!«

»Das Luder?«, wiederholte Karl. »Weißt du überhaupt, von wem du sprichst?«

»Von Uta, der Diebin.«

Karl sah ihn an. »Von Uta, die viele von euch vor dem Hungertod gerettet hat. Habt ihr das vergessen?«

Er betrachtete die Menge. »Natürlich hat sie auch Fehler gemacht. Aber ihr verdankt Uta euer Leben.«

Hadmar näherte sich. »Genug geschwatzt, geh zur Seite!«, befahl er.

Karl blieb ruhig stehen und sah dem Burgherrn fest in die Augen. »Ihr wollt nur nicht, dass die Leute die Wahrheit erfahren.«

Hadmar grinste und verschränkte die Arme vor der Brust. »Das hat Uta mir doch schon abgenommen. Sie ist nicht die, für die sie sich ausgab.«

Karl nickte und wandte sich der Menge zu: »Sie ist weit mehr, als das: Uta ist von der Abstammung eine einfache Magd und im Herzen eine edle Prinzessin. Und vor allem …« Er machte eine kurze Pause, bevor er fortfuhr: »… ist sie eine von uns!«

Die Leute waren jetzt ganz ruhig, sodass Karl seine Stimme nicht heben musste. »Wer dieser Meinung ist, der trete an meine Seite.«

Karl sah gespannt in die Menge. Niemand rührte sich. Doch als Karl schon verzweifeln wollte, kam Bewegung auf. Eine junge Frau drängte von hinten nach vorn. Es war Lise: »Ich habe einer Magd gedient, und ich würde es immer wieder tun.«

Damit stellte sie sich an Karls Seite. Martin folgte ihr und nach und nach traten immer mehr Männer und Frauen aus der Menge heraus, bis schließlich viele Menschen wie eine Mauer vor dem Tor standen und eine Verfolgung Utas unmöglich machten.

Hadmar beobachtete das mit fest zusammengekniffenen Augen.

»Wie ihr wollt!« Er wandte sich um und befahl Balduin, der am Rand stand: »Bring mir die Hunde!«

Balduin rührte sich nicht von der Stelle.

»Hörst du schlecht!«, schrie Hadmar. »Los, hol die Hunde!«

Balduin schüttelte ungerührt den Kopf. »Ich bin nicht mehr dein Knecht! Such dir einen anderen, den du rumkommandieren kannst!«

Hadmar fasste es nicht. Dieser Tag, der eigentlich zu seinem Triumph werden sollte, hatte sich ins komplette Gegenteil verkehrt. Er blickte zu Eufemie. Doch selbst die wandte den Kopf ab.

Uta und Gertrud wagten erst Rast zu machen, als sie vollkommen erschöpft waren. Sie setzten sich am Rand einer kleinen Lichtung ins Moos. Uta mied Gertruds Blick. Die legte ihr die Hand auf die Schulter. »Was ist, meine Liebe?«

Uta begann zu weinen. Gertrud wollte sie in den Arm nehmen, aber Uta entzog sich ihr. »Nein, das bin ich nicht wert! Nicht, nachdem ich dich so verleumdet habe.«

Sie sah Gertrud mit verweinten Augen an. »Ich habe dich einer Tat bezichtigt, für die Hadmars Männer dich hätten umbringen können.«

Gertrud strich ihr beruhigend über den Kopf. »Du warst in einer furchtbaren Situation, deine Hand auf Hadmars Hackklotz, Balduin mit dem Beil über dir …«

»Das wird Hadmar aber nicht so sehen. Er wird nicht ruhen, bis er mich gefunden hat.«

Gertrud nickte. »Wir sollten auf der Hut sein.«

Uta zögerte. »Ich muss dir noch etwas sagen: Ich habe den Stein wirklich gestohlen. Ich bin eine Diebin, selbst wenn der Karfunkel wieder an seinem Platz war.«

»Was hast du mit dem Stein gemacht?«, fragte Gertrud.

»Das ist eine lange Geschichte. Ich habe Balduin beauftragt, ihn im Morgenland einzutauschen. Dabei ist er in Karls Hände gelangt. Und der hat ihn wieder hierher gebracht …«

Plötzlich stockte sie. »Karl …«

Uta stand auf. »Ich glaube, ich weiß, was geschehen ist. Schnell, lass uns nachsehen!«

Damit eilte sie schon los, und Gertrud hatte Mühe, ihr zu folgen.

Uta führte den glimmenden Ast ganz dicht an der Felswand entlang. Doch kein Funkeln, noch nicht einmal ein Glitzern war zu sehen, stattdessen taten sich nur Löcher wie leere Augenhöhlen vor ihr auf. Uta ließ den Ast sinken und wandte sich zu Gertrud, die ihr in die Höhle gefolgt war. »Der Stein, er hat ihn nicht in den Fels eingesetzt, sondern in die Krone. Karl hat seinen Stein für mich geopfert!«

Uta tastete mit den Fingern in die Vertiefungen, wie um sich noch einmal zu versichern. »Aber er ist doch gekommen, um ihr Gesicht zu vollenden.«

»Er muss erfahren haben, dass du in Not bist«, vermutete Gertrud.

»Das heißt, ich bin ihm nicht gleichgültig?«

»Gleichgültig? Wie kommst du darauf?«

»Weil er mir Glück gewünscht hat, zu meiner Hochzeit mit Markward.«

»Was sollte er denn tun? Du warst verheiratet!« Und dann lachte Gertrud. »Außerdem sagen Männer in der Regel nicht das, was sie meinen. Jedenfalls nicht, wenn Gefühle im Spiel sind.«

Uta überlegte. »Vorhin, auf dem Burghof, das war seine Stimme! Sie kam mir gleich so bekannt vor. Er wollte verhindern, dass ich gestehe.«

»Hätte er dir bloß eher gesagt, dass der Stein wieder an seinem Platz ist!«

Aber Uta schüttelte den Kopf. »Ich bin froh, dass es so gekommen ist. Niemand hat mich gezwungen, die Lüge meiner Abstammung aufzudecken. Ich allein konnte es nicht mehr mit mir vereinbaren.«

Uta tastete nach Gertruds Hand. »Und du, wärst du auch zu mir zurückgekommen, wenn ich dich nicht unbedingt gebraucht hätte?«

»Nein, mein Kind«, erklärte Gertrud. »Ich hätte dein neues Leben nicht gestört.«

»Dann bin ich froh, dass alles so gekommen ist.« Uta umarmte Gertrud. »Du hast mir so gefehlt.«

Lange standen die beiden Frauen eng beieinander. Gertrud war ebenso froh wie Uta, nur dass sie ihr Geständnis noch vor sich hatte.

Eufemie erwartete Markward zusammen mit dem Priester im Saal. Sie lächelte ihn an. »Ich habe gute Nachrichten für dich«, erklärte sie Markward. »Die Ehe kann unter diesen Bedingungen problemlos geschieden werden.«

Sie sah Markward erwartungsvoll an, doch der schüttelte den Kopf. »Nein«, antwortete er.

»Doch«, erwiderte Eufemie. »Priester Eugen hat es mir bestätigt.«

Der nickte. »Eine Verbindung einer Unfreien mit einem Freien wäre gar nicht erst geschlossen worden, darum kann man sie – auch wenn dieser Fall einzigartig ist – vor unserem Herrn als ungültig betrachten.«

»Nein«, beharrte Markward. »Uta ist meine Frau.«

Eufemie trat dicht vor ihn. »Ja, hast du nicht verstanden, was sie mit dir, mit uns allen gemacht hat? Sie hat uns belogen und betrogen!«

»Und doch ist sie meine Frau.«

»Aber sie ist weg! Sie ist gegangen!«, schrie Eufemie und wunderte sich selbst über ihre Heftigkeit.

Sie merkte, wie ihr Tränen in die Augen schossen, Tränen der Enttäuschung und Wut. Uta hatte sie verlassen, Uta, in die sie so viele Hoffnungen gesetzt hatte und ohne die ihr das Leben auf der Burg, das Leben mit Hadmar unerträglich schien. Die beiden Männer sahen sie betreten an. Markward legte ihr die Hand auf den Arm, und der Priester begann leise zu beten. Eufemie weinte nur noch mehr. Sie hatte es nicht verdient, so im Stich gelassen zu werden. Doch dann machte sich eine andere Stimme in ihr bemerkbar, leise erst, doch bald unüberhörbar. Sie selbst war nicht unschuldig an der Entwicklung. Es war ein Abkommen mit der Hebamme gewesen: Sie hatte Uta als Tochter angenommen, und die Hebamme behielt Stillschweigen darüber, dass sie Eufemie geholfen hatte, keine weiteren Kinder mehr gebären zu müssen. Eufemie hatte von Anfang an gewusst, dass Uta nicht ihre Tochter war. Sie hätte es nur gerne so gehabt. Eufemie schüttelte Markwards Hand ab und herrschte den Priester an, still zu sein. Sie brauchte kein Mitleid, denn sie hatte gerade eben beschlossen, Uta zurückzuholen.

Der Wilde Mann öffnete mühsam die Augen. Er hatte es sich zur Angewohnheit gemacht, bis in den hellen Tag hinein zu schlafen, seit Gertrud weg war. Es gab keinen Grund, früh aufzustehen. Das Feuermachen sparte er sich, da ihm die Kälte gleichgültig war. Und auch um seine Hütte machte er nicht allzu viel Aufhebens, mochte doch der Regen durch die Löcher im Dach tropfen.

Der Wilde Mann verließ seine Behausung und ging lustlos die Fallen ab. Die Ausbeute war gut, was ihn früher sehr gefreut hätte. Heute ärgerte er sich schon fast über die Last, die er nach Hause schleppen musste. Als er gerade den letzten Hasen geschultert hatte, hörte er ein eigenartiges Geräusch. Er blickte sich kurz um, konnte aber nichts entdecken und wollte schon weiter, als er das leise Wimmern erneut hörte. Für einen Augenblick dachte er, sie wäre zurück. Aber dann schalt er sich. Es war sicher nur ein Tier, vielleicht ein Junges aus dem Wurf der Füchsin, die ihm in die Falle gegangen war. Trotzdem näherte er sich dem Unterholz.

Er entdeckte tatsächlich ein kleines Wesen, das nach Milch schrie, nur dass es kein Fuchs, sondern ein Menschenkind war. Es lag in einem löchrigen Korb und war in ein altes Tuch eingewickelt. Wahrscheinlich ein Mädchen, wie die meisten der kleinen Körper, deren Reste der Wilde Mann schon öfter gefunden hatte, nachdem die Wölfe oder Wildschweine sich daran gütlich getan hatten. Aber normalerweise wurden die Kinder nackt ihrem Schicksal überlassen, in der Hoffnung, dass sie bereits erfroren waren, bis die Tiere sie zerfleischten. Aber diesen Säugling hatte man warm eingepackt in die Nähe seiner Fallen gelegt. Er sollte das Kind finden. Wütend betrachtete der Wilde Mann das Bündel. Was dachten die Leute eigentlich von ihm? Dass sie ihm ihre Bälger aufdrängen konnten? Nein, damit wollte er nichts zu tun haben. Doch gerade als er umdrehen wollte, wurde das Wimmern zu einem lauten Schreien. Er zögerte und bückte sich dann, um das Kind hoch zu nehmen. Nur weil er das Geheule nicht ertragen konnte, sagte er sich. Und tatsächlich war der Säugling in seinen Armen sofort ruhig. Der Wilde Mann legte das Mädchen daraufhin wieder zurück, worauf es sein Schreien fortsetzte. Es beruhigte sich erst wieder, als er es erneut aufnahm. Der Wilde Mann entschloss sich, das Kind mit in seine Hütte zu nehmen. Aussetzen konnte er es immer noch.

Die Köpfe zusammengesteckt, standen die Mägde und Knechte beim Brunnen. Der zerlumpte Bettler mit der Augenklappe und dem großen Hut hinkte um die Gruppe herum, um mitzubekommen, was da getuschelt und geflüstert wurde. Neben dem dicken Hinterteil einer der Küchenmägde entdeckte er eine kleine Lücke, zu der er sich bückte und hindurchspähte. Er sah, dass gerade der Schmied das Wort hatte: »Der Knochenhauer will die beiden gesehen haben. Uta ging voran, die Hebamme folgte ihr.«

»Wo? Wo hat er sie gesehen?«, fragte die Küchenmagd.

»Am Ufer der Donau. Uta hätte so wunderschön gesungen, dass ganze Schwärme von Fischen ans Ufer geschwommen kamen und die Alte nur zuzugreifen brauchte, um eine gute Mahlzeit für sie beide herauszuholen.«

Der Bettler runzelte die Brauen.

»Eine der Waschfrauen hat Uta am Fluss beobachtet. Sie habe sich mit bloßem Haar über das Wasser gebeugt, aber darin gespiegelt habe sich eine prächtige Krone«, meldete sich jetzt Lise zu Wort.

Der Bettler hörte Ausrufe des Erstaunens und der Bewunderung.

»Auf jeden Fall hat Hadmar sie noch nicht gefunden. Seine Miene wird jeden Tag grimmiger«, fügte jetzt Martin an.

Die Küchenmagd nickte. »Er ist noch unverschämter und dreister als sonst, und das will schon was heißen.«

Der Schmied fügte an: »Wenn er nicht der Burgherr wäre, könnte man meinen, er stammte aus der kleinsten und schäbigsten Hütte im ganzen Dorf, so wenig Benehmen und Anstand, wie er besitzt.«

Die Küchenmagd flüsterte jetzt besonders leise. »Wer weiß, ob er überhaupt ein Kuenringer ist? Ich war bei seiner Geburt nicht dabei.«

Es fiel dem Bettler sichtlich schwer, ruhig zu bleiben. Sein Gesicht lief rot an. Die Küchenmagd bog sich vor Lachen und stieß ihm dabei ihr dickes Hinterteil ins Gesicht. Der Bettler gab ihr einen kräftigen Schubs.

»He!«, rief sie, als sie sich umdrehte. »Was fällt dir ein? Behalt deine dreckigen Finger bei dir.«

»Nichts lieber als das«, erwiderte der, holte mit dem Fuß aus und verpasste der Magd nun einen Tritt.

Nicht zimperlich ging sie auf den Bettler los und kratzte ihm übers Gesicht. Als sie sich dabei in der Schnur seiner Augenklappe verfing und sie herunterzureißen drohte, nahm der Angegriffene Abstand. Verfolgt von dem Hohngelächter des Gesindes lief er fort.

Er machte nicht eher halt, als bis er in Eufemies Gemach angekommen war, wo die gerade dabei war, sich für die Nacht auszukleiden. Als sie den Bettler sah, schrie sie laut auf und bedeckte ihre Blöße mit der Bettdecke.

»Lass den Unfug!«, erklärte der Bettler harsch.

Eufemie musterte ihn, bevor sie fragte: »Hadmar?«

Der Mann riss sich Augenklappe und Hut vom Kopf und nahm Eufemie die Decke ab, um sich damit den Dreck vom Gesicht zu wischen. Es war tatsächlich der Burgherr.

»Hadmar, wie siehst du aus? Warum hast du dich so verkleidet?«

»Um mitanhören zu müssen, dass die Leute Uta bald wie eine Heilige verehren, während sie über ihren Herrn nur das Schlechteste reden.«

»Sie hat viel für die Leute getan«, erwiderte Eufemie in Gedanken.

»Jetzt fängst du auch noch an«, brüllte Hadmar, während er ihr die beschmutzte Decke vor die Füße warf. »Sie hat gestohlen und dann Almosen verteilt, das kann jeder!«

»Es macht aber nicht jeder«, beharrte Eufemie.

»Was meinst du, was passiert, wenn König Heinrich erfährt, dass alle Welt anstatt von Krone, Schwert und Zepter nur von Uta spricht? Er hat mir die Schätze schließlich anvertraut, damit ich seine Macht demonstriere.«

»Du hättest ihm diesen Vorschlag nicht zu machen brauchen.«

»Dann wäre der dreiste Diebstahl nie herausgekommen«, erwiderte Hadmar.

»Aber jetzt wird Uta immer beliebter bei den Leuten. Du solltest dir ernsthaft Gedanken machen, wie du das verhindern kannst.«

»Indem ich sie umbringe«, grollte Hadmar, ohne zu zögern.

»Das würde ich nicht tun. Es sei denn, du willst, dass ihr Grab zur Pilgerstätte wird.« Eufemie sah Hadmar an. »Es gibt nur eine Möglichkeit: Hol sie zurück.«

»Was? Ich habe mich wohl verhört.«

Aber Eufemie schüttelte den Kopf. »Nein, es ist mein Ernst. Erst wenn Uta wieder hier ist, werden die Leute sich beruhigen.«

Hadmar sah sie grimmig an. Aber auch wenn er es nicht gerne zugab, war etwas dran an ihrem Vorschlag. Eufemie fuhr fort: »Und hinzu kommt noch, nur wenn Uta wieder mitherrschen kann, wird sie auch Fehler machen. Wenn nicht, wird das Bild, das die Leute von ihr haben, immer unfehlbarer.«

Eufemie hielt inne. Sie merkte, dass es in Hadmar arbeitete, und sie hoffte, dass sie die richtigen Worte gefunden hatte. Doch Hadmar winkte ab. »So etwas Dummes habe ich noch nie gehört.«

In Eufemie machte sich tiefe Enttäuschung breit. Jetzt würde sie Uta nie wiedersehen. Hadmar fuhr fort: »Aber da das Volk töricht ist, ist die dümmste Idee gerade gut genug. Ich werde sie zurückholen, und zwar so schnell wie möglich.«

Eufemie hätte am liebsten laut gelacht, wenn sie nicht gewusst hätte, dass das Hadmar wieder misstrauisch machen würde.

Karl verlangsamte seinen Schritt. Hadmar und Eufemie hatten noch nicht gemerkt, wo er sie hinführte. Aber wenn sie um die nächste Biegung der Donau kamen, würden sie es erkennen. Dann gab es kein Zurück mehr.

Karl war voller Misstrauen gewesen, als Hadmar ihm erklärt hatte, er wolle Uta zurückholen, und hatte abgestritten zu wissen, wo sie war. Erst als Eufemie ihm versicherte, Uta werde kein Leid geschehen, lenkte er ein. Aber ein Rest Zweifel blieb. Als Uta Hadmar damals zu der Höhle geführt hatte, wurde ihre Gutgläubigkeit rücksichtslos ausgenutzt. Er hatte ihr Hilfe für Magdalena versprochen, doch stattdessen brachte Hadmar sie um. Karl wurde es weh ums Herz, doch es war diesmal nicht die Erinnerung an seine Frau, sondern Mitleid mit Uta. Wie musste sie darunter gelitten haben! Voller Scham dachte er daran, dass er ihr das all die Jahre auch noch zum Vorwurf gemacht hatte. Jetzt steckte Karl selbst in der Zwickmühle. Verriet er Utas Versteck nicht, so hinderte er sie an einer Rückkehr auf die Burg. Verriet er es, konnte es sie unter Umständen das Leben kosten. Karl brach der Schweiß aus, obwohl es bitterkalt war und heute schon zum dritten Mal schneite. Spuren waren so kaum zu entdecken. Karl hoffte fast, dass sein Gefühl ihn täuschte und Uta woanders als in der Höhle Unterschlupf gesucht hatte.

Aber dann sah er abgebrochene Zweige an einem Busch. Sein Gefühl hatte ihn nicht getäuscht. Uta und Gertrud waren nur wenige Minuten oberhalb von ihnen im Berg. Jetzt musste er sich entscheiden. Karl blickte auf Hadmar und Eufemie, die hinter ihm herstapften. Immerhin hatte der Burgherr sich darauf eingelassen, ohne seine Wachen aufzubrechen. Und er hatte versprochen, dass Karl die ganze Zeit dabei sein konnte, wenn er Uta sein Angebot machte. Karl nahm all seinen Mut zusammen und schritt beherzt um die Biegung. Prompt kam es von Hadmar: »Die Höhle! Das hätte ich mir doch gleich denken können, dass die beiden Weiber sich dort verkrochen haben!«

Hadmar wollte sich schon an Karl vorbeidrängen, um die Führung zu übernehmen. Doch Karl hielt ihn auf. »Ich gehe voran. Und Uta wird kein Haar gekrümmt.«

Dann betraten sie die Höhle. Schon von Weitem sah er den Schein des Feuers, das die beiden Frauen entzündet haben mussten. »Uta! Gertrud! Habt keine Angst, ich bin es, Karl!«

Und dann sah er sie: Schmal und blass, aber mit einem strahlenden Lächeln kam Uta auf ihn zugelaufen. Doch als sie Hadmar und Eufemie sah, blieb sie stehen. Ungläubig schüttelte sie den Kopf: »Karl, wie konntest du …«

Aber Karl eilte zu ihr und nahm ihre Hand. »Es ist nicht so, wie du denkst, Uta. Er will dir ein Angebot machen.«

Uta wich langsam zurück. »Du glaubst ihm?«, hauchte sie.

Jetzt mischte Hadmar sich ein. »Wer ist denn hier die Lügnerin? Wer hat uns denn vorgemacht, von diesem Weib …« Er deutete mit dem Kopf abschätzig auf Gertrud. »… bei der Geburt vertauscht worden zu sein?«

Uta sah ihn betroffen an. »Ich … ich wollte niemandem schaden. Ich hatte keine Wahl.«

»Und ich habe jetzt keine Wahl, leider«, erwiderte Hadmar, dann gab er sich einen Ruck: »Komm zurück, komm wieder auf die Burg.«

»Ich soll zurück?«, fragte Uta ungläubig. »Warum? Weil Ihr mich auf der Burg besser strafen könnt? Wollt Ihr wieder den Hackklotz aufstellen?«

»Du kennst mich gut«, erklärte Hadmar.

Karl beobachtete, wie Hadmars Hand zu seinem Gürtel wanderte. Als er fast den Knauf des Schwertes erreicht hatte, stürzte Karl sich auf ihn. »Also doch! Ihr habt gelogen!«, rief er, während er ihn am Arm packte.

Hadmar stöhnte auf. »Bist du von allen guten Geistern verlassen? Was soll das? Ich wollte ihr nur etwas geben!«

»Einen Hieb mit dem Schwert?«, rief Karl ungehalten und schüttelte Hadmar.

»Nein, ein Tuch, das sie sich umlegen kann, damit sie sich hier in der Kälte nicht den Tod holt. Dann nützt sie mir nämlich überhaupt nichts mehr.«

Tatsächlich löste Hadmar dicht neben seinem Schwert ein wollenes Tuch vom Gürtel, das er daran festgeknotet hatte. Karl ließ Hadmar los, der es Uta reichte. »Du hast mein Angebot vernommen. Entscheide dich!«

Hadmar drehte sich um und ging nach draußen. Eufemie trat zu Uta. »Er braucht dich. Je länger du weg bist, desto mehr verehren die Leute dich und verachten ihn.«

Sie zögerte, bevor sie fortfuhr: »Ich brauche dich auch.«

Unsicher nahm sie Utas Hand. »Wir sind zwar nicht mehr Mutter und Tochter, aber ich wünschte, wir könnten wenigstens so tun.«

Eufemie nahm Uta fest in den Arm. »Bitte Uta, komm zurück.«

Die Burgherrin und Karl waren jetzt schon lange fort und immer noch stand Uta in Gedanken versunken an dem Platz, an dem Eufemie sie zurückgelassen hatte. Gertrud fasste sich schließlich ein Herz. »Warum machst du es dir so schwer, Uta? Geh zurück, nimm sein Angebot an.«

Uta schüttelte den Kopf. »Ich kann nicht. Mein Platz ist bei dir.«

Gertrud hatte es geahnt. »Du darfst keine Rücksicht auf mich nehmen. Für dich ist ein besseres Leben vorgesehen.«

»Ich will es nicht besser haben. Mir geht es gut, wenn ich bei dir bin.«

Gertrud sah sie an. »Du darfst dich deinem Schicksal nicht widersetzen.«

»Genau deshalb hätte ich aus meinem alten Leben nie ausbrechen dürfen«, erwiderte Uta.

»Du hast nur getan, was du tun musstest.«

Uta schüttelte den Kopf. »Ich musste nicht Lesen lernen. Ich hatte es mir in den Kopf gesetzt. Weiß der Himmel, wie ich auf diese Idee gekommen bin.«

»Die Idee war in dir, von Anfang an.«

»Aber warum? Alle anderen auf dem Hof sind auch zufrieden, ohne je ein Buch angefasst zu haben.«

»Weil sie anders sind.«

Uta nickte. »Sie sind gut und ich bin schlecht.«

Gertrud schüttelte den Kopf. »Erinnerst du dich an die alte Weissagerin?«

»Die Einbeinige! Du hast dich aufgeregt, weil sie mir Flöhe ins Ohr setzen wollte.«

»Ich habe mich aufgeregt, weil sie die Wahrheit gesehen hatte.«

Uta blickte Gertrud fragend an. Die nahm sie am Arm. »Lass uns nach draußen gehen, ans Licht.«

Die beiden Frauen sprachen erst wieder, als sie unten am Ufer der Donau angekommen waren, die das Grau des Himmels spiegelte. Gertrud drehte sich zu Uta. »Ich möchte dir etwas über Balduins Mutter erzählen.«

»Über Eufemie?«

Gertrud überging Utas Frage. »Balduins Mutter hatte keine einfache Schwangerschaft. Es war ein kalter Winter, so wie dieses Jahr, und es fehlte an allem. Die Vorräte waren aufgebraucht, und es gab keine Lumpenprinzessin, die sie wieder aufgefüllt hätte.«

Gertrud lächelte, bevor sie fortfuhr. »Sie war sehr mager, einzig ihr Bauch ließ erkennen, dass sie werdendes Leben in sich trug. Als die Wehen einsetzten, gebar sie einen Sohn, genauso dünn und mager wie sie. Sie weinte, weil sie wusste, dass ihm nur wenige Tage auf dieser Erde beschieden sein würden.«

»Aber, warum hat Hadmar nicht für genügend Essen gesorgt? Seit wann muss seine Frau hungern?«, warf Uta ein.

»Seine Frau musste nicht hungern. Sie war wohlgenährt und brachte nur einen Tag später ein gesundes Mädchen zur Welt.«

Uta verstand nicht. »Ein Mädchen? Aber davon weiß ich nichts.«

»Keiner weiß es, selbst sie nicht.«

»Aber …«, setzte Uta an, doch Gertrud ließ sie nicht aussprechen.

»Hör einfach zu, dann verstehst du. Dann verstehst du alles.«

Uta schwieg, und Gertrud fuhr fort: »Balduins Mutter war sehr schwach, aber trotzdem wurde sie zur Entbindung der Burgherrin gerufen.«

Gertrud zögerte, überwältigt von der Erinnerung. »Die Arbeit war zu viel. Ihre ohnehin wenige Milch versiegte in ihren Brüsten, während die der Burgherrin prall gefüllt waren. Und dann hat Balduins Mutter einfach das getan, was sie tun musste.«

Gertrud schwieg, und Uta wagte nicht nachzufragen. Endlich setzte Gertrud wieder an. »Ich habe meinen Jungen genommen und ihn Eufemie in die Arme gelegt, bevor sie, von den Strapazen der Geburt benommen, ganz zu sich kam. Sie hat nie erfahren, dass sie eigentlich ein Mädchen geboren hatte.«

Uta sah Gertrud an. »Und du, du hast das Mädchen zu dir genommen, es als dein Kind aufgezogen.« Sie zögerte. »Das Mädchen, das bin ich?«, fragte Uta, obwohl sie die Antwort bereits kannte.

Gertrud nickte. »Das Mädchen bist du. Mein Mädchen und doch nicht meins. Die Tochter der Burgherrin, aufgewachsen als Magd.«

Sie sah Uta an, doch die blieb stumm. Gertrud versuchte in ihrem Gesicht zu lesen, wie sie es aufnahm. »Balduin hätte es nicht geschafft ohne Milch. Du warst stark, du hast gekämpft. Wann immer es ging, habe ich andere Mütter gebeten, dir etwas von ihrer Milch abzugeben. Von mir konntest du nur eins bekommen: meine ganze Liebe.«

Sie wusste nicht, ob ihre Worte überhaupt bis zu Uta durchdrangen. Doch dann sah die Jüngere sie an. »Dann ist Eufemie wirklich meine Mutter.«

Gertrud nickte, aber Uta schüttelte plötzlich den Kopf. »Woher soll ich wissen, dass das die Wahrheit ist? Vielleicht sagst du es nur, damit ich auf die Burg zurückkehre?«

»Du bist der beste Beweis. Du wolltest lesen lernen, und du hast es geschafft, du wolltest die Menschen vor dem Hunger retten, und du hast es getan. Es war deine Bestimmung.« Gertrud holte tief Luft. »Und du bist Eufemie wie aus dem Gesicht geschnitten. Ich habe mich immer gewundert, dass es keiner gemerkt hat.«

Der schmale Körper, das blonde, widerspenstige Haar und die grünen Augen, das konnte auch Uta nicht leugnen. Sie empfand plötzlich eine starke Sehnsucht, fast ein Verlangen nach ihrer Mutter, ihrer richtigen Mutter. »Ich muss zu ihr.«

Gertrud nickte. »Ich weiß.«

Uta drehte sich um. Gertrud sah ihr nach, als sie auf die Burg zueilte. Noch nie hatte ihr etwas so weh getan.

Je näher Uta der Burg kam, desto langsamer wurden ihre Schritte. Sie beschloss, nicht durch das Tor hineinzugehen, sondern sich von hinten über das Kräutergärtlein durch ein Loch im Holzzaun zu nähern. So gelangte sie unbemerkt auf den Hof, wo Balduin dabei war, sein Schwert an einem Wetzstein zu schärfen. Ein Hund leistete ihm dabei Gesellschaft, jede seiner Bewegungen mit lautem Kläffen kommentierend. Balduin trat nach ihm, was den nicht im Mindesten beeindruckte. Ärgerlich sah Balduin sich um. Er legte das Schwert weg, nahm einen verbeulten Eimer vom Brunnenrand und zog sich den Gürtel von den Hüften. Balduin näherte sich dem Kläffer und klemmte den Kopf des Hundes schnell zwischen seine Knie. Er band nun das eine Ende des Gürtels an den Griff des Eimers, das andere am Schwanz des Hundes fest. Dann ließ er den Hund so plötzlich frei, dass der einen Moment ganz verblüfft stillstand, bevor er wegsprang und den scheppernden Eimer hinter sich bemerkte. Wütend versuchte er danach zu schnappen, doch es gelang ihm nicht. Wie toll drehte er sich im Kreise. Balduin stand dabei, hatte die Hände in die Hüften gestemmt und lachte.

Uta wollte schon aus ihrem Versteck hinter dem Stamm der großen Eiche hervorkommen und mit ihm schimpfen, als Eufemie aus der Burg trat. Utas Herz pochte, als sie die kleine blonde Frau in ihre Richtung kommen sah. Doch die steuerte auf Balduin zu. »Du Kindskopf! Hast du nichts Besseres zu tun, als unschuldige Tiere zu quälen?«

Sie nahm ihn am Ohr.

»Was fällt dir ein?«, entgegnete Balduin.

»Ich bin deine Mutter«, erklärte Eufemie, während sie ihn wieder losließ.

»Auf einmal?«, fragte Balduin. »Bis vor ein paar Tagen noch war ich gerade mal gut genug, um Holz zu hacken.«

»Da hast du dich wenigstens noch nützlich gemacht.«

»Was bleibt mir als Sohn des Burgherrn denn zu tun? Hadmar bestimmt so und so alles selbst.«

»Demnächst nicht mehr«, erklärte Eufemie und zog ein Schreiben aus ihrem Gewand. »Nicht, wenn er das hier gelesen hat.«

Uta überlegte, ob sie sich den beiden zu erkennen geben sollte, als Hadmar hinzukam. »Balduin, da steckst du ja. Ich will, dass du des Königs Kleinodien zurück zum Trifels begleitest.«

»Ich glaube, das ist nicht nötig«, antwortete Eufemie an seiner Stelle.

Sie hielt das Schreiben hoch. »Das hier hat eben ein Bote des Kaisers gebracht. Darin steht, dass du so bald wie möglich zu ihm kommen sollst, um vom Trifels aus nach Ostrom aufzubrechen.«

Hadmar blickte ungläubig auf das Schreiben. »Nach Ostrom? Aber das geht nicht, nicht solange Uta nicht zurückkommt. Wer soll hier herrschen?«

»Ich!«, antwortete Eufemie zu Hadmars und Balduins Verblüffung. Auch Uta blieb in ihrem Versteck der Mund offen stehen. Eufemie deutete auf eine bestimmte Stelle in dem Schreiben. »Hier steht es: Deine Gattin soll für die Zeit deiner Abwesenheit all deine Rechte und Pflichten erhalten.«

Hadmar schüttelte abwehrend den Kopf, aber Eufemie fuhr schon fort: »Deshalb ist es das Beste, wenn du Schwert, Krone und Zepter gleich selbst begleitest. Das ist viel sicherer, als wenn Balduin es tut.«

»Aber das kommt so plötzlich«, sagte Hadmar verwirrt.

»Umso eher bist du zurück«, erwiderte Eufemie freundlich.

Hadmar drehte sich um und ging ohne ein weiteres Wort.

Eufemie rollte das Schreiben äußerst gut gelaunt zusammen. Balduin sah sie misstrauisch an. »Ist das wirklich von Heinrich?«

»Natürlich«, erklärte Eufemie gelassen. »Allerdings ist es ein alter Brief, in dem es um die Höhe der Abgaben geht.«

Balduin erschrak. »Du hast ihm ein falsches Schreiben gezeigt?«

Eufemie zuckte mit den Schultern. »Immerhin trägt es das Königssiegel.«

Balduin konnte es immer noch nicht fassen. »Und was, wenn Hadmar dahinterkommt? Der Kaiser wird sich wundern, wenn er bei ihm eintrifft.«

»Und wenn schon. Er wird froh sein, jemanden für Ostrom zu haben, mehr wird ihn nicht interessieren. Aber du solltest dir eins merken.« Eufemie wedelte mit dem Schrieb. »Wie wichtig es ist, Lesen und Schreiben zu lernen.«

Balduin zog ein Gesicht, aber Eufemie fuhr fort. »Auch ich habe das erst durch Uta begriffen. Dafür bin ich ihr dankbar.« Sie schwieg einen Moment, bevor sie fortfuhr. »Wie für so vieles.«

Balduin sah Eufemie an. »Meinst du, dass sie zurückkommt?«

Eufemie überlegte, dann schüttelte sie den Kopf. »Ich glaube nicht. Sie geht nie den bequemen Weg.« Dann sah sie Balduin an. »Und wir auch nicht. Los, hilf Hadmar beim Packen, bevor er es sich noch anders überlegt.«

Damit scheuchte sie Balduin in Richtung Burg.

Uta sah den beiden nach, als sie plötzlich merkte, dass jemand neben sie trat. Es war ihr Gatte. »Markward!«, rief sie.

»Uta! Du bist zurückgekehrt!«

Uta sah ihn an. »Nein, jedenfalls nicht um zu bleiben.«

»Aber warum dann?«

Markward sah sie unsicher an. Uta fuhr fort: »Um zu erkennen, dass ich nicht mehr hierhin gehöre.«

»Aber wir beide waren doch ein gutes Paar.«

Uta nickte lächelnd. »Ja, wir haben uns wirklich zusammengerauft, wenn ich bedenke, wie alles anfing.«

Er sah sie an. »Ich möchte dich einfach nicht gehen lassen.«

»Und ein Teil von mir würde auch gern bleiben, glaube mir. Aber es geht nicht.«

»Du hast so viel möglich gemacht, warum nicht auch das? Versuche es doch«, bat Markward.

Uta war gerührt. »Du hast eine Bessere verdient. Und du wirst sie finden.«

Markward schüttelte den Kopf, aber Uta beharrte: »Glaube mir, und dann wirst du mich vergessen.«

Sie nahm Markward in die Arme. Sie küssten sich ein letztes Mal, bevor Uta sich löste: »Lebe wohl, mein Lieber.«

Der Abschied fiel ihr nicht leicht, da sie wusste, dass sie Markward nie wiedersehen würde. Noch schwerer fiel ihr der Aufbruch. Sie hatte Angst, dass sie auch am nächsten Ort wieder feststellen musste, dass es nicht ihr Platz war.

Balduin trat seinem Pferd in die Flanken. Er hatte Hadmar und seine Männer samt der Truhe mit den Reichskleinodien noch ein Stück eskortiert. Es war ihm dabei weniger um sicheres Geleit gegangen, als um sich zu vergewissern, dass Hadmar auch wirklich weg war. Jetzt war Balduin froh und leicht zumute, und er hatte Lust, sich den Wind um die Nase wehen zu lassen. In schnellem Galopp ging es heimwärts. Doch als er um eine Biegung ritt, sah er plötzlich ein Hindernis vor sich auftauchen. Es war eine Frau, die in aller Seelenruhe genau in der Mitte des Weges entlangschlurfte. Er wollte noch ausweichen, doch es war zu spät. Sein Pferd streifte sie und stieß sie zur Seite. Balduin brachte das Tier zum Stehen, sprang ab und kniete nieder, um nach ihr zu sehen. Zu seinem Erstaunen war es das Weib, das ihn in der Hütte gepflegt hatte.

»Tu mir nichts«, rief sie bei seinem Anblick und hielt sich schützend die Arme vors Gesicht.

»Ich dir was tun?«, fragte Balduin.

Vorsichtig ließ das Weib seine Hände wieder sinken. »Dann war es keine Absicht?«

»Warum sollte ich dich verletzen wollen?«

›Weil du jetzt weißt, dass ich dich zu einer anderen Frau gegeben habe‹, wollte Gertrud sagen, doch sie hielt sich zurück. Stattdessen fragte sie: »Hat Uta nicht mit dir gesprochen?«

»Uta? Uta ist nicht mehr auf der Burg.«

Gertrud sah ihn ungläubig an. »Aber sie wollte doch zurück.«

Balduin zuckte die Achseln. »Ich habe sie nicht mehr gesehen, seitdem sie gestanden hat, dass sie gar nicht von dieser Hebamme vertauscht worden ist.«

Gertrud stellte erstaunt fest, dass Balduin immer noch keine Ahnung hatte, wer sie war. Sie hatte plötzlich den Wunsch, es ihm zu sagen. Auf der anderen Seite drängte es sie aufzubrechen, um nach Uta zu suchen. Aber dann tat sie keines von beidem. Sie musste ihre Kinder – so nannte sie in Gedanken nun beide – ziehen lassen, so schwer es ihr auch fiel. Sie griff dankbar nach Balduins Händen, die er ihr entgegenstreckte, um sie hochzuziehen. Sie ging ihm bis zur Schulter, als sie vor ihm stand. Er beugte sich zu ihr und schnupperte an ihren Haaren. Für einen Moment schmiegte er sein Gesicht daran. Dann trat er, über sich selbst den Kopf schüttelnd, schnell einen Schritt zurück. »Ich muss weiter!«, rief er.

»Lass dich nicht aufhalten«, antwortete Gertrud und winkte ihm hinterher, als er davonritt.

Dann überlegte sie, welche Richtung sie nun einschlagen wollte. Doch ihre Beine kannten bereits den Weg.

Der Wilde Mann lehnte sich erschöpft auf den Besenstiel. Er bekam in letzter Zeit nicht viel Schlaf, und jetzt hatte er die ganze Hütte in Ordnung bringen müssen. Eigentlich hätte er sich jetzt gerne noch einmal hingelegt, aber er ahnte, dass die Kleine gleich aufwachen würde. Nachdem sie ihn nachts jede Stunde durch ihr markerschütterndes Schreien geweckt hatte, war sie am Morgen in einen seligen Schlummer gefallen. Er beugte sich über das in Tücher gewickelte Kind. Er konnte schon sehen, wie sich ihre feinen, fast durchsichtigen Augenlider bewegten. Bald würde sie ihn mit ihren blauen Augen ansehen, und wenn er dann nicht schnell frische Ziegenmilch zur Hand hatte, würde sie erneut anfangen zu schreien. Eilig ging der Wilde Mann nach draußen, um die Ziege zu melken, die er eigens für die Kleine angeschafft hatte. Ihm fiel ein, dass er dem Mädchen immer noch keinen Namen gegeben hatte. Er wusste nicht so recht, wie er es anstellen sollte, den passenden zu finden. Nur manchmal, wenn sie ihn mit ihrem Geschrei mal wieder zur Weißglut brachte, dann nannte er sie Gertrud.

Die Ziege lief in dem kleinen Holzverschlag herum, und es dauerte etwas, bevor sie stillhielt. Mit einem Becher voll Milch betrat er schließlich wieder die Hütte. Doch prompt erschrak er dermaßen, dass er fast alles verschüttete. Er musste zweimal hinschauen, bevor er es glaubte: Mitten in dem kleinen Raum stand Gertrud!

Gertrud sah den Wilden Mann an, wie er da groß und kräftig wie immer vor ihr stand. Doch etwas war anders an ihm. Er wirkte müde, aber auch ein wenig weicher. Sie runzelte die Brauen, weil sie das kaum glauben konnte. Der Wilde Mann und weich, das war wie ein Leben ohne Hunger. Doch noch merkwürdiger kam es ihr vor, dass die Hütte aufgeräumt und fast schon sauber war. Sie musterte den Wilden Mann, und anstatt einer Begrüßung entfuhr es ihr: »Du lebst nicht mehr allein, stimmt's?«

Als der Wilde Mann nickte, übermannte Gertrud die Enttäuschung. Sie war zu spät gekommen, er hatte eine andere. Warum war sie bloß gegangen? Aber alles Jammern half nicht. Gertrud drehte sich um.

»Warte!«, rief der Wilde Mann.

Gertrud hielt zögernd inne.

»Willst du nicht sehen, wer mir hier Gesellschaft leistet?«, fragte er.

Gertrud schüttelte den Kopf. Sie wollte sich nicht unnötig quälen. Aber dann bemerkte sie das schelmische Aufblitzen in seinen Augen. »Na gut. Dann zeig es mir.«

Gespannt sah sie dem Wilden Mann zu, der in die dämmerige Ecke trat und sich bückte. Als er sich wieder umwandte, hatte er ein kleines Bündel in seinen Armen. Gertrud trat näher und betrachtete ungläubig den Säugling.

»Es ist ein Kind?«

Der Wilde Mann nickte, als Gertrud plötzlich ein Gedanke durchfuhr. »Und ... wo ist die Mutter? Wohnt sie vielleicht auch hier?«

»Nein, sie hat die Kleine ausgesetzt, direkt vor meiner Nase. Was sollte ich denn machen?«, fragte er fast entschuldigend.

Gertrud war so erleichtert, dass sie ihn umarmte. »Du hast schon alles ganz richtig gemacht.«

Plötzlich öffnete das Kind die Augen, sah sich für einen Moment um und begann dann laut zu schreien. »Pscht!«, versuchte der Wilde Mann es zu beruhigen.

Das Schreien wurde eher noch lauter. »Ruhig! Sei endlich ruhig, Gertrud!«, rief er aufgebracht.

Gertrud musterte ihn. »Du hast sie Gertrud genannt?«, fragte sie ungläubig.

Der Wilde Mann zuckte mit den Schultern. »Es rutscht mir manchmal so raus.«

Jetzt strahlte Gertrud über das ganze Gesicht und gab dem Wilden Mann einen Kuss auf die Wange. Der wurde tatsächlich verlegen. Er hielt Gertrud das Kind hin. »Hier! Halt mal, wenn du schon da bist. Ich muss neue Milch holen.«

Gertrud nahm das Bündel und beugte sich mit zärtlichem Blick über das kleine Gesicht. Der Wilde Mann stapfte zur Tür. Bevor er rausging, drehte er sich noch einmal um. »Bleibst du über Nacht? Ich meine, ich muss nur wissen, ob ich das Lager richten soll.«

Gertrud nickte. »Ja, ich bleibe hier.«

Der Wilde Mann zögerte, bevor er fragte: »Für länger?«

»Für immer«, erwiderte Gertrud.

Sie sah noch das Lächeln auf seinem Gesicht, bevor sie sich wieder dem kleinen Mädchen zuwandte. Sie war angekommen.

Uta ging langsam den gewundenen Höhlengang entlang. Dann sah sie den Feuerschein. Sie hatte sich nicht getäuscht, Karl war hier. Als sie näher kam, sah sie ihn vor der Felswand mit den toten, schwarzen Löchern hocken. Er war so in Gedanken versunken, dass er ihre Schritte nicht hörte. Sie rief ihn: »Karl!«

Karl drehte sich um. »Uta! Du bist noch hier? Ich dachte, du wärst längst wieder auf der Burg.«

Uta schüttelte den Kopf. »Ich habe noch etwas zu erledigen.«

»Was denn?«, fragte Karl.

»Ich möchte mich bei dir bedanken. Dafür, dass du den Stein für mich geopfert hast.«

Karl sah sie an. »Das brauchst du nicht. Ich habe es gern getan.«

Uta widersprach. »Es war nicht einfach für dich.«

»Sicher, ich hatte es mir anders vorgestellt.« Er versuchte zu lächeln. »Aber ich glaube, es hätte Magdalena auch gar nicht gefallen, diesen prachtvollen Stein zu zerstören. Sie war so bescheiden und demütig.«

Uta seufzte und nickte. Da hörte sie ein Grollen. Sie war froh, das Thema wechseln zu können. »Ein Gewitter!«

Doch Karl war schon wieder in die Betrachtung des Felsens versunken, als es erneut grollte. Uta überlief ein Schauer. »Karl, was war das?«

Als er immer noch nicht hörte, rüttelte sie ihn an der Schulter. »Karl, horch!«

Jetzt war es eher ein Knirschen, das von oben kam. »Das Gestein!«, rief Uta entsetzt.

Sie zog mit aller Kraft an dem Freund. »Karl, Karl, wir müssen raus!«

Endlich reagierte Karl. Jetzt hörte auch er das Grollen. »Die Höhle! Sie bricht ein!«, stammelte er. »Komm, schnell!«

Doch gerade als sie loslaufen wollten, kam der Stein mit gewaltigem Lärm auf sie herunter. Große Brocken, kleine Splitter und viel Staub, sodass die beiden kaum etwas sehen konnten. Sie machten noch ein paar Schritte, aber dann versuchten sie nur noch, ihre Köpfe, so gut es ging, mit den Armen zu bedecken. Das Krachen wurde immer gewaltiger, und als Karl gerade dachte, sein Kopf würde bersten, warf er sich über Uta. Mit seinem Körper versuchte er sie zu schützen, bevor es um ihn herum dunkel wurde.

Nur langsam kam Karl wieder zu sich. Alles war still, nur hier und da hörte man noch ein leises Bröckeln. Und dann fühlte er den weichen, reglosen Körper unter sich. Nein, das durfte nicht sein! Nicht noch einmal! Karl wollte schreien, doch stattdessen würgte ihn der Staub in der Kehle. Es war genau wie damals. Er hatte mit seinem ganzen Gewicht auf Magdalena gelegen und konnte sich nicht rühren. Anstatt sie zu retten, hatte er sie umgebracht. Diesmal würde er Gott bitten, ihn auch sterben zu lassen. Er könnte es nicht ertragen, noch einmal übrig zu bleiben. Karl faltete die Hände zum Gebet, doch dann stutzte er. Er konnte seine Arme bewegen. Es war nicht wie damals. Karl konnte sich sogar ein wenig aufrichten, um Uta etwas von der Last seines Körpers zu nehmen. Er begann an Fels und Erdreich zu kratzen, und nach einigen Versuchen fand er eine Stelle, die sich lockerte. Schnell grub er weiter, als plötzlich Gestein nachrutschte. Erschrocken hielt Karl inne, bis sich nichts mehr bewegte. Dann grub er mit größter Behutsamkeit weiter. Schließlich war das Loch so groß, dass er sich hinausstemmen konnte. Vorsichtig griff er Uta unter die Arme und zog sie in das Stück der Höhle, das nicht verschüttet war. Er konnte nicht hören, ob sie noch atmete. Karl hob Uta hoch und versuchte sich in der völligen Dunkelheit zu orientieren. Dann sah er den Lichtschimmer, schwach, aber deutlich. Der Ausgang war frei.

Es schien eine Ewigkeit zu dauern, bis er weitere Verschüttungen und große Felsbrocken, die den Weg versperrten, überwunden hatte. Endlich trat er mit Uta in seinen Armen nach draußen. Karl ließ sich, geblendet von der Helligkeit, auf die Knie fallen. Er blickte auf die Berge und den Bach, der unterhalb rauschte. Alles schien wie immer. Karl überwand sich und legte sein Ohr auf Utas Brust. Er machte sich keine Hoffnungen. Er hatte schon einmal erfahren, wie ungerecht das Leben war. Er hätte eher auf Uta hören müssen, sich vom Anblick des toten Gesichtes losreißen müssen. Jetzt hatte sie seinen Fehler mit dem Leben bezahlt. Karl zuckte zusammen, als er erneut ein leises Grollen hörte. Doch im Grunde war es ihm egal, und wenn der Himmel einstürzte. Ohne Uta war alles sinnlos. Aber das Grollen wurde zu einem Pochen, beständig und verlässlich. Und plötzlich begriff Karl. Es war Utas Herz, das er schlagen hörte. Karl weinte und lachte zugleich.

Vorsichtig wusch Karl Uta das Gesicht mit dem klaren Wasser des Baches, während er ihr schilderte, was passiert war: »… und dann endlich sah ich das Licht und konnte dich hinaustragen.«

Er strich ihr über die Wange. »Und die Höhle ist verschüttet?«, fragte Uta noch etwas benommen.

Karl nickte. »Große Teile. Am besten, niemand wagt auch nur noch einen Schritt hinein.«

Uta sah ihn nachdenklich an, während sie einen Schluck des Wassers nahm, das er ihr in der hohlen Hand hinhielt. Es tat wohl zu spüren, wie es die Kehle hinunterrann und den Staub wegspülte. »Dann kannst du nie mehr zu Magdalena, kannst nie mehr in ihr Gesicht schauen.«

»Es war nicht ihr Gesicht, es war nur der Fels, dem ich ihre Form gegeben habe.« Er lächelte Uta an. »Es ist ganz eigenartig. Ich brauche die Höhle nicht mehr. Ich trage Magdalena in meinem Herzen.«

Uta lächelte. Sie freute sich für Karl, sie freute sich aufrichtig. Und doch war ein kleines, bitteres Gefühl in ihr. Sie fühlte sich allein. Keiner brauchte sie. Uta, die immer noch halb in Karls Armen lag, versuchte sich zu erheben. Karl sah sie irritiert an. »Was ist?«

»Ich … ich muss gehen.«

»In deinem Zustand? Und wohin in Gottes Namen?«

Uta zuckte mit den Achseln. »Hier ist kein Platz mehr für mich.«

»Aber Uta, uns zwingt doch keiner, hier zu bleiben.«

»Uns?«, fragte Uta ein wenig ungläubig nach.

Karl sah sie an. »Natürlich uns. Oder meinst du, ich lasse dich jetzt noch einmal weg?«

Uta runzelte die Brauen. »Aber Magdalena … Du hast gesagt, du trägst sie in deinem Herzen …«

»Ja, und da wird sie auch immer ihren Platz behalten. Aber das ändert nichts an uns. Wir gehören zusammen.«

Karl kam Uta ganz nahe und küsste sie zärtlich auf den Mund. Uta erwiderte seinen Kuss, und jetzt fühlte sich alles, alles richtig an.

Der Hof der Burg Trifels war schwarz vor Menschen an diesem zweiten Tag des Februars im Jahre des Herrn 1194. Keiner wollte das große Ereignis verpassen, ein jeder reckte den Hals, um einen Blick auf Löwenherz oder seine berühmte Mutter zu werfen, für die in der Mitte des Hofes ein Stuhl aufgestellt war. Doch Eleonore zog es vor zu stehen, obwohl es ihr aufgrund ihres Alters nicht ganz leicht fiel. Aber sie harrte aus, bis endlich der Kaiser erschien und gemessenen Schrittes auf sie zukam.

Uta stand dicht neben Karl in der Menge, doch zu ihrem Leidwesen sah sie nichts außer den Köpfen vor ihr. Und sie verstand auch nur wenig von dem, was gesprochen wurde. Heute war der Tag der Freilassung Richards. Eleonore hatte es geschafft, die enormen Forderungen Heinrichs zu erfüllen, und sie hatte es sich nicht nehmen lassen, selbst zu erscheinen.

Uta hätte zu gerne einen Blick auf die Frau geworfen, von der Löwenherz behauptet hatte, sie wäre ihr ähnlich. Aber wahrscheinlich war es sowieso nicht ganz ernst gewesen. Uta seufzte. Sie hätte sich auch gerne von Löwenherz verabschiedet, ihn wenigstens noch einmal gesehen, bevor sie die Gegend verließ. Karl und sie hatten sich entschieden, gemeinsam einen Ort zu suchen, an dem sie sich etwas Neues aufbauen konnten.

Plötzlich hörte man lautes Raunen, gefolgt von einer beinahe unheimlichen Stille. Karl und Uta sahen sich an. Es musste etwas Außergewöhnliches passiert sein. Sie vernahm des Kaisers Stimme: »Ich warte auf Antwort, König Richard.«

Es blieb still, sodass Heinrich fortfuhr: »Vielleicht habt Ihr meine Forderung nicht verstanden: Ich möchte, dass Ihr mir den Vasalleneid schwört und damit England zu meinem Lehen erklärt.«

Erneut ging ein ungläubiges Raunen durch die Menge, das jedoch erstarb, sobald der Kaiser fortfuhr: »Als Zeichen, dass Ihr Euch mir unterwerft, legt Eure Kappe in meine Hände.«

Jetzt hörte man leise Worte in einer fremden Sprache. Es musste Eleonore sein, die mit ihrem Sohn sprach. Uta vermutete, dass sie ihn zum Einlenken bewegen wollte. Heinrich wurde ungeduldig. »Die Kappe, Richard!«

Plötzlich erklang Löwenherz' Stimme: »Holt sie Euch!«

Und dann flog etwas über die Köpfe der Leute hinweg. Bevor Uta erkennen konnte, was es war, landete es auch schon vor ihren Füßen. Die Lederkappe! Uta bückte sich und hob sie auf. Sie zögerte einen Moment, doch dann bahnte sie sich einen Weg durch die Menge. Sie musste zu ihm. Wie durch ein Wunder ließen die Leute Uta vor, die die Kappe ans Herz gedrückt hielt. Dann war sie vorn angelangt. Löwenherz stand ganz nah, neben sich eine für ihr hohes Alter immer noch schöne und außergewöhnlich würdevolle Frau. Auch wenn Uta sofort erkannte, dass Löwenherz ihr mit dem Vergleich nur geschmeichelt hatte, war sie trotzdem stolz. Dann trat sie einen Schritt vor. Der König von England lächelte, als er sie sah, was sie ermunterte, noch einen Schritt zu machen. Schließlich stand sie vor den beiden. Eleonore musterte sie neugierig, aber nicht unfreundlich.

Uta hielt Löwenherz die Kappe hin. »Bitte!«, brachte sie heraus, sich darüber im Klaren, dass aller Blicke auf ihr ruhten. Doch Löwenherz verschränkte die Arme. Er wollte die Kappe nicht nehmen.

Uta versuchte es noch einmal: »Bitte, nehmt!«

Doch der König rührte sich nicht. Uta wusste sich nicht mehr anders zu helfen. Alle Regeln durchbrechend, zupfte sie Löwenherz fest am Ärmel. »Ich möchte Euch etwas sagen.«

Der große Mann beugte sich tatsächlich herab.

Uta flüsterte: »Bitte, gebt ihm die Kappe. Sie ist nichts als ein Stück Leder.« Uta sah ihn an. »Der König seid Ihr.«

Löwenherz überlegte, bevor er sie fragte: »Und wer bist du? Magd oder Herrscherin?«

Uta horchte einen Moment in sich hinein. »Ich bin Uta, einfach Uta.«

Löwenherz lächelte sie an, bevor er Heinrich die Kappe eher beiläufig in die Hand drückte. Dann beugte er sich noch einmal zu Uta. »Und darauf kannst du sehr stolz sein!«

Historischer Hintergrund: Die falschen Friedriche

Das Mittelalter – eine Zeit, in der Geburt und Abstammung den weiteren Lebensweg bestimmten. Eine Zeit, in der Selbstverwirklichung nur in den engen Grenzen des Platzes, den man in der Gesellschaft einnahm, möglich war. So stellen wir uns diese Zeit heute vor, und so hat das Leben sicher auch überwiegend stattgefunden.

Aber es gab Ausnahmen, Menschen, die sich über die gottgewollte Ordnung hinwegsetzten und beschlossen, ihr Leben selbst in die Hand zu nehmen. Auch wenn sie dafür eine fremde Identität annehmen mussten.

Das Phänomen der falschen Friedriche, auch Pseudofriedriche genannt, trat nach dem Tode des Stauferkaisers Friedrich II. auf. Das Volk sehnte den starken Herrscher, der ihnen soziale Gerechtigkeit und rechtliche Sicherheit beschert hatte, zurück. Es entstanden Legenden, dass Friedrich nicht gestorben, sondern nur auf Büßergang oder einem Kreuzzug sei. Das nutzte ein von seiner Herkunft wahrscheinlich einfacher Mann, Tile Kolup, der sich im Jahre 1284 als Kaiser Friedrich ausgab. Zuerst war sein Erfolg eher mäßig: Die Kölner tauchten ihn in die Kloake. Aber in Neuss schließlich schenkte man ihm Glauben. Tile Kolup suchte und fand Bündnispartner bei den Gegnern des rechtmäßigen Königs Rudolf. Zu seinen Gunsten wirkte sich aus, dass die meisten nicht wussten, wie der tatsächliche Friedrich ausgesehen hatte. So konnte er einige Zeit als Kaiser Hof halten, Legaten, Bischöfe und Fürsten empfangen und Urkunden ausstellen. Schließlich forderte er sogar König Rudolf auf, sich dessen Krone und Königswürde von ihm bestätigen zu lassen.

Damit ging er zu weit. Er wurde von Rudolf am 7. Juli 1285 als Ketzer und Zauberer auf dem Scheiterhaufen verbrannt.

Trotzdem fand Tile Kolup einen Nachfolger, der behauptete, am dritten Tage aus dessen Asche auferstanden zu sein. Er endete am Galgen.

Ein weiterer falscher Friedrich, der ausgerechnet in Lübeck Fuß fassen wollte, wo einige Ratsherren den echten Friedrich noch vom Ansehen kannten, wurde im Fluss versenkt. Auch nachdem der wahre Kaiser bereits 45 Jahre tot war und folglich bereits das stattliche Alter von 101 Jahren erreicht hätte, tauchte ein Pseudofriedrich auf und fand tatsächlich noch Anhänger, bevor auch er hingerichtet wurde.

Besser endete es für den falschen Waldemar, der sich 1348 in Brandenburg als der rechtmäßige Markgraf ausgab, der gar nicht gestorben, sondern nur auf Pilgerfahrt gewesen sei. Nach 26 Jahren Abwesenheit hielt man ihm zugute, dass er sich äußerlich sehr verändert haben mochte. Außerdem glaubte das von politischen Wirren und Elend heimgesuchte Volk nur zu gern an das Wunder der Rückkehr. Nach dem Aufstieg des falschen Waldemar zum Herrscher kam auch bei ihm der Fall. Allerdings konnte er sich ins Private zurückziehen und wurde nach seinem natürlichen Tode immerhin noch mit fürstlichen Ehren beigesetzt.

Eine Frau, die sich über die engen Grenzen ihrer Herkunft hinwegsetzte, ist nicht bekannt, aber durchaus denkbar. Mit dem Willen und dem Mut, das Schicksal selbst in die Hand zu nehmen, kann auch aus einer Magd eine Lumpenprinzessin werden …